E. E. Knight, né en 1965 à La Crosse, Wisconsin (États-Unis), est un auteur de science-fiction et de Fantasy. Il a grandi à Stillwater, Minnesota, et vit maintenant à Chicago avec sa femme. Il enseigne l'écriture de genre à l'université d'Harper. Pour en savoir plus, nous vous invitons à visiter son site : **www.vampjac.com** (en anglais)

www.milady.fr

E. E. Knight

Dragon

L'Âge du feu – tome 1

Traduit de l'anglais (États-Unis) par Jean-Baptiste Bernet

Milady

Milady est un label des éditions Bragelonne

Titre original : *Dragon Champion – Book One of the Age of Fire*

ISBN : 978-2-8112-0023-7

Bragelonne – Milady
35, rue de la Bienfaisance – 75008 Paris

E-mail : info@milady.fr
Site Internet : http://www.milady.fr

Pour Stephanie, qui a joint son chant au mien.

1. La caverne
2. AuRon est libéré en pleine mer par Œilnoisette
3. L'îlot du draque fort déplaisant
4. L'assemblée des loups
5. Auron et le Dragonneur
6. Une heureuse rencontre
7. Les nains du Diadème
8. Les marchés de Wa'ah
9. Le tombeau de Tindaiuss
10. L'antre de NooMoakh
11. AuRon grandit
12. Un choix dans le Haut Passage
13. Le sorcier de l'île de Glace

Note sur le nom des dragons

Le lecteur attentif remarquera que le nom d'un mâle adulte change après son premier vol. Par tradition, la prononciation du nom d'un dragon change quand il atteint sa maturité : l'accent passe alors de la première syllabe à la seconde. Quand le père d'AuRon, était un dragonnet, il se nommait Aurel. Quand il eut atteint l'âge adulte, la prononciation changea en AuRel. Une vieille pratique voulait que l'on donne au dragonnet mâle ayant survécu le nom de son père jusqu'à ce qu'il ait craché ses premières flammes. Elle avait cependant disparu quand l'œuf qui renfermait Auron fut pondu.

Livre I

Dragonnet

Les bestiaires sont écrits par les vainqueurs.
Longuisle

Chapitre 1

Le dragonnet goûta l'air pour la première fois. Comparé à la moiteur de son œuf, il lui sembla froid et sec. Son étrangeté le laissa tout tremblant.

En se réveillant lentement, il venait tout juste de découvrir un nouveau monde, très différent de l'ancien, avec ses silhouettes et ses couleurs estompées, ses échos étouffés et ses saveurs rances. Confortablement installé dans l'obscurité, il avait somnolé et rêvé jusqu'à ce que des craquements secs le réveillent. Il avait soudain haï la cellule dans laquelle il flottait depuis si longtemps. Il tenta instinctivement de déployer son long cou, il donna un coup de menton vers le haut et sentit l'excroissance sur son nez cogner l'intérieur du dur cocon. Trois coups de plus et la coquille céda.

L'air lui transmit tant de nouvelles impressions que ses sens se rebellèrent ; il s'ébroua.

Il agita le bout de son nez et élargit le trou. Quand il put sortir son museau et ouvrir la gueule, il prit une vraie inspiration. Les longs poumons qui s'étiraient sur quasiment toute la longueur de son dos se remplirent entièrement d'air. La saveur de cet élément, la sensation toute neuve de ses poumons qui se gonflaient puis se vidaient lui donnèrent autant de forces que l'oxygène qui se mêlait à son sang. Il rejeta la tête en arrière et la corne qui surmontait son nez encore humide ouvrit davantage l'œuf. Désormais, il pouvait sortir la tête.

La lumière, si faible soit-elle, lui fit mal aux yeux. Des grattements et un son encore plus fort, grave et rythmé, éveillèrent sa curiosité. Déterminé, il tourna la tête.

Une présence, verte et immense, était enroulée autour de lui, allongée – inconnue et pourtant familière – mais il sentait au-delà une enceinte d'ombres et de pierre plus vaste encore. *Une autre enveloppe, beaucoup, beaucoup plus grande que la première ?* Des échos couraient le long de la pierre dure, se chassant les uns les autres dans ce vaste espace.

Il dégagea sa tête. Il pouvait maintenant tendre son cou pour regarder alentour. Devant lui se trouvait une pente dangereuse. À bien des longueurs de cou au dessous, deux formes se tortillaient ; toutes deux avaient un cou semblable au sien et une queue tout aussi longue pour propulser leur arrière-train. Identiques en tout point, leur couleur exceptée, elles se poussaient et s'agrippaient en prenant appui sur leurs quatre courtes pattes. Leurs gueules étaient grandes ouvertes, révélant des dents blanches et pointues, et leurs museaux étaient surmontés de cornes identiques à celle qui lui avait permis de sortir de sa coquille. Les combattants arboraient tous deux une courte crête qui protégeait leur nuque. L'un des dragonnets, d'une belle couleur rubis, planta ses dents dans son adversaire cuivré, lacérant chair et muscles et lui arrachant un cri plaintif.

Quelque chose dans ces crêtes qui naissaient sur l'arête séparant les yeux du front le plongea dans une rage terrible.

Il bouillait d'impatience de se joindre au combat. Il déroula son corps ; son œuf fendu n'était plus de taille face à sa toute nouvelle force et s'ouvrit en deux ; le dragonnet se tortilla pour en sortir.

Le craquement de l'œuf surprit le dragonnet rouge en plein triomphe. Il lâcha la patte antérieure déchiquetée de son adversaire et leva la tête. Il se précipita en un clin d'œil vers la paroi rocheuse et commença à grimper vers lui.

Il n'attendit pas de l'affronter au milieu des autres œufs.

Il s'approcha du bord pour combattre le dragonnet rouge tandis que ce dernier montait, cherchant d'instinct à avoir l'avantage du terrain.

Quelque chose de glissant et d'humide le ralentissait ; il baissa la tête et aperçut une masse flasque qui pendait de son ventre. L'une de ses pattes y était emprisonnée. Il lacéra frénétiquement cette substance de ses deux membres antérieurs, il cambra le dos et se libéra de cette entrave. S'il ressentit une douleur, elle fut étouffée par le désir d'aller au-devant du dragonnet à la crête. Au moment où il atteignit le bord, la tête du rouge apparut. Ses pupilles fendues et luisantes s'élargirent quand il vit son opposant prêt à le renvoyer en bas.

Mais le rouge était fort, plus fort que lui. Il pressa ses larges épaules contre les siennes, plus étroites, et franchit de force le bord de la saillie. Ils se retrouvèrent face-à-face, la gueule ouverte, et engagèrent le combat en poussant de petits cris enragés.

Il oublia la caverne, oublia la gigantesque présence verte derrière lui, oublia les tapotements qui provenaient des deux derniers œufs. Il se jeta sur le dragonnet à la crête rouge pour le pousser par-dessus le bord et ainsi l'achever.

Il mordit la peau écailleuse et la crête sans le moindre effet. Avant d'avoir pu comprendre ce qui lui arrivait, il se retrouva sur le dos et les mâchoires grandes ouvertes du rouge étaient refermées sur sa gorge. Plus en colère qu'effrayé, il lacéra de ses griffes le bas-ventre résistant de son adversaire. Un voile tomba devant ses yeux.

La pression sur sa gorge cessa. Sa vision s'éclaircit et il vit Rouge se battre avec le dragonnet qui arborait comme lui une crête. Son frère cuivré était parvenu à gravir la paroi de la caverne pour atteindre la saillie où se trouvaient les œufs, bien décidé à venger sa patte estropiée. Il monta sur le dos de Rouge, les griffes plantées dans son cou, juste au-dessous de sa crête. Le dragonnet se retourna sur le côté, momentanément trop affaibli pour se tenir debout et observa la scène. Rouge se tordait et roulait sur lui-même, tentant d'amener le dragonnet estropié sous lui.

Il sortit la langue et sentit le sang, du sang partout. Il s'écoulait de lui-même, des blessures du dragonnet cuivré et du ventre du rouge. Il avait une plaie à l'endroit où le sac qui l'alimentait dans l'œuf avait été attaché.

Il bougea la tête. Les muscles de son cou avaient encore un peu d'énergie, et il décida de les employer. Il enfonça la corne qui surmontait son museau dans le ventre du rouge et trouva la cavité ombilicale. Il remonta la tête, éventrant son compagnon de couvée.

Du sang noya ses narines et ses yeux alors qu'il se redressait pour enfoncer sa corne encore plus profondément. Il entendit un cri déchirant, qui cessa quand le dragonnet cuivré serra la gorge du rouge entre ses mâchoires. Des pépiements alarmés retentirent derrière lui.

Le combat cessa ; Cuivré relâcha le cou broyé.

Il ouvrit grand la gueule et s'avança vers son frère survivant. Cuivré fit un pas de côté pour protéger sa patte blessée. Trop près du bord. Il chargea la crête cuivrée et commença à le pousser, utilisant l'arcade renforcée au-dessus de ses yeux comme un bélier. Affaibli par sa patte estropiée, le dragonnet cuivré bascula dans un cri.

La chute ne fut pas fatale. Il regarda par-dessus le bord et vit Cuivré, inanimé. Il perçut dans son dos un rapide halètement. Quand il entendit le craquement d'un œuf, il se retourna.

Deux autres de ses semblables venaient de sortir la tête de leur œuf et poussaient de petits cris. Verts. Sans crête. Il se détendit et s'approcha du corps de Rouge. Il ressentait désormais la faim. Laper le sang ne lui suffit pas ; il commença à mâchonner le cadavre. Après avoir éprouvé quelques difficultés avec ses dents incurvées, il finit par arracher une bouchée de chair, puis une autre. Ce repas le gorgea d'énergie et, lorsque son frère cuivré franchit de nouveau le bord, il le poussa sans difficultés.

Les autres, des femelles, mirent un temps insensé à sortir de leur coquille. Elles le rejoignirent finalement près du cadavre, traînant encore derrière elles le sac ombilical qu'elles étaient trop faibles pour détacher, et il les laissa manger. Il ressentit la soif et abandonna le corps pour s'approcher d'un coin de la saillie. Il but à un filet d'eau qui coulait le long de la paroi. Boire était presque aussi stimulant que manger – mais en rien comparable à pousser son frère en bas de la saillie.

Il observa la caverne. Des taches de couleur bleu-vert s'étendaient au bord de grandes flaques, sur le sol de l'immense grotte. Elles semblaient mieux se développer près de la pente qui grimpait vers la saillie, d'où lui parvenait l'odeur des excréments de dragon, inconnue et pourtant familière. De petites choses, plus petites que lui, vivaient accrochées au plafond de la caverne. Contempler ce monde nouveau l'avait tant fasciné qu'il ne remarqua pas que son frère était une fois de plus monté sur la saillie.

Les cris de ses sœurs l'avertirent de la présence du mâle. Il se dirigea vers le cadavre, mais l'estropié prit un morceau de queue dans sa gueule et déguerpit vers le bord avec maladresse – presque aussi vite pourtant que s'il avait eu quatre bonnes pattes. Il dut se contenter d'ouvrir la gueule et de pousser un cri à l'intention de la forme cuivrée qui avait regagné le sol de la caverne. Le mâle l'ignora et mordit dans le morceau de queue.

— Cher Auron. Ma fierté. Un jour, tu seras un dragon de valeur.

Ainsi Auron apprit-il son nom. Il se retourna promptement, cherchant l'origine de cette voix qui semblait lui chuchoter à l'oreille.

— Ce son, c'est la voix de ta mère, Auron. Je suis heureuse que tu puisses m'entendre. Cela signifie que tu es en bonne santé.

Il entendit un trille au-dessus de lui et aperçut la tête triangulaire de sa mère qui le regardait. Sa mère, grande comme un monde, étendue contre la paroi de la caverne. Il sentit l'odeur de népenthès de l'air qui l'entourait, encore meilleure que le parfum de sang près de son frère mort.

— Je sais que c'est étrange. Tu ne peux pas encore parler, pas avant d'avoir un peu grandi et appris. Mais tu comprends, et déjà dans ton œuf tu comprenais. Je t'ai raconté des histoires, t'en souviens-tu ?

La voix de sa mère était familière, mais il ne se rappelait aucune histoire ; seulement de vagues rêves dans lesquels il flottait dans la lumière, des images, des sensations qui dérivaient dans son esprit. La voix de sa mère, une fois la surprise passée, l'apaisait. Il sentit ses paupières se fermer.

— Il est temps pour toi de dormir et de grandir, petit Auron. Ne t'inquiète pas, toi et tes sœurs êtes en sécurité, nous sommes profond, profond. Aucun assassin ne viendra ici car père monte la garde.

Elle se mit à chanter et il reconnut ce rythme, qui n'avait rien d'étranger. Il s'endormit, bercé par la cadence réconfortante de la chanson.

« Approche donc et découvre, petit dragonnet,
Les sept ennemis que tu dois redouter.
Prends garde à l'Orgueil qui assombrit l'esprit
Et te leurre sur la vraie taille de ton ennemi.
N'Envie pas aux dragons pouvoir, richesses et biens
Car intrigues et complots seront la fin des tiens.
Même percé de lances, évite la Colère
Car elle tuera la ruse, qu'il te faudra entière.
Un dragon doit dormir mais, toi, fuis la Paresse
Nos assassins profitent des longues années de sieste.
"Quel mal à l'Avarice ?" dira le dragon sot.
Les voleurs de trésors voleront aussi sa peau.
Tu connaîtras la faim et devras l'apaiser

Mais Gourmandise rend gras, empêche de décoller.
Dragonne, joyaux, gloire ou or,
Luxure a conduit bien des draques à la mort.
Apprends par cœur ceci, mon précieux dragonnet,
Tu seras sûr de vivre encore de longues années. »

Chapitre 2

— Il n'y a jamais eu de gris dans ma famille ! grogna père.

Plus grand encore que mère, père se tenait sur une énorme stalagmite, l'entourant comme un serpent. Il scrutait sa progéniture de ses deux yeux rougeoyants ; ces derniers étaient surmontés d'épaisses arcades d'où partait une crête couronnée de six fières cornes. La lueur bleutée de la mousse qui parsemait la caverne se reflétait sur ses écailles couleur de bronze.

Pour le petit Auron, l'odeur de père était âpre, intimidante et fort différente de celle, réconfortante, de mère. Il enfouit la tête dans son flanc gris, un peu effrayé par le ton de son père, mais il résista à l'impulsion de fermer les yeux.

— Tu sais bien que mon père était un gris, AuRel. Cela ne t'a pas gêné lorsque j'ai chanté l'histoire de ma lignée lors de notre accouplement.

Père recula la tête, dressa son puissant cou et grogna. Pendant un instant, Auron crut qu'il allait mordre mère.

Mais il baissa la tête, tira une langue fourchue et la passa sur le museau de mère.

— Je contemplais tes ailes, mon amour. Elles m'ont hypnotisé. Je n'avais jamais vu une vierge avec une telle envergure. J'ai à peine écouté.

Ses parents se touchèrent mutuellement le museau à ces souvenirs, et Auron entendit un profond bourdonnement.

— Nous avons toutes les raisons du monde de *prrumer*... Trois dragonnets. Pas mal pour notre première couvée, dit mère.

Elle ramena les deux sœurs d'Auron près d'elle à l'aide de sa queue. Les dragonnettes pépièrent et bâillèrent à son contact, mais elles ne se réveillèrent pas.

— Mais tout de même, par les Enfers, poursuivit père, un rouge, un cuivré et un gris ! Que se passe-t-il ? Le rouge est tué, le cuivré estropié, et le gris remporte le nid !

— Le rouge s'est bien battu, mon seigneur. Il s'est seulement montré trop empressé, trop impétueux. Il a abandonné le cuivré sans l'achever.

— Exactement comme son grand-père. Que les ténèbres veillent sur ses os ! Un dragon dont on a souvent chanté les prouesses. Je ne vois toujours pas comment un gris a pu l'emporter sur lui, ou sur un cuivré.

— Il a utilisé la corne qui lui a servi à fendre son œuf, mon seigneur.

— Il a fait *quoi* ?

— Il l'a éventré avec. Je n'en ai pas cru mes yeux.

Père regarda Auron avec un intérêt renouvelé dans le regard.

— L'astucieux petit gharse...

— Œufs et queue ! Ne traite pas la fierté de notre couvée de gharse, AuRel ! Que tu le veuilles ou non, c'est ton champion. Il est de ton devoir qu'il vive jusqu'à émettre son premier feu.

— Je me demande..., réfléchit père à haute voix. Un gris. À la peau fine... Le premier elfe armé d'un arc qui...

— Il sera preste, silencieux, objecta sa mère.

— Peut-être.

— Et il n'aura pas cette faim à assouvir. Souviens-toi de ta jeunesse, des risques que tu as pris.

Auron eut une image mentale de son père. Des moutons volés, des guerriers qui hurlaient, le martèlement des sabots de chevaux au grand galop. Il sentit de vieilles blessures marquant des écailles abîmées. Il frissonna.

— Tu vois ! s'exclama mère. Il est déjà en contact avec ton esprit. Il apprend de toi. Instruis-le.

— Le temps venu. Le cuivré viendra peut-être réclamer la saillie de la grotte ?

— Peu probable. Auron est déjà plus lourd que lui. Il est aussi vif et rapide.

Père regarda le cuivré qui s'était réfugié dans une fissure de la paroi, loin de la saillie.

— Il serait peut-être plus charitable de…

— Non. Il doit avoir sa chance. Je l'entends chasser les limaces et les rats. La faim le conduira bientôt à l'extérieur. Tu as engendré trois mâles, mon seigneur. Te rends-tu compte ? Quatre survivants pour cinq œufs. Ces mots seront doux dans le chant de ta vie.

À cette pensée, des collerettes recouvertes d'écailles se déployèrent sous la crête de père, recouvrant ses délicates cavités auditives et l'angle de sa mâchoire où battaient ses cœurs jumeaux, puis elles se replièrent. Auron sentit ses propres *griffs* descendre un peu, mais ils semblaient minces et frêles en comparaison.

— Tu as peut-être raison. Cela ferait une bonne rime pour mon cri de guerre, dit père comme si l'idée était de lui. Mais il faudra peut-être que tu m'aides. Manier les mots, ce n'est pas vraiment mon fort.

— Je me rappelle chaque mot de ton chant nuptial, même s'il m'a fait grincer des dents. Et je me suis tout de même envolée avec toi.

— Si mon chant était si mauvais, pourquoi l'as-tu fait ?

La peau de mère s'assombrit, et Auron vit une image mentale de son père étincelant dans la lumière du monde d'En-Haut. Il n'avait que quatre cornes sur la tête mais il était déjà puissant ; le battement de ses ailes faisait ployer les arbres tandis qu'il chantait.

— Ta grande tête et tes cornes, mon seigneur, dit mère alors que sa peau devenait d'un vert éclatant. Dix mille écailles qui renvoyaient la lumière du soleil, des rugissements qui faisaient trembler jusqu'aux nuages… Ta simple présence me captiva. J'ai perdu la tête… et mes cœurs. La première m'est revenue… plus tard. Mais tu devras pour toujours conserver les deux autres.

Le museau d'Auron le démangeait atrocement. Il ressentait un besoin impérieux de frotter sa corne contre la paroi de la caverne, mais il lutta contre cet instinct. Il avait vu ses sœurs perdre la leur en la frottant contre les écailles de mère, et avait alors décidé qu'il ne voulait pas se défaire de la sienne. Sa corne était encore légèrement imprégnée de l'odeur du sang de son frère et lui rappelait le service qu'elle lui avait rendu. Il devait se méfier du cuivré et il craignait d'avoir besoin de sa corne pour cet autre combat.

Escalader mère lui permit doublier cette désagréable perspective. Il grimpa à toute vitesse le long de son cou et se dressa sur sa tête, clamant la fierté que lui procurait cet exploit à ses sœurs, en contrebas.

La queue de mère représentait un défi encore plus ardu car elle l'agitait de haut en bas et de droite à gauche jusqu'à ce qu'il soit pris de vertige, agrippé à son extrémité. Alors qu'elle balayait le sol, il se ramassa et bondit. Il vola par-dessus ses sœurs, les pattes écartées, et il amortit instinctivement sa chute avec sa queue.

— 'core maman ! cria-t-il en escaladant l'arrière-train de sa mère.

Ses griffes recourbées facilitaient l'ascension sur la peau écailleuse.

— Non, pas maintenant, refusa-t-elle. Mange un peu.

Il se rappela qu'il avait faim et retourna près du cheval à moitié dévoré que père avait placé ce matin-là sur la saillie.

C'était bien meilleur que les limaces grosses comme des œufs que père avait rapportées les deux jours précédents. Mère semblait cependant se satisfaire des limaces, même avec du cheval à sa disposition.

— J'voudrais qu'on ait du cheval tous les jours, maman, dit-il.

Ses sœurs ne lui avaient pas laissé grand-chose pour sa deuxième ration. Elles étaient inintéressantes. Elles ne savaient que manger, dormir et échanger des piaillements. Quand il tentait de les amener à faire des choses intéressantes, se battre par exemple, elles déguerpissaient vers le ventre de mère en couinant. Il en venait presque à espérer que le cuivré tente de prendre un peu de cheval.

— Père doit chasser dans le monde d'En-Haut pour que nous ayons du cheval, Auron. Il ne peut pas se permettre de partir trop longtemps.

— Pourquoi ?

— C'est risqué, mon chéri. Je ne saurais dire à quel point tes sœurs et toi êtes précieux. Il n'ose pas nous laisser.

— Pourquoi ?

— Quelqu'un pourrait venir et t'emporter.

— Qui viendrait ?

— Ton père te le dira, le moment venu.

Auron, stimulé par l'effet de la viande de cheval sur son organisme, se redressa.

— Je les combattrai, maman !

Il se précipita vers le bord de la saillie et regarda en bas à la recherche d'ennemis venus nuire à mère et à ses pauvres sœurs. Ses *griffs* s'abaissèrent de chaque côté de sa tête et frottèrent contre sa crête à cette pensée.

Quelque part au pied de la paroi il entendit son frère qui chassait les rats au milieu des déjections. Il fit demi-tour avec la rapidité d'un claquement de fouet et se précipita vers la carcasse.

— Vent et sable, quelle vitesse ! Mais repose-toi, Auron.

Quand tu seras grand, tu auras une couvée pour laquelle te battre.

—J'ai pas sommeil ! insista-t-il.

Brûlant d'envie de se battre, il lança des regards enflammés à ses sœurs. Elles allèrent s'abriter derrière la patte arrière de mère en gémissant.

Auron éructa et l'odeur fétide ainsi libérée l'apaisa. Il fallait cependant surveiller le cheval. Malgré l'attrait du ventre maternel, il s'enroula autour de ce qui restait de la tête et de la poitrine de la bête. Si mère disait vrai, il n'y aurait plus de cheval avant des jours, et il ne pouvait pas supporter l'idée du cuivré emportant un tel trophée.

Les jours passèrent. Quand les restes du cheval eurent rejoint le tas de déchets au pied de la saillie et qu'il ne resta plus une seule bouchée de limace, Auron se sentit assez entreprenant pour explorer la caverne. Il avait bien l'intention de donner une vraie leçon à son frère quand celui-ci monterait sur la saillie, même si son désir de le tuer s'était quelque peu estompé.

Si la caverne semblait être une version immense de la coquille de son œuf, la réalité était tout autre. De grands piliers de pierre partaient du sol et du plafond, rappelant à Auron ses propres dents, mais disposés avec moins de précision. Il trouva des crevasses et des fissures trop étroites pour ses parents mais qui convenaient en revanche parfaitement à un dragonnet curieux comme lui, ainsi que des endroits où le plafond était assez bas pour qu'il tourmente les chauves-souris suspendues ici et là.

Loin de la saillie et des œufs, il renifla les flaques et les tas de détritus qui parsemaient le sol. La musique de l'eau résonnait partout. Chaque égouttement avait sa cadence propre, du « ploc » des grosses gouttes au rythme plus rapide des filets d'eau qui s'écoulaient du plafond.

Les stalagmites étaient presque aussi faciles à escalader

que mère. Il en gravit une dans la partie la plus haute de la caverne et s'enroula autour pour imiter son père. Une fois confortablement installé, il se figea. Ne bougeant plus que les yeux, il regarda son corps, presque impossible à distinguer de la pierre froide à laquelle il se cramponnait. Il ne discernait que des bandes légèrement plus sombres au milieu du gris. Était-il en train de prendre une nouvelle couleur ? Mère avait dit que les dragons pouvaient avoir bien des couleurs, quoique les dragonnes soient généralement vertes. Ses sœurs posaient sans cesse des questions à ce sujet et jouaient avec des pierres brillantes et des bouts de métal que père leur avait donnés. Elles les disposaient de façon complexe et chantaient tout en comptant les couleurs :

« Rouge, or, bronze et bleu,
Mon seigneur fendra les cieux.
Cuivre, argent, noir et blanc,
Qui sera mon prétendant ? »

Auron se demanda pourquoi cette chanson ne parlait pas des gris. Est-ce qu'il avait un problème ? Cette question le préoccupait. Il sentit alors l'odeur d'une limace sur le bout de sa langue et l'oublia.

Chapitre 3

Une saison venait de passer. Les chauves-souris entrèrent dans un état de torpeur. Leur production ininterrompue de déjections ralentit. Les champignons qui s'en nourrissaient tapissaient auparavant tout le sol de la caverne ; ils étaient maintenant disséminés telles autant de petites étoiles vertes.

Auron chassait, le ventre seulement rempli par la faim.

La piste de la limace était ancienne, mais pas assez pour que le dragonnet, le nez collé au sol rocailleux, ne la distingue pas dans la pénombre. Tout comme les chauves-souris, les limaces avaient ralenti, et elles ne se déplaçaient presque plus d'une cachette à l'autre.

Ses sœurs, qui pourtant ne partageaient ni ses intérêts ni ses amusements, le rejoignirent pour chasser. Même si elles se montraient inaptes pour tout le reste, il dut leur reconnaître à contrecœur un certain talent pour traquer les limaces. Elles n'étaient pas aussi actives que lui pour chercher de la nourriture, mais elles savaient deviner les trajets de ces créatures flasques et stupides, et elles trouvaient bien souvent où se percher pour attendre des heures durant le doux bruit de succion d'une limace en vadrouille.

Les pattes d'Auron étaient maintenant plus longues et, au bout de ses doigts – trois longs et un plus court –, ses griffes s'étaient épaissies. Ses pattes arrière, plus musclées, lui permettaient de bondir sans encombre sur la saillie depuis le sol de la caverne. Les rayures noires qui descendaient de son épine dorsale étaient plus prononcées, et le gris de sa peau s'était assombri, sauf sur son ventre qui restait pâle comme la chair d'une limace. Sa peau souple lui permettait de se glisser dans des fissures trop petites même pour son frère malingre. Les deux dragonnets croisaient régulièrement leurs pistes respectives au cours de leurs longues explorations, et il arrivait à Auron d'apercevoir un éclat cuivré lorsque l'estropié plongeait dans le lac qui se trouvait au pied de la chute d'eau.

La traînée de la limace disparut dans une fissure du sol. L'ouverture était tapissée de champignons desséchés, remplie de spores en sommeil qui attendaient que le filet d'eau qui les abreuvait coule de nouveau. Auron fit le tour de la cavité et vit que, s'il déplaçait un rocher, il pourrait poursuivre la limace.

Il se glissa sous la pierre et poussa avec son dos. Il se fatigua pour rien, il se prépara à employer toutes ses forces et fit un tel effort qu'un voile rouge tomba devant ses yeux. Le rocher ne bougeait pas. Sa queue fouettait l'air de colère lorsqu'il quitta le dessous de la saillie.

— *Pogt !* lâcha-t-il – un juron nain que sa mère lui avait involontairement appris au cours de l'une des histoires qu'elle lui avait racontées mentalement.

Il leva le cou en un arc menaçant. Il sentit quelque chose gargouiller derrière son sternum, les muscles de son cou se contractèrent et il vomit un filet de liquide jaunâtre sur le rocher.

Incroyable !

Il renifla tout autour de cette expectoration. L'odeur brûlait ses papilles et sa membrane nasale. Il s'ébroua, dégoûté, et fit demi-tour pour aller trouver mère. Elle pourrait déplacer ce rocher. Il se hissa sur la saillie.

— Mère, le rocher ! Mère ! Une limace est entrée dans un trou et un rocher me gêne.

Mère ouvrit un œil. Elle avait sensiblement maigri, elle

ne mangeait plus que les restes que lui laissait sa progéniture affamée. Elle le referma.

— Mère ! J'ai besoin qu'on bouge un rocher ! Je pourrai attraper une limace si tu le bouges ! insista-t-il.

— Du calme, Auron. Tu vas faire tomber les chauves-souris du plafond avec un tel vacarme.

Ses sœurs, leur sieste interrompue, le regardaient, apparemment d'accord avec leur mère.

— Ça prendra qu'un moment, mère ! S'il te plaît, j'ai très faim !

— Un rocher au-dessus d'un filet d'eau asséché, Auron ?

— Oui.

— Ton père l'a mis là dans un but précis. Il le déplacera peut-être pour toi. S'il te plaît, laisse-moi dormir.

— La limace va s'enfuir !

— Ce n'est qu'une limace, laisse-la. Ton père sera bientôt de retour.

— Mais…

La queue de mère battit l'air et son extrémité fouetta le museau du dragonnet.

La brûlure remonta jusqu'à ses yeux.

— Ouuuille ! Pourquoi tu m'as frappé ?

Ses sœurs se touchèrent triomphalement le museau et échangèrent des petits grondements satisfaits. Auron ignora leurs *prrums*.

— Je n'avais mordu personne, dit-il beaucoup plus calmement.

— Cesse de pleurnicher. Tu vas me rendre folle à t'agiter ainsi. Cherche des chauves-souris mortes par terre si tu as si faim. Je les ai entendues tomber toutes la journée. Cet hiver ne cessera-t-il donc jamais ?

Elle tourna la tête à droite et à gauche – ce qui signifiait, Auron le savait, qu'elle écoutait père.

— Nous devons nous montrer patients, Auron.

La patience ne vient pas si facilement à un dragonnet

de quatre mois ; Auron employa donc son temps à tenter de déplacer le rocher. Il essaya de le pousser, de le tirer, de le faire tourner. Il l'attaqua sous divers angles, mais le rocher ne bougeait pas. Il finit par s'endormir dessus.

Père fit une entrée bruyante et le tira de son sommeil. En temps normal père se déplaçait tellement silencieusement qu'Auron sentait son odeur avant de l'entendre – aussi silencieusement du moins que son imposante masse le lui permettait. Mais cette fois-ci Auron l'entendit traverser le large passage au sommet de la caverne ; sa démarche avait quelque chose d'inhabituel. Père était-il blessé ?

Auron grimpa sur une stalagmite pour avoir un meilleur point de vue et vit père s'approcher de la saillie. Il tenait quelque chose dans sa gueule – et il y avait aussi un avant-bras qui bougeait… De la nourriture !

Quand il rejoignit la famille sur la saillie, père était en train de se disputer avec mère.

— Vous mangerez un cheval entier, et c'est tout, dit père d'une voix râpeuse. J'ai pris de gros risques pour ceux-là.

Le dragon couleur de bronze fit jouer sa mâchoire et Auron l'observa passer sa langue dans sa gueule. Une dent tomba, brisée et sanglante.

Auron remarqua des bâtons qui dépassaient tels des piquants du cou de père, et un morceau de bois encore plus long planté dans son flanc.

— Père, tu as un javelot sur le côté ! dit Auron.

— Quoi ? (Le dragon tordit le cou et renifla en regardant son flanc.) C'est trop gros pour être un javelot, Gris. C'est une lance. Une arme que les hommes à cheval utilisent ; ils peuvent te l'enfoncer dans le corps. S'ils arrivent à convaincre leurs chevaux de charger un dragon, bien entendu.

— Deux *sii* vers la droite et elle se plantait au beau milieu de ton postérieur, gloussa mère.

Auron serra les mâchoires pour éviter de rire.

— Voilà ce qui t'a pris si longtemps, poursuivit mère en

reniflant l'un des deux chevaux morts. Tu as volé avec ces bêtes dans tes griffes ?

— Pendant au moins deux horizons entiers. Ma mâchoire va me faire mal pendant une bonne semaine. Mais ceci m'a vraiment ralenti.

Père ouvrit les doigts et un amas de toile, de corde et de bois brisé tomba par terre.

— Qu'est-ce que c'est ? De la nourriture ? demanda Jizara.

La toile bougea et Auron vit une patte émerger. Elle était plus fine que la sienne, étrangement proportionnée, et ses griffes étaient tout aussi curieusement disposées : quatre d'un côté, une de l'autre. Mais peut-être que « griffes » n'était pas vraiment le terme approprié, elles semblaient si bizarres.

— C'est ce qui reste d'une tente. Je les ai attaqués de nuit et leurs chevaux se sont emballés. Seuls quelques-uns ont réussi à monter. Des hommes courageux ; ils ont combattu au lieu de s'enfuir.

Quelque chose surgit de la toile en courant sur ses pattes arrière. La créature trébucha dans l'obscurité ; son halètement effrayé se répercutait contre les parois de la grotte.

— C'est un homme, Auron. Voyons comment tu le chasses, dit son père.

Auron bondit à la poursuite de la proie. Les mots de père le galvanisèrent tout autant que la fuite de la créature. Elle sentait le sang, le cheval, mais également quelque chose de plus sale encore. Elle rappelait à Auron le loup mort que père avait rapporté une fois.

Le bipède entendit Auron arriver. Il tenta de ramper dans une crevasse. Auron saisit une de ses jambes et tira en y enfonçant ses quatre griffes. Si l'homme était plus grand que lui, Auron était plus fort. Il le tira hors de sa cachette.

L'homme agita la jambe et le frappa à l'œil. Il lui donna

un autre coup de pied dans le museau – c'était bien plus douloureux que les coups de queue de mère. Auron le lâcha, avec le goût et l'odeur de son propre sang sur la langue. Il était néanmoins suffisamment près pour chasser avec seulement ses yeux et ses oreilles.

L'homme s'enfuit en rampant et se réfugia dans la crevasse. Sa couleur était étrange. Auron remarqua la différence de teinte entre ses deux peaux superposées alors même qu'il s'apprêtait à bondir.

Auron atterrit sur l'homme. Il tenta de lui mordre le cou mais referma les mâchoires sur son avant-bras. L'homme changea de position ; il pivota d'une façon bien différente de ses sœurs, quand elles luttaient à contrecœur pendant de longues heures. L'homme avait plus de force dans les avant-bras qu'Auron s'y attendait.

Ce dernier ressentit une vive douleur dans l'une de ses pattes avant, au niveau de l'articulation.

La gueule de père surgit au-dessus de lui. La tête de l'homme se retrouva soudain entre les mâchoires du dragon – et séparée de son corps. Un geyser de sang jaillit.

Tout en se vidant de son sang, le corps privé de tête fut agité de soubresauts. Auron ne cessait de l'attaquer, le déchiquetant avec ses dents.

— Auron, arrête, gronda père. (Auron se figea, les dents plantées dans l'épaule de l'homme.) Regarde sa main, Auron. Il avait un couteau.

Auron se dégagea de la lame et renifla la blessure au creux de sa patte. Son sang coulait et se mêlait sur le sol à celui de l'homme.

— Père, je vais mourir ?

— Non, tu as eu de la chance. Nettoie la plaie.

Auron s'exécuta, et père poursuivit :

— Quand tu bondis ainsi, sers-toi de tes pattes arrière pour tuer. Tu te bats encore trop avec ta gueule. C'est très bien pour attraper le cou d'un adversaire à demi mort.

Mais quand tu tiens ta proie, n'oublie pas qu'elle te tient elle aussi. Plante et enfonce tes *saa*. Tes adversaires sont moins virulents une fois éventrés.

— Oui, père. Il b'a aussi fait bal au buseau.

— Bien des draques se sont retrouvés en pire état après avoir tué leur premier hominidé. Tu as bien réussi, mon champion. Il m'a fallu plusieurs mois à l'extérieur avant d'en prendre un, et ce n'était qu'un pauvre hère à moitié affamé qui est mort de fatigue en s'enfuyant. Les moutons sont plus faciles à attraper.

— Je peux le manger ?

— C'est ta proie, répondit père en avalant la tête. Enfin, en grande partie.

Auron apaisa sa faim effroyable avec frénésie, la voracité l'emportant sur les bonnes manières. Mère lui avait appris à ne pas engouffrer sa nourriture pour éviter qu'elle ressorte aussitôt, mais père semblait mieux comprendre la faim.

— C'était une idée de ta mère. Son père apprenait à ses draques à tuer de cette façon. Je t'ai ainsi peut-être épargné une mauvaise surprise, plus tard. N'oublie jamais ceci à propos des hominidés : ils compensent leur faiblesse physique par des outils, des stratagèmes et de la magie. D'après moi, il est lâche de laisser un morceau de métal tuer à ta place... mais te voilà prévenu.

Ils se partagèrent le corps, père croquant les os quand Auron eut mangé la plus grande partie de la chair. Son museau comme son flanc cessèrent de saigner. Les blessures de père formaient déjà des croûtes brunâtres sur ses écailles fendues.

— Père ?

— Oui ?

— Qu'y a-t-il sous le gros rocher ? Je poursuivais une limace et je n'ai pas réussi à le bouger. Mère a dit que tu l'avais mis là.

— Je ne suis pas surpris que tu aies échoué. C'est normalement impossible pour quelqu'un de ta taille.

— Tu me montreras ?

Père retroussa les lèvres, songeur.

— Tu as tué ta première proie, toi le champion de notre couvée, et tu n'es donc plus un dragonnet à mes yeux. Suis-moi. (Père se dirigea vers le rocher. Il baissa son long cou et renifla le crachat bilieux d'Auron.) Tu grandis. C'est ton *foua*. Tu n'auras peut-être pas à attendre plus de quatre saisons avant que ta poche à feu fasse de ceci de vraies flammes de dragon – à condition que tu manges correctement. La graisse comprime la poche, comme me le disait le vieux rouge.

Auron savait déjà pour le feu ; sa mère lui avait expliqué qu'en crachant ses premières flammes, il deviendrait un draque. Son organisme remplirait sa poche à feu d'une graisse liquide ; quand il cracherait, cette dernière s'enflammerait au contact de la substance qu'il produisait déjà. Mère savait tout.

Père poussa le rocher.

— Comment peux-tu descendre là-dedans, père ? C'est trop petit.

— Ma tête et mon cou passent, et cela suffit. Ce n'est pas loin. Descends et regarde.

— C'est dangereux ?

— Oui, mais pas de la façon dont tu le penses.

Auron renifla mais ne sentit que l'odeur du sang coagulé dans ses narines. Il tourna autour de l'entrée du puits, indécis.

— Veux-tu un peu de lumière ? demanda père.

Il toussa et un crachat enflammé alluma la mousse morte accrochée à la pierre.

La vive lumière dévoila un puits qui allait en se rétrécissant ; si Auron tombait, ce ne serait pas de très haut.

— Je ne vois rien, père.

— Va sous le surplomb. Ce n'est pas loin – mon cou n'est pas si long que ça.

Auron prit appui sur sa patte blessée et décida qu'elle ne supporterait pas son poids. Il descendit dans le puits la queue la première.

Quelque chose luisait sous le surplomb, renvoyant la lumière de la mousse enflammée. Auron s'avança dans cette alcôve naturelle et s'arrêta soudain de respirer, estomaqué.

Une cascade d'argent se déversait, constituée d'objets pourris, semblables à la tente qu'il avait vue plus tôt, et recouvrait entièrement le sol. Des disques dorés et brillants remplissaient de petites chambres creusées dans les parois. Des pierres colorées semblables à celles avec lesquelles ses sœurs jouaient parsemaient tout ce métal.

Père passa la tête dans le puits.

— Appétissant, n'est-ce pas ? Ce n'est cependant pas énorme comme trésor. Je préfère manger l'or que le garder pour l'admirer. Tu peux en prendre une bouchée ou deux, si tu en as envie – à condition que tu n'en aies pas déjà chapardé, bien sûr.

Père rit en se remémorant quelque souvenir.

Auron remplit sa gueule de pièces. Elles n'avaient aucun goût et il les recracha aussitôt.

— Pourquoi donc..., s'exclama père. Oh, bien sûr ! Tu n'as pas d'écailles. Ça explique ton impassibilité. Quand mon père m'a montré son trésor pour la première fois, je l'ai attaqué quand il s'en est approché.

— Pourquoi je n'ai pas d'écailles ?

— Les gris sont différents, mon fils. Tu devras te montrer prudent : ta peau peut être transpercée plus facilement. Mais en contrepartie, les joyaux et l'or ne t'attirent pas, et tu pourras ainsi, si tu le désires, vivre dans le monde d'En-Haut et tout de même loin des hommes. Les autres dragons sont condamnés à chercher des métaux lourds dans le monde d'En-Bas, et ainsi à affronter nains et gharses – ou à les voler aux hommes et aux elfes, là-haut.

— Où as-tu trouvé ton trésor ?

— Dans les villes, les caravanes... une partie vient de ta mère. Elle a autrefois rendu un service à des nains en chassant les garnes d'une caverne. Ils lui ont donné en échange l'argent que tu vois aujourd'hui. C'est beau, n'est-ce pas ? Ça me rappelle les rayons de lune.

— Les nains ne l'ont pas tuée ?

— Elle était prudente. Elle ne les rencontrait que par groupes de deux, et à la surface. Grâce à son don pour les langues, vois-tu.

— Pourquoi les dragons aident des hominidés qui vont tenter de les tuer ?

— « L'ennemi de mon ennemi est mon ami, jusqu'à ce que mon ennemi meure », cita père. Alors qu'elle aidait les nains, elle a trouvé cette caverne. Elle a décidé que ce serait un bon endroit pour élever sa couvée. On pourrait dire qu'elle a abattu deux cavaliers d'un seul coup de queue.

— Je m'en souviendrai, père.

— C'est bien, mon draque, dit père en riant. Petit garne. Tu réfléchis, pas vrai ? Comme ta mère. Ils auront du fil à retordre s'ils veulent te chasser, quand tu seras un peu plus gros.

— Me chasser ? Qui veut nous manger ?

Père tendit le cou et Auron se recroquevilla, intimidé par son imposante tête, sa crête et ses cornes. Il semblait tout le temps en colère, mais c'était peut-être à cause de la forme de ses arcades.

Père lui lécha doucement le museau.

— Non, champion. Personne ne mange un dragon, ou alors par hasard.

— Alors pourquoi ?

Père baissa la tête, offrant ainsi à Auron un moyen facile de sortir de l'antre au trésor. Auron escalada la crête recouverte de piquants et remonta le long du cou paternel.

— « Pourquoi », d'après ta mère, c'est ton mot favori. Eh bien, c'est une longue histoire. Je vais tâcher de te la raconter du mieux que je peux. Mon père l'a fait il y a bien longtemps, et mon grand-père avant lui. Je crois que j'étais plus vieux que toi quand je l'ai entendue pour la première fois, mais tu sais déjà parler. Je vais donc te la conter, si tu le souhaites.

— Oui, s'il te plaît.

Père ferma les yeux pendant un long moment, et les rouvrit.

Puis il commença...

— Il y a longtemps, si longtemps que le monde d'En-Haut était informe et le monde d'En-Bas plongé dans le chaos, le Soleil usait de quatre Grands Esprits qui travaillaient ensemble pour donner forme à ces mondes, l'un de lumière, l'autre de ténèbres. Ils façonnèrent montagnes et vallées, océans et déserts, cavernes et nuages. Quand les mondes d'En-Haut et d'En-Bas furent achevés, le Soleil commanda à deux d'entre eux de remplir le monde d'En-Haut de vie pour l'adorer. Ces esprits étaient l'Air et l'Eau. L'Eau créa quantité de plantes et d'êtres qui aimaient le Soleil. L'Air créa les oiseaux pour qu'ils volent et les autes bêtes pour qu'elles parcourent le monde, et tous adorèrent le Soleil. Les fleurs déployaient leurs pétales pour lui ; les oiseaux chantaient pour accueillir son ascension.

» La Lune fut jalouse de toute cette vénération car elle était laide et vérolée, si repoussante que dans la forêt les loups avertissaient le monde entier de son arrivée. Elle persuada les deux autres esprits, le Feu et la Terre, de créer dans les profondeurs un être qui tuerait les adorateurs du Soleil. Ainsi naquirent les garnes. Tu n'en as pas encore vu, n'est-ce pas ? Ce sont des créatures au dos voûté avec de grands bras poilus et des mains aux longs doigts, capables de tordre le cou à un dragonnet.

» C'était une bien sombre époque. Les garnes tuèrent

et dévorèrent bien des choses que l'Air et l'Eau avaient créées. Ils mangeaient de plus en plus et se reproduisaient au même rythme, détruisant tout. Le Soleil se mit en colère et demanda à la Lune de s'excuser – mais la Lune refusa et le fuit à jamais. Le Soleil ordonna aux Quatre Esprits d'œuvrer ensemble pour s'occuper des garnes.

» La Terre, l'Air, le Feu et l'Eau sont capables de tuer, mais c'est la plupart du temps par accident, quand ils tentent de faire autre chose. Ils étaient très occupés – le monde doit rester propre et se renouveler en permanence – et ils n'avaient pas le temps de combattre les garnes. Ils pouvaient cependant créer la vie, et ils décidèrent de donner ensemble vie à une créature que les garnes ne pourraient ni manger comme les animaux ou les oiseaux, ni couper comme les plantes et les arbres. Ils travaillèrent, ils réfléchirent et, après de nombreuses tentatives dont certains rejetons errent encore aujourd'hui de par le monde, ils créèrent les dragons.

» Chacun des Grands Esprits fit un don aux dragons. La Terre leur donna son armure, semblable au fer forgé. Les garnes ne pourraient ni la mordre ni la griffer. L'Air leur donna son pouvoir de voler, afin qu'ils se rendent n'importe où dans le monde quand ils en auraient besoin. L'Eau leur donna sa force. Le Feu leur fit un suprême cadeau : le pouvoir de faire naître les flammes.

» Les dragons étaient affamés et ils parcoururent le monde entier ; soit ils dévoraient les garnes, soit ils les soumettaient. Les garnes nous détestent, mais d'une certaine façon ils nous vénèrent aussi. Ainsi nous menions, mangions et soumettions les garnes comme nous l'entendions. Une fois ces créatures sous contrôle, les mondes d'En-Haut et d'En-Bas furent de nouveau en harmonie. Le Soleil regarda le monde, et il fut satisfait.

» « Excellent travail, Grands Esprits. Qui dois-je remercier pour avoir remis les choses en ordre ? Je souhaite récompenser le responsable. »

» Chaque Esprit revendiqua notre paternité, avançant que le don qu'il, ou elle, avait fait aux dragons était la raison de notre suprématie. Il y eut des discussions et des querelles sans fin.

» « Puisque vous avez décidé de vous quereller et qu'aucun d'entre vous ne peut prouver qu'il a raison, je garderai ma récompense », dit le Soleil en affichant son mépris.

» Chaque Grand Esprit regagna son domaine dans le monde d'En-Haut ou d'En-Bas et rumina de sombres pensées. Ils étaient tous aussi avides, et eurent la même idée : *Si je peux prouver que je suis le plus grand, j'aurai cette récompense. Comment prouver que je suis le maître ? Je sais : je dois créer quelque chose capable de tuer même les dragons !*

» La Terre, au plus profond du monde, créa les nains. Elle leur donna le pouvoir de fabriquer des armures et des armes capables de percer les écailles des dragons, et la solidité, le courage des montagnes.

» L'Eau, emplie d'une lente sagesse, créa les elfes qui vivent au milieu des choses vertes qu'elle nourrit. Ils vieillissent comme les arbres et se déplacent comme les feuilles portées par le vent. Ce sont des chasseurs patients dotés d'une vue perçante et d'une ouïe fine.

» L'Air, tout là-haut, créa les hommes. Ces nomades, ces chasseurs qui s'adaptent à tout. L'homme ne se dresse pas comme une montagne devant un obstacle, il n'attend pas comme un arbre que la saison change : il trouve un moyen pour passer par-dessus, par-dessous, ou autour.

» Le Feu était paresseux et capricieux ; il ne créa rien. Il préféra isoler quelques-unes des autres créatures, les plia à sa volonté et leur enseigna la magie. Ces mages tueraient ou domineraient tous les dragons, tueraient ou domineraient, le moment venu, toutes les autres races, et placeraient un jour le Feu dans le ciel pour remplacer le Soleil lui-même. Pire encore, le Feu enseigna à ces mages les secrets de la Création, pour que d'autres donnent des ordres à sa place.

» Mais, tout comme les Esprits qui les avaient créés, ces peuples se disputaient. Ils passaient le plus clair de leur temps à s'opposer les uns aux autres. Les hommes combattaient les hommes quand il n'y avait plus d'elfes à massacrer. Malheureusement, chaque race parvint tout de même à tuer sa part de dragons – nous étions trop arrogants à cette époque, avant d'apprendre à avoir peur.

» Sans les dragons pour maintenir l'ordre, les garnes eux aussi revinrent et affrontèrent les autres races. Depuis, l'histoire du monde n'est qu'une suite de guerres entre les diverses créations des Esprits.

» Ainsi, nous, les dragons, devons aujourd'hui nous cacher, ou des assassins viendront massacrer nos familles. Les dragons qui ont connu des temps meilleurs ont presque tous disparu. Les nains trouvent nos antres, les elfes nous piègent dans les forêts ou sur l'eau, et les hommes viennent de plus en plus nombreux avec leurs troupeaux, leurs forts, leurs routes et leurs villes.

» Je suis plus porté sur les combats que sur la sagesse, petit gris. Pourtant, voici mon conseil : apprends quelque chose en observant chaque race, mais prête tout particulièrement attention aux humains. Ton grand-père, mon père, détruisit un jour une de leurs armées, mais une nouvelle armée arriva, accompagnée par les survivants de la première. Quand il voulut détruire et brûler leurs machines de guerre, ils l'encerclèrent, et ainsi mourut un rouge très puissant. Ils s'étaient *adaptés* – un mot que je tiens de ta mère – à lui et à sa manière de se battre. Si nous, dragons, souhaitons vivre longtemps, nous devons nous adapter à cet âge nouveau – ou le travail accompli par les Quatre Grands Esprits en nous créant n'aura abouti à rien. Notre espèce continuera à dépérir, et un jour il n'y aura plus d'œufs.

Père lança un regard en direction de la saillie, reniflant à grands coups l'air de la caverne comme s'il cherchait des ennemis dans les environs.

— Père, ça veut dire quoi « dépérir » ? demanda Auron.

— Rien qui te concerne aujourd'hui.

Ils terminèrent les restes de l'homme. Auron sentit de nouveau son propre sang sur la lame de l'humain. Il s'apprêta à envoyer d'un coup de patte le couteau dans le puits qui menait au trésor mais père lui fit apporter l'arme vers le promontoire pour qu'il partage sa leçon avec ses sœurs.

Chapitre 4

Avec l'air frais vint le changement. À la surface, l'hiver avait finalement pris fin et d'infimes traces de la vie printanière pénétraient dans la caverne.

Pour Auron, ce n'était pas trop tôt. Même les chauves-souris mortes se faisaient rares.

Et avec l'air frais vint l'eau. Elle goutta tout d'abord, s'écoula, puis s'abattit en cascade, quittant la glace fondue de la surface pour gagner quelque réservoir invisible. L'humidité ne dérangeait pas Auron : l'eau coulait sur sa peau comme sur la pierre. Il buvait dans les flaques, sentait et goûtait le monde au-dessus de lui grâce à ce messager liquide.

Au contact de l'eau le lichen séché n'avait pas tenu et il avait fait place à de petites plaques de jeune mousse. Les chauves-souris avaient commencé leurs escapades nocturnes et revenaient dans la grotte pour y déposer quantité de fertilisant à l'odeur ammoniaquée.

Le retour de la vie dans la caverne avait même un effet sur mère. Elle semblait encore épuisée mais reniflait l'air de l'extérieur avec un peu de son ancienne énergie.

— Bientôt nous serons dans le monde d'En-Haut, mes petits joyaux. De la viande, de la chaleur, et plus jamais de chauves-souris mortes.

— Ce sera plus facile de chasser pour père ? demanda Wistala, la dernière née.

— Oui, mais nous ne le verrons pas beaucoup. Il volera très loin pour s'assurer que d'autres dragons ne viennent pas s'aventurer sur notre territoire. Et puis les appétits d'une famille de dragons ont tôt fait de vider tout un secteur. Si tu chasses trop souvent dans une forêt pendant tout une année, tu es sûre de mourir de faim la suivante.

— À quoi ressemble le monde d'En-Haut ? C'est dangereux ? demanda Auron.

— C'est grand et magnifique. La vie est partout et chante de mille façons différentes pour les Quatre Esprits. Tu pourrais voler toute ta vie, tu n'en verrais qu'une partie. En ce moment, tu ne perçois que la musique de la neige fondue qui traverse notre caverne. Dans le monde d'En-Haut tu entendras la pluie tomber, le vent dans les arbres, dans les prairies, le fracas de l'océan qui frappe sans cesse la terre à la recherche de son point faible. L'éclair illuminera un lieu pour que son amante, la foudre, le visite. Et loin, loin au-dessus, le Soleil et la Lune voyagent en silence et écoutent cette musique.

» Il y a du danger, mais n'oublie pas que tu es dangereux, toi aussi. Dans ce vaste monde il n'y a rien de plus redoutable qu'un dragon prudent. Quelle est l'arme la plus terrible d'un dragon ?

— Son feu ! s'exclama Auron.

— Sa force ? demanda Jizara.

— Ses sens, dit Wistala après un instant de réflexion.

— Tout cela est vrai, mais ce n'est pas suffisant. C'est l'astuce d'un dragon qui guide toutes ses autres armes. Savoir quand combattre et quand fuir, faire croire au fort que l'on est plus fort que lui, au faible que l'on est plus faible et les pousser à se montrer imprudents. Laissez votre proie croire que vous êtes inoffensif, donnez à ceux qui vous poursuivent l'impression que vous allez quelque part, et soyez là où ils ne vous attendent pas.

C'est parfait, songea Auron. *Je fuirai tout le temps pour sauver ma peau sans écailles. Mes sœurs auront moins à craindre dans le monde d'En-Haut que moi.*

— Tu penses que ta peau est une faiblesse, Auron ? demanda mère.

Auron la regarda. Elle lui adressa un reniflement, la tête penchée en signe d'affection. Il ne pouvait pas mentir ; elle lisait aussi facilement son esprit que son expression.

— Oui, mère.

— Jizara, monte sur cette stalagmite, veux-tu ?

Jizara, comme toujours obéissante, se dirigea vers une grosse protubérance rocheuse.

— Maintenant Auron, écoute.

Jizara commença à grimper et Auron entendit ses écailles râper contre la pierre.

— Grimpe cette paroi, Auron. Garde tes griffes rentrées et utilisa la force de tes *sii*.

La paroi était plus ardue à gravir que la stalagmite mais, en utilisant son cou et sa queue, il parvint à atteindre le plafond de la caverne. Il resta perché la tête à l'envers, serrant une pierre entre ses pattes.

Mère leva la tête pour se mettre à son niveau.

— Auron, tu n'as pas fait le moindre bruit, si ce n'est celui de ta respiration. Est-ce une faiblesse ou une force ?

— En quoi est-ce si bien ?

— En certaines occasions, tu ne voudras pas être entendu. Si j'étais un elfe, à la vue perçante et à l'ouïe fine, et que je m'aventure dans cette caverne, je ne t'entendrais pas grimper là-haut pour te cacher et je ne te verrais pas dans cette pénombre. Tu ne renvoies pas la lumière : ta couleur te permet de te fondre parfaitement dans ton environnement. Quand cet elfe se trouverait assez près pour te voir, il serait trop tard pour lui.

Auron se sentit rougir de satisfaction. Même père ne pouvait pas se cacher de cette manière.

— Je comprends, mère.

— Mais quelle dragonnelle voudrait faire son vol nuptial avec Auron, mère ? demanda Wistala. Il ne ressemble pas vraiment à un dragon. Plutôt à un lézard.

— Surveille tes paroles, Tala, la réprimanda mère. Ma mère était une dragonnelle avec de nombreux prétendants, et elle a choisi mon gris de père. Il y a d'autres choses chez un dragon que l'éclat de ses écailles.

— Mon mâle sera un puissant rouge, mère. Rouge comme un rubis !

— Je veux un bronze qui brille comme père, dit Jizara toujours perchée sur la stalagmite. Mais avec moins de cornes et de cicatrices.

Mère rit.

— Ses cornes vous semblent peut-être laides aujourd'hui, jeunes filles, mais un jour vous aurez le ventre rempli d'œufs et vous penserez différemment !

— Pourquoi se soucier des dragonnelles ? dit Auron en filant vers une fissure pour mieux se camoufler. Je ne m'accouplerai jamais !

Mère frotta le dessus de sa tête contre le dos d'Auron.

— Mon petit vainqueur, la vie a encore bien des choses à t'apprendre.

— Mais toi, tu m'en apprendras, n'est-ce pas, mère ?

— Bien sûr. Cependant, dans un an ou deux, il sera temps pour moi de pondre d'autres œufs. Père vous chassera alors de cette caverne.

— Nous ne nous reverrons plus ?

— Vous aurez d'autres choses en tête – mais je serai toujours avec vous. Je fais partie de votre chant.

Auron inspectait le sol de la caverne. Il traquait la piste plus très récente de son frère près de la mare où il pêchait. Il sentit les traces du cuivré tout autour d'une profonde fissure dans la paroi de la caverne d'où coulait depuis peu un filet d'eau. Si son frère était venu une fois, il reviendrait. Auron trouva un perchoir et s'y tint immobile pour attendre son retour.

Il était temps que la caverne appartienne à Auron. Il chasserait son frère ou le tuerait. L'odeur d'un autre jeune mâle aussi près de ses sœurs lui était intolérable. Auron frotta sa corne avec impatience. Ce vestige de son éclosion était désormais solidement fixé à l'extrémité de son museau : un éperon affûté qui pourrait traverser même les écailles de son frère s'il était amené à le tuer.

Auron n'était pas doué pour l'immobilité. Ses sœurs étaient meilleures quand il s'agissait de s'asseoir et d'attendre. Sans rien d'autre pour occuper son esprit qu'attendre et prêter l'oreille, il s'endormit.

« Ploc (poc)… Ploc (poc)… Ploc-Ploc (poc-poc). »

Auron se réveilla, tous les sens aux aguets, sans pour autant savoir pourquoi. Il ouvrit un œil et balaya la mare du regard. La succession de « plocs » et de « pocs » continua encore et encore. Auron en localisa la source : la paroi au-dessus de la mare et la fissure d'où s'écoulait le filet d'eau.

Ce qui produisait ce son se trouvait derrière la paroi, dans une caverne dissimulée par un mur de pierre et un écoulement d'eau.

Auron glissa le long de la stalagmite sur laquelle il s'était perché et rampa vers la mare. Derrière ce mur, l'intrus synchronisait son travail avec le rythme de l'eau qui coulait. Il n'en était pas certain, mais la fissure lui semblait plus large que lorsqu'il y avait senti la trace de son frère. Il aurait voulu l'observer de plus près, mais nulle part où se cacher près de l'ouverture…

À l'exception de la mare ! Auron se glissa dans l'eau glacée ; ses cœurs bondirent. Il y avait un rebord sous la chute d'eau et il y posa la tête, le reste de son corps toujours immergé. L'eau tombait sur son crâne avant de rejoindre la mare. À travers ce rideau de gouttelettes, il distinguait la fissure et aperçut des éclats de pierre volant à chaque coup donné.

Il aurait voulu prévenir père, mais ce dernier était loin, parti chasser. Il avait quitté la caverne la veille et serait absent pendant des jours.

Un morceau de paroi s'effondra dans cette cavité cachée. Auron sut qu'il avait été tiré par une puissance inconnue : il n'était pas tombé de manière naturelle.

Un dôme pointu et brillant apparut dans cette nouvelle ouverture, puis pivota à droite et à gauche. Auron aperçut des yeux derrière de minces fentes. Une silhouette pénétra dans la caverne, appuya son dos contre la paroi et se figea.

Elle avait des membres épais et se tenait sur deux jambes ; pas aussi grande que l'homme que père avait ramené, mais beaucoup plus large. Elle portait un grand heaume et Auron entendait sa respiration à travers la plaque qui protégeait son visage. Avec toutes ces pièces de métal, elle pesait probablement trois fois le poids d'Auron. Une chose pointue au bout d'une longue tige suivit, tendue à l'intrus par quelqu'un dans l'ombre. Des barbelures finement ouvragées ornaient son extrémité.

Une lance !

Il entendit des voix échanger des mots à voix basse, fort différents du draquine.

— *Az-klatta. Mu-bieblun*, grogna à l'intention de son compagnon l'intrus qui se tenait à l'extérieur.

Auron frissonna en entendant ces sons étrangers qui rendaient le danger d'autant plus réel. Il s'agissait sûrement de nains, et les nains chassaient les dragons. Il tressaillit, mais s'interdit immédiatement de bondir. Il préféra plonger dans la mare, dissimulé par la chute d'eau, et s'enfuit en nageant sous la surface. Arrivé près de la paroi, au bout de la caverne, il ne sortit que sa crête et ses yeux, attentif à ce que la cascade soit toujours entre lui et le nain.

Il se hissa hors de l'eau et se mit à couvert aussi vite

que ses quatre pattes pouvaient le porter. Il louvoya entre les stalagmites pour regagner la saillie. Il fallait qu'il prévienne mère avant que d'autres nains…

Quelque chose s'abattit sur son dos.

— Je te tiens ! Il est temps pour toi de mourir, mauviette, siffla le cuivré.

Auron griffa son frère de sa patte libre ; il sentit son *saa* racler contre ses écailles.

— Par les œufs qui nous ont abrités, il y a quelque chose que tu ignores, lança Auron. D'autres créatures sont entrées dans la caverne. Des nai-aaaaaahhhh !

Il ressentit une douleur fulgurante lorsque les dents du cuivré déchirèrent la fine peau de son conduit auditif, derrière sa crête, près de l'endroit où battait l'un de ses cœurs. Auron projeta ses pattes arrière vers le haut, mais son frère pesait de tout son poids sur ses pattes avant nettement plus faibles.

Le cuivré immobilisa l'un des *saa* d'Auron avec sa queue puis maintint la gueule de son frère fermée avec sa patte avant encore valide afin de l'empêcher de crier.

— D'autres créatures ? Je sais. De bons amis, des amis puissants, et qui m'ont davantage aidé à survivre dans ce monde que ma propre famille. Je t'ai sauvé la vie, mais aurais-tu partagé la saillie avec moi ? M'aurais-tu permis de me rassasier ? de respirer ne serait-ce qu'une bouffée de mère ? À cause de toi j'ai vécu dans la faim et me suis caché depuis le jour où je suis sorti de ma coquille… à cause de toi.

Auron ne pouvait pas répondre. Il parvenait à peine à respirer par le nez, comment aurait-il pu évoquer les instincts qui l'avaient alors poussé à agir ?

— Alors, tu vas mourir, comme tu aurais dû le faire en sortant de l'œuf. Deux frères plus forts que toi, et c'est *toi* qui remportes le nid. Il est temps de réparer cela – ou presque. D'abord, tu vas voir mère et les deux petites piailleuses se faire dépecer. Arrête de gigoter, lézard ; tu es pire qu'un serpent ! Dommage que tu ne puisses pas me voir me gaver de l'or de père.

Le cuivré utilisa sa patte valide pour tirer la tête d'Auron en arrière. Auron parvenait seulement à distinguer la saillie et le dos sans crête de mère qui semblait vert pâle, éclairée par les mousses. Il n'était pas un serpent ; il était un draque, même s'il n'avait ni les écailles ni la stature de père. Un serpent, ce n'était qu'une colonne vertébrale…

Auron fouetta l'air de sa queue, tel un scorpion frappant sa proie. Il visa les yeux de son frère, mais le cuivré avait sans doute vu le coup venir. Auron toucha à la place le côté de sa tête. Il tordit son corps et son frère, plus frêle, lâcha prise. Auron ne ressentit plus de pression sur la nuque et les deux dragons roulèrent sur le sol. Ils se mordirent à la tête et Auron reçut les pires blessures. Ni l'un ni l'autre ne parvenait à fermer ses mâchoires sur la gorge de son adversaire.

Ils se regardèrent, la gueule ouverte. Auron fit un pas de côté, mais son frère pivota afin de protéger son bras estropié.

Pourquoi son frère n'en finissait-il pas ?

Il comprit qu'il n'avait pas le temps d'achever ce combat. Son frère se jouait de lui, le tenait éloigné du promontoire pendant que les nains se rassemblaient.

— Tu verras la fin de ce jour si tu cesses de me gêner, dit Auron. Cependant, père réagira peut-être différemment quand je lui raconterai tout ceci. Il abattra les montagnes pour te retrouver, toi qui as conduit des assassins à sa couvée.

Auron n'attendit pas la réponse de son frère : il s'écarta d'un bond et courut. Il ne fut pas poursuivi ; son frère n'avait aucune chance de le rattraper.

— Mère ! mère ! mère ! s'égosilla Auron en s'approchant de la saillie. Des intrus ! Des assassins ! Des nains, ici, dans la caverne !

Auron bondit pour atteindre la saillie, un saut que ses sœurs avec leurs écailles ne pourraient jamais égaler.

Sa mère était debout, le cou et la queue enroulés autour des deux dragonnettes pour les protéger.

— Nous sommes découverts ? demanda-t-elle, les narines dilatées alors qu'elle reniflait l'air.

— Ils sont ici, mère. Avec des lances, dit Auron en plaçant d'instinct son petit corps entre les nains et sa famille.

— Non ! La faim m'affaiblit, et l'hiver fut si…, commença-t-elle.

Elle se figea et observa la caverne. Auron les avait déjà aperçus grâce à ses yeux perçants de dragon.

Des silhouettes aux jambes arquées sortirent de l'ombre. Elles se hissaient par-dessus les pierres, apparaissaient puis disparaissaient derrière des stalagmites, bondissaient par-dessus des crevasses. Beaucoup. Beaucoup, beaucoup. Elles couraient avec des lances, des haches, des grappins. Certaines tenaient un lourd bouclier devant elles pour protéger d'autres nains qui transportaient diverses machines.

Mère se leva sur ses pattes arrière. Ce n'était pas pour se battre ; elle tourna le dos aux tueurs et arracha du plafond de la caverne une stalactite brisée. Quand elle se détacha, Auron sentit l'air frais de l'extérieur.

— J'espère que vous n'êtes pas trop gros, mes dragonnets. Auron, emmène tes sœurs à la surface. Immédiatement ! Grimpe, mon chéri, grimpe.

Elle fit monter Wistala le long du mur en la poussant avec son museau.

Auron se campa sur ses pattes et ouvrit la gueule en direction des nains qui s'approchaient. Il aurait tellement voulu ! Il aurait tellement voulu avoir des ailes pour les déployer et ainsi effrayer les intrus. Il sentit son corps se raidir, il cracherait sa bile à défaut d'autre chose…

Mère le prit par le dos et le jeta presque dans l'ouverture. Un objet surgit des ténèbres et ricocha sur le cou de mère. En dessous, il aperçut Jizara, pétrifiée par la peur, qui serrait la patte arrière de mère de tout son corps.

— Jizara ! Par ton œuf, Jizara, lâche-moi ! Ma dragonnette, je ne peux pas me battre si tu restes là.

Rien n'effrayait davantage Auron que le spectacle de sa mère qui tentait avec douceur de détacher sa sœur de sa patte. Son esprit s'éclaircit. Il ne pouvait pas se battre, mais il pouvait épargner à mère une préoccupation.

— Jizara, monte ! Tu ne veux pas voir le monde d'En-Haut ?

Un autre objet fondit sur mère et se planta dans son cou. Des flèches. Dans un fracas métallique, des fers de lance apparurent par-dessus le bord de la saillie, bientôt suivis par des têtes casquées, des armures, des cottes de mailles.

Mère le regarda, et il lut son esprit. C'était un brouillard marqué par la peur : deux dragonnets à envoyer dans le monde d'En-Haut pour qu'ils s'y débrouillent seuls et un troisième qui s'accrochait à elle alors que ses blessures la faisaient souffrir.

— Grimpe ! Auron, grimpe ! implora mère.

Elle lui lança un dernier regard avant de faire demi-tour et d'affronter les lances.

Wistala ne bougea pas avant qu'Auron lui donne un coup de tête. Elle s'enfuit alors, projetant des pierres dans sa course effrénée le long des virages et des paliers de l'étroit passage. Leurs halètements étaient renvoyés par les parois ; ils couvraient la rumeur du combat entre nains et dragonne qui avait lieu derrière eux. Il n'y avait pas ici de mousse pour les éclairer ; plus Auron grimpait et plus il avait peur.

Et soudain il entendit un terrible cri d'angoisse – un hurlement capable de fendre le cœur de la montagne. Peut-être le gémissement d'une dragonne à l'agonie, peut-être la plainte d'une mère qui vient de voir sa progéniture se faire tuer sous ses yeux. Auron ne le saurait jamais.

Chapitre 5

L'éclat de la neige leur faisait mal aux yeux, le vent les glaçait ; en contemplant les vastes horizons du monde d'En-Haut, ils se sentirent encore plus seuls et sans défense. Même les oiseaux ne volaient pas à cette altitude. À quelques longueurs de dragon en contrebas, des pins maigres et tordus par les vents s'accrochaient à de petites étendues de terre entre les rochers, au milieu de plaques de lichen.

Ils ne seraient peut-être jamais sortis de la caverne sans Auron. Après une ascension épuisante dans les ténèbres, ils avaient atteint un passage plus large jonché de restes de diverses créatures mortes. Le tunnel s'était de nouveau resserré avant de finir bouché par la glace et la neige. Wistala s'était mise à pleurer et l'avait supplié pour qu'ils retournent dans la caverne ; elle avait voulu savoir si mère et Jizara y étaient encore. Auron avait humé l'air au travers des fissures dans la glace et il avait entendu le vent souffler de l'autre côté. Il avait fouetté la glace au-dessus de lui avec sa queue ; peur, colère et solitude avaient guidé chacun de ses coups. La glace avait bientôt été marquée d'empreintes de queue sanglantes. Auron s'était retourné et avait tenté de l'entamer avec les dents, mais il n'était parvenu qu'à s'arracher un morceau de gencive. La bile qui s'était accumulée en lui avait jailli en un torrent acide ; elle avait creusé la glace et avait répandu dans le tunnel une odeur d'urine de chauve-souris. Il s'était ramassé sur lui-même pour se jeter contre la glace et avait surgi ainsi dans le monde d'En-Haut.

Et au-dessus d'un précipice. Auron avait griffé les rochers rendus humides par la neige fondue et était sur le point de tomber quand Wistala avait refermé ses mâchoires sur sa queue. Elle s'était arc-boutée sur ses quatre pattes jusqu'à ce qu'il ait trouvé une prise. Il s'était blotti contre elle sur cette plateforme infiniment plus petite que leur saillie, les yeux plissés à cause de la lumière.

Quand le battement de ses cœurs avait un peu ralenti, Auron avait regardé sa sœur avec un intérêt renouvelé. Jamais auparavant elle ne lui avait semblé suffisamment rapide pour agir en temps de crise, physiquement en tout cas.

— Ta queue te fait mal ? demanda Wistala en reniflant le sang qui coulait des profondes morsures.

— Pas autant que tout le reste de mon corps si j'étais tombé.

— C'est trop grand.

— Qu'est-ce qui est trop grand ? répondit Auron en amenant sa queue devant ses yeux.

L'avait-elle mordue de part en part ? Le bout allait-il tomber ?

— Ça, renifla-t-elle. Le monde d'En-Haut. C'est comme si nous n'étions nulle part.

Des étendues si vastes qu'aucun mot ne pouvait les décrire s'étendaient à l'ouest, des terres plates jusqu'à la ligne d'horizon indistincte. Une image mentale, c'était une chose…, mais les nuages semblables à des ailes de dragon loin, si loin au-dessus d'eux, les petites taches de couleur, vertes et brunes, en contrebas, et le soleil qui projetait des ombres bleutées… Comme si Auron n'était qu'un minuscule caillou à l'échelle de sa caverne. Wistala et lui pouvaient continuer à respirer ou ils pouvaient périr sous les coups de hache des nains, cela ne changerait rien : le soleil projetterait toujours ses ombres, les arbres se battraient toujours pour l'atteindre et les nuages poursuivraient leur course, indifférents. Quelle importance avait deux dragonnets comparés à l'infini ?

Il se pressa contre sa sœur. Elle était désormais l'être le plus important dans son univers. Pour l'instant, tout le reste du monde d'En-Haut était trop pour lui, mais il pouvait créer un nouveau monde autour d'elle. C'était ce que mère voulait.

Auron regarda sa sœur dont les écailles vertes brillaient au soleil. Elle gardait la tête penchée et regardait dans toutes les directions ; ses pupilles noires et fendues au milieu de ses iris dorés étaient presque closes à cause de la lumière.

Cela rappela à Auron un souvenir de père.

— Vois-tu des images mentales ?

Il n'avait jamais prononcé ce mot devant elle auparavant et il l'avait à peine employé avec mère.

Pourtant elle hocha la tête.

— Des visions de mère. Peut-être de père. Ou d'autres dragons, ceux du vieux chant ? Je l'ignore. J'ai l'impression d'être déjà allé là-haut, et d'avoir regardé la terre tout en bas.

— Moi aussi.

— Mais ça ne veut pas dire que j'aime cet endroit pour autant. Devons-nous attendre un peu puis retourner dans la caverne ?

Auron eut envie de la mordre mais il résista à cette impulsion et préféra l'étreindre. Il enroula son cou autour du sien.

— Nous pourrions, oui. Imagine que les nains nous y attendent ? Ou pire encore, qu'ils soient en ce moment en train de grimper dans la cheminée ? Père a dit de ne jamais combattre un nain sans espace pour manœuvrer. Ils sont forts, plus forts que tous les autres assassins. Je ne sais pas si je peux encore escalader quoi que ce soit. J'ai déjà faim. Plus faim que jamais auparavant.

—Alors nous devons descendre cette montagne tant que nous en avons la force. Mère a partagé ses histoires de chasse avec Jizara et moi. Pelage et plumage, elle disait qu'il n'était jamais trop tôt pour commencer. Un chasseur fatigué prend moins de proies, ou aucune, et meurt de faim.

Ils tendirent le cou au-dessus du précipice, reniflèrent et observèrent.

—Je crois que je vois un chemin, dit Wistala. C'est toi qui as ouvert la voie dans la cheminée ; je prends un peu le relais. Prends les mêmes prises que moi.

Auron la poussa sur le côté avec sa crête.

—Non, si l'un de nous deux tombe, autant que ce soit moi. Je suis plus léger, j'atterrirai plus doucement. Mon cou et ma queue sont aussi plus longs, je peux ainsi trouver davantage de prises.

Il remarqua une pente douce qui menait à une prairie et se dirigea vers elle. Ils n'avaient pas atteint la vallée quand le soleil disparut derrière les montagnes, mais ils trouvèrent un replat plus large sur lequel se reposer, protégés du vent par un amas de pierres aplaties. Ils se trouvaient près de la cime des arbres. Au premier abord, Auron les détesta. Ils lui rappelaient les lances. Si différents de la mousse dont la lueur et l'odeur humide étaient réconfortantes.

—La glace est en train de reboucher la sortie de la cheminée. Nous devrions nous arrêter, dit sa sœur, hors d'haleine.

—J'aimerais voir ces nains descendre *ça*, dit Auron en formant une image mentale du rocher qui surplombait le précipice et duquel il avait failli tomber.

Wistala acquiesça. Penser à des nains qui dégringolaient leur réchauffa le cœur.

Auron étendit ses pattes endolories. Tout son corps

tremblait d'épuisement. Wistala s'allongea à côté de lui, pressant son ventre sans écailles contre lui.

Il exprima finalement sa douleur :

— Est-ce que mère...

— Ne parle pas d'elle, sinon je vais pleurer et pleurer encore. Je me sens suffisamment mal comme ça. Pourquoi ces assassins sont-ils venus dans notre caverne ?

— Le monde est chaque jour de plus en plus dur pour les dragons, dit Auron.

Il citait les paroles de son père qu'il avait perçues lors d'un échange mental entre ses parents.

— Je ne crois pas que nous soyons déjà assez forts, Auron, dit Wistala de sa plus petite voix. Pas pour nous retrouver tout seuls à l'extérieur.

— Nous ne sommes pas seuls, nous sommes tous les deux. Et nous avons père.

— Père ? Écailles et queue, comment saurait-il élever des dragonnets ?

Auron plissa les yeux. Père était bien plus grand que pouvait le concevoir l'imagination limitée de sa sœur.

Auron résista à l'impulsion de déployer ses *griffs*.

— Tu ne devrais pas... Oh ! Et puis je n'ai pas envie de discuter.

— Nous devons le prévenir... pour les nains, dit Wistala. Il sera furieux et les rôtira. Mais où est-il ?

— Je ne sais pas. Je crois que la sortie qu'il a prise allait vers l'ouest ; il part toujours tôt, pour que le soleil éclaire l'extérieur mais pas la caverne.

— Alors nous sommes descendus dans la mauvaise direction. Nous sommes allés vers le nord, n'est-ce pas ?

Auron avait un meilleur sens de l'orientation que sa sœur.

— Non, nous sommes allés pratiquement plein est. Les étoiles nous guideront. Avec un air aussi froid, nous les verrons toutes. Nous allons enfin voir les étoiles, Wistala.

— Je préférerais ne jamais voir d'étoiles et dormir ce soir entre Jizara et m…

— Je sais, dit Auron en fermant gentiment le museau de sa sœur avec ses mâchoires, les lèvres sur les dents pour éviter de lui faire mal.

Les étoiles étaient froides, distantes, et la lune était suspendue dans le ciel telle la lame luisante d'une hache de nain. Auron n'avait pas le cœur de les observer après les avoir utilisées pour trouver le nord, comme père le lui avait appris. Il lui fallait seulement suivre le nez du Dragon accroupi. Il rendit hommage à Susiron, l'étoile centrale, seule dans l'Univers tout entier à ne jamais changer.

« Une fois que tu auras trouvé ton étoile, tu sauras où tu te trouves ta vie entière », lui avait dit un jour père alors qu'il était d'humeur lyrique. Mais avait-il parlé de Susiron ? Il y avait tant de choses que père ne lui avait pas apprises. Par exemple, que pouvait-il dire pour réconforter une dragonnette terrorisée, quand son propre ventre n'était qu'une froide boule d'angoisse ?

Ou comment trouver et tuer des nains !

Il sentit quelque chose de chaud dans sa poitrine, à l'endroit précis où ses longs muscles pouvaient se contracter.

Ils se réveillèrent les muscles noués ; leurs pattes, leur cou, leur queue… tout leur corps était endolori. Une neige légère avait commencé à chuter juste avant l'aube.

— Frère !

Auron sursauta.

— Quoi ?

Wistala pressa le bout de son nez contre celui d'Auron pour le rassurer.

— Tu es tout blanc. Je pensais que tu t'étais vidé de ton sang. Je ne t'avais jamais vu que gris, ou vert quand tu montais sur mère.

— J'ignorais que je faisais ça.

Wistala regarda le replat qu'ils avaient quitté la veille.

— Mère t'a-t-elle envoyé un rêve ? demanda Wistala.

— Non.

— Alors elle est morte.

— Nous n'en savons rien. Peut-être a-t-elle besoin que nous soyons près d'elle pour nous donner des rêves.

Auron était fatigué. Et la froide douleur qui ralentissait ses mouvements ajoutait encore à son épuisement. Sans mère pour l'abreuver d'histoires pendant son sommeil, il avait mal dormi, s'éveillant à chaque grincement en provenance des pins tordus en contrebas.

— Regarde, Auron, chuchota Wistala. Dans les rochers. Tu as faim ?

De petits animaux agiles avançaient le long des rochers, au-dessus de la cime des arbres. Ils balayaient la neige à coups de patte et broutaient l'herbe qui poussait sur de petites plaques de terre entre deux pierres. Ils avaient des cornes et de curieuses petites queues qu'ils agitaient avec vivacité. Auron renifla : ces animaux étaient dans le vent. Leur odeur lui donna l'eau à la bouche.

— Des sabots. Je crois que ce sont des chèvres. Wistala, attrapons-les !

— Auron !

Auron se glissa entre les rochers ; il s'approchait de cette nourriture aussi vite qu'il le pouvait. Un bouc aux longues cornes poussa un bêlement alarmé et les chèvres disparurent en un éclair, bondissant de pierre en pierre pour gagner les arbres.

Auron atteignit l'emplacement où les animaux broutaient, mais il ne perçut même pas ne serait-ce que les échos de leur fuite.

Wistala le rejoignit à l'orée du bois, les écailles hérissées.

— Par tous les vents ! Tu es désespérant.

L'odeur de chèvre présente partout rendit Auron encore

plus affamé. Il battit l'air de sa queue avec mauvaise humeur.

— Qu'aurais-je dû faire ? Nous avons besoin de nourriture.

— Ah, les jeunes mâles ! Deux fois plus de muscles qu'une femelle, et deux fois moins de jugeote. Nous étions sous le vent. Ils seraient peut-être venus droit sur nous. Tu n'es bon qu'à chasser des limaces.

— Ce n'est pas vrai.

— Alors où est ta prise ?

— J'ignorais qu'ils couraient aussi vite, répondit Auron après un instant de réflexion.

— Alors remercie les Esprits pour les rats et les chauves-souris qui meurent et viennent joncher le sol de la caverne.

— Si je pouvais voler, je nous trouverais de la nourriture. Des bêtes mortes, des baleines échouées, des carcasses que les ours ont enterrées pour qu'elles s'attendrissent. J'éloignerais les loups des proies qu'ils ont tuées. Ou, mieux que tout ceci, le festin d'un champ de bataille. C'est ce que père a mangé avant de s'envoler avec mère.

— Difficile de ne pas saliver, dit Wistala en se bouchant les narines. Si tu aimes ta nourriture froide et recouverte de mouches, très bien. Je vais pour ma part essayer de nous trouver quelque chose de frais et d'encore chaud. Mets-toi à l'abri du vent et attends-moi.

Elle descendit la pente et Auron se roula en boule au milieu des racines d'un pin. Il observa sa peau qui changeait de couleur au fur et à mesure que le soleil montait dans le ciel et projetait des ombres sur son dos.

Wistala revint, consternée.

— J'ai failli attraper un animal avec de grandes pattes et de longues oreilles. Nous n'en aurions guère fait plus d'une bouchée, mais n'importe quoi ferait l'affaire maintenant.

Ce n'est pas avec des « presque » que nous allons nous

remplir le ventre. Auron fut sur le point d'exprimer sa pensée à haute voix mais se ravisa. Sa sœur semblait déjà au bord des larmes.

— Un lièvre des montagnes ? demanda-t-il.

— Peut-être. Il a sauté au dernier moment et a filé comme une flèche. Une flèche qui zigzaguerait, rapide comme l'éclair. Il faut que nous mangions. Qu'allons-nous faire ?

— Ne t'inquiète pas. Tu en prendras un la prochaine fois. Essayons de trouver cette entrée ouest. Nous pourrons au moins sentir dans quelle direction il est parti.

— Il y avait un groupe de cerfs dans une ravine, mais ils ont de vraies oreilles de dragon. Je crois même qu'ils m'ont sentie alors que j'étais sous le vent. Ils bougeaient chaque fois que je m'avançais. Je suis sûre qu'ils courent plus vite que moi. J'avais trouvé un perchoir mais ils ne sont jamais venus brouter suffisamment près, et maintenant il fait de plus en plus sombre.

— Montre-moi cette ravine, dit Auron.

Ils s'avancèrent dans des bois plus épais qui alternaient de temps à autre avec des prés marécageux. Il y avait encore de la neige à l'ombre des arbres mais dans les étendues ensoleillées poussaient des fleurs jaunes et bleues.

La ravine courait le long du flanc de la montagne et devenait de plus en plus profonde à mesure qu'elle descendait. Des rochers recouverts de mousse se dressaient de chaque côté, semblables aux bosses sur le bas-ventre rugueux de père.

— *Doucement, Auron*, lui ordonna mentalement Wistala.

Il la suivit tandis qu'elle rampait de rocher en rocher le long de la ravine.

— Là.

Il fallut un instant à Auron avant de comprendre de quoi sa sœur parlait. Un cerf aux longs bois se tenait en haut de la ravine et les regardait fixement. Auron remua mais Wistala l'arrêta en lui posant sa queue sur le cou.

— Ils peuvent courir plus longtemps et plus vite que

nous. Un seul bond, c'est tout ce qu'un cerf t'accordera, dit Wistala, répétant les mots de mère.

Les cœurs d'Auron se serrèrent ; l'esprit de sa sœur ressemblait tellement à celui de mère.

Elle poursuivit :

— Si je me rapproche, il s'éloigne sans cesser de me regarder. Je n'ose pas courir directement sur lui, mais quand j'arrive par le flanc, il leur fait descendre la pente. Nous ne pouvons pas voir le groupe parce qu'il est de l'autre côté du virage sur lequel le cerf se trouve en ce moment.

— Wistala, peux-tu descendre un peu le long de la ravine ? Tu en sors, puis tu fais le tour, en décrivant une grande boucle ?

— Je suppose.

— Tu es douée pour reconnaître un bon perchoir. Trouves-en un qui surplombe la ravine et je te les amène.

— *Tu veux dire comme si… comme si…*, pensa-t-elle à l'intention de son frère.

Comme le mot lui échappait, elle forma une image mentale d'un berger conduisant son troupeau.

— … comme si je les menais. Exactement.

Elle regarda autour d'elle.

— Laisse-moi le temps que le soleil atteigne cette branche, sur l'arbre mort, et alors conduis-les à moi. Peux-tu contenir ta faim jusque-là ?

— Je ferai de mon mieux.

Elle le caressa avec son museau.

— Il le faut. Rappelle-toi : ne lui cours pas directement dessus, sinon il s'enfuira. Sur le côté ; *le côté.*

— Allons-y. Je tremble déjà.

Il resta en contact avec son esprit jusqu'à ce qu'elle soit hors de portée, s'inspirant de la manière dont elle se déplaçait au milieu des arbres et tirait avantage de chaque tronc, chaque souche. Pourquoi mère ne lui avait-elle pas appris à bouger ainsi ?

Il attendit et observa le soleil. Le cerf s'éloigna et il disparut derrière le bord de la ravine. Auron rampa afin de mieux distinguer la course du soleil ; il changea de couleur chaque fois qu'il s'arrêtait. Il se réfugia à l'ombre d'un rocher, devint à moitié blanc pour prendre la couleur de la neige sous lui, puis il vit de nouveau le cerf. Il était passé de l'autre côté de la ravine, dans la direction vers laquelle Wistala était partie. Il jetait de temps à autre un regard à ses congénères. Quand il ne bougeait pas, le cerf semblait disparaître derrière les arbres.

Auron espéra que la harde n'aurait pas l'idée de descendre dans la ravine avant que Wistala soit prête – mais le cerf quitta l'abri des arbres et se dirigea vers un pré recouvert d'une herbe jeune et pourtant drue. Auron risqua un œil par-dessus le bord de la ravine et observa. Toujours aussi circonspect, le cerf regarda un long moment le pré, puis avança pour être de nouveau sous le vent par rapport à ses femelles et sa progéniture.

Auron eut une brève image mentale. Elle n'était pas très nette et disparut en un instant. Mais il aperçut Wistala au-dessus de la ravine.

Il s'aventura dans la prairie, sans pour autant avancer directement vers les cerfs. Il préféra longer les arbres, les pattes plongées dans un trou d'eau glacée. Quelques ruminants levèrent la tête, les oreilles frémissantes, et tous se dirigèrent vers la ravine. Auron retourna vers l'endroit où il avait vu le mâle pour la dernière fois. Il entendit les autres cerfs descendre la ravine. S'il parvenait seulement à...

Le mâle surgit tout près de lui et dévala la pente, rapide comme l'éclair. Les autres cerfs s'enfuirent à toute vitesse en faisant frétiller leur queue blanche. Les faons étaient déjà capables de courir aussi vite que leurs mères, même à cette allure. Auron n'eut pas d'autre choix que de les poursuivre.

Il leur courut après aussi vite que le pouvait un dragon. En terrain découvert il aurait pu rattraper le mâle, mais les arbres le contraignaient à une course maladroite. Après un départ à toute allure, il fit de son mieux pour les suivre, mais le bruit de leur course s'estompa dans les bois. Wistala en aurait le cœur brisé, ils seraient affamés un jour de plus… et c'était sa faute.

—Auuuuu-ron ! l'appela sa jeune sœur d'une voix aiguë. Boue et sang ! J'en ai tué un !

Auron localisa le cri de sa sœur. Une vigueur toute nouvelle se diffusa dans ses membres à la pensée d'une viande encore chaude. Wistala était déjà en train de hisser dans un pin séculaire, serrée dans ses mâchoires, la carcasse encore agitée de soubresauts d'un mâle d'à peu près un an et presque aussi gros qu'elle. Auron observa la terre retournée, l'endroit où elle avait atterri en bondissant de l'arbre aux centaines de branches.

—Pourquoi le montes-tu ainsi ?

—Tu veux te battre avec les loups pendant ton dîner ?

Auron se dressa sur ses pattes et retroussa les lèvres, dévoilant entièrement ses dents de dragonnet.

—J'aimerais bien les voir essayer, je suis tellement affamé.

—Alors monte et rejoins-moi.

Il se ramassa et sauta en un seul bond au niveau de sa sœur, sur le tronc sanglant. Elle suspendit sa proie à la fourche d'un arbre. Ils commencèrent tous deux à manger.

Chapitre 6

— J'ai l'impression que nous remontons la montagne, dit Wistala le lendemain.

Les hauteurs s'étendaient à l'est mais au sud le sol était plus bas, comme un trou dans cette chaîne semblable à une mâchoire garnie de dents. Ils marchaient depuis l'aube et veillaient l'un sur l'autre à tour de rôle. Lorsque Wistala se reposait, Auron avançait au milieu des pins jusqu'à pratiquement la perdre de vue. Il grimpait alors dans un arbre et montait la garde tandis qu'elle le rattrapait, puis avançait pour à son tour ne presque plus le distinguer.

— Il faut que nous coupions par l'ouest. C'est le chemin le plus facile.

Wistala grogna.

— Le plus facile ? Je ne voudrais pas voir le plus ardu. Je ne veux pas quitter les bois, Auron. Il faut encore que nous chassions.

Auron l'obligea à regarder dans la même direction que lui, vers une crête dénudée.

— Quand nous serons là-haut, nous pourrons voir à l'ouest.

— Comment le sais-tu ?

— Grâce aux images mentales de père.

— Père ne nous en a presque pas transmis. Oh, je voudrais tant que nous ayons nos ailes.

— Ce n'est pas ce qui va nous emmener en haut de cette colline.

— Je n'ai jamais dit que… Auron, attends. Il y a quelque chose devant nous.

Auron avait lui aussi entendu. Ils se collèrent contre un arbre, leurs corps pressés contre l'écorce en piteux état. Auron se tenait à découvert, face à ce qui piétinait bruyamment des aiguilles de pin tandis que Wistala se cachait derrière le tronc. Il devint marron sombre et garda un œil ouvert. Sa sœur toucha la queue de son frère du bout de la sienne.

Une montagne de muscles et de fourrure au museau plat apparut ; la créature se déplaçait à quatre pattes. Elle sentit leur odeur et s'arrêta, tournant la tête à droite et à gauche, son court museau levé.

— *Un ours. Seul*, dit mentalement Auron à sa sœur.

— *Les dragons ne peuvent pas manger les ours.*

— *Pas ceux de notre taille. Tu devrais voir cette chose. Si nous grimpions à un arbre pour lui échapper, il le renverserait sans difficulté.*

— *Mais il ne sait pas que nous somme petits. Est-ce que nous sentons comme de petits dragons ou de gros dragons ?*

— *Comment le saurais-je ?*

— *Nous allons le découvrir, mon frère.*

Auron entendit un léger bruit de l'autre côté du tronc, semblable au son de la pluie.

L'ours tourna la tête, ses yeux aux paupières plissées rivés sur leur arbre.

— *C'est fait, il sait où nous nous trouvons*, envoya Auron. *C'était un bon moment pour paniquer.*

— *Je n'ai pas paniqué.*

Auron vit les narines de l'ours frémir. L'animal se dressa sur ses pattes arrière et renifla. Il retomba, fit demi-tour et partit en courant. Auron observa sa course étrange et maladroite tandis qu'il s'éloignait vers la partie plus dense du bois.

Wistala enroula son long cou autour du tronc de l'arbre et le regarda détaler.

— Nous sentons comme de gros dragons, dit-elle.

Auron frotta son museau contre celui de sa sœur.

— Crois-tu que j'aurai mon propre chant ?

Wistala continuait à observer le bois pour guetter l'ours.

— Comment ça ?

— Serai-je un jour un aussi grand dragon que père ?

Elle cligna des yeux tout en réfléchissant.

— Tu es intelligent et prudent.

— Mais une dragonnelle voudra-t-elle de moi ? Ma peau ne brille pas, je suis fin…

— Rappelle-toi ce que mère disait. D'une certaine manière, c'est un don…

— Ne me rappelle pas mère. Et mère n'est pas une dragonnelle. Qui voudra s'accoupler avec moi ? Tu as de la chance.

— De la chance ?

Elle pencha la tête et un oiseau aux ailes rouges, jusqu'alors perché sur une branche au-dessus d'elle, s'envola.

— Tu es normale.

— La vie n'est pas plus facile pour les draques femelles que pour les mâles. Plus dure même par certains aspects. Mère nous a confié qu'il ne restait plus que quelques mâles. Ils meurent pendant les guerres, dans leur nid, lors de luttes pour quelque territoire. De stupides combats.

Auron ne se rappelait pas que mère avait dit de telles choses, mais elle avait passé davantage de temps avec ses sœurs.

— Alors même un gris…

Sa sœur s'appuya contre lui et il sentit l'agréable picotement de ses écailles.

— De nombreuses dragonnelles passent leur vie entière sans mâle. Ne te bats pas comme un imbécile, tu sais…

— *Même percé de lances évite la colère*, termina Auron.

— Exactement. Et puis tu es rapide. Tu bouges parfois ton cou et ta queue tellement vite. C'est très impressionnant, même pour ta sœur qui connaît tous tes points faibles. Tu auras un jour une compagne et une couvée dont tu seras fier, j'en suis sûre, et je lève un *sii* pour les champions de leur couvée comme toi.

Auron sentit sa peau se réchauffer en réaction à cet éloge.

— Arrête ce *prrum* ! dit Wistala. Il nous faut d'abord vivre jusqu'à ce que nos ailes sortent, dans des années. Et il nous faut encore trouver père.

Une montagne est l'endroit le plus désagréable possible pour affronter un orage. Auron et Wistala venaient d'atteindre la crête quand les premiers éclairs s'abattirent. À cette hauteur, ils virent des nuages noirs à l'horizon qui avançaient en une ligne houleuse. Cela ressemblait aux armées qu'Auron avait observées dans les images mentales de père.

Auron en savait peu sur le temps mais l'air avait une odeur menaçante et il entendait un grondement distant, comme si des montagnes au loin s'effondraient. Tout ceci lui donnait envie de rentrer sous terre – mais il avait enfin le point de vue qu'il souhaitait sur les environs. Les détails à l'ouest étaient indistincts mais il vit au sud une rivière à l'eau blanche, et de nouvelles montagnes, des bosses bleues, de l'autre côté de la rivière.

— Je crois que nous devrions descendre de cette crête, dit-il.

Une autre vallée boisée s'étendait en contrebas.

Wistala approuva, mais ils n'atteignirent pas les arbres avant qu'un combat entre l'Air et l'Eau éclate au-dessus de leurs têtes. L'Air accourut depuis l'ouest ; il gémit et hurla de colère. L'Eau tenta de l'arrêter en lançant un déluge de pluie. Ils dressèrent la Foudre et le Tonnerre l'un contre l'autre et illuminèrent la vallée d'éclairs.

Les deux dragonnets ne pouvaient s'abriter nulle part,

mais ils parvinrent à se tapir entre deux rochers et furent ainsi protégés d'une grande partie du vent. Ils abaissèrent leurs paupières transparentes destinées à protéger leurs yeux de l'eau, mais qui leur brouillaient aussi la vue.

— On dirait la fin du monde, dit Wistala qui frissonnait à côté de son frère.

— Le monde d'En-Haut a besoin de pluie. Elle rafraîchit tout, dit Auron en caressant de son flanc la tête de sa sœur.

— Je déteste le monde d'En-Haut ! Ce n'est que vacarme et danger ! Je suis visible de si loin, et il n'y a nulle part où se cacher.

Auron tira la langue. Il l'enroula pour que son extrémité fourchue fasse une rigole et que la pluie s'y écoule.

— Mais goûte cette eau, Wistala.

Elle le dévisagea, les yeux troublés par ses paupières transparentes.

— Je n'ai pas soif.

— Goûte tout de même.

Elle tira le bout de la langue.

— Voilà. Tu es content ? Qu'est-ce… ? (Elle se tut et tira la langue une seconde fois, puis une troisième). Risque et bourrasque ! C'est plutôt bon.

— Meilleur que l'eau de la caverne.

Ils sursautaient à chaque éclair et baissaient la tête dès que le tonnerre grondait mais ils restèrent debout, la langue tirée ; ils défiaient la tempête et jouissaient de l'eau que leur offrait la pluie.

Le plus gros du combat qui opposait l'Air et l'Eau passa au-dessus de leurs têtes, mais la tempête soufflait encore comme si tous les vents du monde se bousculaient dans le lit de la rivière. La nuit tomba pour de bon, mais elle était moins froide que les deux précédentes. Au lieu de les tremper, de les incommoder, la pluie eut pour résultat d'améliorer l'humeur de Wistala car elle lui permit de nettoyer la crasse accumulée sous ses écailles. Elle se roula par terre et fit le dos rond sous la fine pluie qui suivait la tempête, puis elle poussa un *prrum* de satisfaction. Auron n'était pas importuné par des brindilles ou de la crasse sous ses écailles ; il se sentit tout simplement propre et rafraîchi.

Ils se réveillèrent le lendemain matin avec juste assez d'appétit pour que chasser soit une plaisante nécessité. Ils trouvèrent dans les hauteurs un autre groupe de chèvres. Ils inversèrent les rôles par rapport à la chasse au cerf. Cette fois-ci Wistala rabattit les chèvres vers Auron qui se tenait contre un rocher, un œil braqué sur son gibier. Tout son corps parfaitement assorti à la pierre couleur d'ardoise. Une chèvre sentit trop tard son odeur. Auron la renversa d'un bond – mais reçut au passage un coup de patte dans la gorge. Leur proie était en fait un vieux bouc à la chair filandreuse, mais avoir mis au point une méthode de chasse tellement efficace les emplissait d'une satisfaction qui parfuma cette viande coriace d'un goût de réussite.

Le dîner suivant aurait pu être encore plus facile s'ils avaient attaqué les chevaux enfermés dans un enclos, sous des arbres.

Trente-sept bêtes – Auron les compta sur les doigts de ses pattes avant, et utilisa ceux des pattes arrières pour chaque groupe de huit – qui se partageaient un espace réduit et dégageaient une odeur facile à suivre. Que lui avait dit père à propos des chevaux ? Les hommes les équipaient d'une armure et les montaient pour combattre. Les elfes les utilisaient pour se rendre rapidement d'un endroit à un autre mais ils combattaient à pied. Les nains les harnachaient afin qu'ils tirent des chariots ou transportent des marchandises, les garnes les mangeaient, et les dragons les effrayaient. Seuls les cavaliers exceptionnellement doués restaient en selle quand ils se retrouvaient nez à nez avec un dragon.

Après avoir dénombré les chevaux, il recula aussi lentement qu'une limace en hiver puis se retourna pour regarder Wistala.

— Que se passe-t-il ? demanda-t-elle.

Elle sentit que ces précautions annonçaient un danger.

— Des chevaux. Pas sauvages. Quelqu'un les a emprisonnés entre des arbres abattus.

— Et les a laissés là ? Nous aurons facilement à dîner dans ce cas.

— Tous ces chevaux, et personne dans les parages – cela ne me dit rien qui vaille.

Elle renifla.

— Tu en es sûr, Auron ? Je sens l'odeur d'un feu éteint.

— Moi aussi, mais je n'ai pas vu d'hominidés.

— Ça ne veut pas dire qu'il n'y en avait pas. Les elfes se cachent si bien ; tu les prends pour des branches jusqu'à ce qu'ils te plantent une flèche dans l'œil.

— Veux-tu aller voir par toi-même ?

— Non merci, je préfère garder mes yeux. Faisons un détour.

— Wistala, ce matin, quand le soleil s'est levé, nous étions dans l'ombre de la montagne par laquelle nous sommes sortis. Le tunnel ouest doit être là, quelque part.

— Crois-tu qu'il soit en altitude, afin que seul un dragon puisse entrer et sortir en volant ?

— Je me le demande. Te souviens-tu des chauves-souris ? Elles devaient être près du tunnel pour aller chasser à la nuit tombée. Je suis sûr que les chauves-souris sortaient par le tunnel ouest.

— Mère disait que des garnes vivaient autrefois dans la caverne. Peut-être empruntaient-ils une entrée moins en altitude que les chauves-souris utilisent aussi.

— Gravir un peu cette montagne jusqu'à l'un de ces prés ne nous fera pas de mal. Je ne veux pas rester dans ces bois si les elfes sont en train de chasser.

Sa sœur acquiesça puis tous deux levèrent le nez pour s'assurer de la direction du vent. Il venait du nord-ouest. Ils ne pouvaient pas avancer contre le vent et prendre ainsi le risque de signaler leur présence. Il valait mieux couper au travers. Ils rampèrent, se glissant dans les broussailles dès qu'ils le pouvaient.

Ils atteignirent un pré en altitude. Les rayons du soleil qui descendait à l'ouest et l'air printanier n'avaient laissé que quelques plaques de neige recouvertes par des aiguilles de pin ou cachées à l'ombre des rochers. Les écailles vertes de Wistala et sa propre peau de caméléon rassuraient Auron : ils traverseraient le pré sans encombre. Il espérait atteindre un promontoire, un fragment de la montagne qui s'était détaché et se découpait telle une griffe sur le soleil couchant.

— Auron ! Auron... *Regarde !*

Il suivit la direction du regard de sa sœur. Un dra...

— Père !

Père arrivait en volant du sud-ouest. Il descendait en décrivant deux grandes boucles, une proie dans chaque *sii*.

Auron entreprit de traverser le pré à toute vitesse pour atteindre le promontoire. Il serait devenu aussi jaune que le soleil s'il l'avait pu, si cela avait forcé père à regarder au-dessous de lui.

Le regard du dragon était dirigé ailleurs. Il disparut derrière l'épaulement de la montagne. Auron monta sur l'affleurement et ne put que lire l'esprit de père : il était épuisé par son long voyage, alourdi par les victuailles. Auron tenta de toutes ses pensées de l'avertir du danger, mais quand il atteignit le sommet du promontoire, il ne vit que la queue de père qui disparut dans une caverne en demi-lune.

Un tas de roches éclatées en jonchait l'entrée, comme si la montagne avait vomi ses entrailles par cette ouverture. Les restes de ce qu'Auron supposa être des remparts entouraient le tout. Les ruines se dressaient comme des dents brisées. Murs démolis, tours effondrés et fossés remplis de débris étaient tous envahis par l'herbe et le lichen ; des plantes grimpantes avaient accroché leurs longues tresses et recouvraient l'entrée de la caverne.

Auron attendit au sommet du promontoire. Il ne sentait plus l'esprit de père. Wistala monta à côté de lui et passa la tête par-dessus le bord.

— Père ne m'a pas vu, lui dit-il.

Wistala sentit sa gorge se serrer.

Un rugissement terrifiant provint de la caverne. Les pensées émises par père étaient encore plus assourdissantes...

— *Trahison ! La Roue de Feu !*

Auron perçut une série d'images mentales : des nains et des bâtiments à flanc de falaise, sur la rive d'un lac de montagne.

Les rumeurs d'une bataille retentissaient dans la caverne. Auron aperçut un éclat de lumière. Des flammes de dragon ! Il sentit ses cœurs s'emballer sous le coup de l'excitation en imaginant des nains rôtis par les flammes.

— *Ku ! Ku ! Kuuuuu !* hurlèrent les voix des nains.

Père réapparut à l'entrée de la caverne, le museau noir de suie ; des flammes sortaient encore des coins de sa gueule. Sa patte avant droite pendait le long de son corps et du sang coulait de l'articulation. Des lances étaient plantées dans son cou en un collier sanglant. Père ouvrit ses ailes. Auron aperçut un nain qui se cramponnait tant bien que mal à son dos, les genoux serrés de chaque côté de sa crête dorsale. Il frappait le dragon à la base du cou avec une hache cramoisie. Père se dressa sur ses pattes arrière et écrasa le nain contre le plafond de la grotte.

Wistala fut incapable de regarder. Elle descendit du promontoire et se précipita dans le pré en pleurant.

Un cor sonna.

L'esprit de père n'était qu'un mur de douleur. Avant qu'il

puisse battre des ailes, des plaques d'herbe se retournèrent soudain ; Auron aperçut des lances et des arcs dans les mains d'elfes à la peau pâle, chacun portant un bouclier de camouflage. Flèches et lances chantèrent tandis qu'elles fendaient l'air ; certaines étaient enflammées. D'autres elfes surgirent au-dessus de la caverne et déversèrent sur père des paniers remplis de boules de verre qui luisaient à la lumière du soleil couchant.

— Au-dessus de toi ! hurla Auron, usant de tout l'air contenu dans ses longs poumons. Sa voix devint rauque : son premier rugissement de dragon.

Alors que père se tournait pour regarder vers le haut, il fut frappé par de nombreux projectiles lancés depuis le sol. Les billes de verre se brisèrent à son contact et des nuages de fumée s'élevaient des parties de son corps qu'elles avaient touchées. Auron sentit si distinctement sa douleur qu'il se roula en boule.

Mais père s'envola. Il monta dans le ciel sous une pluie de lances et se dirigea vers le nord.

Ceux des elfes qui ne regardaient pas la fuite du dragon se tournèrent vers Auron.

Chapitre 7

Les elfes chantèrent entre eux, des notes claires qui flottèrent entre le bois et les ruines. Mère l'avait imprégné de quelques langues, mais il ne savait rien du langage chanté des elfes. Alors qu'il observait les derniers éclats des écailles de père avant que celui-ci disparaisse dans les nuages, Auron prit une décision.

— *Wistala, couche-toi à plat ventre. Les elfes arrivent ; je vais me rendre visible. Ils vont me chasser pendant un moment, peut-être même longtemps. Tu vas devoir aller seule vers le nord.*

— *Quoi ?*

Auron entendit un bruit de sabots dans les bois, au-dessous d'eux.

— *Pas le temps !* répondit-il mentalement. *Va vers le nord. Je crois que père se rend à la cité des nains de la Roue de Feu. Elle est creusée dans le flanc d'une montagne, près d'un lac.* (Auron fit de son mieux pour lui transmettre l'image mentale qu'il tenait de père.) *Ce n'est pas loin, à une heure ou deux de vol pour lui et deux jours de marche pour toi. Ne t'approche pas de la caverne : elle grouille d'elfes. En es-tu capable ?*

— *Épée et guêpier ! Allons-nous-en. Je veux que nous restions ensemble, quoi qu'il arrive.*

— *L'un de nous d'eux doit y arriver, Wistala. Tu chasses mieux que moi. Tu as une chance d'y parvenir.*

— *Je ne sais pas comment m'y rendre !*

Le désespoir obscurcissait son esprit et rendait ses mots difficiles à lire.

—*Suis les montagnes vers le nord. Tu ne peux pas manquer ce lac – il se trouve sur ce versant des montagnes, et il est très grand.*

Auron tendit une dernière fois le cou par-dessus l'affleurement et observa les elfes dans les ruines. Quelques-uns couraient vers son poste d'observation en portant des lances ou des ballots. Il entendit de nouveau le bruit des sabots dans le bois, et vit des elfes qui montaient à cru et qui lançaient leurs chevaux sur la pente menant au pré dans lequel il se trouvait avec sa sœur. Il toucha de son museau celui de Wistala et poussa de tout son corps sa sœur dans une crevasse.

— *Va trouver père. Suis le Dragon accroupi. Suis Susiron. Père sera là!*

—*Auron, je ne peux…*

—*Si, tu le peux. Ne perds pas de temps.*

Il marcha rapidement dans le pré, décrivant un arc de cercle pour revenir vers les pins. D'agiles elfes couraient au milieu des chevaux. Un cavalier à la chevelure couleur de lune et dont la longue cape touchait presque les sabots de son cheval souffla dans une corne d'argent. Dans les bois, d'autres lui répondirent.

— *Tu es courageux, courageux, courageux-et-bon-et-je-ne-peux-pas…*, gémit doucement l'esprit de Wistala.

—*Au revoir, sœur*, pensa Auron.

Si des elfes se trouvaient dans la forêt, il ferait mieux de monter vers les rochers. Les chevaux ne pouvaient pas grimper aussi bien que lui et les elfes non plus, probablement.

Courir était difficile. Auron ne connaissait que deux allures : la course et le petit trot. Ni l'une ni l'autre ne lui étaient utiles en cet instant : courir l'épuiserait, et les elfes à cheval le rattraperaient s'il trottait. Il fit de son mieux, allongea ses foulées et courut comme un chat en utilisant ses *sii* et ses *saa* deux par deux.

Le pré céda la place à un labyrinthe de rochers. Auron s'efforça de mettre les plus gros entre ses poursuivants et lui.

Les elfes bondirent de leur monture près des pierres ; ils virevoltaient avec la légèreté et atterrissaient avec la douceur des plumes portées par le vent.

Un oiseau, puis deux descendirent au-dessus d'Auron. Ils piquèrent et il se plaqua au sol alors que des serres recouvertes de métal lacéraient l'air. Les oiseaux remontèrent et décrivirent des cercles autour de lui.

Il s'appuya contre un rocher, hors d'haleine. Les oiseaux ne s'y laissèrent pas prendre : ils rétrécirent leurs cercles et l'abreuvèrent d'injures en langue des oiseaux :

— Hé-ho, dragonnet ! Ta peau deviendra une chaise pour l'arrière-train de mon maître !

— Ayeeerk ! Où sont tes ailes ? Où sont tes flammes ? Tu es un dragon ou un très gros lézard ?

Les chants des elfes étaient de plus en plus proches. Auron bondit et grimpa encore. Il aperçut du coin de l'œil un elfe qui courait, la chevelure parsemée de feuilles. Il laissa échapper un cri perçant tel un faucon en colère et le désigna de sa lance.

— Hé-hé-ho, dragonnet ! Tu ne vas pas y couper ! Les cavaliers sont dans les rochers, près de toi !

Auron espérait que l'un des oiseaux descendrait assez près pour qu'il puisse le prendre dans sa gueule. Il continua à grimper en observant de chaque côté les elfes sauter de rocher en rocher, agiles comme les chèvres qu'il avait chassées avec…

Wistala ! Il devait faire durer cette traque, à n'importe quel prix. Elle gravissait probablement la montagne, et il amenait les elfes trop près d'elle. Fuir le plus longtemps possible augmenterait ses chances de survie. Le soleil était presque couché et tous deux voyaient mieux dans l'obscurité que les elfes. Il prit un moment pour reprendre son souffle et renifla pour localiser les chevaux.

Encore un autre chant, puis quelque chose fendit l'air avant de voler en éclats dans les rochers comme de la glace qui se brise. Auron sentit l'odeur du feu – mais il ne vit aucune flamme.

Il n'attendit pas pour découvrir de quoi il s'agissait. Il descendit la colline en se faufilant, vers l'odeur des chevaux. Il se sentait léger, détaché, l'esprit engourdi. La magie elfe obscurcissait sa volonté. Il eut soudain très sommeil.

Un elfe sortit de l'ombre et lui jeta une lance en poussant un cri sauvage. C'était une arme cruelle dont les pointes jumelles étaient garnies de barbelures. Auron tordit sa colonne vertébrale pour l'esquiver, se précipita vers l'elfe et le renversa au passage. Il grimpa ensuite sur un gros rocher.

Les chevaux que Wistala et lui avaient vus auparavant se trouvaient juste au-dessous de lui et se mirent à piétiner nerveusement quand ils sentirent son odeur.

Il sauta du rocher et atterrit les griffes écartées sur le dos d'un cheval. Les cavaliers, qui avaient mis pied à terre, lâchèrent les rênes pour tirer leur couteau. Auron mordit et griffa de tous les côtés dans la demi-obscurité tel un démon enragé. Les chevaux hurlèrent leur douleur et leur angoisse.

Celui sur lequel Auron était perché le désarçonna d'une ruade et frappa du même mouvement l'un de ses semblables. Tous les chevaux firent demi-tour puis s'éloignèrent des rochers en courant. Auron tourna sur lui-même, retomba sur ses pattes et les poursuivit aussi rapidement que le pouvait un dragon, tout en poussant des cris rauques.

Ainsi débuta dans le pré une étrange poursuite entre les trois parties. Un des cavaliers parvint à monter sur son cheval et tenta d'arrêter la débandade mais il était impossible de freiner les bêtes dans cette nuit pleine de danger, de sang et d'odeurs de dragon. Venait ensuite le petit Auron qui ne faisait pas la moitié du poids de la plus petite des bêtes et tentait de compenser son manque de stature par le bruit. Les elfes lui couraient après, tout en répondant aux ordres musicaux sifflés par celui qui portait une longue cape.

Auron cessa de courir quand il s'approcha des arbres. Il aperçut des ombres sous un tas de rochers. Peut-être l'entrée d'une caverne ? Sous terre, il aurait un avantage sur les elfes, tout particulièrement si la caverne était étroite.

Ses poumons semblaient remplis par des flammes de dragon. Il plongea sous les rochers mais ne découvrit que de la pierre à l'endroit où le rocher rejoignait le flanc de la montagne. C'était certes une caverne, mais toute petite – comme ajoutée après coup, une fois le monde achevé.

L'endroit était exigu mais il put se retourner dans l'espace entre le surplomb et le sol rocheux. Il retint sa respiration et observa la progression des torches ; les elfes avaient allumé des feux pour chercher leurs chevaux et Auron. Le brouillard provoqué par la magie elfe se dissipa. Auron se tapit dans sa crevasse et s'aplatit autant que possible, sa peau sans écailles devenue noire comme le charbon. Il la vendrait chèrement. Et, plus important, Wistala pourrait s'enfuir. La couvée de mère ne périrait pas entièrement. Wistala réussirait ; elle était plus douée et avait plus de bon sens qu'il lui en aurait jamais accordé quand tous deux se trouvaient au milieu des œufs, sur la saillie. Il n'avait rien pu faire pour défendre sa mère et Jizara contre les nains, mais il avait aidé Wistala à fuir ces elfes chasseurs.

Il aurait tout aussi bien pu laisser une piste lumineuse pour les elfes : ils se réunirent tous autour du surplomb et échangèrent des chuchotements. L'un d'entre eux, très intrépide, se mit à quatre pattes pour regarder sous la pierre, brandissant une torche devant lui. Auron se jeta en avant et l'elfe lâcha la torche qui tournoya alors que le dragon mordait ce visage trop curieux.

Les elfes gloussèrent en chœur. Auron se pressa contre le fond de la caverne en tremblant. Contrairement à ce qu'il attendait, aucun fer de lance ne vint le piquer. À la place, les elfes jetèrent d'autres billes de verre dans la crevasse, des cristaux qui libéraient en se brisant un gaz qui lui brûla les narines. Auron sut cette fois garder les narines et la gueule fermées et bondit. Il franchirait la ligne d'elfes ou mourrait en se battant.

Il sortit de la caverne sans remarquer les racines qui étaient miraculeusement apparues sous le surplomb. Il s'y empêtra. Tenter de passer au travers ne faisait que l'immobiliser davantage. Ses membres furent pris dans des plantes rampantes, puis il fut complètement bloqué. Pris au piège !

Une lance à deux pointes lui frappa le cou d'un côté, puis de l'autre. Il secoua violemment la tête et une autre arme l'immobilisa en appuyant derrière sa crête. Les elfes échangeaient des cris dans leur langage vif et la brume magique se répandit hors de la caverne ; elle restait près du sol et s'écoulait lentement, comme de l'eau. Quand elle l'entoura, il retint sa respiration aussi longtemps qu'il le put, agitant ses pattes arrière. Il remplit finalement ses poumons de cet air brûlant. Alors qu'il perdait connaissance, il demanda pardon à l'esprit de sa mère pour ne pas avoir mieux veillé sur Wistala.

Lui, le champion de la couvée, allait mourir sans tuer un seul ennemi. Qu'aurait dit père de cela ?

La douleur le réveilla. Il parvint à l'analyser tandis qu'il ouvrait les yeux et tentait de voir au travers de ses paupières collées : il avait des nausées et une impression de saleté au niveau de l'arrière-train. Le froid brûlait ses pattes.

L'aube était brumeuse. Ni brouillard ni crachin ; le temps lavait le paysage de ses couleurs et tout semblait flotter entre ciel et terre, gris et indistinct. Comment était-il encore en vie ?

Il regarda le long de son museau. Trois bandes de cuir renforcées par des rivets et des tiges de métal maintenaient sa gueule fermée. Celle qui se trouvait la plus près de ses narines était ornée d'un emblème en cuivre. Il regarda à droite, puis à gauche. Il était entouré de robustes dispositifs en bois semblables aux échelles des nains ; un au-dessous de lui et deux qui se rejoignaient juste au-dessus de sa crête dorsale. Il chercha le mot adéquat... il ressemblait à « cave »... *cage*. Il était en cage.

Les elfes avaient sans doute pensé que cette cage n'était pas suffisante car ses pattes étaient étroitement serrées contre ses flancs et ses griffes emprisonnées dans un ensemble de chaînes et de cuir. Il tourna la tête autant que possible et découvrit une autre bande de cuir en travers de son dos. Il était pris dans une sorte de harnais. Il pouvait à peine respirer, et bouger réellement lui était impossible.

Il vit de chaque côté à l'extérieur de la cage des demi-cercles de bois. Il lui fallut un moment avant de comprendre qu'il se trouvait sous un chariot. S'il ne pouvait pas voir grand-chose, son odorat fonctionnait parfaitement, et il apprit tout ce dont il avait besoin grâce à lui. Partout l'odeur des chevaux, des nains et des elfes et l'odeur musquée de la fourrure mouillée – peut-être des loups ou des chiens. Il sentit le feu et autre chose encore, qui le fit trembler de tout son corps : la viande en train de cuire. Il en était sûr : père avait de nombreuses fois rapporté de la nourriture carbonisée. Seul son appétit était libre, et il le tourmentait.

Son ouïe fonctionnait elle aussi.

— Il est temps de partager le butin, hein ? dit une voix gutturale, qui devait appartenir à un nain ; le visage de son propriétaire était caché derrière une sorte de voile constitué d'anneaux métalliques.

Les nains ne montrent-ils donc jamais leur visage ? Ces hominidés s'exprimaient en parl, une langue simple destinée au commerce et à la diplomatie que même père comprenait.

— Il y aura de la nourriture ce soir, répondit un elfe.

Le sang d'Auron ne fit qu'un tour. Le gardaient-ils pour quelque chose d'autre ?

— Rejoins-nous, ami. Ce qui menaçait le col d'Iwensi a été chassé. Nos troupeaux sont en sécurité et nos forêts sont de nouveau sûres. Tes frères du Sud se réjouiront quand ils entendront la nouvelle.

— Ça intéresse qui, ce que vous célébrez ? Quant à ceux qui tiennent le péage près des chutes, ils peuvent compter leurs pièces et pourrir. La Roue de Feu à d'autres limaces à frire – même si j'aurais voulu que nous fassions de meilleures prises. Ils sont beaux, les dragons !

— Ce n'est pas la faute de mes gens, dit un autre elfe à la voix plus aiguë que le premier – peut-être une femelle.

Son visage était dissimulé par les plis d'une grande cape.

— Au prix où sont les jeunes dragons vivants, si nous en avions pris plus d'un..., poursuivit la voix.

— Vous n'avez vraiment pas eu de chance. Même celui-ci – c'est davantage un lézard géant qu'un dragon. En êtes-vous seulement sûre ?

— C'est un jeune dragon, sorti de l'œuf il y a moins d'une année, dit l'elfe.

— Qu'est-ce qui lui arrive ? Est-ce qu'ils prennent tous la couleur des branches mortes quand ils sont attachés ?

— J'ai entendu parler des dragons sans écailles et, grâce à Helo, j'ai vu assez de ces animaux pour être sûre qu'il s'agit d'un dragon. Il va grandir encore, cela ne fait aucun doute.

— Garde ceci pour marchander sur le quai, Œilnoisette. Toi et la bande de Racinedechêne, débrouillez-vous avec lui. Pour la Roue de Feu, il vaut pas plus de quatre cents.

— Quatre cents pièces d'or pour un dragon viv...

— Quatre cents pièces d'*argent*, elfe.

— C'est une plaisanterie ? intervint l'elfe mâle.

— Tu me vois sourire ?

— Je ne vois rien à part une barbe qui sent la bière et recouverte de soupe moisie.

— Il suffit, il suffit, messieurs, intervint la femelle qui se faisait appeler Œilnoisette. Laissons ceci aux marchands de profession. Nous allons seulement leur faire confiance pour qu'ils obtiennent la meilleure somme possible que nous, pauvres soldats, partagerons.

— Les nains ont tué un dragonnet près de sa mère, ajouta un autre elfe.

Auron ferma les yeux. La dernière image qu'il avait de Jizara, agrippée à la patte de mère, était encore très nette dans son esprit. Il pleura et ses larmes rejoignirent la brume qui mouillait l'herbe sous lui.

— J'ai vu le corps quand nous avons pris le trésor. Il ne serait que justice qu'*ils* nous paient, *nous*, pour ça.

Le nain se leva d'un bond en faisant cliqueter les plaques de métal qu'il arborait.

— Des injures ! Et proférées par des experts de la chasse au dragon qui laissent le bronze s'échapper, en plus.

— Les marchands, laissez les marchands régler ça. Ils vont bientôt se rassembler, dit la douce voix d'Œilnoisette qui calma tout à la fois les ronchonnements du nain et ceux de l'elfe.

Auron ne savait pas à quoi pouvait ressembler le voyage en chariot pour les elfes, mais pour un dragonnet attaché dans une cage, ce fut un supplice. Après avoir quitté les nains – qu'ils avaient encore accusés de vol et l'accusation avait été réciproque –, les elfes le mirent à l'arrière du chariot sous lequel il se trouvait jusque-là. Auron était face à l'arrière du véhicule. Il ne voyait rien d'autre qu'un chariot semblable au sien tiré par une bête massive à l'odeur appétissante et qui avançait d'un pas pesant dans le sillage de son propre véhicule. Le seul moyen qu'Auron avait de ne pas avoir la circulation coupée était de se tourner sur le côté ou sur le dos et de permettre à son sang de prendre un autre chemin.

Auron eut le loisir d'examiner l'emblème fixé à la lanière qui entourait sa mâchoire. Sa corne soulevait assez la bande de cuir pour que le petit cercle cuivré se dresse devant lui tel un adversaire posé sur son museau rugueux.

Il représentait un homme dont les bras et les jambes tendus touchaient le cercle parfait qui l'entourait. L'emblème avait demandé quelque savoir-faire ; il n'y avait aucune marque d'outil ; Auron supposa donc qu'il avait été moulé ou frappé. La petite silhouette sans visage restait perpétuellement dans son champ de vision et semblait agiter frénétiquement les bras pour le narguer. Même le sommeil ne lui permettait pas de s'échapper. La silhouette dansait dans les rêves malheureux d'Auron, libérée de son cercle doré ; elle lançait des globes scintillants sur des dragonnets en fuite.

Et comme si ce voyage n'était pas assez pénible, on le nourrissait matin et soir en enfonçant un morceau de cuir dur dans l'une de ses narines. L'ustensile avait été cousu et roulé en un tube grâce à quelque vernis. Les elfes poursuivaient ensuite cette atroce procédure en versant par le tube un mélange de sang frais et d'eau, et Auron n'avait pas d'autre choix que de retenir sa respiration et d'avaler. Il s'étranglait parfois. En une occasion il perdit connaissance ; lorsqu'il retrouva ses esprits, deux robustes elfes le tenaient par la queue et le secouaient de haut en bas alors que le liquide s'écoulait par ses mâchoires serrées.

— Dois-tu vraiment tout verser en une seule fois, Voldegeai ? demanda un soir l'elfe prénommée Œilnoisette. (Elle s'agenouilla près de la cage et regarda Auron souffler et se débattre.) Laisse-lui une chance de respirer, veux-tu ?

Elle regarda Auron et une larme coula de son œil visible ; de l'autre côté de son nez cassé, un bandeau coupait en deux une grande cicatrice qui traversait tout son visage.

— Tu ne fais pas partie de notre clan, Noise. Tu parles à peine une dizaine de mots de notre langue. Sais-tu à quel point nous avons souffert des dragons dans les vallées des montagnes Rouges ? Essaie donc de garder un troupeau avec une de ces bêtes adultes dans les parages. Tu me diras alors si je dois lui laisser une chance.

Elle tendit la main et toucha la nuque d'Auron. La main de l'elfe semblait graisseuse comparée à sa peau sèche. Il se sentit sale à l'endroit où elle l'avait touché.

— Nous ne tirerons pas beaucoup d'un dragonnet étouffé. Nous ne pouvons même pas avoir une bourse d'argent pour la peau de celui-ci. Impossible de vendre un dragon si jeune pour la fabrication d'aphrodisiaques. Un magicien voudrait peut-être ses os, mais cela ne remplacera pas tes moutons une fois les frais déduits.

Elle lui parla à l'oreille. Sa voix était douce mais il ne comprenait pas ses paroles. Elle prononça un mot qui était peut-être « mer », mais il n'en était pas sûr. Elle leva de nouveau les yeux et reprit sa conversation :

— Je ne supporte pas qu'on torture des créatures. Même des dragons.

Les autres secouèrent la tête et éclatèrent de rire.

La mer. Auron en avait entendu parler, il avait également des visions de ses parents qui s'élevaient au-dessus d'une côte déchiquetée lors de leur vol nuptial. Le premier aperçu qu'il en eut réellement fut celui d'une baie aux flots agités vue à travers les barreaux croisés d'une cage.

Elle était en grande partie dissimulée par une imposante construction en bois, aussi grosse qu'un dragon adulte et qui flottait à l'envers, ses pattes dirigées vers le ciel. Deux arbres poussaient au milieu de cette construction mais on leur avait ôté branches et feuilles. Il s'agissait sûrement d'un bateau, ces ailes de bois que les hominidés employaient pour avancer sur l'eau. Des hommes au torse nu et portant de larges pantalons se tenaient non loin de l'embarcation ; ils attendaient pour tirer des cordages ou aidaient des nains à monter à bord d'autres constructions. Tout alentour n'était que pierre posée par l'homme, bois coupé par l'homme, terre aplatie par l'homme. Seuls les oiseaux semblaient conserver leur apparence naturelle, mais Auron se demandait si les humains les avaient teints en blanc afin qu'ils se découpent de manière si agréable sur le ciel.

Il sentit l'océan, et il n'aima pas cela. L'odeur lui évoquait le poisson pourri et les marais stagnants, le tout recouvert de sel.

Quatre nains soulevèrent la cage, un à chaque coin, et montèrent sur le bateau en empruntant une rampe. Auron parvenait à bouger un peu ses pattes ; il avait perdu du poids au cours du voyage en chariot et son sang circulait plus librement. Il n'avait pas connu un tel confort depuis sa capture. Alors qu'il traversait le pont, il eut son premier aperçu de l'horizon infini, une ligne nette qui séparait le monde en deux. Les nains posèrent Auron sur le pont et le dragonnet sentit l'eau bouger dans le port. C'était une sensation agréable qui lui rappelait les rêves dans lesquels il volait.

— Emportez le dragon en bas, dit la voix maintenant familière d'Œilnoisette.

— Quoi, dans la cale ? Il voyage sur le pont avec les chevaux. Nous avons suffisamment de nettoyage à faire comme ça.

— Il mourra de soif sous ce soleil. En bas ou, par Helo, j'en référerai au capitaine, ou je trouverai un autre navire.

Elle grimpa sur la partie surélevée du pont, à l'arrière du bateau, et observa le quai en s'abritant les yeux du soleil avec la main.

— Quelle sale sorcière, cette elfe, murmura l'un des

marins à son compagnon tandis qu'ils soulevaient Auron. Ils attachèrent une corde à sa cage et la firent descendre dans la cale obscure. Des filets à l'odeur de moisi étaient disposés partout ; attachés autour des marchandises, entassés par terre, suspendus au plafond. Ils en entourèrent la cage d'Auron pour la fixer à la paroi du bateau, comme si ni elle ni les lanières de cuir ne suffisaient à le garder en captivité. Auron sentit l'urine de rat.

Il dut attendre ainsi une journée entière, une nuit et encore un jour dans la cale mal aérée. Les rats mordillaient sa chair entamée par les lanières. Œilnoisette le nourrissait et le lavait en jetant de l'eau de mer dans sa cage. Le liquide disparaissait ensuite par une sorte de rigole qui longeait la paroi du bateau.

— Je te donnerais du poulet si j'osais retirer ces lanières, dit-elle en versant un peu de la mixture à base de sang dans le tube planté dans l'une des narines du dragonnet.

Il détestait toujours autant ce dispositif. Il avait de toute façon l'impression de mourir de faim, et aurait tout aussi bien pu en souffrir sans en plus avoir un morceau de cuir enfoncé dans son museau deux fois par jour. Malgré ses gesticulations et les regards furieux qu'il lui lançait, elle continuait à le nourrir.

Deux autres dragonnets firent leur arrivée ; ils étaient tout comme lui en cage. Le premier était à peine sorti de son œuf, un jeune dragon argenté avec une plaie à peine cicatrisée sur le museau, là où sa corne se trouvait auparavant ; il était blême. Le dragonnet lança un regard misérable à Auron. L'autre était vert ; une dragonnelle.

Auron entra mentalement en contact avec le jeune mâle et perçut une telle vague d'angoisse et de confusion qu'il lui fallut interrompre la conversation avant même qu'elle ait commencé. Il apprit toute son histoire en un éclair. Le dragonnet était né en captivité et n'avait jamais connu l'odeur de sa mère ou le regard empli de fierté de son père. Un garne brutal s'était occupé de lui, et plutôt mal de surcroît. L'esprit de la femelle était plus difficile à appréhender; leur parenté était probablement plus lointaine. Si seulement ils pouvaient parler!

Il essaya en simplifiant ses pensées pour elle. Il tenta d'enlever les émotions, les images mentales, les idées, tout ce qui n'était pas de simples mots.

— *Ton... nom?*

— *Ne... te... sache.*

« Ne te sache? » Que signifiait cela?

— *Moi Auron. Gris. Père, AuRel. Père bronze. Ton nom?*

— *Ne... te... sache.*

Auron frappa le sol de sa queue. Ne lui prêtait-elle pas attention?

— *Quoi?*

— *Ne te sache.*

Auron interrompit l'échange et tourna le cou pour se retrouver face à la paroi. Pourtant, pour une raison ou une autre, il se sentait mieux. Le simple fait de sentir d'autres dragons, de percevoir leurs esprits, tout ceci le réconfortait. D'une certaine façon, en dépit de son état lamentable, sa situation était préférable. La dragonnelle ne savait pas communiquer par la pensée; quant au pauvre jeune mâle à peine sorti de son œuf, il était irrémédiablement perdu. Auron avait au moins connu sa mère, son père et ses sœurs. Il avait vu d'autres dragons et il savait ce qu'il était.

Œilnoisette et un autre elfe descendirent dans la cale, suivis par deux membres de l'équipage. L'elfe mâle portait une boîte. Il la posa avec précaution par terre et l'ouvrit. De la sciure se répandit sur le sol et Auron en sentit l'odeur caractéristique. Il aperçut un œuf de dragon à l'intérieur.

Les elfes conversèrent pendant un moment; Œilnoisette s'accroupit et approcha l'oreille tout près de l'œuf, puis elle ferma et verrouilla de nouveau la boîte. Ils s'entretinrent encore tandis que les marins la disposaient au milieu de sacs à moitié remplis de sciure. L'elfe mâle invectiva sèchement l'un des hommes en parl :

— Fais attention ! Ce n'est pas une barrique pleine de porc. Vous autres humains ne prenez jamais le temps de faire les choses correctement !

Les marins ne tinrent pas compte de cette réflexion. Ils étaient peut-être habitués à ce genre de propos de la part des elfes. Un autre homme descendit avec deux lanternes qu'il posa près de la boîte. Auron sentit l'odeur de l'huile brûlée, proche de celle d'un dragon. Les elfes parlèrent encore et Œilnoisette désigna un filet posé dans un coin de la cale.

Plus tard ce même jour, le mouvement du bateau se modifia. Auron sentit que le navire changeait de direction et qu'il tanguait plus violemment d'un côté puis de l'autre. Commençait-il à voler au-dessus de l'eau ?

Auron se laissa nourrir par Œilnoisette puis la regarda faire de même avec la femelle et le dragonnet. Le procédé était presque aussi atroce à observer qu'à subir. Il essaya de se détacher autant qu'il le pouvait de la douleur des autres dragons.

Une fois ce supplice achevé, l'elfe versa de l'huile dans les lanternes allumées en permanence. Elle grimpa ensuite dans un filet de taille réduite accroché entre deux troncs carrés qui soutenaient le plafond, semblables à des stalagmites dans une caverne. Auron l'observa d'un œil se balancer et réfléchir ; elle lui rendit son regard. D'un seul œil, elle aussi.

Le matin suivant, un homme descendit dans la cale. Il portait des vêtements chatoyants qui évoquèrent à Auron la peau d'un dragon.

— Alors, comment trouvez-vous notre *garbleup* flottant ? demanda l'homme.

Auron ne connaissait pas ce mot.

— Convenable, capitaine. Ce n'est pas mon premier voyage.

— Vers l'île de Glace ? Vraiment ?

— C'est un long voyage, je sais.

— Alors vous devez également savoir qu'il n'était pas très judicieux de prétendre que vous prendriez un autre bateau.

— Votre camarade a ainsi fait ce que je souhaitais.

— C'est mon troisième voyage en trois ans, et chaque fois avec des dragons. (Il regarda les cages.) Celui-ci ne vivra plus très longtemps, dit-il en observant le petit dragonnet argenté. La femelle semble vigoureuse, vous en tirerez un bon prix… Mais qu'est-ce que c'est ?

Il s'approcha de la cage d'Auron.

— Un mâle.

— Sans couleur ? Sa Sagacité n'en voudra pas, autant lui proposer un basilic. Il en aura fait des appâts pour la pêche avant notre première nuit à terre.

— Nous verrons.

— Je sais que cette grosse tête vous rira au nez si vous essayez de lui vendre un dragonnet avec une tare de naissance.

— Alors c'est qu'il n'en sait pas autant au sujet des dragons qu'il le prétend. On dit qu'il a l'intention de les élever. Les petits d'un gris peuvent être de n'importe quelle couleur.

Le capitaine secoua la tête.

— Je ne le crois pas.

— Capitaine, ces cages ne leur font aucun bien. Votre armurier peut-il s'arranger pour qu'ils soient enchaînés au mur ?

— Si vous êtes d'accord pour payer les dommages faits à mon bateau.

Auron remarqua que, tout comme lui, l'elfe serrait les mâchoires.

— Je le suis, dit-elle finalement.

Il était étrange de constater que les hominidés affichaient de temps à autre leurs émotions. Ils ressemblaient presque à des dragons.

— Alors je m'en occupe, chère bonne âme. J'ai peut-être même un oreiller en plume d'oie dans l'un de mes coffres, si vous voulez qu'ils reposent aussi leur précieuse petite tête.

Il se dirigea en ricanant vers l'échelle qui menait sur le pont. L'elfe dit quelque chose à mi-voix dans sa propre langue à l'adresse de l'homme qui lui tournait le dos.

Elle s'approcha de la cage d'Auron.

— Écoutais-tu ? demanda-t-elle en le tapotant d'un air absent. Elle observait l'échelle que l'autre homme avait empruntée. Auron ne comprenait pas sa langue, mais à son contact il perçut ses émotions. Elles étaient bienveillantes et pleines de chaleur, comme celles de mère, et adoucirent un peu son malheur. Elle cessa de le caresser et retira sa main comme s'il brûlait. Ses sourcils se rejoignirent comme deux dragonnets qui se fonceraient dessus.

— Tu écoutais, dit-elle en optant pour le parl qu'elle avait déjà employé avec le capitaine. J'ai vu ton œil. Tu me regardais et tu regardais le capitaine. Es-tu l'un de ces dragons qui connaissent nos langues ? Hoche la tête si tu comprends.

Auron se demanda s'il pouvait tirer parti de la sympathie que cette elfe éprouvait pour lui. Il avait suffisamment observé les hominidés pour comprendre que, pour une raison ou une autre, ils secouaient la tête de droite à gauche pour exprimer la négation et de haut en bas pour l'assentiment. Les dragons, pour cela, ouvraient ou fermaient sensiblement les narines. Il hocha la tête de haut en bas.

Elle écarquilla son œil, puis elle rit. C'était un son agréable qu'il aima malgré lui.

— Je me demande si tu parles, dit-elle, songeuse. Je ne crois pas qu'il soit judicieux de t'en donner l'occasion. Je suis folâtre, mais pas folle.

» J'ai quelques connaissances sur les dragons, mon petit. J'étais autrefois aussi jeune et fraîche que toi, quand j'avais des fleurs dans mes cheveux de printemps. Nos... – comment dire en parl ? – ... aînés, nos aînés aux cheveux de givre me pensaient brillante, et je suis ainsi devenue l'apprentie d'une elfe à la nature éminemment spéciale... non, spécialiste éminente de la nature. Elle s'appelait Longuisle et savait tout sur les créatures sauvages. Elle pouvait prédire si l'hiver serait ou non rigoureux en observant où les écureuils cachaient leurs glands, et si un pin était en bonne santé en sentant sa résine. Elle conversait avec les ours et les chouettes, évoquait leurs chasses avec eux.

Auron dressa l'oreille quand elle évoqua la chasse. Il repensa alors à Wistala et ses cœurs se serrèrent de chagrin.

— Le givre envahissait sa chevelure et moi, je grandissais, mais un grand mystère demeurait : les dragons. Elle n'eut plus qu'une obsession : trouver un dragon très âgé avant qu'elle plante ses racines pour le dernier âge. Elle chercha l'un des fils de l'âge au cours duquel ton espèce régnait sur le monde. Oui, je sais, les dragons étaient là avant les *paran* – les garnes – ou leurs descendants, les *naran* – ceux qui parlent.

Auron aurait aimé naître avant l'arrivée des *naran*. Pourquoi avait-il fallu que les Grands Esprits fassent subir au monde un tel fléau ? Et tout ça pour une querelle imbécile.

— Les dragons créent de l'art, les dragons racontent des histoires, tout ceci sans utiliser l'écriture. L'histoire de tes semblables remonte bien avant cela, à la nuit des temps. Quels secrets vous devez connaître !

Auron suivait l'histoire de l'elfe non sans difficulté ; elle devait s'interrompre pour prononcer certains mots, comme si elle était habituée à penser son récit plutôt qu'à le narrer à voix haute et tout particulièrement en parl. Elle n'employait pas non plus d'images mentales, ce qui était normal pour une elfe. Même – et Auron ne l'admettait qu'en serrant ses dents de dragonnet – pour une elfe bienveillante.

Elle replia sous elle ses longues jambes pour s'asseoir à côté de lui. Auron trouva de nouveau ce mouvement proche de celui d'un dragon.

— Elle décida de traquer NooMoakh, un noir. Pas pour le tuer, mais pour le rencontrer. Ce fut une longue quête, et nous en avons appris assez sur les usages des dragons pour remplir de livres une étagère. Après avoir longtemps voyagé nous avons rencontré un marchand et sa roulotte ; il avait vendu à un guerrier des écailles de dragon noir afin que celui-ci en fasse un bouclier et une armure. Après bien des marchandages, il accepta de nous conduire à l'antre de ce dragon. Il nous fallut traverser un désert, le plus dur périple de toute ma vie. Longuisle tomba malade et mourut pendant le voyage, mais j'ai continué. Je ne voulais pas que son rêve meure avec elle.

» Nous y sommes arrivés, mais le marchand m'a trahie. Il voulait profiter de moi, puis me donner au dragon – pour obtenir d'autres écailles, je suppose. Je ne m'en suis tirée qu'après un âpre combat contre ses hommes, qui m'a laissé ce souvenir, dit-elle en soulevant le coin de sa bouche pour montrer la partie de son visage marquée d'une cicatrice ; elle dévoila du même mouvement une chevelure de la couleur flamboyante d'une forêt en automne. Les feuilles qui poussaient sur ses mèches avaient une odeur sèche, semblable à l'écorce qui se détache d'un bouleau.

— J'ai trouvé NooMoakh, ce fut aussi facile que de cueillir des baies. Je me suis retrouvée face à face avec le plus grand de tous les dragons noirs. Le crois-tu ? Une toute petite brindille face à ce sombre ouragan ? Il m'aurait sûrement mangée si je n'avais pas appris une petite chose quand Longuisle me dictait ses observations pour que je les consigne dans ses dossiers. Je savais que vous, les dragons, vous aimez la musique. J'avais une piètre voix pour une elfe, mais je lui ai chanté une chanson de la mer :

« Partie, au loin, sur les flots déchaînés
Je voyagerai longtemps,
Puis je te reviendrai. »

» C'était un des couplets d'une chanson un peu idiote qui montait et descendait comme les vagues. Mais il l'a aimée. Il a penché la tête, comme un chien qui entend un sifflet…

Père grognerait vraiment s'il entendait ça, pensa Auron.

— … et il m'a dit un mot. Et dans ma propre langue qui plus est, la langue de la mer : « encore ». Et c'est ce que j'ai fait. Il était vieux, isolé, seul. Je pense qu'il aimait avoir quelqu'un à qui parler, même si ce n'était pas un autre dragon. Il m'a ensuite raconté à son tour de superbes histoires. Il m'a parlé de rois dont même le profil frappé sur les pièces a été oublié, des empires réduits en poussière, des guerres terribles qui auraient à jamais marqué l'Histoire si seulement quelqu'un s'était rappelé qui combattait ou pourquoi.

Auron sortit ses griffes dans ses chapes de cuir. Tous les elfes parlaient-ils autant ? Œilnoisette était pire que ses propres sœurs.

— Il était peut-être trop vieux, car j'ai dû lui lire certains de nos écrits sur les usages des dragons. Il a corrigé les travaux de Longuisle, comblé les parties vides. NooMoakh rêvait d'une compréhension mutuelle entre les dragons et les peuples. Il disait que cela avait autrefois été le cas. Il me révéla cependant la grande faiblesse des dragons sans même s'en rendre compte.

Pfff, pensa Auron. *Les dragons ont bien des défauts, mais nulle grande faiblesse.*

Mère ne l'en aurait-il par averti, afin qu'il soit sur ses gardes ?

Attends, lui souffla une autre partie de son esprit.

La partie patiente, celle qui avait mémorisé l'histoire de l'elfe pour éventuellement tirer quelque avantage de ce torrent de paroles. Père avait dit que le nombre de dragons déclinait. Avait-on découvert un défaut dans le chef-d'œuvre des Grands Esprits ? Un défaut fatal ?

Œilnoisette se pencha encore plus près.

— Veux-tu connaître cette grande faiblesse, mon petit ? La faille dans votre armure ? Je l'ai inscrite dans mon livre, mais il a été brûlé par ces idiots de Barbares il y a des années.

L'écoutille de la cale s'ouvrit et l'armurier du navire descendit en portant des outils ainsi que des chaînes autour de ses épaules. Œilnoisette se redressa, comme honteuse d'être surprise près d'Auron.

— Vous voulez que les bêtes soient enchaînées ? demanda l'armurier.

Auron sentit qu'il venait de passer du statut de personne à qui l'on parle à celui de vulgaire *bête*.

— Bien enchaînées, répondit Œilnoisette. Ils seront en meilleure santé s'ils peuvent bouger un peu. Je veux que mon investissement me rapporte.

Être enchaîné valait mieux qu'être attaché et enfermé dans une cage. On ôta les bandes de cuir qui lui serraient le museau et le petit emblème de cuivre ne le nargua plus au bout de son nez. Les colliers autour de son cou et de ses pattes avant pesaient encore bien lourd, mais il pouvait au moins bouger.

Ce fut tout d'abord atroce. Quand il bougea sa patte avant libérée par l'armurier, la douleur lui arracha un cri perçant malgré sa gueule toujours muselée. Il se roula sur le dos de douleur. Ses *saa* et ses *sii* étaient enveloppés dans des entraves de cuir et de chaînes fixées par des bracelets. La souffrance l'aveuglait, courait tout le long de son squelette comme un éclair. Quand elle se dissipa, il se rendit compte qu'il était tout au bout de la chaîne qu'il avait tendue à son maximum, à seulement une longueur de patte de la paroi.

— Ça tiendra, dit l'armurier. Surveillez ses griffes – je ne pense pas qu'il puisse transpercer ces mailles, mais on ne peut jamais prédire ce dont un dragon est capable. Cela dit, vous feriez mieux de le tuer et de le donner à manger aux autres. Un gris, ça vaut rien.

Œilnoisette ne dit rien.

Auron l'observa pendant qu'il attachait les deux autres dragonnets. Le plus petit se débattit à peine ; il se relâcha complètement après s'être tortillé une seule fois. La verte avait sûrement été moins longtemps emprisonnée. Elle lutta pour se mettre debout avant de s'écrouler.

L'armurier revint vers Auron et tira sur les pitons qui reliaient les deux colliers au mur. Il hocha la tête d'un air satisfait et ramassa ses outils.

Auron fut de nouveau seul avec Œilnoisette. Il la regarda tout en faisant jouer les muscles de ses pattes. Il s'étira ensuite avec soulagement. De l'œil qui n'était pas rivé sur l'elfe, il observa les pitons. Il se rappelait que l'armurier avait utilisé un outil semblable à un couteau émoussé pour enfoncer dans le bois des chevilles grosses comme des griffes. Ces hommes, et leurs outils ingénieux ! Il avait fait pénétrer ces griffes de métal sans faire plus d'efforts qu'une mère dragon lorsqu'elle fait rouler un œuf dans son nid.

Ce dispositif méritait qu'Auron l'observe de plus près.

Peu de lumière parvenait jusqu'à la cale, mais Auron savait cependant que la nuit était tombée. Œilnoisette dormait dans la puanteur des lampes à huile qui réchauffaient l'œuf. Sa chevelure s'était changée en une masse d'algues séchées. Quelques bulbes pendaient au milieu de ses boucles.

Auron avait mal au nez, mais cette fois ce n'était pas à cause de l'un de ses repas. Après deux tentatives ratées, il avait appris à utiliser la corne qui surmontait son nez pour faire tourner les chevilles qui maintenaient les pitons dans la paroi. Il dévissa trop l'une d'elle qui tomba bruyamment. L'elfe bougea dans son sommeil mais elle n'ouvrit pas les yeux.

Il avait pratiquement extrait l'autre cheville. Un coup sec et il serait libre !

La dragonnelle le regardait. Elle tira sur ses entraves et fit cliqueter ses chaînes. Il lui lança un regard furieux.

— *Reste tranquille !* tenta-t-il de lui dire par la pensée, mais son esprit était peu réceptif à ce mode de communication.

— Tu es intelligent, mon petit, dit l'elfe depuis sa couche suspendue.

Auron se retourna, prêt à se jeter sur elle. Il ne se laisserait plus mettre en cage ; il s'empalerait sur l'arme qu'elle brandirait avant qu'on lui fasse subir une telle chose. L'elfe ne bougea pas, ne se redressa pas ; elle resta allongée. Elle faisait tourner une pièce d'or entre son pouce et son index ; Auron reconnut l'emblème de l'homme sans visage, les bras écartés, entouré d'un cercle.

Elle jeta la pièce dans un seau rempli d'assiettes et des restes du dîner.

— Vas-y, je ne t'arrêterai pas. Une chose, cependant : quand tu sauteras du bateau, assure-toi de te diriger vers l'est. Nous sommes trop loin pour apercevoir la côte. Sais-tu comment retrouver l'est ?

Auron renifla : il guettait l'odeur de la peur mais ne sentit que celles de l'elfe et de la cale. Il hocha alors la tête à la manière des hominidés, de haut en bas.

— Rappelle-toi, petit dragon gris, que je t'ai laissé partir et que je t'ai indiqué la direction à prendre. Si tu as le moindre sens de l'honneur, un jour tu me rendras la pareille.

Elle se leva très lentement.

— Confiance, dit-elle en draquine. (Sa prononciation était mauvaise, mais il comprit le mot.) Confiance, répéta-t-elle en s'approchant de lui. (Elle se mit à genoux et passa sa tête sous celle d'Auron.) Confiance, dit-elle encore en tendant la main très doucement pour le gratter sous le menton. (Il réprima un *prrum* involontaire. Elle fit pivoter quelque chose sous son museau et retira une longue tige métallique. La muselière d'Auron tomba à terre et il ouvrit sa gueule endolorie.) Je me demande si tu te souviendras de cette nuit, dit-elle en s'éloignant des dents acérées du jeune dragon.

Il sentait sa peur maintenant… Non, ce n'était que de la tension.

— Confiance, dit-il en un parl aussi mauvais que le draquine de l'elfe.

Il fallait qu'il découvre quelle était cette faiblesse des dragons dont elle avait parlé. Mais il y avait d'abord quelque chose de tout aussi important…

Il tira sur ses liens et se jeta en avant – pas vers l'elfe, mais vers la dragonnelle verte. Il se libéra du mur et emporta avec lui chaînes et pitons. Il tenta de griffer ses chaînes avec ses *sii* toujours pris dans le cuir, puis leva une patte et mordit son entrave. Il laissa une de ses dents de dragonnet dans l'épais cuir et sentit le goût de son propre sang.

— Va-t'en ! Tu n'as pas le temps ! siffla Œilnoisette, l'oreille tendue vers le pont d'où provenait un tumulte paniqué.

Auron s'avança clopin-clopant vers la dragonnelle ; sa patte libre et les trois autres encore emmaillotées de cuir le contraignaient à se dandiner d'une étrange façon. Il toucha le nez de la jeune dragonne avec le sien et elle ouvrit les yeux, surprise ; ils étaient dorés et brillants, plus encore que ceux de mère ou de Wistala.

— *Quel est ton nom ?* pensa Auron.

— *Natasatch, imbécile !* lui répondit-elle.

Auron rompit le contact et grimpa avec difficulté les barreaux de bois qui menaient à l'écoutille qu'il ouvrit d'un coup de tête. Quand elle céda, il entendit Œilnoisette crier :

— Alerte ! Un dragon s'est échappé !

Auron grimpa sur le pont fortement penché et se trouva nez à nez avec des marins qui assuraient la garde de nuit et couraient dans tous les sens pour rassembler voiles et cordages. Il ouvrit la gueule pour les menacer et sentit la mer – une brise bienvenue. Cet air avait l'odeur de la liberté, et il courut dans sa direction.

Un marin malingre, plus courageux ou moins aguerri que les autres, agrippa les chaînes qu'Auron traînait derrière lui alors que ce dernier s'approchait du bastingage. Auron donna un coup de queue qui frappa le jeune homme à la tempe puis il se retourna et referma vivement ses mâchoires ; il manqua de peu le visage du marin. Le garçon lâcha les chaînes, s'assit très droit, puis déguerpit précipitamment à reculons. Auron en tira une satisfaction telle qu'il n'en avait pas éprouvé depuis sa capture. Il entendit la mer battre contre le flanc du navire, dans les ténèbres, en contrebas ; il se précipita sous le bastingage puis sauta.

Il colla ses pattes contre son corps en plongeant et entra dans l'eau comme une flèche. Sans avoir besoin de lire les étoiles, il sut que le bateau se dirigeait vers le nord, et qu'il était donc du mauvais côté de l'embarcation. Il ouvrit les yeux, ses paupières transparentes baissées, et changea de direction sous la coque.

Les chaînes le freinaient. Il lui fallait faire de grands mouvements pour nager, et à une allure qu'il ne pourrait pas maintenir avec ce métal qui traînait derrière lui. Il fit surface de l'autre côté du bateau et libéra son autre patte antérieure à coups de dents. Il ne voyait rien à l'est au-delà des légers remous.

Il n'avait pas d'autre solution que de rester près de ce navire mais, au moins, il lui permettait de flotter. Il pressa ses pattes arrière contre ses flancs et remua les hanches, les épaules et la queue pour nager et atteindre l'arrière du bateau qui se trouvait hors de l'eau. Nager serait si facile sans ces chaînes et le poids de ses colliers. Il se cramponna à la coque avec ses griffes et libéra ses pattes arrière en mordant les sacs de cuir. Il perdit plusieurs dents, mais il ne s'agissait que de crocs de dragonnet.

Il observa tout en crachant du sang l'anneau de fer qui entourait sa poitrine, en dessous de ses pattes antérieures. Ce misérable humain l'avait accroché d'une façon telle qu'il était impossible à Auron de voir comment l'ôter. Il était cependant capable de briser ses chaînes. Le dragonnet referma ses mâchoires sur la planche de bois qui permettait au navire de se diriger et tordit sa colonne vertébrale. Il amena ainsi ses pattes arrière, plus puissantes, au niveau des boucles qui reliaient les chaînes à l'anneau. Il y glissa ses griffes et rassembla les forces qui lui restaient – il s'imagina pour cela avoir sous ses pattes un nain à éventrer.

Les pattes arrière d'Auron avaient été si longtemps emprisonnées qu'elles pouvaient à peine tenir en place, mais il brisa les chaînes grâce aux muscles de son dos. Ces maudites entraves coulèrent à pic sans qu'Auron les regrette le moins du monde. Il entendit au-dessus de lui les voix des hommes qui scrutaient la mer à sa recherche, mais le bateau ne s'arrêta pas. Il s'agrippa à l'arrière de la coque et parvint à retirer la chaîne accrochée au collier qui lui enserrait le cou. Il tenta de faire glisser le cercle de métal autour de sa tête, mais il lui était impossible de l'ôter.

L'effort le laissa haletant et les pattes tremblantes d'épuisement. *À cause de l'œuf qui m'a abrité, elles ne me sont d'aucune utilité pour nager.* De plus en plus d'hommes se rassemblaient près du bastingage qui entourait le pont du bateau ; tôt ou tard, l'un d'entre eux aurait l'idée de regarder sous la poupe. Il ferma de nouveau ses paupières transparentes et s'éloigna du navire en nageant sous l'eau, dans ce vaste océan. S'il s'épuisait, s'il coulait, ce serait en dragon libre.

Chapitre 8

L'eau lui permettait de flotter. Elle le soulevait comme les courants d'air des souvenirs de vol que lui avaient transmis ses parents.

Sans ces colliers de métal, il pourrait nager sans jamais s'arrêter. Il découvrit qu'il pouvait se déplacer en ne laissant dépasser que son nez et ses yeux. Grâce à ses grands poumons remplis d'air, flotter ne lui demandait aucun effort. C'était une bonne chose car, en nageant vers l'est, il se rendit compte qu'il lui fallait de plus en plus fréquemment s'arrêter et se laisser porter.

Auron comprit également qu'il était chanceux de ne pas avoir de lourdes écailles. La mer ne se serait pas montrée si secourable si tout son corps avait été recouvert d'une épaisse armure. Il se rappela les mots de sa mère : « les faiblesses n'en sont pas toujours ». Il se retourna alors sur le dos et leva ses pattes arrière hors de l'eau jusqu'à couler, simplement par plaisir. Après avoir été enfermé dans un chariot puis dans la cale d'un navire, le grand air, l'exercice et l'eau de mer vivifiante lui firent ressentir une euphorie similaire à celle qu'il avait éprouvée en tuant sa première proie avec Wistala. Il regarda les étoiles et se demanda où se trouvait sa sœur.

Si légère que soit l'humeur d'Auron, son corps avait cependant besoin de repos, de nourriture et d'eau. Il but un peu d'eau de mer mais elle lui donna des crampes d'estomac. Il pensait que la mer était remplie de poissons, mais il ne vit rien de comestible lors des courtes plongées qu'il effectua. Et, malgré ses paupières transparentes baissées, l'eau salée lui piquait les yeux. Il mordit cette nuit-là une masse translucide et flottante ; elle réussit sans qu'il sache comment à lui faire mal au cou et sous la patte. Il garda de cette rencontre des marques qui le faisaient encore souffrir deux jours plus tard, quand l'Air et l'Eau s'affrontèrent et que les vagues commencèrent à gonfler.

Il flotta au milieu de cette petite tempête et sentit qu'elle le faisait dériver vers le nord. Même s'il ne pouvait pas distinguer les étoiles, Auron savait qu'il était très loin de chez lui, de Wistala et de père. Quand le temps se leva, il scruta l'horizon avec anxiété à la recherche de la terre. Ses tentatives pour nager vers l'est duraient de moins en moins longtemps.

L'après-midi qui suivit la tempête, il aperçut des oiseaux volant à l'est et il reprit espoir. Le jour suivant, ils volèrent au-dessus de lui et se dirigèrent vers l'est à la nuit tombée. Auron les suivit du mieux qu'il put ; il s'efforça de moins se reposer et de nager plus longtemps malgré la faim et la soif. Le lendemain matin, il vit l'aube se lever sur une bosse à l'horizon.

Le Soleil ! Le grand Soleil lui montrait la terre. C'était pour cela que les dragons employaient leurs ailes : pour aller vers le Soleil et virevolter plus près de Lui ! Père avait parlé des Esprits et du monde d'En-Haut, mais Auron se jura que, s'il avait un jour une descendance, il lui enseignerait avant tout à remercier le Soleil, lui qui abreuvait le monde d'En-Haut d'une lumière pourvoyeuse de vie.

Son exaltation se dissipa tandis qu'il nageait perpendiculairement au courant pour se rapprocher de cette bosse. Un dernier effort. L'étendue de terre disparut, et il craignit un instant que boire de l'eau de mer lui ait donné des visions… Puis il l'aperçut de nouveau, une tâche bleue sur l'horizon.

C'était trop difficile pour lui. Il dut s'arrêter pour se

reposer. Chaque minute passée à se laisser flotter dans ce courant l'emmenait davantage vers le nord, loin de la terre. Auron serra les dents et reprit ses épuisants mouvements du buste et de la queue. Il garda les yeux rivés sur la terre et nagea, nagea sans cesse jusqu'à souhaiter se laisser couler et mourir.

Une étrange lucidité traversa cette chape de désespoir. Il sut qu'il se trouvait devant le premier grand combat de sa vie. Il ne se battait pas contre un ennemi, le destin, ni même la mer – mais contre lui-même. Son envie de vivre était en train de perdre, dépassée par un corps épuisé, des entrailles vides et un esprit vidé, prêt à abandonner la lutte.

Si mon esprit veut abandonner, je vais l'ignorer et me concentrer sur mon corps. Ainsi ma volonté n'aura plus qu'un adversaire à combattre.

Il ferma les yeux et s'enfonça dans l'eau pour ne laisser dépasser que le bout de son nez. Il nagea malgré la douleur, malgré l'épuisement, oubliant que tout espoir avait péri. Rien n'arrêterait son corps, à moins que ses cœurs cessent de battre – et Auron décida qu'il les forcerait à redémarrer si cela se produisait... Il toucha alors le sable.

Il sortit la tête hors de l'eau. Les vagues le poussaient vers une plage que surplombaient des rochers dressés les uns contre les autres comme une famille de géants recouverts par les déjections d'oiseaux. Des mouettes et d'autres volatiles à la queue fendue dont il ignorait le nom planaient au-dessus de lui ; ils semblaient n'avoir aucune conscience de l'épreuve qu'il traversait. Auron se sentait plus cadavre que dragon. Il ne parvenait même pas à se traîner hors de l'eau ; les vagues le poussaient et le faisaient rouler sur la plage comme un morceau de bois flotté. Se retrouver sur la terre ferme lui donna la nausée. Il savait qu'il ne bougeait plus, mais le sol semblait pourtant le faire monter et descendre aussi régulièrement que les vagues. Il céda à la fatigue et se laissa sombrer dans l'inconscience.

Il fut réveillé par un pincement dans l'une de ses narines. Une petite créature aux pattes semblables à des griffes tirait sur sa chair avec l'une d'elles, terminée par une pince. Elle tenait devant elle une autre mandibule gigantesque tel un guerrier qui brandirait son bouclier.

Auron referma ses mâchoires sur la créature et l'avala ; il la sentit s'agiter dans sa gorge. L'une de ses semblables se tenait près de l'articulation de sa patte arrière ; Auron tendit le cou et la créature s'enfuit en marchant de biais, en agitant sa pince ridicule. Il la goba elle aussi.

Son regard fut attiré par des éclaboussures dans le ressac – trop tard pour qu'il attrape ces autres crabes. À en juger par la lumière, il s'était réveillé en pleine nuit ou au petit matin. Le vent était désormais froid et l'océan ne montait plus jusqu'à l'endroit où il avait déposé Auron.

Ce dernier se leva. Il voulait boire. Il voulait boire plus que toute autre chose.

Il avança vers les rochers. Ces derniers formaient le relief le plus haut des environs ; il ne semblait pas y avoir grand-chose sur cette partie de la côte. La mer entourait des deux côtés la plage en forme de crochet.

Auron observa le sommet des rochers – ils n'étaient pas plus imposants que la saillie sur laquelle il était né, mais il n'avait pas la force de sauter. Il grimpa, et ses deux colliers de métal cliquetèrent contre la pierre. Il trouva le nid d'un oiseau, mais sans œufs à l'intérieur. Il avait déjà été visité, ou ce n'était pas la bonne période de l'année pour une nichée. Il regarda le Dragon accroupi. Auron ne l'avait jamais vu aussi haut dans le ciel.

Les mouettes qu'il dérangea crièrent avec force tandis qu'il poursuivait son ascension, mais il n'y fit pas attention. Il atteignit le sommet des rochers et observa les alentours. Il n'y avait pas de collines, seulement des arbres, de petits arbres qui dépassaient de gros buissons, et d'autres pierres disséminées dans une mer d'herbes battues par les vents.

Auron aperçut des flaques d'eau souillée par les oiseaux au sommet des rochers. De l'eau de pluie ! Il but ce liquide infâme et, répugnant ou non, cela lui permit d'apaiser les crampes de son estomac et lui donna une toute nouvelle vigueur.

Il se demanda quel était ce lieu. L'océan s'étendait également de l'autre côté : il semblait s'agir d'une longue étendue de terre. Une île, peut-être. Il attendrait que le jour se lève et explorerait le nord…

Une forme atterrit au sommet du rocher voisin. Auron sentit l'odeur d'un dragon.

— Quoi-quoi ? Quoi-quoi ? rugit un draque.

Ses écailles étaient bleu-vert, comme de l'ardoise mouillée.

— Je…, commença Auron.

— Va-va dans la mer ! Va-va dans l'eau ! Intrus ! Pars-pars ! gronda le draque en s'avançant vers lui, prêt à mordre.

Auron recula et tomba avec un bruit sourd sur le sable en contrebas. Le draque bondit mais Auron s'écarta à temps. L'individu hostile donna un coup de patte dans le vide qui projeta un nuage de sable vers Auron, puis il le chargea. Auron regagna la mer en rampant à toute vitesse.

— Je ne peux pas nager davantage… j'en mourrai ! supplia Auron.

— Une bonne chose pour moi, gris-gris.

Le draque arpenta la plage sans quitter Auron des yeux tandis que ce dernier nageait vers le sud pour contourner l'île.

— Peux-tu me dire dans quelle direction je trouverai la côte ?

— T'as dit que t'allais te noyer. Vas-y, dragonnet !

Le draque marchait de long du rivage ; il secouait la tête de bas en haut avec agressivité.

Les espoirs d'Auron s'évanouirent et il nagea vers l'est

après avoir dépassé la pointe de l'île. Le draque continua à l'observer, maintenant figé comme un dragon de pierre, jusqu'à ce qu'Auron n'ait plus les cœurs de regarder en arrière. L'île se fit de plus en plus petite dans son dos tandis qu'il avançait sous la lune. Il nagea dans les eaux calmes qui se trouvaient derrière l'île sans même se donner la peine d'ouvrir les yeux. Les étoiles se rassemblaient toutes à l'est, au-dessus de la ligne d'horizon. Il n'y avait plus la moindre trace de terre et ses colliers étaient trop lourds. Il cessa de battre de la queue et roula sur le dos pour flotter, laissant son cou se balancer d'un côté puis de l'autre, sans direction fixe.

Quelque chose le percuta. Il craignit un instant que ce soit le draque venu l'achever, mais la peau de cette créature était lisse et un peu plus chaude que l'eau.

C'était une espèce de poisson. Non, les poissons ne sont pas chauds, et cet être respirait par une ouverture placée au sommet de son crâne. Auron tendit le cou et aperçut un œil. Un œil joyeux, celui d'un être apparemment amusé par l'être singulier qui se retrouvait sur son dos en pleine nuit.

Un autre de ces êtres fit surface juste à côté de son semblable. Il regarda Auron avant de replonger en un éclair scintillant.

Auron essaya de communiquer avec eux par la pensée mais n'obtint pas d'autre réponse qu'une impression réconfortante d'intelligence et de sympathie. Une tête surgit de l'eau : son front était immense et elle se terminait par un court museau qui semblait sourire. Elle parut familière à Auron, davantage que celles des hominidés. Sa forme la rapprochait de celle d'un dragon malgré l'absence de crête et la disposition des yeux. Des dauphins ! Auron comprit qu'il s'agissait de dauphins, en puisant un des souvenirs de mère dans son subconscient.

Quelle que soit leur nature, ils avançaient. Le dauphin

qui se trouvait sous lui plongea et un autre vint doucement soutenir le ventre d'Auron. Le dragonnet le chevaucha pendant un instant, ses pattes avant passées autour de la nageoire dorsale de la créature – avant qu'elle s'éloigne, elle aussi, et soit remplacée par une de ses semblables. Les dauphins commencèrent à bondir hors de l'eau et à jouer entre eux, apparemment satisfaits.

À l'aube, Auron vit qu'il se trouvait près d'un autre rivage. Une vraie côte. Des montagnes semblaient surgir directement de l'eau ; elles étaient recouvertes de végétation et des cours d'eau serpentaient le long de leurs flancs. Il trouva la force de nager jusqu'à l'une des criques d'eau douce et but lentement à la cascade qui s'y déversait. La voix de père lui conseillant de ne jamais boire beaucoup après un effort important résonna dans son esprit. Les dauphins se baignèrent eux aussi dans la crique ; ils poussaient de petits cris et pépiaient comme des oiseaux. Auron tendit le cou pour voir au-delà de l'étroite plage. La montagne avait été creusée et formait une crique encore plus large. Auron comprit que les étoiles aperçues à l'horizon étaient en réalité des feux humains.

Les dauphins s'agitèrent soudain et disparurent. Auron vit des bateaux qui quittaient la crique artificielle, trois embarcations en bois, chacune dotée d'un mat unique – mais les hommes les faisaient pour l'instant avancer grâce à de longues rames. Auron aperçut les filets qui pendaient le long de leurs flancs et il fut pris d'un frisson. Il se tint immobile contre la paroi d'une montagne, tout à la fois caché et à découvert. Les hommes ne remarquaient que ce qui bougeait. Les bateaux étaient de toute façon en quête de poisson et non d'un dragon et ils s'avancèrent dans la baie, traînant leurs filets derrière eux.

Là ou vivaient les hommes, il trouverait des ordures, des rats qui mangeaient ces ordures, des chats qui chassaient ces rats, des chiens qui poursuivaient ces chats… et Auron mangerait tout cela avec joie. Mais pas en plein jour. Pour l'instant, il pouvait boire et dormir. Il s'enfonça dans le sable entre deux rochers, au pied de la montagne, et ne laissa dépasser que ses narines et un œil. Alors il s'endormit.

Cette nuit-là, il prit d'assaut le tas d'ordures et engloutit des queues et des têtes de poisson. Nulle trace de rats, de chats ou de chiens. Son odeur les éloignait peut-être, même au beau milieu de ces détritus nauséabonds.

Inutile de s'inquiéter, pensa-t-il en léchant des restes de nourriture dont un cochon n'aurait pas voulu. *La nuit prochaine – ou la suivante – ils s'y seront habitués et s'approcheront un peu trop.*

Un chien aboya en direction d'Auron, et un second répondit à l'appel de son frère jusqu'à ce que le propriétaire du premier animal le fasse taire d'un cri. Auron abandonna le tas d'ordures et longea la rivière ; il trouva le nid de quelque oiseau aquatique. La femelle s'envola et Auron, une fois le dernier œuf avalé, traversa la crique pour rejoindre la paroi à pic de la montagne, sur la rive opposée aux habitations humaines. Il l'escalada dans la pénombre afin de bénéficier d'un bon point de vue sur la côte.

Il somnola jusqu'à l'aube au sommet de la falaise, au milieu des mousses et des herbes. Quand le soleil illumina la côte, Auron eut une idée plus précise de l'endroit où il se trouvait. À l'est, les neiges persistantes de la chaîne de montagnes que ses parents avaient choisie comme domicile se confondaient avec les nuages. Des forêts s'étendaient entre les montagnes et la côte et touchaient presque le rivage. Du nord au sud, la côte s'étendait jusqu'à l'horizon avec ses falaises anguleuses, sa plage étroite et quelques rochers battus par les flots. À l'ouest se trouvait une succession d'îlots – l'un d'eux, long et recouvert de végétation, abritait un draque fort déplaisant. C'était une région au climat nuageux et pluvieux. Auron sentait la pression des nuages amassés contre la montagne. Sans autre endroit où aller, ils se débarrassaient de leur fardeau en arrosant la forêt.

Auron explora le sommet de la falaise sur laquelle il se trouvait, et découvrit des empreintes d'hommes et de chevaux – plus qu'il l'aurait voulu. Il se sentait minuscule et complètement perdu face à l'immense étendue qui séparait la mer des montagnes. Il aperçut des troupeaux de moutons qui s'abritaient du vent. Près des moutons se trouvaient d'ordinaire des bergers, des chiens, des cavaliers. Pourquoi n'était-il pas arrivé sur une terre qui ne connaîtrait que le cri des loups sauvages ?

Il n'était pas encore prêt pour un long périple par voie de terre. Il lui fallait manger, recouvrer santé et forces. S'il en croyait ses parents, même les montagnes ne seraient pas un refuge. Des dragons y vivaient, et ils ne l'accepteraient pas davantage que le draque de l'île.

Auron n'osa pas descendre les falaises en plein jour : il aurait risqué d'être aperçu. Il lui fallait du temps pour réfléchir. La pluie arriva par l'océan et il observa les marins sur les bateaux qui ramenaient leurs filets.

Il y avait un autre cours d'eau au nord du village. Les femmes y apportaient leurs jarres et leur linge. Il ne traversait pas le village, mais les humains passaient d'une rive à l'autre suffisamment souvent pour y avoir construit une passerelle. Quelques jardins se trouvaient au pied des montagnes – le sol y était bon, fertilisé par l'incessante chute de végétation morte depuis le sommet des falaises. Les villageois avaient peut-être à une époque craint une chose venue du nord : l'ébauche d'un mur longeait le fleuve, du côté du village, mais il n'avait jamais été achevé.

Les femmes se servaient du mur pour trier le linge tandis qu'elles le lavaient et pour l'essorer avant de le rapporter chez elles dans des paniers. Auron savait tout cela car, après une autre nuit passée à fouiller les ordures – ce qui lui avait permis de prendre un énorme rat et deux mouettes –, il avait occupé la journée suivante à observer toutes ces activités de l'autre côté de la crique. Un amas de rochers se dressait contre le ressac, à l'embouchure du fleuve. Auron se pressa contre eux. Recouvert d'algues, il ressemblait à une pierre parmi tant d'autres sur le rivage battu par les tempêtes. Il reprit le même poste d'observation le lendemain, après avoir décidé ce qu'il ferait si une occasion se présentait.

Beaucoup d'enfants du village, les filles tout particulièrement, accompagnaient leur mère dans leurs occupations quotidiennes. Ils jouaient ou apportaient leur aide selon les besoins des femmes tandis que ces dernières parlaient avec des voix mélodieuses qui rappelaient à Auron le chant des oiseaux au petit matin. Une enfant au ventre rond et vêtue d'un sarrau s'aventura sur la plage ; elle ne faisait pas attention aux braiments que sa mère lui adressait de temps à autre. Un jeune garçon aux cheveux longs était assis sur la passerelle et surveillait une ligne qu'il avait plongée dans le cours d'eau. Il empêcha la petite fille de traverser le pont et elle se dirigea vers le sable humide, au bord de l'eau. Elle construisit des collines et les décora de coquillages polis par les vagues.

Auron se glissa dans l'eau, prit la couleur des fonds et s'approcha de la plage avec des mouvements mesurés. Un pélican descendit pour l'observer, puis se ravisa.

Le garçon aperçut peut-être le dos d'Auron entre les vagues car il se mit à crier. Auron bondit hors de l'eau et prit l'enfant dans sa gueule avant qu'elle ait pu se retourner pour voir ce qui surgissait de l'océan pour s'emparer d'elle. Il secoua la tête et brisa la nuque de la petite fille, mettant fin au cri qui venait à peine de franchir ses lèvres.

Près du fleuve, les femmes délaissèrent leur linge et empoignèrent leurs enfants. Auron leva la tête, la fillette sans vie entre ses mâchoires, et regarda le garçon fin comme une brindille. Ce dernier laissa tomber sa canne à pêche et ramassa une des pierres du mur, à l'extrémité de la passerelle.

Tu es courageux, mais tu arrives trop tard, pensa Auron. Il retourna dans l'eau. Quand il fut loin de la plage, il refit surface et roula sur le dos pour manger, bercé par le ressac.

Des cris d'alarme retentirent au milieu des maisons. Les humains réagissaient avec l'énergie caractéristique de leur espèce. Ils mirent à l'eau d'étroits bateaux et allumèrent un feu sur la grève, qui se mit immédiatement à fumer. Auron leva la tête, une partie de sa proie encore dans sa gueule, et vit au loin les bateaux de pêche qui abandonnaient leurs filets à moitié pleins. Ils le repérèrent et ramèrent dans sa direction.

Il resta à flotter, finit son repas et décida qu'il avait le temps d'attendre un rot. Quelques flèches furent tirées des bateaux étroits, mais elles ne parvinrent pas jusqu'à lui. Auron roula sur le ventre et nagea vers le large ; il resta autant que possible sous l'eau.

Les pêcheurs étaient plus adroits que les hommes sur les fines embarcations. Ils ajustaient leur tir chaque fois qu'Auron remontait à la surface pour prendre de l'air. Les voiles furent hissées sur les étroits bateaux mais Auron, qui nageait vers l'ouest, face au vent, restait à bonne distance d'eux. Quatre navires de pêche s'avançaient vers lui. Les hommes à leur bord se tenaient prêts à lancer des petits filets et des pêcheurs étaient juchés à la proue de chaque navire, une lance en fer à la main.

Auron vit venir les filets assez tôt pour les éviter facilement. Quand il émergea entre deux embarcations, une lance barbelée fendit l'eau à côté de lui. Les hommes à la poupe des navires étaient eux aussi aux aguets.

La lance était attachée à une corde et Auron la serra entre ses dents. Il tira, et les hommes à l'autre extrémité firent de même ; ils étaient plus forts que lui. Il continua à lutter le temps que les bateaux se rassemblent puis remonta à la surface et prit une grande inspiration. Il lâcha alors la corde et plongea. Il nagea vers le large aussi vite qu'il le put. Quand il sortit la tête de l'eau, les bateaux reprirent leur vaine poursuite.

Auron économisait ses forces. L'un des bateaux de pêche fit demi-tour mais les trois autres et les étroites embarcations le suivirent en une longue file. Chaque bateau tirait du mieux qu'il pouvait parti du vent. Auron en savait peu sur les hommes mais il admirait la façon dont ceux-ci utilisaient leurs bateaux comme s'il s'agissait de chevaux lors d'une chasse. Leurs navires, leurs filets, leurs lances et toute la détermination qui avait permis à ces inventions d'exister l'impressionnaient. Il n'était pas étonnant que des hommes comme ceux-ci aient pu, en agissant ensemble, tuer un dragon aussi puissant que son grand-père.

Il lui fallait maintenant achever son plan et ainsi tirer parti de leur redoutable ténacité – sans pour autant leur donner l'occasion de l'embrocher.

Auron atteignit l'archipel. Lorsqu'il prit pied sur le rivage, il vit que les hommes avaient anticipé son déplacement. Des groupes de pêcheurs accompagnés de chiens bruyants montaient déjà dans les petites barques que transportaient les bateaux de pêche. Les embarcations étroites avaient baissé leurs voiles et traversaient les vagues au milieu des embruns soulevés par les coups de rame. Les capitaines se tenaient à la proue de leurs navires, la mine sombre, et pointaient leurs lances dans sa direction tout en guidant les rameurs.

Auron ne s'enfuirait pas encore. Il fit demi-tour, se retrouva face à ses poursuivants et poussa un cri qui aurait fait fuir toutes les chauves-souris de sa caverne. Ce n'était certes pas un rugissement de dragon, mais pas non plus le piaulement d'un dragonnet. Ils pouvaient venir, avec leurs chiens ! Sur terre ou dans l'eau, il avait la place et l'énergie pour s'enfuir.

Il espérait seulement qu'ils ne l'avaient pas vu de trop près.

Auron courut vers les arbres. Ils étaient touffus sur cette petite île, une étendue de terre parsemée de rochers – peut-être les sommets de montagnes englouties jadis par la mer. Auron disparut au milieu des rochers après s'être cependant assuré que l'une des barques de pêche contournait la pointe de l'île pour se poster de l'autre côté, au cas où il voudrait s'échapper par la mer. Ces hommes anticipaient vraiment !

— Quoi-quoi ? glapit le draque couleur d'ardoise perché sur la crête de l'île.

Sa tête dépassait de la végétation, et il aperçut Auron qui se cachait de la plage en s'abritant derrière les rochers. Des oiseaux furieux décrivaient des cercles au-dessus du draque ; il se trouvait sûrement au beau milieu de leurs nids.

— Encore là ? Tu seras bientôt mort-mort !

Le draque s'avança dans l'enchevêtrement de plantes qui empêchait que le sable soit emporté par le vent.

Auron observa fixement la lueur meurtrière dans les yeux du draque. Il entendit un chien aboyer.

— Je ne crois pas-pas, dit-il avant de plonger au milieu des rochers.

Il agita sa queue derrière lui pour masquer ses empreintes.

Auron n'aperçut pas les hommes armés de lances qui surgirent dans les rochers à la suite de leurs chiens, les pêcheurs et leurs harpons ou les capitaines qui leur indiquaient la direction à prendre et leur criaient des ordres. Le draque en revanche ne les vit que trop bien. Auron lut la confusion dans l'esprit de son ennemi quand son attention fut attirée par le bruit des chasseurs et qu'il se figea. Le draque comprit alors et céda à la panique. Il fit volte-face et courut vers les arbres. Les hommes visèrent, lâchèrent leurs chiens et échangèrent des instructions en soufflant dans des cornes tout en le poursuivant.

Chapitre 9

Après des semaines passées à se gaver des produits de la mer Auron parvint à briser le collier qui lui enserrait la poitrine en faisant jouer les muscles de son dos jusqu'à ce que le rivet qui le maintenait fermé cède. Celui qui entourait son cou était plus problématique. Auron pouvait tourner suffisamment la tête pour l'attaquer de ses dents, mais il lui fut impossible d'entamer la boucle métallique. Même en passant les griffes de ses pattes arrière sous le cercle de métal il ne serait pas parvenu à le rompre, ou pas avant de s'être brisé le cou – c'était en tout cas son sentiment tandis qu'il se démenait. Le dragonnet décida finalement de vivre avec, le temps de devenir assez fort pour le briser ; il espérait que son cou ne grossirait pas trop entre-temps et qu'il ne périrait pas étranglé. Ce problème n'était pas si lointain : son cou avait déjà suffisamment grossi pour que le collier cesse de tomber sur ses épaules.

Ce doute tenace excepté, Auron apprécia le temps passé sur l'archipel. Il découvrit les joies de la pêche au crabe, au homard et aux huîtres et apprit à creuser pour trouver des coquillages. Il observa les pélicans qui pêchaient en descendant vers l'eau, les ailes repliées, et frappaient lorsqu'ils avaient repéré l'éclat des écailles de leurs proies. Ces étranges oiseaux pouvaient alors engouffrer dans leur bec les poissons assommés. Auron les imita : il se percha sur un récif et, lorsqu'il apercevait un poisson, il se jetait à plat ventre dans l'eau. Cela ne marcha pas chaque fois mais il prit en une matinée assez de poisson pour calmer son appétit pendant un jour entier.

Il apprit à parler avec les mouettes et les sternes. Leur discours limité l'ennuyait cependant, sauf quand il souhaitait avoir des indications sur la marée, le temps du lendemain où les endroits préférés des poissons.

Il nagea et explora les autres îlots. Ce n'étaient pour la plupart que des bandes de sable recouvertes d'herbe. Comme des arbres poussaient sur celui où il avait élu domicile, les hommes revenaient de temps à autre pour allumer des feux sur la plage et fumer le produit de leur pêche. Les garçons du village venus pour apprendre auprès de leurs pères ne manquaient jamais d'explorer la tanière du défunt et peu regretté draque : une caverne creusée dans les rochers. Ils fouillaient le sable à la recherche d'écailles et exploraient les lieux où deux chiens et un homme avaient péri en tuant le dragon. Auron observait les visites de ces hommes ; allongé sur le sable, le corps tacheté et abrité par les herbes, il s'efforçait de comprendre leurs paroles.

Il pleuvait presque tous les jours au fur et à mesure que le printemps devenait plus doux et faisait place à l'été. Pour la première fois de sa vie, Auron avait autant à manger qu'il le souhaitait. Quand il était rassasié et que le soleil brillait, il s'installait au sommet d'un rocher et mesurait sa croissance en constatant la progression du collier le long de son cou. Auron nageait parfois entre les îlots, en proie à de soudains trop-pleins d'énergie. Il ressentait les premiers signes de cette soif d'aventures qui, comme mère le lui avait dit, conduisait les jeunes dragons à bien des horizons de leur terre natale. Cependant, le dragonnet affamé en lui protestait : il souhaitait rester sur ces îlots où la nourriture était abondante et les périls rares.

Sa seule vraie conversation eut lieu après une tempête, lorsqu'une puissante créature à la forme arrondie vint s'échouer sur le rivage. Elle était protégée par une armure semblable à celle d'un nain et dotée d'un bec, comme un oiseau. Auron la trouva échouée sur le sable alors qu'elle tentait se déplacer son corps massif depuis les herbes vers la mer.

— Qu'es-tu ? Un dragon des mers ? demanda Auron en tournant autour de la créature.

Il savait au fond de lui qu'elle ne pouvait pas en être un, mais il ne souhaitait pas l'offenser ; il s'agissait peut-être d'une espèce étrange de dragon.

— Kwa ?

La créature comprenait Auron, mais lui répondit avec un fort accent.

— Toi. Un dragon des mers. Qu'es-tu ?

— Je suis la grrande torrtue des merrs. Kippeesh est mon nom. T'es un iguane géant ?

— Je suis un dragon. Un jeune, pas encore d'ailes ni de flammes.

— Un drragon. J'les connais, oh oui ! On dit qu'il y a longtemps les drragons régnaient sur le monde. Avant que lézhommes arrivent.

— Lézhommes ?

— *Les z'hommes*. Ils ont des moutons, du bois, des filets.

La tortue se traîna encore un peu sur le sable ; elle amassait en avançant une vague de sable devant elle, comme un navire qui fendait les flots.

— Le monde est à eux maintenant, ajouta-t-elle.

— Les hommes ne règnent pas sur le monde. Ils y vivent, comme nous tous. Ils ne vont presque jamais dans le monde d'En Bas et n'ont pas le contrôle de l'En-Haut.

— Ah ! Chaque année il y a plus d'hommes. Plus de moutons. Même sur l'île aux drragons, au milieu des brrumes. L'océan Intérieurrr est à eux maintenant.

— L'océan Intérieur ? Qu'est-ce que c'est ?

La tortue agita une nageoire, si lentement qu'Auron

eut du mal à interpréter ce mouvement comme un geste d'impatience. La voix de la créature se brisa :

— Ces drrragonnets ! Comme les torrtues de merr. Des questions. Ici, toute cette eau ; l'océan Intérieurrr. Je vais dans l'océan, je suis l'été en nageant. Des hommes parrtout, même là où vivaient les elfes. Et les drragons.

La tortue laissa retomber sa tête, épuisée par ce long discours.

— Même sur cette île aux dragons ?

Auron dut attendre que la tortue se traîne à deux autres reprises sur le sable avant d'obtenir une réponse :

— Oui, je n'y vais pas. Pas un endrroit pour mettrre ses œufs, depuis longtemps. Les drragons sont parrtis, plus que les hommes. Tu veux un conseil de vieille torrtue, drragonnet ? Rrreste loin des hommes. Loin.

— Où vivent les dragons maintenant ?

La tortue ne répondit rien ; l'eau l'entourait désormais, passait sur sa carapace. Elle avança sur le sable, attirée par le ressac.

— Où vivent maintenant les dragons ? répéta Auron.

— Ici, puisque tu es ici. J'en connais pas d'autrres.

Auron sentit que les vagues tiraient sur ses pattes. Le bruit du ressac lui semblait être un sifflement menaçant, incessant. Il planta ses griffes dans le sable. Il voulait de la terre ferme, des montagnes, des forêts tout autour de lui, de vraies cavernes et non quelques fissures entre deux tas de rochers. Il en avait assez de cet îlot seulement visité par les oiseaux et les pêcheurs. Il observa la tortue qui prit une autre vague et se mit à nager. Masse de corne informe sur la terre ferme, elle était devenue une gracieuse créature aquatique. Elle ne lui dit même pas au revoir.

Il commença alors à sillonner la baie à la nage. Il souhaitait se rendre vers l'est, au milieu des forêts, pour atteindre les montagnes. Il pourrait alors se diriger vers le sud et des terres plus familières. L'espoir de retrouver Wistala et père était très mince, mais il n'avait rien d'autre. Et puis ce qu'Œilnoisette avait raconté sur NooMoahkk l'intriguait. Quelle était cette grande faiblesse des dragons ? Était-ce pour cela qu'ils étaient de moins en moins nombreux en ce monde ?

S'il trouvait un cours d'eau adéquat, il pourrait se nourrir de poissons pendant la plus grande partie de son périple. Trois fleuves se déversaient dans l'océan dans des baies isolées, creusées dans les falaises. Chacune d'elles était entourée d'habitations semblables à celles dont les ordures lui avaient permis de se nourrir.

Le groupe de dauphins qui l'avait secouru, vint nager à ses côtés lors de l'une de ses explorations. Il reconnut certains d'entre eux, même si les événements de cette nuit-là semblaient s'être déroulés il y a fort longtemps pour le dragonnet. Les animaux se rassemblèrent ; les mâles décrivaient des cercles autour de lui tandis que les femelles et leurs petits se tenaient à distance.

Auron dormit près de l'une des cascades d'eau douce qui coulait le long des falaises. Cette nuit-là, il trouva une grande quantité de grenouilles dans les flaques aux alentours. Tout en les dévorant, il réfléchit aux choix qui se présentaient à lui. Il lui faudrait escalader de nouveau ces falaises et s'efforcer d'atteindre le terrain plat. Il se hâterait vers la forêt ; les hommes ne pouvaient pas régner sur toute la région qui s'étendait des falaises aux montagnes.

Il aperçut à l'aube quatre bateaux de pêche qui traînaient leurs filets. Il plongea en profondeur pour pêcher son repas du matin et ne fit surface qu'au milieu de gros amas d'algues flottantes. Les petits poissons qui s'y abritaient fuyaient dans toutes les directions quand il s'enfonçait dans cette masse verdâtre.

Auron se reposait, ne laissant que ses narines dépasser des algues, quand il entendit un étrange cri de détresse sous-marin. Il lui fallut un instant pour reconnaître le langage des dauphins : ce son était si différent de leurs couinements et grincements habituels. Il provenait de la même direction que les bateaux de pêche. Ainsi ces hommes chassaient autant les dauphins que les dragons !

Les narines d'Auron se dilatèrent et il serra ses dents de dragonnet – qui étaient peu à peu remplacées par d'autres, plus longues. Ce monde était dur. Les petits poissons étaient mangés par de plus gros poissons, qui eux-mêmes étaient mangés par les dauphins. Rien d'étonnant à ce que les humains mangent les dauphins. Un monde dur.

Auron plongea. Et un monde très dur pour les hommes qui tuaient les créatures qui lui avaient sauvé la vie !

Il vit à travers ses paupières transparentes plusieurs filets qui encerclaient les dauphins et, autour de ces filets, les bateaux de pêche. Les hommes avaient peut-être nourri jour après jour les dauphins pour qu'ils se rapprochent peu à peu, afin de les attraper dans leurs filets – à moins que les animaux aient foncé dedans par mégarde. Quelques mâles nageaient avec frénésie autour des filets et Auron vit l'un des cétacés, mort, que les pêcheurs hissaient par la queue sur l'un des navires ; un harpon était fiché dans son dos. Le sang colorait l'eau d'une teinte rosâtre.

La vue des filets ne fit qu'attiser sa furie. Une injustice aussi ancienne – pour un dragonnet tout du moins – remplit son frêle corps d'une force brûlante. Il déchiqueta les filets qui emprisonnaient les dauphins en un tourbillon de griffes et de dents. Il prit les mailles une par une entre ses dents et tira ; des crocs parvenaient à trancher jusqu'à ces cordages mouillés.

Les dauphins ne savaient comment interpréter cette frénésie. Ceux qui se trouvaient piégés se tenaient à l'écart de ses griffes. Ce n'est que quand l'un des mâles passa au travers du trou de plus en plus large dans l'un des filets et qu'il ressortit que les autres comprirent.

Auron avait besoin d'air : il refit surface au milieu de l'un des filets, aussi loin qu'il le put des embarcations. Des cris retentirent sur la baie. Un harpon fondit sur lui, décrivant un arc dans les airs avant de plonger comme un martin-pêcheur. S'il pouvait se révéler mortel à quelques mètres, ce n'était pas l'arme adaptée à ce genre d'utilisation : il s'enfonça mollement dans l'eau.

Auron replongea quand les hommes tirèrent leurs filets pour tenter de le coincer. Il nagea avec fureur vers le piège qui s'approchait de lui.

Il entendit sa mère chanter : « *Colère trouble l'esprit, il te faut la dompter* ». Le filet n'était pas un ennemi ; ses vrais adversaires étaient les bras des hommes qui le tiraient dans sa direction. Il se retourna et aperçut un autre filet qui semblait le poursuivre tandis que les hommes manœuvraient leurs bateaux pour le piéger. Auron plongea. Ses deux poursuivants s'emmêlèrent en un enchevêtrement de mailles tandis que sa queue frôlait les poids qui les lestaient.

Auron s'enroula sur lui-même et remonta à la surface, les filets au-dessus de la tête. Il s'y accrocha et tira dessus comme le ferait un dragon emprisonné. De petits bateaux s'éloignèrent du plus gros navire ; Auron aperçut les visages anguleux des hommes penchés par-dessus les proues ainsi que leurs harpons affûtés. Si les meilleurs harponneurs se trouvaient sur ces barques, qui restait-il sur le navire ?

Il plongea et ressortit de l'autre côté de l'une des barques ; son corps avait pris la couleur du fond marin.

Mais Auron ne put rien faire pour masquer son ombre. L'un des hommes – plus vigilant que ses semblables, obnubilés par l'idée d'embrocher Auron – poussa un cri que le dragonnet entendit à plusieurs mètres sous la surface. Mais il était déjà de l'autre côté du plus gros des bateaux. Il en escalada la coque et s'accrocha au bastingage avec ses *saa* et ses *sii*.

Deux hommes à la barbe grise coururent vers lui, armés l'un d'un gourdin, l'autre d'un crochet.

Auron tendit le cou autant qu'il le put, aussi droit que l'arbre qui se dressait au milieu du navire.

— Oh, vous croyez ? rugit-il, la gueule ensanglantée – il avait laissé plusieurs de ses dents de dragonnet dans les mailles des filets.

Les deux hommes s'arrêtèrent, effrayés par ce cri en draquine. Le premier lui lança son gourdin ; il rebondit sur le museau d'Auron avant de heurter sa crête. Une douleur blanche se propagea entre les fragiles tissus de son nez et ses yeux, l'aveuglant momentanément. Auron tordit le cou par réflexe. Il vit à travers un voile l'autre homme s'approcher de lui avec son crochet. Le vieil homme le lui enfonça dans le cou, au niveau de la clavicule.

Auron hurla ; il se libéra de l'homme au prix d'une douleur accrue, bondit et s'accrocha au gréement du navire. Il vit rouge. Son corps se raidit et il cracha sur les pêcheurs.

Une substance plus brûlante que sa furie se déversa par sa gorge et s'écoula le long de son palais.

Elle s'enflamma en entrant en contact avec l'air – ce qui surprit autant Auron que les hommes, quoique celui qui avait plongé son crochet dans le cou d'Auron n'ait peut-être pas eu le temps de ressentir de la surprise avant que sa peau prenne feu.

Bien qu'il ait instinctivement fermé ses narines, Auron sentit l'odeur des flammes et elle lui rappela père. Un torrent orange s'écoula le long du pont et embrasa voiles et cordages, aidé par la silhouette enflammée et hurlante du premier pêcheur qui avait entre-temps jeté son gourdin. L'homme se roula sur le pont mais ne parvint qu'à mettre le feu à une voile roulée avant de mourir. Un autre pêcheur posté à la proue du navire sauta par-dessus bord.

L'une des barques se rapprochait du bateau ; elle n'en était plus qu'à quelques coups de rame. Auron bondit sur le gréement de l'autre côté du pont et alla cette fois chercher sa bile inflammable au plus profond de lui-même. Un homme comprit et jeta sa rame pour mieux sauter. L'un de ses compagnons, posté à la proue, plus courageux, s'apprêta à lancer son harpon, un bras tendu devant lui. Flammes et projectile se croisèrent en plein vol ; le liquide incandescent frappa le bateau mais l'arme manqua sa cible de quelques centimètres, détournée par le feu. Le harpon passa suffisamment près d'Auron pour que ce dernier sente l'odeur du fer chauffé à blanc ; le manche en bois de l'arme laissait une traînée de fumée.

La barque fit demi-tour, entourée par les flammes. Le harponneur et les rameurs restaient à leur poste, leurs silhouettes déformées par le feu. Auron repéra le navire de pêche le plus proche et plongea. Les jambes des pêcheurs qui avaient sauté par-dessus bord s'agitaient au-dessus de lui, mais il avait d'autres bateaux à brûler.

Auron prit appui sur le fond peu profond de la baie et remonta à toute vitesse. Le brusque changement de pression fit souffrir ses oreilles sensibles. Il jaillit hors de l'eau et atterrit sur le pont du deuxième navire, au milieu des lignes et du matériel de pêche endommagé. Plusieurs hommes à bord se précipitèrent dans l'océan. Auron cracha sur le mât ; en lieu et place d'un jet de flammes, il ne laissa échapper quand ses muscles se contractèrent que quelques gouttes de feu. Auron tournait la tête de droite à gauche pour observer ce phénomène lorsqu'il aperçut un mouvement du coin de l'œil.

Un garçon avec à la main un harpon plus grand que lui bondit de derrière un amas de cordages enroulés et enfonça son arme dans le flanc d'Auron. Le dragonnet donna un coup de queue qui envoya le jeune homme et son harpon par-dessus bord. Mû par la douleur, Auron se jeta sur la roue du gouvernail et la détruisit : il brisa la roue, arracha les cordages de la barre et jeta les débris par-dessus bord avant de s'avancer vers la cale. Il avait fait voler de tous les côtés un grand nombre d'éclats de bois recouverts d'huile et les minuscules gouttes de feu qu'il crachait crépitaient en se répandant le long du navire.

Il revint vers le bastingage et leva la tête. Une autre barque avec à son bord des harponneurs s'approchait de lui tandis que les deux autres bateaux de pêche hissaient leurs voiles, abandonnant les filets enchevêtrés et leurs lignes flottantes. Auron ignorait s'ils venaient le traquer ou éteindre le feu – et il ne resta pas pour le découvrir. Il se précipita de l'autre côté du navire et sauta.

Eau et Feu ! Les pêcheurs le pourchassèrent même sous l'eau. Ils sautèrent tête la première, freinés par leurs larges épaules. Chacun d'eux tenait un harpon et leur courage calma quelque peu la furie guerrière d'Auron. Il plongea aussi profondément qu'il le pouvait et se plaqua contre le fond rocheux. Les hommes nagèrent vers lui pendant un instant mais ils semblaient avoir des difficultés à voir sous l'eau, ce qui rendait son camouflage d'autant plus efficace. Ils ne pouvaient retenir leur respiration très longtemps : ils échangèrent des signes et repartirent vers la surface, dos à dos et prêts à harponner ce qui sortirait de la pénombre. Des nageurs venus des autres bateaux se cramponnaient aux bords de la barque.

Auron accepta que le combat s'achève ainsi et observa la barque à fond plat se diriger vers les plus grosses embarcations. Il remonta pour respirer et constata les ravages qu'il avait provoqués. Deux des bateaux de pêche étaient en feu. Des corps horriblement noircis flottaient dans les eaux calmes de la baie ; au-dessus d'eux des mouettes descendaient déjà pour en faire leur repas. Une nappe de feu tenait les oiseaux à l'écart d'un autre cadavre, vraisemblablement celui du courageux harponneur. Les dauphins nageaient toujours en rond et donnaient de petits coups de bec à leurs frères morts qui flottaient à la surface. Ce n'était pas tout :

l'un d'eux remonta le garçon qu'Auron avait projeté par-dessus bord. Les hommes ne l'avaient pas remarqué dans toute cette confusion.

Auron nagea vers eux, nez, yeux et crête hors de l'eau tandis qu'il faisait onduler son corps comme un serpent. Le garçon flottait, le visage dans l'eau ; il était très pâle et ne réagissait pas quand les dauphins le poussaient encore et encore vers la surface.

La faim tenaillait Auron, malgré la fièvre de la bataille qui déclinait peu à peu. Il prit le garçon – mort ou évanoui – par la nuque, lui brisa les vertèbres en serrant ses mâchoires et se dirigea vers les falaises. Un dauphin nagea à côté de lui pendant un instant. Auron ne lut cette fois-ci aucune joie dans son regard.

Livre II

Draque

Si les légendes avaient su ce qui les attendait, elles auraient employé leur jeunesse différemment.

Naf Touraq

Chapitre 10

Auron dut se réhabituer à la faim ; ce fut encore plus difficile à supporter après ces jours passés près de la mer et l'abondance de poisson, de homard et d'huîtres.

Après avoir escaladé les falaises de la baie, il traversa pendant deux jours un paysage désert, balayé par les pluies et parsemé de rochers. Il avançait vers les sommets blancs des montagnes, au loin. Il ne trouva pour tout repas que des escargots et des limaces cachés entre et sous les rochers. Ils valaient à peine le temps et les coups de langue nécessaires pour les chasser et Auron devait en engloutir un certain nombre pour faire une simple bouchée.

— Je te laisse pour les oiseaux, dit-il finalement à une limace qui rampait le long d'un rocher, au milieu des mousses.

Les antennes de l'animal s'agitèrent quand elles sentirent son haleine.

Auron était devenu un draque par le feu et le sang. Deux nuits après son affrontement avec les pêcheurs, il prit conscience que si mère et père avaient été présents, ils auraient vu dans ses premières flammes le symbole de sa réussite – et de la leur. Ils l'auraient également chassé de leur grotte et de leur territoire. Ses ailes ne se déploieraient pas avant des années. Il s'agissait maintenant, selon ses parents, de ses années d'errance. Les draques étaient censés voyager à quatre pattes, trouver de nouveaux terrains de chasse et apprendre à vaincre – par la force ou l'astuce – leurs ennemis.

Auron ne voulait rien de tout cela. Il était fier de ses premières flammes, mais si quelque sorcier pouvait lui lancer un sort, il abandonnerait tout pour remonter le temps. Il souhaitait sentir de nouveau l'odeur de sa mère, voire celle de Wistala, entendre le bruit des griffes et des écailles de son père quand celui-ci rentrait de l'une de ses chasses.

Mais même la sorcellerie ne pouvait exaucer le vœu d'un draque. Mère et père avaient péri comme bien d'autres grands dragons. Était-ce à cause de cette grande faiblesse ?

Auron marcha vers l'est et le sud. Il trouva quelques traces des humains, des empreintes de pas et de sabots qui se dirigeaient vers le nord et le sud, le long de la côte. Il aperçut une fois la fumée d'un feu de camp et sentit une forte odeur de tourbe brûlée, mais n'osa pas s'en approcher. Il supposa qu'il s'agissait d'humains et, après l'affrontement sanglant avec les bateaux de pêche, il lui semblait entendre la sage voix de sa mère qui lui conseillait de rester à bonne distance. Le troisième jour il aperçut des forêts qui parsemaient les pentes en face de lui et recouvraient une étendue de terre un peu plus basse que les falaises de la côte. Dans les bois, il trouverait du gibier. Il restait cependant à déterminer si Auron était apte à se jeter sur un cerf ; son appétit se contenterait d'un hérisson malade.

L'eau apaisait ses tiraillements d'estomac. Il buvait dans les flaques et son collier tintait en frottant contre la pierre. Il connut des tempêtes ; aucune d'entre elles ne fut aussi effrayante que celle qui les avait surpris, Wistala et lui, mais l'absence de sa sœur l'abattait davantage que le tumulte et la pluie.

Il se faufila entre les marais et les collines une journée entière avant de descendre des falaises et atteindre les bois. Des pins – ces arbres grégaires touchaient leurs branches comme pour se rassurer – apportaient à la forêt le calme et une odeur plaisante dans l'air estival. Un nombre infini de ruisseaux courait entre les moraines pour aller se jeter dans des lacs entourés de peupliers et de bouleaux. Auron parvenait mieux à nager dans ces cours d'eau qu'à franchir les troncs d'arbre. Quand à la chasse, elle ne lui rapporta pas beaucoup de gibier. Il trouva sur la rive d'un lac un amoncellement de brindilles à l'odeur nauséabonde et le détruisit avant de constater que l'animal qui l'avait construit s'était enfui. Il en était réduit à tirer les souris et les campagnols de leurs terriers quand les lacs ne lui apportaient guère plus que des poissons-chats et des écrevisses. Il dormit un matin enroulé sur lui-même au sommet d'un rocher et il se réveilla en entendant un lièvre bien nourri qui mâchonnait des pissenlits.

La lune croissait ; son ascension était accompagnée chaque nuit par les hurlements des loups. C'étaient des créatures bavardes qui s'interpellaient de leurs voix tristes et sonores depuis le sommet des collines ou des amoncellements de rochers. Auron en savait peu sur les loups : ils ressemblaient aux chiens des humains quoiqu'ils soient plus dangereux par certains aspects, et moins par d'autres. Les chiens attiraient les humains ; les loups n'appelaient à l'aide que leurs semblables. Père avait mentionné que les meutes de loups étaient redoutables ; Auron décida de dormir dans les arbres.

Auron croisait encore chaque jour des chemins humains, anciens et peu utilisés. Ils devinrent plus vieux alors qu'il s'enfonçait dans la forêt. Il marchait sans cesse vers les montagnes et ne s'arrêtait que lorsque la faim l'obligeait à fouiller la terre. Il trouvait de temps à autre des cabanes construites au milieu d'une clairière. Des peaux d'ours et de loup tendues en travers des fenêtres le renseignaient sur le sort de ceux qui s'en prenaient aux élevages ; il resta donc à bonne distance des étables et des poulaillers.

Il voyageait avec méfiance et fuyait la moindre odeur humaine.

Ce fut en tentant d'éviter un fort relent humain qu'il rencontra des loups.

Il revenait sur ses pas, traversait un cours d'eau asséché et remontait une pente pas plus haute qu'un jeune arbre quand il se trouva nez à nez avec trois de ces animaux. Ils étaient d'un gris plus clair que lui ; leurs yeux étaient plus rapprochés et ils avaient la gueule ouverte, sûrement en raison de la chaleur. Un quatrième, plus jeune, rejoignit ses aînés. Auron aperçut des mouvements du coin de l'œil : d'autres loups avançaient furtivement de part et d'autre du tertre, la tête et la queue baissées. Auron se ramassa, collant la peau fragile de son ventre contre le sol.

Il regarda le loup le plus proche de lui droit dans les yeux ; ils étaient d'un bleu d'une grande pureté et rappelèrent à Auron les joyaux que son père avait donnés à ses sœurs. Ce regard était rempli d'intelligence et de méfiance. La gueule de l'animal affamé dégoulinait de bave. Auron et le loup attendaient tous deux que l'autre bouge le premier.

Les arbres les plus proches capables de supporter le poids d'Auron se trouvaient au sommet du petit monticule que les loups occupaient.

Il fit le premier mouvement : il bondit vers le sommet de la colline, les pattes écartées. Il espérait que ce geste brusque disperserait ces prédateurs. Leur chef fit un saut sur le côté, se retourna vivement et planta ses crocs dans la gorge d'Auron. Le loup serra entre ses dents la partie la plus épaisse du cou du draque, et les autres lui sautèrent dessus.

Les crocs du loup s'étaient refermés si vite qu'Auron n'avait pas senti la douleur. Il tira profit de sa colonne vertébrale flexible et renversa l'un des loups ; il lui fit assez mal pour que ce dernier pousse un cri entre ses dents serrées. Le plus jeune attrapa une des pattes avant d'Auron. Le draque riposta en fracassant le crâne du loup entre ses mâchoires. Le chef restait accroché à Auron avec une détermination qui s'était sans doute dans le passé révélée utile à la meute pour mettre à terre un cerf ou un élan. Avec un dragon, cependant, cette étreinte mortelle se retourna contre lui. Auron se roula par terre et éventra la bête avec ses pattes arrière, de la gorge au jarret. L'un des loups qui se trouvaient sur les côtés saisit la patte arrière gauche d'Auron. Le draque planta les griffes de sa patte avant dans ses yeux et ses oreilles. Il arracha des lambeaux de chair sanguinolents alors que le loup relâchait son étreinte en mourant.

Un autre encore le mordit au museau sans parvenir à s'accrocher. Auron voulut dresser le cou pour se mettre hors de portée et mordre à son tour mais quelque chose le retint. Le chef, bien qu'éventré, tenait encore bon. Auron le tira avec ses deux pattes avant et ouvrit ce faisant de longues plaies à la base de son propre cou. Un loup était monté sur son dos et mordait l'épaisse peau qui recouvrait sa colonne vertébrale. Auron le délogea d'un coup de queue. L'animal fit un vol plané, percuta un arbre et s'effondra, immobile.

Auron fracassa le crâne de l'un des loups blessés qui se trouvait sous lui, avec ses deux pattes avant. Il sentit le sang couler abondamment le long de son cou. Il échangea une série de coups de dents avec le dernier des loups ; Auron lui déchira l'oreille et le loup arracha un morceau de la lèvre supérieure du dragon. Les combattants s'observèrent ; Auron trônait au milieu d'un amas de loups morts tandis que son adversaire, les pattes écartées, se tenait prêt à bondir dans n'importe quelle direction.

Le draque se sentit étrangement léger et euphorique.

— Qu'attends-tu ? demanda-t-il en langage animal.

Il cracha le sang qui coulait de sa plaie à la lèvre.

— Morte est ma meute, mourir je dois aussi, répondit le loup en se ramassant pour bondir.

Il s'exprimait bien, quoiqu'Auron trouve la structure de sa phrase curieuse.

— Attends ! dit-il avec sincérité. Si tu vis, pas morte est ta meute. Pourquoi nous battre ?

— Tu n'es pas ours, donc tu es proie. Plus petit qu'un renne, plus gros qu'un mouton.

— Mais je me bats mieux. Pas proie.

Le loup baissa la queue tout en observant les cadavres de ses frères. Il ne dit rien.

— J'ai faim aussi, dit Auron, je voyage vers les montagnes. Tu connais les bois. Nous chassons ensemble. Partageons.

— Peux pas.

— Pourquoi ? Deux chassent mieux qu'un.

La confusion emplit les yeux bleus du loup.

— Mais tu es pas l'un des nôtres, dit-il.

Auron réfléchit. Les loups chassaient ensemble, c'était une seconde nature chez eux. Cependant les chiens, qui étaient pratiquement des loups, ne chassaient-ils pas avec les hommes ? Les chiens considéraient-ils les hommes comme faisant partie de leur clan ?

— Alors fais de moi l'un des vôtres.

— Comprends pas.

Auron baissa la tête au niveau de celle du loup, puis plus bas encore malgré une douleur lancinante dans le cou. Le loup se redressa pour dominer Auron.

— Nous faisons une meute. Une meute de deux. Tu es chef, dit le draque. Moi, Auron. Ce que tu dis, je fais. Je promets.

Le loup l'observa et renifla l'odeur du sang de dragon. Il agita son oreille encore intacte et sa queue frétilla très légèrement. Auron répondit avec un faible *prrum* qui ne lui vint pas naturellement à cause de la douleur.

— Une histoire à chanter depuis la plus haute colline. Aer... Aur-ron. Auron. Mais tu as tué chef. Chez nous, ça veut dire que tu es chef.

— Je suis mauvais chef. Je connais pas ces terres. Non, je suis pas loup… pas l'un des vôtres. Tu es chef.

La queue du loup frétilla et il frotta le côté de son museau contre celui d'Auron.

— D'accord. Je suis Forte-Patte Pelage-Noir de la meute des Hurleurs de l'Aube. Nous laissons la mauvaise odeur du sang derrière. Viens.

Auron le suivit.

Auron apprit sans trop de difficultés la langue des loups. Elle ressemblait suffisamment au langage des bêtes pour comprendre ce que Fortnoir – c'était le diminutif du loup – lui disait. Auron le parlait mieux de jour en jour. Savoir comment formuler une question posée au chef de la meute était le plus ardu. Il lui fallut très peu de temps pour apprendre à interpréter et imiter le langage corporel qui remplaçait souvent les mots les plus simples.

— C'est si bien loup va près du lac pour trouver poisson ?

— C'est bien *si* loup va près du lac pour trouver du poisson, le corrigea Fortnoir en donnant un petit coup de dents dans le vide, tout près du museau d'Auron.

Le draque n'était pas encore complètement habitué à ce geste.

— C'est bien si loup va près du lac pour trouver du poisson, répéta Auron, et Fortnoir lui répondit par un sourire d'assentiment.

Les loups souriaient, mais Auron ne possédait pas les muscles nécessaires pour reproduire correctement cette expression. Il inspecta lentement la rive du lac. Des habitations humaines étaient rassemblées de l'autre côté, à peine visibles à travers la brume matinale qui recouvrait le lac. Les hommes pêchaient également ici. Satisfait, Auron se glissa dans l'eau et se laissa flotter le ventre à l'air, les narines à la surface mais les yeux sous l'eau. Il attrapa un poisson qui écumait le fond et en rapporta un à Fortnoir.

— La mauvaise odeur du poisson est bonne, dit Fortnoir. J'aime me rouler dans les restes. Ça trompe la proie. Je sais pas ce qui cacherait ta mauvaise odeur de dragon. Un putois, peut-être. Tu es la seule créature chez qui le devant sent plus mauvais que le derrière.

Auron savait ce qu'était un putois et n'avait pas envie de se rouler dans un tas de ces animaux. Était-ce sa faute si les renvois de gaz venus de sa poche à feu gênaient Fortnoir ?

Les hurlements nocturnes le fascinaient. Les loups se racontaient des histoires, revendiquaient des territoires, négociaient des droits de chasse et priaient la Lune pour qu'elle leur apporte du gibier et une descendance en bonne santé – tout cela à la fois.

— *Je suiiiis Dent-Blanche Nez-d'Hiver ! Les forêts sont remplies de cerfs, les Rôdeurs des Landes te remercient, Ô ma Luuuuuune !*

— *Merciii Luuuuuune !* hurlèrent en chœur les autres loups de la meute de Dent-Blanche Nez-d'Hiver.

— *Mon louveteau Beaux-Yeux Queue-Soyeuse a tué sa première proie aujourd'hui, ô mes cousiiiiiiiiiins !* annonça une voix au loin.

— *Loué soit-il !* répondit une meute tout aussi éloignée.

Fortnoir n'y tint plus. Il se redressa, les pattes avant appuyées sur un rocher pour lever sa tête aussi haut que possible.

— *Je suis Forte-Patte Pelage-Noir, le dernier des Hurleurs de l'Aube ! Je chasse avec un étranger. Il m'a épargné ainsi que ma meute, et a demandé à chasser avec moi. Cet étranger est un draque nommé Auroooooon !*

— *Quoooooi ?*

Ce cri fut repris dans toutes les directions quand les loups de la forêt apprirent la nouvelle. La consternation se propagea au fur et à mesure que l'information arrivait aux meutes.

— Dis-leur ton nom, Auron. Comme un bon loup, lança Fortnoir.

— Je dois hurler ?

— Oui. Tu parles suffisamment bien notre langue. Articule bien et fort.

Auron posa ses pattes avant courtaudes sur un tronc d'arbre et tendit son long cou vers la lune. Il remplit ses poumons jusqu'à ce que son corps lui paraisse aussi gonflé que celui d'un poisson-lune.

— *Je suis Auron fils d'AuRel!* tonna-t-il. *Je voyage en direction des montagnes de l'Est à la recherche des miens, mais je chasse aujourd'hui avec les Hurleurs de l'Aube !*

C'était davantage un rugissement qu'un hurlement. Un loup n'aurait jamais pu émettre un tel son.

— *Nous voulons traverser vos terres pour atteindre les landes de l'Est, en bons loups. Faites passer !* ajouta Fortnoir.

Leurs cris furent répétés encore et encore. Auron écouta tandis que son épine dorsale était parcourue de picotements. Il se sentait si peu loup.

— *Je suis Langue-Pendue Neige-Blanche de la meute des Crocs Silencieux !* répondit un loup au nord. *Trois meutes demandent que cette nouvelle soit vérifiée lors d'un Événement qui aura lieu pendant la nuit du solstice d'été. Nous nous retrouverons sous l'arbre-rocher, près de la chute des Trois Rivières. Si vous voulez passer nous devrons entendre cette histoire et sentir/entendre/voir cet étranger. Faites passer !*

— *Je serai là car je suis un bon loup !* répondit Fortnoir. *Je suis Forte-Patte Pelage-Noir des Hurleurs de l'Aube ! Un Événement aura lieu la nuit du solstice d'été sous l'arbre-rocher, près de la chute des Trois Rivières. Faites passer !*

— *Faites passer ! Faites passer !* répétèrent les loups d'une colline à l'autre.

— Il n'y a pas eu d'Événement depuis que je suis né. Je n'ai connu que deux étés, dit Fortnoir tandis qu'Auron et lui traversaient la plus petite des trois rivières, bien en amont des cascades qui rugissaient plus bas. De l'autre côté de la rivière, une meute de loups sortit d'un autre cours d'eau. Ils s'ébrouèrent et les gouttelettes ainsi projetées firent fuir les moineaux qui s'abritaient dans les buissons d'ajoncs et d'épineux.

— Verrons-nous les chutes d'eau ? demanda Auron.

Il se demanda ce qui pouvait générer un tel vacarme. Il lui semblait que tous les dragons du monde se querellaient en aval de la rivière.

— Pourquoi ? Il n'y a rien à manger là-bas, souffla Fortnoir tout en nageant. Oh ! j'imagine que ça ne pourra pas nous faire de mal. Autant te tenir à l'écart avant l'Événement. Un rassemblement de deux meutes de meutes de meutes de loups peut mal se passer.

Auron compta mentalement ; chez les loups, « meute » signifiait de huit à douze – le plus souvent. *Plus d'un millier de loups !* Ils se hissèrent sur l'autre rive. Auron se glissa au sommet d'un rocher pour se sécher au soleil. Il garda un œil rivé sur la rivière qui coulait rapidement pour guetter d'éventuels poissons.

— Des loups affamés qui ne peuvent qu'attraper et dissimuler le gibier. Il y aura peut-être d'autres meutes, la nouvelle a été hurlée des montagnes jusqu'à la côte. Nous verrons des affrontements : il n'y aura guère plus qu'une souris ou deux à manger avant de nous disperser. Vers les chutes d'eau.

L'improbable couple longea la rive. Fortnoir s'arrêtait régulièrement et se grattait en attendant qu'Auron le rattrape.

— Rien d'étonnant à ce que ton espèce ait décidé d'avoir des ailes, dit le loup aux longues pattes alors qu'Auron escaladait une fois encore un tronc d'arbre. Tu marches lentement. Quand pourras-tu voler ?

— Dans des années. Une meute et demie d'étés.

— J'aurais aimé pouvoir vivre pour le voir, répondit Fortnoir. (Il haussa la voix pour être entendu au milieu du grondement de l'eau, plus fort à chaque pas.) Cela doit être quelque chose. Être capable d'effrayer même les hommes. J'ai entendu des histoires au sujet des dragons volants. L'un des membres de notre meute a vu la silhouette de l'un d'entre eux se découper sur la lune, avant que je naisse. Nous y voilà. Fais attention, ces rochers sont glissants.

Une brume s'élevait du tumulte. Ils se trouvaient au bord d'un grand chaudron qui fumait sous le soleil estival. Auron regarda de l'autre côté. Une autre rivière se déversait depuis le haut plateau. Des arbres étaient accrochés en équilibre précaire au bord des falaises, certains poussaient même sur de petites saillies, le long des parois. Une troisième rivière rejoignait les deux autres un peu plus loin ; elle naissait d'une chute d'eau bien moins haute. Auron aperçut une longue maison humaine en aval. Des oiseaux volaient au-dessus, portés par les courants d'air ascendants.

— Les aigles chassent ici, pas les loups, dit Fortnoir. Cette maison humaine est très récente. Sont-ils donc partout ?

— Que va-t-il se passer pendant l'Événement ?

Auron entendait l'impact de l'eau qui se répercutait le long de la falaise. Il s'imagina que les loups avaient décidé qu'il avait commis un crime contre leur espèce – et qu'ils le réduiraient en pièces.

— Nous avons besoin d'un Événement de temps à autre. De jeunes femelles quittent leur meute, parfois de nouvelles meutes sont constituées par des mâles déçus qui n'arrivaient pas à prendre de l'importance dans la leur. Il est bon pour les loups de se mélanger de temps à autre ; une meute qui reste dans son territoire affaiblit son sang.

Nous avons vu ton arrivée comme un signal pour que nous nous rassemblions. Il y a aussi de la curiosité. Je suppose que de nos jours seulement une dizaine de loups connaît l'odeur d'un dragon.

— Pourquoi ?

— Pour la même raison que nous ne rôdons plus le long des côtes. Les hommes. Je suis sûr que les autres hominidés ont eux aussi déclaré la guerre à ton espèce. Les hommes font de longs voyages pour vous tuer. Ils chassent les œufs de dragon. Leurs chiens aiment bien se vanter auprès de nous.

— Ces hommes… Ce sera d'abord les dragons et ton espèce viendra ensuite, Fortnoir.

— Notre espèce, le corrigea Fortnoir. (Il mordit doucement la crête d'Auron.) Il suffit qu'une meute prenne un seul mouton malade au plus fort de l'hiver… C'est une bonne chose qu'ils s'entre-tuent. Sans ça, le monde serait couvert d'hommes, comme un arbre tombé à terre est rongé par la mousse.

L'arbre-rocher ressemblait plus aux yeux d'Auron à un champignon-rocher. Il était d'un brun grisâtre et composé de plusieurs couches superposées, certaines plus foncées que d'autres. Il s'élargissait dans sa partie supérieure, formant un surplomb pour rétrécir de nouveau jusqu'à son sommet sur lequel poussait un arbre qui rappelait la plume sur une coiffe d'elfe.

Il y a bien longtemps, un fragment de pierre s'était détaché du sommet et était tombé au pied du rocher. Quand la lune se leva, un loup noir aux oreilles et au museau d'un blanc de neige bondit sur ce piédestal. À ce signal, tous les loups assis ou couchés dans les ténèbres se rapprochèrent, même ceux qui se trouvaient sur les falaises entourant l'arbre-rocher. Auron attendait dans la pénombre, entre le piédestal et le rocher. Les autres loups l'évitaient.

— *Je suuuuis Dure-Morsure Manteau-Blanc !* hurla le loup.

Les autres répondirent en hurlant à leur tour.

— Certains me connaissent déjà car c'est mon deuxième Événement, déclara-t-il. Un ou deux d'entre vous ont peut-être même connu mon père, Basse-Oreille Souffle-de-Lune, le chef des Chants du Vent. (Quelques loups maigres et très âgés placés aux premiers rangs frappèrent le lit de la rivière asséchée au milieu duquel ils se tenaient d'un air approbateur.) Aujourd'hui, nous avons vu des combats, des accouplements, des divisions et des unions. Tel est l'Événement. Même les Chants du Vent ont perdu des femelles, parties rejoindre d'autres meutes, et nous avons un nouveau fils. Large-Dos Courtes-Moustaches m'a défié pour obtenir ma place sur la Pierre de Parole de l'Événement, et je suis sorti victorieux de ce combat. En bon loup, il a regagné sa place. (L'assemblée émit force reniflements respectueux.) Cela dit, notre première préoccupation est que Forte-Patte Pelage-Noir, le dernier de Hurleurs de l'Aube, a accepté un étranger dans la meute dont il est désormais le chef. De telles choses ne nous sont pas inconnues. Vous avez tous entendu parler de certains de nos semblables qui ont élevé avec la bonté qui nous caractérise des orphelins elfes ou même humains. Ils leur ont appris à être des loups afin que ces enfants apportent à leur espèce sagesse et intelligence. Cependant Forte-Patte Pelage-Noir n'a pas recueilli dans sa meute un petit afin de l'élever mais un individu adulte, et rien de moins qu'un jeune dragon.

— *Dis-nous ! Dis-nooouuuuuuuuuus !* hurlèrent tous les loups en chœur. *Dis-nooouuuus comment cela est arrivé !*

— Le chef des Hurleurs de l'Aube nous contera-t-il cette histoire ? demanda le loup aux poils blancs à Fortnoir.

— Oui, je le ferai.

— Alors rejoins-moi sur la Pierre de Parole.

Fortnoir bondit sur le rocher, mais Auron remarqua qu'il prenait bien soin de garder la tête toujours plus bas que celle de Dure-Morsure. Il raconta leur rencontre, leur affrontement et l'issue de celui-ci en quelques phrases courtes. Il admit également que s'il avait combattu Auron jusqu'au bout, les Hurleurs de l'Aube auraient alors cessé d'exister.

— La survie de la meute est plus importante que l'issue d'un combat, observa le loup aux poils blancs.

Les anciens postés près de la pierre hochèrent la tête.

— Nous voulons voir ce jeune dragon, dit un des loups de l'assemblée, et d'autres reprirent sa requête.

— Auron, viens devant la Pierre de Parole, dit Fortnoir.

Auron s'avança en rampant, attentif à garder sa tête près du sol. Les loups semblaient intéressés, mais il était difficile de distinguer chez eux la différence entre « intrigué » et « prêt à bondir ». Il y eut des grognements, quelques gémissements – poussés en grande partie par les loups qui se trouvaient sous le vent par rapport à lui – et un ou deux éclats de rire.

— Ce n'est qu'un bébé.

— Il est si petit, à peine plus grand que nous. Tout en cou et en queue.

— Où sont ses ailes ? N'est-il pas supposé en avoir ? Est-ce vraiment un dragon ?

— Les Hurleurs de l'Aube sont tombés bien bas. Ils ont laissé ce *lézard* les décimer.

Auron entendit Fortnoir grogner et il toucha les cicatrices de bonne taille et encore sensibles que le chef de la meute avait laissées sur son cou. Il leva la tête, déploya ses *griffs* et cracha du feu contre la Pierre de Parole.

— Est-ce qu'un lézard peut faire ça ? lança-t-il à l'assemblée.

Les loups s'éloignèrent du feu, la queue entre les pattes.

— Du calme ! aboya le loup aux poils blancs. (Il renifla les flammes.) Ce feu n'a pas été allumé par la foudre. Nous avons ainsi la preuve qu'il s'agit d'un jeune dragon. Passons cependant à la question la plus importante : est-il le bienvenu sur nos terres en tant que loup ?

Un brouhaha s'éleva de l'assemblée – certains déclaraient qu'Auron faisait partie d'une meute et qu'il était par conséquent le bienvenu ; d'autres soutenaient que Fortnoir avait été contraint d'accepter Auron sous la menace d'une mort imminente, et qu'ainsi le draque ne l'était pas.

— Me traites-tu de lâche ? dit Fortnoir au loup qui avait soulevé cette dernière objection.

— Alors que tous les membres de ta meute gisaient morts autour de votre proie ? Bien sûr que oui !

Fortnoir bondit de la Pierre de Parole et plongea dans la foule en grondant. Auron distingua le tourbillon de morsures et de coups échangés par les deux combattants au milieu du plus complet désordre. Les grognements s'achevèrent aussi soudainement qu'ils avaient commencé ; Fortnoir se tenait debout sur son adversaire, triomphant.

— En bon loup, j'admets avoir eu tort, déclara le vaincu.

Du sang coulait le long du museau de Fortnoir et son pelage était collé par la bave.

— Y a-t-il quelqu'un d'autre qui doute de mon courage ?

Seuls les criquets réfugiés dans la gorge lui répondirent. Les rivières continuèrent à rugir sans lui prêter attention.

— Alors écoutez-moi, loups. Au lever du soleil, les Hurleurs de l'Aube partiront vers l'Est. Nous demandons à traverser pacifiquement vos terres, en bons loups. Nous ne souhaitons ni aide ni obstacles au cours de notre voyage. L'Événement consent-il à considérer ce draque comme l'un des nôtres, comme un bon loup ?

— Qu'en dites-vous, loups ? Oui ou non ? demanda le loup aux poils blancs.

— *Ouiiiiiiiiiiiiiiiii !* répondit l'Événement.

—Alors nous le nommons Longue-Queue Cœur-de-Feu, dit Fortnoir. Ceux qui rejoindront les Hurleurs de l'Aube appelleront leur frère Longfeu.

—Nous souhaitons bonne chance aux Hurleurs de l'Aube avant qu'ils regagnent leur territoire et espérons que ce dernier ne sera entre-temps pas trop entamé par les meutes rivales, dit le loup aux poils blancs avec un regard en direction de ses semblables venus de la même partie de la forêt que Fortnoir.

Auron et Fortnoir quittèrent l'Événement et repartirent vers la rivière. Le loup but longuement l'eau fraîche et consentit qu'Auron nettoie les plaies de son museau à coups de langue.

—Tu es un bon loup, Longfeu, déclara Fortnoir quand Auron eut fini. Tu sens mauvais, mais tu es tout de même un bon loup.

Longfeu-Auron ne répondit rien. Il scrutait l'orée du bois : deux louves, légèrement plus petites que Fortnoir, reniflaient dans leur direction.

—Si les Hurleurs de l'Aube doivent avoir des petits, vous n'y arriverez sûrement pas à vous deux, dit l'une d'elles en s'avançant vers la berge, la tête penchée. Je suis Œil-Clair Cri-Sage et voici mon amie, Nez-Fin Haute-Étoile. Nous voudrions rejoindre la meute que tu mènes et serons de bonnes louves pour toi.

L'autre femelle les rejoignit et les trois loups agitèrent la queue. Fortnoir s'approcha des louves et tous trois se reniflèrent mutuellement l'arrière-train. Auron fit de son mieux pour ne pas grogner à la vue de ce spectacle. Il était peut-être un loup d'adoption, mais certaines de ces coutumes…

Les canidés se mirent à courir en cercle et à jouer ; Fortnoir trottina d'abord à côté d'une femelle puis à côté de l'autre.

—Très bien, Finétoile et Clairesage. Vous êtes de bonnes

louves et les Hurleurs de l'Aube ont besoin de louveteaux, vous viendrez donc avec nous vers les montagnes de l'Est, avant l'aube. (Fortnoir se dirigea de nouveau vers la berge pour y boire. Il observa avec admiration les deux femelles tandis qu'elles se couchaient en rond à ses pieds.) Il est bon d'être chef de meute, dit Fortnoir à Longfeu-Auron, en remuant sa queue soyeuse.

Leur périple vers l'Est se déroula sans encombre et les montagnes grandirent de jour en jour jusqu'à ce qu'ils atteignent cette colline peuplée de chèvres. Les loups étaient des voyageurs-nés et ils mirent à profit leur énergie sans limites et leurs longues pattes afin de dénicher les chemins les plus praticables à l'attention de leur nouveau compagnon. Les trois jeunes loups dans la force de l'âge et le draque apprirent à chasser ensemble. Auron était inapte à poursuivre les proies, mais il pouvait parfois tendre une embuscade en se camouflant dans un arbre, si le vent soufflait suffisamment fort. Ils ne rencontrèrent pas d'humains avant de trouver la colline. Il s'agissait d'une prairie sans arbres qui s'élevait au milieu des bois. Les chèvres paraissaient livrées à elles-mêmes : les loups tuèrent une vieille femelle plus lente que les autres et profitèrent de ce repas si facilement obtenu. Auron, doté d'une vue plus perçante que ses compagnons, aperçut un jeune berger qui surgit de sa cachette derrière un rocher et se précipita dans le bois.

— Nous devrions le poursuivre et le tuer, dit Auron.

Les loups dressèrent les oreilles.

— Il n'y a pas beaucoup d'hommes dans cette partie de la forêt, dit Finétoile. Nous sommes en sécurité pour l'instant et de toute façon nous ne faisons que passer.

— Il a laissé ses bêtes toutes seules, ajouta Clairesage. C'est bon si les loups tuent encore ? La chair de cette chèvre était filandreuse, et ça ne fait pas beaucoup pour nous quatre. Longfeu mange vraiment énormément.

— Mes chères louves, vous devrez apprendre à vous méfier davantage des humains quand nous aurons regagné le territoire des Hurleurs de l'Aube, dit Fortnoir. Il y a des hommes ici et nous ne devons pas tuer autre chose que des animaux égarés.

— Il s'est enfui, c'est curieux, dit Clairesage. Le dernier garçon que mon ancienne meute a rencontré nous a jeté des pierres.

— Celui-ci était jeune, répondit Finétoile.

— Vous oubliez Longfeu, dit Fortnoir. Les draques sont très rares dans ces contrées.

— Oui, ce n'est pas étonnant avec le Dragonneur à l'œuvre, approuva Clairesage.

— Qui ? demanda Auron.

— Le Dragonneur ? (Clairesage resta un instant silencieuse, les yeux fermés. Ses oreilles s'agitaient d'un côté puis de l'autre comme à l'écoute de voix qu'elle seule pouvait entendre.) C'est ainsi que ses chiens l'appellent en tout cas. C'est un grand guerrier humain. Il a tué six de tes semblables, Longfeu, des dragons adultes. Il possède une lance redoutable et une longue épée. Elles portent des noms effrayants que j'ai oubliés ; je n'ai entendu cette histoire hurlée qu'une seule fois. Les chiens prétendent qu'il compte parmi ses ancêtres des humains, des elfes, des nains, des garnes et qu'il a pris le meilleur de chacune de ces races. Cela dit, les chiens vantent toujours leur maître. Oh ! ils ont également dit qu'il a débarrassé des dragons le versant ouest des montagnes, depuis les contrées gelées du Nord jusqu'aux terres chaudes du Sud. Encore des vantardises de chiens, j'imagine.

— Il n'agirait pas avec un groupe de nains appelé « la Roue de Feu », par hasard ? demanda Auron.

— Les chiens n'en ont pas parlé. D'autres les ont vus. De farouches guerriers avec de longues barbes pleines de nœuds et des gilets en peau d'ours. Le Dragonneur porte une armure brillante faite d'écailles de dragon. C'est encore une fois ce que disent ces chiens.

— Ne nous soucions pas de ces chiens, nous ferions mieux de reprendre notre route, grogna Fortnoir, le regard rivé sur l'endroit où le jeune garçon avait disparu.

Cette nuit, le réseau de hurlements les prévint. Les structures de phrase employées par les loups des contreforts résonnèrent étrangement aux oreilles de leurs frères des forêts :

— *Je suis Museau-Noir Rôde-Colline ! Des hommes avec des torches dans la montagne de pierre humaine se rassemblent ! De nombreux chevaux ils mooooontent. Des chasseurs les collines aaaaaarpentent !*

— Tout ça pour une chèvre ? demanda Finétoile.

— Non, répondit Auron. Je pense que c'est pour moi, ils veulent me traquer. Comme tu l'as dit, les dragons sont rares. J'espère qu'ils ne vont pas le devenir davantage.

— Nous sommes près des montagnes, il n'y a pas de routes créées par l'homme ici, dit Clairesage. Qu'as-tu l'intention de faire ?

— Les traverser. J'ai vu ce qu'il y a de l'autre côté des montagnes : des terres plates, inhabitées. Il y aura des animaux à chasser. Pas autant d'eau qu'ici, mais je m'en contenterai.

— Comment comptes-tu y arriver ?

Auron renifla le sol, une façon d'exprimer l'indécision qu'il avait apprise des loups.

— Je grimpe mieux que je cours, et il existe également des routes sous terre, dont vous autres du monde d'En Haut ne connaissez pas l'existence. D'une façon ou d'une autre, je trouverai un moyen de passer.

Fortnoir se dressa et répondit aux hurlements des loups des contreforts. Il contempla les montagnes éclairées par la lune.

— Nous voyagerons avec toi encore une journée. Je

veux m'assurer que tu sois loin de ces hommes. Alors les Hurleurs de l'Aube regagneront leurs terres.

— Merci, Fortnoir.

— C'est ce que ferait tout chef de meute pour un de ses bons loups. Ces montagnes sont si hautes, elles semblent être un bien triste endroit pour notre espèce.

— Les loups n'ont pas d'ailes ; les dragons, si.

Fortnoir agita la queue.

— C'est vrai. Quand tu auras les tiennes, retourne dans la forêt. Mes arrière-petits-enfants attendront ta venue, Longfeu.

— Je le ferai, en bon loup.

Le lendemain, ils gravirent une pente pendant ce qui leur parut une éternité. Les arbres firent alors place aux prairies dégagées par les avalanches de l'hiver. Lorsqu'Auron remarqua que Fortnoir regardait vers l'ouest en direction des forêts qui s'étendaient en contrebas et que les deux femelles haletaient et ne cessaient de se croiser dans son dos, il sut que le temps des adieux était venu.

— Penses-tu à tes terres ? demanda Auron.

Fortnoir renifla en direction du draque et mordilla amicalement son nez.

— Non, je m'inquiète pour toi. Le vent porte le bruit des sabots. Ils te cherchent.

Auron n'entendait que le vent, mais il fit confiance au loup.

— Ils arriveront trop tard, à moins qu'ils aient l'intention de me traquer avec des bouquetins.

— Nous avons laissé une piste. Ces moutons que nous avons tués…

— Ils étaient sûrement sauvages. Nous n'avons pas vu ne serait-ce qu'une bergerie depuis des heures.

— Il est temps alors de nous souhaiter bonne chasse. Finétoile, Clairesage, faites vos adieux à votre compagnon de meute.

Les femelles reniflèrent et léchèrent le museau d'Auron.

— Bonne chasse, Longfeu. Puisse ta nouvelle meute courir longtemps, dit Clairesage – il s'agissait de l'adieu traditionnel fait à un mâle prêt à partir vers de nouveaux horizons.

— Cette histoire sera hurlée pendant plusieurs générations, ajouta Finétoile, à commencer par celle de nos louveteaux.

— Les dragons n'ont pas de meute, Clairesage. Je n'appartiendrai qu'aux Hurleurs de l'Aube. Vous me manquerez.

— Notre rencontre fut un étrange coup du destin, dit Fortnoir. Je pense que ton nom reviendra plus souvent que le mien dans la gueule des générations futures, mais je serai présent dans nos légendes pendant bien des étés. Grâce à toi, je suis chef de meute et grand voyageur.

— Et, grâce à toi, je suis arrivé en vie jusqu'aux montagnes. Nos journées dans la même meute feront partie de mon chant et je les conterai à mes dragonnets, si jamais je trouve une compagne. Je transmettrai mes souvenirs. Tu seras célèbre chez les dragons et les loups, Forte-Patte Pelage-Noir, chef des Hurleurs de l'Aube.

Les femelles échangèrent des regards emplis de fierté.

— Notre meute dans les hurlements d'un dragon ! Tu imagines ? s'écria Finétoile.

Fortnoir sourit et remua la queue.

— Ce ne sera que dans bien longtemps. Montre-toi prudent tant que tu ne seras pas à bonne distance, Auron. Je n'aime pas savoir les hommes à ta poursuite.

— C'est pourquoi je vais partir maintenant. Bonne chasse, Fortnoir.

— Bonne chasse, Longfeu.

Auron fut incapable de les regarder s'éloigner. Les hurlements qu'échangeaient de colline en colline les loups à la nuit tombée lui manquaient déjà. Il retrouvait la solitude d'un jeune draque errant. Il se tourna vers les montagnes et se mit en route sans regarder derrière lui.

Auron entendit un hurlement dans son dos :

— *Je suis Forte-Patte Pelage Noir, de la meute des Hurleurs de l'Aube ! Prenez garde, hommes des montagnes, car un bon loup vient vers vous sous l'apparence d'un dragon. Moi, chef de meute, vous préviens : vous qui le pourchassez, craignez les Hurleurs de l'Aube.*

Chapitre 11

Auron eut bien vite de la compagnie, mais pas celle qu'il aurait souhaitée. Une sorte d'énorme chien l'observait du haut d'une prairie, une bête hirsute qui semblait être le fruit du croisement entre un ours et un loup. Sûrement le résultat de quelque sortilège. Elle se mit à aboyer.

Pire encore, son cri d'alerte fut accompagné de voix humaines. Elles s'interpellaient mélodieusement d'une montagne à l'autre.

En outre, ce chien semblait décidé à rester à son poste pour aboyer, ce qui laissait trois choix à Auron. Il pouvait continuer à gravir la colline jusqu'à atteindre la prairie où se trouvait la bête. Il était sûr de pouvoir la tuer et poursuivre son ascension, mais la présence de ce chien signifiait que des hommes se trouvaient à proximité. La montagne était flanquée de deux éperons qui lui donnaient l'apparence d'une serre d'aigle. Des vallées boisées s'étendaient entre chaque pointe. Il pouvait descendre à droite ou à gauche puis tenter de monter par un chemin ou encore retourner dans la forêt et traverser par un autre col. Il aurait souhaité tenir de son père une image mentale de ces montagnes mais il n'avait que de vagues souvenirs de ces lieux au nord des terres du dragon. Il sembla à Auron que vers le sud le relief était moins accidenté, et donc probablement davantage peuplé d'humains. Au nord se dressaient des pentes plus raides et une montagne au sommet plat dont les parois étaient pratiquement verticales. Contrairement aux autres, plus élevées, la surface plane qui surmontait cette montagne n'était pas recouverte de neige.

Les aboiements devinrent plus énergiques. Le chien regarda derrière lui et se mit à cabrioler ; les hommes étaient là. L'animal descendit de quelques pas la colline en direction du draque. Auron avait appris des loups que plus les hommes étaient proches, plus les chiens devenaient courageux. Contraint d'agir, il dévala la colline et se précipita dans des buissons aux courtes épines. Il prendrait le chemin le plus difficile, celui qui se dirigeait vers le nord.

Sa fuite enhardit le chien : il descendit la pente à sa poursuite.

Auron entendit la sonnerie d'un cor, suivie d'une autre. Il leva la tête en direction du chien ; un autre animal à la fourrure moins épaisse et qui devait peser l'équivalent de deux moutons de moins que son congénère se joignit à la poursuite. Trois hommes venaient ensuite ; il aperçut leurs jambes poilues entre le bas de leur pagne et le haut de leurs bottes de fourrure. Ils portaient des vestes rembourrées sur lesquelles étaient cousues de larges lanières de cuir. Leur haute coiffe leur donnait l'air d'être plus grands. Le regard d'Auron s'attarda sur ces étranges couvre-chefs : ils ressemblaient à des animaux endormis, leurs pattes arrière pendant sur les oreilles de leurs propriétaires. Les hommes portaient un bâton de marche surmonté d'une lame à double tranchant dans une main et une courte lance dans l'autre.

Il pouvait tuer les chiens ; les hommes seraient alors désavantagés et ne pourraient se fier qu'à leurs faibles sens. Il se tapit contre le sol et sortit des buissons en rampant assez lentement pour que sa couleur change au fur et à mesure de sa progression. Le premier chien semblait inconscient de sa présence. Il continuait à dévaler la colline en bondissant, suivi à quelques mètres par son compagnon. Les trois hommes s'écartèrent les uns des autres en descendant.

Le chien sentit Auron ; celui-ci pouvait dissimuler sa silhouette, mais pas son odeur, même au milieu des fleurs de montagne et des baies. L'animal ralentit, approcha sa tête d'ours du sol et regarda les buissons épineux avec méfiance.

Il laissa échapper un gémissement mécontent.

Auron bondit en avant ; il jaillit des herbes et se jeta à la tête de l'animal. Il ne parvint en le mordant qu'à arracher une touffe de poils : le chien avait pivoté bien plus rapidement que le faisait normalement une bête de cette taille. Auron se retourna pour lui faire face. Il put grâce à son long cou placer sa gueule devant son flanc et ainsi le protéger.

Il sentit une morsure sur sa patte arrière. Le deuxième chien s'écarta en sautillant quand Auron fit volte-face. Le draque se jeta sur l'animal qui se déroba, laissant ainsi à son compagnon l'occasion de sauter sur Auron par-derrière.

Auron s'enfuit car les hommes approchaient, mais chaque fois qu'il changeait de direction, l'un des chiens attirait son attention tandis que l'autre lui mordait l'arrière-train. Ces animaux ne se battaient pas comme des loups ; ils se contentaient de le mordre violemment et d'esquiver sa riposte. Auron ne parvint qu'à arracher un morceau de queue. Il était blessé et ses assauts désespérés le fatiguaient.

Une autre sonnerie de cor retentit et Auron détourna son attention du cycle sans cesse répété de morsures et de dérobades. Un homme s'apprêta à projeter sa lance, mais l'un de ses semblables posa la main sur son bras. Ils craignaient peut-être de tuer l'un des chiens. Auron ne pouvait fuir sur terre, il décida alors de prendre de la hauteur : il grimpa dans un arbre. Il retira sa queue au moment où le plus petit des chiens bondit pour l'attraper.

Les cœurs battants, il se maudit en se cramponnant aux branches. Il était piégé. Les chiens se mirent à aboyer, dressés sur leurs pattes arrière pour prendre appui sur le tronc. Leurs gueules grandes ouvertes étaient dégoulinantes de bave.

— Allez-vous-en, si vous savez ce qui est bon pour vous ! grogna Auron en langage des loups. Il racla ses *griffs* contre sa crête en signe d'avertissement.

— Piégé ! Dans l'arbre ! Piégé ! Dans l'arbre ! aboya en retour le plus gros des deux animaux.

Les hommes approchèrent et se répartirent en triangle autour de l'arbre ; ils haletaient, essoufflés par cette longue course. Celui qui avait tenté de lancer son arme le fit finalement, mais Auron l'esquiva et l'arme ne fit qu'arracher un morceau d'écorce.

L'homme qui se trouvait en contrebas sur la pente éclata de rire et se moqua de son acolyte qui s'en trouva vivement contrarié. Auron n'avait aucun moyen de savoir ce que les hommes feraient. Du sang s'écoulait de son arrière-train puis gouttait sur les branches du pin et les chiens continuaient à aboyer au pied de l'arbre. Auron tourna la tête d'un côté puis de l'autre pour évaluer mentalement les distances. Il sauta de l'arbre vers le montagnard hilare. L'homme était moins prompt à bouger qu'à rire ; Auron s'abattit sur lui avant qu'il ait pu lever sa lance. Tous deux dévalèrent la colline en roulant.

Ils finirent leur descente contre un rocher. Auron, grâce à son ossature souple, ne prit qu'un mauvais coup. L'homme, en revanche, eut la colonne vertébrale brisée. Le montagnard jura et agita les bras, mais son torse étrangement tordu ne bougeait plus au-dessous de la cage thoracique. Cela ne l'empêcha pas de tirer un couteau de sa ceinture mais, grâce à père, Auron avait appris longtemps auparavant comment réagir dans une telle situation. D'un coup de queue il arracha l'arme des mains de l'homme, puis il lui déchiqueta le visage. Le chasseur était désormais tout à sa douleur ; Auron bondit sur le rocher qui avait stoppé leur chute.

Les mouvements de l'homme gravement blessé attirèrent l'attention des deux autres. Ils jetèrent leurs lances. Mais Auron se glissa aussitôt derrière le rocher, ne laissant dépasser que ses yeux et sa crête. Il regarda les projectiles qui rebondissaient sur la pierre.

Les chiens honnis couraient aussi proches l'un de l'autre que s'ils étaient attelés, la gueule grande ouverte, dégoulinant de sang, les yeux brillant d'excitation. Auron se contracta, tendit le cou, et lança sa tête en avant ; il projeta un jet de flammes sur les animaux. Ils se transformèrent en deux boules de feu qui continuèrent à dévaler la colline. Les hommes qui les suivaient se jetèrent à plat ventre. Le feu liquide tomba à bonne distance d'eux, mais il eut l'effet désiré : lorsqu'ils levèrent la tête, Auron avait disparu.

Sans les chiens pour le suivre, la fuite d'Auron fut grandement facilitée. Quand les hommes l'aperçurent de nouveau, il avait presque atteint la vallée. Il rentra dans le bois et se précipita vers un arbre tombé. Il nettoya les morsures sur son arrière-train en haletant.

Il inspecta les plaies avec sa langue. *Je deviens un draque bien marqué.* Les hommes entrèrent dans la forêt en suivant la traînée de sang qu'il avait laissée, bien décidés à venger leur compagnon. Il entendit leurs voix et le bruit de leurs pas. Auron contourna le tronc d'arbre faire face aux chasseurs. Sa peau le picota quand il changea de couleur.

Plaqué contre le tronc, il les observa. L'un des hommes inscrivit quelque chose dans un carré de terre qu'il avait mis au jour en balayant du pied le tapis d'aiguilles de pin. Il cassa ensuite une branche, la planta dans le sol et y accrocha sa coiffe de fourrure. Était-ce là une sorte de rituel précédant un combat ? Son compagnon se tenait prêt, lance levée au-dessus de l'épaule.

Plus téméraires que leurs chiens, les hommes montèrent sur le tronc jusqu'à ce que l'un d'eux remarque l'œil mi-clos d'Auron. Le draque se faufila entre leurs jambes et les déséquilibra tous les deux. Ils tombèrent chacun d'un côté du tronc. Auron bondit sur l'homme à la tête nue et serra sa gorge entre ses mâchoires tout en enfonçant ses *saa* dans sa chair. Le draque avait pris du poids, il était plus fort et n'eut aucun mal à déchirer l'homme en deux. Il appuya ses pattes arrière contre les hanches de l'homme qui poussait des hurlements, planta ses griffes dans son fragile estomac et détacha d'un coup sec ses jambes de son tronc. Les deux moitiés du chasseur furent agitées de convulsions pendant qu'Auron se mettait à courir, un intestin enroulé autour de sa patte. Il s'élança vers le deuxième homme.

Ce dernier remonta d'un bond sur le tronc, prêt à jeter sa lance. Il vit son compagnon éviscéré et poussa un cri étranglé. Auron se ramassa sur lui-même pour sauter. Le chasseur lança son arme, Auron l'esquiva et elle percuta bruyamment sa crête, la seule partie protégée de son corps. L'homme fit demi-tour et s'enfuit. Auron avait mal aux oreilles et à la mâchoire à cause de l'impact, mais il se lança tout de même à la poursuite de l'homme. Il bondit sur le tronc et plongea vers celui qui le traquait un instant auparavant. Aiguillonné par la peur, l'homme courait comme un lièvre. Auron ne parvint pas à le mettre à terre lors de sa première tentative et le chasseur le distança bientôt.

Le draque revint près du cadavre et mangea. Il était suffisamment affamé pour le dévorer entièrement, mais s'arrêta après avoir consommé les muscles des jambes et quelques organes de choix. En passant le nez dans la cage thoracique à la recherche du cœur, il se rappela les paroles de sa mère : *« Mais Gourmandise rend gras, empêche de décoller. »* Il partit sans manger ne serait-ce qu'une bouchée de plus.

Auron aurait aimé en savoir davantage sur les hommes. Il examina la branche plantée dans le sol, la coiffe et le signe dessiné dans la terre sans comprendre ce dispositif.

Était-ce la version humaine d'une image mentale ? Ce n'était pas la représentation d'un dragon, ni d'un visage tel qu'il en avait vu sur les pièces de père ou à l'intérieur de ce maudit cercle. Auron sentait qu'il s'agissait d'une menace : il renversa le bâton et effaça le dessin.

Un bruit de sabots.

Auron tendit l'oreille : ils provenaient de la pente qu'il avait descendue. Le feu qu'il avait craché avait bien entendu laissé échapper de la fumée – à moins qu'il s'agisse des chiens qu'il avait brûlés – que les cavaliers avaient pris comme point de repère pour répondre aux appels de cor de leurs semblables. Ce que des montagnards pouvaient interpréter, tous le pourraient. Les hommes à cheval suivraient la traînée sanglante ou, pire encore, enverraient d'autres chiens.

Auron s'éloigna en trottant du carnage et du tronc d'arbre. Il avait tout de même trop mangé et se sentait ballonné. Le combat et le besoin de remplir sa poche à feu avaient provoqué une faim irrésistible. Il coupa à travers bois, aussi vite qu'il le put, en direction de la montagne au sommet plat. Un ruisselet courait le long d'un ravin profond et parsemé de pierres. C'était davantage une chute d'eau qui bondissait de rocher en rocher qu'un ruisseau. Auron but et lava encore ses blessures. Il frotta sa crête contre une pierre pour en examiner l'arête renforcée. Il était persuadé qu'elle était fendue, même si ses *sii* ne trouvèrent rien d'anormal quand il les passa dessus.

Il trouva les restes du repas d'un oiseau, une carcasse de poisson qui grouillait de mouches et de fourmis. Il y frotta ses pattes et se roula par terre du mieux qu'il pût, imitant ainsi Fortnoir. Il remonta ensuite le long de la berge. Quand ses pieds ne sentirent plus le poisson, il marcha dans l'eau. Auron avait l'esprit embrumé et se sentait gagné par le sommeil : il lui fallut résister à l'envie de se glisser sous un tronc d'arbre pour dormir. Il regrettait le sourire de Fortnoir, plein d'une énergie communicative. Il était sûr que si les Hurleurs de l'Aube l'avaient accompagné en riant et plaisantant, il aurait gravi cette colline le temps d'une chanson.

Auron était fatigué de grimper, fatigué de courir, fatigué d'être pourchassé. Il envisagea de se réfugier dans un arbre pour dormir un peu. Ce n'était pas une bonne idée. Les hominidés, en combinant leurs connaissances de la forêt au flair des chiens, auraient tôt fait de le retrouver. Il ne serait alors plus encerclé par trois hommes, mais par cinquante cavaliers. Il se força à avancer alors que les ombres s'allongeaient peu à peu ; ses plaies le lançaient à chaque pas.

Les peupliers et bouleaux qui poussaient dans cette partie de la forêt, humide et abritée par un éperon de la montagne, se firent plus rares pour finalement faire place aux épicéas et autres conifères quand Auron entama l'ascension d'une autre côte. Il distingua à travers ces arbres la pente de la montagne au sommet plat ; elle était striée comme si un dragon titanesque en avait parcouru le versant de haut en bas en creusant le granit de ses griffes à l'image d'un homme qui laboure son champ.

— Peux-tu grimper ceci ? murmura-t-il faiblement.

— *La vraie question, c'est « Dois-tu grimper ceci ? », et la réponse est « oui »*, lui répondit la part de lui qui parlait avec la voix de son père.

Cette falaise semblait trop redoutable pour que les montagnards eux-mêmes se risquent à l'escalader. Du sommet, il pourrait trouver une route à travers les montagnes qui le conduirait vers l'est. Le soleil descendait, ce qui était une bonne chose. S'il escaladait dans l'obscurité, il échapperait à ses poursuivants comme s'il était soulevé par ses ailes encore en sommeil.

Ça ne pouvait pas lui faire de mal d'observer attentivement la montagne tant qu'elle était éclairée par la lumière du jour. Il lécha ses flancs couverts de morsures et raidis par les croûtes tout en la contemplant. Les stries semblaient plus profondes sur la paroi la plus proche de lui. C'était aussi la plus escarpée et son ascension serait plus longue. Ces rainures fourniraient cependant de meilleures prises à ses *saa* et ses *sii*. Ce serait de toute façon comme escalader une centaine de fois la paroi de la caverne de ses parents. Il ferma un œil tout en surveillant les alentours de l'autre.

Fortnoir hurla à bonne distance. Le loup s'était éloigné un peu pour ne pas perturber son sommeil, voilà qui était attentionné de sa part.

Auron se réveilla en sursaut.

Ce n'était pas la voix de Fortnoir, mais celle d'un loup inconnu, au loin. Elle était trop faible pour qu'il comprenne la plus grande partie de son message ; il lui semblait qu'il s'agissait d'un résumé de l'Événement pour ceux qui n'avaient pu y assister. Auron vit la lune et tressaillit : il s'était endormi, et la nuit était tombée.

Un repas trop copieux alors qu'il avait tant à faire ! La conscience d'Auron l'éveilla plus vite que le pressentiment d'un danger imminent. Il entendit le martèlement des sabots – lointain, mais tout autour de lui. La forêt était devenue une cage aux innombrables barreaux.

Auron inspecta les espaces entre chaque arbre et commença à marcher lentement. Son imagination transforma les arbres en elfes qui brandissaient des lances, prêts à le frapper au moment où il se glisserait dans leur ombre. Quand les arbres se firent plus rares, il aperçut les points lumineux des feux de garde sur les collines en face de lui.

De tels efforts pour un si petit draque ! Des centaines d'hommes le pourchassaient, lui, un dragon sans la moindre réputation. Il dénombra neuf feux entre la forêt et l'à-pic ; il en vit d'autres derrière lui, le long de la crête sur laquelle il avait rencontré le premier chien. Il entendit des aboiements dans la forêt, ainsi que les craquements produits par les hommes qui se cognaient contre les branches.

Il sentait que la nuit était tombée depuis peu. Il disposait de plusieurs heures pour ramper entre les feux et escalader la falaise avant que les hommes découvrent qu'il avait franchi leur piège. Il entama son trajet lent et silencieux en direction de l'un des feux. Un tambour résonna soudain ; il fut pris de panique, puis se détendit finalement. Ce terrible vacarme était probablement destiné à le faire fuir vers l'ouest pour qu'il s'enfonce dans la vallée boisée. Auron distinguait de temps à autre des silhouettes humaines qui passaient devant le feu accompagnées de leurs chiens. *Maudite soit cette alliance entre hommes et chiens !* L'association du cerveau humain et des sens canins était redoutable.

Il aperçut sur sa droite l'un des chasseurs à haute coiffe de fourrure appuyé contre un affleurement rocheux. Une sentinelle. Le vent soufflait de l'ouest : il portait son odeur parallèlement aux feux, et non vers eux. Ce chasseur, en revanche, était directement sous le vent. L'homme semblait heureusement ne pas l'avoir senti ; Auron remercia le soleil pour son absence et pour cette faiblesse dont étaient affligés les humains.

La lueur des feux brûlait douloureusement ses pupilles dilatées par l'obscurité. Auron entendit un tumulte au-delà du crépitement des bûches enflammées, mais il pouvait s'agir de chevaux dans un enclos ou d'un troupeau de moutons. Il avait deux possibilités : se glisser dans la pénombre entre les feux, là où se regroupaient sans doute les humains, ou traverser l'une des surfaces éclairées en courant : il ne serait dans la lumière que quelques secondes. Auron opta pour la deuxième solution et s'arma de courage.

Un garçon qui portait sur son dos du bois pour le feu entra en chancelant dans la lumière. Il laissa tomber son fardeau avec un soupir et commença à disposer ses bûches. Les mouvements d'Auron pourraient être confondus avec ceux du garçon ; le draque tenta sa chance.

Quand le garçon tourna le dos, Auron monta la colline en courant vers le feu qui brûlait à son sommet. Le garçon aurait été une proie facile en d'autres circonstances, mais Auron passa près de lui en un éclair. Sur sa gauche, près du bûcher voisin, un chien se leva d'un bond et aboya, mais le draque avait déjà regagné la pénombre.

— *Niy ! Niy !* s'écria un homme.

Auron vit une forme accroupie se lever. Un cheval... non, un poney. L'animal sentit le draque, se cabra, fit demi-tour et s'enfuit.

Auron maintint son allure aussi longtemps qu'il le put ; son ventre trop rempli frottait contre le sol entre chaque foulée. Maudit soit son appétit ! Tandis qu'il franchissait d'un bond un mur de pierre qui longeait l'autre côté de la colline, un cor de montagnard lança son appel funèbre. Il changea de direction et courut sur le sommet du mur, espérant que ses poursuivants continueraient tout droit. La falaise était toute proche, mais Auron avança parallèlement à la montagne. Il s'arrêta quand il entendit les aboiements des chiens qui avaient trouvé sa piste et le martèlement des sabots derrière lui.

Il leva la tête pour observer la montagne. Elle se dressait comme si le monde avait été mis à la verticale. Autour d'elle, le ciel était rose pâle. L'aube, déjà ? Oui, l'été battait son plein et Auron se trouvait au nord, où les nuits étaient courtes.

Il n'y avait rien d'autre à faire qu'essayer. Il se tourna vers l'à-pic.

Quand Auron entendit derrière lui les aboiements des chiens et les cris des hommes il se figea, affolé.

Il se trouvait sur une saillie de pierre. Elle dépassait de l'un des rochers disséminés au pied de la falaise comme des pommes de pin tombées d'un arbre. Il les observa qui se rapprochaient. Des ombres se dessinaient dans la brume matinale : des hommes à cheval, à pied, des chiens en laisse ou libres de leurs mouvements, des garçons armés de frondes, la bouche pleine de cailloux. Pire encore, des archers aux grands arcs recourbés se tenaient sur les rochers de chaque côté, prêts à décocher leurs flèches dès qu'ils l'apercevraient.

Une meute de chiens l'avait trouvé ; il avait tué deux d'entre eux ; les autres avaient battu en retraite et se contentaient désormais d'aboyer. À présent, les cavaliers se rassemblaient. Il les entendait mais ne parvenait pas à distinguer leurs montures à travers le brouillard.

Les archers le tueraient sans doute et ses chances de survie diminuaient à chaque instant. Bientôt, des hommes armés de lances et d'épées feraient irruption entre les rochers. Pendant que les chiens se tenaient à distance, il se faufila vers la falaise, le nez pointé. Il enroulait puis dépliait son corps en passant de cachette en cachette comme une coulée de goudron. Il planta bientôt ses *sii* dans les fissures de la pierre. Il se mit à grimper et commença ainsi sa longue ascension.

L'un des archers cria :

— *Niy!*

… et une flèche rebondit contre un rocher tout près de lui. La crevasse qu'il escaladait se terminait à une douzaine de longueurs de corps au-dessus de lui. S'il pouvait l'atteindre, les archers auraient des difficultés à ajuster leur tir ; leurs arcs n'étaient peut-être même pas capables de projeter des flèches à une telle hauteur.

Il sentit un tiraillement au niveau de sa hanche et constata qu'une flèche avait transpercé la fine palmure qui reliait sa patte et son ventre. Ce n'était pas une flèche d'elfe mais une hideuse tige de bois noir à la pointe barbelée et à l'empennage rouge. Auron regarda en bas : deux archers se tenaient épaule contre épaule et parlaient entre eux du coin des lèvres tout en visant.

Auron entendit les cordes claquer et il se précipita dans une autre fissure. Il sentit les flèches passer avant qu'elles frappent la pierre à l'endroit où se trouvait sa poitrine quelques secondes auparavant ; leurs pointes d'acier firent jaillir des étincelles. Auron s'aplatit dans une ravine et brisa non sans douleur la flèche fichée près de sa patte. Si seulement il était un dragon cuirassé ! Il aurait alors des écailles sur son dos et, à une telle distance, ces assassins pourraient lui envoyer toutes les flèches qu'ils voudraient sans le moindre effet, à moins qu'ils le touchent à la gorge ou à l'œil. La fissure le protégeait des projectiles pour l'instant mais elle ne se poursuivait au-dessus de lui que sur une longueur de cou ou deux.

Une corde claqua ; il aurait été difficile de déterminer qui de l'archer ou d'Auron fut le plus surpris par ce tir. Le draque eut l'impression qu'un cheval lui avait décoché une ruade sur le flanc droit. Il lâcha prise et tomba de la falaise.

Auron se rétablit en plein vol et retomba sur ses pattes au beau milieu d'un groupe d'hommes armés de lances. L'un d'eux, coiffé d'un casque argenté, parvint à transpercer sa queue. Il le retint pendant que les autres s'approchaient pour le mettre à mort.

Auron cracha un arc de feu sur les fers de lance qui l'encerclaient et entendit alors des cris plus sonores que le rugissement de ses flammes. Il se retourna pour mordre l'homme qui maintenait son arme plantée dans sa queue. Ce dernier leva un avant-bras protégé par un bracelet, sur lequel Auron referma tout de même ses mâchoires ; l'homme lâcha prise. Auron lui laboura les jambes puis bondit au milieu des rochers avant que les autres le frappent par-derrière.

Il se faufila entre les pierres et la paroi de la montagne

en veillant à ne pas cogner contre un rocher la hampe de la flèche plantée dans son flanc. Le draque laissait derrière lui une traînée de sang et le savait. Les cris d'un homme à l'agonie lui procurèrent une sinistre satisfaction. Il était à bout de souffle, épuisé, mais content. Il était peut-être piégé, mais il avait emporté sa part de chasseurs et de bêtes.

— Dragon ! cria une voix en parl dans un rugissement tonitruant digne d'un ours. Dragon ! Sors et viens m'affronter. Amène feu, dents et griffes, immonde créature.

Immonde créature, bien sûr! pensa Auron. Même ruisselante de sang, sa peau était plus propre que celle de ces hommes graisseux et de ces chiens grouillants de puces qui le poursuivaient.

— Engeance démoniaque ! Fléau des femmes de leurs fils et de leurs filles ! Tu as un homme devant toi et non plus un enfant. Viens et essaie de me vaincre !

La voix venait d'au moins dix longueurs de corps derrière lui, quelque part parmi les rochers. Le chasseur verrait bientôt la traînée sanglante. Il valait mieux le distraire.

Auron baissa la tête et s'efforça d'imiter la voix de son père du mieux qu'il pût.

— Envoies-tu parfois des lances, humain, ou seulement des insultes ? demanda-t-il en parl.

Il fit de son mieux pour racler ses *griffs* aussi fort que le ferait un dragon ailé.

— Byltzarn est mon arme, « la lance blanche de la foudre » dans cette langue, et Dunherr est mon épée, « le fil du tonnerre ». Celui qui les porte est connu comme Drakossozh, le Dragonneur. Entends mon nom et abandonne tout espoir car je chasse ton espèce dans toutes ces collines !

La voix s'éloigna de la paroi de la montagne. Auron entendit qu'elle échangeait des paroles avec une autre voix en langue humaine.

Il tendit le cou autour d'un autre rocher.

— De bien nobles titres. Tue-moi aujourd'hui et tu les mériteras.

— Je ne ferai que rendre justice, tueur d'enfants. C'est un été mémorable pour moi. J'ai tué deux dragons qui harcelaient les nains de la Roue de Feu sur les rives du Haut Lac : un grand bronze et une jeune femelle. Je suis tes traces depuis la côte, quand tu as tué dans le village de Sarsmyouth, puis massacré des vieillards et des jeunes hommes qui ne voulaient que nourrir leurs familles. « Les dettes de sang se règlent sans attendre » comme le disait Odlon, mon aïeul.

Auron se figea contre sa pierre. Il ne pouvait s'agir que de Wistala et de père ! Sa poche à feu se remplit tandis que ses cœurs se glaçaient. Il entendit des pas lourds résonner au milieu des rochers et aperçut finalement Drakossozh, un homme de haute taille, bâti comme un bœuf. Le Dragonneur arborait un heaume argenté surmonté de deux ailes recourbées qui se rejoignaient comme deux croissants de lune au-dessus d'un masque facial orné de pointes. Sa lance brillait d'un éclat blanc même au sein du brouillard matinal. La poignée de son épée avait la forme d'une gueule de dragon ouverte ; la large lame de Dunherr ressemblait ainsi à la langue de cette créature : elle se terminait par deux pointes jumelles. L'armure d'écailles du chasseur était également calquée sur la cuirasse d'un dragon – mais si elles étaient authentiques, un artisan les avait polies et taillées pour en faire une œuvre d'art. Il portait une écharpe rouge jetée sur l'épaule sur laquelle étaient brodés des idéogrammes humains en une série de points blancs ; elle était attachée à la poignée de son épée.

Auron frappa avec force de sa queue blessée l'autre côté du rocher derrière lequel il s'abritait. L'homme se retourna brusquement, mais seule une petite partie de la tête et du cou d'Auron était à découvert. Il observait le Dragonneur d'un œil légèrement entrouvert.

— Créature, seras-tu aussi féroce avec un homme armé que tu l'as été avec une enfant à peine capable de marcher ?

Le heaume hérissé de piques tournait dans tous les sens ; Drakossozh bougeait davantage comme une girouette que comme un être vivant.

Auron se retrouva face à lui ; il tendit le cou et vomit un jet de flammes. L'homme mit son coude cuirassé devant les fentes de son masque et s'agenouilla derrière un autre rocher mais il était trop tard. Le feu d'Auron l'enveloppait en une cascade de liquide jaune orangé. Épuisé et endolori, Auron emplit d'un air saturé de fumée son poumon intact et quitta l'abri du rocher.

Il vit une colonne de feu s'élever. Les flammes glissaient sur l'armure du Dragonneur comme l'écume sur la carapace d'une tortue. L'homme avait réussi à survivre. Drakossozh se rua vers lui, la lance brandie, prêt à tuer.

— En brûlant cette écharpe, tu as détruit par le feu les noms brodés des hommes de Sarsmyouth que tu as tués, mais je ne les ai pas oubliés : Tirea, la petite fille, Guldan, le pêcheur…, récita-t-il en abattant son épée.

Auron passa sous la lame et se glissa entre deux rochers. Il brisa au passage la flèche fichée dans son flanc. Et un éclair de douleur rouge le parcourut. L'homme abattit de nouveau son épée quand Auron se mit à courir, étouffé par le sang et la souffrance ; le draque eut l'impression qu'on lui avait marché sur la queue. Il ne s'attarda pas et bondit sur une autre pierre. Une flèche passa juste au-dessous de sa gorge.

Le Dragonneur poussa un cri et Auron aperçut des casques argentés et des fers de lance surgissant au milieu des rochers. L'homme bondit sur la plus haute des pierres aussi prestement qu'un elfe en dépit de son armure fumante et continua à hurler des ordres que les archers exécutèrent. L'un d'eux décocha une flèche enflammée en direction d'Auron. Elle frappa un arbre et s'embrasa, projetant des étincelles qui sifflèrent en tombant sur la pierre mouillée par la brume.

Chaque inspiration était un supplice et Auron cessa de courir pour reprendre haleine. Un montagnard souffla dans son cor et Auron aperçut plusieurs lances pointées dans sa direction. Il remarqua avec une certaine lassitude qu'un bon tiers de sa queue avait été tranché.

— Mais tu vaux à peine qu'on te dépouille ! s'exclama Drakossozh en riant. Ces pêcheurs ont fait le portrait d'un monstre marin d'une taille et d'une férocité hors du commun. Lorsque j'ai trouvé une de tes dents, je me suis posé des questions. Une fois de plus, j'avais raison.

— Est-ce que tu terrasses toujours les dragons en les assommant de paroles ? demanda Auron.

Parler accrut encore la douleur.

— Non, mais quand tu périras, j'aurais alors tué un dragon de chaque couleur, noir excepté. Ce soir, il y aura un grand festin et de nombreuses danses pendant que tu tourneras sur une broche. Sans ta tête, car j'aurais pris mon trophée.

Auron songea un instant à balancer son cou pour se fracasser le crâne sur un rocher, mais il se tourna finalement pour que l'homme essaie de prendre sa tête. Il poussa son meilleur rugissement de dragon qui ne fut ni très sonore ni très féroce et qui s'acheva en une quinte de toux quand il cracha du sang.

— Tes hommes t'attendent. Ils n'ont pas l'air trop pressés d'avancer, dit le draque.

Tous l'encerclaient mais aucun d'eux ne lançait son javelot ou ne décochait une flèche.

Le Dragonneur descendit d'un bond de son poste d'observation et s'approcha d'Auron à grands pas. Des filets de fumée s'élevaient encore de son armure. Les montagnards lui emboîtèrent le pas ; ils tenaient leur piolet à deux mains.

Des chevaux hennirent à quelques mètres et sortirent soudain de la brume au galop. Auron leva la tête et tenta de distinguer quelque chose à travers ce brouillard qui avait changé le paysage en un ballet d'ombres. Un garçon avec une torche à la main courait au milieu des bêtes ; il jetait des regards effrayés par-dessus son épaule. Deux chiens qui traînaient leur laisse derrière eux se précipitèrent au milieu des rochers, la queue entre les pattes. Dans la brume, plusieurs paires d'yeux luisantes reflétaient la lumière.

— Longfeu ! Longfeu ! hurla une voix. Dis-moi que tu vis encore ou j'ouvrirai la gorge de chaque homme, chien ou cheval. Réponds, ô bon loup !

C'était Fortnoir. Auron sentit ses cœurs battre à tout rompre.

— Fortnoir ! Mon frère ! hurla-t-il du mieux qu'il put.

Le Dragonneur leva sa lance mais un montagnard aux cheveux blancs l'arrêta en posant la main sur son épaule.

— Monsieur, dit-il en parl, ce sont les cris des loups qui appellent la bête, et les chiens gémissent de peur. Regardez de l'autre côté des rochers. Il y a quelque chose de magique chez ce dragon qui les attire.

Des groupes de loups au pelage détrempé par la rosée s'amassaient comme une marée grise à la limite des éboulis. Leurs oreilles frémirent et ils retroussèrent les babines pour dévoiler des rangées de dents blanches et brillantes. L'Événement gronda comme un seul loup, un son qui aurait pu figer jusqu'à la sève des arbres.

— Je vous en prie, laissez filer la bête, supplia le montagnard. Il ne reste presque plus d'hommes dans les villages ; si les loups se déchaînent, ce sera la fin de ma vallée. Cessez cette traque.

— Laissez partir le dragon ! ordonna le Dragonneur.

Il ôta son heaume, révélant une peau qui semblait aussi épaisse que l'écorce d'un chêne centenaire. Ses yeux verts, durs comme l'acier, étaient entourés de boucles couleur rouille qui grisonnaient au niveau de ses tempes. L'homme dévisagea Auron.

— Mais cette chasse se poursuivra. Un autre jour.

Auron inspira bruyamment.

— Qu'il en soit ainsi, dit-il.

Il fit demi-tour et se dirigea vers les loups en boitant.

Quand la nuit commença à tomber, Fortnoir vint frotter son nez contre celui d'Auron.

— Je n'ai pas aimé le tour que prenaient les choses après ton départ. Mon cœur et ma conscience me tourmentaient. Il y avait des hommes à cheval partout, mais l'affront suprême, ce fut ces chiens avec leur collier qui couraient en liberté dans nos forêts et effrayaient le moindre élan, le moindre caribou à des lieues à la ronde. Ces bêtes eurent le toupet de marquer au moins un tiers des arbres, comme si les bois leur appartenaient. J'ai appelé l'Événement, et j'ai découvert que les mêmes outrages avaient été perpétrés des Trois Rivières jusqu'aux cols glacés. Les hommes font ce qu'ils veulent dans leurs champs et leurs prairies mais dans nos bois, c'est autre chose. L'Événement à décidé de leur donner une leçon et nous savions que là où tu serais, nous trouverions les hommes. Nous les avons cernés dès qu'ils ont commencé à t'encercler.

L'Événement s'était depuis dispersé et les Hurleurs de l'Aube se trouvaient sur un îlot entouré de marécages. Même un renard n'aurait pas pu suivre leur piste.

— Sans toi, je serais en train de tourner sur une broche, mon frère. Le bon loup que je suis t'est reconnaissant, dit Auron.

Clairesage léchait les plaies sur son poitrail et Finétoile son moignon de queue.

— Il devait en être ainsi, dit Fortnoir. Reste avec nous quelque temps dans les forêts des Hurleurs de l'Aube.

— Bientôt je ferai tellement de bruit que tous les cerfs

à des lieues à la ronde s'enfuiront. Ce ne sera pas très bon pour la chasse. Et n'oublie pas mon odeur.

— Elle empire de jour en jour, admit Fortnoir. Tu empestes comme les chandelles en suif des humains. Comment peux-tu te supporter ?

— « Un dragon ne connaît ni sa force ni son odeur », cita Auron.

— Un autre proverbe ? Les dictons des dragons n'ont rien de pratique. À ce propos, les humains auraient mieux fait d'apprendre un ou deux adages de loup. « Prends garde où tu lèves la patte », par exemple.

Auron éclata de rire à la manière des loups et toussa de nouveau du sang. Mais très peu.

Chapitre 12

Six jours de pluie plus tard, Auron suivait la route qui descendait vers le sud en se répétant les paroles de Fortnoir : « Il n'en a peut-être pas l'air dans cette partie de la forêt, mais vers le sud ce chemin en rejoint un autre venu de la côte et devient alors une route très ancienne, même pour les hommes ; elle était là avant les loups. C'est le chemin le plus court vers les terres du Sud. »

Auron avait décidé de ne pas tenter une autre ascension. Il avait le souffle court à cause de cette blessure à la poitrine et sa faim avait décuplé. De plus, les hommes du Dragonneur grouillaient sur les versants ouest des montagnes comme des fourmis sur un melon trop mûr. Il tenterait sa chance au sud avant d'essayer de traverser les montagnes une fois de plus.

Le loup avait raison : le chemin n'avait pas fière allure. Il s'agissait de deux ornières parallèles qui serpentaient entre les souches d'arbre et les collines bordées d'herbes sauvages aplaties. Des bornes de pierre le jalonnaient à intervalles irréguliers, penchées comme des dents déchaussées. Ceux qui avaient tracé cette route savaient ce qu'ils faisaient : elle traversait les coteaux et elle était surélevée par des talus dans les creux du terrain ; les vestiges de ponts en pierre se dressaient encore à côté des gués désormais utilisés. En quelques endroits, l'eau et le vent avaient chassé la terre et les détritus et découvert les pierres. Ceux qui avaient construit cette route avaient dû abattre une montagne entière pour cela.

Le draque voulait fuir Drakossozh et ses hommes qui se trouvaient encore dans ces terres entre la côte et les montagnes ; les loups avaient dit que cette route lui permettrait de s'éloigner rapidement. Il pourrait tenter de traverser les montagnes quand elles seraient moins élevées, vers le passage où il était né. Il longea le chemin tout en restant sous le couvert des arbres. Quand il serait sorti de la forêt, il lui faudrait contourner les villages, ce qu'il pourrait faire à la nuit tombée.

Si le Dragonneur était toujours à ses trousses, il le chercherait au cœur du territoire des loups et non dans des contrées habitées par les hommes. Ses plaies étaient maintenant des cicatrices mais son poumon n'avait pas complètement guéri : après avoir parcouru de courtes distances, il était à bout de souffle et avait besoin de faire un somme.

Ses parents lui avaient dit que les draques erraient sans but, mais Auron en avait un. Il trouverait NooMoakh et saurait quelle était la faiblesse secrète dont Œilnoisette avait parlé. Le Dragonneur et ses semblables en tiraient sûrement profit pour éradiquer les dragons dans les montagnes. Peut-être pourrait-il surmonter cette faiblesse comme il l'avait fait avec son absence d'écailles – jusqu'à présent ! Quand le serait venu pour lui de s'accoupler, il l'enseignerait alors à sa couvée.

Il ne rencontra qu'un seul groupe qui remontait la route vers le nord : des hommes encapuchonnés et chaussés de sandales qui marchaient dans la forêt à la suite d'un cavalier vêtu de la même façon et qui beuglaient une chanson de route. Auron ne leur aurait pas prêté grande attention s'il n'avait pas aperçu sur la calotte du cheval un emblème qu'il connaissait bien : un petit homme au centre d'un cercle doré. Auron s'éloigna aussi vite qu'il le pouvait sans être remarqué. Ce symbole ne lui avait apporté jusqu'à présent que des ennuis. Autant s'en tenir le plus loin possible.

Un ou deux cavaliers descendirent vers le sud ; Auron veilla à rester sous le vent par rapport à la route pour éviter d'effrayer les chevaux et d'alerter ainsi les hommes. Il se nourrit dans les innombrables petites rivières qui descendaient toutes des montagnes, vers l'ouest, pour se diriger vers la lointaine côte. De nombreux poissons gras et goûteux se démenaient pour remonter le courant et mouraient sur les rives ; leur chair rouge était la bienvenue. Il apprit en observant un ours comment attaquer les ruches ; sa peau ne le protégeait peut-être pas des flèches mais elle était à l'épreuve des piqûres. Il n'apprécia le miel qu'à petites doses : après en avoir avalé plusieurs gorgées – et quelques insectes croustillants au passage – il laissa les abeilles à leurs bourdonnements indignés.

Il pleuvait encore quand il aperçut le nain marchand.

Auron dormait sous la pluie. Il gardait un œil ouvert, abrité par sa paupière transparente, et son ventre pressé contre la boue à l'agréable tiédeur dans un fossé rempli par le trop-plein d'eau. Il vit une charrette rouge et dorée et une file de poneys qui avançait le long de la route en direction du sud. La charrette était tirée par deux chevaux. C'était un curieux véhicule, trop gros pour être une simple carriole, mais trop petit pour une roulotte. Un nain tenait les rênes, bien au sec sous une bâche qui s'étendait depuis l'arrière couvert de la charrette. Les poneys, l'air maussade, suivaient en portant des charges harnachées sur leur dos. Le nain parlait tout seul et maugréait ; ses paroles étaient étouffées par un masque en cuir clouté.

Ce nain n'était pas équipé pour la guerre : Auron n'aperçut ni hache ni lance. Il portait des vêtements marron à la coupe simple : une veste croisée fermée par des boutons métalliques, un pantalon en cuir auquel ses bottes étaient cousues – à moins que ce soient ces dernières qui remontaient particulièrement haut sur ses culottes. Il n'était pas coiffé d'un casque mais d'une calotte de cuir informe et dépourvue de bord.

Auron ne saurait jamais dire avec certitude ce qui le conduisit à agir comme il le fit. Les chevaux étaient tentants, mais il était loin d'être affamé. Ce ne fut donc pas son appétit. S'il avait voulu tuer, il ne se serait jamais planté au milieu de la route pour se dresser sur ses pattes arrière.

Le nain tira sur ses rênes en criant :

— *Pogt!*

Il ne s'empara pas d'une arme, mais d'une bourse et lança une poignée de pièces en direction d'Auron, vers le bois.

Quelque chose dans ce mouvement attira le regard du draque. Il observa les pièces avant de se retourner vers le nain qui avait saisi son fouet, prêt à lancer ses chevaux au galop une fois qu'Auron aurait quitté le milieu de la route.

— Des pièces, dragon… là-bas ! De l'argent ! cria le nain en parl. Une pleine bouchée, au moins !

Auron darda sa langue et renifla les chevaux.

Le nain fouetta ses bêtes. Celles-ci firent quelques pas en avant, puis reculèrent quand elles sentirent Auron. Elles protestèrent avec des hennissements haut perchés.

— *Klatta buggak!* cria le nain.

Auron aperçut le blanc de ses yeux à travers les fentes du masque.

Il se remit à quatre pattes et entreprit de se curer une oreille. Ce nain ne voyait-il pas que ses collerettes n'étaient pas déployées ?

— Eh bien, créature, que veux-tu ? Me voler ? Je transporte des marchandises, pas de l'or. (Auron sortit une tique de son conduit auditif. Le nain se leva de son siège.) Tu veux me tuer ? Je ferai un bien piètre repas et j'ai de nombreux frères prêts à me venger. Je suis un maître au sein de la compagnie du Diadème. (Le nain tira une chaîne de sa chemise – un pendentif en argent en forme de losange y était suspendu.) Si tes géniteurs t'ont quelque peu éduqué, je suis sûr qu'ils t'ont déconseillé de nous contrarier.

—Je ne veux ni te voler ni te tuer, mais te demander une faveur.

Le nain poussa un grognement évasif, puis décida de rajuster sa calotte sur sa tête.

—Une faveur ? Une faveur ? Quelle faveur puis-je accorder à un jeune dragon ? Moi, un pauvre nain au service de ma compagnie.

Auron passa sous son collier la griffe qui jusque-là sondait son oreille.

—Ce souvenir. Je veux m'en débarrasser. Avant de grandir… de manquer d'air… et de m'étouffer.

Auron espérait qu'il serait compris malgré la lenteur de son parl et la structure étrange de ses phrases.

—Mmmmpff, répondit le nain.

Il sauta de sa charrette et s'approcha d'Auron d'un pas lourd.

—Tu as éveillé ma curiosité. Un dragon avec un collier. Cela dit, je suis jeune et je ne connais pas très bien ce monde. J'étais l'apprenti d'un mineur, vois-tu. Ce n'était pas une vie riche en nouvelles expériences.

Auron leva la tête et regarda les mains du nain.

Ce dernier souleva le collier.

—Du travail d'humain. Autant de talent que dans un tas de *chite*. Suis-moi. Il y a un vieux pont plus loin, je comptais établir mon campement dessous et y faire un feu.

—Je ne peux pas t'offrir beaucoup en retour, peut-être une chasse ou deux. Quel gibier aimes-tu ?

—Voilà le marché : rassemble toutes les pièces que j'ai jetées, n'en mange aucune, suis-moi et rends-les-moi. Je m'occuperai de ton « souvenir ».

Auron trouva les pièces en fouillant l'herbe de son museau – il sentait facilement les métaux précieux, même s'ils ne lui faisaient aucun effet – et les transporta dans sa gueule, à bonne distance derrière le nain et ses bêtes.

La route descendait puis tournait pour atteindre un pont brisé et une ravine creusée par une rivière. Le pont se dressait jadis au-dessus des saules qui poussaient sur la berge ; en dehors de la première arche, il ne restait désormais plus que ses piliers. Le nain tira sa charrette à l'abri et déchargea ses bêtes.

Quand Auron le rejoignit, le nain caressa ses chevaux paniqués et les apaisa en murmurant doucement. Il bloqua les roues de son véhicule avec des pierres, mit en place des cales en bois pour le maintenir droit et libéra les bêtes qui le tiraient. Il détacha ensuite de la charrette les poneys et les attacha à côté de la route plus récente, près de la passerelle qui avait remplacé le pont. Il tira profit d'un des piliers en pierre de l'édifice pour les protéger de la pluie et du vent. Quand les bêtes se mirent à mastiquer le contenu de leur musette, il revint vers Auron en essorant son couvre-chef. Le draque remarqua les lanières qui maintenaient son masque en place, et sa chevelure épaisse et laineuse.

Son compagnon remit sa calotte en place.

— Quelle région ! Quand il ne pleut pas, il neige, dit le nain en ouvrant l'arrière de sa charrette.

À l'intérieur étaient accrochés des coffres garnis de rangées de petits tiroirs, des jarres de verre avec des bouchons en cristal, des outils ainsi que des ustensiles de cuisine et de quoi dresser un campement.

Auron recracha les pièces.

— Je ne connais ces contrées que depuis une lune ou deux, répondit Auron.

— Vraiment ? Ça ne m'étonne pas. Les dragons ne restent pas longtemps dans le secteur. Les hommes les tuent tous, c'est ce qu'on m'a dit en tout cas.

— J'ai rencontré des chasseurs.

— Alors tu es encore plus chanceux que je le pensais. C'est une bonne idée d'aller vers le sud.

Le nain trouva un marteau et un objet en métal plat.

— J'essaie de franchir les montagnes. Je voudrais aller loin vers l'est et trouver d'autres dragons.

Le nain leva son visage masqué vers lui, s'arrêta un instant, puis plaça l'objet métallique sur le collier d'Auron.

— Alors…, dit-il.

Auron l'observa du coin de l'œil ajuster le collier. Il n'aimait pas qu'un hominidé lui touche le cou. Le draque entendit et sentit tout à la fois un coup sec, et le collier tomba à terre, grand ouvert.

— Jeune dragon, ta faveur t'a été accordée par Djer du Diadème. Préfères-tu les saucisses à l'or ?

— Je suis Auron, fils d'AuRel. Je n'ai jamais mangé de saucisses, mais je n'ai aucun goût pour les pièces.

— Ma connaissance des dragons est plutôt limitée, dit Djer le nain marchand tout en construisant un monticule de petit bois. Tu n'es que le deuxième qu'il m'ait été donné de voir au cours de mes voyages ; l'autre se trouvait bien loin, et bien haut. J'ai pourtant appris que lorsqu'on se retrouve piégé par un dragon, lui offrir des pièces à manger peut vous sauver la vie. N'est-ce qu'une légende ?

— Non, c'est la vérité. Je n'ai pas d'écailles. Les dragons pourvus d'écailles mangent le métal. Il se transforme en cuirasse. Comme ils perdent leurs écailles de temps à autre, ils amassent des richesses pour que leur cuirasse reste saine.

— Aahhh ! Ainsi il y avait du vrai dans une légende que l'on m'a contée, pour une fois. Un dragon qui n'a pas de goût pour l'or, c'est ça ? Attends un instant, Auron, et partage mon repas avant de partir. Je n'ai jamais parlé à un dragon.

Auron se rendit compte qu'il aimait être appelé « dragon », même si la plus stupide des mésanges pouvait voir qu'il n'avait pas d'ailes.

— Je n'ai jamais parlé avec un nain, même si j'en ai

déjà rencontré. C'étaient des nains de la Roue de Feu et ils étaient en tenue de combat.

Djer s'essuya les mains sur un morceau de cuir pendu à sa ceinture.

— Dans la compagnie, nous ne les avons pas en très haute estime. Nous préférons gagner nos richesses plutôt que de tuer pour les obtenir. Nous n'avons rien à voir ni avec les nains de la Roue de Feu ni avec leurs guerres. C'est une façon stupide et dangereuse d'accomplir une tâche simple. À ce propos, nous ne sommes pas très loin de leurs terres.

Auron tenta de refréner son excitation et choisit soigneusement ses mots :

— Y a-t-il d'autres dragons dans les environs ? Un bronze peut-être, qui aurait affronté la Roue de Feu ?

— Je vois. Une vengeance.

Le nain alluma son feu.

— Je t'en prie.

Auron avait prononcé ses mots avec difficulté.

— Non. Je sais que le Dragonneur a passé un certain temps ici... l'été dernier, je crois, pour chasser l'un de tes semblables. Un bronze, à ce que m'a dit un trappeur.

Auron regarda les flammes des branchettes lécher un plus gros morceau de bois. Ainsi, ce qu'avait dit le Dragonneur n'était pas une fanfaronnade destinée à intimider un jeune dragon.

Djer sortit une poêle à frire. Auron lui fut reconnaissant de son silence. Au fur et à mesure que la nuit tombait, le feu se découpait sur la berge plongée dans les ténèbres. Djer jeta une cuillerée de saindoux à l'odeur délicieuse et des saucisses dans la poêle et elles se mirent bientôt à crépiter. Pendant toute l'opération, il ne cessait de marmonner en nain comme s'il se querellait avec l'acier brûlant et son contenu.

Quand les saucisses furent prêtes à être retournées, il parla de nouveau à Auron.

— Laisse-moi te dire une chose au sujet des nains, jeune dragon. Chez nous, ta parenté détermine ton avenir, à moins de te tuer à la tâche. Je ne suis même pas né dans une famille de mineurs, mais d'excavateurs. Mon père et ses aïeux n'étaient que de simples perceurs de tunnels. Il a donné tout ce qu'il avait pour que je sois l'apprenti d'un mineur et j'ai passé de dures années à travailler deux fois plus pour pouvoir investir dans la compagnie à mon âge. J'ai renoncé au tabac et à la bière, j'ai mangé du pain rassis pour économiser. (Le nain soupira.) Et pourtant je ne progresserai pas au sein de la compagnie si je ne travaille pas toute ma vie derrière ces chevaux, dans des contrées désolées – et ces paysages commencent à me lasser – à moins de faire quelque chose de spécial pour la compagnie.

Auron vit ses yeux briller sous son masque.

— Tu m'as dit que tu voulais aller vers l'est ? demanda le nain.

— Oui.

— Chaque année une caravane de marchands voyage vers l'est en traversant le col au sud de ces montagnes, les steppes et le royaume des Pieds de Fer. Il y a dans le Grand Est des épices, du bois de construction, des tissus et des métaux qu'on ne trouve pas autour de l'océan Intérieur. Cette caravane est la base de la compagnie. Aimerais-tu voyager avec moi ?

Il sortit les saucisses de la poêle avec une fourchette et en lança une à Auron. Elle brûla sa langue sensible mais se révéla admirablement goûteuse, encore meilleure que le cheval rôti par les flammes que père avait rapporté dans la caverne.

— Tu fais ce voyage chaque année ?

— Ah ! Non. Je ne suis pas assez important. Mais si je viens avec un dragon, ils m'accepteront, c'est sûr et certain.

— En quoi un dragon changerait ça ?

Auron crut distinguer une lueur derrière le masque de cuir quand le nain tira sur sa barbe.

— Te rappelles-tu ce que je t'ai dit sur l'argent ? Nous payons pour voyager vers l'est au lieu de nous battre avec les Pieds de Fer. Nous soudoyons quelques personnes. Engageons des gardes. Une voiture est consacrée au transport des fonds que nous utilisons pour payer ces dépenses. D'ordinaire, nous recrutons quatre forts guerriers pour la surveiller, ce qui nous revient très cher. C'est drôle, la confiance coûte plus que les muscles. Un dragon conviendrait mieux, et ce serait l'idéal pour toi. Tu n'auras rien à faire d'autre que voyager avec le trésor et avoir l'air redoutable chaque fois que nous l'ouvrirons pour payer les rois des steppes. Tu mangeras bien et voyageras très confortablement. Qu'en dis-tu, Auron ?

Djer termina une saucisse et en lança une autre à Auron.

— Réponds d'abord à une question, dit Auron.

— Je ne peux rien dire sur les secrets de la compagnie.

— Ce n'est pas ça. Pourquoi les nains cachent-ils leur visage ?

Djer éclata de rire.

— C'est en partie une coutume pour impressionner les étrangers, mais il y a une vraie raison.

Djer se détourna du feu, ôta sa calotte et passa la main derrière sa tête. Il enleva son masque et se tourna vers Auron. De grands yeux limpides qui ressemblaient à ceux d'une chouette le regardaient, à moitié dissimulés par d'épais sourcils. Une barbe en bataille... Auron écarquilla les yeux et regarda encore. La barbe du nain luisait faiblement, comme la mousse dans la caverne de ses parents. Elle était parsemée de petites particules de poussière de cuivre étincelantes.

— Ta barbe... est lumineuse.

— C'est une sorte de mousse. La plupart des nains l'entretiennent en l'aspergeant d'eau douce tous les matins.

Les plus riches que moi ajoutent de l'or, de l'argent ou même des pierres précieuses pour accentuer cette lueur. C'est très utile quand tu es dans un tunnel obscur. La lumière du soleil la tue – et fait mal aux mirettes, en plus. Alors, qu'en dis-tu, dragon ? M'aideras-tu à gagner de la poussière d'or pour ma jeune barbe ?

Djer lui lança une nouvelle saucisse à peine sortie de la poêle.

— Dis-moi, demanda Auron au bout d'un moment. Y aura-t-il beaucoup de saucisses pendant ce voyage ?

Auron voyagea à l'arrière du chariot de Djer roulé en boule sur le plancher, le ventre bien rempli, à l'abri du vent et de la pluie. Si c'était là tout ce qu'il aurait à faire pour voyager vers l'est, il serait heureux de s'asseoir sur les sacs d'or des nains.

Après mure réflexion, Auron avait décidé de prendre ce chemin vers l'est. Aux dernières nouvelles, le Dragonneur sillonnait les terres entre la côte et les montagnes à sa recherche. S'il s'attardait trop, l'homme le retrouverait.

Auron voulait rencontrer NooMoakh et découvrir quelle était la grande faiblesse des dragons. Les hominidés l'exploitaient peut-être pour les tuer. Son père avait évoqué d'un ton sinistre la disparition des dragons de la surface de la terre. Combien de fois le drame de sa famille avait-il été répété dans ces montagnes ? Combien de dragons massacrés dans leurs cavernes ? Si Œilnoisette avait découvert une faiblesse qui donnait un avantage à ces assassins, il voulait la connaître, lui aussi. Ainsi, d'autres familles de dragons ne connaîtraient pas le destin de la sienne. NooMoakh vivait dans un lieu où les dragons atteignaient leur maturité puis le grand âge, peut-être même une contrée dans les plaines désertiques, loin de ces meurtriers. Il trouverait au moins la sécurité et d'autres dragons qui vivaient et chassaient en paix.

— Nous approchons d'un village, annonça Djer. Ne bouge pas. Je n'ouvrirai la charrette que s'il n'y a personne autour. Je vais peut-être devoir m'affairer un peu : quand on voyage avec toi, la viande part vite.

— Un village d'humains ?

— Quoi d'autre ? Ils se multiplient comme des lapins et voyagent comme des loups.

Auron se glissa sous une bâche et ramena sa queue raccourcie sous lui. La petite maison sur roues rebondissait sur ses suspensions alors qu'elle approchait du village et franchissait de plus en plus d'ornières sur la route.

— Oh oh ! s'écria une voix lente au milieu de la route. Ce serait pas le nain errant ?

— Tu essaies encore de transformer de vieilles peaux en argent neuf, Djer Hautebotte ? ajouta une autre, plus amicale.

Auron entendit Djer se lever de sa banquette et il se représenta le nain en train d'ôter sa calotte.

— Bon après-midi, messieurs, bon après-midi. Je vois que les manières des hommes d'Irr-sur-Eauxmortes sont plus accueillantes que jamais. Pourquoi cette lance, Gule le Jeune ?

— Un dragon a été aperçu sur cette route au nord du pont aux trois arches. Drakossozh lui-même est à la recherche de cette bête. Chose curieuse, il te cherche toi aussi. Il semblerait que son armure ait pris feu lors d'un combat contre une de ces créatures.

— Ah, je m'en souviens ! Un bien bel ouvrage. Bien, bien... j'aurais d'ordinaire pu l'attendre pendant un mois, mais je dois retrouver la Caravane.

— Le thane nous a ordonné de te donner à manger, à boire et du fourrage pour tes bêtes pendant que tu attendras Drakossozh. Tu es le seul nain dans les environs.

— À qui la faute ? Au thane et à ses décrets qui stipulent que « l'argent des hommes paiera les produits des hommes », à vos prêtres qui interdisent les liqueurs et les vins des nains et à ce satané emblème de sorcier sur le linteau de chaque boutique qui signifie que je me ferai rosser si j'ai le malheur d'en franchir la porte. La compagnie installerait un artisan nain dans votre village si vous lui permettiez d'avoir une clientèle. Vous devenez comme les Barbares. Je suis allé dans le Nord depuis la fonte des neiges et je n'en rapporte que de quoi charger six poneys.

— Les nains ne se lassent jamais d'accuser les autres de tous leurs maux, dit la voix lente, comme si elle parlait une langue étrangère.

— Ah ! occupez-vous de vos affaires et laissez-moi m'occuper des miennes, répondit Djer.

— Tu vas attendre le Dragonneur si tu veux être dans les bonnes grâces du thane.

— Le thane me laissera passer s'il veut être dans les bonnes grâces du Diadème. Je poursuis mon voyage.

Auron sentit que la charrette se remettait en route. Djer fit trotter ses chevaux et les cahots ne cessèrent qu'après une rude heure de route. Djer fit glisser un panneau de bois derrière la banquette du conducteur ; Auron aperçut pour la première fois une arme dans le véhicule, une massue robuste que le nain prit dans un compartiment dissimulé derrière la planche.

— Des ennuis ? demanda le draque. Ils t'ont suivi ?

— Des ennuis, oui, mais pas derrière. Devant. Regarde discrètement.

Auron jeta un regard par-dessus l'épaule de Djer. Il aperçut une file d'hommes aux vêtements sales et quelques jeunes garçons dégingandés qui avançaient péniblement en rangs serrés plus haut sur la route. Un homme qui menait son cheval à pied ouvrait la marche. Il portait un bouclier et une épée, mais les autres hommes n'avaient que des gourdins, des bâtons ou des houes. Auron avait déjà rencontré un tel cortège sur la route, plus au nord.

— Gare, nain ! Sors de cette route ! cria le chef en parl. (Il arrêta les hommes en agitant son bouclier) Nous sommes de braves hommes à pied et nous n'allons pas nous pousser pour faire plaisir à un sale nain en voiture !

Djer ne dit rien mais fit claquer sa langue et fit bouger ses chevaux pour que les hommes aient la place de passer. Il ferma le panneau de bois, bouchant ainsi la vue à Auron.

— Il y a suffisamment de place pour partager cette route, dit Djer. Assez pour nous tous.

— Va de l'autre côté. Ici, tu es dans le vent par rapport à nous.

Auron sentit que la charrette s'arrêtait ; les outils suspendus se balancèrent sur leurs crochets.

— Je n'irai pas plus loin, annonça Djer. Si vous ne voulez pas que je sois dans le vent, passez de l'autre côté. Je ne bougerai pas.

Il y eut un silence.

— Écoute-moi bien, nain. Va vers le sud et ne reviens jamais. Vous n'êtes pas très appréciés ici. On n'aime pas les nains qui viennent s'installer. Vous êtes chez les hommes ici.

— Mes cousins des montagnes seront surpris de l'apprendre. Ils étaient là avant que soit posée la première pierre d'Hypat.

— Ne réponds pas à un officier, nain ! hurla en parl une voix inconnue.

— On va renverser sa charrette !

— *Ouais ! Ouais !* hurlèrent en cœur d'autres voix.

Auron entendit un martèlement de pas et les cris de Djer. La charrette fut soulevée, et Auron fut secoué dans tous les sens, ainsi que les marchandises. Il s'écrasa contre le bord du véhicule et une pluie d'outils lui tomba dessus.

— Écartez-vous de ces poneys ! hurla le nain. Je vais vous broyer les rotules, immondes chiens !

Auron entendit des rires et des bruits de pas qui s'éloignaient peu à peu.

— Des Barbares, murmura Djer. Tout va bien, draque ?

— Je vais bien. Ta charrette est sens dessus dessous.

Djer ouvrit la porte ; Auron sauta à terre et étira son cou et sa queue. Les poneys n'avaient pas bougé et restaient le nez dans l'herbe. Djer grogna et remit la charrette sur ses roues. Auron s'émerveilla de la puissance de son corps râblé.

— Au moins, ils ne t'ont pas volé.

— Ils ont essayé. Les nœuds qui maintiennent les poneys attachés étaient trop élaborés pour ces *hurks* ignorants et le fil de fer au cœur des cordes a tordu leurs lames. L'un d'entre eux a quand même réussi à voler une bonne paire de bottes. Puissent ses pieds être dévorés par la vermine !

— Quel est ce thane qui laisse des bandes de voleurs roder sur ses routes ?

— Ce sont ses hommes.

— Dans le village, à quoi ressemble l'emblème du sorcier dont tu as parlé ? Celui qui signifie que tu te ferais rosser ?

— Un dessin ridicule, comme gratté sur le mur d'une caverne de Barbare. Un cercle…

— … avec un homme à l'intérieur, bras et jambes tendus ?

Djer rééquilibra le chargement de l'un des poneys et serra ses sangles.

— Oui. Tu l'as déjà vu ?

— De plus près que je l'aurais souhaité.

— Des incitateurs à la révolte qui échauffent les esprits des hommes. Ils reviennent toutes les deux ou trois générations.

— Ces hommes nous poursuivront-ils quand ils auront parlé à ceux du village ?

— J'ai des amis là-bas – toutes ces menaces sur le thane

sortaient de la bouche d'un *hurk* qui se prend pour plus qu'il n'est. Je ne veux pas rester près de Drakossozh et ses hommes. As-tu brûlé quelqu'un d'important, jeune dragon ?

— Uniquement ceux qui me chassaient – et peut-être l'orgueil du Dragonneur au passage.

— Ah ! Je vois. En ce cas, tu as tué quelque chose de très important. Un nain se battra pour l'honneur, mais un homme tuera par orgueil.

Auron réfléchit pendant un instant.

— Quelle est la différence ?

— L'honneur, c'est la façon dont les autres te voient. L'orgueil, celle dont tu te vois.

Auron passa d'interminables heures à l'arrière de la charrette tandis que les bois faisaient place aux plaines. Il lui était maintenant impossible de marcher à côté de Djer au rythme de ses chevaux car ils traversaient des fermes et des champs humains. Les chariots des fermiers, divers véhicules et des messagers à cheval utilisaient une route qui n'était plus pleine d'ornières et laissée à l'abandon. Elle était assez large pour que deux chariots circulent de front. Djer l'appelait « la grand-route du Vieux Nord ».

Pour éviter de penser à ses crampes, Auron apprit le nain. Djer commença par nommer les parties de son corps, ce qu'il voyait le long de la route et les objets à l'intérieur de la charrette. Auron put rapidement comprendre des comptines simples comme celles que la mère de Djer chantait pour endormir son fils. Il leur fallait parfois revenir au parl, quand par exemple Djer lui parlait d'Hypat et de la grand-route du Vieux Nord.

— C'est la racine puissante d'un arbre qui l'est encore plus. L'ancienne Hypat, à l'embouchure du fleuve Falnges, la reine de l'océan Intérieur. En des temps meilleurs, la culture hypatienne entourait l'océan telle une couronne sur une tête, mais même les plus puissants vieillissent et chutent. C'est toujours une grande cité.

— La verrai-je ?

— Non, nous nous rendons aux Galeries du Diadème. Elles se trouvent dans la montagne de la Cascade, sur le Falnges, là où est née la compagnie. Nous avons commencé par transporter des marchandises de l'autre côté des six chutes d'eau. D'interminables voyages le long de la route de Fer.

— La route de Fer ?

— Des chariots sur des rails, jeune dragon, des chariots sur des rails. Comme dans les mines, mais plus grands. Ils sont tirés par des wraxapodes, les créatures les plus puissantes qui soient, plus fortes que des dragons. Ils sont si énormes qu'ils n'ont pas besoin d'une cervelle – c'est en tout cas mon avis, car si ce sont les plus énormes des créatures, ce sont aussi les plus stupides. Nous hissons des barges entières hors de l'eau et ils les tirent le long des pentes sur des centaines de carquois.

— Qu'est-ce qu'un « carquois » ?

— Tu es vide de savoir mais plein de questions, Auron. Un carquois est une unité de mesure, qui varie cependant entre les hommes, les elfes et les nains. C'est la distance qu'un archer fait parcourir à douze de ses flèches s'il met leurs trajectoires bout à bout. Cela équivaut presque à quatre mille perches.

Auron voulut demander ce qu'était une « perche » mais il pressentit que le nain lui répondrait « seize doigts » ou un autre terme insensé. Une distance restait la même, quelle que soit la manière dont on la mesurait.

— Est-ce là-bas que nous rejoindrons la Caravane ? demanda Auron.

Djer mettait toujours un accent sur ce mot, et Auron l'imita.

— Oh ! non, elle se rassemble dans les plaines près de

Murélande. Mais nous devons nous rendre tous les deux dans les Galeries et demander une audience avec l'un des Associés. Peut-être que Byndon lui-même acceptera de nous rencontrer quand il apprendra que j'ai avec moi un dragon. Tu assisteras alors à de vraies négociations. J'aimerais tant avoir de l'or dans ma barbe ! Il ne prendrait jamais au sérieux un nain au visage misérable.

— J'espère qu'ils ont des saucisses, dit Auron.

Son ventre vide gargouilla.

Ils traversèrent des contrées familières, empruntant les routes de campagne et les collines sauvages qui entouraient les montagnes dans lesquelles Auron était né. Djer fit hâter le pas à ses chevaux pour parvenir rapidement au fleuve. Arrivés au Falnges, ils pourraient se rendre aux chutes par voie fluviale et ainsi s'épargner bien des efforts. La Caravane se mettrait bientôt en route et ne reviendrait pas avant le printemps. Djer ne voulait pas la manquer.

Ils trouvèrent un port ; il s'agissait d'une ville humaine, mais des nains travaillaient sur les quais. Il ne fallut qu'un instant à Djer pour trouver un représentant de la compagnie et obtenir une place sur une barge qui se dirigeait vers l'est. Auron observa la circulation sur le fleuve depuis la place du conducteur de la charrette. Cela allait de simples canots à des bâtiments à deux mâts. Le fleuve était si large que les détails de l'autre rive étaient indistincts. Les barges se révélèrent particulièrement intéressantes : des attelages de chevaux tiraient ces longues embarcations étroites et rectangulaires chargées de marchandises et de quelques passagers ; les bêtes avançaient le long d'un chemin bien entretenu qui longeait la berge. Auron ignorait quelle était la force d'un cheval, mais il estima qu'il faudrait au moins un dragon pour tirer l'une de ces barges, équipée de roues et sur une bonne route. Pourtant, les puissantes bêtes dont la nuque, les sabots et la queue étaient recouverts de longs crins parvenaient à faire avancer l'embarcation seulement conduites par un nain qui les chevauchait en les tapotant doucement avec une cravache.

Auron se demanda pourquoi déplacer des choses dans une direction ou l'autre était l'objet de tant d'efforts, mais il ajouta ceci à la longue liste d'excentricités des hominidés. Djer avait fait de son mieux pour lui expliquer les principes du commerce, mais si Auron pouvait répéter mot pour mot ce que le nain lui avait dit, il ne comprenait pas vraiment toutes ces histoires d'offre, de demande et de rareté. Si cela pouvait l'éloigner de ces contrées peuplées d'hommes, de nains et d'elfes, il s'en accommoderait.

— Un dos de tortue part ce soir, annonça Djer. (Il battit des mains avant de les frotter l'une contre l'autre tandis qu'il s'asseyait sur la banquette du conducteur.) Tu vas voir quelque chose, jeune dragon.

— Un dos de tortue ?

— Il s'agit d'une barge, presque un village flottant. Nous faisons monter à bord notre attelage et notre véhicule et la barge fait le reste. Je nous ai acheté à manger. J'espère que tu aimes le poisson, c'était la denrée la moins chère de ce marché.

Cette nouvelle annonçait des heures d'inaction : après avoir avalé son poisson séché, Auron se roula en boule au milieu du matériel de Djer et s'endormit.

Quand le nain le réveilla, une étrange odeur flottait dans l'air. La charrette avait pris place au milieu d'une file d'autres véhicules. Djer tenait les rênes et attendait de monter dans un bâtiment de bois qui ressemblait à un autre quai avec ses petites maisons, attaché à celui, plus long, qui bordait la ville fluviale. Auron aperçut ce qui était à l'origine de cette odeur : deux quadrupèdes aux pattes larges comme des troncs d'arbre avec un cou épais et une gueule charnue en forme de bec. Ils attendaient côte à côte devant la barge, le ventre dans l'eau. Un petit bateau avec des nains à son bord flottait à hauteur de leurs têtes. L'équipage s'affairait en ce moment à ouvrir des ballots de verdure et de branches d'arbres feuillues pour en nourrir les animaux qui engouffraient la nourriture dans leur bec flexible.

Djer fit avancer sa charrette et rejoignit les autres voitures sur le pont de la barge. Auron remarqua des écoutilles qui menaient à ce qu'il supposa être des cales ; cela lui rappela son long séjour dans l'une d'elles, quoique le navire dans lequel il voyageait alors ait été bien plus petit que celui-ci. Des voyageurs portant des paquets sur le dos s'appuyaient contre le bastingage.

— J'imagine que ce sont des wraxapodes, dit Auron.

— Oui, répondit Djer. Vois-tu le petit bateau devant eux ? L'équipage le fait avancer en plantant des perches dans le fond : il s'assure ainsi que les bêtes ont pied. Ils s'arrêtent parfois pour laisser les créatures brouter les arbres qui poussent le long des berges, mais la plupart du temps, elles ne se nourrissent que quand la barge fait escale. Un autre nain travaille de l'autre côté : les déjections servent d'engrais aux jardins de nos Galeries. Chaque fois que je désespère de ma position au sein de la compagnie, je pense aux nains chargés de s'occuper des wraxapodes.

Auron observa les arrière-trains massifs et flasques des animaux qui se dressaient devant la barge. Leurs queues ridiculement petites ressemblaient à des morceaux de peau et s'agitaient pour chasser les mouches qui se rassemblaient sur leurs postérieurs.

— J'ignorais qu'il existait des créatures plus grandes que les dragons, dit Auron.

— Plus grandes, je ne sais pas, mais plus lourdes en tout cas. Bien sûr, ils ne sont pas censés voler. Ils se contentent de beaucoup manger, beaucoup *chiter* et d'avoir des petits qui leur ressemblent. Quelle terrible façon de venir au monde, ça doit être comme de tomber du haut d'un arbre.

La barge se mit finalement en route et les wraxapodes avancèrent dans le courant. Ils se déplaçaient pesamment, lentement – c'était du moins ce que croyait Auron avant qu'il regarde la berge. Il y observa la progression d'un arbre avec stupéfaction. La barge avançait en réalité à une vitesse que Djer n'aurait pu atteindre que s'il avait mis ses chevaux au petit galop.

Ils voyagèrent également de nuit, et, pour cela, on relevait seulement les nains qui se trouvaient dans le bateau qui menait le convoi. Auron vit un équipage revenir sur la barge, couvert de salive de wraxapode et les bras enduits de la boue amassée avec les perches. Djer était enveloppé dans une couverture sur la banquette de sa charrette et Auron s'était roulé en boule à l'arrière ; ils parlèrent par la fenêtre du conducteur.

— Les nains sont différents de ce à quoi je m'attendais, dit Auron.

— À quoi t'attendais-tu ? demanda Djer depuis l'extérieur.

— De féroces guerriers en armure qui chassent les dragons et cherchent de l'or.

— Quelques-uns sont comme ça. Tous ceux que les dragons sont amenés à rencontrer, j'imagine. Si cela peut te réconforter, tu ne ressembles pas à l'idée que je me faisais des dragons : tu es si curieux, et pas le moins du monde féroce.

Auron ne savait que penser de tout cela et décida d'évoquer plutôt le peu de folklore nain qu'il connaissait.

— Vous avez été créés par l'esprit de la Terre, conçus pour chasser les miens sans relâche, nous n'avons pas vraiment le choix.

— Qui t'a dit ça ? demanda Djer d'une voix moins ensommeillée.

— C'est ainsi que vous êtes décrits dans la légende des dragons.

— Aaaahh, je vois ! Des esprits, c'est ça ? Nous autres

nains ne croyons pas aux esprits, mais à ce que nous pouvons voir, entendre ou toucher. Nous sommes un peuple pragmatique. Nous avons nos légendes, et quelques chants qui évoquent la création. Veux-tu entendre mon histoire préférée ?

— Oui, s'il te plaît.

— Puis-je la conter en nain ? Tu as fait des progrès et je pense que tu pourras suivre.

— Oui, vas-y.

— Dwar, ses fils et leurs femmes étaient à bord d'un navire. Une grande tempête les égara, et ils se retrouvèrent perdus dans la brume. Dwar eut une vision d'une Terre promise, s'ils parvenaient à la libérer d'une malédiction qui l'emprisonnait sous la glace et la neige. Il indiqua à ses rameurs où conduire son bateau. Ses fils se désespérèrent et leurs épouses dirent qu'il divaguait, car ils faisaient route vers le nord où la nourriture était rare, où la neige était si blanche qu'elle vous aveuglait pendant le jour et les vents si froids qu'ils vous glaçaient le sang à la nuit tombée.

Auron comprenait plutôt bien le nain. Il se détendit et laissa cette langue faire naître des images dans son esprit au lieu d'essayer de la traduire en parl ou en draquine.

— Ils s'échouèrent contre un continent de glace. Des montagnes de glace, des plaines de glace. Ils se réfugièrent dans une grotte gelée, mais eurent bientôt très froid. Ils brûlèrent tout, même le navire apporté depuis le rivage. Dwar n'eut bientôt plus rien pour faire du feu ; il monta le versant d'une montagne et creusa la neige. Les autres faiblirent, mais Dwar ne s'arrêta pas. Il ne tint pas compte de la fatigue, de la faim et de la soif, car il savait qu'il leur fallait trouver du combustible ou bien ils mourraient. Il trouva un arbre doré sous la glace, l'Arbre du Soleil. Ils étaient nombreux jadis, et laissaient choir à chaque saison joyaux et pépites comme s'il s'agissait de pommes ou de poires. C'était une question de vie ou de mort pour ses gens, alors Dwar saisit sa hache et tailla une branche, puis une autre, puis une troisième, et alluma un feu. L'arbre était effectivement magique et quand son bois brûla, Dwar invoqua le Soleil. Ce dernier vint, réchauffa la terre et fit fondre toute la glace. Ils se trouvaient dans un val magnifique. Dwar ordonna aux siens de ne pas toucher l'arbre et de ne prendre que l'or et les joyaux qui pousseraient sur ses deux branches restantes. Le cœur de Dwar céda à la fatigue ; en rendant son dernier soupir, il légua les montagnes et vallées à son peuple, mais ne donna l'arbre qu'à ses seuls fils.

» Les fils de Dwar remarquèrent que le tronc et les racines de l'arbre étaient en or. Ils ne voulurent pas attendre que les petites pépites tombent, alors qu'ils pourraient avoir tant d'or en l'abattant. Ils le découpèrent et déterrèrent quelques racines ; ils en tirèrent assez de richesses pour devenir rois tous les trois. Mais cette fortune facilement obtenue ne leur apporta que le malheur. La famille fut rongée par les intrigues, les complots et la duplicité. Leurs richesses furent rapidement dépensées et leurs arrière-petits-enfants connurent la pauvreté. Ils avaient cependant entendu toutes ces histoires et tiré les enseignements du comportement des fils du roi : ils savaient où trouver d'autres Arbres du Soleil s'ils observaient attentivement et travaillaient, car leurs racines couraient sur toutes les montagnes. Je l'ai un peu raccourci, mais le chant finit ainsi :

« Un arbre d'or pour tous les nains
Pour chacune, pour chacun.
Creuse ta mine, creuse tes mains !
Cultive tes terres, commerce bien !
La récompense est tellement près
Pour ceux qui œuvrent avec fierté. »

» Nous avons bien d'autres histoires, proverbes, paraboles et aphorismes. Certains parlent de guerre et de vengeance ; ils ont pris tant d'importance qu'ils sont devenus de véritables styles de vie, ce qui a donné naissance à des groupes de nains comme la Roue de Feu. Dans la compagnie, nous aimons voir notre organisation comme un Arbre d'Or. J'espère seulement que les Associés en prennent meilleur soin que les fils de Dwar.

Auron repensa aux paroles de Djer avant de s'endormir. À l'aube, ils atteignirent la montagne de la Cascade et les Galeries.

Auron eut une vue de premier choix depuis la charrette de Djer. Si la barge s'apprêtait à accoster sur la rive sud, où la « route de Fer » dont Djer avait parlé permettrait de tirer les marchandises qui devaient être amenées en amont de l'autre côté des chutes d'eau sur des réseaux de rails, il aperçut tout de même la montagne quand le bâtiment se tourna en direction des quais. Il y avait une chute d'eau de chaque côté. Une paroi de pierre divisait le mur d'eau qui s'abattait au-dessus de lui, la dernière des six chutes d'eau du Falnges. Auron vit des douzaines de passages et des balcons taillés dans la roche ; certains n'étaient qu'à quelques dizaines de centimètres de l'eau qui coulait de chaque côté. Une tour était construite au sommet de la montagne – à moins que le sommet lui-même ait été creusé pour l'y loger – dont les murs sculptés rétrécissaient pour donner à la construction une forme de cloche. Des fanions rouge et or flottaient à son sommet.

Auron avait vu quelques villes humaines, mais celle-ci surpassait même les images mentales de lointaines cités que ses parents lui avaient transmises.

— Comment allons-nous remonter cette cascade ? demanda Auron. Un bateau peut-il avancer dans cette eau en furie ?

Djer éclata de rire.

— Il y a un débarcadère dans la partie supérieure de la montagne, mais le capitaine qui tenterait de l'atteindre en remontant le courant serait bien brave. Nous allons passer sous terre. Attends un instant, je dois enregistrer mon attelage auprès des responsables de l'entrepôt.

Auron provoqua une certaine agitation près des portes de la cité quand il fit son entrée aux côtés de Djer. Les gardes croisèrent leurs lances quand approcha l'improbable couple ; ils portaient sous leur cape rouge une cotte de mailles en or. Leurs bottes de cuir rouge étaient solidement plantées sur le pas de la porte et leur regard dissimulé par plusieurs épaisseurs de mailles et de cordon métallique tressé. Les portes étaient recouvertes de rideaux cousus dans quelque épaisse étoffe et qui arboraient un diamant aux multiples facettes, blason du Diadème.

— Marchand, tu sais qu'il s'agit d'un dragon, lança l'un des gardes.

Auron avait maintenant une connaissance suffisante du nain pour comprendre ses paroles.

— J'avais compris que ce n'était pas un chien. J'ai dépêché un messager pour les Associés. Je me nomme Djer et suis au service de Sekyw. Je reviens des terres du Nord. Je crois bénéficier d'un laissez-passer.

L'un des gardes tira le rideau et frappa à la porte en fer. Il parla au travers d'une fente coulissante à quelqu'un qui se trouvait à l'intérieur.

— Tu dois attendre. Sekyw vient te retrouver, annonça le garde.

— Pffff..., lâcha Djer avant de se diriger vers un tabouret placé sous une niche.

Il ne leur fut apporté ni nourriture ni boisson et tous deux restèrent à observer les autres nains de la compagnie qui entraient et sortaient. Certains s'arrêtèrent et contemplèrent Auron bouche bée, mais la plupart passaient devant eux sans leur accorder plus qu'un regard à travers leurs masques.

Un nain particulièrement corpulent dont la barbe saupoudrée d'or ne pendait pas seulement de son menton mais également des côtés de son visage – il semblait à Auron qu'il avait un bouclier de poils sous le nez – passa les portes de fer et adressa un signe de tête à Djer. Celui-ci se leva, prit sa calotte dans ses mains et la tordit nerveusement.

—Je m'excuse de t'avoir fait attendre, Djer, dit Sekyw. (Il parcourut du regard deux feuilles de papier, l'une remplie de colonnes d'une écriture serrée et l'autre presque blanche, à l'exception de quelques lignes.) J'ai là deux documents : un rapport de tes activités de cet été dans les terres du Nord qui est pour le moins insatisfaisant, et une proposition insensée impliquant un dragon. Nous allons les évoquer tous les deux avant de rencontrer un Associé. Par lequel commençons-nous ?

—Le dragon et moi-même somme épuisés par notre voyage. Pourrions-nous boire quelque rafraîchissement dans une salle bien chauffée ?

—Je veux tout d'abord savoir pourquoi ta saison dans le Nord a été si mauvaise, répondit Sekyw en inspectant la feuille de papier, puis son verso vide de tout texte ; il la tourna d'un côté puis de l'autre, comme s'il s'attendait que de nouvelles inscriptions soient apparues pendant qu'ils parlaient.

—Certains villages ont tous simplement refusé de faire des affaires avec moi. Ils ont déclaré qu'ils n'achèteraient que des marchandises humaines. J'ai gagné un peu d'argent en faisant de la ferronnerie et de la quincaillerie…

—Oui, oui, j'ai déjà entendu parler des préjugés à l'encontre les nains. Un bon marchand arrive toujours à ses fins quelles que soient les circonstances. J'envisage de révoquer ton autorisation d'affrètement, même après avoir lu ceci. Et qu'as-tu en tête, Djer ? Tu prends un lézard géant et tu prétends qu'il s'agit d'un dragon ?

Auron appréciait Djer et ne pouvait supporter de le voir réprimandé ainsi.

—Les lézards ne parlent pas, dit-il dans son meilleur nain.

—Je ne t'ai pas…, commença Sekyw avant de se reprendre. Je te demande pardon, hum, jeune draque.

—Il s'appelle Auron. Auron, voici mon supérieur, Sekyw. Auron souhaite voyager vers l'Est. Je pensais que nous pourrions nous assister mutuellement.

—Je n'ai jamais vu un dragon de près, mais on m'a raconté que leurs écailles luisent comme le métal poli.

—C'est un gris, raison pour laquelle nous pourrons l'employer : il n'a pas de goût pour l'or.

—Un dragon qui ne mange pas d'or ? C'est absurde.

—Djer dit vrai, intervint Auron. Je ne suis pas sûr de beaucoup vous aimer. Je crois que je trouverai mon chemin vers l'Est tout seul. Merci, Djer.

—Auron, attends ! s'écria le nain.

Le draque lui adressa un clin d'œil. Il contracta les muscles de sa poitrine et cracha une coulée de flammes à quelques centimètres du tabouret de Djer.

—Voici un peu de chaleur dans cette matinée glaciale, puisque ton supérieur ne semble pas disposé à t'en offrir.

Les gardes tressaillirent, mais Sekyw lança à Auron un regard appréciateur.

—Tu vaux peut-être la peine d'être présenté aux Associés, dit-il. Ouvrez la porte !

Les nains le conduisirent au cœur des montagnes ; il ne s'agissait pas de cavernes mais de magnifiques tunnels bien aérés et drainés ; la lumière du jour et l'eau courante étaient mises à profit pour apporter de la lumière et un agréable fond sonore. Sur toute la longueur des galeries de minces filets d'eau coulaient pour former des rideaux d'eau et des plaques de cristal renvoyaient l'éclat de la lumière. L'entrée était toute en hauteur. Des nains la traversaient dans les deux directions, chargés pour beaucoup de lampes et de papiers, en marchant sur des tapis rouges qui recouvraient tout le couloir. Auron aperçut plus loin quelques barbes qui luisaient faiblement tandis que les nains auxquels elles appartenaient passaient d'une porte à l'autre.

— Le reste est plus sobre et les tunnels sont bien conçus, mais cette entrée a été pensée pour impressionner les visiteurs, expliqua Djer. As-tu déjà vu quelque chose de semblable ? Imaginé qu'une telle chose existe ?

— Non, répondit Auron.

Il comprenait un peu mieux Djer quand celui-ci parlait de « l'honneur de servir la compagnie ».

Ils franchirent des arches qui enjambaient des bassins peuplés de poissons blancs et dorés et des jardins remplis de rochers, de cristaux et de champignons colorés. Auron sentit dans certains tunnels des odeurs de viande ou de pain en train de cuire. D'autres sentaient l'odeur des bêtes, car des chevaux étaient utilisés au plus profond des souterrains pour aider les nains dans leur labeur. Quand le bruit de l'eau ne le couvrait pas, ils entendaient le tintement des marteaux apporté par les puits de ventilation. Toute cette construction rappelait à Auron les ruches qu'il avait attaquées.

Ils débouchèrent finalement sous une voûte et gravirent un escalier en colimaçon, puis un autre, plus large, qui occupait l'extrémité d'une salle intérieure plus vaste que la caverne où Auron était né.

— C'est la salle des Rassemblements, expliqua Djer. Elle est dans la pénombre, mais pour les cérémonies les lampes sont allumées et le marbre est astiqué pour renvoyer la lumière comme une flaque d'eau renvoie les rayons du soleil. J'ai vu cela lors de ma cérémonie de bienvenue, quand j'ai rejoint la compagnie.

— C'était un bon groupe, dit Sekyw. Beaucoup d'entre eux ne conduisent plus de charrettes : ils ont ouvert des liaisons commerciales et les gèrent désormais. J'aimerais que tu aies, toi aussi, matière à te vanter, jeune nain.

—Si tu parles de Brorn de Gallahall et de son cousin Mriorn je te rappelle qu'ils se sont rendus dans des contrées civilisées. J'ai passé ces dernières années parmi les Barbares.

Sekyw fronça les sourcils.

—Les nains sérieux ne se trouvent pas d'excuses.

—Je ne me trouvais pas d'excuses : je faisais une comparaison.

Ils arrivèrent dans une longue salle. Les murs étaient couverts de portraits en mosaïque de nains rayonnants, à la barbe grise.

—Les dix premiers Associés, expliqua Sekyw en ralentissant l'allure pour que ses deux compagnons puissent observer les portraits. Tous étaient porteurs quand ils ont fondé le Diadème. Ils transportaient des marchandises depuis la plateforme est, au sommet des chutes d'eau, jusqu'aux eaux plus calmes de cet endroit – sur leur dos pour commencer, ils n'avaient pas les moyens d'acheter des bêtes. Il n'y avait pas de route de Fer à l'époque, rien d'autre qu'un sentier. Des temps bien difficiles : ils devaient faire face aux garnes, aux ours, aux loups, aux voleurs, et même… euh… aux dragons. Les Associés sont soixante de nos jours, et certains s'occupent de halles dans d'autres villes ou dans l'Est. Petit dragon, la compagnie est plus puissante que bien des rois en ce monde. Les rois s'affaiblissent, meurent, et parfois leur royaume meurent avec eux. La compagnie devient plus forte de génération en génération.

Un silence respectueux régnait dans les salles supérieures ; les nains porteurs de parchemins n'avaient plus des bottes aux pieds mais des chaussons.

—Combien des premiers Associés vivent encore ? demanda Auron.

—Seulement deux. Le vieux Vekay et son frère, Zedkay.

Ils ont tous les deux plus de six cents ans, ce qui est très vieux pour notre peuple. Ils occupent désormais des sinécures ; nous ne faisons appel à eux que pour les cérémonies. Ce sont les Associés plus jeunes qui détiennent le vrai pouvoir. À ce propos, je vous conduis à Emde, qui s'occupe de la route de l'Est à partir d'ici.

— J'espérais rencontrer Byndon, dit Djer.

— Byndon est hors course. Emde a le vent en poupe ces temps-ci, c'est un nain qu'il est bon d'avoir de son côté et qu'il vaut mieux ne pas contrarier.

Sekyw les conduisit dans une antichambre et Auron sentit l'air de l'extérieur. Plusieurs nains, avec à la main des manuscrits en vélin, attendaient sur des tabourets disposés en cercle dans cette pièce tapissée de velours. Tous les regards profondément ennuyés se tournèrent alors vers Auron qui s'étira sur le sol. Il fut tellement satisfait de pouvoir s'allonger, cou et queue tendus, après le voyage dans la charrette exiguë et la traversée des Galeries qu'il laissa échapper un *prrum*. Le draque sentit le tabac, le cuir et le papier, des odeurs qu'il commençait à associer avec les nains du commerce. Ils semblaient vivre dans leur propre monde fait d'étranges luttes et de jalousies, mais il les préférait à ceux qui brandissaient des haches.

— Par ma barbe, cette chose ronronne-t-elle ? demanda un nain.

— Pardonnez mon ami, dit Djer. Il a fait un long voyage.

— Il a l'air dangereux. Ne devrait-il pas porter un collier ? lança un nain à la barbe grise, avec tout le fiel de celui qui est encore chargé de porter des dossiers à son âge.

Auron leva la tête.

— J'ai déjà porté un collier, et cela ne se reproduira pas tant qu'il restera un souffle de vie dans mon corps, dit-il dans son nain approximatif. Même si je te le déconseille, tu peux toujours essayer de m'en mettre un…

— Il suffit, jeune dragon ! intervint Sekyw en adressant un regard furieux au nain à la barbe grise. Nous te croyons. Elbé, tâche de parler comme un marchand. Ce n'est qu'un employé éventuel comme les autres. Ce dragon propose ses services sous contrat.

Sekyw tira sur le cordon d'un carillon et murmura quelques mots à l'oreille d'un domestique. Une fois que la porte capitonnée fut close, le nain haut placé croisa les mains derrière son dos. La porte s'ouvrit de nouveau un instant plus tard.

— Vingt-sept tic-tac, pas mal, murmura Sekyw.

Il avait parlé si doucement que seul Auron l'entendit.

— Djer, enlève ta calotte, et laissez-moi parler, dit-il à haute voix alors que Djer et Auron entraient dans la pièce.

Les murs étaient recouverts de bois et l'ameublement se composait de chaises, de tables et de bureaux imposants – et plutôt bas. Un nain vêtu d'un gilet richement orné avec des cristaux étincelants en guise de boutons se tenait debout au fond de la pièce. Elle s'ouvrait sur un balcon éclairé par le soleil. Un cercle de verre taillé était logé dans une des orbites du nain ; il observa les nouveaux venus en plissant son autre œil.

Auron entendit le tumulte des chutes d'eau ; à ce qu'il pouvait voir de l'extérieur, il comprit qu'ils se trouvaient très haut. En traversant les tunnels, ils avaient sûrement traversé la chute d'eau pour entrer dans la montagne elle-même.

Ses compagnons baissèrent la tête. Auron n'aurait su dire s'il s'agissait là de quelque rituel ou d'un moyen pour éviter la vive lumière venue du balcon.

— Nous terminerons plus tard, Aytea, dit le nain.

Un de ses semblables, richement vêtu lui aussi, qui jusque-là gravait une inscription sur une feuille de bronze se leva, haussa un sourcil quand il aperçut Auron, puis disparut par une porte dissimulée au milieu des panneaux de bois.

— Par la bannière, c'est un dragon, dit l'Associé.

Il fit le tour de son bureau pour mieux observer Auron. Il avançait courbé, comme s'il portait un fardeau sur le dos. Des joyaux étaient pris dans sa longue barbe tressée de fils d'or.

Sekyw tira sur la sienne et la déploya sur sa poitrine.

— Honorable Emde, je vous remercie de votre attention. Ce dragon m'a proposé un marché tout à fait inédit – nous a proposé, pour être précis. C'est-à-dire nous, la compagnie.

Auron remarqua que Djer se raidissait à côté de lui et sentit la transpiration d'un Sekyw très nerveux.

L'Associé se pencha davantage pour mettre son œil chaussé d'un monocle à la hauteur d'Auron.

— Est-ce vrai, futur roi du ciel ? demanda-t-il en parl.

Derrière le cercle de verre teinté la pupille du nain ressemblait à celle d'un loup affamé.

— Je connais un peu votre langue, répondit Auron, mais ce sera plus facile pour moi si vous employez le parl.

Sekyw intervint :

— Le draque veut se rendre dans l'Est. Il dit être à la recherche d'un membre éloigné de sa famille ou quelque chose comme ça. Nous avons proposé de le prendre avec nous pour garder le trésor. Il crache du feu et porte des marques de blessures, mais n'a pas de goût pour les métaux précieux. Il pourrait empêcher les voleurs et les brigands comme les nains malhonnêtes de chaparder dans la voiture destinée au transport de fonds. Il ne nous en coûterait que sa nourriture.

— Ce qui n'équivaudrait même pas à un dixième du salaire de gardes de confiance, peut-être même un centième, ajouta Djer.

Sekyw donna un petit coup de pied contre la botte du nain et lui adressa un rapide signe de tête. Auron sentit qu'il retroussait ses babines et recouvrit ses dents avec effort.

— Qui est-ce ? Qui est-ce ? demanda Emde.

Sekyw se racla la gorge.

— L'un de mes marchands, monsieur. Il a trouvé le dragon au cours de sa tournée.

— Ce marché se négocie avec Djer et avec personne d'autre, dit Auron.

— Le mérite de t'avoir trouvé revient à Djer, jeune draque, répliqua Sekyw. Il a eu le courage de s'asseoir et de parler avec toi. Cependant, seul un Associé peut établir un contrat avec un non-nain.

— C'est exact, ajouta Emde. Il semble qu'il me reste fort peu à faire pourtant, car ce marché, excellent qui plus est, est déjà approuvé.

— Dans ce cas, faites de Djer un Associé, dit Auron, car je ne traite qu'avec une seule personne.

Les trois nains le regardèrent, les yeux écarquillés. Sekyw se mit à crachoter comme une théière cassée :

— Mais… mais… mais…

Emde éclata de rire.

— Djer, ce draque se montre loyal envers ses amis, je ne peux pas le nier. Roi du ciel, ce jeune à la barbe cuivrée, bien que manifestement prometteur, ne peut être Associé. Il y a des règles, des traditions, des amendements et l'ancienneté…

— Je pensais que vous étiez de simples nains négociants. Si c'est si difficile, je trouverai mon chemin vers l'Est tout seul.

— Attends un instant ! dit Emde en tendant la main. Tu n'as même pas goûté à l'hospitalité de la compagnie. Profite au moins d'un repas avant de partir. Ce n'est pas tous les jours que l'on peut parler à un jeune roi du ciel.

L'Associé tira sur le cordon d'une autre cloche située près de la porte que son secrétaire avait empruntée.

— Pourquoi m'appelles-tu « roi du ciel » ? demanda Auron en reniflant – il espérait que le repas en question était en route.

— C'est ainsi que les nains appelaient jadis les dragons,

en des temps plus heureux. C'est curieux, j'ai entendu cette expression il y a quelques jours... Profite de la vue pendant que l'on prépare la nourriture. Je vais vous demander de bien vouloir m'excuser. Sekyw, comme ta position semble t'importer, assure-toi que notre visiteur ne s'en aille pas sans que nous ayons négocié davantage.

Lorsqu'il sentit l'odeur de la nourriture, Auron cessa de contempler le grand fleuve et la vallée : des collines réduites à l'état de simples tertres et des arbres taillés pas plus haut que des herbes. Djer et lui quittèrent la balustrade et retournèrent dans le bureau. Des plats étaient disposés sur une table basse.

Emde entra par la porte principale. Auron aperçut furtivement le sommet des crânes d'une assemblée de nains. Tous étaient inclinés devant deux formes ratatinées, ridées et portant des barbes blanches. Elles s'avancèrent dans le bureau en traînant les pieds, appuyées sur des cannes taillées dans du cristal. Djer hoqueta et s'inclina ; Auron dut se détourner à contrecœur de la nourriture.

— Ferme ces fichus rideaux, Emde, dit l'un des deux nains dont le visage était le plus rouge.

— Nous ne sommes pas des requérants que tu as besoin d'éblouir, ajouta le second.

Des nains apparurent comme par magie et bouchèrent la vue. Ils disparurent ensuite aussi soudainement qu'ils étaient arrivés.

— Jeune roi du ciel, dit Emde en faisant entrer les deux personnages, j'ai l'honneur de te présenter Vekay et Zedkay, signataires de la charte originelle, nos deux plus anciens Associés. Je leur ai dit que nous serions heureux de les rejoindre dans leurs appartements, mais ils ont insisté pour venir déjeuner ici et parler avec toi.

— Ah ! Très heureux, dit Zedkay, le nain au visage rougeaud.

Son accent ressemblait à celui de Djer, ce qui le rendit immédiatement sympathique aux yeux d'Auron.

— Comme je le dis toujours, le temps que tu passes à faire des manières est perdu pour manger. Attaque, jeune roi du ciel, il y a un rôti entier qui t'attend au bout de cette table.

— Et s'il ne t'était pas destiné, il l'est maintenant, dit Vekay.

Auron et Djer se mirent à manger avec l'appétit de ceux qui n'ont rien avalé depuis un jour ; Emde et Sekyw se contentèrent d'une ou deux bouchées polies. Sekyw se mit à manger avec davantage d'enthousiasme quand Vekay donna un coup de coude à son frère et lui dit en désignant Djer :

— Voilà ce que j'appelle un appétit de bon travailleur.

Djer sourit tandis qu'un filet de graisse coulait le long de son menton.

— Il y a ce marché que le jeune Djer a passé avec ce dra… roi du ciel, dit Sekyw.

— Le dragon insiste pour ne conclure ce marché qu'avec notre marchand, et les règles de notre compagnie…

Les deux vieillards marmonnèrent entre eux.

— Oui, il est jeune, dit Zedkay à l'assemblée, mais nous l'étions nous aussi quand la Charte a été signée. J'avais tout juste du duvet sous mes oreilles et Vekay n'avait qu'une petite touffe de barbe sous le menton. Les aînés nous ont pourtant traités aussi bien que n'importe quel autre membre de la compagnie.

Vekay glissa sa barbe sous sa ceinture et boutonna son gilet de laine fatigué.

— L'autre jour, nous parlions justement de la charte avec Emde. Elle fut inspirée de celle de l'antique association des Riians. Celle-ci a fait faillite il y a bien longtemps, mais à cette époque des elfes, des humains et même des dragons travaillaient pour les Riians. C'étaient des temps meilleurs.

— Des temps meilleurs, approuva Zedkay avant que son frère poursuive.

— D'après les récits, ils avaient plusieurs rois du ciel à leur service, de jeunes mâles qui jusqu'alors ne faisaient qu'importuner leurs familles. Nous remplissions leurs estomacs, et ils faisaient office de messagers. Ils survolaient l'océan Intérieur, se rendaient dans les terres de l'Est et même dans le royaume perdu de Wyang. Ils n'ont jamais égaré le moindre sac en plusieurs siècles, ou c'est en tout cas ce qu'ils prétendaient. Ce système se révéla très lucratif.

— Très lucratif, répéta Zedkay d'une voix râpeuse. Alors réfléchis à deux fois avant de refuser la proposition d'un roi du ciel de bonne volonté à cause d'une ridicule question de procédure.

— Mais la Charte…, protesta Emde.

— La Charte n'en souffrira pas, l'interrompit Vekay. Elle comprend des clauses qui permettent d'accepter certains Associés en cas d'imprévu.

— Il faut pour cela la majorité des votes d'un quorum d'Associés, dit Emde. Or, nous n'avons pas de quorum…

— Ou la majorité absolue obtenue lors d'un vote des Associés fondateurs, comme il est inscrit dans le paragraphe deux de l'article neuf, si je ne m'abuse, répondit Vekay.

Emde plongea la main dans une de ses poches et en tira un étui à parchemin dont il ôta le couvercle.

Sekyw tira sur sa barbe puis grimaça de douleur.

— Je vote pour que ce jeune nain affamé soit nommé Associé, annonça Vekay en regardant Djer.

— J'appuie cette proposition, dit Zedkay.

Sekyw se laissa tomber avec bruit dans un fauteuil.

— Nous sommes tous d'accord ? demanda Vekay.

Zedkay et lui brandirent bien haut leur canne de cristal éclairée de l'intérieur et dont les extrémités étincelaient.

— À titre officiel, la motion est approuvée à la majorité,

dit Vekay. Officieusement, elle l'a été à l'unanimité. J'aimerais souhaiter la bienvenue à Djer, notre nouvel Associé, et l'investir de toutes les responsabilités et de tous les privilèges qu'implique cette position. Il était grand temps que cette fichue montagne voie un peu de sang neuf.

— Par ma barbe, c'est légal, dit Emde en déchiffrant les clauses du parchemin.

— Acceptes-tu le marché, Auron ? demanda Djer.

Il clignait des yeux comme s'il venait de sortir en plein soleil.

— Bien entendu, mon ami, répondit Auron sans cesser d'inspecter le banquet disposé sur la table basse.

Il aperçut un plat de saucisses astucieusement attachées les unes aux autres et commença à manger. Une fois la charcuterie dévorée, il s'attaqua au rôti.

— Jeune Associé, désirez-vous quelque chose ?

— J'aurais besoin d'un assistant pour se charger de tout ce qui concerne le dragon, répondit Djer. J'aimerais que ce soit Sekyw : c'est un nain de qualité et voyager un peu lui ferait du bien.

— Tout ? C'est-à-dire ? Le nourrir ? demanda doucement Sekyw.

Djer lança un regard en direction d'Auron qui était occupé à manger.

— Oui, ça et d'autres choses. Tu sauras à quoi t'attendre une heure après la disparition de ce rôti.

Les trois Associés éclatèrent de rire.

— Tu prendras le chemin de la route de Fer dès demain, dit Zedkay. Si je me souviens bien de mes comptes pour cette année, il faut te hâter. La plus grande partie des marchandises est déjà arrivée à Murélande. Il est regrettable que ton jeune roi du ciel n'ait pas encore ses ailes.

— Nous partons immédiatement. Il est inutile de perdre une nuit. Nous pourrons dormir au cours du prochain transport de marchandises qui est sur le départ.

Auron tenait le rôti entre ses pattes avant et répandait du jus sur le tapis.

— Non, après que nous aurons mangé, dit-il. Et fais provisions de saucisses.

Chapitre 13

Murélande portait bien son non : c'était une lande entourée par un mur, et rien d'autre. Les falaises entouraient des jardins, des pâturages, la berge et le port. Quelques maisons étaient construites au bord du fleuve. Seuls leurs demi-murs en brique d'argile les préservaient du qualificatif de « huttes ». Il n'y avait pas de quai à proprement parler. Des graviers avaient été entassés sur une langue de terre pour former une digue. Les bateaux à fond plat étaient posés sur la digue ; ceux équipés d'une quille étaient reliés au rivage par des planches.

Le mur était surmonté d'une tour en son milieu et de deux autres de chaque côté. Il s'agissait d'édifices ronds en bois ; chacun était constitué de trois segments de taille décroissante. Au sommet se trouvait un mât comme ceux qu'Auron avait vus sur les navires. La bannière familière du Diadème y flottait au vent, aussi effilée que la queue d'un dragon. Quelque chose dans les fondations de ces tours parut étrange à Auron. Au-dessous de chaque construction se dressait une arche assez haute pour permettre à un nain de la franchir debout. Le draque pensa qu'il s'agissait d'un genre de porte inhabituel, mais qui permettait cependant aux nains et à leurs troupeaux de franchir facilement ces murailles. De l'autre côté des falaises, Auron aperçut les arrière-trains recouverts de poussière d'un troupeau de wraxapodes.

Il vit aussi des chariots – mais pas autant qu'il l'avait

imaginé quand on lui avait décrit la Caravane au cours du voyage d'une semaine au fil de l'eau et des rails. Djer et Sekyw avaient étudié des cartes, des traités et des livres pour tenter de se préparer aux marchandages qui auraient lieu dans les bazars légendaires au-delà des steppes.

Auron observa lui aussi les cartes.

Murélande était la porte des dangereuses steppes. Auron en avait eu un aperçu grâce aux images mentales de son père ; il en apprit davantage de Djer et de son nouvel assistant quand tous deux évoquèrent le trajet de la Caravane. La steppe était une terre brune, tout en contrastes, où régnaient des conditions extrêmes : elle était brûlante et glaciale, faite de boue, de neige et de poussière. Elle était le domaine des légendaires Pieds de Fer, un ensemble de clans en état de guerre permanent dont les membres naissaient, vivaient et mouraient sur leurs chevaux. Des nomades qui voyageaient léger et troquaient des peaux et même du bétail contre les fers à cheval qui étaient à l'origine de leur nom en parl. Des principautés étaient installées le long des cours d'eau qui divisaient les plaines. On y trouvait des ruines qui suggéraient l'existence d'une civilisation antérieure plus importante que celle des Pieds de Fer.

Grâce au nouveau statut d'Associé de Djer – il portait même un gilet de velours rouge fermé par une chaîne en or, un cadeau de dernière minute de Zedkay qui avait déclaré en avoir une pleine armoire – tous, sur les rails ou sur l'eau, le traitèrent avec déférence. Tous sauf le capitaine du *Suran*, un elfe des rivières irascible, nommé Joueauvent, dont les cheveux avaient l'air de quenouilles.

— Plein de vent, mais pas très joueur, déclara Djer après avoir demandé au capitaine pour la seconde fois en deux jours s'ils arriveraient à Murélande à temps pour rejoindre la Caravane. Le navire, qui portait le nom en langue des nomades du vent chaud venu du Sud, était une galère à un mât qui pouvait avancer à la rame en l'absence de vent. Djer apprit qu'en ces occasions, même un Associé était mis à contribution. Il convoyait les dernières marchandises et les voyageurs en route vers la Caravane.

Pour passer le temps et calmer ses nerfs, Djer confectionna un « ergot de coq » pour le moignon de queue d'Auron. Il prit un gantelet de nain et le modifia pour en faire une sorte de bas qui s'enfilait sur le bout de la queue du draque. Un petit bouclier arrondi en couvrait un côté et il fixa à l'extrémité une pointe prélevée sur une pique. Auron trouva ce dispositif léger et maniable ; il était très satisfait, à un détail près.

— Il brille trop, dit-il.

— Je vais arranger ça, répondit Djer.

Il prit l'ergot et disparut pendant une heure. Quand il revint, l'arme était aussi noire que les griffes d'Auron.

Auron l'enfila de nouveau et après quelques essais il enfonça cette nouvelle griffe à un doigt de nain dans le flanc du navire.

— Hé ho ! Le sans-ailes ! s'écria le capitaine. Fais attention à mon bateau. Je te tolère pas à bord pour que tu le réduises en sciure. Refais ça et je te débarque.

— Le bateau de la compagnie, rectifia Djer.

— Entre les chutes d'eau et le sable de Murélande, c'est mon bateau. Ensuite, il redeviendra celui de la compagnie, nain.

Sekyw s'empourpra.

— Tu ne devrais pas le laisser te parler ainsi. Tu es un Associé, après tout.

Djer aspergea sa barbe avec l'eau du fleuve.

— Il peut dire ce qu'il veut, ça m'est égal. Tant qu'il nous conduit à la Caravane à temps.

Djer poussa un soupir de soulagement quand, après avoir franchi l'un des nombreux coudes du fleuve, ils aperçurent Murélande et la Caravane. Les préparatifs n'étaient pas terminés. Le capitaine mena sa galère à fond plat au milieu d'une succession de monticules de sable, puis jeta l'ancre une fois parvenu à la digue. De petits bateaux transportaient des provisions et diverses marchandises venues d'une caravane du Sud et des forêts de Bant riches en ivoire. Ils parcouraient le fleuve dans les deux sens comme des scarabées d'eau. L'équipage de la galère sauta par-dessus bord avec force éclaboussures et installa une passerelle à l'entrée du navire, au niveau de l'embellie.

Des esclaves qui portaient à la taille et aux poignets des bandes de cuir noircies par la sueur se précipitèrent à bord, aiguillonnés par les hurlements d'un maître nain. Auron vit des garnes pour la première fois. Ils ressemblaient à des humains très musclés, mais leur tête et leurs mâchoires étaient plus grosses ; leurs doigts et leurs orteils étaient également plus longs. Ils étaient couverts de poils qui poussaient en plaques de diverses textures : courts et frisés sur leur poitrine et leur dos et plus longs, presque comme une crinière sur le visage, les avant-bras et les genoux.

— Ce sont des prisonniers de guerre, ou plus probablement les enfants des vaincus qui ont grandi depuis, dit Sekyw.

Il mit pied à terre en s'appuyant de tout son poids sur une canne noueuse. Les trois compagnons observèrent le débarquement puis s'avancèrent sur la berge piétinée. Le nain chargé des appontages s'inclina devant Djer et répondit à une question que ce dernier lui posa.

— Auron, tu vas maintenant voir quelque chose de merveilleux, annonça Djer. Une tour mobile. Un chef-d'œuvre d'intelligence et de technologie naines.

Ils se frayèrent un chemin entre les enclos provisoires, les piles de tapis, les rouleaux de tissu, les miroirs et autres fournitures de toute sorte. Des entassements d'armes, d'armures, de boucliers et d'outils moins guerriers recouvraient l'aire de départ; ils étaient comptés et recomptés par de jeunes nains apprentis du Diadème.

Les trois compagnons avancèrent sous l'ombre de la tour et Djer désigna sa base.

— Elle bouge grâce à ça, mon ami. Des rails tournants.

— Des quoi ? demanda Auron.

Il voyait des roues posées et surmontées par une chaîne de ce qui ressemblait à de petits boucliers rectangulaires alignés comme des guerriers en rangs serrés.

— C'est une sorte de route qui passe en boucle sous les roues. Les plus grosses roues permettent de faire bouger cette route, et les plus petites tournent en même temps pour supporter le poids. Cette tour est plus légère qu'elle en a l'air, presque tout à l'intérieur est en bois à l'exception de quelques câbles dans les niveaux supérieurs. Je ne suis jamais entré à l'intérieur : j'en ai seulement entendu parler.

— J'ai fait ce voyage lorsque j'étais apprenti, dit Sekyw. Je te ferai visiter, si l'intendant de la tour nous laisse monter à bord.

— Je dois tout d'abord trouver Esef, l'Associé responsable de la Caravane. Dis-moi, mon bon nain ! s'écria Djer à l'attention de l'un des apprentis qui comptaient les marchandises.

Ce dernier leva sa plume de la boîte à parchemin qu'il tenait à la main avec un soupir. Il reconnut alors le gilet et la chaîne. Il devint immédiatement aussi fébrile que si ses bottes étaient en feu. Auron observa la boîte : en tournant une petite manivelle, on pouvait faire défiler le parchemin sur la surface d'écriture et ainsi protéger de la poussière et des intempéries la surface qui ne se trouvait pas sous la plume.

— Par ici, messieurs, par ici, dit l'apprenti.

Il les conduisit sur une plateforme construite à même la falaise. De petites maisons dépassaient de l'à-pic et des escaliers menaient à la porte de la construction la plus haute. Des nains attendaient en file sur les dernières marches, entraient un par un après une pause de quelques instants, puis descendaient en glissant le long d'une rampe fixée sur sa propre petite plateforme une fois leurs affaires réglées à l'intérieur. Djer, grâce à son statut d'Associé, passa en tête de la file et se dirigea directement vers la porte tandis qu'Auron, l'apprenti et Sekyw attendaient. Le draque entendit un échange vif derrière la porte, suivi de paroles plus calmes. Un nain chauve qui serrait une courte pipe entre ses dents apparut à la fenêtre.

Djer le rejoignit.

— Auron, monte. Esef veut te voir de plus près.

Auron n'avait aucune envie de se glisser à côté des nains qui attendaient dans l'escalier et préféra escalader la rampe. Ce fut une ascension facile et il haleta à peine malgré son poumon convalescent. Il entra dans la pièce : elle était plus grande que ce que l'extérieur laissait supposer. Le bureau s'étendait jusqu'à l'autre versant de la muraille, mais les lourds volets de l'autre côté étaient clos afin d'éviter que le vent fasse voler les papiers éparpillés sur un bureau ou épinglés aux murs.

Esef avait un crayon glissé derrière une oreille et un stylet derrière l'autre. Il tenait toujours sa pipe ou l'un de ces ustensiles tandis qu'il signait des boîtes à parchemin les unes après les autres.

— Par ma barbe, je suis heureux de voir un autre Associé, même s'il porte le gilet depuis peu, dit Esef. Ainsi tu es venu avec un gardien pour le chariot du transport de fonds ? Une lettre envoyée par Emde mentionnait un jeune dragon.

Djer raconta toute l'histoire ; il omit quelques épisodes quand l'attention d'Esef était occupée par les parchemins que lui présentaient sans cesse les nains qui entraient et sortaient de la pièce.

— Il me semble alerte, déclara Esef en soulevant la lèvre supérieure balafrée d'Auron pour observer ses dents.

Le draque réprima un accès de colère mais ne put empêcher ses *griffs* de surgir. Ils se déployèrent et raclèrent contre sa crête. Si Fortnoir avait vu cette scène, il aurait souri de toutes ses dents.

— Très bien. Je vais résilier le contrat de Hross. Paie-les pour leurs services jusqu'à maintenant et fais-les monter sur le bateau que tu as emprunté pour venir. Il faudra peut-être que tu marchandes un peu pour les frais de voyage, mais sois généreux. Hross nous est utile sur les fleuves et dans les terres du Sud.

Djer ouvrit la bouche pour dire quelque chose, mais Esef reportait déjà son attention sur le nain qui se trouvait sur le pas de la porte. Djer se frotta la nuque et lança un regard à Auron.

— Allons-y, dit-il.

Quand leurs pieds touchèrent le sable au bas de la rampe, Djer donna une tape amicale à Auron.

— Moi qui pensais que les Associés se contentaient de jouer aux quilles et de vider des bouteilles entre eux.

— Ce n'est pas si facile, Djer, n'est-ce pas ? dit Sekyw. Si tu veux que je te donne un bon conseil…

— Je te le demanderai par écrit. Dans mon testament, murmura Djer à voix basse en se détournant.

Les hommes furent faciles à trouver. Ils montaient déjà la garde autour du transport de fonds. Le nouveau véhicule d'Auron était un chariot court et tout en hauteur avec des roues arrière démesurées et des essieux extrêmement larges. Quatre hommes en gilet de cuir et dont les bras musculeux tendaient les manches coupées de leurs habits se tenaient près du véhicule. Ils riaient et se battaient avec des épées d'entraînement en bois. Un homme s'employait à inspecter le contenu d'une boîte à pain. En le voyant, avec son chapeau noir à large bord, ses bras et ses jambes maigres, Auron pensa aux épouvantails que l'on trouvait dans les champs.

— Cinq miches par jour, et de cette qualité, dit l'épouvantail à un nain vêtu d'un tablier blanc.

— Une seule miche nourrit un nain pour la journée, et vous voulez en plus de la viande, des noix et des fruits ? demanda l'intendant.

— Ce ne sera pas nécessaire, intervint Djer en parl. Excuse-moi, es-tu Hross ? demanda-t-il à l'épouvantail.

— C'est moi, jeune… Associé, c'est ça ?

— Djer. Je viens de rejoindre la Caravane. Nous avons engagé un autre garde pour le transport de fonds. Votre contrat n'est supposé prendre effet que lorsque nous partirons, or nous n'avons plus besoin de vos services. Merci tout de même. Vous serez payés au tarif en vigueur pour le travail déjà accompli et nous vous donnerons…

— Quoi ? s'exclama l'épouvantail. (Ses fins sourcils se touchèrent sous le coup de la surprise.) Qui avez-vous engagé ? Il n'y a personne à l'est des montagnes d'aussi aguerri et digne de confiance que les hommes de la maison Hross.

— La maison Hross a une excellente réputation. Vous êtes cependant chers, et ce dragon fera un travail tout aussi bon pour beaucoup moins.

L'épouvantail contempla Auron. Ses pupilles s'étrécirent jusqu'à la taille de têtes d'épingle.

— Je ne vois pas de dragon. Seulement un lézard sans écailles.

— Quoi qu'il en soit, il nous doit une faveur et il ne représente qu'une seule bouche à nourrir.

Les hommes se mirent à protester dans leur langue gutturale. Ils échangèrent des coups de coude et montrèrent Auron du doigt en riant. Après quelques échanges supplémentaires, ils commencèrent à s'agiter. L'un d'eux cracha sur Auron ; c'était un homme à qui il manquait des dents et dont les articulations des doigts parurent étranges au draque. Il avança d'un pas et leva la jambe pour donner un coup de pied, mais un autre homme aux cheveux longs l'en dissuada après une brève lutte. Le garde à la longue chevelure dit quelques mots tandis qu'il remettait en place un anneau d'argent autour de sa tête et dégageait les mèches qui tombaient devant ses yeux.

— Tu te fies davantage à cette chose qu'à des hommes de métier et d'honneur ? dit l'épouvantail.

— C'est le cas, Hross. Je suis sûr que tu pourras renouveler ton contrat l'an prochain, répondit Djer. Bien entendu, la compagnie te paiera pour regagner les chutes d'eau.

— Mais ça fait deux cents – plus de deux cents jours sans être payés ! Nous ne pouvons pas tolérer ça !

— Je ne crois pas que tu aies le choix.

Les hommes dirent quelque chose à Hross ; Auron comprit les mots « dragon » et « feu », mais le reste lui échappa.

— Un dragon de cet âge ne crache que peu de feu, dit Hross. Rien de commun avec un adulte. Imagine qu'il tombe malade.

— Je suis en bonne santé, répliqua Auron.

— Alors, comme ça, tu parles, dit l'épouvantail. Mais te bats-tu autrement qu'avec ta langue pleine de vantardise ?

— De quoi me suis-je vanté ?

— Ce nain affirme que tu peux faire un aussi bon travail que mes hommes. Tu as exagéré tes aptitudes, lézard. Tu pourras revenir quand tes écailles auront poussé.

Auron ne fit pas plus attention à l'insulte que s'il s'agissait d'une mouche désagréable.

— Notre confiance dans le dragon ne change pas, lança Djer. Toi et tes hommes devez partir.

— Un seul de mes hommes pourrait briser cette chose en deux lors d'un combat équitable.

— Demande-lui ce que serait un combat équitable, chuchota Auron à Sekyw en nain.

— Qu'entends-tu par « combat équitable » ? demanda Sekyw.

— Pas de feu. Mes hommes choisissent chacun leur arme.

— Laisse-moi choisir mon arme et je les combats tous les quatre. Sans feu, dit Auron.

L'épouvantail traduisit à ses hommes et ils se mirent à parler entre eux.

— Jeune Associé, nous relevons volontiers ce défi. Mes quatre hommes contre ton dragon. Chacun d'eux a droit à une arme. Si nous acceptons l'arme que ton dragon utilisera, nous combattrons pour déterminer qui est le plus fort.

Djer lança un regard à Auron, qui acquiesça.

— C'est d'accord. Mais nous voulons voir les armes que choisiront tes hommes, ou il n'y aura pas de combat.

L'homme leva la main, mais Djer secoua la tête.

— Nous allons écrire tout ceci de façon claire et concise. Si vous perdez, toi et tes hommes, quittez le campement à vos frais. Si vous gagnez, votre contrat original est maintenu.

L'épouvantail traduisit pour ses hommes, et tous hochèrent la tête. Celui qui avait craché dit quelques mots, la lèvre supérieure retroussée en une moue dédaigneuse.

— Mes hommes demandent son corps, annonça Hross.

Auron tendit le cou et murmura à l'oreille de Djer.

— Cela sera également porté dans le règlement. À condition que le dragon puisse lui aussi disposer du corps de ses victimes, dit Djer.

— Un combat à mort, lézard ! lança l'édenté à Auron dans un parl guttural.

L'homme aux cheveux longs parla dans une langue qu'Auron ne comprit pas, et les autres lui répondirent par des aboiements.

— C'est le marché, homme, approuva Auron.

La nouvelle se répandit dans le camp comme si des crieurs avaient annoncé le combat du haut des tours.

L'épouvantail vida un enclos de ses chevaux et les nains commencèrent à se rassembler. Ils se juchèrent sur les barrières comme des oiseaux sur une branche.

— Je suis sur le point de signer l'accord, dit Djer en fixant la griffe sur la queue d'Auron. Tu es sûr de toi ?

— Aucun de mes combats n'a jamais été équitable, dit Auron. (Il regarda les hommes s'entraider pour enfiler des cottes de mailles et mettre leurs armures. Il n'avait pas précisé qu'il avait perdu tout ces affrontement et survécu uniquement grâce une étrange bonne fortune.) Pour celui-ci, j'ai pu dicter les règles, ajouta-t-il.

Djer regarda les hommes.

— Sekyw, ils mettent des armures.

— Nous n'avons jamais parlé d'armures ! cria ce dernier à Hross.

Hross désigna le document non signé, cloué à un poteau de l'enclos.

— Exactement. Nous n'en avons jamais parlé.

— Laisse-les faire. C'est mieux comme ça, dit Auron. (Il agita la queue pour s'assurer que la griffe était bien fixée.) Des boucliers, des heaumes, des attaches... J'espère qu'ils ne lésineront pas. Ça les ralentira.

— Tu ne mets que ta vie en jeu. Moi, c'est mon argent ! lança Sekyw en comptant de pleines poignées de pièces.

Djer marcha jusqu'au document et le signa puis tendit la plume à l'épouvantail avec un signe de tête. Hross griffonna son nom et rejoignit ses hommes.

— Quatre hommes armés contre un draque, pas de feu, annonça Sekyw au public de nains. Quatre contre un, mais je vous propose une meilleure côte. Trois contre un. J'annonce trois contre un.

— Je mise trois pièces d'argent ! lança un nain.

— Six pièces d'or du Diadème sur les hommes ! cria le capitaine du *Suran*.

L'elfe dépassait largement le groupe des nains.

— Si ta vie n'était pas en jeu, je voudrais que ce garne cupide perde, grogna Djer.

— Dis-toi que ce sera ton lot de consolation si les hommes s'avèrent chanceux, répondit Auron.

— Pas question. Je perdrais mon statut d'Associé et, plus important, je perdrais un ami, dit le nain en chatouillant Auron sous le menton.

— Je reviens tout de suite, dit Auron.

Il donna un coup de sa langue râpeuse sur le poignet de Djer. Il ne voulait pas remporter ce combat pour lui, mais pour le nain. Pour l'honneur de Djer, et non son propre orgueil.

« Prends garde à l'Orgueil qui assombrit l'esprit
Et te leurre sur la vraie taille de ton ennemi. »

Sa mère n'avait cependant jamais parlé de l'honneur de ceux qui vous avaient rendu un service et offert leur aide quand vous en aviez besoin.

Auron se posta devant les quatre hommes. Chacun portait une armure différente qui le recouvrait de la tête aux pieds, à l'exception d'un des gardes qui portait pour toute protection des gantelets de cuir et de mailles ; il tenait un filet devant lui. Auron observa le piège et sa poche à feu se contracta. Il ne put empêcher deux filets de fumée de sortir des coins de sa gueule tandis qu'il réprimait une éructation. Deux des gardes étaient armés d'une lance à sanglier dotée d'une longue pointe et d'une butée pour l'empêcher de se hisser vers le porteur de l'arme s'il était empalé. Le quatrième, l'homme aux cheveux longs, enleva l'anneau d'argent qui les retenait et enfila un casque. Il rabattit la visière d'un coup sec et empoigna une hache naine à double tranchant.

L'épouvantail chuchota à l'oreille du porteur de hache puis fit de même avec l'homme au filet avant de se hisser de l'autre côté de l'enclos. Les nains interrompirent leur travail et grimpèrent sur les chariots et même sur la muraille pour observer le combat. Sekyw n'était pas le seul à prendre des paris : Auron vit tout autour de lui des pièces et des anneaux passer de main en main. Il se demanda si Djer avait tenté sa chance.

Le draque reporta son attention sur l'affrontement imminent. Ce combat n'était pas la partie de plaisir qu'il avait décrite à Djer, car il voulait avant tout aider son ami. Mais cette fois, il avait pu choisir les conditions et les forces en présence, comme pour prouver sa valeur après avoir été piégé à deux reprises par des chasseurs lors de sa courte vie.

Les quatre hommes se déplaçaient d'un côté puis de l'autre et échangeaient quelques mots. Aucun des combattants ne voulait lancer le premier assaut. Le porteur de filet fit un pas en avant, poussé par l'homme à la hache dont les cheveux dépassaient de son heaume. Les deux autres se déployèrent.

Auron regarda l'homme au filet. Il mit toute la rage de sa poche à feu dans ses yeux et se concentra sur le regard noir, jusqu'à ce que ses trois compagnons rapetissent, comme s'ils se trouvaient à une grande distance. Inversement, les yeux de l'homme au filet grossirent et remplirent bientôt son champ de vision. Auron avait l'impression d'être sorti de son corps – le draque qui portait son enveloppe rampa vers l'homme au filet alors qu'Auron flottait au-dessus et observait froidement la scène.

— *Wer ! Athack !* crièrent les hastaires à leur compagnon qui était figé comme une statue.

L'homme à la hache le tira en arrière quand Auron bondit.

Auron et les deux hommes basculèrent en arrière quand le draque percuta la poitrine du rétiaire. Auron donne de grands coups de *sii* dans le filet ; l'homme sortit de sa transe et poussa un cri d'agonie. Les gardes armés d'une lance chargèrent ; Auron tenta de faire un pas de côté, mais se prit les pattes dans le filet. Le temps qu'il se libère, les hommes étaient déjà sur lui.

Auron se tortilla et évita de justesse d'être empalé, mais l'une des lances lui lacéra profondément le flanc. L'autre s'enfonça dans la terre ; son propriétaire tenta de la dégager et Auron en profita pour donner un coup de sa queue armée. Il frappa l'homme à la tempe, et le fracas du métal sonna ce dernier. Auron tenta de mordre le garde à la hache, mais l'homme lui donna un coup de pied dans le museau en reculant vers les spectateurs.

Celui qui avait blessé Auron leva sa lance pour frapper de nouveau. Auron plongea entre ses jambes horriblement poilues et lui fit perdre l'équilibre. L'homme planta sa lance dans le sol, manquant Auron, mais parvint ainsi à rester debout. Auron courba son cou et mordit en visant les jambes de l'homme, sous son armure. Il sentit ses crocs s'enfoncer, mais ne put pas arracher de la chair, car le garde à la hache revenait déjà à la charge. Cet homme aux cheveux longs, le plus rapide de ses adversaires, était campé sur ses pieds et il aidait le garde au casque ébréché à rester debout. Auron recula, veillant à tenir le bouclier de sa queue entre lui et l'homme à la hache.

Auron sentit l'odeur du sang qui coulait le long de la jambe de l'hastaire qu'il avait mordu. L'homme passa outre sa blessure : il empoigna sa lance près de la pointe et entreprit d'acculer Auron dans un coin de l'enclos. Le draque observa la traînée de sang laissée par l'homme et attendit. Ses deux compagnons ramassaient le filet sur le corps du rétiaire pour le rejoindre, mais ses yeux soudain vitreux roulèrent dans leurs orbites et il s'effondra. Les nains poussèrent des cris de joie ou de désarroi selon la partie sur laquelle ils avaient misé.

Les deux survivants restèrent un instant sans bouger comme s'ils tentaient de deviner quelle magie avait eu raison de leur camarade. Ils tentèrent de maintenir Auron dans l'angle, en tenant chacun un coin du filet. Auron se ramassa sur lui-même, prêt à bondir sur la gauche vers l'homme qui titubait encore.

Il se sentit tiré par le cou. La foule poussa un hurlement indigné.

— *Naf! Fus pack-par!* glapit une voix stridente dans son dos.

Auron se retourna. L'épouvantail avait fendu la foule et lui avait passé un nœud coulant autour du cou. Il tentait maintenant de le tirer contre la barrière de l'enclos. Auron entendit derrière lui les hommes qui accouraient pour l'achever. Il tira sur la corde et se précipita entre les deux rondins parallèles de la barrière. L'homme, pris de panique, lâcha la corde, mais Auron lui frappa violemment le ventre avec sa crête. Hross s'enroula sur lui-même comme une feuille d'étain.

Un nain furieux coupa la corde qui serrait le cou d'Auron ; le draque se retint alors de plonger ses crocs dans la gorge de son adversaire. Hross était couché sous lui, les bras croisés sur son ventre, la bouche ouverte. Il laissait échapper des halètements inintelligibles. La fureur d'Auron s'était évanouie le temps qu'il avait fallu pour trancher la corde. Il prit la tête de Hross dans sa gueule et serra fermement son crâne entre ses mâchoires afin que l'épouvantail voie l'homme à la hache escalader la barrière.

Auron tenta de dire « Arrête ce combat » mais seuls de la salive et un sifflement sortirent de sa gueule.

— Attends ! Attends ! cria Hross en griffant de ses ongles le museau d'Auron.

Le draque était prêt à lui broyer le crâne s'il s'attaquait à ses yeux. L'homme à la hache contempla son patron serré entre les mâchoires d'Auron comme s'il était un énorme bâton dans la gueule d'un chien et il éclata de rire. Il lâcha sa hache, mit un genou à terre et tendit la main droite, paume vers le ciel.

— Le dragon a gagné ! Tu as gagné ! s'écria Hross.

Un hurlement de joie collectif retentit. Cris et applaudissement dégénérèrent bientôt en centaines de disputes au sujet des paris.

— Tout cela a fini comme une mauvaise blague naine, déclara plus tard Djer alors qu'Auron et lui approchaient de la tour centrale. Trois cents individus qui se querellent pour leurs paris. La plupart des nains qui avaient parié sur les humains ont affirmé que Hross a invalidé le résultat en se mêlant au combat. Bien sûr, ceux qui ont misé sur toi répondent que tu as gagné de toute façon. Nous avons finalement obligé Hross à payer ses paris et à donner une compensation symbolique à tes admirateurs. Hross a d'abord protesté, mais quand il a compris que chaque nain de l'assemblée était prêt à prendre son argent ou sa carcasse pour obtenir ce qui lui était dû, il a ouvert sa bourse. Je ne sais d'ailleurs pas pourquoi il s'est donné la peine de la refermer après : elle était aussi vide que les corps de ses hommes, dans l'enclos. C'était gentil de ta part de ne pas les manger en fin de compte.

— L'homme à la hache, euh…

— Naf, intervint Sekyw.

Auron s'exerça à prononcer ce nom.

— Naf – les noms humains sont difficiles à prononcer pour un dragon, il faut que j'apprenne quelques-unes de leurs langues – s'est mis à rire et à me donner des tapes dans le dos. Je n'ai pas compris un mot de ce qu'il racontait mais il avait l'air de vouloir en rester là. Il m'a semblé être un brave homme, et après cela je n'ai plus eu envie de manger ses camarades.

— Je ne sais pas si ces mercenaires humains gardent longtemps leurs amis, ou s'ils se préoccupent vraiment de la mort de quelqu'un. Ce ne sont pas des nains, après tout.

Ils restèrent un instant dans l'ombre de la tour. Des

nains s'employaient à huiler et nettoyer les roues forgées posées sur la route de boucliers assemblés.

— Les tours partent demain, dit Sekyw. Il faut les voir quand elles se déplacent. Elles roulent pendant une centaine de jours ou plus encore.

Il les mena sous le bâtiment ; les nains n'eurent qu'à baisser la tête. Sekyw donna quelques coups de canne contre une porte en bois.

— Ouvre, gardien de la tour. Notre brave draque veut voir l'intérieur de ce prodige nain. Djer l'Associé souhaite l'accompagner dans sa visite.

Sekyw s'écarta d'un pas alors que la surface plane au-dessus d'eux s'abaissait : c'était un escalier suspendu à des cordes. Des pommeaux de cuivre étincelaient aux extrémités de rampes construites à hauteur de nain.

— Notre allié est le bienvenu, dit un nain dont l'armure était composée de plaques de cuir cousues ensemble.

Il descendit l'escalier puis s'inclina. Sekyw les fit monter dans la tour. Ils virent toutes sortes de rouages et d'essieux qui enclenchaient divers mécanismes, comme s'il s'agissait d'une horloge de la taille d'un dragon. Un enchevêtrement de tiges de fer forgé soutenait les étages supérieurs. Un ou deux nains semblaient flâner et frottaient de temps à autre les engrenages avec un chiffon en cuir qui sentait l'huile de lampe.

— Le premier niveau est occupé par la salle d'actionnement, expliqua Sekyw. Regardez ces trous sur les roues et les renforts. Cela les rend plus légers mais ne leur fait perdre qu'un minimum de leur capacité de soutien. Nous allons emprunter le verticateur prévu pour les charges, ce sera bien plus facile. Comme la tour est à l'arrêt, les monte-nains ne sont pas en service.

Il montra du doigt une bande de cuir verticale dotée de poignées en métal – ou de repose-pieds – qui était entraînée par son propre jeu de rouages, une version réduite et verticale des chenilles sur lesquelles était posée la tour.

Ils avancèrent sur une plateforme grillagée au centre de la tour. Elle était entourée d'une cage avec des barres à chaque coin ; Sekyw saisit la corde d'une cloche. Il tira à deux reprises et la grille monta vers un trou dans le plafond. Djer hoqueta et agrippa l'une des rampes qui courait entre chaque barre.

— C'est la première fois que tu montes dans un verticateur ? demanda Sekyw.

— Oh ! Non, nous les utilisions dans les mines. Nous montions même dans les seaux à charbon. Il fallait sauter au bon moment pour ne pas recevoir un bon coup sur la tête. Que penses-tu de ceci, Auron ?

— J'aurais facilement pu sauter au niveau suivant.

— Les nains ne bondissent pas comme les dragons. Pas verticalement, en tout cas, dit Sekyw.

Les second et troisième niveaux étaient occupés chacun par deux roues à rayons, identiques à celles des chariots à l'exception de l'absence de cerclage. Ils contournèrent les essieux, aussi gros que des troncs d'arbre, qui descendaient dans la salle d'actionnement.

— C'est un monument à la gloire de la force et de l'endurance des nains. Trois nains s'activent sur chaque rayon : deux tirent et l'un pousse afin de faire la liaison avec l'équipe précédente. Ils font ceci pendant quatre heures sur un sol recouvert de sable pour éviter qu'ils glissent sur leur propre sueur. Les tours sont également tirées par des attelages de wraxapodes mais les nains chargés du cabestan peuvent faire avancer les tours tout seuls en cas d'urgence. Chaque niveau actionne une des deux routes mobiles. S'ils veulent faire tourner la tour, il leur suffit de ralentir l'un des deux côtés. Les nains calent leurs pas sur le battement d'un tambour. Le capitaine de la tour fait parvenir ses ordres aux tambours grâce à ce tube à paroles, ajouta Sekyw en désignant un tuyau évasé comme une fleur qui saillait du mur.

Auron avait suffisamment d'imagination pour se représenter la pièce remplie de nains en sueur qui faisaient tourner la roue au rythme des percussions. Sekyw actionna de nouveau la cloche et ils montèrent vers les niveaux d'habitation. L'étage suivant était un peu plus haut de plafond afin que les nains aient davantage d'air pour manger et dormir. Sekyw leur montra des réserves remplies de nourriture et de charbon, les cuisines et les salles de bains et les installations où les membres d'équipage suspendaient leurs hamacs. Des nains massifs, presque aussi larges que hauts, les accueillirent joyeusement et leur expliquèrent entre autres choses comment se verser à boire grâce aux citernes à gravité ainsi que le système de vérification – les équipes inscrivaient le nom de chacun sur des plaques d'ardoise polies à l'aide de ce que Sekyw appela une « craie ».

Ils sortirent sur les premiers remparts, au niveau du sommet de la muraille qui entourait le campement. Tandis qu'ils savouraient le grand air et le soleil, Sekyw les fit avancer le long de machines de guerre conçues pour lancer des javelots, du feu ou des pelletées, grosses comme des casques, de projectiles en métal.

Djer ramassa l'un de ces derniers. C'était une sphère de fer un peu plus petite que son poing.

— Tirés en hauteur, ces boulets peuvent mettre à terre un homme casqué ou tuer son cheval. On se sert pour les envoyer d'une sorte de lance-pierres fixé sur une planche.

La tour avait deux rangées de remparts supplémentaires ; elle était plus étroite en son sommet. Des arbalètes fixes disposées entre chaque créneau de bois remplaçaient les machineries de l'étage inférieur.

— Il y a aussi des archers, dit Djer après avoir ouvert un coffre rempli de flèches.

Ils montèrent vers le poste du capitaine de la tour ; un

grand nombre d'embouchures surgissaient du sol comme un bouquet de sarracénies sous la voûte du plafond en ogive. Un veilleur nain leur adressa un signe de tête tandis qu'ils exploraient le niveau, mais il garda l'oreille penchée sur les tuyaux. Les visiteurs observèrent les nains qui tiraient des chaînes pour attacher l'attelage de wraxapodes. Des passerelles surgissaient du poste du capitaine en direction des quatre points cardinaux. Au-dessus se trouvait une tige munie de barreaux qui ressemblaient aux pattes d'un insecte ; elle menait à un poste d'observation au sommet de la tour. Le drapeau du Diadème flottait, gigantesque – Auron s'en rendait compte maintenant qu'il était tout proche – au-dessus d'eux.

Auron désigna une véritable forêt de tubes à paroles.

— Les tours communiquent entre elles, avec les attelages et le convoi grâce à des signaleurs qui se postent à l'extrémité de ces passerelles. La nuit, nous utilisons des feux d'artifice de couleurs différentes.

— Puissent la Loi et l'Ordre avoir pitié de l'apprenti qui manquerait un signal, car ce ne sera pas mon cas, grogna une voix bourrue depuis le poste du capitaine.

Ils se retournèrent et aperçurent un nain qui sortait d'une écoutille dans le sol. Il portait une large ceinture rouge tissée d'or mais ses pieds étaient nus. Auron ne put s'empêcher de les regarder : il avait vu des chevaux aux sabots d'aspect plus fragile.

— Stal, commodore de la Caravane. Enchanté. Vous devez être Djer et son dragon, dit le nain aux pieds nus.

Il s'inclina en un mouvement à peine plus prononcé qu'un hochement de tête.

Djer et Sekyw inclinèrent largement les leurs, et Auron décida de les imiter.

— Certains de mes hommes m'ont parlé du combat. Désolé de l'avoir manqué. Que pense notre invité des tours mobiles ?

— J'ignorais qu'une telle chose puisse exister, monsieur, répondit Auron en nain.

Le commodore s'inclina de nouveau, plus profondément cette fois.

— Ainsi tu connais également une langue civilisée. Je me demande parfois comment nous pourrions faire face à un dragon adulte. Ce bois est enduit pour protéger du feu, mais seulement contre les flèches enflammées et ce genre de projectiles. Heureusement, tes semblables sont rares.

Et ils le deviennent de plus en plus, pensa Auron. Le draque préféra dire :

— C'est un dragon bien désespéré qui affronterait tout ça pour un chariot d'or.

— Quand la Caravane se sera mise en route, j'aimerais sortir des tours et partager un repas avec toi, jeune draque. C'est un long et lent voyage et tu es une nouveauté pour moi. J'ai fait près de deux cents allers-retours depuis que j'ai commencé à pousser les roues et tu es le premier draque vivant que je vois.

Auron se demanda combien de draques morts le nain avait rencontrés mais décida de ne pas lui poser la question.

« Un long et lent voyage. » Auron eut tout le loisir de réfléchir à ces paroles alors que sa caverne sur roues avançait avec force grincements ; les jours se suivaient et se ressemblaient.

Le chariot du transport de fonds lui rappelait une caverne car il était sombre et fermé. Il y avait de robustes portes à l'arrière du véhicule, mais elles étaient verrouillées de l'intérieur et de l'extérieur… Les nains lui montrèrent comment faire glisser le verrou qui permettait de fermer le battant une fois dans le chariot. Auron disposait d'une arrivée d'air : un tuyau en forme de champignon qui dépassait du toit. Un nain aurait pu y voir l'extérieur s'il avait eu quelque chose sur quoi monter mais, à cause de sa crête,

Auron ne pouvait pas y glisser la tête. Il se résolut à ne pouvoir distinguer que le ciel sous un certain angle ou à mettre son nez dans le conduit pour découvrir les steppes avec ses narines. Il sentit l'odeur des wraxapodes, des bœufs, de l'herbe séchée par le soleil... et celle des nains.

Ils l'avaient enfermé dans le chariot peu de temps après que les tours se furent éloignées des murailles de Murélande, tirées avec effort par les wraxapodes. Pour le draque, leurs pas résonnaient comme un faible mais constant tremblement de terre tandis qu'ils parcouraient la steppe. Le chariot d'Auron avançait grâce à un attelage qui ne comptait pas moins de seize bœufs, un nombre qui était multiplié par deux pour franchir les gués des rares cours d'eau qu'ils trouvèrent sur leur chemin. Ce double attelage était nécessaire pour le chariot lesté de coffres remplis d'or et d'argent renforcés par des bandes de fer.

Auron dormait bien et mangeait encore mieux ; il était au chaud, à l'abri du vent froid de l'hiver qui apportait avec lui une pluie glaciale et des flocons de neige comme s'il s'agissait de grains de sable. Il apprit à reconnaître le bruit des tours mobiles qui écrasaient la neige sous les routes tournantes qui se déplaçaient avec elles. Sa seule distraction lui venait de ses rêves : des visions vaguement agréables de nuages et de paysages ou des souvenirs très précis de ses ancêtres que ses parents lui avaient transmis – des images, des sons, des odeurs et des saveurs qui flottaient dans son subconscient sans aucune explication.

Il trouva le temps de composer quelques couplets de son propre chant, dans l'éventualité où il rencontrerait la compagne idéale quand ses ailes auraient poussé. Son poumon guérit et les blessures reçues pendant ses combats devinrent de légères cicatrices blanchâtres sur sa peau grise. Encore mieux : sa queue repoussait lentement.

Une naine qui s'occupait également des bêtes à l'extérieur du chariot le nourrissait deux fois par jour quand l'attelage était remplacé. Djer et un comptable venaient alors compter et recompter les fonds et payaient de petites sommes aux nomades et aux nobles marchands de la steppe en échange de grain, d'œufs et de viande. Djer lui parla des groupes d'hommes et de chevaux qui tiraient des branches d'arbres et des balles de foin pour nourrir les wraxapodes. Tout ceci devait être échangé contre des travaux ou payé avec des pièces.

À la nuit tombée, les nains permettaient aux visiteurs d'entrer dans le camp, disposés à faire des affaires avec les rois comme avec les serfs. La seule alerte que connut Auron pendant toute la durée de ce long voyage fut quand il entendit des mains qui manipulaient furtivement l'arrivée d'air sur le toit du chariot. Auron brûlait de se battre et il poussa un grognement qui se transforma en un puissant rugissement de dragon ; l'individu perché sur le toit, qui que ce soit, en descendit aussi vite qu'un chat d'un poêle brûlant.

Auron dîna comme promis avec le commodore. Tandis que Sekyw surveillait le chariot, le nain conduisit Auron dans ses appartements, juste au-dessous de la coupole de commandement et gava Djer et le draque de nourriture et de récits. Auron entendit l'histoire de jeunes hommes que Stal avait d'abord connus guerriers, puis rois et enfin vieillards séniles au cours de ses longues années dans la Caravane. Il leur montra une tapisserie qui commémorait la bataille du territoire des Hurthes au cours de laquelle K'ada va K'on, le Chevaucheur de Tempêtes, avait lancé ses hordes contre les tours jusqu'à ce que les Hurthes soient tous devenus rouges, souillés par leur propre sang. Il leur parla de sorciers sans âge qui vivaient dans des déserts de glace et écrivaient dans des langues inconnues sur des peaux d'humains et de garnes, et du grand roi du Continent Sans Carte qui envoyait vers le nord des émissaires chevauchant des tapis volants. Auron était incapable de deviner où s'arrêtaient les légendes et où commençait la vérité dans tout cela.

— Que sais-tu de NooMoakh, le dragon noir ? demanda Auron.

Stal passa la main dans sa barbe pour en ôter les miettes.

— Mmmm... Voilà un nom ancien. J'ai entendu parler de lui il y a des années... probablement à l'époque du Blizzard-qui-tua-le-printemps. Il y a bien quarante ans. Un groupe d'hommes voyageait avec nous. Ils avaient des chameaux en plus de leurs chevaux et avaient pour projet de traverser le désert pour le tuer ; les hommes disaient qu'il vivait encore, mais qu'il était très affaibli. Pas assez, apparemment, car ils avaient annoncé qu'ils nous retrouveraient à côté du temple de Fer épargné par la rouille, aux portes du désert, afin que nous prenions ensemble le chemin du retour. C'est un lieu fascinant. Il y a là un puits qui n'est jamais asséché et d'épais bosquets d'arbres chargés de fruits. Il se dit qu'un puissant roi y est enterré, mais personne n'en sait davantage. Voilà que j'ai perdu le fil de mon histoire... Les hommes n'étaient pas là.

Le lendemain, un problème survint quand le comptable et Djer comptèrent les pièces.

— Nous avons tous les deux signé le compte il y a deux nuits de cela, après avoir acheté ce troupeau de moutons, insista le comptable.

— Il y a forcément une erreur. Comment peut-il en manquer autant ? demanda Djer. Il n'y a eu personne ici à part Auron et Sekyw.

— Peut-être que le draque mange des pièces, après tout – même si je m'excuse de dire ça.

— C'est absurde. Qui a fouillé Sekyw ?

— Moi-même, puis deux autres personnes. Nous avons palpé ses vêtements, il a ôté ses bottes...

— Oui, je connais la procédure. Il les a peut-être mangées. La graisse aura étouffé le tintement des pièces.

À ces mots, le comptable se hérissa.

— Jamais. Il y a là quelque magie. Les avaler serait mortel – j'ai moi-même saupoudré l'or de poison. Il n'avait pas d'eau pour le nettoyer.

— Tu m'avais pourtant dit…, lança Djer, l'air blessé, en regardant Auron qui se tenait au fond du chariot ouvert.

Le draque leva la tête.

— Mon ami, je n'ai pas touché ne serait-ce qu'à une seule de ces pièces. Si je les avais mangées, elles m'auraient tué moi aussi, n'est-ce pas ?

— Je n'ai jamais testé cette formule sur un dragon, admit le comptable.

— Que l'on aille chercher Sekyw, ordonna Djer.

— Je ne voudrais pas rendre la situation encore plus mystérieuse mais il y a du sable par terre, dit Auron en reniflant une fente entre deux planches de bois sur le plateau du véhicule.

— Quoi ?

— Il y a du sable sur le plancher du chariot. Pas beaucoup, une ou deux pincées, mais il a l'odeur des berges du fleuve. Il n'était pas là auparavant. Je connais maintenant l'odeur de chaque fissure de cette cage.

Un groupe commençait à se rassembler : ils savaient que quelque chose d'anormal se produisait. Sekyw monta dans le chariot, aussi corpulent que d'habitude.

— J'aurais voulu que nous le pesions avant qu'il file avec les pièces et après, murmura Djer à Auron.

— Monsieur, dit Sekyw en roulant des yeux en direction des autres nains. Je suis un nain avec des années d'expérience. J'occupe un poste de confiance au sein de la compagnie. Dois-je comprendre que vous me pensez capable d'avoir pris quelques poignées de pièces ? Quel en serait l'avantage, avec de tels risques ? Ma pension vaut plus que ça. Le dragon les a assurément mangées.

— Toi et le jeune roi du ciel êtes les seuls à avoir approché l'argent sans être accompagnés. Je voulais que vous soyez présents pendant que j'examine tous les détails de cette affaire, déclara Djer.

— Es-tu sûr qu'il n'y a pas eu une erreur lors du décompte ?

— Aucune erreur, répondit le comptable.

Sekyw marcha vers Auron en le désignant de sa canne.

— Alors c'est le dragon, car j'ai été fouillé lorsque j'ai quitté le chariot...

Auron grogna.

— Du calme, je te prie. Je n'arrive pas à réfléchir quand tu parles, dit Djer. Tais-toi ou j'enfoncerai cette canne dans ta bouche... Umta, tu as inspecté sa canne ?

— Du bois d'or tout ce qu'il y a de plus solide, répondit le comptable. J'ai soupesé la canne moi-même : elle n'était pas plus lourde après qu'il fut entré dans le chariot qu'avant.

— Il y a de l'or à l'intérieur, dit Auron. Je le sens.

— Umta ! s'écria Djer. La canne !

Le nain nommé Umta poussa un juron et arracha la canne des mains de Sekyw. Il manipula le pommeau puis l'extrémité en tentant de l'ouvrir.

— C'est scandaleux. Cette canne m'a été offerte par mon maître quand je n'étais qu'un apprenti. À ma connaissance, elle n'est faite de rien d'autre que de bois d'or.

Djer s'approcha d'Umta et prit la canne. Il l'abattit sur son genou et la brisa ainsi en deux. De la terre vola de partout.

— Très bien, elle était creuse et lestée de terre. Ça ne prouve rien, dit Sekyw.

Il était pourtant devenu blême. Auron renifla la canne.

— Djer, vide l'extrémité. Sur une surface propre.

Djer versa le contenu du bout de la canne sur la feuille

de comptes. Un filet de sable s'écoula. Sa couleur dorée tranchait sur celle de la terre.

— Qui pourrait bien lester ceci avec de la terre et un peu de sable ? Où est l'or, Sekyw ?

Le nain baissa les yeux sur cette preuve et soupira. Les spectateurs échangèrent des murmures au fur et à mesure qu'ils comprenaient la situation ou que d'autres leur donnaient des explications.

— Dis-nous où se trouve l'or si tu tiens à la vie.

Sekyw tira sur sa barbe.

— Cette canne était magique, elle ne s'ouvrait que lorsque je prononçais les paroles appropriées. J'ai enterré l'or. J'ai fait ça pour que le dragon soit accusé. Ce n'est pas juste. Quand tu es né, je suais déjà sang et eau pour la compagnie, et tu n'as eu qu'à trouver un dragon amical pour...

— Tu seras jugé. Ta confession jouera cependant en ta faveur, dit Djer. C'est la jalousie qui t'a conduit à agir aussi stupidement ?

— « N'envie pas aux dragons pouvoir, richesses et biens », traduisit Auron du mieux qu'il put.

— Qu'est-ce ? demanda Djer.

— Une chanson que nous ferions bien de traduire en nain.

Chapitre 14

Voir les marchés de l'Est aurait valu le voyage même si Auron n'avait pas eu à garder le trésor des nains. Sous un ciel de fin d'hiver se côtoyaient des tentes colorées et des huttes brunâtres, des étals misérables et des chariots recouverts de poussière d'or, des entrepôts et des barges remplis de marchandises. La steppe s'arrêtait au pied d'une chaîne de montagnes en forme de faucille qui partait vers le nord. Les pentes étaient saupoudrées de neige avec quelques rares bosquets de sapins. Le commodore avait appelé ces terres « Wa'ah ».

Wa'ah s'étendait sur les crêtes des collines entre le fleuve Vhydic qui courait au sud des principautés Précieuses et le Na, l'artère au flot lent de la fertile côte est et ses myriades d'îles. En cet endroit les vingt mille pas de la route Dorée rencontraient les chemins navigables du Vhydic et du Na aux pieds du suerzain de Wa'ah. Le suerzain était un monarque qui avait la sagesse de laisser tranquille ce qui fonctionnait parfaitement et il ne prélevait pas de péage, de droits de douane, de frais de déchargement ou de taxes sur les véhicules qui circulaient sur l'eau. Il employait lui-même une armée de marchands ; ses entrepôts, marchés, enclos et forges – situés bien entendu dans les meilleurs endroits – se disputaient la clientèle de négociants venus aussi bien des contrées voisines que de très loin.

Les tours interrompirent leur lent voyage sur la rive ouest du Vhydic où les premières fleurs sauvages du printemps commençaient à éclore près des eaux stagnantes les plus abritées. Au lieu de louer les services de bateaux pour faire traverser leurs marchandises, les nains assemblèrent leurs propres embarcations grâce à des armatures portées par les wraxapodes. Ce fut le bruit des marteaux enfonçant des chevilles de bois qui fit comprendre à Auron que le voyage venait de s'achever.

— Mais pas ton travail, Auron, lui dit Djer. Nous allons dépenser le reste de nos fonds pendant un mois ou plus en achetant de nouvelles bêtes et des chariots pour le voyage de retour. Nous regagnerons Murélande avec trois fois plus de marchandises et dix fois moins d'argent que lorsque nous l'avons quittée. Nous allons cependant commencer par nous rendre au marché du suerzain pour acheter des fruits frais et des légumes. Tu ne te lasses peut-être pas de la viande séchée, mais j'ai mangé assez de champignons séchés, de pois et de pommes pour le restant de mes jours.

— Il est toujours prévu que je prenne le chemin du retour avec la Caravane ; en partie, tout du moins, dit Auron.

Djer lui donna une tape amicale sur la crête, tel un marchand qui testerait la solidité d'un pot de cuivre.

— Bien sûr. D'ailleurs, tu voyageras plus confortablement cette fois-ci. Il paraît aussi que l'été est une meilleure saison pour voir les steppes du Sud. Ta présence a beaucoup impressionné les hommes des rois des steppes. J'ai un peu exagéré et raconté que tu étais le descendant d'une famille de dragons qui vit dans nos montagnes et que tu découvrais le monde en tant qu'étudiant et ambassadeur au sein de la compagnie. Ce n'était pas plus mal de faire croire aux Pieds de Fer que les bêtises qu'ils pourraient faire seraient vengées par des dragons très en colère.

Après une journée de préparatifs, les nains ouvrirent leur propre marché. Ils exposèrent des bijoux, des armes, des armures et d'autres marchandises venues des contrées qui entouraient l'océan Intérieur. Djer demanda à Auron de se percher au sommet du chariot de transport de fonds ; certains visiteurs traversèrent le Vhydic uniquement pour le voir, car même les ménageries de l'Est ne pouvaient pas se vanter de posséder un draque. Sa présence excitait tout particulièrement les marchands du bassin du Na et de la côte est. Djer expliqua à Auron que, selon leurs croyances, toute transaction entreprise sous les yeux d'un dragon était assurée d'apporter chance et réussite. Certains hominidés venaient se poster sous son chariot, le regardaient solennellement, s'inclinaient et murmuraient dans leur propre langue. D'autres tapaient dans leurs mains pour attirer son attention et lançaient une pièce ou deux sur le toit du chariot. Auron faisait semblant de les manger et les donnait ensuite à Djer qui les échangeait contre de gros rôtis de bœuf ou d'agneau. Djer lui annonça que s'il était un dragon doré et non gris, il ferait encore plus sensation. Quand le nain annonça qu'il connaissait un artisan elfe qui pourrait peindre sa peau de manière que tous pensent que le draque était sorti de son œuf ainsi, Auron poussa un grondement faussement furieux et pourchassa son ami dans le chariot en mordant son arrière-train.

Auron découvrit que les hommes, les elfes, les nains et les garnes pouvaient, tout comme les dragons, être de différentes couleurs – même si leurs teintes étaient adoucies comme celle de l'esprit de la Terre. Certains portaient des fourrures simplement cousues, d'autres de somptueuses robes avec de petits morceaux de verre cousus sur l'étoffe. Tous, riches ou pauvres, parfumés ou sentant la fumée de charbon, avaient un but commun : acheter à bon prix et vendre cher. Ils employaient une sorte de jargon dérivé du parl avec de nombreux mots répétés de plusieurs façons différentes afin d'être sûrs d'être compris. Auron entendit des marchands demander si leurs clients voulaient en voir davantage avec la phrase suivante :

— Tu-vous veux-souhaite-regarder-voir autre chose supplémentaire-de plus ?

Auron s'en amusa. Mieux encore, il put apprécier le fait de s'amuser.

La lune décroissante leur apprit qu'ils se trouvaient sur les rives du Vhydic depuis plus d'un mois. Auron et Djer s'accordèrent un dîner sous les portes du chariot. Les nuits étaient maintenant assez chaudes pour qu'ils n'aient plus à se blottir près du feu en frissonnant.

— Ta barbe a fière allure. Ne serait-ce pas de la poussière d'or ? demanda Auron au nain alors que celui-ci l'aspergeait avec l'eau à l'odeur légèrement sucrée qui nourrissait la mousse luisante.

Des paillettes brillantes y reflétaient la lumière.

— Ah, j'ai fait une folie ! répondit Djer en faisant un clin d'œil à Auron. Ce voyage sera très profitable pour tous, des nains pousseurs de roues jusqu'aux plus importants.

— Quand les nains s'accouplent-ils ?

— Je prendrai femme quand j'aurai ouvert ma propre ligne, dit Djer. Il y avait cette servante, autrefois, dans les mines. Très gentille, même avec un charbonnier de rien du tout. J'aimerais retourner auprès de ses fourneaux et la ramener dans une maison…

Le nain lança un regard à Auron.

— C'est étrange, la façon dont le hasard réalise tes rêves, reprit-il. Tu en viendrais presque à croire aux balivernes des elfes sur le destin.

— « Presque ».

— Oui, tu comprends suffisamment bien le nain pour reconnaître ce terme quand tu l'entends. Je me moque des « presque ». Ce mot est une tricherie.

— Il n'y a pas de « presque » dans ce voyage. Te rencontrer fut la meilleure chose qui me soit arrivée depuis…

Djer éclata de rire pour rompre le silence qui venait de s'installer.

— Et toi, mon ami, tu as réussi à te faire accepter des

nains. Je vois des bosses sur ta crête. Tes cornes seraient-elles en train de pousser ?

— Sont-elles symétriques ? demanda Auron.

Il se rappela les propos de ses sœurs sur l'emplacement des cornes d'un dragon pour que celui-ci soit considéré comme séduisant ; il était assez vain pour que ce détail le préoccupe.

— L'une d'elles est en plein milieu et l'autre au-dessus de ton oreille, dit Djer.

Le nain éclata de rire quand Auron toucha en sursaut sa crête avec ses *sii*. Les bosses étaient bien là, à égale distance du sommet de son crâne, ce que ses sœurs considéreraient comme idéal. Sur ce point-là au moins il était normal.

— Nous grandissons tous les deux, dit Djer en se tapotant le ventre sous son gilet, désormais rempli par un dîner payé par les pièces qu'Auron avait collectées. Dans une année ou deux, tu ne rentreras même plus dans ce chariot.

— Et tu es sur le point de faire exploser ce gilet comme un dragonnet sa coquille.

— Comment était-ce de vivre dans un œuf ? Les nains viennent au monde comme les mammifères, et nous n'en avons aucun souvenir.

— Je me sentais en sécurité. C'était merveilleux. Comme lorsque tu somnoles bien au chaud pendant un jour d'hiver : pas tout à fait réveillé mais pas vraiment endormi. Tes sens semblent fonctionner par intermittence.

— On apprend tant avec toi, Auron. Je suis maintenant un nain avec une situation et de l'expérience. C'est entièrement grâce à toi.

Il sortit une pipe au long tuyau et y alluma d'épaisses feuilles. Djer avait expérimenté les différents bourrages disponibles sur le marché et avait trouvé celui-ci dont l'odeur forte, proche de celle de la bière, dégoûtait le draque.

Djer poussa un soupir satisfait en soufflant la fumée odorante.

Auron donna un coup de langue sur la main calleuse du nain.

— Tu as travaillé deux fois plus dans les mines pour investir dans la compagnie. Tu as conduit ta charrette sans relâche, même quand cela ne t'apportait pas grand-chose en retour. Tu as alors rendu service à une étrange bête qui, en d'autres temps ou d'autres lieux, t'aurait peut-être tué. Tu ne dois ta réussite qu'à toi, et à toi seul.

Maintenant que le chariot de transport de fonds était aussi vide qu'un cellier à la fin de l'hiver, Auron faisait le tour des marchés et des étals avec Djer. Ils explorèrent les environs du Vhydic et les terres au-delà. Ces nouvelles expériences réussissaient à Auron. Les couleurs, l'énergie qui émanaient de ces lieux étaient contagieuses, quoique épuisantes pour un jeune draque. Les marchés attiraient un tel mélange de gens, d'images et des sons différents qu'il avait l'impression d'être un visiteur de plus dans un monde où chaque visage est inconnu et chaque vision étrange. À son approche, les chiens se glissaient entre les jambes de leur maître et les chevaux dansaient de peur – mais sa présence ne provoquait que des regards intéressés et des commentaires excités. Cela le changeait agréablement des coups de corne enragés et du raclement des épées tirées de leur fourreau.

Auron s'arrêta devant les étals des marchands qui vendaient des cartes à suspendre aux murs et de délicats parchemins, œuvres d'hommes incapables de communiquer grâce à des images mentales. Ils avaient pourtant un avantage sur les dragons. Un homme ou un nain n'était pas obligé de se reposer sur les souvenirs accumulés de ses ancêtres : il pouvait, pour peu qu'il comprenne leurs symboles, apprendre grâce aux écrits de ceux ayant vécu en d'autres temps ou d'autres lieux. Une histoire ne mourait pas avec son détenteur : elle vivait dès que quelqu'un l'apprenait. L'inventivité des hominidés compensait leur faiblesse physique.

Auron vit d'étranges oiseaux au long cou et aux pattes hautes comme des chevaux et un messager venu de l'Est qui volait le long de la route Dorée sur le dos d'un vautour qui avait l'envergure d'un dragon adulte. Il sentit l'odeur d'un métal précieux venue du Sud ; Djer lui dit qu'il s'agissait de platine. Il essaya de boire des vins et divers autres alcools et connut lors de six folles heures l'euphorie puis un épuisement malsain. Des tas de bois laissaient échapper des étincelles quand on les frappait avec un silex, des cristaux accumulaient la chaleur du soleil pendant la journée pour réchauffer une pièce pendant la nuit, des marionnettes dansaient sans fils et racontaient des histoires pour amuser enfants et adultes. Seuls leurs créateurs connaissaient la part de magie, d'art et d'astuce dans tout cela ; ils manipulaient ces trois ingrédients pour offrir au bazar de Wa'ah toutes ces merveilles.

Auron porta en lui les images, les odeurs et les sons de la route Dorée et de l'entre-deux-fleuves pour le restant de ses jours.

Les Barbares avaient sûrement franchi furtivement les montagnes pendant la nuit. Auron entendit au loin les clameurs de la bataille avant l'aube, suivies par le son plus proche des nains qui soufflaient des signaux d'alarme dans leurs cors. Les instruments, posés sur l'épaule, faisaient le tour du torse de leur propriétaire. Leur embouchure était évasée de manière que le son soit projeté dans toutes les directions. Le signal retentit au milieu du chant des oiseaux matinaux tel le cri de guerre d'un dragon.

Le camp des nains était aménagé pour être défendu en cas d'attaque : les trois tours formaient les sommets d'un triangle dont les côtés étaient constitués par des chariots tels les murs d'un château. Les nains se hâtaient de remplir les espaces vides avec des barriques, des boîtes ou des madriers et fermèrent le côté face au fleuve avec le robuste chariot du transport de fonds. Auron n'avait aucun rôle dans cette manœuvre et il ne voyait pas Djer ; il se précipita donc vers la tour la plus au nord et en escalada la paroi pour avoir une meilleure vue sur la situation. Essoufflé par cette ascension, il s'enroula autour du poteau qui menait au nid-de-pie. Le nain au-dessus de lui trépignait d'énervement.

Même si l'aube n'était pas encore levée et ne faisait que donner aux hauts nuages une couleur dorée il y avait suffisamment de lumière pour qu'Auron distingue les assaillants. Une longue colonne débouchait des montagnes et se divisait en trois, telle quelque gigantesque hydre. La file la plus éloignée tournait et se dirigeait vers la route Dorée, celle du milieu avançait vers les palissades qui entouraient les entrepôts du suerzain et la plus proche d'Auron marchait vers la rive du fleuve.

— Ils ne vont pas traverser le fleuve, annonça la vigie au commodore. Nous sommes en sécurité !

— N'entends-tu pas les chevaux ? s'écria Auron. À l'ouest, nain, à l'ouest !

La vigie changea de prise sur la rambarde, se pencha pour scruter la steppe et porta un morceau de verre à son œil.

— Non… oui… non… Y a-t-il quelque chose là-bas ?

— Beaucoup de choses, répondit Auron en descendant le poteau.

Dans la coupole de commandement, juste au-dessous, le commodore tenait devant son visage une sorte de visière et observait la steppe. Il était entouré de nains anxieux. Auron se mit à l'envers pour que sa tête pende et il écouta la conversation qui se tenait au-dessous de lui.

— Par le marteau qui forgea la hache d'Ezkad, ce sont les Kun-Dhlos, dit Stal en baissant sa lentille. Nous leur avons acheté du bétail le mois dernier seulement. On dirait qu'ils sont venus avec tous les garçons et vieillards qui pouvaient monter à cheval. Nous sommes trop écartés. Les tours peuvent à peine couvrir les murs, et encore moins se défendre les unes les autres. Ces temps de paix nous ont rendus paresseux, annonça-t-il à Esef qui venait de gravir les échelles en haletant après avoir entendu le signal d'alarme.

Le commodore prit une grande respiration et mit un porte-voix devant sa bouche :

— Nains ! Prenez toutes les arbalètes que vous trouverez et placez-vous derrière les murs ! Que votre cœur et vos bras soient robustes, ou nos noms seront inscrits sur le mur commémoratif de cette bataille !

Auron observa une longue file de combattants qui traversaient la steppe. Les cavaliers faisaient avancer leurs montures au pas au lieu de se précipiter vers les tours. Celui qui menait les Kun-Dhlos savait discipliner les guerriers.

Le draque n'en aurait pas dit autant pour les hommes de l'autre côté du fleuve. Il vit que l'un des entrepôts du suerzain était déjà la proie des flammes. Des chariots commencèrent à brûler tandis que des cris et le vacarme de la bataille lui parvenaient depuis l'autre rive tel un millier de forgerons enragés qui auraient martelé des pots d'étain.

— Qu'allons-nous faire, monsieur ? demanda Esef. Nous pouvons sauver de nombreuses vies si nous abandonnons nos stocks et défendons nos tours. Ils veulent prendre nos marchandises et non nous tuer.

Le commodore gratta de son pied chaussé de corne le sol comme un cheval impatient.

— Les nains n'abandonnent pas les leurs, répondit-il. J'ai un devoir envers la compagnie, tout comme chaque nain ici : leur faire payer avec du sang ce qu'ils n'ont pas voulu prendre avec de l'or.

— On va leur donner un aperçu de nos lois ! s'exclama un signaleur imberbe, mais ses aînés l'ignorèrent.

— Nous aurions dû creuser une tranchée. Nous étions

plus prudents quand j'étais jeune, avant que la famille du suerzain accède au pouvoir, observa Esef.

— Il est trop tard pour le regretter, répondit le commodore. Descends et ouvre nos réserves. Si tu trouves des cottes de mailles, donne-les aux nains qui sont sur les barricades.

— Que dois-je faire ? demanda Auron tandis qu'Esef parlait dans l'un des tuyaux.

Le commodore fit un bond.

— Par ma barbe ! J'ai cru que tu étais l'une des bannières qui pendait. Reste dans les tours, jeune draque ! C'est l'endroit le plus sûr. Nous allons peut-être perdre un bon nombre de nains, sans parler de nos marchandises.

— Où est Djer ?

Esef leva le nez de son tuyau.

— Là où doit se trouver un nain de son âge : sur les barricades.

Auron serra la griffe de fer autour de sa queue et s'élança au-dessous de la coupole. Il descendit la tour comme il était monté, en préférant ses griffes aux échelles. Il trouva Djer en train de hurler des ordres à d'autres nains afin que ceux-ci ajoutent tout ce qu'ils pouvaient aux barricades. Il ne portait pas d'armes : il faisait de grands gestes et donnait des indications avec le long tuyau de sa pipe.

— Que veux-tu que je fasse ? demanda Auron.

Djer ouvrit d'un coup de pied une caisse remplie de carreaux d'arbalète posée par terre.

— Archers, prenez-en davantage ! cria-t-il.

Il regarda Auron comme s'il le voyait pour la première fois.

— Que tu meures sur ces murs, comme nous tous.

— Personne ici ne sait-il donc mener une bataille ? demanda Auron.

Djer fit une grimace.

— Nous sommes avant tout des marchands. L'art de la

guerre arrive loin derrière. Les tours n'ont pas été attaquées depuis des générations. D'ordinaire, nos machines effraient les ennemis.

— Encore un « presque », dit Auron.

Le draque pouvait voir la lueur féroce dans les yeux de Djer même à travers son masque pare-soleil.

— Ils vont pourtant découvrir que nous ne mourons qu'après avoir dressé un mur de corps autour de nous.

Auron vit des images d'hommes en ordre de bataille, des souvenirs transmis par son grand-père.

— Laissez les machines tenter de gagner ce combat pour vous, mais soyez préparés à ce qu'elles échouent. Quand les hommes combattent, ils gardent toujours de puissantes forces hors de la bataille, en prévision du pire. Ne mets pas tous les nains sur les murs. Garde des renforts.

Djer regarda les tours ; les nains y préparaient leurs armes pour précipiter la mort sur leurs ennemis. Ses yeux se fixèrent ensuite sur les nains largement espacés perchés sur les barricades, seulement deux par chariot.

— Nous sommes trop peu en bas. Tu seras notre réserve. Ton feu les surprendra si tout le reste échoue.

Auron se contracta et ses oreilles se placèrent derrière les *griffs* qui descendaient de sa crête.

— Je vais essayer.

— Les chevaux ne pourront pas franchir la barricade. Ce sera comme la bataille représentée sur la tapisserie. Les cavaliers vont nous tourner autour et mourront jusqu'au dernier. Il y aura sans doute des combats s'ils descendent de cheval et essaient de se faufiler, mais nous devrions…

— Ils arrivent ! Pourquoi les tours ne tirent-elles pas ? cria un nain du haut du mur.

Auron tendit le cou et regarda à travers un trou dans le tas dans l'enchevêtrement de chariots, de balles et de caisses qui constituaient le mur. Les tours qui se trouvaient face aux cavaliers firent feu. Certains des projectiles enflammés brûlaient dans la faible lumière et laissaient des traînées de fumée alors qu'ils fondaient sur l'ennemi. Les tours ne gaspillèrent pas davantage leurs munitions quand les nains constatèrent que la première salve n'avait pas atteint sa cible. Auron entendit les sifflets et les trompes des ennemis et aperçut des mouvements derrière la barrière des chevaux.

— Certains d'entre eux connaissant la portée de nos machines de guerre, dit Djer.

Quelques chevaux s'écartèrent et des formes à quatre pattes chargèrent alors que les premiers rayons de l'aube touchaient les bannières au sommet des tours. Elles ressemblaient à des chiens, mais d'allure plus lourde. Auron entendit des couinements plaintifs et comprit qu'il s'agissait de porcs. Il vit le sang qui coulait le long de leurs flancs et les cruelles piques fichées dans leurs chairs, les poussant à avancer. Les animaux portaient des sacs sur le dos semblables à ceux que les hommes mettaient parfois sur leurs chevaux – mais Auron ignorait quelle était leur utilisation dans ce cas précis.

Les nains n'attendirent pas de le découvrir. Les tours envoyèrent projectiles et flammes et les arbalétriers postés près du mur tirèrent leurs carreaux. Un ou deux porcs tombèrent mais le reste continua à courir ; certains avaient des carreaux plantés entre leurs épaules charnues ou dans la nuque.

L'aube devint alors blanche et un coup de tonnerre retentit. Un cochon venait de disparaître – dans un éclair, semblait-il.

— Le feu de Sul ! Attention ! Le feu de Sul ! hurla un nain du haut de la barricade. Ils sont sous les murs, apportez des seaux de sable ! Je sens...

Une autre explosion interrompit son cri. Le nain et des fragments de son chariot s'envolèrent comme frappés par un poing géant sorti du sol. Les narines d'Auron perçurent une odeur nauséabonde : un mélange sulfureux d'œufs pourris, de chairs brûlées et de fumée acide.

D'autres coups de tonnerre retentirent, quoiqu'une seule des explosions parvînt à créer une brèche dans la barricade. Divers débris, chairs et bois mélangés, retombèrent sur le sol. Quelques nains descendirent précipitamment des murs mais la plupart restèrent à leur poste – par sens du devoir, ou parce que les explosions les terrifiaient.

— Les cavaliers arrivent ! Tirez ! Tirez ! s'écria un nain.

La fumée masqua la scène à Auron. Des nains se jetèrent à terre après une nouvelle explosion, ce qui perturba les tirs des arbalétriers. Le commodore avait sûrement gardé certaines de ses armes en prévision de ce moment car les tours redoublèrent leurs tirs. Feu et fer tombèrent en pluie sur la ligne de cavaliers.

— Regardez le fleuve ! Il y en a qui traversent ! gronda une grosse voix du haut de la tour sud, la plus proche du cours d'eau.

— Tous les nains sur le mur nord ! ordonna Djer. (Il était monté sur un tonneau pour voir l'assaut, la pipe toujours à la main.) Laissez les tours se charger du fleuve !

Des assaillants descendirent de leur monture et coururent armés de cordes et de crochets. D'autres tirèrent des flèches incurvées du haut de leur cheval tout en continuant à tourner. Les projectiles touchèrent plusieurs nains : les cavaliers sur leur monture tiraient mieux que leurs adversaires immobiles. Un autre cochon explosa et effraya cette fois aussi bien les chevaux que les nains. Quelques-uns de ces derniers sautèrent du mur et coururent vers la tour la plus proche. Les édifices tiraient désormais en direction du fleuve et repoussaient les hommes qui venaient de le traverser.

Un chariot se renversa et fit tomber le nain qui était perché dessus tandis que les hommes l'écartaient du mur. Les chevaux des Pieds de Fer tiraient sur ses roues avec des cordes et des crochets et l'extrayaient de force de la barricade. Les attaquants firent de nouveau sonner leurs trompes et la tour du commodore précipita une fois de plus une pluie d'acier sur les hommes et les chevaux qui tiraient le chariot. Le véhicule s'immobilisa à dix pas du mur ; des cavaliers armés de lances et d'épées à la lame recourbée lancèrent leur monture vers la brèche.

Djer sauta de son tonneau et agrippa deux nains qui couraient en direction des tours pour les rediriger vers le trou.

— Comblez la brèche ! hurla-t-il en faisant de grands signes aux nains des autres murailles.

Les archers tournaient maintenant autour de tout le triangle ; les nains usaient de leurs arcs, arbalètes et lance-pierres pour les tenir à distance. Les deux camps échangeaient des projectiles. Deux combattants s'effondrèrent de part et d'autre de Djer ; des hampes à plumes dépassaient de leur poitrine. Un détachement de cavaliers qui portaient des capes de fourrure, des coiffes pointues et qui étaient armés de longues lances aux plumes noires chargea la brèche en criant. Auron aperçut le regard terrifié de Djer alors que celui-ci se trouvait seul devant l'ouverture, sans même un bouclier, et qu'il se débattait avec le levier d'une arbalète.

Auron rugit. Son cri s'éleva au-dessus de la clameur, plus fort que le vacarme des nains, des hommes, des chevaux ou même des cochons. Un lion aurait peut-être pu émettre un tel son, et il lui aurait encore manqué l'effet proche d'une trompe offert par le long cou du draque. Auron s'élança vers la brèche et les chevaux. Ses *griffs* déployés donnaient à sa tête l'allure d'un bélier – Djer ne serait pas seul face aux cavaliers. Une fois à côté de son ami, il lâcha son *foua* et répandit un arc de flammes liquides sur la brèche et le chariot renversé. Le bois surchauffé explosa avec force crépitements et sifflements.

Un cavalier et sa monture bravèrent cet enfer ; Auron tourna la tête dans leur direction. Ses flammes atteignirent les jambes avant de l'animal, liquéfièrent peau et muscles. Le cheval s'effondra la tête baissée, mort. L'homme dont le visage et les bras étaient également en feu décrivit un vol plané ; quand il toucha le sol, il n'était plus qu'un horrible amas gesticulant. Les autres chevaux furent effrayés par les flammes et changèrent au dernier moment de direction pour galoper le long des murs ; leurs cavaliers frappaient désespérément la tête des nains postés sur les barricades.

Auron se posta dans la brèche et, afin d'impressionner ses adversaires, il fouetta l'air de sa queue et de son cou, la gueule grande ouverte et ses collerettes déployées pour grossir sa tête. Un autre cavalier enragé, la cape au vent, bondit par-dessus le chariot renversé sur un cheval blanc comme la lune. Il brandissait d'un bras musculeux un étendard qui ressemblait à un cerf-volant et l'extrémité pointue de sa hampe était dirigée vers la poitrine d'Auron. Les muscles de la nuque du draque convulsèrent mais ses canaux à feu ne laissèrent échapper qu'un gaz acide. Il entendit un claquement derrière lui ; un carreau d'arbalète se ficha dans la large poitrine de l'homme et ce dernier tomba de son cheval en arrière. L'animal contourna Auron et fuit les flammes pour rentrer dans les ténèbres du camp des nains.

— Recharge ceci ! aboya Djer à l'intention d'un nain qui se trouvait près de lui, en tendant l'arbalète qui avait terrassé l'homme à l'étendard.

Il courut vers le cavalier, ramassa la bannière et vint se placer à côté d'Auron en la brandissant comme une lance.

— Le feu les a terrorisés. Je savais que tu ne me décevrais pas, dit Djer, la mine sombre.

Des flèches volèrent au-dessus de leurs têtes.

— Fais grossir ce feu, dit Auron. Que tes nains y jettent des tonneaux, tout ce qu'ils trouveront. Les chevaux n'aiment pas ça.

— Je n'apprécie pas non plus, répondit Djer. (La fumée qui se dirigeait vers eux le fit tousser.) Mais je le ferai.

Il cria des ordres et des nains se mirent à courir pour jeter du bois dans l'incendie. Ils remplirent ainsi la brèche de flammes.

Les Pieds de Fer chargèrent encore, bravant les tirs des tours. Leurs montures tournèrent au dernier moment. Certains cavaliers, tout à leur rage guerrière, bondirent de leur cheval et combattirent les nains des barricades avec leurs poings et leur dague. Ils furent rejoints par une vague de nains pousseurs de roue puissamment armés qui avaient quitté les tours pour apporter leur aide sur les murs. Une troisième charge se dispersa aussi vite qu'elle s'était rassemblée quand les premiers boulets que les tours tirèrent s'abattirent sur les premiers rangs.

Quand le soleil monta à deux diamètres au-dessus de l'horizon, tout était fini. De l'autre côté du fleuve, les barges pillées, les entrepôts, les chariots et les étals brûlaient ; la fumée dessinait une montagne inversée dans le ciel printanier. Djer retrouva le cheval blanc qui avait dépassé Auron au galop ; le nain montait et descendait les barricades tel un cavalier-né, ses jambes courtaudes serrant les flancs de l'animal alors que la selle humaine, détachée, pendait sur le ventre de ce dernier. Le nain continuait à braquer sa pipe tout en criant.

Alors que les cavaliers se retiraient, Auron se rendit compte qu'il tremblait. Les Pieds de Fer soufflaient encore dans leurs trompes et leurs sifflets en signe de défi, couverts par leurs archers pour montrer qu'ils s'en allaient à leur rythme et qu'ils étaient toujours prêts à se battre. Un nain qui s'était levé pour les railler tandis qu'ils quittaient la plaine reçut une flèche dans les fesses ; il survécut, mais ne menacerait désormais plus personne du poing.

Le commodore trouva un trophée de bataille alors qu'il passait au milieu des nains blessés. C'était un étendard vert en forme de losange tendu sur deux barres de fer croisées. Un dessin y était cousu au fil noir : il représentait un homme les bras écartés comme s'il tentait de s'envoler entouré par un cercle doré délimité par ses pieds et ses mains. Cet ouvrage était une véritable prouesse, tout particulièrement la façon dont les fils d'or étaient tissés. Ils étaient entrelacés pour constituer le cercle telles les mèches d'une jeune fille. Il s'agissait peut-être réellement des cheveux d'une femme.

Ainsi mon vieil ennemi m'a suivi jusqu'ici, à l'autre bout du monde.

— De quel roi des steppes est-ce l'étendard ? demanda le draque.

Le commodore leva un sourcil.

— C'est la première fois que je le vois. Ce dessin ne ressemble pas au style des Pieds de Fer.

— Moi, je l'ai déjà vu, dit Djer. Lorsque j'étais nain marchand et que j'arpentais la côte de Varvar. Il signifie : « Les nains ne sont pas les bienvenus. »

Le commodore haussa les épaules mais Auron vit ses grands yeux se plisser à travers son masque.

— Les Pieds de Fer l'auront peut-être copié.

— Les autres ont-ils, eux aussi, été repoussés ? demanda Djer.

— De l'autre côté du fleuve, les Barbares ont mieux réussi. Ils étaient venus pour piller et non tuer. Comment ont-ils pu traverser les montagnes sans que nous en ayons été avertis ? Cela me dépasse. C'est un exploit tactique inattendu pour un général des Pieds de Fer.

— Qui que ce soit, ses hommes se sont bien battus, dit Djer en caressant la crinière grise et blanche du cheval, l'air songeur.

— Ils ont perdu. L'Histoire ne se souviendra pas d'eux. S'il n'a pas été tué ici, sa tête est sans doute plantée quelque part dans la steppe. Ces hommes n'ont pas d'indulgence pour les chefs qui les mènent à la défaite.

Auron repensa à cette attaque experte : les cochons

explosifs, les cavaliers qui avaient démantelé le mur, les archers qui avaient abattu les nains alignés devant le bûcher. *La détermination terrible et mortelle des hommes*, pensa-t-il. *Survivrait-elle aux dragons et aux nains ?*

Les nains de la compagnie furent parmi les rares à quitter Wa'ah avec la plus grande partie de leurs achats intacte. Les Barbares, partis aussi vite qu'ils étaient apparus, avaient pillé les deux extrémités de la route Dorée et laissé un grand nombre de commerçants appauvris et furieux contre le suzerain.

Les tours s'arrêtèrent peu sur le chemin du retour car le fourrage de printemps était plus facile à obtenir pour les wraxapodes. La Caravane fit cependant étape au temple de Fer.

Auron voyageait comme passager dans la coupole de la tour de tête et observait un paysage qui se résumait à un horizon vide. Selon les nains, la steppe était alors la plus belle, quand une débauche de jaune et de bleu se découpait sur l'herbe.

— La terre semble bonne, dit Auron au commodore. Pourquoi ces contrées sont si vides ?

Les chenilles des tours retournaient un sol noir et riche

— Les Pieds de Fer sont des nomades. Ils considèrent les terres où les mènent leurs chevaux comme leur propriété et ne sympathisent pas avec les sédentaires. Certains des bosquets que tu aperçois étaient autrefois des hameaux, mais ces ormes pourraient aussi bien être des pierres tombales. Nous nous en tirons bien car nous voyageons, tout comme eux.

» Le temple de Fer où nous ferons étape indique l'emplacement de la tombe du dernier roi qui les ait assujettis. Il se nommait Tindairuss de... Oh ! le nom de sa terre m'échappe ! En ce temps-là, les Pieds de Fer chevauchaient sous les ordres de Ju Ain K'on, ce qui signifie « Sabots Sanglants ». Il massacra, pilla et étendit les territoires des Pieds de Fer jusqu'aux chutes du Falnges. Tindariuss et les elfes qui vivaient au bord du fleuve souffraient de ces ravages ; il forma une alliance des victimes de Sabots Sanglants. Le dragon dont tu as parlé, NooMoakh, a un rôle dans cette histoire – mais comme c'est un Pieds de Fer qui me l'a racontée, je ne sais quels détails croire. Tindariuss remporta bien des victoires et pour un temps ses hommes colonisèrent la steppe, mais il vieillit et tomba malade. Avant même qu'il meure, ses fils combattirent ses frères pour hériter du royaume. La reine se mit du côté d'un de ses fils mais celui-ci fut assassiné. Le royaume fut pendant un temps divisé en une confédération, mais il n'en reste plus que quelques gigantesques murs de pierre. Toujours la même histoire avec les hommes. Nombreux furent ceux qui rejoignirent les clans de Pieds de Fer. J'imagine ce que Tindairuss penserait s'il savait que son sang chevauche avec ses ennemis mortels. Le temple de Fer doit trembler sous le coup de sa colère.

— Ils ont bâti un temple pour lui au milieu de la steppe ?

— C'est l'œuvre du fils qui a fini assassiné. Il est situé sur le lieu du plus grand triomphe de son père. Je me demande pourquoi ils ont ressenti le besoin de se battre ici. Ça ressemble à n'importe quelle autre partie des steppes. Ce fut un puits, jadis. Le seul à des lieues à la ronde, ce qui explique peut-être cette bataille après tout. C'est aussi pourquoi nous nous arrêtons là. Nos tonneaux sont presque vides.

La Caravane fit étape pendant deux jours à côté du puits après avoir construit la forteresse triangulaire qu'Auron connaissait bien. Elle était cette fois-ci plus resserrée et les nains avaient creusé un fossé tout autour. Il gravit la colline menant au temple en compagnie de Djer tandis qu'une procession de nains poussant des brouettes remontait la pente avec des tonneaux ; leurs muscles noueux luisaient au soleil.

Le temple était en métal. Il n'était sali que par la poussière et ne montrait pas la moindre trace de rouille ou de ternissure. Djer fit courir sa main sur la surface lisse et le matériau noir resta aussi brillant que s'il était arrosé de pluie. Les quatre côtés du bâtiment s'inclinaient légèrement jusqu'à un toit plat trois mètres plus haut. Une colonne de métal y était posée telle une lance pointée vers le ciel.

— Quel est ce métal ? demanda Auron.

Il parlait désormais le nain sans le moindre effort, quoique sa prononciation ne soit pas parfaite en raison de la structure de sa tête.

— Si je le savais, la compagnie m'appartiendrait, répondit Djer. Il a sûrement été créé par des artisans sorciers et leur savoir a été perdu, comme tant d'autres choses précieuses en cette sombre époque.

Auron posa ses griffes sur le métal ; un « ping » métallique résonna quand il le toucha.

— Cette surface est vierge. Je croyais que les hommes écrivaient partout.

— Au-dessus de la porte, dit Djer en pointant du doigt.

Auron regarda les caractères incompréhensibles.

— Il faudra que j'apprenne à lire un de ces jours.

— Un grand nombre de ceux qui en sont capables ne comprendraient rien à ces lettres-là. Je ne les reconnais pas.

— Tu sais qu'il est temps pour moi de partir.

— Oui, répondit Djer. (Son visage rond devint soudain sérieux.) Je continuais à espérer que tu changerais d'avis.

— Je veux retrouver mes semblables. NooMoakh en premier.

— Prépare-toi bien. Traverser ce désert sera difficile.

— Je sais. J'aimerais avoir des sacoches remplies d'outres.

— C'est comme si c'était fait, dit Djer. (Il passa le dos de sa main sur la crête du draque.) Mais je ne peux pas laisser un ami comme toi partir sans un petit quelque chose.

— Tu m'as donné ma griffe de métal. C'est suffisant.

— Pas du tout, dit-il. (Il fouilla dans ses poches, les yeux au ciel, et en tira un anneau.) J'ai fait marquer le sceau du Diadème sur ceci. C'est mon sceau d'Associé, et bien plus que ça. As-tu vu l'insigne que je me suis choisi, au-dessous du diadème ?

Auron observa le symbole gravé à l'eau-forte sur la surface dorée.

— C'est moi ?

— C'est un dragon. Enfin, je pensais en tout cas que cela te ressemblait. Je ne suis pas un artiste.

— Les dragons ont des ailes, pas moi… pas encore.

— Avec ou sans ailes, c'est grâce à toi si je porte ce gilet.

— Je suis honoré, dit Auron.

Sa peau rougit de plaisir.

— Tu peux m'honorer en le gardant avec toi. Si un jour tu te trouves en grande détresse, montre-le à un membre de la compagnie et nous t'apporterons toute l'aide dont nous sommes capables. Traditionnellement, un Associé confie son anneau d'émissaire à un chef d'équipe quand celui-ci entreprend un voyage important. Tu es invité à le garder toute ta vie – qu'elle dure encore de longues et bonnes années.

— Je serai fier de le porter, mais mon doigt n'y entrera pas.

— Alors porte-le sur une de tes cornes, une fois qu'elles auront poussé. Ou autour de ton cou, accroché à un cordon. À ce propos… (Il tira une longue et fine chaînette d'acier de son autre poche.) J'espère que je l'ai faite assez grande pour un dragon de taille adulte. Je pourrais la porter en ceinture.

— Merci.

— Cette chaîne est spéciale, Auron. Un témoignage de la magie de mon peuple. C'est une *dwarscie*. Tends-la à n'importe quel endroit et elle coupera même un collier en fer si tu la frottes d'avant en arrière – si jamais quelqu'un parvient à t'emprisonner de nouveau. Garde-la en souvenir de la première faveur que je t'ai accordée.

Auron essaya de tirer sur les maillons et de petites dents de cristal sortirent de logements semblables à de petites coquilles.

— Ce cadeau m'honore.

— Par ma luisante barbe, Auron, personne ne croira cette histoire dans un siècle ! Un nain et un dragon réunis par le hasard et liés par l'amitié.

Auron recula, prit la main de Djer dans ses *sii* et la secoua à la manière des nains. Il darda sa langue et grava l'odeur de Djer et du tabac de sa pipe dans sa mémoire.

— C'est ce que l'amitié a de meilleur. C'est un cadeau qui ne peut pas être perdu. Seulement gâché.

Chapitre 15

Auron, affamé, assoiffé et frigorifié, se demanda pour la dix-huitième fois en autant de jours ce qui l'avait conduit de l'amitié et du confort jusqu'à ce gâchis. Quand il avait pensé pour la première fois à trouver NooMoakh, il ne s'agissait que d'un vague souhait, une tentative pour partir sur de nouvelles bases et découvrir la vérité derrière l'histoire d'Œilnoisette, cette faiblesse des dragons.

Mais il n'avait pas compté sur le pouvoir de ces terres désertiques. Elles étaient plus vastes que ce qu'indiquaient les cartes des nains.

Ces derniers l'avaient préparé du mieux qu'ils l'avaient pu. Les deux sacoches adaptées à son dos de draque avaient été remplies de viande séchée – tout particulièrement de saucisses – et d'outres remplies d'eau. Auron découvrit qu'une fois leur contenu bu, il pouvait manger le cuir dont elles étaient constituées ; la matière épaisse fournissait à son estomac quelque chose à digérer au cours des froides nuits. Ce n'était en effet pas un désert tiré de quelque légende : une vaste étendue de rochers et de sable. Mais une terre froide et sèche battue par les vents, parsemée de cailloux et d'herbes sauvages qui poussaient sur de gros rochers.

Auron constata que le diamètre de sa queue et sa taille avaient diminué de manière perceptible au cours de son voyage, même après qu'il avait englouti une des sacoches en cuir. Il craignit un moment que sa poche à feu absorbe la graisse liquide qu'elle contenait. Il s'efforça de trotter à la manière des loups, contraignant ses cœurs et ses muscles à maintenir cette allure peu naturelle. Il avançait avec régularité vers le sud et chaque nuit la constellation du Dragon accroupi était plus proche de l'horizon. Parfois, s'il avait de la chance, il attrapait à l'aube ou au crépuscule de petits rongeurs bondissants qui cherchaient des insectes sous les pierres. Leurs petits corps recouverts de poils attisaient sa soif. Il en prit plusieurs et trouva des termitières dans des broussailles. À l'aide de la *dwarscie*, il ouvrit leurs tours semblables à celles d'une forteresse, avant de les écarter et de creuser les nids.

La tache bleue qui apparut sur l'horizon au soir du vingtième jour lui redonna espoir. C'étaient sûrement les pics de Bisson qui apparaissaient sur les antiques cartes des nains dessinées d'après les indications, traduites, du peuple de Tindairuss. Quelque part en leur sein se trouvait l'antre du dragon. Si Auron n'était plus capable de trotter, il pouvait marcher. Il traqua les montagnes comme il l'aurait fait d'une proie. Il avançait en plantant l'arrière puis l'avant de ses pattes ; ses muscles semblaient asséchés et ses articulations grinçaient quand il marchait.

Une créature volait au-dessus de lui grâce à de larges ailes aux plumes écartées comme des doigts. Auron poursuivit son chemin sans lui accorder d'attention. Elle descendit peu à peu en une demi-heure de cercles paresseux. Son ombre passa au-dessus de lui et l'extrémité d'une queue froide brossa l'échine du draque.

—Hé, bientôt-mort, si tu viens du nord, tu aurais dû te faire ramasser, lui lança-t-elle en langue des oiseaux. Pourquoi as-tu choisi mon désert pour mourir, dragonnet ?

Comme si j'étais responsable des cartes erronées, pensa-t-il.

Je ne suis pas un dragonnet. J'ai craché mon premier feu, l'emplumé, croassa Auron.

—Tu devrais te reposer davantage, sinon les crampes et la douleur vont te tuer. J'ai assisté à des douzaines de morts dans le désert et je prédis aisément la tienne. Tu n'as toujours pas répondu à ma question.

— Merci pour le conseil.

Auron espérait que le vautour descendrait à sa portée. Il attendit que l'oiseau décrive un autre cercle avant de poursuivre leur conversation.

— Je cherche un parent, un dragon noir nommé NooMoakh. Si tu m'aides, je t'en serai très reconnaissant.

— Je te trouverai plutôt écroulé sous le soleil et ton dernier souffle sera depuis longtemps parti vers l'est. J'aimerais savoir quel service tu pourrais me rendre en retour.

Auron attendit encore que l'oiseau décrive un autre cercle ; il se sentait incapable de crier.

— NooMoakh ne se nourrit pas de sable. Il doit y avoir de bonnes chasses à faire sur ces collines. Je tiendrai les quatre-pattes à l'écart de mes proies le temps que tu prennes les os.

— Les dragons sont connus pour être des mangeurs d'os, alors je m'interroge. Laisse-moi retourner cette question et lui appuyer sur le ventre. Que puis-je faire pour t'aider, moi, le chasseur bien élevé ?

— Bien élevé ?

— Je ne fais pas à mes proies l'affront de les tuer et attends poliment qu'elles meurent. Quel carnivore pourrait en dire autant ?

Voilà, certains carnivores sont trop mal élevés pour attendre de se nourrir des lèvres et du derrière de leurs proies, pensa Auron.

— Conduis-moi au plan d'eau le plus proche, dit-il.

— Il y a des sources dans les montagnes, mais il te faudra d'abord traverser les collines arides. Nous sommes en plein été et il fait très sec.

— Rien dans le désert ?

— Il y a une oasis de rebuts d'elfes, mais tu finirais sur une de leurs broches.

— Des rebuts d'elfes ?

— Des parias pour la plupart. Ils sont plus nombreux que d'habitude près de leur oasis. Ils viennent de piller une caravane qui avait perdu une grande partie de ses gardes dans de lointaines contrées – nous autres vautours sommes de fins observateurs – et ils s'emploient à consommer le vin et les femmes qu'ils ont pris. Il y aura beaucoup à manger s'ils finissent leurs affaires et s'en vont.

— Montent-ils des chevaux ?

— S'ils les montent ? Ils partagent leurs tentes avec eux.

— Où sont-ils ?

— Dans les Terres creuses. Entre l'est et le sud-est à partir d'ici. Tu y arriveras à la nuit tombée, et si tu as un nez de dragon tu sentiras l'eau dès l'après-midi.

— Tu connais beaucoup d'autres vautours ?

— Moi et les miens volons fort loin.

— Dis-leur de se rassembler pour un festin au-dessus de cette oasis, demain à l'aube.

— Tu parles bravement pour une créature dont je pensais faire mon repas dans un jour ou deux.

— Que peut-il arriver de pire ? Si les rebuts d'elfes me tuent, ils prendront peut-être ma peau.

— Jeune draque, le désert ne change jamais. Pour être franc, je le trouve parfois un petit peu ennuyeux. J'appellerai mes oncles et tantes, nièces, neveux, et cousins jusqu'au troisième degré pour observer ces événements. Cherche-nous quand le soleil se lèvera. Nous assisterons au spectacle depuis les hauteurs. Sa conclusion ne te plaira peut-être pas.

Auron suivit le chemin des creux grâce à son odorat. Le désert devint de plus en plus rocheux et il atteignit bientôt un paysage torturé. C'était comme si, longtemps auparavant, des rochers étaient tombés du ciel pour plonger sur le désert et y avaient laissé des cratères aux parois abruptes.

Le draque se demanda quel ouvrage insensé de la Terre ou de l'Eau les avait créés.

Il dut se retenir de courir quand il sentit l'odeur de l'eau. Des chants d'elfes haut perchés lui parvinrent, mêlés à des cris humains – et quelques hurlements. Tous provenaient du plus large des cratères.

Le soleil descendait dans son dos et Auron tâcha de parcourir les dernières lieues dans le désert en le gardant derrière lui. Si des gardes surveillaient les alentours des Terres creuses, ils ne resteraient pas longtemps à leur poste en regardant directement le soleil à l'horizon. Quand il parvint à distinguer les voix les unes des autres, Auron s'arrêta et se plaqua au sol. Le crépuscule dissimulerait sa dernière manœuvre d'approche.

Il vit un hominidé – trop éloigné pour déterminer s'il s'agissait d'un homme ou d'un elfe – grimper sur un rocher en forme de serre de rapace, se dresser et observer le désert, vers l'est. De l'eau coulait et son murmure délicieux semblait si proche dans le cratère... Auron rampa jusqu'au bord et regarda en contrebas.

Une masse de plantes grimpantes pendait des parois. Le fond du cratère était recouvert de sable et de buissons ; il débouchait d'une faille qui donnait au creux une forme de larme. À l'endroit le plus large se trouvait un plan d'eau alimenté par des ruisselets qui coulaient le long de la paroi verticale. L'étroite extrémité avait été naturellement formée ou creusée pour constituer une longue fissure qui remontait vers le désert, six bonnes longueurs de cou de dragon au-dessus du fond du creux. C'était là que la sentinelle elfe se dressait sur son promontoire, le seul accès qui n'obligeait pas à escalader la paroi.

Cavernes et saillies parsemaient le flanc du cratère et les rebuts d'elfes y avaient élu domicile, chacun dans sa grotte comme des chouettes qui se partageraient un arbre creux. Des cordes ou des échelles pendaient depuis certaines ouvertures, d'autres pouvaient être atteintes en montant sur des tas de rochers ou en utilisant des prises taillées dans la roche. Un enclos délimité par des pierres empilées était construit près du plan d'eau et abritait quelques chameaux. Les chevaux devaient sûrement se trouver sous les tentes, comme l'avait dit le vautour. L'une d'elles, très vaste et faite d'un assemblage de chiffons et de ce qui ressemblait à la voilure d'un bateau, s'étendait de l'embouchure de la ravine jusqu'au milieu du cratère. Auron vit des lampes brûler à l'intérieur et des clameurs inquiétantes lui parvinrent : des hurlements de femmes. Le draque sentit l'odeur du sang et il inspecta une fosse plongée dans l'ombre et dans laquelle gisait une forme pâle et inanimée.

De la viande cuisait sur des broches au-dessus de petits pots ou de trous dans lesquels brûlait du charbon. Deux elfes avec des épines qui poussaient dans leurs cheveux, chaussés de sandales et vêtus d'une ample robe, passaient d'une tente à l'autre en portant des bouteilles de vin. Auron aperçut des cimeterres et des arcs recourbés éparpillés dans les petites cavernes et sur les saillies. Ces elfes étaient des guerriers – et des guerriers cruels si l'on se fiait aux cris qui provenaient de la tente.

Auron imprima dans son esprit une image mentale du cratère puis s'écarta du bord pour ramper au milieu des pierres ; il ondulait vers la sentinelle, son ventre frottant les rochers froids. Il goûta l'air. L'elfe n'était pas seul, même si le draque ne connaissait pas la position des autres. Il savait au moins où se trouvait celui-là.

Auron remercia sa bonne étoile : les rebuts d'elfes n'avaient pas de chiens. Il avait besoin d'eau, de nourriture et de repos… et pour cela, il lui fallait chasser les elfes.

Mais comment ?

Après avoir réfléchi un instant, il avança furtivement ; son corps avait pris la couleur du sable dans la pénombre.

Il rentra ses griffes pour gravir silencieusement le rocher de la sentinelle. Ses *sii* collants trouvaient facilement des prises sur le calcaire usé par les vents. Il devait cependant faire attention à l'extrémité de sa queue chaussée de fer. Elle l'empêchait de grimper comme il en avait l'habitude car il craignait que le métal racle contre la roche.

Le rebut d'elfe somnolait au-dessus de lui, assis en tailleur sur le rocher, la tête contre la poitrine. Auron termina son ascension de biais. Les oreilles de l'elfe avaient sûrement perçu quelque chose mais, avant qu'il réagisse, Auron fit claquer sa queue et le frappa en plein visage avec son petit bouclier. Il tira l'elfe en arrière vers sa gueule grande ouverte et broya le crâne de la sentinelle dans un craquement.

La pluie de sang qui coula sur les pierres réveilla les autres. Auron entendit l'un des elfes dire en plaisantant que la sentinelle se soulageait trop bruyamment. Ils communiquaient en parl. Auron aperçut deux formes en contrebas qui s'agitaient dans leurs couvertures recouvertes de sable et il leur sauta dessus.

Le massacre ne prit qu'un instant. Ces deux elfes étaient préparés à donner l'alarme et non à combattre une créature aussi lourde qu'un lion et qui plongeait vers eux toutes griffes dehors. Une créature aussi meurtrière avec ses dents qu'avec sa queue.

Auron mangea quelques morceaux de choix et lapa le sang salé. Il sentit l'énergie de ce repas gagner ses membres aussi rapidement que le liquide se déversait dans son estomac. Quand il eut fini, il s'affaira sur les corps. Il déchira les chairs et brisa les articulations afin qu'il soit impossible de déterminer s'il s'agissait d'hominidés, de chevaux ou de cochons pour qui n'était pas un éminent spécialiste en fragments d'os. Il scruta ensuite le sol à la recherche de ses empreintes et il les effaça à coups de queue.

Il retourna ensuite vers le cratère.

Les festivités devenaient de plus en plus bruyantes au fur et à mesure que la nuit avançait.

Auron descendit la paroi qui surplombait le plan d'eau. Quand il plongea dans l'eau, ce fut comme un rêve devenu réalité – le liquide semblait caresser sa peau à coups de langue. Il but, mais sans excès.

Deux hommes sortirent en titubant de la grande tente qui se trouvait à l'entrée du cratère. Ils portaient un corps par les chevilles et les poignets. Sa longue chevelure trempée de sang traînait sur le sable tandis qu'ils l'emmenaient vers la fosse commune. Ils jetèrent le cadavre sur les autres sans autre forme de cérémonie et lancèrent ensuite une bouteille vide qui se brisa contre un rocher. Ils reprirent le chemin de la tente mais l'un des deux individus trouva soudain la tâche de se débarrasser d'un cadavre trop fatigante et il s'effondra, ivre mort. Son compagnon dit en ricanant quelques mots qu'Auron ne comprit pas, puis il se dirigea vers la lumière qui filtrait par une fente, entre deux pans de la tente.

Auron prit une autre lapée d'eau fort bienvenue puis s'activa au milieu des restes sanglants des victimes avant de se tapir et d'attendre.

Un seul cadavre fut sorti de la tente une fois que les cris eurent cessé mais les porteurs furent incapables de le traîner de l'autre côté du creux. Ils jetèrent le corps démembré d'un jeune garçon terriblement maigre contre la paroi. L'un d'eux agita une paire de pinces ensanglantées à l'intention des autres et tous trois caquetèrent de rire avant de rentrer sous la tente en titubant.

Le soleil se leva une heure après que les dernières clameurs de cette fête sanglante se furent tues. Auron regarda le ciel et vit les vautours qui planaient en décrivant des cercles. Six ou sept se laissaient porter par les courants d'air chaud et d'autres les rejoignaient à chaque instant. Ils étaient venus en suivant leur instinct, attirés par le rassemblement de leurs semblables.

Deux rebuts d'elfes descendirent le passage menant au creux de l'autre côté de la tente en poussant des cris d'alarme. Des hommes et des elfes à moitié endormis se mirent debout et saisirent leurs armes.

Auron les laissa se rassembler sous le spectacle inquiétant du vol de charognards et écouter le récit des elfes partis assurer la relève des sentinelles.

— Une nuit horrible, ça oui. Gongglass et Nardi sont en petits morceaux. J'ai pas pu dire qui était qui. Ils ont été pris par surprise et l'intrus a pas laissé de traces. Je sais pas ce que c'était mais il les a mis en pièce à l'abri du vent.

Les elfes et les hommes échangèrent des murmures en regardant la paroi du cratère puis le ciel plein de vautours.

— Du sang ! Du sang sur le rocher de garde ! s'écria l'un d'eux en désignant le guet qu'Auron avait visité.

— Où est Tirl ? Et Sableluisant ?

— MORTS ! rugit Auron en levant la tête du tas de cadavres. (Il s'était enveloppé dans des intestins et avait coincé des bras arrachés sous sa crête pour les faire dépasser comme des bois.) EN VOLANT CE TRÉSOR, VOUS AVEZ PERDU LA VIE ! IL ÉTAIT MAUDIT. TOUS CEUX QUI L'ONT TOUCHÉ APPARTIENNENT AU VENGEROG, TIRÉ DU PLUS PROFOND DES ABYSSES PAR LE BRIS DU SCEAU SECRET !

Auron se balançait d'un côté puis de l'autre au fond de la fosse et projetait son urine en un grand arc. Il avait passé un long moment sans boire et le liquide avait une odeur âcre et acide.

Les chameaux et les chevaux que la peur des rebuts d'elfes avait déjà rendus nerveux sentirent la forte odeur qui flottait dans l'air. Les premiers se mirent à blatérer tandis que les seconds coururent en poussant des hennissements, ce qui augmenta encore la confusion devant la tente. Les elfes surgirent de leurs grottes tandis que la foule se précipitait pêle-mêle sous la tente en une course désespérée. Les elfes abattirent dans la cohue les piquets de la tente et elle s'écroula sur les hominidés et les animaux.

Auron posa les pattes avant sur le bord de la fosse et tendit le cou au maximum. Un homme restait là, bouche bée sous son large chapeau. Il clignait des yeux dans la poussière soulevée par les hommes, les elfes et les animaux. Auron devrait donc en tuer un de plus. Il traîna son costume d'intestins sur le sol du cratère.

L'homme ne bougeait pas et riait comme un imbécile. Il se plia en deux, les mains sur le ventre, s'assit et ôta son chapeau pour s'éventer avec.

S'il croit que je vais l'épargner par peur de tuer un fou, il va avoir une mauvaise surprise, pensa Auron. *Et s'il a vraiment perdu l'esprit, c'est encore le meilleur service que je puisse lui rendre.*

Auron s'arrêta alors – le cercle qui retenait les cheveux de l'homme attira son regard. Auron avait déjà vu cet objet auparavant. Et ce rire lui semblait familier.

— Auron, dit Naf en parl, avec un fort accent. Je n'ai pas encore touché ce trésor alors tu n'as aucune raison de me tuer, « Vengerog ».

Une fois lavé dans le plan d'eau, Auron refit surface et trouva Naf occupé à extraire un chameau piégé sous la tente effondrée. L'animal n'était pas en état de se calmer et Naf l'envoya dans un coin en le frappant du plat de son cimeterre puis l'attacha solidement.

Il revint vers Auron, couvert de morsures et de crachats.

— Ce chameau s'est battu presque aussi bien que toi à l'automne dernier, draque, dit Naf.

— J'espère que c'est un compliment. S'il s'agit d'une insulte…

— Non, je ne voulais pas t'insulter. Je ne connais pas les dragons, mais il est triste de constater qu'ils n'ont pas le sens de l'humour.

— Tous les sens d'un dragon sont affûtés. La vue, l'ouïe…

— *Wrak!* Je ne parle pas de ça ! Les hommes rient face à l'inhabituel, au ridicule. L'inattendu.

Naf plongea la tête sous une tente, y entra et en ressortit avec des sacs sur l'épaule et une outre aussi grosse qu'une chèvre.

— Je ne comprends pas, dit Auron. Devant l'inattendu, il faut faire attention et non rire.

— Comment expliquer les couleurs à un aveugle ? Tiens, c'est peut-être la chute de quelque histoire. Voilà un exemple : « Deux cannibales sont assis près d'un feu. L'un dit : "Je déteste mon beau-frère", et l'autre lui répond : "Alors essaie les pommes de terre" ». Comprends-tu ?

Auron tira la langue et essaya de sentir l'humour.

— Non.

— D'accord, elle est mauvaise.

— Que faisais-tu avec ces misérables elfes ?

Naf commença à remplir les sacs de nourriture. Tour à tour disparurent des quartiers de viande enveloppés dans du papier, des pains plats, un pot de fromage, des fruits séchés et des noisettes.

— Je ne savais pas quel genre de voleurs ils étaient quand je les ai rejoints. Après avoir quitté Hross, je suis parti tenter ma chance au Sud et j'ai entendu parler d'un assaut sur la route Dorée. Je comptais y participer, mais ils ne sont parvenus qu'à intercepter une caravane sur le chemin du retour. Nous avons manqué le pillage.

— J'y étais. Ils n'ont pas réussi à piller les nains.

— Je suis content pour eux. Ce sont des gens honnêtes.

— Nos assaillants avaient un étrange étendard. Un homme à l'intérieur d'un cercle.

Naf se tut un instant.

— Les *andams* étaient mêlés à ça ? Si je…

— Andams ?

— En parl, ça veut dire « vrais ». Je crois que ce sont les légions d'un roi barbare. Hross était dégoûté des nains et voulait se rendre dans le Nord pour les rejoindre. C'est l'une des raisons pour laquelle nous n'avons pas continué ensemble.

— Tu as peur d'eux ?

— Ils ont des croyances inhabituelles. Et cette fois, « inhabituel » n'a rien à voir avec l'humour.

— Ils se sont bien battus, dit Auron en se souvenant des cavaliers.

— C'est une bonne chose que vous ayez gagné. Ils ne font pas de prisonniers. Enfin si, mais des femmes. Selon leurs coutumes, l'homme qui engendre le plus d'enfants est tenu en haute estime. Ils se moquent de la façon dont les bébés sont conçus, du moment qu'ils naissent.

— Ces rebuts d'elfes n'étaient pas tendres avec leurs prisonniers.

— Je n'ai rien à voir avec ça.

— Mais tu n'as rien fait pour les arrêter.

— Pourquoi un draque s'en préoccupe-t-il ? Tu les mangerais, si tu en avais l'occasion.

Auron grogna.

— Si j'avais faim et ne trouvais pas de proie plus facile, oui. Mais je n'en tuerais pas six si un seul suffisait à me remplir l'estomac. Et je ne les torturerais pas.

Naf hocha la tête.

— Et tu as faim en ce moment ?

— Non, j'ai bien mangé.

— Alors je vais te montrer quelque chose, draque. J'aimerais que nous nous quittions en meilleurs termes que la dernière fois.

L'homme entra sous une petite tente puis en sortit en faisant rouler un tonneau encore entouré d'un filet. Il trouva un maillet et en frappa le haut du tonneau ; il souleva ensuite le couvercle et dit quelques mots en une langue inconnue. Deux minuscules mains lui prirent le cou et il souleva une petite fille. Sa peau était violette à cause du vin et la lumière lui fit plisser des yeux tandis qu'elle tremblait dans les bras de Naf.

— Auron, voici Hieba. Je veille sur elle depuis que nous avons attaqué la caravane. Ça fait une semaine que je la cache à ces salauds. Je me demandais que faire d'elle, tu viens de résoudre mon problème.

Auron darda la langue. La fillette aux cheveux sombres sentait le vin.

— Tu vas lui faire quitter le désert ?

— Non. Je vais te demander de l'emmener. Quelques elfes trouveront peut-être le courage de revenir. Ils suivront certainement ma piste, je ne suis pas assez bon pour que les rebuts d'elfes ne la retrouvent pas. J'ai une chance sur dix de sortir vivant des terres arides. Avec toi, elle a plus d'espoir.

— Moi, veiller sur une enfant humaine ? Je vais dans les montagnes pour chercher un de mes ancêtres.

— NooMoakh ? Il est mort depuis longtemps. Des années, à ce qu'on m'a dit.

— D'autres ont déjà annoncé de telles choses, et ils avaient tort. Cette erreur leur a été fatale.

La fillette babilla à l'intention de Naf, mais il ne semblait pas la comprendre davantage qu'Auron.

— Est-elle sevrée ? demanda Auron.

Il savait que les petits d'hominidés se nourrissaient au sein de leur mère – mais c'était à peu près tout.

— Elle a dans les quatre ans et boit du lait de chèvre. Je ne connais pas mieux les enfants que toi, à part mes rares souvenirs de l'époque où j'en étais un.

— Que fais-tu avec elle ?

— Je l'ai trouvée cachée sous les pattes arrière d'une mule. Pour les rebuts d'elfes, je n'étais guère plus qu'un gardien de troupeau, j'ai donc pu la dissimuler dans l'un des tonneaux. Elle est de toute façon assez grande pour savoir se tenir tranquille.

— Viens avec moi. Tu t'occuperas de la fillette et je tiendrai les elfes à distance, proposa Auron.

Naf eut un petit rire.

— Les rebuts d'elfes ne croiront peut-être plus à la malédiction du Vengerog s'ils découvrent nos empreintes qui s'éloignent côte à côte. Je ne vis avec eux que depuis quelques mois, mais je sais qu'ils s'accrochent à leurs rancunes comme un nain à une pépite.

Naf posa la fillette sur le dos d'Auron. Elle se mit à pleurer, mais si doucement qu'Auron ressentit de la compassion pour cette petite créature confinée pendant plusieurs jours dans un tonneau. Il tordit le cou pour la regarder; les larmes nettoyaient le vin qui lui recouvrait les ailes du nez.

— *Nula*, dit-elle.

Naf lui caressa les cheveux.

— J'ai compris ce mot. C'est « poney » dans une des langues de l'Est. Elle croit qu'elle va faire un tour de poney.

— Pourquoi me fais-tu confiance? Qu'est ce qui m'empêche d'en faire mon goûter?

— Parce que tu as accepté de la prendre avec toi. Les miens ont beaucoup de légendes sur les dragons. Ils n'engendrent pas chez nous la même terreur que chez les autres peuples. Ils peuvent être dangereux, mais ils disent la vérité.

— Et quand bien même ce serait vrai, je ne me rappelle pas avoir fait une telle promesse. Quel est ton peuple?

— Nous faisions autrefois partie des puissants. D'ailleurs, NooMoakh figure dans nos épopées.

Un nom lui revint en mémoire.

— En compagnie d'un roi nommé Tindairuss?

— Oui. C'est touchant de voir qu'un étranger connaît les histoires que nous racontons au coin du feu.

La petite fille se mit à frapper de ses talons les flancs d'Auron.

— Fais un petit tour avec elle, je vais charger mon chameau.

— Mets-lui à manger dans des sacs. Et des outres d'eau. Il me faudra plusieurs jours pour atteindre les montagnes. Elle aura aussi besoin de couvertures.

— Toi qui croyais ne pas savoir t'occuper d'un enfant ! dit Naf en riant.

Il la regarda explorer la peau granuleuse d'Auron de ses petites mains. Elle devint violette au contact de l'enfant.

— Je l'emmènerai de l'autre côté des montagnes et la rendrai à ses semblables. NooMoakh peut attendre.

— Merci, Auron. (Naf glissa de la viande et des fruits séchés dans une couverture et la fixa pour que Hieba puisse s'asseoir dessus.) Cela me rappelle certaines des histoires de Tindairuss et de NooMoakh le Noir.

— Alors tu es peut-être destiné à être roi, toi aussi. Ce cercle d'argent que tu portes autour de la tête ressemble un peu à une couronne.

— Même s'il le voulait, mon peuple ne pourrait pas avoir un roi de l'ancienne lignée. Nous sommes maintenant régis par les Ghiozes, ce qui est toujours mieux que d'être attaqués par les Pieds de Fer, mais il est très difficile d'améliorer notre condition. Les Ghiozes obligent les hommes à rester ce qu'ils sont au jour de leur naissance.

— Dans ce cas, je te souhaite bonne chance pour t'améliorer.

Auron regarda Naf rassembler de la nourriture pour le chameau. Il siffla faux pendant toute la durée de l'opération. Il finit par sortir un coffre de la tente effondrée, l'ouvrit et y prit une bourse en cuir qu'il passa autour de son cou. Auron balançait la petite fille sur sa queue et la laissait tremper ses pieds dans le plan d'eau. Les rires ravis de l'enfant lui rappelèrent mère. Selon toute vraisemblance, cette fillette n'avait pas de parents, elle non plus. Il sentit soudain qu'il devait la protéger, comme si elle était un dragonnet et non une humaine. Il lécha sa nuque ; elle poussa un cri perçant, se tortilla et babilla.

Auron entendit Naf tousser et il se retourna pour le voir qui tenait par la bride le chameau entièrement chargé. L'homme lui montra du doigt un tas de provisions qu'il avait rassemblées. Il lui fit un clin d'œil et mena son chameau hors du cratère tandis que la fillette donnait des coups de pied dans l'eau.

Naf parti, les charognards descendirent dans la fosse et se posèrent près des corps. Ces volatiles gracieux devinrent alors des marcheurs maladroits et peu élégants. La petite fille les montra du doigt et aboya un mot.

— Tu ne connais pas le parl, n'est-ce pas ? lui demanda Auron.

Quand elle entendit le grondement de sa voix, l'enfant cessa de jouer dans l'eau et se mit à babiller dans sa propre langue – mais Auron fut incapable de déterminer s'il s'agissait ou non d'un langage de son invention. Il la reposa et agita doucement le bout de sa queue devant elle. Elle agrippa la pointe que Djer avait confectionnée puis la relâcha.

— *Iss*, dit-elle, catégorique.

Auron sut qu'elle trouvait que c'était froid et dur, contrairement au reste de sa peau. Mais comment avait-il pu le deviner ?

Il oublia le sifflement de Naf qui quittait le cratère, oublia les vautours qui s'abattaient désormais sur les corps entassés dans le charnier, oublia même la petite fille qui s'était mise à genoux pour contempler ses griffes. Il se concentra et tenta de lui envoyer une image mentale qui la représentait assise sur son dos. Il ne reçut rien en échange, mais elle leva la tête et regarda autour d'elle. Il continua à lui transmettre l'image. Elle fit une grimace en fermant les yeux. Auron grogna. Si Naf avait été là, il aurait ri en voyant son visage.

L'image se dissipa dans son esprit et la petite fille le regarda, les sourcils froncés. Elle se leva et monta sur son dos à l'allure posée de celle qui essayait de faire les choses comme il le fallait. Quand elle se retrouva perchée sur la vertèbre centrale de la longue colonne vertébrale, elle posa les mains sur ses hanches comme pour dire : « Et maintenant ? ».

Et maintenant ? Un voyage vers les montagnes. La fillette trouva plus confortable de s'asseoir sur les sacoches accrochées au-dessus des pattes arrière d'Auron et de poser la tête contre son échine. La couverture remplie de nourriture atténuait les bosses de sa colonne vertébrale. Auron la regardait de temps à autre et décida qu'elle dormait. Peut-être que le va-et-vient de son corps lui rappelait les berceaux dans lesquels les humains couchent leurs enfants. Il ralentit l'allure et prit soin de prendre un chemin facile. Le sol plat céda progressivement la place aux premiers contreforts des montagnes rougeâtres. Il trouva un cours d'eau. Celui-ci semblait venir d'un défilé par lequel Auron pourrait atteindre l'épaulement qu'il apercevait. Il y aurait un bon point de vue sur les environs.

Si cette partie du désert faisait partie du territoire de NooMoakh, ce dernier ne le visitait pas souvent. Auron ne sentit pas la moindre odeur de dragon, seulement celles des petits rongeurs et des oiseaux de proie qui les chassaient. La fillette explora le contenu de ses sacs et sacoches ; elle mangeait et buvait quand elle le souhaitait – c'est-à-dire souvent. L'enfant se donna toutes les peines du monde pour se cacher derrière un rocher quand il lui fallut satisfaire des besoins naturels, mais elle ricana et s'accrocha au dos d'Auron quand celui-ci s'arrêta pour faire de même. Ils passèrent leur première nuit dans un petit renfoncement au pied de la paroi, sur les rives du cours d'eau ; Auron s'enroula comme un serpent autour de la fillette.

Le deuxième jour, elle parla moins et mangea davantage. Ils atteignirent l'épaulement ; depuis le sommet, Auron vit des vallées parsemées de grands arbres ; des feuilles semblables à celles des fougères poussaient à leur sommet. Auron conduisit la fillette dans la vallée et trouva quelques ruisselets. Il posa Hieba afin qu'elle boive et se lave pendant qu'il inspectait ces arbres étranges. Il en distingua deux variétés : les premiers, plus petits, avaient une base épaisse qui rétrécissait jusqu'aux feuilles, tandis que le tronc des seconds était plus fin. Tous étaient protégés par d'épaisses plaques d'écorce qui dépassaient comme des bataillons de nains en cercle qui brandiraient leurs épées contre quelque ennemi. Des lézards d'un vert vif chassaient des insectes sur les troncs et Auron passa d'arbre en arbre pour les gober pendant que la fillette se lavait. Il aperçut, plus haut dans les collines, des créatures hirsutes qui pouvaient être des moutons malingres ou des chèvres laineuses.

Il laissa la petite fille marcher sur le sol plus plat et sablonneux de la vallée et elle se cramponna à sa queue tandis qu'il explorait le secteur.

Posté derrière un rocher, un rôdeur à quatre pattes qui ressemblait vaguement à un chat les menaça en grondant. Il observait fixement l'enfant mais semblait redouter Auron. Quand le draque montra les dents et déploya ses collerettes pour recouvrir ses oreilles, l'animal s'enfuit furtivement.

Le draque et la fillette échangeaient des paroles mais n'avaient pas de véritables conversations. Hieba touchait une chose et annonçait son nom. S'il était plus simple que son équivalent en parl, Auron se mettait alors à l'employer. Le reste du temps, il lui apprenait le parl. Elle avait imité certains de ses grognements quand il avait aperçu le chat sauvage et il tenta de lui enseigner un ou deux mots de draquine à titre d'expérience. Elle s'amusa beaucoup à essayer de reproduire les sons qu'il émettait – mais elle se lassa vite et revint à sa langue natale. Elle pourchassa des oiseaux qui couraient dans des buissons et en sortit avec la bouche et les mains tachées de rouge. Auron se figea et fut sur le point de cracher un jet de flammes sur les buissons quand il comprit qu'elle venait seulement de manger quelques baies.

La vallée s'élargit et Auron trouva les restes d'une colonie. Des hominidés avaient sans doute jadis vécu dans cette vallée. Il n'aurait su deviner en observant les vieux murs et les ruines sans toit s'ils étaient humains, elfes, nains ou garnes. Ils s'installèrent pour la nuit sur un sol carrelé. Des fleurs sauvages rouges jaillissaient de la terre accumulée et des fissures entre les carreaux.

Cette nuit-là, Hieba dormit les bras passés autour du cou du draque. Auron dut cacher la *dwarscie* hors de portée de l'enfant et sa nuque lui fit mal à force de la garder tordue toute la nuit, mais cet inconfort semblait pourtant valoir la peine.

Chapitre 16

Cet été-là, Auron et Hieba partagèrent des explorations, des chasses, des courses et des aventures. Ils inventèrent également leur propre patois : un mélange de parl, de la langue de Hieba et de draquine.

Les explorations furent consacrées à des cavernes peu profondes. Auron trouva quelques fissures dans lequel sifflait le vent, ce qui indiquait la présence de grottes dans ces montagnes. L'une des cavernes avait sûrement été un refuge jadis ; ils trouvèrent des anneaux de fer qui cerclaient des débris de bois depuis longtemps rongés par les insectes ainsi que quelques outils et armes rendus méconnaissables par la rouille. Ils escaladèrent des arbres pour piller des nids d'oiseaux. L'enfant s'accrocha tout d'abord au cou d'Auron, mais très vite le draque dut la suivre. Ses vêtements commençaient à tomber en lambeaux et Auron ne sut que faire. Puis il perça un trou dans un morceau de couverture qu'elle porta ensuite comme un poncho. Ils avancèrent doucement vers le versant sud des montagnes, traversé de nombreux cours d'eau et qui surplombait des collines boisées. Elles occupaient toutes la vue et plongeaient vers une vallée qui courait parallèlement aux montagnes.

Chasser était bien sûr une nécessité ; elle l'aida en tenant le rôle de guetteur de gibier. Ses jeunes yeux parvenaient mieux à repérer les animaux immobiles que ceux d'Auron et un bon nombre de lapins à l'épais pelage durent leur mort à sa vue perçante. Auron ne trouva rien d'étrange dans le spectacle d'une enfant qui dépeçait un lapin ou une chèvre avec les doigts, en tirait des organes encore chauds et les portait à sa bouche barbouillée de sang. Il supposa cependant que si la petite fille retrouvait un jour ses semblables il lui faudrait apprendre à manger différemment.

Les courses étaient encore plus fréquentes que les chasses. Elle courait plus qu'elle marchait et semblait ne connaître que deux allures : course effrénée et repos. Au bout d'une heure passée à courir et escalader les arbres, les rochers ou même Auron – le draque était maintenant presque aussi haut qu'un poney, et il était depuis longtemps bien plus long – elle s'effondrait et devenait soudain une petite masse ronflante. Elle imitait Auron et mangeait tout ce qu'elle pouvait attraper, scarabées compris. Auron la tenait cependant à l'écart des blaireaux, hérissons et autres moufettes dont il avait appris à se méfier quand il voyageait en compagnie de Fortnoir. Elle trouvait également des noisettes et des baies et s'asseyait fréquemment devant un buisson pour manger jusqu'à ce que son visage soit entièrement recouvert de jus violet. Auron la nettoyait à coups de langue ; le goût horriblement sucré de ces fruits le faisait grimacer.

Elle lui tendit un jour une masse informe de pulpe et de peau, collée dans sa paume.

— Pourri, dit-il.

— Doux ! insista-t-elle. Doux doux doux. Douce baie.

Il se mit à l'appeler « Doucebaie » car la façon dont il prononçait ce mot la faisait rire, et le rire de l'enfant l'incitait à pousser des *prrums* de bonheur.

Elle lutta avec Auron et ramassait d'instinct des branches pour le piquer et le cingler. Il tolérait de tels traitements pendant un instant puis prenait son arme dans ses mâchoires et la brisait. Ses pieds, genoux, coudes et mains devinrent aussi rugueux que la peau du draque. Il y avait des jours pendant lesquels elle se contentait de ramasser des cailloux ou des pétales et des nuits où elle ne voulait pas dormir. Auron la suivait alors et lui transmettait vainement des images mentales de petites filles endormies pendant qu'elle pourchassait des libellules ou guettait les croassements et ululements venus des arbres.

Et il y eut aussi des aventures. Un autre chat sauvage les suivit pendant un jour ou deux. Il attendait peut-être que Hieba s'écarte d'Auron. Le draque la laissa rassembler des termites avec un bâton, près d'une souche, et changea de couleur dans de hautes herbes. Le chat s'approcha précautionneusement, mais ne parvint pas à bondir pardessus les flammes que cracha Auron. Hieba courut et sauta sur le dos du draque quand elle vit l'explosion et le feu coloré – mais très vite elle n'eut plus peur et commença à entretenir le feu en y jetant des feuilles mortes. Cela lui avait sans doute rappelé quelque souvenir car elle resta un long moment à regarder aux alentours, comme si elle s'attendait que des hommes viennent se rassembler.

Cette nuit-là, elle sanglota près du feu et Auron ne parvint pas à la consoler. Il la laissa donc à ses pleurs, même s'il ne parvint pas à fermer l'œil avant qu'elle se soit endormie.

Ils évitèrent un ou deux groupes de garnes. Auron ne tenta jamais de les suivre pour découvrir leurs repaires et il n'avait aucunement l'intention de leur confier Hieba. Leurs origines et intentions restèrent donc un mystère. Son père lui avait autrefois dit que les garnes vénéraient les dragons. Peut-être s'étaient-ils installés dans les environs des montagnes pour être près de NooMoakh.

L'été fit place à l'automne et Auron conduisit Hieba vers l'ouest par courtes étapes, le long du flanc le plus irrigué des montagnes. Ils attendaient parfois deux jours avant de reprendre leur route. Il ignorait ce qui se trouvait à l'est mais savait que les humains vivaient quelque part vers l'ouest. Le climat devint pluvieux, et les ruisseaux se muèrent en rivières qu'il leur fallait parfois traverser à la nage – à dire vrai, c'était Auron qui nageait. Hieba, elle, se cramponnait à son dos comme une tortue sur un tronc d'arbre.

Ce fut au bord de l'une de ces rivières qu'ils rencontrèrent NooMoakh.

La quête d'une année entreprise par Auron s'acheva par un après-midi pluvieux alors qu'il arpentait une berge rocailleuse et reniflait la piste de quelque gibier. Si NooMoakh n'avait pas bougé la queue, Auron aurait pris le dragon noir pour l'éboulis d'une avalanche : ses membres antérieurs écailleux étaient terriblement maigres. Auron bondit quand le dragon bougea. Il comprit soudain et fut pris d'un frisson qui fit trembler sa queue.

Mais Auron avait assez de jugeote pour ne pas surprendre un dragon par-derrière. Il se retourna et passa le cou autour des épaules de Hieba. Elle avait coincé des fleurs sauvages dans les accrocs de sa robe-couverture.

— Prudent et tranquille, dit Auron dans leur patois. Danger peut-être, peut-être pas.

— D'accord, chuchota Hieba en regardant la masse noire avec de grands yeux.

La queue de NooMoakh se balançait de droite à gauche pour faire contrepoids à son cou et sa tête qui semblaient se soulever et s'abaisser dans un nuage d'écume et de pluie.

Auron dut l'écarter car elle était clouée sur place par la vue du dragon de taille adulte. Ils le contournèrent par le pied de la colline et remontèrent vers le torrent en passant d'arbre en arbre. Un geai poussa des cris perçants. Il leur reprochait en langage des oiseaux à peu près tout, depuis la pluie jusqu'à la pénurie d'insectes ; Hieba, en colère, serra les lèvres.

— Méchant bleu, le gronda-t-elle.

De grosses gouttes tombèrent des branches et les frappèrent comme des petits marteaux de fées.

Le légendaire NooMoakh, sans doute l'une des plus vieilles créatures au monde, était en train de pêcher. Il était assis sur un à-pic, les ailes repliées contre les flancs de son corps massif. Sa tête se balançait au bout de son long cou, juste au-dessus d'une chute d'eau. Il happait les poissons qui bondissaient hors de l'eau ou plongeait la tête dans le lac pour ensuite la ressortir. De l'eau s'écoulait des coins de sa gueule. Auron aperçut une créature argentée se tortiller entre ses dents et retomber dans le lac, mais ses congénères étaient manifestement restés en arrière. NooMoakh leva le nez vers le ciel et laissa le contenu de sa gueule glisser dans son cou long comme le tronc d'un pin.

— Grosse bête, dit Hieba. Peut-être danger ?

— Peut-être pas, Doucebaie, répondit Auron. On s'approche.

Hieba pouvait ramper aussi silencieusement qu'une chenille quand elle le voulait et elle ouvrit le chemin au milieu des buissons de la berge, écartant les branches pour éviter qu'Auron les brise. Le draque espérait se rapprocher assez pour communiquer par la pensée : NooMoakh y serait plus réceptif. Un rugissement depuis les bois ressemblerait trop à un défi, et la pensée ne trahirait pas leur position si jamais le dragon refusait la présence de l'un de ses semblables.

La crête de NooMoakh était un amas de cornes. Auron dénombra une vingtaine de pointes qui perçaient l'épaisse cuirasse de son crâne. Tout le reste de sa personne avait cependant une allure décharnée. Ce qui chez père avait l'allure de muscles saillants était chez lui des tendons noueux. Son armure luisait même dans la faible lumière de la caverne tandis que les écailles du vieux dragon étaient ternes et poussaient irrégulièrement quand elles n'étaient pas tout simplement tombées. Ses ailes pendaient des muscles de son dos comme s'il n'avait pas la force de les maintenir contre son corps. Il sentait le renfermé, même sous la pluie, comme un mélange de toiles d'araignées et de poussière. Pourtant, ses yeux brûlaient encore comme si des charbons ardents étaient logés sous ses arcades. Auron ressentit de la lassitude et de la douleur ; il sut alors qu'il était à portée de l'esprit du vieux dragon. Père ne lui avait jamais appris comment s'adresser à un dragon inconnu, alors Auron transmit la première chose qui lui vint à l'esprit quand le vieux leva la tête pour avaler de nouveau.

— *Suis-je en présence de NooMoakh ?* demanda-t-il mentalement.

Le dragon ne réagit pas. Il baissa la tête.

— *NooMoakh ?*

Toujours rien.

— *NooMoakh, je suis Auron, un jeune draque. Un gris de la lignée de…*

La tête du dragon se figea et il renifla.

— *Que suis-je donc en train d'imaginer ?* l'entendit penser Auron.

Ce dernier sortit des feuillages et vint se poster sur une pierre près de la berge.

— Non, je suis bien là et vous ne me connaissez pas, dit-il à haute voix.

NooMoakh se tourna et trébucha sur le bout de son aile qui traînait à côté de lui. Il fit face au draque comme s'il était un ennemi.

— Nombreux sont ceux qui ont voulu me disputer mon antre, il y a longtemps de cela, mais aucun d'eux n'était aussi jeune. Le feu brûle toujours en moi et toi, tu as encore des bouts de coquille sur ta peau, dragonnet.

— Vous ne comprenez pas. Je ne suis pas venu vous défier.

— Alors tu devrais être plus poli et éviter d'empiéter sur mes terres pour me déranger pendant mon repas.

— Je… j'ai besoin de votre aide.

Les yeux de NooMoakh s'assombrirent.

— Explique-toi. S'il s'agit de quelque ruse…

— Pas de ruses. Je suis venu de l'autre côté des montagnes Rouges pour vous trouver. Des assassins ont fait de moi un orphelin et des elfes m'ont enchaîné. Je cherche la sagesse de mes semblables. Je sais que mes parents auraient pu m'apprendre encore bien des choses s'ils avaient vécu.

— Si tu es venu me raconter une histoire qui finit par « Que le monde est dur ! », je la connais déjà.

— Quand avez-vous dû défendre votre antre pour la dernière fois, sire ?

— Quand tu auras mon âge, tu te rendras compte que le temps file bien vite. Cinq cents ans peut-être ? C'était un dragon venu du Nord. Ceux du Sud ont été tués il y a bien longtemps.

— C'est le problème de notre peuple. Nous disparaissons, NooMoakh.

— Notre peuple ? Quel peuple ? Appartiens-tu à la même lignée que moi ? Comment se nomment tes parents ?

— AuRel, champion d'AuRye et Epata. Le père de ma mère était EmLar, un gris comme moi.

— Tu es gris, ça ne fait aucun doute. EmLar, EmLar… J'ai eu un petit-fils nommé EmFell. Je n'ai jamais su ce qu'il était advenu de lui. Tu dis que tu viens de l'océan Intérieur ?

— Des montagnes à l'est de l'océan, oui, répondit Auron.

Autant éviter de dire que mère n'avait jamais parlé d'un aïeul nommé EmFell. Était-ce comme un mensonge ?

— Bien, il est possible que tu sois un lointain parent, je tolérerai donc ta présence – temporairement. Tu pourras peut-être te rendre utile.

— Merci, dit Auron en se demandant ce que cette dernière phrase pouvait bien signifier.

— Ce sera bon d'avoir quelqu'un à qui parler. Je dois admettre avoir recueilli ma part d'hominidés dans le seul but d'avoir de la compagnie, quoiqu'ils n'aient pas manqué de tirer avantage de ma générosité pour me voler. J'ai dû les manger – mon hospitalité a ses limites.

— Vous voler ne nous viendrait pas à l'esprit, sire.

— Nous ?

Auron se tourna vers le bois.

— Hieba, viens voir, dit-il dans leur langue.

La petite fille, cachée derrière un arbre, jeta un coup d'œil furtif.

— Un draque qui voyage avec une enfant humaine ? Est-ce une offrande ?

— Pas du tout, sire. Elle est orpheline, tout comme moi. Elle serait morte dans le désert si je ne l'avais pas amenée ici.

— Un petit conseil, jeune draque : ne te lie pas avec les hominidés. Même les nains ne vivent qu'un dixième de la vie d'un dragon. S'ils ne te trahissent pas en faveur de leurs semblables, ils vieillissent et meurent quand tu commences juste à les comprendre. N'ouvre jamais tes cœurs à l'un d'eux.

— Je la garderai avec moi le temps de trouver un groupe de ses semblables. Y a-t-il des humains dans les environs ?

— Je ne pense pas. J'ai donné les trésors de guerre que j'ai amassés par le passé aux garnes. Leurs épées, dont le prix fut loin d'être modique pour ma peau, tiennent les autres races à distance.

— C'est sans doute une sage conduite, je n'ai jamais entendu parler d'un dragon aussi vieux que vous. On dit que vous êtes né avec la création des dragons.

— La création des dragons ? (NooMoakh bâilla et dévoila des dents jaunâtres.) Je suis peut-être vieux, mais pas tant que ça. Non, quand je suis sorti de mon œuf, le monde ressemblait beaucoup à ce qu'il est maintenant. Les hommes utilisaient le silex à l'époque, ils n'avaient pas encore appris des nains comment fondre le métal. Il n'y avait pas autant de bébés elfes mort-nés et les forêts dans lesquelles les vieux elfes avaient pris racine chantaient autour de chaque cascade et de chaque lac de montagne. Les royaumes garnes d'Uldam et de Gomrothe régnaient sur l'axe du monde ; les autres hominidés fuyaient comme des lapins devant leurs chariots. Je t'assure pourtant que les montagnes n'ont pas changé. J'ai vu la banquise fondre dans les plaines du Nord. Les forêts ont pris sa place puis sont parties elles aussi, emportées par les années dans un nuage de poussière. « Brrraaaahh. » Excuse-moi, je n'ai pas l'habitude de parler et mon ventre est rempli de poisson.

NooMoakh posa la tête sur son dos. Il glissa son nez sous son flanc comme une oie endormie la tête sous son aile. Auron recula et donna un coup de langue amical sur le visage de Hieba.

— Danger peut-être, alors ?

— Non, non, Doucebaie. Il dort, on dort.

— Il est gros comme montagne, dit-elle après avoir réfléchi un instant, les yeux plissés.

— Presque aussi vieux qu'une montagne, aussi.

Lorsque NooMoakh se réveilla quelques heures plus tard, Auron découvrit avec lassitude qu'il devait une fois encore se présenter, ainsi que Hieba.

— Il y a des années, j'ai rencontré un gris accompagné d'un enfant humain, dit NooMoakh avec dans le regard une lueur suspicieuse. Je ne crois pas qu'il avait la queue coupée. J'ignore ce qu'il est advenu de lui. Tu dis que cela s'est passé aujourd'hui ?

— Oui. Il pleuvait. Vous étiez en train de pêcher.

— Oh, oui ! bien sûr. Je te présente les excuses d'un vieux dragon. L'âge joue de drôles de tours à l'esprit. Qu'as-tu au bout de ta queue ?

— Les nains l'ont fait pour moi. C'est un bouclier et une arme.

— Tu ne comptais pas m'attaquer, j'espère.

— Non. Vous avez dit, il me semble, que vous seriez heureux que nous restions quelque temps pour profiter de notre compagnie, dit Auron.

NooMoakh n'avait pas exactement dit cela, mais ce n'était pas non plus un mensonge.

— Vraiment ? Alors je le suis. Venez, venez, l'entrée de mon antre n'est pas loin. Je ne m'en éloigne maintenant jamais plus de quelques heures. On dirait qu'il va encore pleuvoir, et il serait préférable que vous arriviez secs.

Il ne remonta pas les montagnes mais, au contraire, descendit. Auron et la fillette traversèrent la rivière dans laquelle NooMoakh pêchait en marchant sur le dos du vieux dragon, comme s'il s'agissait d'un pont, puis le suivirent le long du flanc de la montagne. Auron aperçut une route qui sortait de la forêt en serpentant puis remontait la colline. Elle était de toute évidence abandonnée depuis longtemps : des arbres géants poussaient au milieu des dalles de pierre déchaussées. À chaque virage se trouvait une tour en ruine qui enjambait la route sur deux piliers largement écartés. Seules les arches tenaient encore debout, le reste s'était effondré il y a bien longtemps.

— Elles étaient très jolies, expliqua NooMoakh. Des fleurs poussaient à leur sommet et de la végétation pendait sur les côtés. Le tremblement de terre qui est survenu avant le nuage de poussière les a abattues et les fleurs sont mortes dans les ténèbres. Ce fut autrefois une route des garnes. Ne laisse jamais les autres hominidés te dire que les garnes n'ont rien construit de beau ou de merveilleux.

Ils grimpèrent sous une saillie ; les restes de tours inversées pendaient telles des dents du plafond de la caverne. NooMoakh lui-même semblait petit au milieu des ruines de cette cité construite sur le versant de la montagne, même si les bâtiments construits contre les parois de la caverne s'étaient effondrés depuis longtemps. Trois routes passaient entre les constructions avant de continuer dans l'entrée de la grotte, mais une seule d'entre elles était encore praticable. Les deux autres étaient condamnées par des débris de granit et de briques.

— Ici se dressait jadis Kraglad, une des cités d'Uldam. La porte sud de l'Empire. Une merveille de technique, il fallut un demi-millénaire pour la bâtir. Des processions de garnes vêtus de pagnes remontaient la route des arches pour la célébrer. Tout ceci, c'était avant le désastre et la guerre, bien entendu. Ne te donne pas la peine de passer la tête par les fenêtres, euh… euh… Auron. Les garnes ont laissé la ville comme un squelette dans le désert.

— Ce désastre, c'était vous ?

— Non. Même si certains le disent, c'est faux. J'étais certes formidable en mon temps, mais pas aussi puissant. Il aurait fallu dix dragons, ou plus, pour faire ça. J'admets avoir chassé quelques intrus des salles, au dessous.

Il les fit descendre et les ruines devinrent une véritable termitière de grottes. NooMoakh renifla l'un des passages.

— Les garnes sont là-dessous en train de fouiner. Ils ne nous importuneront pas – et vous non plus tant que vous resterez avec moi.

Auron appréciait de se retrouver sous terre, dans ce lieu calme et oublié. Dans ces grottes, l'air était immobile et l'on ne trouvait pas d'eau ou de lumière comme dans les galeries du Diadème. Elles n'abritaient pas non plus de secrets à l'exception d'un ours en hibernation. L'air semblait avoir été mis ici à la création du monde. Les échos de leurs mouvements dérangèrent quelques chauves-souris qui leur tinrent compagnie en battant des ailes à côté des longs flancs de NooMoakh. Le meilleur restait l'odeur de dragon. Ce n'était pas la senteur forte de père ou le parfum de népenthès réconfortant de mère, mais tout de même une odeur de dragon. Hieba agrippa son échine des deux mains tandis qu'elle le chevauchait.

— Noir, dit-elle.

— Oui, noir et sûr, Doucebaie. Bon pour nous.

NooMoakh passa la tête entre ses pattes et les regarda.

— Faites attention, nous allons descendre dans un puits. Tu trouveras un grand nombre de prises pour tes *sii*.

Auron se faufila à côté de son aîné et passa la tête dans le puits. Il y avait une lueur au fond, comme celle du trésor de père. NooMoakh avait sûrement accumulé un énorme butin au cours des années. Le draque fit claquer ses mâchoires et attendit l'écho. Il mit très longtemps à venir.

— Bras et jambes. Accroche-toi. Fort, dit-il à Hieba.

Elle se balança pour se cramponner contre sa poitrine, les bras autour de son cou et les jambes enroulées sur l'une de ses pattes de devant. NooMoakh commença à descendre la tête la première. Il occupait presque tout le passage. Auron attendit pour être sûr que le dragon ne le balaierait pas d'un coup de queue maladroit, puis il le suivit.

— Aime pas, protesta Hieba après un instant.

Il se retourna afin qu'elle soit à l'endroit. Cela l'obligeait à descendre plus lentement. Sous lui, la queue de NooMoakh disparut.

Le puits changea de direction après une longueur de dragon. Auron entendit la masse de NooMoakh qui s'éloignait dans un autre passage et lui masquait la lueur. Il le suivit. Hieba monta et s'assit sur son dos. Elle commença à se parler à elle-même ; Auron la comprenait suffisamment pour savoir qu'elle comptait diverses choses.

Ils parvinrent à une caverne large et basse. Stalactites et stalagmites se touchaient pour former des colonnes entre sol et plafond ; elles avaient été gravées pour représenter des visages grotesques ou des silhouettes figées dans des attitudes torturées. Des statues de garnes suspendues au plafond ou accroupies au sol menaient ou tourmentaient les autres silhouettes. Dans certains de ces tableaux verticaux avaient été taillées des surfaces planes ; des inscriptions qui ressemblaient à des traces de griffes narraient les histoires de la gloire d'Uldam.

Un crépitement emplit la caverne, semblable au bruit de rochers secoués dans un tambour d'acier. Le son provenait de NooMoakh. Le vieux dragon était roulé en boule au-dessus d'Auron sur une estrade circulaire qui se dressait au milieu de la caverne ; il dormait déjà. La rampe qui accédait à l'estrade n'était pas dotée de marches comme celles qu'utilisaient les nains et les humains, mais d'une série d'encoches dans lesquelles on pouvait glisser les pieds. La plateforme était surmontée de pierres incurvées, effilées, qui ressemblaient à de gigantesques griffes de dragon et qui se dressaient tout autour de l'édifice. Elles avaient sûrement été taillées à même l'estrade, car elles étaient assez solides pour supporter le poids de NooMoakh. Celui-ci s'y était assoupi comme un serpent se reposant sur une branche.

Une statue de cristal sertie d'argent, d'or et de joyaux se dressait au centre de la plateforme et baignait NooMoakh d'une froide lumière. Auron avait vu suffisamment d'artefacts hominidés pour savoir qu'il s'agissait là de quelque œuvre d'art, mais il était incapable de dire ce qu'elle représentait. Le cristal était incliné en avant et s'élargissait à son sommet, divisé en plusieurs milliers de facettes. Une faible lueur blanche brillait à l'intérieur ; elle était réfractée par le cristal et avait l'aspect d'une forme bleutée qui se transformait et bougeait tandis qu'Auron faisait le tour de la pierre gigantesque.

Hieba la montra du doigt.

— Joli ! s'exclama-t-elle.

Auron balança la tête de haut en bas. Sous certains angles il lui semblait qu'une forme avec deux bras et deux jambes s'agitait à l'intérieur ; ses membres apparaissaient puis disparaissaient quand le draque bougeait les yeux. S'il s'approchait de deux pas, la forme devenait une étoile lumineuse. Deux autres et l'étoile volait en un millier d'éclats. Le cœur de la pierre ne montrait jamais deux fois la même image. Auron se demanda si c'était là tout ce qui restait du trésor de NooMoakh.

Il s'éloigna de la pierre et explora la caverne. Hieba commença par protester puis trouva de nouvelles choses à regarder. Ils découvrirent des galeries et des passages bouchés par les éboulis. Auron aperçut des coffres et des étagères sur une des parois; une faible lumière venue de la voûte éclairait des livres cerclés de fer et des étuis à parchemin. Une autre paroi ressemblait à une sorte de nid d'abeilles. Un filet d'eau – mais seulement un filet – alimentait une mare à l'autre bout de la grotte. Et enfin il revint à l'entrée de la caverne par laquelle ils étaient arrivés. Des combats avaient sûrement eu lieu à côté du passage, car les stalactites taillées étaient brisées et les murs noircis par les flammes de dragon. Du métal fondu s'était écoulé dans les fissures du sol avant de refroidir.

Hieba sauta de son dos et fouilla dans les sacoches en quête d'une couverture.

— Froid, expliqua-t-elle.

Elle s'enveloppa et serra les bras autour d'elle. Auron décida que s'ils devaient élire domicile dans les montagnes, ils iraient près de l'entrée, là où il pourrait lui faire du feu.

Maintenant qu'elle disposait d'espace et d'un foyer, Hieba commença à ressembler de plus en plus à l'un de ces rongeurs qui accumulent tout et n'importe quoi. Des débris de brique, d'agate et des morceaux d'écorce s'empilaient peu à peu dans la pièce qu'ils partageaient au sein de la cité en ruine. Ces trophées avaient en commun des formes étranges, des couleurs vives ou des textures intéressantes. La pièce où ils vivaient était construite contre la paroi de la grotte : la roche constituait le mur du fond. Pour y accéder, il fallait gravir les escaliers tortueux du bâtiment voisin, puis traverser un pont en ruine. Auron plaçait un tronc d'arbre par-dessus la partie effondrée et le retirait chaque nuit après leur passage. Auron avait appris des nains et son repaire ne pouvait être atteint qu'en passant par ce chemin détourné. Si les garnes venaient à rôder dans les environs, il pourrait les affronter près du pont ou prendre Hieba avec lui et descendre le long du mur opposé.

Il y avait une sorte de terrasse à l'avant de la pièce, formée par le toit d'une bâtisse située en dessous. Il était recouvert d'une épaisse couche de terre, mais Auron n'aurait su dire s'il faisait jadis office de jardin ou si des détritus s'y étaient accumulés au fil des ans. Il restait avec Hieba et tentait d'imaginer la cité dans toute sa splendeur, quand le plafond et le sol de la caverne étaient habités.

Auron se souciait des garnes car il volait les offrandes que ces derniers laissaient à NooMoakh. Elles ne semblaient pas manquer au vieux dragon. Il reniflait de temps à autre la fontaine vide au centre de la cité extérieure quand il rentrait ou sortait, sans savoir que beaucoup des chèvres et oiseaux sacrificiels finissaient dans l'antre d'Auron. Quand le draque retourna dans la caverne pour parler au dragon noir, la question ne fut jamais abordée. Cependant les garnes déposaient leurs offrandes avec des cloches cérémonielles, des gongs et des prêtres qui poussaient des hurlements pendant que les bêtes étaient massacrées. Si jamais après ce genre d'efforts les garnes découvraient que leur chair finissait dans l'estomac d'un autre que celui désigné par leur demi-dieu, le draque aurait sûrement des ennuis.

Auron projetait en permanence de partir vers l'ouest avec Hieba afin de la rendre aux siens, mais les circonstances ne semblaient jamais idéales. Un trop grand nombre de garnes faisait des allées et venues, NooMoakh était d'humeur à raconter des histoires et à en entendre, Hieba boitait parce qu'elle avait sauté d'un mur effondré… Les courses-poursuites dans les ruines, ponctuées par les rires de la fillette, les longues chevauchées, les moments passés près du feu qu'il allumait en crachant sur des tas de petit bois, toujours à la grande stupéfaction de la petite, lui semblaient de bien meilleures manières d'occuper son temps. Quand l'hiver vint, même s'il était doux de ce côté des montagnes, Auron y vit une raison supplémentaire d'éviter de voyager.

Hieba ne se lassait jamais de leurs « visites ». Elle perdait ses rondeurs de bébé, grandissait et devenait de plus en plus musclée. Elle commença à descendre toute seule le puits qui menait à l'antre de NooMoakh ; Auron restait au-dessous d'elle, redoutant une chute. NooMoakh n'était pas souvent éveillé quand il était sous terre mais, quand il l'était, il se montrait très distrayant. Sauf quand le sujet abordé était sa mort prochaine.

— Les nains et les garnes brûlent leurs morts ; les humains les enterrent. Les elfes deviennent des arbres qui vivent pendant des milliers d'années et sont de plus en plus silencieux. Lorsqu'un dragon meurt, son crâne va décorer le seuil de quelque empereur nauséabond ou la bibliothèque d'un sorcier, déclara NooMoakh – pour la troisième fois.

Hieba se balançait, suspendue aux pointes rocheuses qui dépassaient de la plateforme du dragon noir ; elle s'amusait à se laisser pendre par les bras, les jambes ou une combinaison des deux, comme un singe dans un arbre.

— Si jamais on la trouve, répondit Auron.

Les sombres propos de NooMoakh provoquaient de longs silences entre Auron et Hieba quand ils revenaient dans leur repaire.

— Les garnes ne s'aventurent pas plus loin dans les cavernes que là où va le soleil. Ils croient sûrement qu'un puissant esprit rôde ici. Ces superstitions tiendront peut-être les voleurs à l'écart. Qu'advient-il des elfes quand les arbres qu'ils sont devenus meurent ? demanda Auron, qui tentait de changer de sujet.

Il y parvint cette fois-ci.

— Beaucoup sont emportés par les feux de forêt. Les elfes prennent alors les cendres et les mêlent à de l'argile... Selon une légende elfe, ils ont été créés à partir d'une argilière. Leur créateur les aurait façonnés sur les berges d'un fleuve. Puis ils les brûlent et les vernissent avant de les mettre dans des cryptes. C'est un moyen aussi bon qu'un autre, et si cette légende recèle quelque vérité, alors ce créateur était un maître. Je n'ai jamais vu un seul elfe avec des pustules.

Auron entrevit une ouverture.

— J'ai rencontré une elfe laide. Marquée au cours d'un combat.

— Moi aussi, quand j'y repense. Mais ses cicatrices étaient honorables, reçues au cours d'un combat dans lequel ses adversaires la surpassaient en nombre et en poids à ce qu'elle m'a raconté. Elle savait raconter ! Et chanter ! Il me semble qu'elle se nommait Yeuxnoisettes. Elle posait bien des questions, tout comme toi, Auron. Cette elfe voulait tout savoir des dragons.

— Et a-t-elle tout appris ?

— Elle a appris le plus important. Ne pas nous craindre, mais nous laisser en paix. Les dragons ne chassent pas les hominidés sauf s'il n'y a rien d'autre : bien des proies sont plus faciles à attraper. Il est vrai que les garnes se multiplient tellement vite que nous les mangions autrefois aussi facilement que je pêche des poissons dans le lac. Peu de créatures tuent pour le plaisir ; les réserves de nourriture sont trop précieuses pour qu'on les gaspille inutilement. C'est ce que font pourtant les garnes, et ils ont transmis cette habitude aux autres bipèdes. Tous des Barbares sans rien dans le crâne.

— Pourquoi cette Œilnoi... Yeuxnoisettes posait-elle tant de questions ?

— Les hominidés se débrouillent fort mal avec les images mentales. Pour conserver leurs histoires, ils les dessinent ou les écrivent. As-tu déjà vu des écrits ? C'est fascinant, je possède des livres qui en sont entièrement remplis.

— Oui. Ainsi cette Œilnoisette consignait les histoires des dragons ?

— Nos histoires et même davantage. Comment nous sommes nés, quand nous mourons. Comment nous nous accouplons. Je lui ai parlé parce que je regrettais l'époque de ma jeunesse. Quand voler était une joie et non un tourment cuisant. L'époque où mon ami Tindairuss volait sur mon dos, armé de son arc et de son javelot. Son armure argentée était bordée de noir afin d'être assortie à mes écailles. Nos rapports avec les espèces inférieures étaient meilleurs, Auron. À l'époque, ils considéraient la perte de quelques têtes de bétail comme le prix à payer pour que les dragons fassent régner l'ordre sur leurs terres et tiennent les garnes à distance. Quand ces derniers ont été chassés, comme c'est encore le cas aujourd'hui, les bipèdes ont alors décidé qu'ils pouvaient faire sans nous. Aujourd'hui nous sommes chassés, traqués comme les garnes, après tout ce que nous avons fait pour eux.

— Cette elfe, a-t-elle appris quelque secret ? Elle était peut-être une espionne envoyée pour découvrir un moyen plus efficace de tuer les dragons. Pout trouver nos faiblesses.

— Nos faiblesses ? grogna NooMoakh. Bah ! J'ai déjà entendu ces sornettes, « Tout ver a son point faible » et ainsi de suite. Auron, les dragons sont les plus parfaites de toutes les créatures qui vivent entre Soleil et Lune. Ne crois pas les légendes qui te disent le contraire. Chaque dragon est unique, il y en a des meilleurs et des pires. Si malgré une tare de naissance certains deviennent parfois des draques ou même des dragons, tous les dragons n'ont pas forcément une telle faiblesse. Regarde-toi. Aux yeux de certains, sans écailles, tu n'es que faiblesse. Pourtant, tu as l'air de très bien te débrouiller. Ce ne sont que des fables inventées par les hominidés pour se donner le courage de nous tuer.

— Est-ce donc notre passion pour les métaux précieux ?

— Notre quoi ?

— Le défaut des dragons. Ce que nos ennemis peuvent utiliser contre nous. Qui causera notre ruine.

— De quoi parles-tu, Auron ? Je suis fatigué.

Le draque sentit sa poche à feu se convulser sous le coup de la frustration.

— J'ai entendu dire que tu étais sage, que tu avais découvert une faiblesse chez les dragons. Nous sommes de moins en moins nombreux. C'est ce que tous m'ont dit : de mes parents jusqu'à un nain dont j'ai fait la connaissance. Je pensais que peut-être cette elfe était parvenue à te soutirer cette information par la ruse et que des assassins l'utilisaient contre nous.

NooMoakh ferma les yeux et Auron craignit pendant un instant que le dragon entame l'une de ses siestes inattendues – mais il les rouvrit aussitôt.

— Auron, tu es un draque bien naïf. Tous les dragons sont différents, tu n'en as peut-être pas rencontré suffisamment. Comment pourrions-nous tous avoir le même défaut ? Et pour ce qui est d'être attirés et asservis par ce qui brille, laisse-moi te montrer mon trésor.

NooMoakh soupira et descendit de son estrade en traînant les pattes. Hieba qui était restée jusque-là appuyée contre l'une des pierres pointues, fascinée par la statue de cristal, sortit de sa rêverie et sauta à terre pour les suivre. Le dragon noir marcha vers un des côtés de la caverne où s'ouvraient de nombreuses galeries remplies de coffres et d'étagères. Auron entendit un bourdonnement et il sentit un mouvement dans l'air. Il aperçut des formes lumineuses semblables à de petites étoiles qui voltigeaient près du plafond. Elles devinrent plus brillantes quand ils s'approchèrent.

— Quoi ? quoi ? demanda Hieba, les yeux fixés sur ces choses.

NooMoakh la comprit ou fit une bonne déduction.

— Ils appartenaient à une sorcière. Elle voulait inventorier mon trésor, mais elle est devenue avide. Elle a voulu voler quelques-unes des griffes que j'avais perdues pour quelque formule d'alchimie. Elle s'est enfuie, mais je crois que ses cheveux ne repousseront plus jamais sur son crâne.

Auron observa une étagère. Il n'y vit ni pièces ni joyaux, seulement des rouleaux de parchemin. D'autres étaient garnies de livres, de palimpsestes enveloppés dans des tissus ou même de tablettes gravées à l'eau-forte et de plaques de bronze.

— C'est un trésor ? demanda Auron.

NooMoakh ouvrit d'un coup de museau un coffre rempli de vélins sur lesquels étaient inscrits de vagues idéogrammes.

— Ce que tu qualifies de « trésor » sont des choses mortes, Auron.

— Choses mortes, répéta Hieba dans un draquine tout à fait acceptable.

— Oui, mortes. Les trésors ne sont rien de plus que ce qu'ils sont. Voici la connaissance. Philosophie, histoire, poésie. La connaissance est une chose étrange, Auron. Plus tu en remplis ta tête, plus elle peut en contenir. Elle se multiplie toute seule. Tu ne sais jamais ce que ta prochaine lecture fera, les idées avec lesquelles elle s'accouplera dans ton esprit. Tu serais surpris de savoir le fruit de l'union entre, par exemple, un traité sur les arbres et la description d'un naufrage au cours d'une bataille navale.

— Que veux-tu dire ?

— Sais-tu pourquoi le bois flotte, Auron ?

— Parce que… parce qu'il vient d'un arbre ? L'esprit de l'Eau a créé les arbres, n'est-ce pas ? Il les a conçus pour qu'ils flottent ?

— Cela pourrait être une explication, et peut-être t'en contenteras-tu. Une autre serait les bulles d'air à l'intérieur du bois ; quand celui-ci sèche, les cavités qui contenaient de la sève ou de l'eau se vident et se remplissent d'air. Si les hominidés traitent le bois d'une façon appropriée, il faut longtemps à l'eau pour y pénétrer de nouveau. L'air est plus léger que l'eau, et ainsi le bois flotte.

— Alors pourquoi le bois ne flotte-t-il pas dans l'air ?

— Parce que le bois est plus lourd que l'air.

— Ça ne tient pas debout. Un dragon est plus lourd que l'air. Un oiseau l'est aussi.

— Auron, je suis fatigué. Je ne vais pas t'expliquer comment les courants d'air déplacés par une aile permettent de soulever une masse.

Ah ! pensa Auron. *Tous les dragons savent que l'esprit de l'Air leur a offert son don de voler. NooMoakh essaie seulement de rendre compliqué quelque chose de très simple.*

— Ce que je veux te dire, c'est qu'avec la connaissance, tu n'as pas besoin de trésor. Bien avant de rencontrer Tindairuss, je lisais tout ce qui me tombait sous les yeux. J'ai conservé et veillé sur ces travaux. Avant que mon esprit commence à s'obscurcir, j'avais une certaine réputation. Des sages venaient des quatre coins du monde pour me consulter. Ils m'apportaient des coffres remplis de richesses en cadeau. N'importe qui peut fondre des pièces ou extraire des métaux précieux, mais aucun trésor ne peut acheter la formule du feu liquide ou expliquer comment améliorer les récoltes de fruits grâce à une espèce d'insecte particulière si ces connaissances venaient à se perdre.

— Viennent-ils encore ?

— Non. Mon esprit n'est plus ce qu'il était et les terres comme les traditions des hominidés ont changé. Il ne reste désormais plus que quelques garnes dans ces montagnes. Au sud, les Couronnes de rubis sont revenues à l'état sauvage : la jungle a envahi leurs cités. Au nord s'étend le désert et les peuples des steppes ne connaissent que les terres sur lesquelles ils peuvent conduire leurs troupeaux. Hypat n'est plus que l'ombre d'elle-même sur l'océan Intérieur. Les hominidés ont lâché la plume et pris l'épée.

— M'enseignerez-vous d'autres choses ?

Les premiers temps, Hieba restait avec lui alors qu'il étudiait. Pour commencer NooMoakh aborda les runes des garnes. Hieba travailla avec lui pendant un court moment puis commença à se lasser et partit s'amuser ailleurs. L'antre de NooMoakh était plein de recoins et de crevasses à explorer. Tant qu'elle ne s'aventurait pas dans la cité en ruine près de l'entrée de la grotte, Auron la laissait vagabonder. Il avait inspecté la caverne et savait qu'il n'y avait pas de puits dans lesquels elle risquait de tomber. Elle restait dans la zone éclairée par le cristal posé sur l'estrade.

Quelques semaines plus tard il se consacra à l'étude d'un ancien dialecte nain. C'était une langue simple prévue pour tenir des comptes, davantage adaptée pour relater des faits qu'exprimer des idées.

— Tu as une bonne mémoire, Auron, même pour un dragon, lui dit NooMoakh tandis qu'Auron énumérait une liste de guerriers tués et de matériel détruit par un ancien seigneur nain au cours de représailles.

— Pourquoi avez-vous commencé à lire ?

— C'était peu de temps après que mes ailes furent sorties. À l'ouest d'ici, près des montagnes qui marquent la fin de l'Empire hypatien. J'avais soif d'or, comme tous les dragons à l'époque. Je m'étais associé avec des hommes qui volaient du bétail et des chevaux. Je faisais fuir les bêtes vers le lit d'une rivière tarie ou quelque autre point de rendez-vous et les hommes les vendaient ensuite.

» Ils devinrent plus nombreux et décidèrent d'attaquer les caravanes des marchands de la même façon. Je devais effrayer les bêtes de trait, en manger quelques-unes, tandis que les hommes rassemblaient les troupeaux, les ramenaient vers la caravane puis attaquaient celle-ci pour négocier. Ils étudiaient en permanence les cartes des routes commerciales et des listes de marchandises. Ces documents m'intéressèrent car ils me permettaient de parler d'une région sans avoir à m'y rendre pour l'observer moi-même. Je me suis aperçu plus tard que ces informations n'étaient pas toujours fiables, mais c'est une autre histoire. L'un de ces brigands était plus éduqué que les autres et lisait les messages envoyés d'une cité à l'autre. Il me montra les lettres et m'expliqua que les hommes communiquaient à distance grâce à ces messages. Je pensai tout d'abord qu'il s'agissait d'objets magiques, qu'un homme parlait au papier qui répétait le message à quiconque le déroulait. L'homme me répondit que de telles choses existaient, mais qu'elles nécessitaient un grand pouvoir magique : seuls les rois les plus puissants pouvaient les utiliser. Il me montra comment ces lettres-ci fonctionnaient vraiment et cela me fascina. Tu n'imagines pas tout ce qu'on peut apprendre en lisant, Auron. Il te faudrait plusieurs vies de dragon pour découvrir par toi-même toutes ces choses.

Le regard de NooMoakh s'assombrit ; cela arrivait parfois quand il était perdu dans les souvenirs de sa jeunesse. Le dragon vacilla un instant et Auron crut qu'il était sur le point de s'endormir. NooMoakh se ressaisit soudain, regarda Auron et se mit à gronder :

— Quoi ? Jeune insolent, tu es venu me défier ?

— NooMoakh, c'est moi, Auron !

Le dragon se leva et retroussa les babines ; ses épaisses collerettes surgirent de son énorme crête et se déployèrent.

— Qui que tu sois, c'est ta mort que tu vas trouver en

venant m'affronter. Tu es dans mon antre ! Draque, l'air est souillé par ton odeur.

Il ouvrit largement sa gueule où manquaient quelques dents et se jeta sur Auron. Le draque bondit sur le côté et fila entre les étagères remplies de livres. Il savait que NooMoakh n'y cracherait pas ses flammes. Il se faufila dans une cavité à l'extrémité de la galerie et se retrouva au milieu d'autres d'étagères. Il chercha un endroit sombre où se cacher.

— NooMoakh, tu m'as appris à lire ! dit Auron en se plaquant contre l'une des colonnes de pierre taillée.

Un garne en pierre avec un anneau dans chaque oreille semblait le menacer. Il pointait un trident vers le pied de la colonne sur lequel étaient sculptés un elfe, un nain et un homme, tous trois à genoux.

Le dragon tourna la tête en direction de la voix d'Auron et renifla les étagères les plus basses.

— Ah oui ? Alors j'ai une leçon à t'apprendre. Une leçon fatale.

Hieba traversa la caverne en trottinant, intriguée par le tapage dans la bibliothèque. NooMoakh la vit sans doute bouger car il tourna la tête pour la regarder. Auron entendit ses vertèbres craquer.

— Ah ! Assassin ! rugit le dragon.

Il fit pivoter son imposante masse vers l'enfant. Auron rampa dans son dos, horrifié et prêt à se faufiler entre ses pattes pour attraper la petite fille. Mais que faire si NooMoakh décidait de cracher du feu ?

— Sire NooMoakh, ça va pas ? gémit-elle en draquine.

Le vieux dragon noir s'arrêta et renifla, l'air perplexe.

— Sang et tonnerre… Hieba, ma petite, que fais-tu ici ? Où est Auron ?

— Ici, sire. Nous étions en train de lire et vous avez eu un de vos tracas.

— Vraiment ? (Le doute et la peur voilèrent un instant

le regard de NooMoakh.) Auron, je ferais mieux de me reposer un instant.

NooMoakh se dirigea vers son estrade ; son ventre et ses ailes traînaient par terre. Il s'enroula autour du cristal et enfonça son museau dans le creux de sa patte. Un instant plus tard il grondait dans son sommeil.

— NooMoakh est malade ? demanda Hieba.

— Je ne sais pas, Doucebaie. Monte, nous partons.

Et c'est ce qu'ils firent.

C'était la seule solution. Il lui faudrait du temps pour découvrir tous les secrets que renfermaient l'esprit sur le déclin de NooMoakh et sa bibliothèque perdue. Il ne pouvait pas laisser Hieba dans la cité en ruine où les garnes allaient et venaient ; après l'incident de la caverne, il n'osait plus la laisser près du dragon noir.

Auron apprécia de voyager dans le climat doux du sud des montagnes. Hieba était devenue une enfant dotée d'une énergie et d'un appétit de loup. Quand ils agissaient ensemble ils étaient de taille à chasser le plus prudent des cerfs. Elle s'improvisa des vêtements de cuir avec la peau des biches et des cochons sauvages qu'ils tuèrent – mal tannées, elles dégageaient une odeur qu'Auron lui-même trouvait pestilentielle – et confectionna des outils avec du bois, des os et des pierres. Quand un groupe de garnes se lança à leur poursuite, elle se réfugia sur une arête rocheuse entre deux torrents, De là, elle leur jeta des pierres grosses comme le poing et leur hurla des menaces alors que les garnes rampaient vers elle. Auron resta caché et attendit que les deux plus déterminés atteignent la roche. Le spectacle de leurs corps tordus de douleur au pied de l'éminence dissuada les autres de continuer la poursuite.

Ils trouvèrent une rivière qui coulait vers l'ouest et ils suivirent son parcours tortueux. Ils traversèrent les ruines d'anciennes constructions en pierre et d'autres, plus récentes, en bois, avant d'atteindre une colonie humaine située derrière une large boucle du cours d'eau qui contournait des bois. Même depuis l'autre côté de la rivière, Auron sentait la fumée des feux de bois et les odeurs humaines. Des canots et des bateaux de pêche attendaient sur le rivage et des rondins étaient empilés non loin de là, prêts à descendre le cours d'eau en flottant.

Ils nagèrent tous les deux dans l'eau froide et remontèrent la rive colonisée. Ils entendaient le bruit des haches dans les bois et aperçurent une clôture à travers les arbres. Les clairières étaient occupées par des champs en jachère. Ils étaient suffisamment près. Auron tenta de trouver les bons mots mais le langage qu'ils avaient inventé ne s'y prêtait pas.

— Hieba, maintenant tu retrouves les tiens. Ils vont s'occuper de toi.

Elle sembla dubitative.

— Étrangers. Connais pas.

— On en a déjà parlé. Tu es humaine. Tu dois grandir avec des humains.

— Non. Moi et toi. (L'enfant, troublée, était revenue à son dialecte enfantin.) Tu trouves manger, trouves abri, je ramasse bois, tu fais feu. Comme avant.

— Je vais avec NooMoakh. Danger, peut-être. Des garnes. Pas sûr.

— Sûr avec toi.

— Plus sûr ici, Doucebaie.

Auron abaissa sa griffe de métal et en enfonça la pointe dans la terre.

— Voilà, garde ceci. Cadeau.

— Non !

— Si, répondit Auron avant de se détourner.

Il était incapable de la regarder en face.

Elle ramassa la griffe de Djer et le suivit.

Auron fit volte-face.

—Non. Va-t'en. Humaine. Pas bon d'être avec dragon.

Elle écarta les jambes pour affermir sa position et brandit le bouclier entre eux, le soulevant grâce à la force de ses jeunes bras.

—Moi forte. Maligne. Je viens.

Auron fit claquer sa queue. Il abaissa ses collerettes et gronda.

—Non. Pars !

Son estomac se tordit de chagrin. La dernière chose qu'il souhaitait était de la terroriser pour qu'elle s'enfuît, mais s'il y était obligé…

—Hieba reste avec Auron, dit-elle.

Ses yeux étaient remplis de larmes et sa chevelure en bataille flottait dans le vent frais.

—Non ! rugit Auron.

Des faisans s'envolèrent et le bruit des haches cessa.

—Tu restes. Je pars ! gronda le draque.

Des larmes ruisselaient le long des joues de l'enfant et dessinaient de longs sillons dans la crasse. Elle avança d'un pas, lâcha l'arme et ouvrit les bras pour embrasser son cou.

Auron cracha un jet de flammes devant ses pattes et dressa ainsi un mur de feu entre eux. Il regarda son visage distordu par les ondes de chaleur et il eut l'impression que des poignards lui transperçaient les cœurs. Il distingua les silhouettes d'hommes armés de lances et de haches qui couraient entre les arbres. Le draque bondit à travers le rideau de flammes ; il rugit et fit claquer ses mâchoires.

—Va-t'en ! Cours, Hieba !

Elle poussa un cri et s'enfuit. Son petit corps brun et sa chevelure sombre disparurent dans les buissons. Elle courait vers les hommes.

Chapitre 17

La cité en ruine semblait encore plus vide sans Hieba et ses pépiements de mésange. Auron, se faisait certes moins de souci mais il s'était tellement habitué à la présence de l'enfant au cours des mois passés ensemble, qu'il trouva le vide qu'elle avait laissé impossible à combler.

Il espérait pouvoir la remplacer en s'immergeant complètement dans la bibliothèque du dragon. NooMoakh avait à peine remarqué son absence. Le dragon noir renifla le bélier à longues cornes qu'Auron lui avait rapporté en offrande et entreprit de le dévorer sans questions ni commentaire. Auron reprit ses études et NooMoakh son rôle de tuteur par intermittence.

Grâce à une mémoire efficace, Auron tira le meilleur de son temps et de son travail. Il apprit les alphabets récents et les langues mortes, la poésie épique de Gwer et la prose antithétique de Doong. La bibliothèque recelait de nombreux ouvrages anciens et bien préservés. Tous les écrits que possédait NooMoakh étaient à peine recouverts d'une fine couche de poussière et sentaient légèrement le renfermé, quel que soit leur âge.

— Il y a quelque chose dans ces lumières de sorcier qui préservent le papier, expliqua NooMoakh. En revanche elles n'empêchent pas l'encre de se décolorer. Certains de mes parchemins sont maintenant illisibles. Mais elles protègent de l'humidité et de la poussière.

— J'aimerais savoir comment ces sorciers font cela, sire. Avez-vous des livres qui traitent de la magie ?

De dégoût, NooMoakh retroussa ses babines.

— Ne commence pas à t'essayer à la magie, Auron. Il y a toujours un prix à payer. Un sort a toujours un effet sur celui qui le jette, sa cible et le monde autour d'eux. Vois-tu le désert au nord de ces montagnes ? La terre est morte à cause de la sorcellerie. As-tu vu quand tu le traversais un endroit avec des puits et des trous de différentes tailles dans le sol ?

Auron se souvint du refuge des rebuts d'elfes.

— Oui. Un sorcier est-il responsable de l'état de cet endroit ?

— Oui. Il se nommait Anklamere. Ces cratères sont la conséquence d'une pluie de feu qu'il a envoyée sur ses ennemis. La tour d'Anklamere se trouvait plus loin vers l'est. Avec ses pouvoirs il a flétri une terre qui était plus étendue que bien des nations. Tindairuss le comptait jadis parmi ses alliés, mais ils se brouillèrent. Anklamere finit par rejoindre Sabots Sanglants, ce meurtrier. La femme dont j'ai roussi le crâne était l'une de ses assistantes.

— Qu'est-il arrivé à cet homme ?

— Tindairuss le tua comme le chien enragé qu'il était devenu. Je n'ai pas assisté à la scène : j'étais à ce moment-là trop occupé avec les gargouilles d'Anklamere. Mais le sorcier avait jadis été un grand homme et un bon ami. Tindairuss eut l'air d'avoir vieilli d'un seul coup après cet épisode. Il mourut peu après, au cours d'une bataille. La vie n'a plus jamais été la même depuis que nous avons été séparés. Je ne peux pas voir une armée en marche sans penser à lui et cela me fait souffrir comme un coup de lance. Nous étions bons amis. Une amitié telle qu'il ne peut en exister entre deux dragons, car nous travaillions en équipe. Quand un dragon rencontre un autre dragon, soit il s'accouple avec lui, si c'est une femelle, soit il le provoque en duel, si c'est un mâle. Avec lui c'était différent.

NooMoakh sombra dans le sommeil et Auron déroula une carte pour tenter d'associer des noms aux lieux que le dragon avait mentionnés. NooMoakh évoquait souvent de grands événements qui, d'après ce qu'Auron en savait, n'étaient pas devenus des légendes. D'autres empires avaient grandi puis décliné entre-temps ; les exploits de jeunesse de NooMoakh avaient été oubliés.

Rien de tout cela n'aidait Auron à découvrir quelle était la faiblesse des dragons.

Il apprit l'elfe. C'était une langue subtile, plus de rime que de raison, et qui possédait le plus riche des alphabets. Il était essentiel de le maîtriser pour prononcer les mots correctement. Il récita les chansons et les poèmes des elfes, mais trouva très peu d'informations sur la magie, l'histoire ou l'agencement de la nature. En de tels domaines, les nains et les hommes étaient de meilleures maîtres.

Ses études ralentirent au fur et à mesure que les saisons défilaient, car il passait de plus en plus de temps à nourrir NooMoakh. Le dragon noir ne quittait pratiquement plus la caverne sauf en été. Il somnolait alors pendant des heures à l'entrée de la grotte et laissait sa peau absorber les rayons du soleil aux endroits où les écailles étaient tombées. Il passait le reste du temps à dormir. Quand il était éveillé, s'il ne prenait plus Auron pour un adversaire venu le défier, il se comportait parfois comme si le draque était son propre fils. Auron reçut une profusion d'images mentales de la jeunesse du dragon, quand les garnes régnaient encore sur le cœur du continent. Il vit les hommes, les nains et les elfes s'allier pour renverser leur pouvoir, et les dragons au milieu de tout cela. Certains de ces derniers régnèrent sur les royaumes des garnes comme des seigneurs féodaux, d'autres aidèrent les espèces alliées, une grande partie resta neutre, et quelques-uns profitèrent comme des vautours des innombrables cadavres qui jonchaient les champs de bataille.

Les saisons devinrent des années et Auron grandit. Il

parvint bientôt à transporter dans sa gueule deux moutons, trois chèvres ou les plus grands des rennes. Sa queue commença à repousser. De longs renflements semblables à des cloques apparurent sur son dos et NooMoakh, lors de ses moments de lucidité, les reniflait avec approbation.

— Tes ailes commencent à pousser. Un jour, elles sortiront. La peau sur ton dos sera presque transparente et ça te démangera comme si des fourmis te couraient dessus. Je pense que tu voleras bien, Auron. Tu ne seras pas alourdi par les écailles.

— C'est ce que mère disait.

— Elle avait raison. Quand tu pourras voler, il sera temps pour toi de t'accoupler. Pour autant que je sache, il n'y a pas de jeunes dragonnelles dans ces montagnes. Il te faudra voler un certain temps avant de chanter ta chanson. D'ailleurs, je ne crois pas l'avoir entendue.

Auron grogna.

— J'ai eu trop de choses en tête pour penser à composer des hymnes en mon honneur.

— Tu regretteras de ne pas y avoir travaillé quand un éclair vert attirera ton regard, dit NooMoakh. Mais tu voleras peut-être très longtemps pour ça. Quand j'ai décollé pour la première fois, j'avais l'embarras du choix, mais c'était un autre temps. Je n'ai pas vu une femelle depuis... eh bien... assez longtemps pour ne plus me rappeler quand.

Auron exprima à voix haute ce qui le taraudait depuis longtemps :

— Et quand bien même je trouverais une femelle, je n'ai rien de très impressionnant. Je ne brille pas.

— Une bonne chanson compenserait ton absence d'écailles, et ferait plus encore. Inspire-toi de ces poèmes elfes. Tu veux que ta chanson impressionne. Après votre vol nuptial, elle attendra que tu trouves un lieu de choix pour votre couvée. Tu ne seras jamais aussi fier que lorsque tu entendras les premiers petits coups donnés contre la coquille de tes œufs.

Auron repensa à sa cruelle arrivée en ce monde.

—Les dragonnets sont de curieux petits êtres: ils considèrent la première chose qu'ils voient comme leur mère. J'ai entendu l'histoire d'une couvée dans les montagnes. Les parents furent tués d'une façon ou d'une autre et les dragonnets ont pris pour leur génitrice une vieille femelle urubu venue dévorer le père. L'oiseau a élevé trois dragons jusqu'à ce qu'ils soient assez grands pour descendre des sommets.

—Est-ce vrai, sire?

—De telles histoires se sont produites plusieurs fois, mais je n'arrive pas à m'en souvenir. L'elfe Yeuxnoisettes avait sans doute quelque chose à ce sujet dans ses notes. Il y a un rouleau en cuir qui contient ses écrits quelque part sur les étagères. Ce sujet l'intéressait beaucoup.

—Œilnoisette?

Auron ne voulait pas insister sur la question. L'esprit de NooMoakh fonctionnait mieux quand on le laissait vagabonder à son rythme. Auron avait appris qu'un trop grand nombre de questions le désorientait et rompait le fil de ses souvenirs.

—Oui, une elfe balafrée. La dernière à m'avoir rendu visite, avant toi.

Auron sentit un frisson remonter son échine entre ses deux ailes encore emprisonnées.

—Ses notes contiennent peut-être certaines de ces histoires. Puis-je les voir?

—Tu pourras ainsi pratiquer ton elfe. Elle s'était fabriqué une petite table quelque part. Ses notes ne doivent pas être loin. Je lui ai fait écrire certains de ses chants de mer.

La table en question avait été renversée au cours de l'un des accès de confusion rageuse du dragon. Auron la remit sur pieds et trouva des papiers et divers parchemins dans un rouleau. Œilnoisette était de toute évidence arrivée à cours de parchemins : elle avait utilisé ceux des autres pour prendre ses notes et continué entre les lignes et dans les marges. Elle avait employé de l'encre, du charbon et même du sang et son écriture hésitait entre les pattes de mouche et de minuscules caractères. Auron se concentra et s'efforça de suivre les pensées de l'elfe au milieu des arabesques du premier auteur :

« NooMoakh connaît… des langues… trois dialectes elfes, la langue marchande des nains, le garne… il semblerait que même le moineau le plus écervelé ait son propre langage… les hommes ont développé le parl qui est rapidement devenu le langage usuel entre les espèces qui fabriquent leurs outils. L'intérêt qu'éprouve le dragon pour ce sujet est inhabituel, mais pas rare. Des légendes de l'Est évoquent des dragons lettrés… »

Ce fut difficile.

Il fallut à Auron plusieurs mois et d'innombrables allers-retours vers le cristal où la lumière était meilleure, mais il parvint à décrypter les notes de l'elfe. Il commença par les classer, puis les lut pendant que NooMoakh dormait. De toute évidence, Œilnoisette avait rassemblé de quoi écrire un livre sur les dragons : leur naissance, leur croissance, leur mode d'accouplement et leur vieillesse. L'essentiel n'avait que peu de sens pour Auron ; l'elfe avait passé beaucoup de temps à réfuter les croyances des hominidés au sujet des dragons. Il lui était parfois impossible de comprendre ce qu'elle tentait de contester, même quand elle donnait une rapide explication. Amusé, il frappa sa queue contre le sol quand il lut les pages qu'elle avait consacrées à la description de la poche à feu. Les hominidés pensaient que les dragons étaient, comme la terre, dotés d'un noyau en fusion et qu'ils pouvaient cracher du feu en quantité infinie, comme un volcan en éruption. Elle avait même compris de travers certaines de ses conversations avec NooMoakh. Ses descriptions des images mentales donnaient l'impression qu'il s'agissait de simples conversations par la pensée entre deux dragons, et non de partage d'expériences réelles entre leurs mémoires respectives.

Elle avait rempli un grand nombre de pages d'histoires de dragons qui s'attachaient à leur mère en sortant de l'œuf et des quelques cas – qu'elle considérait comme douteux – de dragonnets qui s'étaient attachés à d'autres espèces parce que leur mère n'était pas présente lors de leur éclosion. Elle avait supposé qu'avec le temps les dragons seraient domestiqués comme tous les animaux que les humains décidaient d'utiliser. Auron grinça des dents et sentit sa poche à feu battre à cette idée. *Imagine, des dragons élevés comme des poulets.* Aux yeux du draque, la faille de cette théorie résidait dans la difficulté à se procurer les premiers œufs. Il n'aurait pas voulu être l'elfe, le nain ou l'humain qui tenterait d'arracher une couvée à des parents.

Il étudia subrepticement la sorcellerie mais trouva les formules sans fin, les mouvements des mains et les menus détails très ennuyeux. Il lui préférait l'histoire des civilisations et apprit que décrypter une liste des édits proclamés par les souverains était plus instructif que les anecdotes. Même si ces dernières se révélaient passionnantes. Il lut les histoires de sombres tyrans et de fougueux révolutionnaires, d'hommes d'État qui complotaient dans l'ombre et de femmes qui intriguaient dans des lits.

Les années passèrent. Les garnes ne laissèrent plus d'offrandes. L'appétit de NooMoakh avait diminué, mais celui d'Auron n'avait fait que croître. Il grandissait et même s'il dévorait une proie en entier le matin, il était de nouveau affamé quand le soleil avait parcouru un quart de sa traversée du ciel. Il se rappelait que son père lui avait conseillé de ne pas trop chasser dans son territoire et il faisait donc des incursions qui duraient des semaines dans les forêts du Sud. Il appréciait grandement les doux hivers au sud des montagnes, car le gibier ne venait jamais à manquer. Il n'eut jamais à manger des garnes. Ceux-ci avaient construit quelques villages de terre et de bois au pied des collines et les avaient entourés avec des troncs d'arbre taillés en pointe en guise de palissades. Auron ne courut pas le risque de les attaquer car devant chaque hutte des lances étaient plantées dans le sol.

Le changement se produisit au cours de l'une de ces longues chasses, onze ans après qu'il eut fait ses adieux à Hieba. Il était en train de se reposer sur la tête d'une statue d'éléphant recouverte de lierre qui dominait des ruines au beau milieu d'une forêt. Auron scrutait un carré d'herbe au pied de la statue. Un filet d'eau s'écoulait encore d'une fontaine détruite et formait une flaque sur les dalles brisées. Il avait trouvé des déjections de renne toutes fraîches dans les herbes et avait décidé d'attendre le retour des ruminants. S'il était suffisamment rapide, il pourrait en abattre deux avant que les autres regagnent la forêt.

Il fut distrait par une démangeaison désagréable au niveau de la peau qui recouvrait ses ailes. Auron tenta de rester immobile ; il avait pris une couleur grise mouchetée de vert pour se confondre avec le sommet du dieu éléphant et combattait maintenant l'envie de se frotter contre les fissures de la statue.

Des bois émergèrent de l'obscurité de la forêt ; un museau noir se dressa en direction de la cité en ruine. Un renne mâle s'avança puis resta aussi immobile que le dieu éléphant tandis qu'il observait les alentours.

Auron se contracta.

Le renne se dirigea vers la fontaine ; il fit trois pas, puis s'arrêta. Trois autres pas, un arrêt. Sa harde sortit de la forêt. De jeunes mâles n'ayant pas encore atteint leur maturité se tenaient de chaque côté et tournaient la tête dès qu'un oiseau chantait.

Auron bougea les pattes arrière, prêt à se jeter au beau

milieu du groupe, les griffes écartées. Il se ramassa sur lui-même pour bondir.

Il ressentit une intense brûlure dans le dos, suivie d'une insoutenable démangeaison. Il résista pour éviter de se gratter. Même s'il avait faim, le draque perdit toute concentration, céda à l'instinct et roula sur le flanc. Il trouva une fissure au sommet de la statue et y frotta son dos, tout à sa douloureuse extase.

Le renne détala dans les bois mais Auron le remarqua à peine. Il poussa son dos brûlant sur la pierre en cherchant l'oreille ébréchée de l'éléphant. Il sentit qu'il lâchait prise et tombait. Il était moins contrarié par ce plongeon depuis le sommet de la statue que par la perte de son grattoir. Il fit pivoter son torse et atterrit. Le choc projeta des feuilles mortes et de la boue qui éclaboussa la pierre rosée. Auron prit une douloureuse inspiration et recula vers la statue pour y frotter son épine dorsale. Il sentit que quelque chose éclatait et un liquide lui mouilla le dos. Le soulagement fut indescriptible. Il se tordit et frotta l'autre côté de son dos contre le bord de la statue avec le même résultat. La pierre était souillée par le sang, le pus et un liquide transparent. Auron tordit le cou et regarda son dos ; sa peau pendait en lambeaux de chaque côté de son épine dorsale. Il remarqua des protubérances derrière ses pattes antérieures.

Auron se mit à l'œuvre à coups de dents. Il déchira les chairs et élargit le trou dans sa peau. Le liquide transparent était chaud et avait un goût amer. Il découpa une longue entaille sur son flanc gauche puis sur le droit en suivant la ligne des membres osseux qui s'extirpaient tous seuls des plaies.

Une aile ensanglantée se déploya sans qu'Auron l'ait voulu. Elle rejoignait son épaule et avait deux articulations : l'une à mi-chemin et l'autre près de son extrémité. Elle lui rappela celle des chauves-souris, dans la caverne de ses parents : la peau qui partait de son dos pour rejoindre le bout de l'aile avait le même aspect tanné et veiné. Il la leva au-dessus de sa tête. La peau était assez fine pour qu'il voie le soleil au travers. Il lui restait cependant à libérer l'autre. Auron déchira son flanc jusqu'à ce que son aile droite se déplie. Il commença par lécher ses nouveaux attributs ; le goût du liquide visqueux le repoussait et l'attirait tout à la fois. Une fois propre, il remonta à toute allure au sommet de l'éléphant. Il voulait que le vent sèche ses ailes.

Il les tendit vers le ciel et sentit des muscles nouvellement libérés se contracter dans son dos. Le draque se tourna afin que le soleil brille sur ses ailes luisantes. Les plaies béantes à la base de ces dernières durcirent – sous l'effet du soleil ou de l'air, le liquide se transforma en une extrusion transparente. Une douleur lancinante lui parcourait le dos mais elle était compensée par le soulagement de ne plus ressentir cette pression constante et ces démangeaisons.

À titre d'expérience, il essaya de battre des ailes. Elles produisirent un grincement alors que les articulations engourdies s'alignaient les unes par rapport aux autres. Il les tendit autant qu'il le put. À en juger par l'ombre qu'elles projetaient sur l'éléphant, ses ailes étaient aussi larges qu'il était long. Mais l'ombre de son corps semblait minuscule comparée à son envergure.

Il prit conscience qu'il n'avait vu qu'une seule fois un dragon voler : c'était père qui avait surgi de la caverne en plein combat. Auron battit de nouveau des ailes, plus vigoureusement et elles se courbèrent en montant et descendant comme les avirons de quelque habile rameur. Alors que des feuilles mortes arrachées aux plantes grimpantes volaient de tous les côtés, ses pattes avant décollèrent du sol.

Incroyable.

Il sauta de la statue, les ailes grandes ouvertes, et fit un vol plané au-dessus de la place. Il lui fallut incliner ses ailes et décrire un cercle pour éviter les arbres – il ne fit qu'accrocher sa queue dans une branche. Il esquiva les plantes qui pendaient d'un arbre et dériva sur la droite. Il s'écrasa dans les branches et replia d'instinct ses ailes avant de heurter le sol. Auron s'ébroua pour se débarrasser de la boue, des plantes et des feuilles, et il revint vers la fontaine. Des images mentales de vol transmises par ses parents et NooMoakh dirent à son corps ce qu'il devait faire. Il battit des ailes avec vigueur et décolla.

AuRon ressentait une étrange dualité – la part de lui qui volait était séparée de celle qui observait ce vol, comme pendant un rêve, quand il se voyait de l'extérieur. Ces deux parts de lui-même partageaient pourtant la même émotion : une joie proche de l'ivresse. Être libéré de la terre, des ombres, de la gravité rendait tout possible. Il se sentait comme l'un des Grands Esprits de la Création, un seigneur qui dominait le monde.

Il respirait avec force mais ne ressentait pas la douleur d'une longue course. Son corps était conçu pour le vol : depuis les muscles épais comme des racines de son dos jusqu'aux fins tendons qui parcouraient le dessus de ses ailes. Un courant d'air ascendant s'élevait d'une dépression dans la forêt qui bordait une falaise, et AuRon décida de l'emprunter. Les arbres au-dessous de lui rétrécirent et il se retrouva au milieu des nuages.

Il découvrit que lorsqu'il se fatiguait, il pouvait se reposer sur le courant d'air et voler en rond en bougeant légèrement le bout de ses ailes. Quelle félicité ! Même NooMoakh ne lui avait pas transmis de telles images mentales ; les dragons cuirassés étaient trop lourds pour profiter des joies du vol plané.

Le soleil commença à descendre, et AuRon l'imita. Ses nouveaux muscles étaient fatigués et il se laissa porter vers la tête de l'éléphant. Il atterrit en posant d'abord la queue pour ralentir et absorber l'impact, puis plia maladroitement ses ailes. Ses muscles étaient douloureux, terriblement douloureux. Les plaies sur son dos s'étaient rouvertes pendant le vol et il lécha le sang qui suintait de ses croûtes translucides. Il avait faim, mais il succomba à la fatigue et s'endormit avant même qu'il fasse complètement nuit.

Il s'éveilla en ressentant une douleur brûlante dans tout son dos. Des singes hurlaient dans les arbres et un groupe de babouins errait sur la place au milieu des ruines à la poursuite de quelques créatures nocturnes. AuRon se mit à saliver et il bondit parmi les animaux ; il engloutit trois jeunes avant de pourchasser un autre de ces hurleurs et de le couper en deux d'un coup de dents. Son appétit fut à peu près calmé lorsqu'il eut fini ces deux morceaux. Il but à la flaque alimentée par la fontaine et déploya de nouveau ses ailes. L'effort le fit grimacer. Il n'avait pas été aussi fatigué depuis des années, peut-être depuis son combat contre les Pieds de Fer. Il se perdit un instant dans ses souvenirs avant de s'enrouler pour dormir, le dos contre la pierre froide de l'éléphant.

Le jour suivant, il vola brièvement, le temps nécessaire pour trouver des bêtes aux larges cornes dans un marais boueux. Il plia ses ailes sans réfléchir et descendit en piqué sur l'animal qui ne sut jamais ce qui lui était tombé dessus et mourut sur le coup. Ses congénères s'enfuirent avec force éclaboussures, tandis qu'AuRon s'occupait de sa proie.

Après avoir mangé le foie, le cœur et les reins, AuRon laissa la carcasse aux crocodiles et aux poissons et escalada un chêne des marais avec un quart de sa proie. Il l'accrocherait pour la nuit et il aurait un petit déjeuner parfait.

AuRon était un dragon désormais, même s'il était loin d'avoir atteint sa taille adulte. Mère aurait été ravie et père extrêmement fier. Dans à peu près une décennie, il aurait sa vraie taille de dragon, et un peu plus tard encore, son poids d'adulte. Il devait prendre des décisions. Il devait penser à NooMoakh, même si ce dernier passait le plus clair de son temps à dormir. Le vieux dragon ne pouvait plus s'occuper de lui-même. Si AuRon le laissait seul, il mourrait doucement de faim ou irait errer dans les bois et ne retrouverait très probablement plus jamais son antre.

AuRon observa un crocodile brun-vert qui avalait tout rond les restes de sa proie tandis qu'un oiseau blanc était perché sur son dos. Le volatile aux fines pattes plongea le bec près de la queue de l'animal et remonta avec une sangsue luisante. AuRon se trouvait dans la même situation : NooMoakh ne pouvait pas plus chasser que le crocodile ne pouvait retirer une sangsue collée à sa queue. Pourtant, si l'oiseau n'était pas vigilant, le saurien en ferait son repas. Tout comme lui, AuRon tirait quelque chose de leur relation. Au cours des années passées avec NooMoakh il avait appris de nouvelles informations sur les dragons et leur place dans ce monde.

Si les dragons avaient jadis régné sur le monde, ils avaient été incapables d'en laisser des traces quelconques. Tout ce que les hominidés savaient d'eux venait de mythes et d'histoires de bonne femme. À une époque, plusieurs vies de dragons auparavant, ces derniers avaient, pour ainsi dire, pris les trois races sous leurs ailes. Ils les avaient protégées contre les hominidés qui dominaient alors, les garnes. Ces races les avaient nourris et leur avaient obéi un temps. Mais, alors que la menace des garnes s'estompait, les dragons furent considérés comme des fardeaux et non comme des dons. Les races, chacune à sa façon, se rebellèrent ou échappèrent à l'autorité des dragons et la traque commença. Il y eut des exceptions, comme l'alliance entre NooMoakh et Tindairuss. Mais, pour AuRon, cela ne faisait aucun doute : les hominidés se développaient et les dragons étaient sur le déclin.

AuRon avait trois options, et aucune d'entre elles ne lui convenait. Il pouvait vivre à l'écart, comme NooMoakh, et se fier à l'isolement et à son environnement pour tenir à distance les assassins. Les montagnes étaient suffisamment éloignées du passage des hominidés pour que les garnes puissent y vivre ; le dragon pensait donc que cela serait aussi suffisant pour lui. Il pourrait même convaincre les garnes de le suivre comme ils avaient autrefois suivi NooMoakh.

Par certains aspects, ce choix était tentant. Après tout, pourquoi se soucierait-il de ce qui arriverait après sa mort ? Il pourrait s'accoupler et passer son existence là, ce ne serait pas une vie pire que celle des autres dragons ; ce serait peut-être même mieux. Mais s'il trouvait une compagne, était-il certain de pouvoir maintenir cet isolement dans une vingtaine, une quarantaine d'hivers ? Les hominidés savaient que les montagnes existaient et ils finiraient par venir. Sans parler du problème d'un trésor pour sa compagne et leur progéniture. Les écailles en piteux état de NooMoakh étaient la preuve que les métaux précieux manquaient dans la région.

La deuxième possibilité était de s'associer aux hominidés, de les servir plutôt que de les diriger. Les nains avaient parlé de l'utiliser comme messager. Djer et lui étaient amis ; pendant un temps, il avait profité de la sécurité, d'un abri et de nourriture. Mais s'il trouvait une compagne, les nains ne s'attendraient-ils pas qu'elle et leurs dragonnets les servent aussi ? Il imaginait que oui. Les nains avaient de nombreuses et splendides qualités, mais ils ne faisaient pas de cadeau.

La troisième possibilité semblait si inconcevable qu'elle représentait à peine une possibilité. Il pourrait trouver de jeunes dragons qui partageaient ses idées, leur expliquer que leur situation était périlleuse et les convaincre qu'ils devaient agir tous ensemble pour trouver une solution. Les dragons étaient des êtres indépendants et les rivalités pour les femelles et les terrains de chasse étaient féroces. Aux yeux d'AuRon, cette idée ressemblait à une jarre sans goulot : il ne voyait pas comment prendre ce qu'il y avait à l'intérieur sans la détruire. Les mâles ne l'écouteraient pas sans se battre, ce qui rendait toute l'opération hasardeuse. Quant aux femelles, s'il se fiait à l'avis de mère et de ses sœurs, elles étaient trop préoccupées par l'accouplement et leurs dragonnets pour penser à autre chose que ces préoccupations immédiates.

AuRon observa le soleil qui s'élevait dans les brumes de l'ouest au-dessus des rives marécageuses du fleuve. Ce dilemme était particulièrement difficile. Il devrait peut-être attendre l'un des moments où NooMoakh était le plus lucide pour en parler avec lui.

Il vola dans la caverne, un gros morceau de buffle serré entre ses pattes. Voler avec le poids de la bête représentait une épreuve et ses griffes restèrent coincées dans la carcasse ce qui le contraignit à atterrir sans élégance : sur les pattes avant et le menton. Il crut presque entendre le fou rire de Wistala tandis qu'il se relevait.

Il entendit un bruit – un hurlement de dragon.

AuRon oublia le buffle et se précipita vers le puits en une série de sauts, mi-course, mi-vol. Il bondit vers l'entrée de la grotte car la caverne n'était pas assez large pour qu'il déploie ses ailes. Son coude gauche se prit dans une échelle de corde et il se libéra à coups de dents furieux.

Une créature aux grands yeux fit volte-face à son arrivée et s'enfuit devant lui en courant à quatre pattes comme un singe. Des garnes !

AuRon bondit dans la grotte. La sentinelle, si c'était là le rôle du garne, était plus rapide que vigilante. Ce ne fut que lorsqu'ils atteignirent l'antre de NooMoakh qu'AuRon put la rattraper d'un bond. Elle périt sous ses griffes en hurlant, mais AuRon ne lui prêta quasiment aucune attention.

Une mise à mort se déroulait sous ses yeux aux pupilles étrécies.

Des garnes en armure et armés de lances avaient cerné

NooMoakh sur son estrade ; le dragon était enroulé autour de la statue de cristal. Les flammes de dragon éclairaient la pièce d'une infernale lueur orangée ; l'odeur huileuse des flammes se mêlait à celle, cuivrée, du sang. Des groupes de deux ou trois garnes se réfugiaient derrière des colonnes et d'autres, plus massifs, hurlaient des ordres et gesticulaient avec leur épée. Ils plaçaient des javelots dans des sortes de lanceurs et quittaient l'abri des rochers pour lancer leurs projectiles en direction de NooMoakh. Le dragon noir avait tellement d'armes plantées dans ses flancs qu'il ressemblait à un porc-épic ensanglanté.

L'odeur du sang, les cris de guerre et le bruit des lances qui frappaient les chairs de NooMoakh en évoquant le bruit de pelles qui s'enfonçaient dans la terre, tout cela éveilla quelque chose chez AuRon. Il écarta les pattes, ouvrit à moitié ses ailes et poussa un rugissement de défi qui fit tomber des fragments de pierre du plafond. Les garnes se figèrent quand ils l'aperçurent : AuRon était grand comme un cheval de guerre, mais beaucoup plus long et ses ailes étaient désormais complètement déployées.

— VOUS, VERMINES ! VOUS OSEZ PÉNÉTRER DANS L'ANTRE D'UN DRAGON ? rugit-il avec la voix de son père.

NooMoakh se traîna hors de son refuge, brisa des lances avec ses dents et s'allongea dans une flaque de sang.

Un garne répondit par un cri et des javelots volèrent en direction d'AuRon. Il bondit sur la droite en un éclair et un des projectiles perça un trou dans son aile avant de rejoindre les autres sur le sol. Les garnes brandirent des haches et de courtes lances et suivirent leurs chefs massifs en une file désorganisée pour encercler AuRon, comme ils l'avaient fait avec NooMoakh. Ils étaient plus nombreux que ce qu'AuRon avait d'abord pensé et d'autres surgirent de derrière les piliers dans la lumière des flammes. Son feu ne pourrait même pas avoir raison d'un sixième d'entre eux ; ils le cerneraient et le tueraient comme un cerf piégé par des loups.

AuRon se retourna et balaya le sol de sa queue. Quelques garnes furent assez prompts pour sauter, mais les autres basculèrent comme les quilles de ce jeu qu'appréciaient les nains. AuRon courut vers la sortie et sentit qu'une hache s'enfonçait dans son flanc.

Il bondit sans trop de panache par-dessus le corps de la sentinelle et se précipita dans le tunnel, les ailes repliées et la queue battant l'air afin de tenir ses poursuivants à distance. L'espace réduit du passage amplifiait leurs cris de triomphe et leurs hurlements guerriers.

Quand le passage s'élargit, AuRon se dressa sur ses pattes arrière et agrippa le plafond avec ses *sii* puis ses *saa*. Il était suspendu la tête en bas comme un lézard chasseur d'insectes. Les garnes levèrent leurs courtes lances et baragouinèrent. AuRon était juste hors de portée.

Ce qui n'était pas leur cas.

Il contracta son cou et vomit le contenu de sa poche à feu. La gravité et ses muscles combinés projetèrent le liquide au-dessus de la tête des garnes les plus proches. Ceux qui se trouvaient en arrière tentèrent de se disperser mais ils étaient coincés dans le tunnel et sous cette pluie mortelle. AuRon contracta au maximum sa poche à feu et projeta ses flammes le plus loin possible. Les garnes qui restaient coururent vers l'avant et poussèrent ceux qui se trouvaient devant eux. Ils emplirent le tunnel de cris d'animaux désespérés. Ils lâchèrent leurs armes, occupés qu'ils étaient à hurler et se pousser…

… vers la fin du tunnel et vers le puits. Les garnes paniqués tombèrent, trop effrayés par les flammes pour regarder où ils allaient. Ils furent poussés vers la mort par leurs semblables. Les derniers comprirent leur erreur et sautèrent vers les échelles de corde, mais AuRon leur donna des coups de queue et ils rejoignirent leurs camarades dans les ténèbres.

Quand l'écho du dernier cri mourut, AuRon descendit et attendit que les flammes meurent. Il franchit le feu alimenté par les corps en se glissant le long du mur et rampa vers l'antre de NooMoakh. Il n'y avait plus de flammes et seul le cristal luisait faiblement. AuRon entendit une respiration sifflante et sut que le dragon noir vivait encore.

— NooMoakh ? lança-t-il dans la pénombre.

Un œil rouge s'ouvrit, puis un autre. AuRon entendit le vieux dragon soulever son imposante masse.

— Jamais, dit le dragon d'une voix grinçante.

— NooMoakh, c'est AuRon. Les garnes sont partis.

— Tu ne l'auras jamais ! C'est mon antre, intrus ! rugit le dragon.

Il s'avança et déploya ses *griffs* flétris. Ses plaies saignaient encore un peu mais les lances n'avaient pas touché les parties sans écailles de ses flancs, à l'exception de quelques-unes rompues à la hauteur du fer.

AuRon vit la lueur meurtrière à l'intérieur des deux charbons ardents enfoncés dans la longue tête de NooMoakh. Il recula, baissa le crâne et s'aplatit par terre. Cette attitude ne parvint pas à apaiser le dragon noir qui approcha à toute vitesse.

AuRon fit demi-tour et courut – mais cette fois ce n'était pas une ruse.

NooMoakh le poursuivit en hurlant.

— *Mon* antre, *ma* cité, *mes* montagnes ! Je jetterai tes os aux rats, misérable !

AuRon escalada le puits en un éclair et se fraya un chemin vers l'entrée de la caverne. NooMoakh restait quelques mètres derrière lui, plus vif qu'AuRon ne l'avait jamais vu durant toutes ces années, poussé par une furie que son instinct avait provoquée.

Quand il eut assez de place au-dessus de lui, AuRon s'élança dans les airs. NooMoakh ne volait plus depuis longtemps et dans un jour ou deux, quand le dragon noir aurait réussi à calmer un peu le feu guerrier qui coulait dans ses veines…

Il entendit un bruissement puis un battement derrière lui. NooMoakh volait ! Sa silhouette émaciée et quasiment dépourvue d'écailles se souleva. La deuxième ligne de défense d'AuRon venait d'être balayée elle aussi. Il vola donc entre les restes des tours inversées à l'entrée de la caverne et prit de l'altitude.

NooMoakh décida de le prendre en chasse ; il suivit AuRon vers le nord, puis haut dans le ciel. De l'autre côté des montagnes s'étendait le désert. AuRon s'enfonça dans ce que NooMoakh ne considérerait pas comme son territoire de chasse. Quelle que soit la folie qui poussait le vieux dragon, peut-être se contenterait-il de la fuite de l'intrus dans le désert ?

Après quelques heures de vol, AuRon fut convaincu du contraire.

Si AuRon avait eu l'habitude de voler il aurait pu distancer le dragon noir, mais ses nouveaux muscles lui permettaient à peine de tenir le rythme imposé par ceux, pourtant vieux, de NooMoakh. Après un départ en trombe, le dragon noir n'avait plus été qu'un point noir à l'horizon, large comme une griffe. Mais NooMoakh avait peu à peu gagné du terrain. La fatigue contraignit AuRon à planer de plus en plus fréquemment pour reposer les muscles de ses ailes. NooMoakh, même en pleine confusion, était un trop bon chasseur pour abandonner une traque sans tuer sa proie à la fin.

La détermination de NooMoakh ne fut pas entamée par la tombée de la nuit. Une lune brillante éclairait suffisamment pour qu'AuRon distingue leurs deux ombres en contrebas, à deux vingtaines de longueurs de dragon. NooMoakh tenait la distance et se ruait sur lui, la gueule grande ouverte. AuRon montait encore et encore en battant désespérément des ailes quand NooMoakh plongeait.

Son corps n'était plus que souffrance et ses ailes lui donnaient l'impression d'être en feu. Il n'osait pas affronter NooMoakh au sol, car le poids et les écailles restantes du vieux dragon lui donneraient l'avantage – voler était donc la seule possibilité. Mais le vol n'était pas pour autant sans but…

AuRon vit la frontière du désert, des collines familières dont l'une était surmontée d'un tumulus. Là s'élevait le monument devant lequel il avait dit au revoir à Djer et au Diadème. AuRon accentua son vol plané, décrivit un cercle et mordit son poursuivant. Il lui arracha un morceau de queue avant de piquer comme un faucon.

NooMoakh rugit d'indignation et le suivit. AuRon vit la terre avancer à sa rencontre et se dirigea vers le tombeau de Tindairuss à la lumière de la lune. Le dragon noir tomba du ciel ; il essayait peut-être de broyer son adversaire sous son poids en s'écrasant à terre. Le vent hurlait aux oreilles d'AuRon tandis que celui-ci tombait plus qu'il volait. Quand le métal épargné par la rouille apparut clairement sous les rayons de lune, il déploya ses ailes…

Mais pas suffisamment. Il percuta à grand bruit la colonne de métal au sommet du tombeau et sentit quelque chose céder dans son épaule. Il agrippa avec ses pattes arrière l'étroit poteau métallique, plus fin que le tronc d'un jeune palmier et leva la tête. NooMoakh était presque sur lui ; il ouvrit les ailes, davantage pour viser que pour freiner son plongeon.

AuRon s'écarta de la colonne au dernier moment. Il atterrit au sommet du mausolée au moment précis où NooMoakh s'écrasait ; l'impact fit trembler toute la structure métallique, comme un éclair envoyé par l'Esprit de l'Air. NooMoakh pivota et fit claquer ses mâchoires tandis que ses *griffs* raclaient contre sa crête aux multiples cornes – mais il était piégé. La colonne au centre du monument le traversait de part en part comme une aiguille sanglante sortant dans son dos. Le dragon prit une inspiration bruyante et s'effondra.

Le souffle de NooMoakh devenait de plus en plus laborieux et AuRon perçut à travers le métal que le battement de ses cœurs ralentissait. Le dragon noir balançait la tête de droite à gauche et griffait vainement le sommet du monument. Le feu dans ses yeux s'était finalement éteint. AuRon s'approcha et balaya les écailles qui s'étaient détachées de la cuirasse du dragon quand celui-ci s'était écrasé.

— AuRon, tu as enfin tes ailes. Tu es un dragon désormais, siffla NooMoakh.

Le sang tachait ses dents de noir à la lumière de la lune.

— Oui. Savez-vous où vous êtes ?

— La caverne ? Non, nous sommes dehors. Quel est donc cet endroit ?

— Vous avez eu une absence. Vous m'avez pourchassé. Nous avons volé et vous vous êtes blessé en vous posant.

— J'ai volé ? Volé ? Je ne m'en croyais plus capable.

NooMoakh tenta de se redresser mais retomba dans un grognement. Les coins de la gueule du dragon noir se tordirent en une expression étrangement humaine : il souriait.

— Je ne volerai plus jamais. Je n'ai pas mal, mais je sens le froid. Sommes-nous sur du métal ?

— Semblable à du fer. C'est le monument que les hommes ont érigé pour Tindairuss. Il est enterré ici.

NooMoakh renifla le sang qui s'écoulait sur la surface métallique et formait de petites flaques parfaitement rondes.

— Est-ce la vérité, ou essaies-tu de réconforter un dragon à l'agonie ?

— Pouvez-vous bouger le cou ? Lisez les mots inscrits sur le côté. Vous connaissez ces caractères.

NooMoakh traîna la tête sur le métal et examina les caractères qu'AuRon avait désignés avec sa queue.

— Je ne savais pas que cet endroit existait. Sinon je l'aurais visité plus tôt.

Il resta un instant silencieux et ferma les yeux, puis les rouvrit.

— AuRon, fais que je repose dans la même terre que lui. Ne laisse pas un sorcier broyer mes os.

Il ferma de nouveau les yeux. NooMoakh inspira profondément, pour la dernière fois.

— Oui, sire. J'y veillerai.

— Tindairuss, mon vieil ami, j'arrive, souffla NooMoakh. Nous volerons vers…

La vieille tête dont la crête était couronnée de cornes aussi nombreuses que les tentacules d'une méduse s'effondra. AuRon n'entendait plus le battement de ses cœurs.

— « Prenez garde, Grands Esprits, car un dragon est revenu chasser dans vos royaumes », cita AuRon sans connaître l'origine de ces paroles.

Elles lui étaient seulement venues à l'esprit. Son corps lui semblait très lourd et ses pattes ployaient sous son poids.

Un liquide mouilla ses yeux, et il ne parvint pas à les nettoyer même en ouvrant et fermant ses paupières transparentes. AuRon sortit sa langue, curieux d'en connaître le goût. Salé.

Livre III

Dragon

Puissance sans vision est tyrannie.
Vision sans puissance n'est qu'impotence.
Marie-les et le monde est tien.
Maître Wrym, sorcier de l'île de Glace.

Chapitre 18

AuRon le jeune dragon vola vers le sud après avoir enterré son mentor. Ce n'avait pas été une mince affaire. Il voulait tenir la promesse faite au vieux dragon ; après un instant de réflexion, il s'était mis au travail. Le *foua* d'AuRon avait consumé le corps de NooMoakh et, une fois la dépouille brûlée, AuRon avait placé les ossements dans une tranchée circulaire qu'il avait creusée dans le sol herbeux de la colline. Les os de NooMoakh reposaient en cercle autour de la tombe de Tindairuss : le dernier os de sa queue fut enterré à une longueur de griffe du nez du dragon. Les griffes des *sii* d'AuRon étaient émoussées et douloureuses après ces jours passés à déplacer la terre, à creuser jusqu'à ce que son sang se mêle au terreau.

Mais il était déterminé. Le labeur avait éclairci son esprit ; il savait maintenant quelle voie emprunter. L'antre de NooMoakh serait sien. Il vivrait une existence solitaire au milieu des vieux manuscrits et s'absorberait dans l'étude des langues mortes issues d'âges qui l'étaient plus encore. AuRon savait maintenant que la souffrance de la solitude était insignifiante comparée à celle ressentie quand la mort ou l'éloignement l'avaient forcé à dire adieu à ses amis. Sa famille, Fortnoir, Djer, Hieba et NooMoakh étaient entrés dans sa vie puis en étaient sortis ; ils avaient chacun laissé un vide plus grand que celui qu'ils avaient commencé par combler. Mieux valait ne plus jamais avoir personne dans sa vie que risquer encore de perdre quelqu'un.

Bien sûr, il devrait s'occuper des garnes. Il vivrait à l'écart, mais au-dessus d'eux comme dans les temps anciens. Il serait un seigneur distant vers qui ils pourraient se tourner en cas de problèmes, tant qu'ils ne chassaient pas dans ses forêts ou ne pêchaient pas dans ses rivières. De tels échanges permettraient d'éviter les liens affectifs si douloureux quand les hominidés parvenaient au terme de leur vie brève et effrénée.

C'était une leçon bien amère. Il comprenait que l'absence d'écailles n'était pas sa seule vulnérabilité.

Les dragons étaient supposés voler, chasser, vivre seuls et libres. Voler était la forme de liberté la plus pure qu'il ait jamais connue. Traverser le ciel lui montait à la tête comme du vin, mais le rendait ensuite euphorique au lieu de lui donner une migraine lancinante. Les distances et les obstacles devenaient de simples éléments du paysage en contrebas, chasser était une bagatelle et AuRon avait maintenant un nouveau monde à explorer. Un monde de nuages qui défilaient sous lui comme un océan et de volutes qui le surplombaient, créées par des courants invisibles et aussi légères que des plumes d'oie. À chaque battement d'ailes qui le ramenait vers les montagnes il se sentait davantage un seigneur des étendues qui défilaient sous ses yeux. Il était un Pouvoir qui dominait les créatures de la terre, au-delà de leur compréhension. Il était un *dragon*, un terrible prince des cavernes, de l'eau et du ciel qui régnerait grâce à son esprit et aurait recours à ses dents et ses flammes si nécessaire.

Il regagna les montagnes en deux vols entrecoupés d'un jour de repos au milieu du désert au cours duquel il laissa le soleil nettoyer sa peau. La phase de croissance qui avait précédé la sortie de ses ailes était terminée et son appétit avait diminué ; le voyage lui donna agréablement faim et soif au lieu de l'affliger d'un appétit dévorant qui chassait toute autre pensée de son esprit. Il ne guettait pas d'éventuelles proies mais regardait les hauteurs glisser depuis le sud jusqu'à ce qu'il atteigne les sommets et lutte contre les vents qui soufflaient entre les pics.

Maintenant, il devait trouver les garnes.

Les huttes étaient regroupées à flanc de colline comme un amas de verrues. À l'intérieur d'une palissade de bois se dressait une rangée de constructions aux fondations de pierre et au toit de chaume. Des volutes de fumées s'échappaient de la plupart d'entre elles par un orifice central souillé par la suie. Une hutte plus imposante que les autres et dont le toit était recouvert par des défenses probablement prélevées sur des éléphants se dressait à une extrémité de l'étendue dégagée au centre du village. Cette dernière était occupée par des fosses à charbon et des silos à grain couleur d'argile. Des piques disposées en V se dressaient devant le village. Elles partaient de la porte et descendaient la pente ; plusieurs groupes de trois crânes vides et décolorés y étaient enfilés. Ils semblaient scruter les visiteurs.

AuRon descendit en piqué au-dessus des huttes pour les observer de plus près. Les garnes prirent dans leurs bras leurs enfants qui montrèrent le dragon du doigt quand celui-ci survola leur village. Des bêtes – principalement des chèvres et des bovins – poussèrent des cris paniqués. Quelques garnes s'emparèrent de lances et d'arcs ou levèrent leur bouclier contre cette menace venue du ciel.

AuRon étendit ses ailes et plana silencieusement au-dessus du village en se laissant porter par le vent. Il les inclina légèrement et pencha son cou et sa queue pour tourner.

— Je suis venu vous parler. Vous ne courez aucun danger, dit-il. Amenez-moi vos anciens !

Il se posa au centre du village, recula et se dressa sur ses pattes arrière pour dominer les garnes. AuRon était loin d'atteindre la taille de NooMoakh, mais il était déjà plus long que les grands serpents des jungles du Sud. Quand il se levait ainsi trop longtemps, la tête lui tournait et il voyait des points lumineux, mais il tint cette pose jusqu'à ce que deux garnes à l'allure autoritaire sortent de la hutte royale.

— Que pouvons-nous t'offrir, jeune dragon qui parle la langue de nos anciens et connaît nos coutumes ? demanda l'un d'eux.

Il s'appuyait sur une canne recourbée faite d'un bois noueux et effilée comme une dent.

— Je ne demande rien encore. Où est votre troisième ancien ?

— Dokla n'est pas aussi vieux que Keerh ou moi. Il mène une chasse au sud du village.

Ceci dépassait les connaissances qu'avait AuRon sur les garnes ; il demanda simplement :

— Parlerez-vous en son nom ?

— Oui.

— Alors faites sortir les vôtres. Je veux qu'ils nous entendent et nous voient pendant que nous parlons.

Sa gueule était douloureuse à force d'articuler les mots garnes.

L'ancien qui n'avait pas parlé porta une corne de bœuf à sa bouche et émit un son sifflant et sonore en soufflant à l'intérieur. Les autres garnes laissèrent leurs femmes et leurs enfants dans les huttes et s'approchèrent, armes à la main. Ils laissaient pourtant traîner les pointes par terre pour montrer qu'ils n'avaient pas l'intention d'attaquer le dragon.

Les femmes des anciens déroulèrent des nattes de bois sur le sol et les chefs s'assirent face à AuRon, les jambes croisées.

— On me nomme Bund-kleh'Tran. Visiteur, quel est ton nom et que veux-tu ?

— Je suis AuRon, le dragon gris venu des terres de l'ouest, dit-il. (Traduire ses pensées en garne lui demandait un certain effort.) J'ai vu quatorze étés depuis que je suis sorti de mon œuf. J'ai gravi des montagnes et nagé dans des océans. J'ai navigué sur des bateaux et voyagé dans des chariots. J'ai chassé avec les loups et ai été chassé par les hommes, appris des elfes et commercé avec les nains, défendu mon territoire et chassé mes ennemis de leurs repaires. J'ai défendu un dragon de taille adulte grâce à mon esprit et mes ailes. J'arbore quatre grandes cicatrices pour en témoigner. Je viens réclamer les ruines de Kraglad, cité de l'ancien Uldam, et prendre la place de NooMoakh, le dragon noir.

Les anciens se chuchotèrent à l'oreille. Bund-kleh'Tran enfonça le bout de sa canne dans le sol.

— Il y a deux générations de ça, NooMoakh-*vhe* était notre seigneur. Plus personne ne lui parle désormais.

— NooMoakh est parti. En tant qu'héritier, je vais prendre sa place et je souhaite être en paix avec les *Umazhehs*, dit AuRon en employant le nom qu'ils se donnaient.

— Quel sera le prix de cette paix ? demanda Bund-kleh'Tran après avoir lancé un regard en direction de l'autre ancien.

— Ce que je viens de vous annoncer. Les ruines de Kraglad seront miennes. Je demande également les rivières à l'est et à l'ouest de la vieille cité ainsi que les terres qu'elles encadrent. Je ne toucherai ni aux *Umazhehs* ni aux troupeaux des *Umazhehs* tant qu'ils ne viendront pas sur mes terres. De l'autre côté des rivières, je chasserai où bon me semblera. En échange de cette allégeance vous aurez mon aide contre tous les ennemis des *Umazhehs* à un jour de vol de dragon de Kraglad. Cela fait bien des montagnes à l'est et l'ouest d'ici ainsi que la plus grande partie de la forêt du Sud, jusqu'aux frontières de l'ancien Uldam. Si la famine ou la maladie frappe vos troupeaux, je viendrai autant qu'il me sera possible en aide aux *Umazhehs* en chassant. Voilà mes conditions.

Les chefs se retirèrent et murmurèrent sans cesser de regarder AuRon. Le dragon les entendait mais la plus grande partie des mots qu'ils employaient lui étaient étrangers. Leur conciliabule achevé, ils s'approchèrent de lui.

Le garne appelé Keerh croisa les bras sur sa poitrine.

— Nous sommes dans une impasse. Notre peuple vénère Kraglad. NooMoakh-*vhe* avait revendiqué la propriété de nos sanctuaires. Ceci doit être réparé.

— Un dragon a besoin d'un refuge sûr. Les pèlerins qui viendront en paix, sans armes et précédés d'un émissaire seront autorisés à entrer dans la cité.

— Nous devons négocier pour ce qui nous appartient de droit ? demanda Keerh à Bund-kleh'Tran.

— Il est préférable d'avoir un dragon comme allié que comme ennemi, répondit Tran en agrippant sa canne avec la main retournée.

AuRon se demanda si cet étrange geste exprimait l'indécision.

Il vit un mouvement du coin de l'œil et s'accroupit. Deux flèches qui visaient ses cœurs frappèrent son épaule.

Bund-kleh'Tran leva le bras : une large lame brilla sous le soleil alors qu'elle glissait hors de la canne-fourreau. Son compagnon, Keerh, qui bougeait vite pour un garne de son âge et de sa corpulence, porta la main à un fourreau accroché dans son dos et en tira une hache de combat.

AuRon fouetta le sol de sa queue avec fureur ; ce mouvement instinctif dispersa un groupe de garnes qui chargeaient, lance à la main. Tran balança son épée aussi large qu'une hache comme pour fendre le crâne du dragon de la crête au museau, mais la lame ne fit qu'ouvrir le menton d'AuRon quand celui-ci esquiva le coup. Il ne fut pas aussi chanceux avec Keerh qui plongea sa hache dans sa gorge, sous les épais *griffs*. AuRon sentit son cou se raidir : le garne avait entaillé le tube entouré de muscles qui remontait de sa poche à feu. Au contact de l'air, une valve se ferma à la sortie de l'organe ; il ne pouvait plus cracher de feu.

AuRon s'aplatit pour protéger son ventre à la peau fragile. Il ouvrit ses ailes, les agita avec force et souleva ainsi un nuage de poussière et de cailloux sur la place. Keerh et Tran tournèrent la tête une seconde pour se protéger…

AuRon n'en demandait pas davantage. Il bondit et posa une patte sur la poitrine de chaque ancien. Il les mit à terre et pesa de tout son poids, de toutes ses forces. Il sentit un craquement très satisfaisant quand ses *sii* s'enfoncèrent dans leurs cages thoraciques broyées. Le hurlement de Keerh, bien que bref, le fut encore davantage.

D'autres flèches percèrent ses flancs. AuRon se retourna et constata que la charge des garnes s'était changée en déroute. Les garnes avaient tous lâché leur lance, à une exception près. Certains se jetaient à terre, d'autres s'enfuyaient. L'attaquant solitaire – il ignorait peut-être que ses compagnons avaient déserté – courait en brandissant sa lance. AuRon lança sa queue comme un fouet ; lui arrachant l'arme des mains. Si la lance s'était arrêtée, ce n'était pas le cas du garne : l'infortuné trébucha sur l'arme avant de se tordre la cheville. Il s'étala aux pieds d'AuRon.

Les blessures infligées par les flèches brûlaient le dragon ; les garnes avaient sûrement trempé leurs pointes dans quelque infecte substance.

— Ne bouge pas, ou tu mourras et je consumerai ce village jusqu'au dernier chevreau, dit AuRon au garne qui se trouvait devant lui.

— Pitié ! Pitié, grand AuRon ! s'écria le garne.

— Je vais faire plus que t'accorder ma pitié. Lève la tête et dis-moi ton nom.

Le jeune garne leva son visage trempé de salive.

— On me nomme Unrush ! J'implore votre pitié !

— Unrush, es-tu père ? demanda AuRon d'une voix un peu pâteuse.

— Oui, de onze enfants, par deux épouses. Épargne-nous !

— Ainsi, tu peux être un ancien. Unrush, tu es maintenant responsable de ce village. Ne t'inquiète pas, quand ce Dokla reviendra, je le lui ferai comprendre. Tu pourras choisir toi-même le troisième ancien. Si vous faites, tous les trois, preuve d'honnêteté envers moi, je ferai de vous les chefs des *Umazhehs* de toutes ces montagnes. As-tu entendu le marché que j'ai proposé à ceux qui sont morts ?

— Oui, et il était juste ! Très juste !

— Alors respecte-le et tes *Umazhehs* connaîtront sécurité et prospérité.

AuRon dut lutter contre une grande lassitude tandis qu'il volait vers la rivière où il avait fait la connaissance de NooMoakh. Les blessures causées par les flèches le lançaient. Il se plongea dans l'eau fraîche et arracha avec ses dents de devant les pointes de fer. Quand il les eut extraites et que le sang coula de ses plaies aussi librement que l'eau autour de lui, il s'autorisa à poser la tête sur la rive. Le soleil le faisait souffrir. Il sombra dans un demi-sommeil et rêva d'un ciel rempli de nuages de tempête.

Il se réveilla transi et affamé ; il sentait que plusieurs jours étaient passés. La lune comptait un quartier de plus. Il était sorti de l'eau à un moment ou à un autre, mais n'en gardait aucun souvenir. Il renifla et sentit l'odeur de la fumée. Et des garnes.

Unrush sortit des épaisses fougères qui bordaient le rivage. Il portait une épée dont l'extrémité était presque aussi large qu'une hache et recourbée comme une griffe. Il tenait dans son autre main une tête coupée par ses fins cheveux. Il la lança à AuRon.

— Dokla a toujours été incapable d'entendre raison. J'ai pris sa tête lors d'un combat singulier.

Quelques autres garnes sortirent des bois, les lances dressées vers le ciel.

— Et maintenant ? croassa AuRon.

La tête dégageait une odeur infecte et grouillait de vers. Le combat avait sans doute eu lieu plusieurs jours auparavant.

— Certains ont dit : « Tuons le dragon pendant qu'il est faible. » J'ai répondu : « Le dragon doit devenir fort, pour que les *Umazhehs* des montagnes le deviennent avec lui. »

— Merci.

— Nous avons attaché les familles des chefs vaincus. C'est un sacrifice de sang pour sceller notre pacte.

D'ordinaire, AuRon aurait accueilli ce repas avec joie, mais il était encore à moitié malade à cause des flèches et de leur venin. Il n'était pas d'humeur à tuer et dévorer des hominidés hurlants.

— Non. Bannis-les. Ouest, Sud, Est, ça m'est égal. Qu'ils partent en exil.

Les épaules du garne s'affaissèrent.

— Tu es trop clément avec ceux qui ont tenté de te tuer, dit-il.

— Ceux qui ont voulu me tuer sont tous morts. Sauf toi.

Unrush digéra cette repartie et hocha la tête.

— Alors ils vivront.

AuRon lécha son flanc douloureux. La peau était décolorée à l'endroit où les plaies cicatrisaient.

— Si tu veux bien m'amener les archers qui m'ont tiré dessus, c'est eux que je mangerai.

La gorge d'AuRon guérit. Il s'installa dans la vigoureuse existence d'un seigneur dragon ; le nombre de ses années doubla. Les garnes tinrent parole, et Unrush devint lui aussi un seigneur féodal. Son peuple se multiplia, les deux autres chefs réclamèrent leurs propres terres et le village dans lequel AuRon avait proposé le marché devint le siège du pouvoir. Quand Unrush rassemblait les grands chefs, il invitait AuRon à siéger à ses côtés. Quand les garnes se rassemblaient, ils chantaient et frappaient sur leurs tambours de guerre. Des bœufs tournaient sur des broches au-dessus des fosses à charbon tandis que les chefs parlaient ou chantaient.

Quand des guerriers coiffés d'un turban blanc vinrent du Sud, des cimeterres glissés dans leur ceinture écarlate, AuRon vola et mena ses combattants vers sa première vraie guerre. Au cours d'une assemblée de garnes, il entendit que de plus en plus d'hommes suivaient les anciennes routes qui traversaient la jungle, descendaient vers le Sud et chassaient des éléphants dans les forêts brumeuses. Des échauffourées entre les différents groupes de chasseurs dans les bois amenèrent des soldats à remonter depuis le Sud, une armée qui venait chasser les garnes des montagnes.

AuRon entendit leur déclaration de guerre. Il apporta son aide aux garnes et tint ainsi sa promesse. Il alluma un grand feu dans un silo à grain vide ; les garnes y jetèrent leurs lames huilées et attendirent que l'air soit lourd de l'odeur puissante du métal surchauffé. Les guerriers chantèrent alors et prêtèrent serment avant de bondir au travers des flammes. Seuls quelques-uns échouèrent. AuRon vola en cercle au-dessus de ses « lames-de-feu » puis Unrush mena ses soldats vers le sud. Ils brandissaient des piques sur lesquels étaient plantés les crânes blanchis de leurs ennemis. Des bannières rouges cousues avec les ceintures des humains y étaient accrochées, des runes menaçantes étaient tracées sur le tissu couleur de sang.

Ils chantaient en marchant, au rythme de tambours si longs qu'il fallait trois garnes pour les porter :

« Dans le feu du combat, nos lames sont nos amies
Nos fermes, nos troupeaux, on les oublie
Quand Umazheh se dresse, la lance à la main

Et que les fils d'Umir voient leur sang couler loin.
Uh-rah ! Uh-rah !
La bataille va commencer !
Les flèches vont voler !
Les ennemis vont succomber !
Uh-rah ! Ur-ri ! »

Les hommes avaient établi leur campement au sommet d'une colline, au centre d'un cercle d'arbres coupés. Les branches qui faisaient face à la forêt avaient été taillées en pointe pour en faire des obstacles.

AuRon les observa d'en haut tout en planant silencieusement dans un ciel de crépuscule rempli de nuages. Il était plongé dans les souvenirs de combats et de guerres transmis par ses ancêtres ou réunis dans la bibliothèque de NooMoakh. Il se laissa porter par les courants ascendants de la jungle et dénombra les hommes avant d'aller retrouver Unrush. Il lui annonça que les hommes avaient au moins deux fois plus de bras armés que les garnes et qu'ils avaient des machines de guerre.

— Alors il faut laisser les humains nous attaquer, annonça Unrush après avoir consulté ses chefs.

AuRon savait comment les hommes se déploieraient pour se battre.

— Les humains attaqueront avec des arcs et des lance-projectiles. Quand ils auront terminé leur massacre à distance, ils viendront prendre les têtes des survivants.

— Alors il nous faut fuir ? s'écria Unrush au milieu des murmures déconcertés de ses guerriers.

— Non. Nous allons tirer parti de l'obscurité pour que les *Umazhehs* aient l'air d'être cinq fois plus nombreux.

AuRon leur fit tailler des torches et les distribua à chaque guerrier. Ils se déplacèrent de nuit, rapidement et en silence, et entreprirent d'encercler les hommes du Sud. Une fois en position, chaque groupe alluma un feu couvert. AuRon vola autour du camp et guida les garnes jusqu'à ce qu'il estime qu'ils étaient bien placés; il plana alors au-dessus des hommes. Quand, juste avant l'aube, la nuit se fit encore plus noire et que les faibles lueurs des feux dissimulés indiquèrent que les garnes avaient fini de se répartir autour du camp, il jugea le moment venu.

L'aube humide enveloppait de brume les lames de feu, estompait les contours des arbres peuplés d'oiseaux et donnait à leurs armes huilées un éclat d'une douceur trompeuse.

— *Umazhehs!* rugit AuRon depuis le ciel.

Son cri résonna dans toute la jungle.

Les garnes allumèrent leurs torches aux feux puis, une dans chaque main, ils se déployèrent d'arbre en arbre. Des trompes donnèrent l'alarme dans le campement humain et les soldats se précipitèrent vers leurs parapets. Le spectacle d'un nombre apparemment infini de torches qui se déplaçaient entre les arbres aurait décontenancé AuRon lui-même; il pouvait à peine imaginer ce que ces hommes loin de chez eux devaient ressentir.

Mais le dragon ne les laissa pas rejoindre leurs camarades qui montaient la garde aux extrémités du campement. Alors qu'ils sortaient de leurs tentes et de leurs baraquements comme une colonie de fourmis à tête blanche, AuRon plongea du ciel en rugissant. Il fondit sur le camp et cracha ses flammes sur les machines de guerre. Cordes et bois explosèrent en un feu orangé. Les flammes s'animèrent horriblement quand les cordages cédèrent, projetant des pièces de métal fumant dans le ciel ou vacillèrent et s'écroulèrent en libérant des poutres de bois tordues.

Il aperçut une grande tente dont l'entrée était délimitée par deux défenses d'éléphant. Lors de son deuxième passage, il en découpa les cordes avec le bout de ses ailes pour finalement l'enflammer – ainsi que l'homme qui se trouvait devant et qui criait à l'intention de ses semblables.

AuRon repartit dans les airs, ne laissant que ruines dans

son sillage, quand il remarqua une flèche qui traversait sa patte avant et sentit une douleur sourde dans son cou. Il vira dans les airs et sentit une seconde flèche s'enfoncer profondément à l'endroit où son cou rejoignait son épaule. La fureur l'envahit et il commença à piquer pour détruire, pour tuer… Non. Il ne ferait que recevoir davantage de flèches. Il tourna et survola à basse altitude les machines de guerre enflammées tout en veillant à rester hors de portée du bataillon d'archers bien organisés qui étaient prêts à tirer une nouvelle salve. Il prit une des machines enflammées dans ses *saa* et il parvint en battant furieusement des ailes à la soulever. Il ne fit pas attention aux flammes qui le brûlaient et se positionna au-dessus des archers.

Les hommes lâchèrent leurs armes et se dispersèrent quand l'immense masse enflammée s'abattit sur eux.

AuRon décrivit un arc, replia ses ailes et se retourna en plein vol alors qu'il plongeait vers le sol. Il déploya ses ailes juste avant de toucher terre et les agita si violemment qu'il souleva une tempête; les tentes s'envolèrent. Il s'empara d'un homme et le projeta vers la tente principale en flammes.

Les hommes enturbannés s'avancèrent vers AuRon, serrés les uns contre les autres, abrités derrière des boucliers. Ils portaient maintenant un heaume sur leur coiffe et ils s'étaient rassemblés en groupes de chasseurs armés de lances.

— *Umazhehs*, à moi ! Maintenant ! cria AuRon.

Les garnes sortirent du brouillard. Leurs lames, haches et marteaux de pierre se découpaient sur le ciel rosé tandis qu'ils franchissaient les palissades en rangs dispersés qui furent reformés quand ils refermèrent leur cercle. Certains portaient encore leurs torches ; ils les brandissaient pour que la fumée dissimule leur avancée.

Les hommes du Sud moururent bravement. Ils se rassemblèrent en petits groupes, dos à dos, et accueillirent les garnes à la pointe de leurs lances. En cette période cruelle de l'histoire des hominidés, il n'était pas fait de quartier – et les vaincus ne suppliaient pas. AuRon fit ce qu'il put avec sa queue : il abattit un mur de boucliers, arracha des lances. Quand le soleil fut – comme le disaient les garnes – à « deux mains » au-dessus de l'horizon, tout était fini. Des garnes morts gisaient entassés autour de petits monticules de tissu blanc rougi de sang.

Les garnes se réunirent en cercle autour d'AuRon et entonnèrent le chant de la Grande Rage afin de remercier la furie guerrière qui leur avait permis de surmonter leurs pertes au cours du combat. Ils s'employèrent ensuite à prendre les têtes.

Pendant un instant, au sein de cette aube brumeuse dans laquelle flottait l'odeur du sang, AuRon songea à mener les garnes vers le Sud. Avec tant de morts dans la jungle, des villages et même des villes du Sud étaient à la merci des lances et des flammes. Les hommes voulaient chasser les garnes des montagnes ; ce n'était que justice de déposséder ces aspirants conquérants de leurs terres et de leur vie. Il pourrait, le temps venu, régner sur un territoire qui s'étendrait des montagnes à l'océan du Sud, cette bande bleue qu'il avait aperçu lors de ses vols les plus longs. S'il avait remporté cette bataille avec quelques milliers de garnes, de quoi serait-il capable avec dix fois ce nombre dans quelques vingtaines d'années ?

Cela demandait réflexion.

Il vit un garne se tourner vers un de ses camarades qui se tordait, le ventre ouvert par un coup de cimeterre. Il murmura quelques mots au guerrier fou de douleur et planta son couteau dans l'aisselle du blessé. Il mourut en pleurant, et celui qui avait abrégé ses souffrances pleura aussi. AuRon observa les larmes couler le long des joues du garne tandis qu'il prenait un anneau accroché à l'oreille du guerrier mort et le glissait au doigt mince opposé à son pouce avant de traîner le corps vers le bûcher funéraire des héros.

Une telle victoire, était suffisante – même pour une vie de dragon.

Il y eut des morts à brûler, des familles, des troupeaux et des biens à redistribuer, des garnes importants à remplacer. Unrush avait survécu mais ses chefs étaient tombés avant leurs guerriers. Les plus braves d'entre eux se levèrent et prirent leur place sur les nattes du conseil. Unrush trouva dans les décombres de la bataille une épée noircie avec une tête de dragon sur le pommeau ; il nomma son siège « le trône du Dragon » en l'honneur d'AuRon qui avait protégé ses montagnes de l'invasion humaine. AuRon ne prit cependant que peu de plaisir lors de cette cérémonie.

Il pouvait toujours profiter de sa bibliothèque. Il y trouvait des pensées et des idées bien plus riches que les chamailleries entre camps de garnes qui requéraient de temps à autre son attention. AuRon en venait presque à souhaiter qu'Unrush règne comme l'un de ces rois garnes décrits dans les histoires des hommes : en seigneur de guerre assoiffé de sang qui faisait trancher les têtes de tous les mécontents. Au lieu de cela, quand les chefs d'Unrush ne parvenaient pas à trouver un compromis pour confier une famille d'orphelins ou décider à qui revenait le droit d'utiliser un lac de montagne, ils venaient trouver AuRon avec leurs pétitions. Des criminels demandaient parfois le jugement d'Unrush. S'ils étaient appuyés par quelques membres de leur communauté dans le cas de crimes de propriété et non de sang, AuRon disait aux garnes que l'exil était un châtiment suffisant.

Les garnes étaient un peuple cupide et querelleur et AuRon se retrouvait à accorder des audiences plus souvent qu'il l'aurait souhaité.

Tout n'était pas source d'irritation. Les garnes lui

offraient des animaux chaque fois qu'ils se présentaient devant son estrade. AuRon avait réaménagé la caverne au cristal pour mieux tirer parti de sa lumière : ses livres et parchemins favoris étaient disposés sur de longues tables qui entouraient l'estrade et les pierres de sorcier qui préservaient les livres entouraient les étagères. Une tradition s'instaura : seuls certains garnes favorisés avaient le droit de franchir le cercle de tables ; ceux qui étaient moins élevés dans l'ordre hiérarchique devaient s'adresser au dragon depuis l'autre côté de la barrière de livres. AuRon entendit que les garnes avaient inventé un nouveau titre, *Uthvhe-Rinsrick*, qu'ils rajoutaient à leur nom et se traduisait par « admis dans le cercle du seigneur ».

Puis, un printemps, la soif de connaissance elle-même commença à l'étouffer. Mû par un instinct qu'il ne comprenait qu'à moitié, il chercha une échappatoire en volant ; il partit loin et survola les forêts, les montagnes, le désert. Il scrutait davantage le ciel que la terre, et comprit alors qu'il était à la recherche d'autres dragons.

Les taquineries de ses sœurs lui revinrent en mémoire. Même s'il croisait la route d'une femelle « aux brillantes écailles, à la tête idéale, et dépourvue de mâle » comme le disait son père, il n'était pas le genre de dragon qui impressionnerait au premier coup d'œil une partenaire éventuelle. Il n'avait pas non plus un vaste trésor de pièces et de joyaux pour l'attirer, ou une longue liste de cités détruites par les flammes ou d'armées mises en déroute pour prouver qu'il était un dragon redoutable capable de protéger leurs petits. Il observait parfois son reflet dans le plan d'eau où NooMoakh avait coutume de pêcher. Deux cornes poussaient sur sa crête, déjà plus longues que les éperons de ses pattes, et deux autres bosses commençaient déjà à se former. Toutes ses cicatrices montraient qu'il était un gris à la peau fine qui régnait sur quelques villages de garnes éleveurs de chèvres au milieu des ruines d'un empire déchu.

Pas exactement le genre de dragon qui attirerait une compagne.

Mais voler, explorer, patrouiller lui permettait d'oublier un temps ces pensées. Il venait d'achever une chasse à pied dans les forêts des terres limitrophes du Sud au cours de laquelle il avait dévoré des oiseaux qui couraient en agitant la tête faute de pouvoir voler quand il rencontra les buandières. Alors qu'il buvait dans une rivière, il sentit une odeur humaine dans l'eau. Il eut envie d'en savoir plus. Il suivit le cours d'eau en rampant le long de la berge, collé au sol comme un serpent. Il trouva l'origine de cette alléchante odeur : un village bâti sur pilotis. Des cochons et des poulets vivaient sous les huttes perchées, et les humains au dessus. Les femmes lavaient du linge dans la rivière. C'était leur riche odeur qui l'avait attiré.

Sa faim, qu'il pensait avoir apaisée un instant auparavant en engloutissant chairs et plumes, eut raison de lui. Il surgit des roseaux qui bordaient la berge.

Les femmes laissèrent leur linge et coururent vers les huttes en hurlant. AuRon se précipita à leur poursuite ; il piétina au passage les roseaux et dispersa les vêtements. Mais les femmes avaient trop d'avance. Des hommes arrivèrent en masse dans le village équipés d'armes et de boucliers. Le dragon n'avait aucune envie de se battre au milieu d'un village avec des adversaires de chaque côté. AuRon fit claquer ses mâchoires en direction de la dernière des femmes, impuissant. Il cessa de courir pour s'envoler, plein de frustration, et s'éleva dans le ciel, cet étrange mélange de désir et de faim oublié.

AuRon vola vers le nord. Il se demanda s'il avait appris là une leçon. Il avait entendu des histoires dans lesquelles de jeunes dragons sans compagne pourchassaient les femelles des hominidés. Ils les forçaient à fuir dans des donjons où les emprisonnaient pour jouer avec elles avant de les dévorer. D'après mère, bien des dragons avaient trouvé la mort ainsi. Les hominidés vengeaient toujours la perte de leurs femmes, alors qu'un dragon pouvait parfois dévorer la moitié d'un troupeau et s'en tirer sans encombre.

Peut-être était-il devenu ce genre de dragon qui traquait l'odeur des femelles humaines et non de ses semblables. Il se vit en rôdeur nocturne qui contrariait ses instincts naturels pour suivre un chemin qui le mènerait tout droit à la mort. Cette pensée le révulsa et il se promit de ne plus jamais traquer cette odeur.

Mais, cette nuit-là, il rêva de femmes qui hurlaient.

— C'est une offrande, un cadeau que nous t'apportons, ô AuRon-*vhe*! annonça Unrush UthRinsrick quelques mois plus tard. Aujourd'hui, mon peuple fête la Grande Rage. Nous nous souvenons! Nous échangeons des cadeaux! Nous festoyons! Participe toi aussi, nous te le demandons. Les lames de feu se sont rassemblées.

Les garnes avaient probablement déterré une babiole en jade dans l'une des ruines du Sud. AuRon avait toute une collection de statues dans sa bibliothèque. Elles se montraient de meilleure compagnie que les garnes : plus calmes et certainement plus esthétiques.

— Et comment puis-je donc participer ?

— Accepte notre offrande. Nous t'apportons un prisonnier.

AuRon hocha la tête. C'était donc cela. Les garnes lui amenaient de temps à autre un misérable chasseur qui s'était aventuré trop loin dans la forêt. Au lieu de le tuer, ils le conduisaient à AuRon et observaient le dragon pendant qu'il dévorait l'intrus. Ces malheureux à moitié morts de faim ne constituaient jamais de très copieux repas. Il aurait préféré un bœuf.

Les garnes entrèrent et formèrent un cercle. AuRon leur jeta un regard circonspect ; il avait instauré une loi qui interdisait les armes plus grosses qu'une dague dans sa caverne. Une sorcière et guérisseuse garne avaient en une occasion dressé quelques mécontents contre lui. Ils avaient tous péri au cours d'un combat enflammé, mais le dragon n'avait jamais retrouvé la sorcière. AuRon ne faisait confiance qu'à UnRush. Un dragon ne pouvait se permettre de se fier aux autres s'il voulait vivre longtemps.

Ils traînèrent le captif. Il était petit, sale et immobilisé par un rondin de bois placé en travers de son dos, au niveau du creux de ses reins, et autour duquel étaient passés ses coudes. Ses mains étaient liées devant lui. L'un de ses gardiens le tirait tandis que l'autre le fouettait avec une cravache de cuir.

AuRon se déroula et descendit de l'estrade – il voulait abréger les souffrances du captif et en terminer une bonne fois pour toutes – et les garnes se réunirent autour du dragon et de sa proie.

—Jour de la Rage! Grande Rage! clamèrent-ils en chœur.

—Accepte ce sacrifice, esprit sacré des lames de feu! s'écria Unrush.

Il roula des yeux, en pleine extase barbare.

AuRon renifla le prisonnier et se figea. Cette odeur de femme. La faim qui l'envahit n'était pas que cela. Il saliva et ses cœurs se mirent à battre plus vite. AuRon tremblait comme un dragonnet tout juste sorti de l'œuf.

L'offrande leva son visage meurtri.

—Mords. Puisses-tu t'étrangler en me dévorant si tu as oublié ta fille, Auron, dit Hieba en draquine.

Chapitre 19

L'esprit d'AuRon revint à leurs adieux dans les bois, devant la palissade du village de bûcherons. Il revit Hieba, une petite fille effrayée qui fuyait son protecteur au milieu des fleurs sauvages.

Lorsque le choc initial fut dissipé et qu'il vit le cercle des garnes interloqués, il s'ébroua.

— Doucebaie !

C'était bon de prononcer de nouveau ce mot. Il entoura Hieba de son corps pour s'interposer entre elle et ses ravisseurs.

— Je n'arrive pas à croire que je me retrouve ici, dit-elle calmement – peut-être plus pour elle que pour AuRon. C'était comme si j'avais rêvé cette vie.

Les garnes échangèrent des marmonnements. Celui qui avait battu Hieba recula vers l'arrière de l'assemblée.

AuRon tourna la tête vers eux.

— Les *Umazhehs* peuvent disposer, dit-il. Par un coup du sort, il se trouve que je connais cette humaine. Il n'y aura pas de sacrifice. Vous avez ma plus profonde reconnaissance : en l'amenant ici, vous m'avez procuré plus de satisfaction qu'avec cinq troupeaux.

Unrush gratta ses tempes grisonnantes et parla à ses chefs.

— Amène-la au trône du Dragon demain soir, mon seigneur. Nous mangerons du bœuf et du porc et boirons du vin mis en fût l'année où nous avons scellé notre pacte. Quelle est ta réponse ?

— Demain soir. J'y serai.

Hieba toucha la statue de cristal de sa main sale et éraflée.

— Je me souviens de ceci, quand j'étais petite, dit-elle dans la langue des fils de Tindairuss. (AuRon devait lui demander de temps en temps de répéter certains mots, mais il s'agissait d'une variante d'un langage que NooMoakh connaissait bien et lui avait transmis.) Je croyais que ceci était ma mère et toi mon père, AuRon. La pierre était lumineuse, chaude et constante et toi tu étais fort, brave et sage. Je me demande ce qu'elle est réellement. Je la soupçonne de valoir autant qu'une principauté d'Hypat tout entière.

Elle s'affaissa sur la pierre et tomba à genoux.

— Tu as besoin de sommeil et de nourriture, dit AuRon. Peut-être même d'un bain ? Le filet d'eau au fond de la caverne est toujours là. Il est plus gros que dans ton souvenir. J'ai rajouté des rochers pour que l'eau joue plus de notes sur son parcours.

Elle était déjà endormie.

AuRon parcourut la caverne en reniflant. Il y avait quelques quartiers de viande placés sur les piliers taillés dans la pierre, mais il craignit qu'ils ne soient plus comestibles – pour un humain en tout cas – même avec la fraîcheur de la grotte. Il ne voulait pas laisser Hieba seule. Pourtant seul un garne suicidaire serait revenu lui faire du mal après qu'il les eut congédiés. Il se rendit dans la cité et brûla un terrier de marmottes. Les rongeurs gros comme des lièvres permettraient au moins à Hieba d'avaler une bouchée ou deux quand elle se réveillerait. Il se hâta de retourner dans la caverne avec ses prises écorchées et la trouva profondément endormie sous la chaude lumière du cristal.

L'odeur de la nourriture cuite ne la réveilla pas, et elle

n'ouvrit l'œil que des heures plus tard ; cela prouvait à quel point elle était épuisée. AuRon enroula son long corps sous l'estrade et la regarda. Il y avait encore quelque chose de la petite fille qu'il avait connue dans l'expression absorbée de son visage : Hieba avait toujours dormi comme si elle y mettait toute sa concentration. Sa peau bronzée, ses cheveux d'un noir de jais, ses bras et jambes fins et sa poitrine souple indiquaient qu'elle était un être humain d'une certaine beauté, pour autant qu'il puisse en juger.

Elle se redressa et laissa échapper un petit cri de joie à la vue de la nourriture. Elle la déchira à l'aide de ses ongles et de ses dents. Sa férocité était digne d'un dragonnet.

— Je suis si heureuse de te trouver, toujours là, toujours toi-même, AuRon-qui-était-un-père, dit Hieba.

AuRon la renifla. Derrière la crasse et la sueur il sentit qu'elle était une femme adulte.

— Il faut prononcer AuRon maintenant que je suis vraiment un dragon. Mais tu pourrais m'appeler « Poney » comme lors de notre première rencontre et le son de ta voix seul me rendrait heureux.

Hieba passa les bras autour de son cou et il sentit qu'elle l'étreignait. Un *prrum* remonta du plus profond de lui.

— AuRon, essaya-t-elle. AuRon. Ce nom semble bondir comme ces grands chats dorés, dans les montagnes. Il te va bien.

Elle mit fin à son étreinte, le longea et s'accroupit pour observer ses ailes repliées.

AuRon avait un millier de questions à lui poser.

— Viens-tu de loin ?

— Oui. Mais j'étais à cheval avant que mon guide garne me trahisse.

— Je suis désolé.

La traîtrise était, cela dit, une vieille habitude chez les hominidés. Il avait pour en témoigner des manuscrits – et toute une vie d'expérience.

— Il n'appartenait pas à la tribu qui m'a conduite ici ; c'était un autre peuple. Ils commercent avec les Dairusses. Ils m'ont peut-être prise pour une bante perdue qui retournait chez elle.

— Les « fils de Tindairuss », traduisit AuRon. Tu as grandi avec eux ?

— Oui. Mon enfance s'est achevée quand je suis arrivée dans ce campement. Ils m'ont mise au travail : je devais laver et coudre, coudre encore et toujours. Je crois que je peux coudre dans mon sommeil. J'y ai passé des années, et je me suis même enfuie une fois pour venir te retrouver… mais je suis revenue au campement, affamée et morte de froid.

— Alors tu t'es enfuie une seconde fois ?

— Non. J'avais peut-être quinze ans quand est arrivé dans le campement un groupe de soldats sous les ordres d'un capitaine. C'était un homme de grand renom, nommé Naf Touraq.

AuRon grogna.

— A-t-il autrefois voyagé avec les nains, au service d'un certain Hross ?

Hieba éclata de rire.

— Oui. C'est le même Naf qui m'a trouvée et qui m'a confiée à toi dans le désert. Tous les autres hommes m'ont jeté leurs haillons répugnants et ont essayé de pincer tout ce qu'ils pouvaient, mais pas lui. Naf trouva alors quelque chose et demanda aux autres de me conduire à lui. Il avait sur les genoux cette griffe-bouclier que tu portais. Je tremblais. J'étais assez âgée, et je savais que cela se produirait à un moment ou à un autre – mais ce n'était pas ce que je craignais. Ou espérais, peut-être. Il voulait parler. Il me raconta l'histoire telle qu'il l'avait vécue et me rendit la griffe. Il me dit que des nains l'avaient faite et te l'avaient offerte. Quand il m'a raconté comment il m'avait trouvée, cela m'a rappelé des souvenirs de mes parents. Je les avais oubliés avant de lui parler. Je me suis endormie en me remémorant cette nuit remplie de flammes et de cris.

— C'est un homme bon. Combien d'autres, au milieu d'un repaire de voleurs, prendraient de tels risques pour protéger une enfant ?

— Je sais.

AuRon aimait voir le sourire de Hieba, entendre sa voix étrangement adulte – et pourtant il sentait un pincement de jalousie quand il surprit l'expression nostalgique de son visage. Le dragon attendit qu'elle continue.

— Après ça, il n'a plus jamais quitté mes pensées, aussi laid soit-il. Je… je suis partie avec lui. Ses cavaliers et lui patrouillaient le long des terres limitrophes. Des rumeurs parlaient de garnes plus haut sur la rivière. Naf et ses gardes rouges devaient s'occuper de ce danger. C'est ce qu'il a fait en chevauchant avec l'un de ses hommes dans leur campement : il conclut un traité avec eux. Il s'avéra que les garnes étaient très contents de la présence des bûcherons : il y avait davantage de gibier dans les clairières qu'ils déboisaient. Ils parvinrent à un arrangement et commencèrent même à commercer ensemble. Je compris pourquoi les hommes de Naf l'aimaient : c'est un guerrier qui préfère parler que se battre. Il dit que ce n'est pas naturel chez lui, mais qu'il a acquis cela avec l'expérience.

— Il n'y a pas de vainqueurs dans une bataille. Seulement des survivants, approuva AuRon.

— Les garnes du fleuve ont parlé d'un dragon qui avait conclu une alliance avec ceux des montagnes. Il s'agissait en fait des familles qui n'avaient pas voulu d'un dragon comme seigneur.

— Ils vous ont proposé de vous mener à moi ?

— Non, c'est arrivé après. Naf et les gardes rouges avaient à faire au sud et j'ai voyagé avec eux. J'ai appris à monter, à tirer à dos de cheval avec un petit arc, et même à faire nager ma monture pour traverser les rivières. Naf a modifié ton bouclier pour que je le porte à mon bras. Je me suis entraînée à me battre avec, une dague dans l'autre main. Les hommes ont ri jusqu'au jour où je m'en suis servi au cours d'un combat. Mais quelque chose s'est produit quand Naf le resserra pour qu'il tienne sur mon avant-bras. Je ne sais pas si c'est moi qui l'ai embrassé, ou lui… ça n'a pas d'importance. Naf et moi, nous nous aimons, AuRon, et nous allons nous marier maintenant qu'il appartient à la garde argentée, au Dôme. Il est très populaire parmi ses hommes et il s'est rendu indispensable pour les Ghiozes – ce sont des étrangers qui parlent leur propre langue et qui règnent sur le peuple de Naf. Il est à une place qu'aucun Dairusse n'a occupée avant lui.

—Alors pourquoi n'es-tu pas avec ton compagnon ? Qu'est-ce qui t'a ramenée vers mes montagnes ? Chercher des dragons est une entreprise dangereuse pour n'importe quelle bande de guerriers, et tu es toute seule. Tu n'es sans doute pas venue uniquement pour me parler de ta bonne fortune.

— Des événements qui ont eu lieu de l'autre côté des montagnes ont retardé notre bonheur. Nous avons besoin d'un dragon. Ou au moins de ses conseils. Il s'agit d'autres dragons, de mauvais…

AuRon leva un *sii*. S'ils voulaient l'enrôler pour qu'il chasse ses semblables, Hieba avait fait un voyage bien périlleux pour s'entendre répondre « non ». Mais Naf serait-il assez stupide pour croire… certainement pas. Quoi qu'il en soit, AuRon se rappela qu'il leur fallait rejoindre Unrush et ses chefs pour la cérémonie.

— Nous parlerons plus tard.

Elle serra les poings et ressembla de nouveau à l'enfant au caractère bien trempé qu'il avait connue jadis.

— Mais au…

— Plus tard, Doucebaie. Nous devons nous hâter. Tu as dormi, et la nuit est probablement déjà en train de tomber dehors. Tu dis que tu es bonne cavalière ?

— J'ai passé deux ans à tenir le rythme des gardes rouges. Je peux monter n'importe quel cheval, de jour ou de nuit.

— Je ne suis pas un cheval. Tu seras sur mes épaules. Nous allons voler. Marcher est fatiguant quand on a des ailes.

— Voler ? Sur ton dos ?

— J'imagine que je peux aussi te prendre dans mes griffes si tu y tiens. Tu as besoin de vêtements et de davantage. Je n'ai ici qu'un bol et une cuiller pour toi.

— Oui, AuRon, allons-y ! Ce sera comme dans les légendes ! Ou dans un rêve !

— Alors nous allons te faire vivre un rêve qui vaudra la peine que tu le racontes à tes petits-enfants, et eux aux leurs.

Hieba et AuRon marchèrent vers le puits. Au fil des ans, des maçons garnes avaient construit à l'entrée de la caverne tout d'abord un escalier branlant en bambou, puis plus tard des marches taillées dans la paroi, assez larges pour que les hominidés puissent marcher sans se presser contre le bord du puits. Les maçons avaient également taillé pour AuRon une série de trous pour ses *sii* qui représentaient le visage de guerriers garnes vociférant. AuRon se servit de leurs bouches grandes ouvertes pour monter, et Hieba prit l'escalier.

Tandis qu'ils traversaient la cité en ruine à l'entrée de la caverne, elle montrait du doigt divers objets familiers.

— Les chauves-souris étaient vraiment féroces là-haut. Il y avait une pièce avec des carreaux très beaux, là en bas… C'était une sorte de baignoire naturelle, mais l'eau ne coulait plus et tout était moisi et humide. Ici, il y avait tout un tas d'outils au manche pourri…

— Tu te rappelles bien des choses.

— Je me rappelle que tu faisais toujours les cent pas quelques mètres derrière moi pendant que j'explorais.

La grotte s'élargit là où commençait réellement la cité. AuRon s'arrêta.

—À partir d'ici, je vole.

Hieba croisa les bras et frotta ses paumes contre ses coudes.

—J'aurais bien voulu que tu aies des rênes, une selle ou même une crinière.

AuRon s'aplatit contre le sol ; il ressemblait à un serpent colossal.

—Accroche-toi avec tes jambes. Au-dessus de mes épaules, mon cou n'est pas plus large que le corps d'un cheval.

AuRon laissa Hieba poser les mains sur son dos, juste au-dessus de ses pattes avant. Il tressaillit soudain… et la jeta à terre au passage.

—Hé ! glapit-elle.

—Désolé. Les dragons sont très sensibles dès qu'on touche à leur cou. C'est ce que les assassins visent d'ordinaire.

—Nous devrions peut-être mettre une couverture sur ton dos, comme pour les chevaux.

—Je n'en ai pas. Et je ne suis pas un cheval. Je dois pouvoir me contrôler mieux que ça.

AuRon regretta ces paroles quand elle essaya encore. Elle parvint cette fois à passer une jambe par-dessus son dos et à s'asseoir. AuRon combattit l'envie irrépressible de se rouler par terre pour la chasser. Son corps faisait n'importe quoi. Ses pattes arrière voulaient frapper le sol, sa queue ne cessait de s'agiter.

—C'est pour t'échauffer ? demanda Hieba.

AuRon sentit qu'elle s'accrochait également avec les bras.

—Non. Tu es comme une démangeaison que je ne peux pas gratter.

—Veux-tu que je descende ?

— Oui, mais n'en fais rien. Je vais m'y habituer. Peut-être devrions-nous marcher un moment. Je ne voudrais pas me débarrasser de toi d'un haussement d'épaules quand nous serons au milieu des nuages.

AuRon commença à marcher ; il frappait avec force le sol de ses pattes. Pour une raison ou une autre, cela l'aidait.

— C'est très différent d'un cheval, dit Hieba. Tu bouges sur les côtés et pas de bas en haut. Et tu es aussi plus haut.

AuRon tordit le cou pour la regarder ; elle se balançait d'avant en arrière alors qu'il appuyait avec force une patte avant, puis l'autre.

— J'ai vu des hommes monter des éléphants. Ils sont encore plus hauts – mais un dragon qui a achevé sa croissance n'en est pas très loin.

— Il te faudra encore combien de temps avant d'être aussi grand ?

— Des centaines d'années, si je vis assez longtemps pour cela. Les dragons grandissent lentement une fois que leurs ailes se sont déployées.

Hieba eut soudain l'air mélancolique.

— J'aimerais pouvoir te voir ainsi.

— Tu as connu NooMoakh. Il était aussi grand qu'un dragon peut le devenir.

— Il était vieux, émacié. Je ne parlais pas de n'importe quel dragon, mais de toi. Les elfes et les nains vivent longtemps. Il est si triste que ce ne soit pas le cas pour les hommes et les garnes. Nous manquons tant de choses.

AuRon avança au milieu des bâtiments et des amas de décombres ; des bâtiments effondrés sur d'autres penchaient vers lui de chaque côté. Les fenêtres vides de la vieille cité semblaient les regarder d'un air absent, comme pour leur dire : *Je me souviens des puissants rois dans leurs chars qui paradaient dans cette rue. Vous n'êtes que des rôdeurs sur la tombe d'un empire, insignifiants et vite oubliés.*

— Hieba, il y a bien longtemps vécut un nain philosophe nommé Awu. Il devint, on ne sait trop comment, roi de l'un des royaumes de l'Est, au bord des mers des Typhons. En ces temps, les hominidés étaient divisés en « grandes » et « petites » races : les elfes et les nains étaient considérés comme supérieurs, les humains et garnes comme inférieurs. Awu disait que les races à la vie plus courte prospéreraient quand les autres ne seraient plus que des légendes. Pour lui, les grandes races ne pensent qu'à elles-mêmes tandis que les petites vivent et construisent pour le monde de leurs enfants et de leurs petits-enfants. Il a écrit : « Chacune des grandes races se dresse toute seule et deviendra un colosse après quelques années. Chacune des petites monte sur les épaules de la génération précédente. En fin de compte, les pyramides des petites seront les plus hautes. »

— Alors peut-être que mes petits-enfants…

— Toi et Naf avez une couvée ?

— Non, non, pas encore. La situation étant ce qu'elle est… Je t'expliquerai plus tard.

Ils voyaient le ciel encadré par les tours suspendues de Kraglad, semblables à des crocs.

— Je vais déployer mes ailes, prévint-il. Dis-moi si tu as l'impression de lâcher prise.

AuRon sentit les bras et les jambes élancées de la jeune fille se resserrer autour de son cou, à l'endroit où se trouvait autrefois le collier que Djer lui avait enlevé. Il sentit que Hieba tirait sur son cou.

— Oooh ! souffla-t-elle.

— Ne touche pas à cette chaîne. C'est une *dwarscie*, pas un licou.

— Je m'en souviens. Elle ne semblait pas dangereuse.

— Contente-toi de serrer mon cou.

Il bondit en avant en battant des ailes et décolla.

— Hiiiiiiiiiiii ! hurla Hieba, mais il s'agissait cette fois d'un cri de joie.

AuRon sentit qu'elle passait ses bras autour de son cou mais il n'osa pas regarder en arrière : quand il décollait, il lui fallait garder la tête tendue vers l'avant.

Il surplombait les terrasses de la cité et montait vers les tours inversées. Il inclina légèrement une aile et sortit en virant de la caverne à flanc de montagne pour plonger dans le ciel de fin d'après-midi. Ce ne fut qu'après avoir pris un courant ascendant et atteint les nuages qu'il risqua un coup d'œil vers Hieba.

Elle avait toujours les jambes passées autour de son cou ; les artères du dragon battaient sous la pression. La jeune fille avait la bouche ouverte et ses cheveux qui lui arrivaient aux épaules flottaient au vent comme une bannière noire. Elle rougissait de la poitrine jusqu'au visage et ses dents blanches brillaient par contraste avec sa peau cuivrée.

— C'est bon ? demanda AuRon.

— C'est… c'est… c'est… fabuleux ! s'écria-t-elle.

— Profites-en.

— En profiter ? Mais pourquoi te poses-tu encore ? Si j'étais toi, je trouverais la plus haute montagne du monde et je ne quitterais plus jamais les sommets !

— Tu n'as jamais essuyé une tempête dans les hauteurs. Tout devient très froid. Les dragons aiment la fraîcheur et l'obscurité, pas le givre et le vent qui hurle.

— Vole, AuRon ! Volons pour l'éternité !

— Tu vois mieux le monde de cette façon. Nous ne faisons cependant que nous rendre dans un village. Il aurait fallu deux jours à pied quand tu étais petite. Nous y serons avant que le soleil touche l'horizon.

— Je ne veux pas penser aux garnes. Je veux juste toucher encore les nuages, dit-elle en riant.

Elle tendit les bras pour imiter les ailes d'AuRon.

— Je vais descendre un peu. Je crois que tu as besoin d'un peu plus d'air.

AuRon perdit de l'altitude jusqu'à ce qu'ils puissent

distinguer les branches des arbres et les rochers. Voler à cette hauteur lui demandait plus d'efforts à cause des vents imprévisibles, mais il stupéfia Hieba en plongeant soudainement du haut de précipices pour parcourir ensuite des prairies en rase-mottes. Quelques bergers garnes agitèrent leur houlette à son passage.

Ils tournèrent autour du village d'Unrush. Les murs étaient maintenant en pierre ; des monuments avaient été dressés à la mémoire des guerriers tombés lors de la bataille de l'Aube des brumes qui avait eu lieu des années auparavant. Des crânes décoraient le chemin qui menait au trône du Dragon et Unrush habitait dans une maison aux murs de pierre avec un toit d'ardoise. À la bâtisse s'ajoutaient trois constructions – des annexes pour ses femmes – ainsi qu'un jardin privé entouré de murs. Son trône taillé dans une pierre volcanique qu'AuRon avait sortie de terre près de l'océan du Sud était installé sous des figuiers. L'arbre aux fines branches avait été choisi comme symbole de sa suprématie.

AuRon atterrit au son des tambours et des gongs. Les garnes faisaient cuire de la viande et des légumes au-dessus des fosses à charbon et les habitants avaient décoré toutes les demeures avec des fleurs rouges. Des garnes femelles parées de guirlandes rouges et blanches et vêtues d'une jupe nouée autour de leur taille se prosternèrent devant AuRon tandis que celui-ci repliait ses ailes.

Unrush sortit de sa maison. Il arborait une parure faite à partir de diverses peaux prises sur le corps de ses victimes, nettoyées puis découpées selon la mode garne. Il en portait plusieurs épaisseurs, comme pour signifier qu'il pouvait se permettre d'avoir neuf couches de vêtements à la fois. Il tenait à la main un bol de bronze rempli à ras bord de vin.

— Bois, ô seigneur des cieux, bois et accepte notre accueil !

AuRon lapa juste assez pour mouiller sa langue.

— Unrush, par un bien étrange coup du sort, la captive que tu m'as amenée était la personne que j'avais le plus envie de voir. Elle a perdu ses bagages et sa selle. Pourrais-tu demander à tes femmes de lui trouver quelques habits à porter pour le festin ? J'aimerais que tu fasses preuve envers elle de toute l'hospitalité des *Umazhehs*.

— Oui, ô seigneur des cieux, répondit Unrush.

Il désigna Hieba et appela l'une de ses femmes, ou peut-être une de ses sœurs. AuRon avait encore des difficultés à démêler les arbres généalogiques compliqués des garnes dans lesquels les frères et sœurs d'un chef avaient plus de responsabilités que ses femmes. Hieba semblait hésitante mais la garne royale et une enfant la tirèrent et lui firent des signes jusqu'à ce qu'elle entre dans l'une des petites annexes de la maison.

— Les broches gémissent sous le poids de la viande, AuRon, dit Unrush. Nous devons manger bientôt. Mais Balazeh nous apporte des nouvelles des déserts et du Nord. Nous devons en discuter en ce jour de bon augure.

— Quel genre de nouvelles ?

— Une guerre. Une guerre telle que le monde n'en a pas connu en une vie de séquoia. Les *Umazhehs* du désert, les *Umazhehs* des marais, les *Umazhehs* des hautes steppes – les derniers chariotiers, tous se rassemblent.

— Pourquoi ? Qui a ordonné cela ?

— Les grands prêtres. Un mage du Nord. Ils parlent avec force. Ils prédisent la fin d'Hypat la Maudite.

— Hypat est loin d'ici. Le voyage te prendrait une saison entière et tu ne te retrouverais même pas à l'embouchure du fleuve.

— La distance ne compte pas, les ennemis ne comptent pas, le temps ne compte pas. Seule compte la nouvelle ère.

Cette dernière phrase sonnait comme une psalmodie aux oreilles d'AuRon, et Unrush l'avait prononcée sans ses inflexions habituelles.

— Quand as-tu entendu cela ?

— Balazeh a fait apporter cette information, dit Unrush.

Il désigna un grand garne aux longues jambes. Des tatouages violets recouvraient sa nuque et ses épaules comme une cape.

— Un prophète est venu à lui, des couronnes et des trônes ont été promis. Six jours ont passé depuis. Nous nous rassemblerons sur la rivière de l'Est au solstice d'hiver. Seras-tu là pour nous appeler au combat ?

— Je vais devoir y réfléchir. Ce n'est pas comme notre dernière bataille, quand les hommes sont venus pour vous chasser de ces montagnes. Balazeh et ses prêtres veulent que vous détruisiez le foyer des autres.

— Avant, tout ceci était à nous. Et le redeviendra.

— Et autrefois, il y avait des arbres sur ces collines. Que ferais-tu s'ils repoussaient ?

— Je les couperais.

Hieba revint et mit ainsi un terme à la discussion. Elle était vêtue d'habits confectionnés en grande partie avec des perles brillantes et des bandes de cuivre, qui accentuaient agréablement le noir de ses cheveux et de son regard. Elle vint se placer à côté du dragon.

— AuRon, ils ont des choses merveilleuses ici. Je ne pensais pas les garnes capables de tels ouvrages, mais ce sont d'habiles artisans.

Les sujets d'Unrush se réunirent en cercle et chantèrent – un côté du village tout d'abord, puis l'autre quand les voix des premiers se fatiguèrent. AuRon, en tant qu'invité d'honneur, était entouré de Hieba, d'Unrush et sa famille, des lames de feu et de quelques autres dignitaires locaux. Des femelles garnes marchaient en cercle sans jamais s'arrêter, dans la même direction pour éviter toute confusion. Elles distribuaient des plateaux de nourriture et des bols de vin. D'autres garnes tiraient des fosses à charbon des quartiers de viande qui crépitaient et les disposaient sur une natte tissée devant AuRon.

Hieba attirait elle aussi l'attention. Les femelles garnes s'approchèrent pour admirer ses cheveux soyeux et ses mains délicates – tout du moins comparées à celles d'un garne. Un groupe de mâles se rassembla au centre du cercle des porteuses de nourriture. De temps à autre, l'un d'entre eux courait, bondissait et tapait du pied tout en agitant son arme et en hurlant et s'interrompait quand Hieba applaudissait.

— Ils ne sont pas si méchants quand on les connaît, dit-elle.

— Quoi que tu fasses, ne te lève pas et n'en touche aucun. Cela signifierait que tu acceptes d'être son épouse.

— Quoi ? s'écria Hieba.

Elle se recroquevilla devant un guerrier qui bondissait à hauteur d'épaules sur ses puissantes jambes et frappait d'invisibles ennemis.

— Ce sont des prétendants, pas des danseurs. Tu sais, les humains et les garnes peuvent s'accoupler, mais leur engeance est stérile, tout comme les mules.

— Et si je me lève et te touche ?

— Les coutumes tribales sont riches et pleines de précédents, mais je ne crois pas qu'elles prennent en compte ce cas de figure. Les dragons sont dans leurs traditions des symboles de bonne fortune ou de terreur.

Elle glissa sur sa natte pour se rapprocher d'AuRon et renifla son bol de vin.

— Pfiou ! Qu'est-ce que c'est, AuRon ?

— Du vin. Mêlé à du sang, à en juger par le goût. Cela fait partie des festivités. Cette cérémonie commémore une bataille victorieuse.

Elle trempa la main dans le bol et goûta la mixture dans le creux de sa main.

Unrush et les autres garnes la regardèrent, bouche bée, et échangèrent des murmures.

— Qu'ai-je fait ?

— Ce n'est pas tant ce que tu as fait que ce que cela signifie. Seules les couples mangent dans le même plat.

AuRon se tourna vers Unrush.

— Cette humaine est une fille pour moi ; elle partage mon repas. Montrez-vous aussi respectueux avec elle que vous l'êtes avec moi.

Unrush agita la main et les garnes se calmèrent.

La cérémonie commença enfin pour de bon. Des enfants traversèrent le centre du village en courant ; ils agitaient des serpentins de plumes rouges attachés au bout de bâtons. Les lames de feu vinrent ensuite et rejouèrent les évolutions militaires des garnes : la charge, l'attaque tourbillonnante suivie d'une esquive, l'assaut sur le flanc, et la traque progressive. Ils frappaient leur bouclier de leur lance, tapaient du pied et criaient en rythme. Quand la représentation fut finie, leurs femmes les rejoignirent ; les guerriers musculeux les soulevèrent au-dessus de leur tête, certains d'un seul bras, sous les cris de joie de ceux qui étaient trop vieux ou trop jeunes pour de tels exploits. Hieba apprécia grandement le spectacle, elle faisait tinter ses perles et entrechoquait ses bracelets de cuivre.

Il y eut soudain du tumulte aux portes du village. AuRon leva la tête au-dessus de la foule et vit un groupe de garnes qui portaient des torches ; à leur extrémité brûlaient des flammes bleutées. Les nouveaux venus s'approchèrent. L'un d'entre eux chevauchait une sorte de chameau dont les longs poils s'arrêtaient tout juste au niveau du sol. Il ordonna d'un geste aux autres garnes qui l'accompagnaient de s'éloigner et ceux-ci reculèrent comme des enfants pris en faute.

Unrush se leva et cria quelques mots. Tous les convives se retirèrent devant l'étranger.

— Reste près de moi, dit AuRon à Hieba. Si j'ouvre mes ailes, grimpe sur mon cou.

Le dragon fit quelques pas vers les portes pour s'interposer de tout son long entre les garnes étrangers et les villageois. Unrush et quelques-uns de ses chefs s'avancèrent. Aucun des deux groupes n'avait sorti d'armes, mais la tension était palpable.

— Est-ce lui, Balazeh ? demanda Unrush à son visiteur.

— Oui. Voici Staretz, un mage du Nord. C'est un sorcier puissant. Avec lui, Korutz, le lieutenant du roi des chariotiers, dans les hautes plaines. Prosterne-toi.

— Ce sont les visiteurs qui doivent se prosterner, répondit Unrush. Et ce serait le cas même si le roi des conducteurs en personne venait.

Pour AuRon, Staretz n'était qu'un vieux garne à l'air coriace. Il ressemblait à un arbre noueux qui se cramponnerait au sommet d'un rocher : desséché, tordu mais farouchement déterminé à survivre. Il ne descendit pas de son chameau et se racla la gorge : il attendait manifestement des salutations. Unrush ne bougea pas et ne fit pas attention aux coups de coude de Balazeh.

L'un des serviteurs du mage rompit le silence.

— C'est donc vrai. Un dragon vit dans ces montagnes. Qui donc s'assoit sur le trône du Dragon, dont on parle jusque dans les terres du Nord ?

— Qui veut le savoir ? demanda l'un des fils d'Unrush. Car c'est à lui de se présenter.

— Arrêtez ! gronda AuRon. Un visiteur d'une telle importance arrive et nous ne pouvons pas l'accueillir correctement s'il reste sur sa monture.

Staretz ne bougea pas mais les pattes du chameau se replièrent sous son manteau de poils.

— Roi-dragon, nous devrions avoir honte de nous faire reprendre ainsi, nous deux fiers *Umazhehs*, dit Staretz en draquine, avec une surprenante facilité.

AuRon n'avait jamais entendu sa langue aussi bien parlée par un hominidé.

— Staretz des Dures Terres s'adresse aux *Umazhehs* de ces montagnes.

— Unrush des Portes d'Uldam te souhaite la bienvenue, répondit Unrush en s'avançant, avec une natte sous chaque bras.

Il en déroula une sur le sol pour son visiteur. Quand le mage fut confortablement installé, il s'assit en face de lui.

— Merci, grand roi, dit Staretz.

— Je ne suis pas roi, protesta Unrush. Seulement grand chef, grâce à la destinée et à la clémence de ce dragon.

— Le roi des chariotiers n'est pas de cet avis et il t'envoie son lieutenant Korutz comme ambassadeur. Ils disent que ton domaine s'étend des montagnes que le soleil éclaire à l'est quand il se lève jusqu'à celles qu'il touche avant de se coucher à l'ouest.

— C'est vrai, mais il y a peu entre ces montagnes. Nos troupeaux sont nombreux, mais nos lances ne sont que dix vingtaines multipliées par dix et quatre.

— Ce sont de ces lances et de ce dragon que nous devons parler. Noble roi, grand dragon, je viens à vous avec une vision.

— J'écoute, dit Unrush.

— Je m'adresse aux *Umazhehs* et à eux seuls. L'humaine me comprendra-t-elle ?

— Elle ne connaît pas notre langue, dit AuRon. Elle n'est qu'une décoration, rien de plus.

Staretz posa les mains à plat sur sa natte et se pencha en avant en s'appuyant sur ses longs bras comme l'une des statues des dieux singes du Sud.

— Nos vieux ennemis sont en pleine confusion. Ils sont devenus riches, et pensent le mériter de droit, que cela a toujours été le cas et le sera à jamais. Avec la prospérité, ils se sont affaiblis – ceux qui ont amassé le plus de richesses ont pris le pouvoir et se sont multipliés – alors que les forts et les braves ont disparu petit à petit. Nous, en revanche, dans les déserts, les montagnes, les terres gelées, recouvertes de neige, les marais, notre exil loin de ces terres en friche nous a endurcis.

» Ce qui nous a été volé nous sera rendu. Les dieux sans nom nous ont promis cette récompense après de longues souffrances.

— J'ai entendu ces histoires moi aussi, dit Unrush. « Les cieux s'empliront de flammes, les mers bouillonneront, les roches fondront comme la glace sous le soleil d'été. » Rien de tout ceci ne s'est produit.

— Je l'ai vu. Au nord, à la frontière des Dures Terres, dans Kell, la cité naine. Il y a trois ans, les Varvares ont rejoint mon peuple et l'ont détruite. J'ai vu un glacier fondre, le ciel s'enflammer et les remparts se dissoudre quand les sous-sols de Kell ont été inondés. Depuis, je vais de tribu en tribu pour annoncer que les jours du destin sont arrivés et que la récompense pour notre exil est à portée de main.

Les *sii* d'AuRon s'enfoncèrent dans le sol.

— Comment le glacier a-t-il fondu ? Et le feu dans le ciel, comment cela s'est-il produit ?

— Tu devrais le savoir, jeune dragon, répondit en jubilant Staretz.

» Une légion de chefs se rassemble, et chacun a derrière lui une légion de lances, poursuivit-il. Nous déferlerons vers l'Ouest comme une vague, et les terres entre les sommets et le Grand Est seront de nouveau nôtres, comme elles l'étaient au temps du grand Uldam. Nous n'échouerons pas. Rejoindras-tu nos rangs, recevras-tu ta récompense ?

Unrush se leva d'un bond et approuva d'un rugissement ; il tremblait pourtant. AuRon savait que le cœur du garne battait à tout rompre à ces perspectives de batailles et de gloire, mais qu'il devait penser à son peuple.

— Je dois consulter les miens, annonça Unrush.

— Consulter ? répondit Staretz en éclatant de rire. Ha !

Les grands rois ne le deviennent pas en consultant, mais en prenant des décisions.

— Il doit me consulter, dit AuRon. Je suis son seigneur, et s'il veut que je mène les lames de feu, nous devons parler seul à seul.

— Le temps presse, annonça Staretz. Je laisse Balazeh et Korutz afin que tu leur donnes ta réponse. Je dois partir vers l'Est pour parler aux *Umazhehs* du fleuve, tes cousins.

— Reste avec nous. Quelques jours de plus importent peu, répondit Unrush.

— Je pars demain matin, avant le lever du soleil. Les esprits m'ordonnent de me hâter. Chaque lance importera dans le décompte qui approche.

Unrush donna des instructions afin que Staretz et son escorte passent la nuit dans ses appartements. Balazeh et Korutz se retirèrent avec le mage. Unrush ordonna à sa famille de les traiter avec égards puis il retourna au centre du village.

— Dormons sous les étoiles, AuRon, car nous avons beaucoup à discuter.

Les festivités se poursuivirent. La rumeur d'une guerre imminente parcourut le village comme une étoile filante et provoqua de brefs transports excités sur son passage. Hieba dormait contre le ventre d'AuRon, encore fatiguée par son voyage et sa captivité. Le dragon tourna la tête pour faire face à Unrush installé de l'autre côté de la fosse à charbon. La lueur rougeoyante donnait au chef l'allure d'un dieu de la guerre coulé dans le bronze. Il jouait avec une dague recourbée qu'il portait attachée à sa cuisse, un trophée de la bataille de l'Aube des brumes.

— Que penses-tu des paroles de Staretz ? demanda AuRon.

— Il parle comme un héros de légende, répondit Unrush. Quelle est la vérité ? Il n'est pas le premier à voir des prophéties s'accomplir. Mais je sens que les *Umazhehs* commencent à s'agiter.

—Grâce à toi, ton peuple est sur le bon chemin, dit AuRon. Ce qui était autrefois des prairies désertes est recouvert de troupeaux, et là où les troupeaux broutaient des villages ont été bâtis. Cet endroit est devenu ce que les hommes appellent une « ville », même si vos rues sont en cercle et vos toits toujours recouverts de chaume.

Unrush hocha la tête.

—Et bientôt nous construirons la *Kwo-Atlsh-Hen*, la « route des Hautes Montagnes », avec des ponts qui enjamberont les gorges ; elle traversera les passes et reliera les villages. Et les ponts seront en pierre.

—Une guerre serait la fin de tout cela. Tes bâtisseurs manieront des haches et non des marteaux, tes forgerons fabriqueront des armes au lieu d'outils et tes paysans déplaceront des lances, pas la terre.

—Pourquoi bâtir un royaume quand les conquêtes t'en donnent un ?

—Unrush, tu as vu des batailles. Je crains que ton peuple soit consumé par la guerre comme le charbon dans cette fosse, pour alimenter une autre fête. Et puis, les hommes de l'autre côté du Falnges savent ce qui les attend. Ils seront préparés. Hieba me l'a dit.

» Je vais partir avec elle, un vieil ami m'appelle. Je ne reviendrai peut-être pas. Tu as mené ton peuple avec sagesse et j'aimerais te donner ma caverne, mes livres et toutes les terres que j'ai réclamées lors de notre marché. Tu as encore de longues années devant toi. Pense à ce que tu pourrais bâtir pour ta famille et ton peuple si tu consacrais le reste de tes jours à l'avenir au lieu de les risquer dans une guerre.

Unrush se renversa en arrière, stupéfait.

—Tu me donnerais Kraglad ?

—Le trône du Dragon pourrait être placé sous la vieille statue.

— L'éclat de Soleil, dit pensivement Unrush.

— Un cadeau pour toi et ton peuple. J'espère que vous suivrez mon conseil et tirerez des enseignements de la bibliothèque. Il s'y trouve des vies entières de sagesse.

— Mon esprit me mettait en garde, mais mon cœur brûlait de partir en guerre. Je vais suivre le chemin de mon esprit. Tu resteras dans nos chansons comme le protecteur de notre peuple.

Le village d'Unrush fut réveillé par une aube d'été lumineuse ; le soleil jaune se découpait sur un ciel d'un bleu profond. AuRon n'avait pas dormi. La pensée de laisser sa caverne n'avait pas quitté son esprit ; le doute et l'espoir s'affrontaient en lui.

Il sentit Hieba s'étirer. Elle bâilla et rejoignit une file de garnes qui se dirigeaient en tirant derrière eux des enfants grincheux vers la source de la ville où tous se baignaient.

Staretz et ses deux ambassadeurs étaient entourés d'Unrush et de quelques-uns de ses sujets. AuRon entendit quelques mots : « Une guerre dans ma vie, c'est suffisant » et « Tu refuses à ton peuple la grandeur », prononcés respectivement par Unrush et Korutz. Les dragons ne sourient pas naturellement mais AuRon avait appris à le faire d'une façon ou d'une autre. Il sentit ses muscles soulever les coins de sa gueule en apprenant la nouvelle. Unrush s'était montré plus sage que le vénérable Staretz, et également plus persuasif : ses chefs se rassemblaient autour de lui et l'assuraient de leur soutien.

Le mage partit suivi des sympathisants à sa cause, de ceux qui voulaient qu'on leur prédise leur avenir et de plusieurs malades et blessés. AuRon tordit le cou pour regarder en direction de la source. Hieba se tenait au milieu d'une file de garnes qui attendaient pour procéder à leurs ablutions matinales ou pour puiser de l'eau. AuRon voulait la ramener dans la caverne. Il voulait emporter quelques livres et il avait besoin d'elle pour confectionner des sacs qui permettraient de les transporter. Les garnes jetèrent quelques restes du dîner de la veille dans une fosse à ordures à l'extérieur des murs du village et AuRon rejoignit les chiens pour dévorer quelques morceaux de viande. Il le fit davantage pour la satisfaction de voler une pièce de choix à l'un des animaux que parce qu'il avait réellement faim. Pendant qu'il fouillait dans les os, Staretz mena sa suite hors du village, perché sur son chameau aux longs poils. Après avoir essuyé une telle rebuffade, le mage arborait un masque d'indifférence magnifique. Les garnes accueillaient la victoire avec des chansons et faisaient comme si la défaite n'avait jamais existé.

AuRon était soulagé de ne plus avoir les narines emplies de l'odeur désagréable du chameau.

Des cris de douleur et de stupéfaction s'élevèrent du village.

AuRon leva la tête et regarda par-dessus la palissade de pierre et de bois. Unrush montait les marches de sa maison en titubant, harcelé à la fois par des villageois et des étrangers. Korutz se cramponnait à son dos et serrait des mèches des cheveux du chef entre ses dents. Un couteau fit gicler du sang rouge sur les pierres polies quand Korutz poignarda Unrush sous la cage thoracique. Le garne jeta son assaillant à terre et se débattit mais Korutz se remit debout, des mèches arrachées dans la bouche.

—À moi ! À moi, mon peuple ! hurla Unrush depuis le seuil de sa maison.

Il cracha du sang tout en criant. L'une des lames de feu porta la main à son épée mais l'un de ses camarades lui prit le bras.

AuRon vit la mort dans les yeux d'Unrush.

Un autre garne s'avança et enfonça sa lance dans le corps du chef garne.

L'ami d'AuRon se retourna et regarda la hampe avec stupéfaction comme s'il s'agissait d'un membre qui venait de surgir mystérieusement de son corps. Il l'agrippa à deux mains et tomba à genoux. Un autre garne frappa le chef au cou et Korutz l'allongea d'un coup de pied ; Unrush resta là et inonda les marches de son sang.

Incapable de l'aider, AuRon pouvait le venger. Sa poche à feu commença à brûler. Il bondit sur le mur et poussa un rugissement de pure furie : il n'avait pas de mots pour exprimer sa rage. Il ferait de cet endroit un bûcher…

Balazeh sortit d'une hutte en traînant Hieba par les cheveux. D'autres se rassemblaient autour d'elle et cherchaient à se mettre en sécurité en restant près de la jeune femme. AuRon sauta du mur et marcha vers eux. La foule recula vers la maison d'Unrush. Balazeh s'avança ; il appuya sa courte lance sous le menton de Hieba, suffisamment pour que du sang coule sur la poitrine de la jeune fille. Les veines recouvertes de tatouages de Balazeh saillaient sous le coup des efforts nécessaires pour tenir Hieba.

— Dragon ! cria-t-il. Ce qui est fait est fait. Nous n'avons rien contre toi.

— Tu as frappé, tu vas brûler, pourriture ! jura Hieba en langue humaine. AuRon, arrache-lui les bras !

Balazeh ne semblait pas avoir compris. Tous criaient ou parlaient en même temps.

AuRon recula et leva la tête au-dessus de tous.

— Laisse-la partir et j'écouterai tes conditions, dit-il.

— Écoute-les maintenant. Le faible est mort, dit Korutz en agitant sa dague ruisselante de sang en direction du cadavre. Ce problème concerne les anciens des *Umazhehs* et non les intrus, si puissants soient-ils.

Pendant qu'il parlait, Balazeh traîna Hieba vers la porte de la maison d'Unrush dans laquelle plusieurs femelles garnes avaient déjà disparu.

— Tu retournes dans ta caverne, nous la relâcherons et elle reviendra te trouver, poursuivit Korutz. Elle sera surveillée pendant son trajet. Si tu apparais dans le ciel ou sur terre avant qu'elle atteigne ton antre, nous la tuerons d'une flèche.

Balazeh, à côté de la porte, se retourna.

— Peut-être qu'une offrande de bétail et de moutons pourrait te donner satisfaction ? Nous pourrions redevenir amis.

AuRon baissa la tête et monta d'une marche vers la foule. Il fit claquer ses mâchoires et le bruit se répercuta contre les murs du village.

Le corps d'Unrush remua, puis se retourna sur lui-même. Seul AuRon l'avait vu bouger car tous les regards étaient dirigés vers lui.

— Je dois réfléchir… Du bétail, c'est ça ?

Unrush rampa vers sa porte en se hissant avec un bras ; il laissait derrière lui une traînée de sang.

— Du bon bétail, engraissé par les herbages de l'été. Et des moutons, dit Balazeh avec une lueur dans les yeux.

Sa lance était toujours contre la gorge de Hieba, mais il en éloigna la pointe.

— Tu as ma parole, ajouta-t-il.

AuRon devait permettre à Unrush de tenter sa chance.

— Quelle quantité de bétail ? demanda-t-il.

— Cinq, comptés cinq fois, et cinq fois encore. Chaque année.

AuRon traça avec une griffe un cercle dans le sol et le remplit avec le dessin d'un homme aux bras et aux jambes tendues.

— Ce symbole sera témoin de ton serment.

Balazeh trembla quand il vit le dessin.

— Gloire au pouvoir de maître Wyrm, s'écria-t-il.

Chaque mouvement arrachait à Unrush des grimaces de douleur, mais il continuait à ramper le long du mur de sa demeure. Il porta la main à sa taille et trouva ce qu'il cherchait.

Le garne ouvrit la bouche et referma les dents sur la cheville de Balazeh. Il brandit sa dague cérémonielle de son bon bras et trancha l'arrière du genou de l'assassin. Balazeh glapit et Hieba se libéra.

AuRon bondit. Le ciel bleu se teinta de rouge et le soleil devint un œil furieux et orangé.

Les garnes succombèrent à sa furie comme des blés tranchés par une faux. Il broya le crâne dans ses griffes et donna un coup de l'arrière de sa patte si violent à Korutz que celui-ci vola par-dessus l'enceinte du village. Il lâcha le contenu de sa poche à feu sur les huttes et les enclos et un gémissement terrorisé s'éleva telle une bourrasque. Il prit un garne, qui hurlait, dans ses mâchoires et serra jusqu'à ce qu'il sente ses crocs se rejoindre à travers le corps de l'infortuné. Il fouetta de sa queue la place du village – sur laquelle à peine quelques heures auparavant s'agitaient des danseurs – et projeta trois garnes contre le mur d'une hutte. Rien de ce qui se trouvait à sa portée ne survécut, à l'exception de Hieba.

Elle fut la seule à courir vers lui. Tous les autres s'enfuirent. Elle bondit sur son dos. Il tourna violemment la tête et faillit la mordre tant sa rage était aveugle. Il se dressa et cracha du feu dans un silo à grain.

—AuRon, c'est fini. C'est fini, dit Hieba.

Le rouge s'estompa. Les autres couleurs revinrent.

Il toucha Unrush de son museau mais le garne ne montra aucun signe de vie. Il serrait encore entre ses dents des morceaux de tendon de Balazeh, mais son regard était vide. AuRon passa la langue sur le visage de l'*Umazheh* pour lui fermer les yeux.

Une flèche passa en sifflant sous son menton.

—AuRon, ça suffit, allons-y, le pressa Hieba.

Le dragon se souvint du poison brûlant dont étaient

imprégnées les flèches des garnes et il ouvrit ses ailes. Il s'éleva dans le ciel et laissa derrière lui des nuages de poussière et des flammes poussées par le vent.

Chapitre 20

AuRon lutta contre les vents contraires pendant toute la durée de son voyage vers l'ouest. Le paysage défilait lentement sous eux, trahissant la lenteur de leur progression vers le soleil couchant. Ils quittèrent les montagnes et traversèrent un affluent du Falnges bien avant que celui-ci rejoigne le fleuve plus large. Au-dessous d'eux, sur les rives, en amont de la colonie des garnes, se trouvait un camp militaire. Il était monté sur la péninsule en forme de poire formée par un des coudes de la rivière. Des vigies perchées au sommet des arbres montaient la garde. Des guerriers garnes construisaient des murs et des bateaux avec le bois qu'ils abattaient, afin de faire descendre une grande armée par la rivière.

Au bout d'une heure de vol à suivre le fil de l'eau, ils parvinrent à la ville des riverains. Le campement s'était développé depuis qu'AuRon l'avait vu pour la dernière fois. Des mines grêlaient les collines alentour et des hommes barbotaient dans l'eau pour rassembler les troncs qui descendaient le fleuve, envoyés par les bûcherons. Ils se trouvaient en terre dairusse.

Ils trouvèrent un champ isolé et AuRon atterrit. Hieba descendit de son cou. Elle était presque incapable de bouger après un jour entier de vol.

— Quelle distance avons-nous parcouru ?

— Nous sommes aux sources du Falnges.

— Tu as quitté ta caverne, ta bibliothèque, tout. Seulement parce que je te l'ai demandé.

Ce n'était pas tout à fait vrai. AuRon possédait encore quelques livres, l'anneau de Djer et la *dwarscie* dissimulés dans les replis de peau qui abritait ses collerettes.

— Après ce qui s'est produit là-bas, aucun garne, à moins d'être très brave, n'ira s'aventurer dans ma caverne. Il n'y a rien d'important de toute façon. Je voudrais parler à Naf et il y a un nain à qui je dois beaucoup et que je n'ai pas vu depuis des années.

— Le Dairuss n'est pas riche, AuRon. De terribles tragédies se produisent de l'autre côté des montagnes, autour de l'océan Intérieur. Naf en sait plus que moi à ce sujet. Je constate seulement que de plus en plus de gens traversent les passes pour rejoindre nos terres chaque mois. Ils tombent malades et meurent de faim. La garde argentée en refoule bien plus encore, et personne ne sait ce qu'il advient d'eux.

— Que fuient-ils ? La guerre ? La famine ? La maladie ?

— Les dragons, AuRon. Ils sont tourmentés par les dragons. Naf pourra t'en dire davantage. Il a parlé à de nombreux elfes et nains.

— Des dragons ? Si c'est le cas, je ne saurais les en blâmer. Nous sommes traqués où que nous vivions, de la plus profonde caverne au plus haut des sommets. Si vous vous attendez que j'affronte les miens qui veulent seulement protéger leurs foyers et leurs couvées...

— AuRon, je ne crois pas que ce soit cela. Ces dragons sont les esclaves des humains qui les montent pour se battre comme le font les Pieds de Fer avec les chevaux. Les dragons obéissent à un maître, et ses ordres sont durs.

— A-t-il un sceau ?

Hieba se massa les cuisses en réfléchissant.

— Oui, j'ai entendu parler d'un cercle doré avec un homme à l'intérieur, les bras grands ouverts. Cela te dit quelque chose ?

— Ce n'est tout au plus qu'un épisode dans une longue série d'événements. Des Barbares du Nord, un sorcier... et un vieux compte à régler.

Il songea à l'emblème qui était autrefois posé sur son museau.

— Je me demande qui connaît la totalité de cette histoire.

— Naf peut te la présenter. C'est elle qui a annoncé que nous devions aller te chercher.

Zanakan, la cité du Dôme doré se dressait entre deux longues chaînes de montagnes. Des vieux remparts tombés en ruine suivaient le contour de l'arête des collines ; au-dessous se dressaient un mur plus solide et les portes de la ville. Du bois et des pierres remplissaient les trous de remparts plus anciens et plus vastes comme des épouvantails qui seraient dressés là où devraient se trouver des soldats. *Voilà une étrange cité*, pensa AuRon en la survolant. Davantage d'habitants vivaient à l'extérieur des murs qu'à l'intérieur à en juger par les cabanes et les feux. Le Falnges décrivait une large boucle entre les collines recouvertes de moutons et les portes de la cité. Un quai en pierre et des embarcadères en bois recouvraient une étendue de berge qui pouvait rivaliser avec les grands ports qui se trouvaient en aval des chutes, mais AuRon ne vit pas grande activité sur le fleuve. Il y avait beaucoup de bateaux mais leurs voiles avaient été reconverties en toiles de tente et les cordages qui auraient dû maintenir des mâts attachaient les embarcations ensemble ou les maintenaient contre les embarcadères.

Des trompes donnèrent l'alarme depuis les marches du Dôme doré, une structure en étoile sur laquelle six pointes rayonnaient depuis un dôme. Ce monument, un legs de Tindairuss, était la gloire de la cité, et lui donnait son nom.

— Ne descends pas plus bas ! cria Hieba. Les arbalétriers montent la garde dans ces tours, autour du dôme. Va dans les montagnes – il y a un poste de garde sur le flanc nord, en altitude. Vois-tu le sentier qui y mène ?

— Oui.

— Il y a une saillie assez large pour toi. Pose-toi là.

AuRon avait vu la saillie en question – sa vue était aussi perçante que celle d'un aigle – mais il n'avait aucun besoin de fanfaronner devant un humain aux yeux si faibles.

— Y a-t-il des hommes avec des arbalètes ici ?

— Oui, mais quand ils me verront, ils ne tireront pas. Les éclaireurs de la garde argentée considèrent le Haut Fort comme leur foyer. Ils me connaissent.

Pourtant, AuRon survola rapidement les marches de pierre du petit château cramponné au flanc de la montagne comme un coquillage sur une digue. Pas une flèche ne s'éleva. Il vira et passa plus lentement sous les meurtrières disposées sur le côté du bâtiment pour que les gardes voient bien Hieba. Il aperçut un endroit où atterrir devant une porte, sur le côté du château. Les hommes avaient planté des fleurs sur le pas de la porte, dans de la terre récupérée plus bas. AuRon fit de son mieux pour se poser sans écraser les plantes, mais il aplatit tout de même par inadvertance un rang de fougères avec sa patte arrière.

Des visages apparurent aux fenêtres et une main gantée de fer ouvrit la porte.

— Par les cheveux d'une elfe, elle a réussi ! cria à l'intérieur un homme à ses compagnons.

AuRon sentit Hieba s'affaisser sur son dos. Elle descendit et se laissa tomber à genoux. La jeune fille embrassa les pierres grises et vertes de la montagne et leva la tête vers le soleil.

— Merci, donneur de vie, dit-elle.

Des hommes sortirent du fort et ils furent bientôt quatorze dans la cour. Deux autres restaient à leur poste sur les remparts et scrutaient le passage au nord et les plaines à l'est.

— On y croyait plus! Hieba, ma petite, tu es revenue! s'écria un homme. Il était taillé à la serpe et couvert d'aspérités, comme la montagne – et, tout comme elle, il était couronné de blanc.

Hieba se précipita vers lui.

— Evfan, vieux condor! Tu n'as pas encore réclamé une autre affectation? Tu as peur que l'air de la vallée te tue?

Evfan l'embrassa sur le front.

— C'est bien plus calme ici, ces temps-ci. Tu nous as manqué, et au commandant aussi. Mon cœur a cessé de battre quand j'ai vu ces ailes arriver de l'est, j'ai bien cru que notre tour était venu.

— La guerre est si proche?

— Ils ont brûlé Enderad et Ilslis de l'autre côté des Passes jumelles. Les elfes d'Apate qui ont survécu se sont dispersés dans la vallée ou à l'extérieur de ces murs.

Un jeune homme qui arborait sa première barbe pour se protéger du froid prit la parole.

— La reine essaie de gagner du temps, mais elle ne pourra pas apaiser éternellement l'émissaire. Il y a des citoyens qui en ont assez des airs hypocrites des réfugiés elfes et d'écouter les malheurs des clochards nains.

Evfan plissa les yeux.

— Rengaine ta langue, mon garçon. Ce que je laisse les hommes de la garde dire quand ils sont à table et ce qui est permis devant des invités sont les blasons de deux maisons différentes.

— Oui, *guideon*, répondit le jeune homme.

— Hieba, si je dois prendre part à ces affaires, je veux que tout me soit expliqué, dit AuRon.

— Evfan, peut-être que ton nouveau jeune serf pourrait descendre la montagne avec un message annonçant mon retour ? Mon seigneur veut-il garder AuRon ici, ou les circonstances ont-elles changé et devons-nous lui trouver un nouveau refuge ?

— La garde argentée reste tout d'abord loyale à la reine, puis au commandant Naf, petit corbeau. Bien des choses ont changé, mais ceci reste vrai. Nous avons de bonnes réserves de viande salée et si ce que je sais de l'alimentation et de l'excrétion des dragons est exact, nous pourrons planter un nouveau jardin avant l'arrivée de la neige.

Les éclaireurs de la garde argentée sortirent du château, la curiosité l'ayant emporté sur la peur. Ils portaient des bottes de cuir souple et un uniforme d'épaisse laine grise. Une ceinture de tissu argentée leur entourait la taille, sous les lanières de leur fourreau ; les officiers portaient le leur sur l'épaule. Ils avaient une petite hachette dans un étui souple accroché dans leur dos. En bons hommes, ils passèrent en un clin d'œil de la peur à une familiarité envahissante. Ils tapotèrent les flancs d'AuRon et examinèrent ses griffes comme s'il était un cheval dans une foire.

— On ne croirait pas que ces ailes peuvent se replier et prendre si peu de place, mais c'est le cas, dit un vétéran. (Il passa la main sur l'épaisse masse de peau et d'os sur le dos et les flancs d'AuRon). Apparemment, si on le touche sous les pattes avant, on peut le tuer facilement. (AuRon tourna son long cou pour faire face à l'homme et déploya ses *griffs*, ce qui doubla la taille de sa tête, puis il donna un coup de museau contre son épaule.) Yiiiii ! ulula l'homme avant se sauter derrière un petit mur au bord du surplomb.

— Prenez garde, ou vous apprendrez dans la douleur à quoi ressemble le feu d'un dragon, gronda AuRon.

— Nous ne voulions pas t'offenser, roi des cieux, dit l'un des soldats en s'avançant devant son officier stupéfait.

— Tant que vous gardez vos mains à distance, je ne le serai pas.

— Les dragons nous préoccupent beaucoup, intervint l'homme plus âgé. Une guerre fait rage de l'autre côté de ces montagnes. Des dragons y prennent part, des douzaines à ce qu'on m'a dit.

— Moi, c'est la nourriture qui me préoccupe, pas les rumeurs.

Evfan intervint :

— Nous pourrons faire connaissance plus tard. Qu'on ouvre un tonneau de porc et un tonneau de bœuf pour notre hôte. Voler doit être épuisant, si l'on se fie aux oiseaux et à leur appétit.

— Et les dragons deviennent irascibles quand ils ont faim, ajouta Hieba.

Elle vint se placer sous le menton d'AuRon et massa la peau fine sous sa longue mâchoire.

La nourriture et la neige fondue rendirent AuRon de meilleure humeur, mais la viande trop salée fit battre le sang à ses oreilles. Il dormit roulé en boule dans un coin entre la montagne et le château, protégé en grande partie du vent. Son sommeil fut dérangé par deux courriers qui remontèrent le chemin menant à la cité – mais ils ne portaient que des messages à transmettre plus loin dans les passes. Ces hommes maigres rappelèrent à AuRon Fortnoir et ses congénères : ils avaient le même regard circonspect et la même silhouette efflanquée.

— Ne parlez pas du dragon, si vous tenez à votre affectation, leur lança Evfan à la porte qui s'ouvrait sur le chemin menant à l'autre versant de la montagne. C'est l'affaire de la garde argentée, par ordre de la reine.

AuRon se recoucha et sommeilla jusqu'à l'aube. Il vit le soleil se lever au-dessus des terres plates de l'est et colorer d'orange les brumes du Falnges. AuRon oublia ses problèmes et contempla ce spectacle. L'existence était un long périple d'un malheur à un autre, mais il y avait quelques instants de beauté sur le chemin.

Il espérait avoir une compagne et des dragonnets à qui transmettre cette image.

Hieba et Evfan apparurent, elle à la porte du château et lui sur le chemin de ronde.

— Il y a des hommes sur le chemin, annonça Evfan. Trois. C'est peut-être le commandeur. Il serait aussi avancé s'il avait quitté les hauts murs avant l'aube, comme il en a l'habitude.

— Le grand pourrait être Naf, dit AuRon.

— Je l'espère. Je ne l'ai pas vu depuis près d'un an. C'est le temps qu'il m'a fallu pour te trouver.

Les trois hommes avançaient le long du chemin ; à cette distance, ils ressemblaient à des fourmis qui escaladeraient avec difficulté une brindille. Deux d'entre eux aidaient le troisième.

— Pas de doute, c'est Naf, annonça AuRon. Le deuxième homme porte une cape de chasseur, et le troisième est encapuchonné. Il est plus petit que les deux autres, c'est peut-être une femme. Qui qu'elle soit, elle n'est pas habituée à la marche en montagne.

— Par les sept prophètes, j'espère que ce n'est pas la reine, dit Evfan. Nous n'avons rien à lui servir. De la viande salée, des biscuits et du poisson séché pour la reine ? Du vin de soldat ?

— La reine ne se risquerait pas à sortir de ses jardins sans escorte, répondit Hieba. Ce n'est ni la reine ni un autre Ghioze. Ils nous auraient fait descendre. Ce sont des Ghiozes, après tout.

— Rengaine ta langue, Hieba, la réprimanda Evfan qui oublia un instant ses préoccupations quant au contenu de son garde-manger. Ce genre de propos pourrait te donner mauvaise réputation et tu seras bientôt l'épouse d'un commandeur de la garde argentée.

— Depuis quand un édit a-t-il été passé pour interdire de dire la vérité ?

— Il y a la vérité publique et la vérité privée, jeune fille.

Les deux humains laissèrent s'installer un silence bienvenu, et AuRon put tranquillement observer les marcheurs. Quand ils furent assez près pour faire des signes, Hieba dévala le chemin comme un jeune daim.

— J'aimerais retrouver ma jeunesse…, dit pensivement Evfan.

AuRon vit Hieba sauter dans les bras de Naf. Il sentit sa poche à feu se contracter – de joie devant le bonheur de Hieba, et d'une pointe de jalousie. Naf emmènerait la jeune fille et le laisserait encore plus seul qu'avant.

Naf portait toujours le cercle d'argent sur ses cheveux longs. Il avait forci depuis qu'AuRon l'avait vu pour la dernière fois, un bandit du désert efflanqué. Sa nuque était gonflée par les muscles et les profondes rides autour de sa bouche et de ses yeux trahissaient le passage du temps et les préoccupations. AuRon ne pouvait pas plus juger la beauté humaine que parler aux étoiles, mais le visage de Naf semblait toujours fait de deux moitiés différentes collées ensemble. La silhouette encapuchonnée s'accroupit et reprit son souffle pendant que les deux amants s'embrassaient. L'homme à la cape de chasse grattait sa barbe rouge et laissait son regard errer sur la cité, le fleuve et la plaine.

Les quatre humains reprirent leur ascension ; Naf et Hieba se tenaient la main. Tous parcoururent facilement le reste du chemin à l'exception de la silhouette encapuchonnée qui s'arrêta au bord de la saillie. AuRon entendit sa respiration sifflante sous son manteau.

Le dragon renifla mais ne sentit qu'une forte odeur humaine et quelques traces de charbon sur l'habit.

— Tu me connais… Gris… nous nous faisions… confiance… jadis.

Elle baissa sa capuche et dévoila un visage balafré et une chevelure blanche comme le givre sous le soleil.

C'était Œilnoisette. Des aiguilles de pin parsemaient ses cheveux.

— C'est lui, poursuivit-elle en reprenant son souffle. Elle est petite maintenant, mais il a toujours la corne qui leur permet de briser leur œuf. Je n'ai jamais connu un seul dragon qui l'ait gardée, à l'exception de cette bête.

Naf s'approcha et lui pinça la peau à la jointure de la mâchoire. L'homme contempla le museau d'AuRon. Le dragon vit que ses tempes grisonnaient.

— Vieille bête. D'une certaine façon, je savais que nous n'en avions pas encore fini.

— Vieille ? Je ne me décrirais pas ainsi. Je suis encore jeune, je n'ai même pas encore une soixantaine d'années. Il faudra encore une centaine d'hivers avant que j'atteigne la fleur de l'âge.

— Il y a encore quelqu'un que tu ne connais pas, dit Naf. Voici Hischhein, conseiller de la reine, de la maison de Ghioz.

— Bienvenue sur nos terres, jeune dragon, dit Hischhein. (Pour un courtisan, il parlait la langue des Dairusses avec un fort accent.) C'est un jour que nous attendions depuis fort longtemps.

L'elfe regarda les montagnes couronnées de blanc.

— Et un jour bien froid, pourtant en plein été. Je ne voudrais pas passer l'hiver dans cet endroit.

— Devons-nous rentrer pour parler ? demanda Hieba.

— Non, répondit Œilnoisette. Je préfère délivrer mon message sous le soleil.

La garde argentée sortit des chaises de bois et de fourrure et les visiteurs s'assirent.

— Nous avons, nous aussi, de sombres nouvelles, annonça Hieba. La guerre arrive également de l'Est, des pics de Bisson et au-delà. Les garnes construisent des bateaux pour descendre le Falnges.

— Ils arriveront par dizaines de milliers, ajouta AuRon.

Pas seulement par le fleuve, mais également dans des chariots, comme jadis.

— Les tentatives diplomatiques de la reine ne nous ont donc pas donné le temps que nous espérions, dit Hischhein en frottant pensivement ses sourcils. Ils pensent peut-être nous prendre au dépourvu.

— Si vous m'avez amené ici pour que je combatte…, commença AuRon.

— Chaque chose en son temps, AuRon, l'interrompit Naf. Nous savons qu'un dragon seul ne peut pas tout faire. Nous avons une grande faveur à te demander. Cela sera plus dangereux qu'une bataille, mais également plus prometteur.

— Expliquons-lui tout cela dans l'ordre, intervint Œilnoisette. Il n'a que peu de raisons d'aimer les elfes, les nains ou les humains, si je me fie à mes connaissances sur la vie des dragons de nos jours.

— À ce que j'ai vu, les nains l'ont plutôt bien traité, répliqua Naf.

— Vous n'étiez pas là quand la caverne où il est né a été attaquée, dit Œilnoisette. Moi, si. AuRon, la guerre vient du Nord, elle trouve sa source dans une île. L'homme qui en est responsable est celui vers qui nous nous dirigions quand nous étions sur ce navire. Cette guerre n'a rien à voir avec les territoires, les conquêtes, les pillages, la fierté, les femmes ou aucune des raisons qui font que les épées sont tirées et le ciel rempli de flèches. C'est une guerre de mort. Les Barbares viennent des brumes du Nord uniquement pour tuer puis supplanter. Aucun prisonnier n'est fait esclave ou échangé, aucun enfant n'est épargné à moins qu'il soit humain. C'est une guerre de races qui oppose les hommes aux elfes et aux nains. Les garnes combattent aux côtés des humains, pour l'instant en tout cas, mais j'ai lu les ouvrages du sorcier de l'île de Glace. Il projette de les éradiquer eux aussi.

— C'est maître Wyrm ? demanda AuRon. Le sorcier au centre du cercle humain ?

— Où as-tu entendu cela ?

— Dans la bouche de garnes qui se préparaient pour la guerre.

— Il ne cherche pas à obtenir le pouvoir pour lui-même, mais pour son espèce. S'ils s'opposent à lui, même les hommes sont considérés comme ses ennemis et tués. Il veut inaugurer un âge des hommes, accomplir ce qu'il appelle « la Destinée première de l'Homme ». J'en ai entendu parler pendant d'épuisantes heures et je n'ai pas envie de vous assommer.

— Des hominidés qui s'entre-tuent, même dans des guerres raciales, cela n'a rien de nouveau. Je connais votre histoire.

Hischhein secoua la tête.

— Il n'est pas question d'un ou deux royaumes. Cette guerre prend des proportions jamais vues auparavant. Il veut nettoyer les terres pour les enfants des hommes depuis l'océan de l'Ouest jusqu'aux myriades d'îles à l'est. Les elfes, les nains, les garnes et, oui, même les dragons seront balayés.

— Je croyais qu'il se servait des dragons.

— C'est le cas, répondit Œilnoisette, comme esclaves. Comme montures. Ses dragons ne sont pas plus libres de leurs choix que… que…

Qu'un cochon explosif ? pensa AuRon.

— … qu'un faucon dressé pour rapporter un canard, termina Œilnoisette avant d'ajouter en elfe : … et je suis la cause de tout cela.

AuRon croisa son regard et essaya d'en lire davantage dans son œil.

— Qu'avez-vous dit ? demanda Hischhein.

— C'est une imprécation, répondit Œilnoisette.

— Il leur ordonne de faire bien plus que chasser, AuRon,

dit Naf. Ils détruisent des cités, dévorent et dispersent des troupeaux, abattent des ponts, coulent des navires…

— Je l'ai vu de mes yeux, Naf, l'interrompit Œilnoisette. AuRon, j'ai cessé de chasser les dragons après ce voyage. Le bateau a accosté et déchargé les deux autres dragonnets. Certains des insulaires n'ont pas été tendres avec moi pour t'avoir perdu. S'ils avaient su que je t'avais relâché, je ne veux pas imaginer ce qu'ils m'auraient fait. Même le plus modeste des hommes qui travaillaient sur les quais parlait de l'« indolence des elfes » assez fort pour que je l'entende. Un des dresseurs a levé la main sur moi, le croyez-vous ? Je lui ai donné un coup de botte là où il ne l'oubliera pas de sitôt, et j'ai arraché avec les dents le lobe d'une de ses oreilles. (Elle fit claquer ses mâchoires pour illustrer ses propos.) Je me suis consacrée au dressage des chiens de chasse et des faucons. J'avais suffisamment vagabondé, je me suis donc installée à Krakenoor, la cité où vivent les elfes des Eaux bleues, où j'ai grandi. Ses environs sont boisés par les elfes qui ont pris racine afin de passer leur dernier âge près d'elle. Krakenoor est plus ancienne que les plus vieilles terres des hommes. C'était un endroit magnifique, il y avait la ville mouillée, construite pour flotter sur l'océan Intérieur, et la ville sèche.

— J'ai lu à son sujet, dit AuRon.

— Et tu as manqué ta chance de la voir, à moins que des piliers brisés et des murs en ruine soient d'un quelconque intérêt architectural pour toi. Krakenoor n'est plus. Quelle tragédie pour les promenades sur ses planches, ses jardins d'eau. Peut-être avions-nous vécu trop longtemps en paix, entourés d'amis au nord et de primitifs au sud. Les dragons sont arrivés à l'aube, deux douzaines au moins. Ils volaient si bas sur la mer que les bouts de leurs ailes faisaient jaillir de l'écume quand ils touchaient les vagues. Ils décimèrent la flotte des bateaux de pêche alors que ceux-ci se dirigeaient vers le large, renversèrent les plus gros navires et enfoncèrent la coque des plus petits. Je voyais très bien tout cela. J'étais sortie avec mon balbuzard sur les falaises qui dominent la ville sèche, au sud de la vieille tour de guet. Il y avait des dragons plus gros que toi, AuRon, avec des groupes de deux hommes sur leur cou et leur arrière-train installés de chaque côté dans des sortes de selles-paniers. D'autres les suivaient, de ta taille ou plus petits, avec ou sans cavaliers.

» Ils se sont séparés. Deux des plus gros dragons et la plupart des petits se sont dirigés vers la forteresse maritime, sur le port de la ville mouillée. Elle avait résisté aux tempêtes, aux vagues gigantesques, aux guerres, mais jamais elle n'avait affronté une telle furie. Son bois était recouvert d'une épaisse couche de peinture, et les seaux ne furent pas assez nombreux pour lutter contre le *foua* des dragons. Des feux orange comme le soleil levant se sont élevés dans une douzaine d'endroits différents, mais tout particulièrement près du long pont qui reliait la ville mouillée à la sèche. Les elfes qui ne voulaient pas mourir brûlés ont sauté dans la baie, mais les draques sans ailes les y attendaient déjà. (Œilnoisette frissonna, puis poursuivit :) La ville sèche s'est défendue. Les elfes de la citadelle se sont postés sur les tours et les murailles. Mes yeux ont aperçu le seigneur Bonvent dans la cour, armé de son arc en bois d'if de deux mètres. Je l'avais vu tirer lors de fêtes, l'arc bloqué par son pied tandis qu'il tirait la corde jusqu'à ses yeux des deux mains et s'appuyait sur l'autre jambe. Il pouvait enfoncer une flèche au cœur de plomb si profondément dans un chêne que l'on ne voyait plus que les plumes de la hampe. Il a planté l'une de ses flèches dans le cou d'un des grands dragons qui est allé s'écraser avec ses passagers sur la vieille chapelle en bois. Alors qu'il fuyait les flammes des autres, l'un d'entre eux l'a saisi par-derrière et l'a jeté contre les murs de la citadelle.

» J'ai à peine le courage de vous raconter la suite. J'ai

couru et me suis cachée dans un buisson, de l'autre côté de la tour de guet qui fut poussée dans la mer. Des hommes sont arrivés sur l'océan dans de longs bateaux dont la proue et la poupe étaient en forme de tête et de queue de dragon. Les dragons traquaient tous les elfes qui tentaient de s'échapper et ces hommes étaient là pour tuer, pas pour piller. Même les plus petits bébés dans leurs langes furent empalés sur les piliers de bois brisés, avant que tout soit brûlé. Les dragons ont attaché des sortes de dispositifs en métal au bout de leur queue et ont commencé à tout détruire. Ils mirent un point d'honneur à ne pas laisser une seule pierre empilée. Ils détruisirent les fondations de la tour à coups de queue et la poussèrent dans la mer avec des elfes à l'intérieur qui hurlaient.

» Les dragons se sont reposés sur les ruines de la cité, ils ont dévoré leurs proies puis se sont dirigés vers l'intérieur des terres en rugissant. Ceux qui s'étaient blessés au combat partirent à quatre pattes et les autres volèrent. La mort et la destruction me survolèrent encore et encore, tant et si bien qu'au moindre battement d'ailes d'un corbeau je me jetais tête la première dans les buissons.

» Je suis restée allongée par terre à scruter les alentours. Je priais pour que le soleil se hâte de traverser le ciel avant qu'on me découvre. Quand la nuit est tombée, je me suis mise en route vers l'est.

— Nous savons qu'ils ont réservé le même sort aux nains et aux hommes qui ne voulaient pas s'allier à eux, dit Hischhein, le visage trempé de larmes après le récit d'Œilnoisette. C'est toujours la même chose. Les dragons permettent d'éviter les clameurs d'une armée en marche. Ils surgissent brusquement des ténèbres et les hommes les suivent pour tirer avantage du chaos. L'ancienne Hypat est entourée d'un anneau de villes en flammes et je crains fort qu'elle soit la prochaine à tomber. Le sorcier de l'île de Glace a envoyé un ambassadeur pour rencontrer ma cousine, notre reine. Il pense que les Dairusses sont un peuple de Barbares, une opinion probablement partagée par de nombreux Ghiozes avant qu'ils assistent à cette leçon de véritable barbarie. La reine essaie de gagner du temps, lui montre nos préparatifs pour la guerre, alors qu'en réalité nous préparons notre défense. Tant que nous vivrons, nous garderons les portes est de nos cousins d'Hypat.

— La reine doit tout d'abord songer à son peuple, dit Naf. Elle pourrait épargner bien des malheurs à son royaume en devenant une alliée de ce sorcier si lointain. Le peuple se plaint déjà de ces réfugiés venus de l'autre côté des montagnes. Quand ils sauront que la guerre approche de l'Est, ils la forceront peut-être à choisir le camp du sorcier.

Hischhein regarda Naf avec stupéfaction.

— Les Dairusses ne savent rien de la politique. Je suis surpris que toi, commandeur de nos meilleures troupes, tu puisses penser de telles choses, et encore davantage les exprimer. Ces mots, que je m'efforcerai d'oublier, pourraient te coûter ton commandement.

AuRon vit briller dans le regard de Naf une lueur guerrière.

— Hischhein, les Dairusses ne sont pas aussi ignorants des affaires de la cour que vous le pensez. Les chambellans racontent des histoires autrement plus intéressantes que « Qui a fait amener dans sa chambre cette nuit une certaine danseuse aux yeux verts ? ».

— Co-co-comment oses-tu…, bafouilla Hischhein.

Naf bondit. Toute l'énergie explosive contenue dans son corps recroquevillé se libéra et il renversa les chaises. Il poussa Hischhein par-dessus le muret et celui-ci tomba de la saillie. Au dernier moment, Naf attrapa les chevilles du Ghioze.

— Naf! Le châtiment pour avoir attaqué un Ghioze est la mort ! s'écria Hieba en courant vers lui.

AuRon tendit le cou pour qu'il pende dans le vide et assista à l'intéressant spectacle d'un Hischhein qui s'agitait comme un poisson au bout d'une ligne, le dos contre la paroi de la falaise, empêtré dans sa propre cape. Les muscles de Naf se gonflèrent alors qu'il tirait les pieds de l'homme vers sa poitrine. Il ne fit pas attention à Hieba qui tâchait d'aider Hischhein.

— La reine va nous trahir, n'ai-je pas raison ? Elle complote avec cet ambassadeur pour prendre part à cette guerre. Elle nous vendra comme esclaves et ouvrira les chutes aux garnes !

— Non ! Non ! À l'aide, gardes, emparez-vous de lui !

Naf le lâcha et Hischhein hurla en tombant… Naf rattrapa ses pieds.

— La prochaine chute sera bien plus longue et tous les hommes ici jureront que vous avez eu une attaque et que vous êtes tombé. Dites la vérité et mes guides vous feront traverser les montagnes jusqu'aux abords d'Hypat. J'en fais le serment. Evfan, tu es témoin ?

— J'entends ton serment.

— Non, tu te trompes ! La reine est fidèle à son devoir ! Qui t'as mis de telles idées en tête ? Mets-moi face à celui qui calomnie la reine et laisse-moi la défendre.

— Mes avant-bras ont très envie de vous lâcher.

Hischhein cessa de se débattre.

— Alors laisse-moi tomber et sois maudit par les dieux que tu adores, Naf. Je mourrai l'âme en paix, et toi avec mon meurtre sur la conscience.

Naf prit une grande inspiration et remonta le Ghioze. Le visage d'Hischhein était rouge et Naf laissa le conseiller respirer.

— Monsieur, pardonnez sa démence, le supplia Hieba, à genoux devant Hischhein.

De désespoir, elle embrassa ses pieds et AuRon sentit les griffes de ses *sii* sortir de leurs gaines.

Naf s'agenouilla et baissa la tête.

— Conseiller, je vous fais mes excuses, mais il fallait que j'en aie le cœur net. La garde argentée restera fidèle à la reine, maintenant que nous savons qu'elle l'est envers nous. J'avais cependant entendu qu'elle était devenue intime avec cet ambassadeur et qu'elle l'avait fait venir dans sa chambre en secret.

Hischhein écarquilla les yeux.

— Je suis très au fait des secrets de la cour et j'ignorais cela !

— Personne n'en sait plus qu'une lavandière. Celle qui lave les draps de la reine s'occupe aussi des miens. Elle recueille tous les potins des femmes de chambre. Je la paie bien.

— Commandeur, tu as encore plus de peaux qu'un oignon. Je ne voudrais pas de toi comme ennemi.

AuRon se roula en boule sur la saillie comme l'un des énormes chats des jungles du Sud.

— Naf, j'attends toujours de savoir quelle est ma place dans tout ceci.

— C'était mon affaire, dragon, dit Hischhein. Je veux que tu saches que je parle au nom de la reine. Elle t'offrira des montagnes, des forêts et des plaines le long de notre frontière sud pour que tu y vives comme tu l'entends. Les soldats du Dairuss s'assureront que tu ne sois pas dérangé. Si tu nous apportes ton aide.

— Les promesses des hommes durent rarement plus d'une génération, conseiller, répondit AuRon.

— Notre reine est souveraine par sa lignée, mais également par la loi. Elle obéit à des législations instaurées par les souverains qui l'ont précédée et leurs Conseils. Si nous ne les respections pas, toute la hiérarchie s'en trouverait affaiblie. De plus, un dragon qui vivrait le long de notre frontière sud dissuaderait les Barbares du Sud de nous envahir.

— Si seulement vous étiez des nains. Ils vont à l'essentiel avec deux fois moins de mots.

— Fort bien. Puis-je t'appeler AuRon ?

— Oui.

— Œilnoisette nous a confié quelque chose au sujet de ton passé. Notre ennemi est celui qui a ordonné que ta famille soit traquée et que les œufs et les petits de tes parents soient emportés. Je ne sais pas à quoi ressemble la loyauté filiale chez les dragons, mais sache qu'il a fait la même chose avec tes semblables de l'autre côté de l'océan Intérieur – c'est en tout cas ce qu'Œilnoisette nous a dit. Nous savons très peu de chose au sujet de cette île de Glace, seulement qu'il s'agit d'un endroit cerné par le brouillard, entouré de dangereux rochers et qu'aucun étranger n'est jamais allé au-delà du port.

— Je ne suis pas la seule à l'avoir dit, intervint Œilnoisette. Personne n'est jamais allé plus loin que le port, dans la baie du Glacier.

— Vous avez besoin d'un dragon pour survoler l'île et espionner l'intérieur ?

Hischhein semblait mal à l'aise.

— Bien plus que cela. Nous voudrions que tu te joignes aux dragons qui sont sous les ordres de ce sorcier. Que tu serves dans son armée volante. Et, quand l'occasion se présentera, que tu le tues.

Chapitre 21

Le sang d'AuRon bouillait de colère. Il voyait ses interlocuteurs à travers un voile rouge.

— Alors je serai un assassin ? demanda AuRon. J'ai appris à détester ce mot. Un assassin est un lâche. Devrai-je me faufiler dans l'antre de votre ennemi pour le tuer dans son sommeil ?

— AuRon, il a fait de tes frères des esclaves, dit Hieba. Les elfes et les nains meurent, mais ce n'est pas tout : des dragons tombent aussi. Il les tient sous son emprise avec quelque sortilège.

— Cette guerre va dévaster des terres et des nations très anciennes, ajouta Œilnoisette. Les Barbares vont s'infiltrer dans la brèche. Une civilisation bâtie par les elfes, les hommes et les nains, si ancienne que nul ne se rappelle quand elle a été créée, va être détruite. Des sauvages dormiront sous les porches de monuments, incapables de comprendre comment ils ont été construits.

— Plus de musique, plus d'écrits…, commença Hieba.

— Mes amis, je suis venu en pensant que vous étiez en danger. Écoutez mon conseil. Alliez-vous à ce sorcier. Si vous ne pouvez pas le vaincre, évitez l'extinction. Adaptez-vous à ce nouveau monde. C'est ce que j'essaie de faire.

— Je vois que l'égoïsme légendaire des dragons n'était pas exagéré, même quand il s'agit de leurs semblables, dit Hischhein.

— Et qu'en est-il de la faveur que tu me dois, AuRon ? demanda Œilnoisette.

— Je t'ai écoutée sans te rôtir. Nous sommes quittes. Considère-toi chanceuse que je n'ai pas consacré ma vie à traquer ceux qui avaient massacré mes parents et mes sœurs après que tu m'eus libéré.

— Es-tu sûr que tes deux sœurs sont mortes ? demanda Œilnoisette.

— Jizara est restée avec mère. Tu sais aussi bien que moi qu'elles sont toutes les deux mortes. Wistala est sortie de la caverne avec moi ; j'ai appris la nouvelle de sa mort par son meurtrier, le Dragonneur.

— J'ai connu cet homme. Il était fort, mais c'était un vantard dès qu'il s'agissait d'énumérer ses exploits. Elle est peut-être encore en vie.

AuRon eut l'impression que ses cœurs cessèrent de battre un instant. Il prit une grande inspiration et tenta de lutter contre l'espoir.

Œilnoisette laissa ses paroles faire leur effet avant de poursuivre :

— AuRon, j'ai gagné une fortune, perdue depuis, à capturer des dragons pour ce sorcier. Il *triplait* les primes pour des dragonnelles en bonne santé. Je n'étais pas la seule chasseuse. Il est possible que Wistala soit sur cette île en ce moment même, qu'elle soit son esclave. Si elle vit encore et que je doive deviner où elle se trouve dans ce vaste monde, je répondrais : « sur cette île ».

Une profonde douleur transperça AuRon comme une pique et décupla sa colère. Il voulait rugir, faire trembler le sol, déchaîner la souffrance qui venait de se réveiller en une orgie de mort. Il lutta contre ses émotions et se pressa contre le flanc de la montagne. La pierre froide sous son menton le calma.

— Je dois réfléchir, dit-il. Laissez-moi écouter le vent quelque temps.

Les hominidés rentrèrent dans le château les uns à la suite des autres ; Naf avait passé le bras autour des épaules de Hieba. AuRon ressentit un soupçon de jalousie, mais la place de la jeune fille était avec d'autres humains. Naf la menait vers la porte, mais elle se dégagea au dernier moment et courut vers AuRon. Elle serra son cou dans ses bras.

— Père, dit-elle, quoi que tu fasses, où que tu ailles, mon cœur sera avec toi. Je ne t'oublierai jamais.

— Doucebaie, je ne vais nulle part pour l'instant. Il faut encore que je réconcilie mes cœurs et mon esprit.

AuRon regarda vers le nord pendant de longues et silencieuses heures. Naf sortit et lui offrit de la nourriture, mais il avait bien mangé la veille et n'avait pas encore faim. Il observa les ombres qui changeaient tandis que le soleil se dirigeait vers l'ouest ; elles s'allongèrent avant de se fondre dans la nuit. Les étoiles apparurent. AuRon était perdu dans ses souvenirs et ne cessait de revenir à une phrase que père lui avait dite : « Une fois que tu auras trouvé ton étoile, tu sauras où tu te trouves ta vie entière. »

Il contempla l'étoile, celle que « Dragon accroupi » désignait. Son étoile.

Elle indiquait le nord.

AuRon survola le château en se laissant porter par les vents de la montagne. Il était assez fier de lui, un dragon plus lourd n'y serait pas arrivé sans de nombreux battements d'ailes.

— Naf ! Naf ! appela-t-il à travers les volets clos.

Il entendit que l'on tirait des rideaux et Naf ouvrit la fenêtre. La faible lueur du poêle soulignait ses puissantes épaules. Hieba se tenait derrière, cramponnée à lui.

— As-tu pris ta décision ? demanda Naf ; il criait presque.

— J'irai dans le Nord. Ce que vous avez en tête est

probablement impossible. Je ne rencontrerai peut-être jamais ce sorcier, et je le vois mal faire confiance à un dragon sorti de nulle part. Me recouvrir de sang et de restes humains ne suffira pas cette fois.

— Même de simples informations auraient leur importance. Si nous savions à l'avance quand et où attaqueront les dragons, nous nous défendrions mieux.

— Je ferai tout mon possible. Naf, porte-toi bien, pour toi et pour Hieba.

Naf prit la main de la jeune fille.

— J'y veillerai, mon ami.

— Hieba, merci d'être venue à moi.

AuRon n'attendit pas sa réponse. Il plia ses ailes et plongea dans le vide comme un faucon en piqué. Il les rouvrit au pied de la montagne, sentit le changement de pression, puis partit vers le nord. Le Dragon accroupi lui indiquait le chemin.

AuRon suivit le Falnges et aperçut Murélande. Les tours n'étaient pas là, elles n'étaient peut-être pas encore revenues de leur voyage annuel. Il ne distingua que trois lumières dans tout le village et ne sentit qu'une très légère odeur de nains. Il se reposa en aval, à l'écart de la colonie.

Si les garnes avaient l'intention de descendre par la trouée entre les montagnes, les nains du Diadème se dresseraient sur leur passage comme un bouchon dans le goulot d'une bouteille. Les chutes du Falnges étaient le seul moyen de traverser les montagnes à l'est d'Hypat et les nains des Galeries les contrôlaient. AuRon se mit à la place de son ennemi ; il se demanda si ce sorcier connaissait l'importance de la route de Fer qui reliait le sommet et le pied des chutes. Si c'était le cas, il attaquerait sûrement les nains pour ouvrir la voie aux forces de l'Est qui étaient en train de se rassembler. AuRon avertirait les nains. Il le devait à Djer, et aux autres.

Le lendemain il aperçut les sommets familiers des montagnes dans lesquelles il était né. S'il volait une heure vers le nord il pourrait se poser sur la saillie depuis laquelle Wistala et lui avaient eu leur premier aperçu du monde d'En-Haut. Mais il n'avait pas le temps de flâner dans le col d'Iwensi.

Il y avait peu de circulation sur le fleuve. Il sembla étrange à AuRon qu'au fil des ans les bateaux se soient faits plus rares. Ceux qu'il aperçut se dirigèrent vers les berges aussi vite qu'ils le pouvaient quand ils le virent. Il ne s'agissait pas de bateaux de marchandises mais de plus petites embarcations qui faisaient la navette entre les deux rives.

Le quai au bout de la route de Fer était encore plus vide. AuRon aperçut malgré leurs efforts pour se cacher un groupe de nains qui s'abritaient sous des arbres près de l'appontement. Il distingua aussi des pointes de flèche et des arcs prêts à tirer. Il se pencha en arrière et s'envola hors de portée. Une simple vue d'ensemble du quai lui avait appris tout ce qu'il voulait savoir : des navires endommagés, un embarcadère détruit, des chariots sortis de leurs rails et renversés : tout trahissait le passage des dragons.

Il plana au-dessus de la première des chutes, une série de paliers blancs bordés de berges sablonneuses. Un arc-en-ciel se dessinait dans ses brumes scintillantes. AuRon aperçut la proue enfoncée d'un bateau qui était échoué sur la rive. Son bois n'avait pas encore été séché par le soleil : le navire avait sans doute été détruit récemment. AuRon traversa la gorge de plus en plus large et survola les chutes les unes après les autres. Un carreau d'arbalète tiré du haut d'une falaise vola dans sa direction alors qu'il se laissait porter par les courants ascendants qui remontaient d'une cascade rugissante, mais il ne l'atteignit pas. Le fleuve décrivait un large coude vers l'ouest ; il ralentissait et s'élargissait avant la dernière chute. AuRon aperçut enfin le pic rocheux des Galeries nimbé par le soleil couchant.

Si la tour taillée dans la pierre était en ruine, le drapeau de la compagnie battait au vent au bout d'une hampe de fortune plantée dans les décombres. Les Galeries vivaient encore.

AuRon descendit vers l'embarcadère au pied des Galeries et vola en rond, porté par les courants d'air désordonnés qui montaient de l'eau bouillonnante des dernières chutes. Deux dépouilles de wraxapodes gisaient dans la boue près de l'embarcadère, couvertes de corneilles ; leurs os gigantesques étaient maintenus ensemble par quelques tendons. Un bébé wraxapode broutait dans un pré, à quelque distance des cadavres.

Des affrontements avaient eu lieu dans les Galeries. Les balcons étaient noircis et arrachés, les superbes boiseries carbonisées. Des anneaux de métal pendaient sur des barres et s'agitaient au vent là où se trouvaient auparavant des rideaux. AuRon ne vit pas de corps, ni de nains ni de dragons : les Galeries ne devaient pas être vides. AuRon descendit ; il glissa de droite à gauche sur les courants d'air tout en restant hors de portée des arbalètes. Le soleil brillait au travers des ouvertures creusées dans la montagne, mais les tunnels étaient aussi vides que les orbites d'un crâne. Peut-être que…

Un projectile grand comme un jeune arbre surgit des ruines. Son empennage de fer forgé siffla en fendant l'air. AuRon se tourna aussitôt ; l'énorme lance traversa son aile et continua à s'élever. AuRon remonta et regarda le projectile qui finit par perdre de la vitesse et plongea dans le fleuve. Les nains devaient sûrement disposer de puissantes machines de guerre dans l'une des cavernes.

AuRon n'arriverait à rien avec les nains des Galeries. Il pourrait crier autant qu'il le voulait, s'il restait hors de leur portée ils ne pourraient pas l'entendre au milieu du tumulte des chutes. Il ne souhaitait pas essayer de passer par les portes qu'il avait franchies avec Djer des années auparavant. Elles étaient sans aucun doute protégées par d'autres machines de guerre. Il jeta un coup d'œil vers le pré dans lequel broutait le jeune wraxapode. Les nains ne laisseraient pas un animal d'une telle valeur sans surveillance.

C'était bien le cas : deux nains étaient en train de tirer sur une chaîne passée autour du cou du jeune wraxapode déjà grand comme un éléphant. AuRon survola le pré. Les gardiens lâchèrent la chaîne et coururent vers les arbres.

— Je ne vous veux aucun mal, cria AuRon. Je suis un vieil ami du Diadème, je peux le prouver.

Les nains ne s'arrêtèrent pour parler qu'une fois bien à l'abri dans les bois.

— Nous ne voulons plus entendre parler d'ultimatums, dragon ! lança une voix dans la forêt. (Le nain qui parlait utilisait une sorte de trompe qui rendait le son difficile à localiser.) Nous n'avons pas commencé cette guerre, mais si tu n'es pas là pour demander la paix et notre miséricorde, tu perds ton temps !

— Je n'ai rien à voir avec les autres. Je suis à la recherche de Djer, un Associé de la compagnie. J'ai avec moi son sceau.

— Djer ? Il n'est pas en état de parler, dragon. C'est l'œuvre de tes semblables.

AuRon sentit comme un coup de poignard, une douleur plus grande encore que celle qui parcourait son aile blessée.

— Puis-je me poser sans risques ?

— Nous ne ferons rien pour te nuire. Les soldats qui nous restent sont tous dans les Galeries.

AuRon atterrit. Il effraya le wraxapode qui partit d'un

pas lourd en poussant des bêlements de peur, ses chaînes derrière lui. AuRon renifla, observa et tendit l'oreille avant de s'approcher des arbres d'où provenait la voix.

— J'ai là un anneau qui appartient à Djer.

— Pose-le et va de l'autre côté du pré.

AuRon obéit en fouettant impatiemment l'air de sa queue. Il déposa l'anneau sur une souche et s'éloigna. Djer était un nain courageux : cela lui ressemblait d'être en première ligne d'une bataille.

Le nain, un jeune imberbe, sortit des bois en rampant, le visage enveloppé dans d'épais tissus. Il examina tout d'abord le pré, puis le ciel. Il s'empara précipitamment de l'anneau et regagna les arbres en courant.

L'après-midi fit place au crépuscule avant qu'un autre nain fasse son apparition. Il portait une cotte de mailles et une barbe coupée court pour éviter qu'elle se prenne dans son armure.

— Par l'Arbre d'Or, c'est le dragon gris ! murmura-t-il au gardien du wraxapode. Le nain souleva son masque. Il avait le regard fixe de celui qui a vu bien des combats.

— Dragon, j'ai passé tant de temps à maudire les tiens que j'ai oublié ton nom. Mais je t'ai déjà vu, dans les tours comme au combat. J'étais présent quand tu as stoppé la charge des Pieds de Fer avec tes flammes.

— Je m'appelle AuRon, je te remercie d'être venu.

— Je suis Altran, j'étais au service de Djer. Puisse son gilet faire pousser de l'or.

— Puis-je le voir ?

— Il ne vaudrait mieux pas. Il a été blessé au cours de la dernière bataille. Il a besoin de calme.

— Pour guérir ?

— Pour mourir, d'après les médecins.

Les griffes d'AuRon s'enfoncèrent dans le sol humide, déchirant terre et vers.

— Conduis-moi à lui. Si tu aimes ton maître, si tu

te souviens de moi pendant le combat sur les berges du fleuve, fais-le.

Altran gratta ce qui restait de sa barbe avec ses ongles crasseux.

— D'accord. Ma charte ne représente plus rien pour moi, maintenant que la grande Caravane n'est plus. Ils l'ont couché avec les autres cas désespérés. Viens, la caverne des morts n'est pas loin.

Altran envoya le gardien en éclaireur et conduisit AuRon à travers la forêt.

— Qu'est-il arrivé à la Caravane ?

— La même histoire que partout. L'an dernier nous étions dans la steppe. Six dragons sont arrivés, avec des cavaliers cette fois-ci. Ils portaient cette maudite bannière avec un homme dans un cercle doré. Ils ont brûlé les tours. Les survivants sont partis vers l'ouest avec Djer. Les Pieds de Fer ont commencé à se rassembler. Il ne s'est jamais arrêté. Il nous a menés, ne nous a pas laissé une seule nuit de sommeil, mais nous sommes arrivés à Murélande avant que la neige commence à tomber. Amaigris, mais vivants.

— Et pour les Galeries ?

— Les Associés les avaient solidement construites. Les dragons ont brûlé les tunnels supérieurs et il ne reste pas une cheville sur les balcons, mais aucun d'entre eux n'a pu franchir la première porte intérieure. Nous avons toute l'eau nécessaire et assez de nourriture pour une année ou plus, si nous en arrivons là.

— N'y avait-il que des dragons, ou également des hommes ?

— Pas d'hommes, pas de garnes… pas encore en tout cas. La route souterraine est gardée par nos meilleurs nains. S'ils arrivent en force, nous avons une centaine de tonnes de rochers pour boucher le Profond Passage. Je suis pour monter dans les montagnes ou les traverser. Les Galeries sont résistantes, mais je pense que si nous restons, dans un an nous mourrons comme des rats piégés dans leur terrier.

— Je suis désolé. Cela m'attriste de voir les Galeries dans cet état.

— L'année où Djer est arrivé à Murélande avec toi fut bonne. Tu nous as déjà porté chance. Peut-être le feras-tu encore ?

— Il semblerait pourtant que j'arrive trop tard pour Djer.

AuRon prononça ces paroles en observant la caverne des morts, installée très à l'écart du reste des Galeries. L'endroit n'était heureusement éclairé que par deux lanternes qui laissaient une grande partie des souffrances dans l'obscurité. Des nains gémissants étaient allongés sous des couvertures qui les abritaient de la lumière. Des mouches volaient dans tous les sens et recouvraient les morts d'un linceul bleu-vert. Deux nains aux yeux vides marchaient au milieu des mourants. Ils répondaient aux faibles requêtes en distribuant de l'eau, mais restaient sourds à toute autre supplique. La puanteur de charnier des chairs brûlées emplissait les narines d'AuRon. Elle provenait d'une fosse enflammée d'où montaient des volutes de fumée bleu-noir qui ternissait l'éclat des étoiles.

Le bourdonnement des insectes obligea AuRon à plisser les yeux et à boucher ses oreilles.

— Par l'écorce de l'Arbre d'Or, c'est pire que jamais, dit Altran. Ils ont sans doute ramené les victimes de la dernière attaque. La dernière fois que je l'ai vu, Djer était dans cette caverne.

Altran inspecta les corps des morts et des agonisants.

— Nous nous sommes rendus ? demanda l'un des infirmiers d'un ton qui suggérait que la réponse, quelle qu'elle soit, lui importait peu.

— Non, c'est un ami. Un vieil ami. Où est Djer ?

— Djer qui ?

— L'Associé. Djer Hautebotte. Viens, nain, et redresse ton heaume.

AuRon avança précautionneusement au milieu des nains prostrés et plongea la tête dans les ténèbres de la caverne. Il trouva Djer – il ne le sentit pas, ne le vit pas non plus, mais distingua un manteau qui était suspendu pour le séparer des autres agonisants. Un blason qui représentait un dragon semblable à celui de son anneau était tissé sur l'habit. Il se trouvait aussi sur les restes du gilet d'une forme qui respirait avec difficulté.

Altran enleva son casque et s'agenouilla près du nain. AuRon se força à regarder ce qui restait de son vieil ami. La peau de Djer était noircie et écaillée comme celle d'un cochon cuit à la broche. Ses yeux étaient brûlés, deux choses sans vie dans des orbites horriblement vides. Du pus s'écoulait le long de son nez, de ses joues et ses lèvres calcinées dévoilaient des dents de cadavre.

Pourtant, il respirait encore.

— Djer, le dragon AuRon est ici. Il voudrait te parler.

— Pourquoi n'a-t-il pas… de bandages ? grogna AuRon, incapable de trouver ses mots. Par… par… par le Soleil et les astres, j'aurai la peau du responsable.

L'infirmier se recroquevilla de peur mais Altran leva la main.

— Arr… 'andages… non, fait… plus mal… AuRon, siffla Djer. Juste… l'air frais.

— Djer, tu me reconnais ?

— AuRon… AuRon. Aimerais te voir. Que mes oreilles… tu es venu avec… dragons ?

— Contre eux. Je suis contre eux, mon ami.

À ces mots tous les nains, même les infirmiers, levèrent la tête et regardèrent AuRon.

— Comment est-ce arrivé ? demanda finalement AuRon.

Il prendrait la *dwarscie* de Djer et l'enroulerait autour de ce maître Wyrm… puis il tirerait… lentement.

Djer essaya de parler mais il se mit à tousser, de faibles et douloureux hoquets.

Altran prit la parole.

— Il était devant les portes lors de la deuxième attaque. Nous n'avions pas encore installé les balistes sur les balcons. Il nous fallait attirer les dragons pour avoir une chance de les toucher avec nos arbalètes. Djer, moi-même et six autres nains – qu'ils reposent en paix –, nous sommes abrités sous des rochers, près des portes. Les dragons devaient se poser pour nous attaquer. Nous en avons eu un. Un autre a atterri et Djer a essayé de faire rentrer tout le monde. Muftor est tombé et Djer est retourné le chercher. Ils ont tous les deux été surpris par les flammes d'un autre dragon. Djer a réussi à faire rentrer Muftor mais lui-même n'était plus qu'un cadavre quand les portes se sont refermées. Nous les avons vengés. Les arbalétriers ont abattu le dragon qui avait brûlé Djer et Muftor quand il a tenté de décoller.

— AuRon, dit Djer quand sa toux se fut calmée.

— Oui ?

— Mes poumons… brûlés par les 'lammes. J'ai mal. Mal partout.

— Ils ne peuvent rien faire pour lui ? s'écria AuRon en se retournant vers les nains.

— Achève-moi… AuRon… en ami…, haleta Djer.

AuRon ne regarda pas autour de lui à la recherche d'un quelconque assentiment. Il abattit violemment le cou. Son museau frappa la tête de Djer et lui broya le crâne aussi rapidement que si Altran avait frappé avec une masse. Le craquement humide se répercuta contre les murs et même les mourants tressaillirent.

Ce ne fut pas difficile pour AuRon. La créature brûlée et suppurante à l'entrée de la caverne n'était pas Djer, mais un corps qui tourmentait pour quelques jours les restes de conscience qui subsistaient. Djer était mort aux portes des Galeries comme il avait vécu, en risquant sa vie pour aider un ami.

Une chose froide semblait s'être déposée dans l'estomac d'AuRon, comme un bloc de glace. Cela lui faisait mal.

Il sentit une odeur familière émaner du corps de Djer et remarqua une blague à tabac attachée à sa ceinture. Il l'enleva d'un coup de dents.

Les infirmiers ne s'approcheraient pas du corps avant qu'AuRon ait éloigné son museau souillé de sang et de cervelle. Il se tourna et s'assit afin de se laver. Il apprécia de pouvoir respirer de l'air frais, à l'écart des mourants.

Altran s'approcha et s'éclaircit la voix ; ses yeux humides brillaient sous les rayons de lune. AuRon vit que les nains traînaient le corps de Djer vers la fosse enflammée.

— Attendez ! gronda-t-il. Que croyez-vous faire ?

— Nous n'avons pas le temps d'enterrer les morts, répondit l'un des infirmiers.

— Et que faites-vous d'ordinaire ?

— Comme il était un Associé, Djer devrait reposer dans la halle sacrée, répondit Altran. Les autres devraient avoir des cairns dans les montagnes. Il est trop dangereux de sortir pour empiler des pierres.

— Pourquoi devrait-il être rendu moins d'honneurs aux nains qui donnent leur vie pour défendre les Galeries qu'à ceux qui meurent dans leur lit ? Même les garnes honorent mieux ceux qui sont tombés au combat.

Les nains se regardèrent, l'air malheureux. AuRon battit l'air de sa queue.

— Il n'y a pas ici un seul nain qui ne mérite pas de reposer dans la halle sacrée ! Est-ce que cette caverne est reliée aux Galeries ?

— Oui, par un étroit passage. Cependant un dragon de votre taille n'y passerait pas, dit l'un des gardes-malades.

— Je n'en ai pas l'intention. Suivez mon conseil et

amenez ces nains, morts comme vivants, dans la halle sacrée et disposez-les comme vous le feriez d'un Associé.

— Après tout ceci, nous devrions recevoir des ordres d'un dragon ? Bah ! s'exclama l'autre infirmier en ramassant un seau d'eau.

— Tais-toi donc ! Il porte le sceau du défunt Associé ! lui lança Altran d'une voix forte et sévère. Il a servi la compagnie. Par les racines de l'Arbre d'Or, je ne fais pas les lois mais je dirais qu'il a le droit de donner des ordres à des infirmiers, à moins qu'un autre Associé dise le contraire. Alors obéissez, avec mon aide et celle des survivants de l'équipe de Djer, ou je vous fais expulser. Je ne pense pas que vous le souhaitiez. L'extérieur n'est pas un endroit pour les nains ces temps-ci, avec ces hommes féroces qui traînent.

La colère du nain s'évanouit aussi rapidement qu'elle était survenue. Il se tourna vers AuRon.

— Les nains sont prompts à la querelle quand les événements se retournent contre eux.

— Ils ne sont pas les seuls, répondit AuRon. Je ne peux rien faire de plus pour Djer. Peux-tu t'assurer qu'il ait la place qui lui revient parmi vos morts ?

— J'y veillerai. Il ne faudra sans doute pas longtemps avant que je le rejoigne dans le monde des esprits. Même les Galeries ne pourront pas tenir éternellement contre les dragons. Nous avons entendu dire que des armées humaines arrivent du Nord.

— Des garnes vont peut-être descendre le fleuve avant l'hiver, même si les hommes du Dairuss les combattront aussi longtemps qu'ils le pourront.

— Alors tout est perdu.

— Ne te désespère pas, sinon ton ennemi aura déjà à moitié gagné, dit AuRon.

Il ôta l'anneau de la *dwarscie* en actionnant le fermoir avec ses *sii*, puis le tendit à Altran.

— Je sais que le statut d'Associé ne peut pas être donné

en héritage, mais tous les intérêts dans la compagnie dont disposaient Djer et les nains qui étaient sous ses ordres sont maintenant entre tes mains.

—C'est considérable! Mais cela ne semble plus avoir d'importance maintenant.

AuRon glissa la *dwarscie* dans la blague à tabac de Djer et glissa celle-ci dans son oreille.

—Je dois me hâter. Ne laissez pas les autres nains se disperser. Vous avez encore des amis: à l'est, les Dairusses, au sud les elfes éparpillés dans les forêts et à l'ouest d'Hypat.

—Et pour le Nord? C'est là que réside le vrai danger.

—Je m'en occupe.

AuRon s'éloigna des nains blessés et vit que les infirmiers confectionnaient des civières pour les transporter dans les Galeries. Il reviendrait un jour et rendrait visite à la sépulture de Djer.

—Altran, une chose encore. Djer n'est pas mort pour rien. Il sera vengé.

Chapitre 22

Les vieilles cartes des géographes hypatiennes qu'AuRon avait étudiées montraient que l'île de Glace était en fait constituée de nombreuses étendues de terre. Comme un grand arbre qui en aurait engendré bien d'autres, l'île était entourée de petits îlots rocheux. Le capitaine qui conduirait par le meilleur des temps son bateau vers l'île principale serait bien intrépide. Quand soufflaient les vents d'équinoxe, tenter de s'en approcher était un suicide pur et simple.

Non seulement le climat protégeait l'île mais il la dissimulait également. Les courants de l'océan Intérieur se déplaçaient comme les aiguilles d'une horloge de nain : il faisait remonter de l'air chaud du sud-ouest ensoleillé avant de changer de direction au niveau de l'archipel pour redescendre les côtes barbares vers Hypat. Quand l'air passait sur les eaux plus froides, des brumes se formaient et dissimulaient les reliefs dans des ceintures de brouillard avant de surmonter le tout d'une calotte de nuages. C'était cette dernière qu'AuRon maudissait sans relâche tandis qu'il dérivait.

Le Dragon accroupi était plus haut que jamais dans le ciel. Sans lui et l'étoile Polaire, AuRon aurait perdu espoir. Mais les scientifiques d'Hypat avaient dressé la carte des étoiles au même titre que celle de la côte, et leurs positions lui indiquaient qu'il était sur la bonne latitude pour trouver l'île.

Il avait besoin de repos. Il volait depuis trois jours en luttant contre un vent du nord glacial. L'automne, la plus lente des saisons, était déjà arrivé dans le nord de l'océan Intérieur.

Une faible lumière clignotait dans les nuages, loin devant lui. Elle ressemblait à un éclair rouge mais la lueur augmentait puis diminuait le temps qu'il fallait à AuRon pour inspirer et expirer au lieu de disparaître comme un coup de tonnerre. AuRon oublia sa fatigue et continua à planer. Il compta vingt respirations et la lumière apparut de nouveau. Il changea légèrement de cap pour se diriger vers elle. Quand elle apparut pour la troisième fois et laissa son empreinte sur ses rétines sensibles, exactement au même endroit qu'auparavant, il sut que ce n'était pas un phénomène climatique mais quelque chose de fixe, en dessous de lui.

AuRon levait et abaissait ses ailes avec une toute nouvelle énergie fournie par l'espoir. Il descendit au milieu des nuages en direction de la pulsation régulière de cette lumière. Les courants d'air changèrent ; il sentit la terre sous lui, même s'il ne pouvait pas la voir.

Il sortit des nuages et se rendit compte qu'il survolait une terre qui s'étendait aussi loin que son regard portait dans la faible lumière. Un grand jet de gaz enflammé éclairait un cratère en contrebas. La flamme se réfléchissait dans la glace qui recouvrait la coupole rocheuse. La boule de feu s'éleva puis se dissipa en flammèches violettes avant de disparaître complètement. AuRon plana en attendant la prochaine éruption. Elle se produisit avec un sifflement assourdissant. Elle éclaira en s'enflammant les alentours, une étendue de rochers et de glace. AuRon n'entendait ni ne voyait la mer : il survolait probablement l'île depuis qu'il avait aperçu les flammes à travers les nuages.

AuRon inclina ses ailes et se dirigea vers la montagne à l'abri du vent la plus proche. Il se posa dans un renfoncement duquel il pourrait descendre facilement, but à un filet d'eau qui coulait depuis une plaque de glace en train de fondre et, épuisé, s'endormit profondément.

Quand AuRon se réveilla, une aube froide et sans soleil s'était levée. Au-dessus de lui s'étendait un ciel sans couleur. Seules les nuances de gris variaient quand la pluie commençait à tomber de l'un ou l'autre des nuages. Il descendit du renfoncement. Ses ailes le faisaient souffrir : il les ouvrit puis les referma plusieurs fois. Il y avait des flaques partout entre les rochers. Il avait sûrement beaucoup plu pendant qu'il dormait.

La montagne surmontée d'un cratère projetait toujours des flammes vers le ciel avec la même régularité que la veille. L'explosion était atténuée par la lumière diffuse. AuRon parcourut la vallée du regard.

Il avait l'impression d'être sur le toit du monde, une terre de pics escarpés et de glaces. La vallée s'étendait vers le sud et s'ouvrait sur un paysage plus plat. Dans les autres directions, la vue était bouchée par une suite de crêtes rocheuses et de mers de glace. AuRon bondit dans les airs et tourna autour du cratère.

De l'autre côté des crêtes l'endroit devenait plus hospitalier. La mousse était remplacée par des pins et de l'herbe, puis des petites prairies, des forêts et des lacs au sein de vallées encadrées par les montagnes. Des glaciers coulaient entre les pics comme des murs sales pour se transformer en lacs et torrents d'eau blanche qui dévalaient les pentes. La végétation se divisait entre des forêts et de longues étendues de buissons, selon que les arbres étaient parvenus ou non à prendre racine. Des mouflons et des chèvres se déplaçaient en troupeaux le long des collines qui s'étendaient au pied des montagnes. Il n'y avait pas la moindre trace d'habitation humaine.

AuRon vola vers le sud, où la vallée s'élargissait. Le

plateau rocheux fit place à des landes recouvertes de végétation. Il aperçut un autre groupe d'animaux bruns et il descendit pour les voir de plus près. Des bêtes avec de puissants muscles au-dessus de leurs pattes avant broutaient, les naseaux enfouis dans le pâturage. Leur tête était recouverte de longs poils et surmontée de cornes recourbées ; elles semblaient plus robustes et plus sauvages que le bétail auquel AuRon était habitué. Il aperçut un gardien et remarqua que l'homme caressait son chien, se contentant de le regarder voler. Les dragons de cette île avaient-ils ordre de ne pas chasser le bétail ?

Il y avait des glaciers entre chaque pic ; ils ressemblaient à des cascades qui auraient été stoppées par quelque magie alors qu'elles coulaient des montagnes. Leur pied était humide, plein de vie : des oiseaux picoraient entre les touffes de plantain et de blé sauvage. AuRon aperçut quelques maisons, des bâtisses aux murs épais avec une seule porte sous un gros toit recouvert de fleurs sauvages et de lierre.

Une tache dans le ciel gris acier attira son attention. C'était un dragon. Son semblable s'éleva dans le ciel avec de vigoureux battements d'ailes. AuRon sentit l'odeur de la mer et changea légèrement de cap pour se diriger vers l'est.

Il vira pour éviter un nuage de pluie et arriva au-dessus d'un château. Il n'avait rien de très remarquable, juste une tour sans toit au sommet d'une falaise en surplomb. Un cercle de bâtiments se dressait à sa base, derrière un mur. Une plateforme de bois avait été construite sur la tour ; trois niveaux intermédiaires reliés par des échelles montaient jusqu'au dernier palier. Un mur bas, qui n'arriverait même pas à hauteur d'épaules d'homme décrivait une large boucle sur les pentes herbeuses qui montaient vers la tour. Un troupeau de moutons y broutait. Un homme se tenait au milieu des bêtes, emmitouflé dans une cape. Il tournait sa tête encapuchonnée contre le vent et tenait à la main une trompe à l'embouchure cerclée d'argent ; elle était creusée dans la corne d'une des bêtes qu'AuRon avait aperçues dans les hautes terres.

Sous la tour de guet, une caverne débouchait sur la paroi de la falaise. AuRon vit un autre dragon à l'intérieur, la gueule fermée par un assemblage de cuir et d'acier. Il n'avait déployé ses ailes que depuis peu : AuRon aperçut les cicatrices au milieu des écailles de son dos. Deux autres hommes se tenaient à côté de lui. Ils portaient un gros manteau fermé par une épaisse ceinture pour se protéger du froid et étaient chaussés de bottes de fourrure. Ils maintenaient le jeune dragon avec des cordes tandis qu'un troisième était assis sur son dos. Il tapota le dragon avec une lance terminée par un crochet d'acier puis tira sur des rênes attachées à des anneaux que la créature portait aux oreilles. D'autres hommes tenaient des cordelettes ; elles étaient passées dans des trous percés le long des ailes du dragon. Ils tiraient sur les os délicats, levant puis baissant ses membres. La queue du dragon bougeait à peine quand son cavalier lui donnait une tape sous la patte avant, sur la chair fragile et dépourvue d'écailles.

Les hommes continuèrent à s'activer jusqu'à ce que l'un d'entre eux remarque AuRon qui volait à l'extérieur de la caverne. La falaise était face au vent et générait un courant ascendant sur lequel AuRon se laissait porter pratiquement sans battre des ailes. L'un des hommes qui tirait sur les ailes du dragon lui lança un rapide coup d'œil sans le voir, puis revint soudain vers lui. Il appela ses camarades et tous s'interrompirent pour regarder AuRon.

AuRon observa la caverne plus en profondeur. Elle se resserrait, mais pas beaucoup. Un dragon plus âgé se tenait dans un tunnel qui débouchait sur la caverne principale. Des hommes étaient perchés sur son dos, occupés à ajuster une sorte de harnais. Le dragon semblait donner des conseils aux humains. Il leva la tête, regarda AuRon et ses collerettes se déployèrent brièvement.

Il était habituellement préférable d'agir plutôt que d'avoir l'air indécis ; AuRon profita d'un coup de vent favorable pour pénétrer dans la caverne. Il n'eut même pas à replier ses ailes pour se poser.

Cette grotte était encore plus inhospitalière que les ruines de Kraglad. Le sol était en pente, les parois de hauteurs différentes. Ni puits ni cheminée pour ventiler l'endroit. Elle sentait le dragon mâle : une odeur forte qui ressemblait à celle de la soude flottait dans l'air. Les deux autres mâles ne firent pas attention à AuRon, mais lui-même tremblait quand il passa à côté d'eux, tous ses muscles prêts à se tendre.

Un guerrier à la ceinture de fer très ouvragée s'approcha. Un regard bleu scruta AuRon à travers un enchevêtrement de cheveux et de barbe. Il était difficile de déterminer où commençaient les sourcils et où se terminaient les poils.

— Que fais-tu ici, pourfendeur de nuages ? demanda l'homme dans un parl guttural. Es-tu un messager venu de l'Est ? Je ne te connais pas.

— Je suis un étranger, admit AuRon. Je ne suis aux ordres de personne et viens d'une contrée où même les étoiles sont étranges. Je me nomme NooShoahk, de la lignée de NooMoakh.

— Tu es un dragon civilisé. Tu parles bien.

— Je lis et parle les quatre langues des hominidés et plusieurs autres dialectes. J'ai entendu dire que vous aviez besoin de dragons prêts à combattre, et j'ai volé longtemps pour me joindre à vous.

— Te joindre à nous ? Des hommes l'ont fait, mais jamais des dragons.

— Un homme sage sait que ce n'est pas parce qu'une chose ne s'est jamais produite qu'elle est impossible.

— Je laisse la sagesse à maître Wyrm. Je ne suis qu'un serviteur de Sa Suprématie.

— Maître Wyrm ? J'obéis à un seigneur s'il est un juste suzerain, mais je n'appellerai jamais un homme « maître ».

— Il sait comment s'y prendre avec ton espèce. Attends ici.

L'homme fit volte-face, murmura quelques mots à l'un de ceux qui tiraient les cordelettes et s'enfonça dans la caverne. Il disparut dans les ténèbres laissées par les chandelles de suif accrochées sur les parois. Les autres hommes poursuivirent leur besogne tout en observant AuRon du coin de leurs yeux aux paupières tombantes. AuRon sentit une odeur de viande gorgée de sang venue du fond de la caverne.

Le dragon plus âgé se rapprocha. Il portait un harnais qui rappelait à AuRon les paniers que les hommes et les garnes harnachaient sur leurs mules. Ses écailles étaient d'un rouge terne, couleur de latérite. Il ne poussa pas de cris de défi, ne déploya pas ses collerettes. Sa crête arborait six cornes de bonne taille.

— Toi, je te connais pas, dit-il en clignant de ses yeux dorés, l'air perplexe. Tu voles avec les hommes, de l'autre côté des montagnes ?

Il était plus difficile à comprendre que le parl de l'homme barbu.

— Les montagnes de l'Est ?

— Là-bas, précisa le dragon en désignant de son museau les montagnes Rouges.

AuRon remarqua d'autres hommes qui venaient d'arriver dans la caverne. Ils portaient des armures en écailles de dragon.

— Oui, je viens de l'autre côté de ces montagnes.

— Bonne chasse là-bas ?

— Très bonne.

— T'es batailleur ou reproducteur ?

— Ni l'un ni l'autre. Je viens d'arriver.

Le dragon l'observa de haut en bas pendant un instant.

— T'es pas batailleur : pas d'écailles. Pas reproducteur : pas d'écailles. Le vieil homme veut pas de dragonnets tout mous. Je crois que t'es farceur.

— Ton esprit est aussi preste que ta langue.

— Une blague ?

AuRon ne savait pas comment interpréter cela, il se contenta donc de grogner.

— Une blague, confirma-t-il.

Un bien étrange échange avec un autre mâle : ni défi ni compromis.

Les hommes qui entouraient le dragon plus jeune se mirent à jurer. Il battait furieusement des ailes et obligea ceux qui tenaient les cordelettes à se jeter à plat ventre.

— Bonnes épreuves, farceur. On se verra demain.

— Merci.

AuRon attendit et regarda les hommes maîtriser le dragon, puis reprendre leur manège : « penche-toi à droite, à gauche, en avant, en arrière ». Il lui sembla étrange que des hommes, créatures dépourvues d'ailes, enseignent le vol à un dragon, un être qui était dans les airs comme un poisson dans l'eau.

— Ainsi, tu es venu pour nous rejoindre ? demanda une voix monocorde dans son dos.

Elle rappelait à AuRon le lent grondement des roues qui mouvaient les tours mobiles.

AuRon tourna le cou et protégea instinctivement ses organes vitaux.

Le nouveau venu était l'un de ces hommes en forme de losange dont la puissance semblait provenir de leur ventre. Ses cheveux gris coupés très court étaient encore parsemés de noir et il ne portait pas de barbe. Son visage était étrangement immobile, comme s'il portait un masque et il affichait toutes ses dents en un large sourire. Il portait une chatoyante tunique aux manches courtes dont la large encolure dévoilait les poils noirs de sa poitrine. Ses bras étaient puissants et entourés d'épais bracelets de force. Ses culottes, cousues à l'extérieur comme les hauts-de-chausses des elfes, étaient renforcées à l'intérieur des cuisses par des plaques de cuir. Elles étaient rentrées dans des bottes de cuir souple qui montaient jusqu'aux genoux. AuRon remarqua des écailles de dragon aux extrémités de ses bottes et sur ses bracelets.

Derrière lui se tenait un jeune homme à peine sorti de l'adolescence. Si son visage lui était inconnu, AuRon se figea quand il aperçut son armure et ses armes : le heaume argenté avec des ailes de cygne qui se rejoignaient, l'épée dont la poignée avait la forme d'une gueule de dragon, l'armure noire en écailles de dragon polies. La lance manquait à l'appel. L'armure du Dragonneur avait été modifiée pour s'adapter à la silhouette plus svelte du jeune homme. La visière garnie de pointes de son heaume était relevée. Elle dévoilait un visage cruel et balafré, comme si un lambeau de peau avait été découpé avec un couteau. Une de ses joues était barrée d'une cicatrice rose, assez fine pour qu'AuRon puisse distinguer l'os en dessous. L'un de ses yeux – le centre de sa balafre – avait disparu, remplacé par un rubis rouge et luisant.

— Ce n'est qu'un gris, dit avec mépris l'homme portant l'armure du Dragonneur. Il ne nous sera d'aucune utilité.

L'homme plus âgé leva la main.

— Dis-moi, dragon. Tu as entendu parler de nous et tu es venu pour nous rejoindre ?

— Le monde entier vous connaît. C'est si je n'avais jamais entendu parler de vous que vous devriez être surpris. Je parle bien au sorcier de l'île de Glace ?

— Si tu penses à la sorcellerie, non, je n'ai pas ce don. Mais si tu penses à moi comme partie d'un mouvement qui va changer le monde, alors c'est bien moi. Ces derniers temps, les Varvares, les Quiols et les Endikos m'ont appelé « maître Wyrm ».

— Ou « Sa Suprématie » ? dit AuRon.

— Remporte quelques batailles pour ton peuple et ils te trouveront toutes sortes de titres ridicules, ô NooShoahk. On m'a dit que tu nommes NooMoakh dans ton chant. Si c'est le cas, je m'incline devant ta grande lignée.

Ce qu'il fit.

AuRon s'inclina en retour.

— Pourquoi veux-tu nous rejoindre, NooShoahk ? demanda maître Wyrm.

— Par vengeance.

— Continue.

Tant qu'il n'aurait pas cerné cet homme, AuRon en dirait le moins possible.

— Vous tuez des elfes. Vous tuez des nains.

Maître Wyrm et la version rajeunie du Dragonneur échangèrent un regard.

— Cela s'est déjà produit, Eliam, dit le maître. Coloklurt est venu de l'Est pour nous rejoindre, il y a… huit ans de cela. Ce n'était qu'une loque à demi morte de faim quand il est arrivé, et le voilà devenu un de nos plus flamboyants combattants sur la côte elfe.

L'homme qui portait l'armure du Dragonneur secoua étrangement les épaules.

— Je vois de la méfiance dans son regard. Comme s'il se contractait pour attaquer.

— Tu côtoies nos dragons depuis trop longtemps, tu as oublié à quoi ils ressemblent à l'état sauvage. Je vois un jeune et fier dragon – avec quelques cicatrices. Ce sont les souvenirs de tes batailles contre les lignées faibles ?

— Les lignées faibles ?

— Celle des *hominidae*, jeune dragon. Il y eut tout d'abord les garnes, la première et grossière tentative de la

Main, puis les échecs des lignées sylvestres et *nibelunge*, et enfin l'épanouissement de l'homme.

— Les garnes que j'ai connus restaient à leur place, mais j'ai été chassé par les elfes et les nains et toute ma famille est morte de leurs mains. Les hommes aussi m'ont poursuivi.

AuRon lança un regard de défi au jeune homme balafré, mais celui-ci ne fit que le toiser de son unique œil vert.

— C'est une histoire tragique partagée par nombre de tes semblables qui n'ont pas eu la chance de survivre. Un jour, si tu le souhaites, je te dirai la vérité qui se cache derrière toutes tes souffrances.

— Maître Wyrm, la vérité est un but louable, mais je cherche à me venger.

— Pour toi, c'est « Votre Suprématie », Gris ! lança le jeune homme en avançant d'un pas, la main sur la poignée de son épée.

— Nous nous occuperons des titres plus tard, Eliam, intervint maître Wyrm. (Il saisit l'arme du jeune homme pour que celui-ci ne puisse pas la tirer.) NooShoahk me semble avoir les yeux un peu creusés. Nous sommes de bien piètres hôtes pour celui qui est venu de si loin offrir ailes, griffes, dents et flammes à notre cause. Dites-moi, Ombre est toujours en tête ?

— Non, maître Wyrm. dit l'homme barbu. Au cours des dernières épreuves, Étoile a dépassé Ombre. Le nouveau classement est Étoile, Ombre et Pilon.

— Vous ne songez pas à lui permettre d'être un reproducteur ? demanda le jeune Dragonneur que le maître Wyrm avait appelé Eliam.

— De bien curieux noms pour des dragons, dit AuRon.

— Ces dragons sont nés ici. Autres contrées, autres coutumes, répondit avec décontraction maître Wyrm. Nourrissez ce jeune et brillant dragon et accordez-lui un jour de repos. Nous organiserons des épreuves le lendemain matin. Nous mettrons face à face Pilon et NooShoahk.

Notre cause pourrait tirer parti de l'intelligence de ce gris. Qu'en dis-tu, NooShoahk ? Voudrais-tu te mesurer à l'un de nos meilleurs dragons ?

AuRon se demanda s'il parlait au sorcier qu'il était venu tuer ou à l'un de ses agents. Il n'était pas en état de tuer puis de fuir. Il lui fallait du repos et un repas. Et Wistala... S'il y avait une seule chance pour que Tala soit vivante, et sur cette île...

— Un combat ? demanda AuRon.

— En partie, mais les règles sont strictes. Il y a également des figures en vol, avec et sans charge. Tu devrais très bien t'en tirer. J'ai lu que les gris étaient les plus rapides dans les airs. Nous aurions besoin de plus de dragons comme toi. C'est un poste agréable.

— Je ferai ce que vous ordonnerez.

— Voilà une façon de penser idéale, NooShoahk. Je prédis que tu iras loin.

AuRon n'aurait jamais soupçonné l'existence d'une caserne pour dragons, mais c'est pourtant là que le conduisit l'homme à la barbe broussailleuse et à la ceinture ouvragée – le dragon apprit qu'il se nommait Varl. Elle n'était qu'à une courte marche le long des tunnels grossièrement creusés. Ils passèrent à côté d'un escalier humain et AuRon sentit de l'air frais venu d'en haut. Dans un autre puits pendaient des cordes, et une rampe courait le long de sa paroi.

— Nous faisons monter et descendre beaucoup de choses par ce puits. Il y a un contrepoids pour que hisser les charges soit plus facile. Très astucieux. C'est un nain qui l'a construit il y a des années.

— Les nains ont creusé ces cavernes ?

— Personne ne sait qui l'a fait. Il pourrait même s'agir des dragons. Je suis certain qu'ils ont vécu ici. Les garnes ont creusé de nouveaux passages pour nous. Quelques-uns sont encore ici, ils vivent sur la côte de l'autre côté de l'île et pêchent. Mais ils ne sont plus très nombreux.

Il mena AuRon au travers d'un labyrinthe de grottes. Voûtes et passages étaient tous imprégnés de l'odeur de dragons mâles. Ils passèrent à côté du dos cuirassé d'un dragon cuivre endormi, roulé en boule. AuRon jeta un coup d'œil à ses pattes avant : il ne s'agissait pas de son frère.

— Ici, ça ira, dit Varl. Celle-ci a des fissures dans le plafond : tu auras un peu d'air. Ça commence à devenir irrespirable aussi bas, même pour moi.

— Maître Wyrm a parlé de nourriture.

Varl tira un petit bâton de sa ceinture et se dirigea vers une bougie de suif.

— Dans quelques heures, ils laisseront tomber de la viande ou du poisson dans le puits que nous avons dépassé juste avant de trouver Bouclier – le cuivré que tu as reniflé. Il y en aura pour tout le monde. Nous avons dix-huit paires d'ailes qui sont parties dans le Sud. Pour l'instant, tu es dans les stalles des batailleurs. Tu apprendras qu'ils vivent pour se remplir le ventre.

Il alluma son bout de bois et l'approcha d'une bougie à côté de la niche d'AuRon.

L'odeur de la graisse brûlée réveilla l'appétit d'AuRon.

— Que se passera-t-il au cours de ces épreuves ? demanda-t-il pour oublier sa faim.

— C'est un affrontement entre plusieurs groupes de dragons. Maître Wyrm s'en sert pour savoir quelle tâche il confiera à chacun. Qui peut voler avec la plus lourde charge, qui est le plus rapide dans les airs. Les meilleurs peuvent avoir les femelles de leur choix.

— Et les moins bons ?

La barbe de Varl changea de forme ; AuRon en déduisit qu'il souriait.

— Ils deviennent des batailleurs. Fais de ton mieux, la récompense en vaut la peine.

AuRon n'aurait jamais imaginé que les dragons pouvaient se montrer aussi coopératifs. Quand le chariot du repas arriva, tiré par un poney qui ne semblait dérangé ni par le fait de se trouver sous terre, ni par l'odeur des dragons, trois jeunes dragons sortirent de l'ombre et se joignirent à AuRon pour renifler les pièces de viande. AuRon supposa qu'ils étaient plus jeunes que lui de quelques années. Il tenta de parler en utilisant son esprit – cela faisait très longtemps qu'il ne l'avait pas fait – mais il n'eut en retour que des images floues ou des émotions confuses. L'entraînement de maître Wyrm avait réussi à faire ce dont la nature était incapable : rassembler les dragons sans qu'ils se battent. Quoi qu'on puisse dire au sujet de Sa Suprématie, c'était un génie avec les dragons.

— Mouton, encore. Je veux du bétail.

— Le bétail, c'est pour les batailleurs. T'apprends encore à voler, Longuegriffe. Je t'échange ta pépite contre ma prochaine ration de bétail.

— D'accord. Sauf si c'est du minerai.

— D'accord. Uuuuhh ! J'ai encore mal aux ailes d'avoir volé.

— Moi aussi, Rapace.

— Rapace, tu as volé vite pendant les épreuves, dit le troisième. Je suis sûr qu'ils te laisseront voler les oreilles libres.

— Les oreilles libres ? demanda AuRon. Sans homme sur le dos ?

— Le nouveau sait pas ce que veut dire « les oreilles libres » ! dit Longuegriffe. Tu apprendras bien assez tôt. Je dirais qu'ils feront de toi un messager ou un éclaireur.

— Et je dirais que ça me convient, répondit AuRon.

— Tu passes les épreuves ? demanda Rapace.

— Demain, à ce qu'on m'a dit, dit AuRon.

— Fais de ton mieux et tu finiras pas dans les stalles,

fatigué et endolori. Si tu gagnes, tu seras avec les femelles, hein ? T'as toujours envie de gagner ?

— Où sont-elles ? Je n'ai pas senti une dragonnelle depuis des années.

— Tu les verras, tu les verras peut-être pas et tu reviendras ici, Farceur, dit Longuegriffe.

— Je m'appelle… NooShoahk.

Rapace leva la tête pour faire descendre une hanche de mouton dans son gosier. Une fois que le morceau de viande eut progressé le long de son cou musclé, le dragon darda la langue de dédain.

— Ce vieux nom… Tu en auras un autre après les épreuves. Porte-le avec fierté. Porte les hommes avec fierté. Combats les ennemis et fais en sorte que le vieil homme soit fier de toi.

— Debout, ouvrez les ailes, DÉCOLLEZ ! cria Varl.

AuRon s'éleva dans les airs. La journée était magnifique, et seuls quelques rares nuages parsemaient le ciel. Pilon, s'envola le premier, plus habitué au rythme des épreuves qu'AuRon ou les autres dragons. AuRon décolla comme une flèche, dépassa tout d'abord un jeune dragon bleu puis Pilon, le doré. La course partait d'un plateau lisse au sommet d'une falaise pour se terminer sur la tour qui surplombait les cavernes. AuRon gagna facilement ; il eut le temps de tourner deux fois autour du bâtiment avant que Pilon le rejoigne.

Il remporta toutes les épreuves de vol à l'exception de celle avec charge. Ils étaient tous lestés de rochers et les dragons plus lourds le dépassèrent sur le parcours qui suivait le fjord menant au port pour revenir ensuite au point de départ. Les ailes d'AuRon se fatiguèrent presque aussitôt après avoir décollé, et il ne put que finir la course.

Le dragon bleu fut éliminé à la fin des épreuves de vol. La compétition s'interrompit pendant qu'humains et dragons profitaient d'un repas festif. Elle reprit dans la clairière qui s'étendait le long de la pente, sous la tour de garde.

— NooShoahk, les règles sont simples, annonça Varl tandis que les dragons se rassemblaient au centre du pâturage. Le premier dragon sur le dos perd. Tu perds aussi si tu es poussé de l'autre côté du mur, ou, je suppose, du haut de la falaise. Pas de morsures, pas de griffes, pas de feu, et tu n'as pas le droit de voler. Tu as compris ?

— Si le doré a compris, moi aussi, répondit AuRon.

Pilon devait apprécier son rôle de reproducteur. Il lançait à AuRon des regards furieux, agitait violemment la queue, collerettes déployées. Ses écailles frémissaient et ses narines, s'ouvraient et se refermaient, emplies de l'odeur d'un autre dragon. AuRon avait déjà vu ce regard chez ses frères, le jour où il était sorti de l'œuf, ou chez NooMoakh quand le vieux dragon avait perdu l'esprit.

Varl courut vers la tour. Maître Wyrm s'y était installé, à l'ombre de la première plateforme. Eliam leva son épée quand Varl entra dans la bâtisse, puis l'abaissa.

Pilon et AuRon montèrent la pente de biais ; tous deux cherchaient à obtenir l'avantage de la hauteur. La patte arrière d'AuRon glissa sur un rocher couvert de mousse. Il se retrouva sur le flanc avant d'avoir pu se rattraper avec la queue. La façon de se battre de Pilon était sûrement à l'origine de son nom, car il agissait comme tel. Le dragon doré fonça tête baissée sur AuRon pour le faire rouler le long de la pente.

AuRon transforma sa chute en roulé-boulé. Il fit un tour complet sur lui-même, les ailes plaquées contre le dos. Il se remit debout au moment où la tête de Pilon creusait un sillon là où il se trouvait quelques secondes plus tôt. Il se retourna prestement et tira parti de la pente pour se jeter sur Pilon.

Même avec les pattes arrière plus hautes sur la montée,

AuRon ne pouvait pas plus pousser le doré que déplacer une montagne. Son adversaire, plus lourd que lui, gardait les pattes écartées et plantées dans le sol. Pilon projeta violemment la tête vers le haut et AuRon dut reculer pour ne pas être renversé.

Les dragons se tournaient autour en fouettant l'air de leur queue. Pilon s'élança une fois vers l'avant, puis deux. Chaque fois AuRon reculait vers le mur. Quand il sentit que sa queue touchait les pierres, il feignit de tomber une nouvelle fois – mais Pilon était trop malin pour se jeter en avant. Le doré préféra monter encore pour tenter de saisir AuRon et le renverser de son poids.

Pilon bondit de nouveau et AuRon l'imita, se projetant lui aussi vers l'avant. Leurs épaules se heurtèrent à grand bruit tandis que chacun essayait de plaquer le cou de l'autre au sol.

AuRon lutta autant qu'il put mais il sentit que son cou était irrémédiablement poussé vers le bas. Il commença à voir des points noirs, et le doré posa un *sii* sur son épaule. AuRon se sentit basculer…

Il leva la queue pour retrouver son équilibre et fouetta du même mouvement la tête de Pilon. Il frappa le doré en plein museau. Le dragon recula, grimaçant de douleur ; ses collerettes cuirassées frottaient bruyamment contre sa crête, plus fort que la plainte du vent matinal. AuRon se retourna et fit pleuvoir les coups de queue sur son adversaire. Le doré recula, incapable de parer avec autre chose que sa tête ou son cou. La queue extrêmement flexible frappait et frappait encore, et Pilon ne pouvait que reculer…

Jusqu'au bord de la falaise. Les pattes arrière du doré se retrouvèrent soudain dans le vide et Pilon griffa désespérément le sol pour se rattraper. AuRon abaissa sa crête et la pressa contre l'épaule de Pilon jusqu'à ce que le doré lâche prise.

Mais le dragon remonta, les collerettes toujours

ouvertes : cette fois, il volait. Il cracha du feu – non pas un jet mortel, mais plutôt quelques flammèches de mépris – avant de se retourner et de partir en planant vers le sud.

Les humains applaudirent. Varl s'approcha et donna une bourrade à AuRon.

— Un des plus beaux combats que j'ai vus, NooShoahk. Le plus beau, même.

— Maudit soit ce renégat, dit maître Wyrm. (Il haletait après être descendu de la tour.) Je lui avais pourtant dit de ne pas partir. Eliam, un de plus à poursuivre. Prends Étoile.

Le jeune Dragonneur hocha la tête et se hâta vers la tour.

— Demain, au lever du soleil, il sera mort, dit maître Wyrm. Quelle perte tragique ! Mais c'était prévisible. Il ne voulait pas perdre les épreuves, pas après des années passées comme reproducteur.

— Est-ce si terrible d'être logé dans les stalles des batailleurs ? demanda AuRon.

— Ce n'est pas le problème, mon nouveau reproducteur, répondit maître Wyrm. Être un batailleur implique de vivre avec d'autres dragons mâles, de les côtoyer au combat et en dehors. Il en va des dragons comme des étalons.

— Vous voulez dire que…, commença AuRon.

— Oui, poursuivit Varl. Nous castrons les perdants.

Chapitre 23

Les conditions de vie des reproducteurs étaient bien différentes de celles des batailleurs. Par certains aspects elles étaient restrictives, mais elles avaient leurs avantages.

L'odeur des femelles. La niche d'AuRon était sombre et confortable. Elle était située dans un tunnel qui menait à l'entrée principale des cavernes d'un côté et aux quartiers des femelles de l'autre. Pour éviter les affrontements entre les quatre reproducteurs, il était accordé à chaque mâle de se mêler aux femelles pendant sept jours. Le suivant prenait ensuite sa place. Chacun avait un tunnel séparé qui conduisait à sa propre grotte. Des portails munis de barreaux séparaient les mâles des femelles, mais ils n'empêchaient pas l'odeur obsédante des femelles de traverser les corridors. Elle ressemblait à celle de mère car elle était riche et l'apaisait, mais elle était également bien plus excitante, nouvelle. Comme l'odeur des humaines, mais cent fois plus puissante.

Il y avait la solitude. AuRon apprécia de passer du temps tout seul pour réfléchir. Sa tâche était autrement plus vaste que de simplement tuer maître Wyrm. Ce n'était pas un sorcier lanceur de sorts qu'il pourrait jeter à bas de sa haute tour et que tous oublieraient une fois sa magie disparue. Cet homme avait construit un système, une société qu'un meurtre ne suffirait pas à anéantir.

AuRon se sentait seul et un peu honteux. Il se trouvait en compagnie de dragons pour la première fois depuis la mort de NooMoakh et il ressentait le poids de la peur et du secret. Auparavant, il vivait en disant la vérité et se comportait honnêtement avec ceux qui l'entouraient. Ici, il avait même choisi un faux nom pour cacher son identité. Père n'aurait pas approuvé. Un dragon existait par sa voix, il rugissait de défi contre ses ennemis, parlait franchement à ses amis, chantait ses exploits à sa compagne. Ce qu'il faisait en ce moment n'était que tromperie. Comment pourrait-il inclure cette expérience dans son chant ? Serait-il pire de la mentionner, ou de s'arranger de ces mensonges en les omettant ?

D'un autre côté, il était très bien traité. Il ne pouvait comparer cela qu'à son séjour chez les nains, au sein de la Caravane. Les gardiens lui apportaient plus de nourriture qu'il ne pourrait jamais en manger, d'une qualité et d'une variété jamais vues auparavant : agneau, chèvre, mouton, bœuf, poisson à la chair rouge ou blanche, diverses sortes de mollusques venus de la mer – quel délice de briser leur coquille pour les goûter ! – du fromage, du pain beurré recouvert de miel, même du vin et de la bière. Maître Wyrm avait découvert que les dragons appréciaient le vin. AuRon s'habitua à attendre la bouteille qui accompagnait le repas du soir, fermée et scellée par un mystérieux symbole elfe. Elle lui permettait de se détendre avant de s'allonger pour un sommeil sans rêves. On lui apportait également des pépites d'un étrange alliage de métal et de pierre que les dragons appelaient « minerai » et qu'ils guettaient avec l'avidité des chevaux pour des fruits, mais il n'avait aucun effet sur AuRon.

Seuls les gardes-dragons venaient mettre une ombre à cette existence. Ils étaient les éléments les plus dangereux du système instauré par le sorcier. Ces hommes montaient la garde en petits groupes à l'entrée des tunnels et aux intersections. Varl lui expliqua qu'ils étaient recrutés sur la côte varvare ; c'étaient des montagnes de muscles, barbues et vêtues d'écailles de dragon ornées de motifs – AuRon se demanda cependant pourquoi ils semblaient préférer le vert, la couleur des femelles, comme couleur dominante de leurs habits. Ils aidaient à maîtriser les dragons les plus jeunes, ceux qui n'avaient pas encore passé les épreuves et suivaient encore l'entraînement. Eliam, l'héritier du Dragonneur, était leur chef malgré son jeune âge. Ils étaient plus nombreux autour des reproducteurs que des batailleurs, plus faciles à garder. Quand ils voulaient avoir l'attention d'un dragon, pour qu'il laisse passer un chariot, par exemple, ils donnaient un coup du sifflet installé à l'intérieur de leur heaume et pointaient du doigt, une pratique qu'AuRon trouvait détestable.

Mais au moins ils ne tentèrent pas de lui mettre un collier. La discipline des gardes-dragons suffisait à faire régner l'ordre, comme AuRon s'en rendrait bientôt compte.

Il fut formellement présenté à la cour, un honneur rare même pour les reproducteurs. C'est en tout cas ce que lui dit Varl quand il mena AuRon dans la haute halle.

C'était une bâtisse tapissée de bois. Ses portes étaient larges comme celles d'une grange ; des balcons dépassaient des murs. Elle était située en hauteur sur la paroi du fjord qui menait au port. Il n'y avait pas de débarcadère sous la haute halle, seulement une chute d'eau qui traversait ses fondations avant de plonger dans la mer, six bonnes longueurs de dragon en contrebas. Les visiteurs devaient accoster au port, puis monter de robustes poneys des montagnes pour effectuer l'ascension. Des piliers recouverts de runes accueillirent AuRon et Varl tandis qu'ils achevaient la longue marche qui séparait le fjord de la falaise sur laquelle la tour était construite. Pendant qu'ils gravissaient les escaliers en pierre qui menaient à la halle, Varl donna des conseils à AuRon.

— Approuve tout ce que dit maître Wyrm. « Oui, Votre

Suprématie » est préférable. Des ambassadeurs des nations humaines sont en ce moment à la cour – ils ne vont pas tarder à partir, avant que l'hiver arrive. Maître Wyrm veut les impressionner. Tu parles bien, tout le monde l'a remarqué.

— Je parle bien, mais il est préférable que je dise : « Oui, Votre Suprématie » ? Nul besoin de faire partie du conseil privé pour cela.

Varl ouvrit les grandes portes pour laisser entrer AuRon. Il était svelte mais ses articulations frôlèrent pourtant les montants quand il passa.

— NooShoahk, grandis encore et nous aurons besoin de construire une nouvelle halle ! lança maître Wyrm à l'intérieur de la salle.

Des poutres de renfort reliaient les deux côtés du toit ; à chacune d'elles étaient suspendus deux chandeliers de fer. Des niches se succédaient le long des murs, la plupart d'entre elles remplies de chaises vides. À l'autre extrémité de la halle se dressait un lutrin auquel on accédait par un petit escalier. Des humains de couleurs et de tailles diverses étaient assis à des tables recouvertes de victuailles, installées près du promontoire.

Sur le balcon au-dessus d'eux se tenaient des hommes massifs, armés d'arcs prêts à tirer. Leurs regards passaient d'AuRon à maître Wyrm.

— Mes frères, voici notre nouvel allié, un dragon venu du Sud et nommé NooShoahk. Nous n'avons jamais vu sur l'île de Glace une telle aisance en vol. Nous sommes fiers qu'il rejoigne notre cause.

Maître Wyrm présenta AuRon à ces hommes aux titres barbares. Il y avait Svak Brasdetonnerre, Gulland Longbruit, Khon Gi-Gesh et bien d'autres qu'AuRon oublia dès qu'ils s'éloignèrent, tous des hommes importants dans les tribus barbares qu'ils représentaient. Ils tapotèrent AuRon ou penchèrent la tête pour essayer de voir ses dents sous ses babines.

Ce qu'il appréciait le moins quand il se mêlait aux humains était qu'on le touche. Varl comprenait les dragons mieux que la plupart : il vint se placer à côté d'AuRon et s'assura qu'on ne l'outrage pas davantage. Un homme agita un os devant lui pour qu'il ouvre la gueule mais AuRon ne fit pas attention à lui.

— Nooshoakh, il y a une raison pour que je veuille que tu rencontres ces hommes, dit maître Wyrm une fois que le Barbare eut renoncé à nourrir le dragon. (Varl s'interposa entre AuRon et maître Wyrm ; l'assemblée se dirigea vers la nourriture et les boissons.) Je compte t'utiliser pour envoyer des messages à nos alliés. J'ai déjà confié cette tâche à des dragons, mais ils avaient pour la plupart besoin d'arrêts fréquents pour se reposer et chasser. Quant à toi, tu es, je pense, deux fois plus rapide qu'un dragon doté d'écailles, voire beaucoup plus si ce dragon transporte un cavalier. Tu connais les cartes, tu connais les étoiles… Tu n'aurais jamais trouvé cette île, sinon.

— C'est la montagne de feu qui m'a guidé. Si je ne l'avais pas vue, je serais peut-être toujours en train de vous chercher.

— Mon fanal ? Astucieux, n'est-ce pas ? Mais je n'y suis pour rien.

— Est-ce l'œuvre de quelque sorcier ?

— Peut-être. Il était là quand je suis arrivé ici pour la première fois, il y a une éternité, afin de parler à un couple de dragons dans la caverne où tu dors aujourd'hui. Des vestiges d'un autre âge, tout comme ton célèbre ancêtre NooMoakh. Je ne sais pas qui a créé ce fanal, mais je sais comment il fonctionne. Cette montagne rejette du gaz inflammable venu des profondeurs de la Terre. Quelqu'un a installé une sorte de valve ; la pression s'accumule et à un certain point se libère soudainement. La force du gaz génère une étincelle, selon le même principe que la foudre, et nous obtenons cette explosion. C'est magnifique. (Maître

Wyrm baissa la voix.) Quelle est ta vision ? demanda-t-il à AuRon.

— Ma quoi ?

— Suis-moi à l'extérieur.

Varl les accompagna. Maître Wyrm fit un geste et deux femmes se levèrent. Elles portaient une cape rouge, l'habit traditionnel des habitants des îles Dentelées. L'une chantait et emplissait l'immense halle de sa voix tandis que l'autre passait d'un homme à l'autre en dansant. Son corps bougeait et se dérobait sous sa cape et elle en écartait parfois les pans pour dévoiler sa chair. Une fois ses invités ainsi occupés, maître Wyrm ferma les grandes portes derrière lui, prit un bâton de marche et conduisit AuRon vers une saillie qui surplombait la chute d'eau.

— C'est un bon endroit pour réfléchir, dit-il.

Il cala son corps épais dans un siège taillé dans une souche d'arbre et qui ressemblait à un trône. Il posa les mains sur les accoudoirs sculptés en forme de tête de loup.

— Sommes-nous ce à quoi tu t'attendais, NooShoahk ?

— Je m'attendais à davantage de camps, davantage de navires. Cette île est vaste, mais elle semble désertée. Même par les dragons.

— Cette île est une piètre base pour mener une guerre : son éloignement des côtes, son climat, les hauts-fonds dangereux qui l'entourent. Si tu allais à Juutfod, tu verrais autre chose. C'est de là que partent les bataillons de dragons des Varvares ; ils prennent le vent de la côte. Et que dire de l'anneau flottant, que nous avons pris il y a des années à un groupe d'elfes des mers. Davantage de dragons batailleurs vivent là-bas que sur cette île.

— Alors pourquoi avoir choisi cet endroit ?

— C'est ici que se déroule le vrai travail, que nous forgeons et perpétuons l'alliance entre hommes et dragons. Les dragons peuvent se battre et les hommes conduire des campagnes sans que j'aie besoin de leur dire où et quand se déplacer. Je serais certainement bien moins capable que nombre de ces seigneurs de guerre.

AuRon n'aurait pas choisi le terme « alliance ».

— Certes. Pourquoi m'avez-vous demandé quelle était ma vision ?

— Tu as une raison pour être venu.

— Comme je l'ai dit, pour combattre les elfes et les nains. J'ai appris l'existence de votre guerre grâce à des garnes de l'Est.

— Je ne tue pas par plaisir, NooShoahk. Cette guerre sert un dessein plus vaste. (Maître Wyrm contempla les parois recouvertes de végétation du fjord. Le ciel d'un gris d'acier était assorti à la mer houleuse. Ils reniflèrent tous les deux le vent pénétrant.) Il y a fort longtemps, hommes et dragons étaient inséparables. Le savais-tu ? L'Histoire n'en a pas gardé de trace et les deux espèces ont oublié leur gloire commune. Il y eut pourtant un temps de paix, de savoir, de prospérité. Les hommes servaient les dragons : ils élevaient leurs troupeaux et gardaient leurs repaires. Les dragons, quant à eux, étaient les yeux et les oreilles des humains dans le ciel. Ils transmettaient également des messages plus vite que n'importe quel cheval ou navire n'en était capable.

— J'ai entendu parler d'une telle époque, mais il me semblait que les garnes et non les humains nous nourrissaient en échange de nos services.

Maître Wyrm se renfrogna soudain.

— Des mensonges ! Des mensonges répandus par des historiens elfes dans des livres confectionnés par des nains. C'est un vaste complot, NooShoahk. Les lignées faibles savent que l'homme, si elles ne s'opposent pas à lui, prendra la place qui lui revient à la tête de toutes les autres races et bâtira un monde au-delà de leur imagination. Elles jalousent l'ingéniosité des humains, leur rapidité, leurs capacités d'adaptation. Elles provoquent alors des querelles entre les nations humaines, opposent des frères pendant que les nains s'enrichissent avec leurs armes et que les elfes vendent le fruit de leurs pillages pour financer leur vie de luxure. Lorsque je lis l'histoire d'une guerre, cela me dégoûte de deviner les complots tissés par les elfes. Quel gâchis ! Quel terrible gâchis !

Maître Wyrm sombra un instant dans ses pensées. AuRon commença à ouvrir la gueule, mais l'homme le devança.

—Je sais ce que tu penses, jeune roi des cieux. Tu te demandes pourquoi c'est à moi que ceci a été révélé, et pas à un autre. Cela remonte sans doute à mon enfance. J'ai consacré ma vie à l'étude des dragons depuis que j'ai trouvé un vieux livre dans mon village, un volume rapporté de la guerre par un homme qui ne savait pas lire, une guerre contre une armée de brigands elfes vicieux. Cet homme déchirait les pages les unes après les autres et les utilisait pour allumer son feu par temps venteux. J'ai ouvert ce livre et j'ai vu de magnifiques dessins représentant des dragons. Je l'ai gardé. En vérité, je l'ai volé, oui, volé, et j'ai appris ses secrets. Il m'a fallu du temps. Il était écrit en elfe, bien sûr, pour empêcher les yeux humains de découvrir la vérité qu'il recelait. (AuRon pensait connaître les auteurs de ce livre : Longuisle et Œilnoisette.) Bien sûr, il m'a fallu apprendre suffisamment l'elfe pour le lire. Cela n'a pas été facile car les nains, propriétaires des terres de ma famille, s'attribuaient la part du lion de chaque récolte. Un livre coûtait bien des pièces d'argent, sans parler d'un précepteur. Mon père pouvait à peine se permettre de nous donner des habits, l'éducation était hors de question. Je suis parti vers la ville, le port varvare de Juutfod, conscient que je ne pourrais jamais m'épanouir dans mon foyer. J'y ai fait la connaissance de l'homme le plus brillant que j'aie jamais rencontré. Un constructeur de navires et commerçant de temps à autre qui avait été ruiné par une conspiration entre les elfes des mers constructeurs et une bande de nains. Nous dormions tous deux dans la rue. Il se nommait Praskall et pouvait lire bien des langues. Il m'a aidé à comprendre le livre. C'est grâce à lui que j'ai appris l'existence des complots entre elfes et nains pour que les hommes restent leurs outils. Bref, j'ai déchiffré ce livre.

» Cette Longuisle avait tout d'abord parlé à deux dragons, sur une île mystérieuse du Nord que seuls les elfes des mers pouvaient atteindre. J'ai décidé de la trouver, j'ai réussi, et j'ai accosté avec un équipage de quatre hommes dans ce fjord. Nous avons découvert des ruines, des vestiges d'anciennes civilisations, et sommes partis à la recherche de l'antre de ces dragons.

» Mais eux aussi nous ont trouvés. Ils ont tué mon équipage. Le couple avait des dragonnets à nourrir ; ils m'ont capturé et m'ont gardé en vie pour servir plus tard de repas. Ces dragons étaient âgés, ils gardaient cette île pour eux et se remémoraient les anciens temps. Ils connaissaient certaines langues humaines et j'ai ainsi pu leur parler. Je leur rappelais leur passé et je leur ai promis que s'ils me laissaient partir, je reviendrais pour leur donner dix fois mon poids en viande fraîche. Ils ont accepté mon marché, et c'est ainsi qu'a débuté la reconstruction des relations entre dragons et humains. J'ai élevé des chèvres, sans trop de succès dans un premier temps, mais les dragons m'ont accordé plus de temps. J'avais bientôt des troupeaux de moutons à leur offrir. Les nuits d'insomnies, je venais ici, je taillais ce siège et je songeais à ce qui avait été et qui serait de nouveau. La destinée de l'homme, sa Destinée première, était d'être le seigneur de la terre, comme celle du dragon est de régner dans le ciel. (Maître Wyrm ne semblait pas se fatiguer. Il était de plus en plus exalté.) J'ai finalement convaincu les dragons de me laisser partir pour revenir avec d'autres hommes afin d'augmenter la taille des troupeaux. J'ai rassemblé un groupe d'hommes clairvoyants. Des hommes qui partageaient la vision d'une vie meilleure. On a ri de nous. Nous avions parmi nous des criminels, quelques ivrognes ; quant aux femmes, eh bien... elles n'étaient pas les bienvenues dans les maisons respectables de Juutfod. Mais je les ai amenées ici, et ce que tu vois autour de toi, nous l'avons construit.

» Le moment décisif survint quand j'ai apporté un troupeau dans la caverne. Les dragons avaient une couvée et les œufs commençaient tout juste à remuer. Je me suis attardé pour découper et saler la viande afin qu'elle se conserve pour leurs petits. Quand les œufs ont éclos, deux mâles sont sortis, et le traditionnel combat a commencé. C'est un doré qui l'a remporté : il a vaincu un rouge malingre en le blessant gravement au cou. J'ai demandé sa peau pour en faire une cuirasse et les dragons ont accepté. Ce qu'ils ignoraient, alors que je m'éloignais en toute hâte des œufs, c'est que le rouge vivait encore.

La danse de la jeune fille à la cape avait de toute évidence plu au groupe d'hommes. De vives acclamations éclatèrent à l'intérieur de la bâtisse.

— C'était il y a trente-sept ans, NooShoahk. Trente-sept longues années de réflexion et de travail. On m'appelle « sorcier » car je sais quelque chose que les autres ignorent. Si tu prends une créature quand elle est suffisamment jeune, tu peux lui apprendre à tout accepter. Le rouge survécut de justesse et je l'ai éduqué. Je l'ai appelé Revanan, lui ai appris le parl et, surtout, à obéir. Quand le temps fut venu, je le vis cracher du feu et je lui appris comment l'utiliser. J'ai offert des primes à qui me rapporterait des dragonnelles.

Et c'est ainsi que ma famille est morte, pensa AuRon.

— Qu'est-il arrivé au couple qui t'avait donné le rouge ?

— Les dragons des cavernes ont vieilli et sont devenus stériles. Ils se sont habitués à être nourris par l'homme et ont oublié comment chasser. Je voulais leurs cavernes, j'ai donc cessé de les approvisionner en nourriture. Était-ce cruel ? Peut-être, mais j'avais de nouveaux couples qui avaient besoin de cet endroit, et il est bien connu que les dragons chassent leurs parents de leur grotte de toute façon. Ils sont devenus si faibles qu'ils pouvaient à peine bouger. Ils craignaient de sortir des cavernes, car Revanan faisait des bruits effrayants à l'extérieur.

» Puis Revanan est finalement entré dans leur antre pour les affronter. Il fut blessé au cours du combat et ne put plus jamais voler, mais cela n'avait pas d'importance. Il m'avait rendu le plus grand service possible en me donnant ces cavernes. J'ai installé les quelques femelles que j'avais acquises dans la grotte où le couple installait ses couvées, j'ai attendu un peu et me suis débrouillé avec ce que j'avais. Maintenant, laisse-moi te montrer ce qui a été bâti à la gloire éternelle des hommes et des dragons. Viens, Varl, nous retournons aux cavernes. Non, je n'ai pas besoin de mon gros manteau. L'exercice va me réchauffer et ce bon NooShoahk me protégera du vent.

— Je suis désolé de ne pouvoir te conduire aux stalles des femelles, mais c'est actuellement le tour d'un autre dragon, dit maître Wyrm.

Il haletait quelque peu alors qu'ils remontaient le chemin menant à la tour.

— Traquechimère, sire. NooShoahk est le suivant, dit Varl en aidant le vieil homme à marcher.

AuRon regarda vers le port. Les bateaux des dignitaires étaient préparés pour prendre la mer.

— C'est une chose que je ne peux pas contrôler. Si on vous met à plusieurs au milieu des femelles, vous, les mâles entiers, cela devient un bain de sang. As-tu rencontré Étoile ? Avant ton arrivée, il était le plus rapide de nos dragons et le reproducteur le plus dévoué que j'aie connu.

Ils entrèrent dans les cavernes par un autre passage assez large pour qu'AuRon y pénètre à pied, mais pas en volant. Le couloir serpentait d'un côté puis de l'autre et affichait des signes de récents travaux. Des hommes qui portaient des poutres sur leur dos laissèrent passer le trio. AuRon entendit des pioches frapper en rythme avec le chant d'un garne et sut que des travaux se déroulaient au fond de l'un des puits.

Ils descendirent quelques marches irrégulières ; dans l'air flottait une forte odeur de dragon. AuRon avançait lentement, mal à l'aise, les pattes bien au-dessous de lui. Le passage s'élargit de nouveau et ils passèrent devant deux gardes-dragons. Ils hochèrent leur tête entourée de métal devant maître Wyrm.

— Regarde maintenant, NooShoahk, car dans quelques années tu ne pourras plus passer.

AuRon entendait un grand bruit. Le passage tourna et s'élargit. La lumière se déversait dans la grotte par des dômes de verre blanc ; de l'air était propulsé à l'intérieur par un mécanisme cliquetant installé dans la paroi, dont le son évoquait à AuRon un rouet cassé. La majeure partie provenait des dragonnets qui luttaient et se pourchassaient au centre de la salle. Les plus âgés, presque des draques, dormaient sur des paillasses disposées contre le mur et ignoraient les glapissements des plus jeunes. Des gardes-dragons ainsi que d'autres hommes marchaient au milieu des dragonnets pour interrompre les combats les plus sérieux. Certains étaient assis par terre et racontaient des histoires avec des marionnettes ou des figurines de bois. C'était un joyeux chaos.

— Nous avons une autre salle pour les draques en pleine croissance. Ils passent la plus grande partie de leur temps dehors à s'entraîner, chasser en équipe ou apprendre à obéir aux ordres. Mais c'est ici que prend forme leur sens de la communauté. Je vais te montrer où a lieu la vraie magie.

Maître Wyrm franchit plusieurs rideaux. AuRon sentit que la température montait au fur et à mesure. D'épaisses nattes recouvraient le sol et il sentit l'odeur des œufs de dragon. Cette salle était plus sombre que les autres : elle n'était éclairée que par deux feux de charbon à chaque extrémité. Des hommes vêtus d'une robe entièrement verte étaient assis aux bouts de la pièce. Ils alimentaient les feux et guettaient les tapotements venus d'œufs gros comme des tonneaux.

— Il y a une raison pour qu'ils soient vêtus de vert. Les dragonnets réagissent plus rapidement à ce qui est vert comme les écailles de leur mère.

— Pourquoi n'utilisez-vous pas simplement les femelles ?

— Il est important que la première chose qu'ils voient soit un humain. Le lien entre homme et dragon est ainsi plus fort. Les mères n'interrompraient pas les combats entre mâles, or cela est primordial si nous voulons avoir assez de dragons. Un dragon considérera comme son semblable tout ce qu'il verra en premier. Celui qui avait écrit ce livre a appelé ceci l'« impression ». La grande faiblesse des dragons.

AuRon lutta pour ne pas cracher son *foua*. La mise en application du livre d'Œilnoisette le rendait malade. Les dragonnets sortaient de l'œuf non pour se délecter des pensées apaisantes de leur mère, mais pour graver dans leur inconscient l'image des humains et mieux obéir à leurs ordres. Il regarda autour de lui pour que maître Wyrm ne voie pas le feu dans ses yeux.

— Combien avez-vous de dragons ? demanda AuRon. En totalité.

— Cela, je ne le dis à personne. Je le sais, et les hommes chargés des couvées le savent, mais cette information n'est pas communiquée à tous ceux susceptibles de quitter cette île. Toi, mon ami, tu voleras pour moi très bientôt. Mais je vais tout d'abord te laisser apprécier ton séjour parmi les femelles. Je n'ai pas oublié ce qu'être jeune signifie.

— C'est ton tour, NooShoahk, annonça l'un des gardes-dragons.

AuRon venait de revenir de sa visite matinale des sablonnières à l'extérieur des cavernes, lieu où les dragons assouvissaient leurs besoins naturels.

— Ce matin, on ouvre les portes et tu peux choisir tes femelles.

— Comment savoir lesquelles se sont déjà accouplées avec les autres mâles ? demanda AuRon.

— Pas important. Regarde et fais attention. Si elles posent des problèmes, viens me voir. Certaines se battent.

AuRon franchit à la suite du soldat au pas lourd les portes maintenant ouvertes. L'odeur des femelles l'attirait comme le courant d'un rapide. Il sentait un vaste espace dans les ténèbres, devant lui.

— Fais attention aux œufs. Tu auras de gros problèmes si tu en écrases un.

L'homme s'enfonça dans un renfoncement et ouvrit une seconde porte.

— Maintenant, tu entres.

AuRon entendit des cliquètements de chaînes dans les ténèbres. Il ne fallut qu'un instant à ses yeux pour s'accoutumer à l'obscurité mais il ne put résister à lancer un appel dans la longue caverne.

— Wistala, es-tu là ? Wistala ?

— Personne ne s'appelle comme ça ici, dragon, lui dit une dragonnelle tout près de lui.

Elle était couchée sur une saillie taillée dans la paroi. La caverne ressemblait à un grand tunnel, très long et assez étroit pour qu'il puisse toucher en même temps une paroi avec son nez et l'autre avec sa queue. Elle était froide et humide, de l'eau glacée suintait partout et formait des flaques sur le sol. Une dragonnelle tendit le cou pour boire à l'une d'elles. Il vit ce qui ressemblait à une cage autour de son museau, ou plutôt à l'une de ces muselières que portaient les chiens les plus féroces. La dragonnelle pouvait à peine ouvrir la gueule. Il lui était sans doute très difficile de manger, et impossible de cracher du feu sans se blesser assez grièvement pour mourir de ses brûlures. AuRon dénombra onze dragonnelles dans cette longue grotte semblable à un abîme.

— *De quelle couleur est-il ?* entendit faiblement AuRon dans son esprit.

— *C'est un gris*, répondit un écho mental plus puissant, parti d'un autre endroit.

Du langage mental ! C'était la première fois qu'il en entendait depuis qu'il s'était mêlé aux dragons de cette île. Il avait presque oublié à quoi cela ressemblait.

— *AuRon, c'est toi ?* perçut-il, un message faible, mais ferme.

Ces mots lui semblaient familiers.

— *Wistala ?* répondit AuRon en courant vers la source de ce message.

Des yeux verts luisaient dans l'obscurité et le contemplaient du haut de la saillie la plus éloignée des portes.

— *Wistala, es-tu là ?*

La dragonnelle leva sa tête muselée.

— *Tu es le gris, le gris d'il y a si longtemps. AuRon, fils d'AuRel, qui a préféré s'échapper et se noyer plutôt que de vivre avec un collier.*

AuRon s'arrêta et sentit l'odeur de la femelle. Elle lui était familière, mais il avait rencontré Natasatch si brièvement et si longtemps auparavant qu'il la reconnut à peine.

Chapitre 24

AuRon reconnut sa voix, son odeur et ses yeux, mais le reste de sa personne avait changé autant que lui. Ses écailles ternes d'enfant avaient pris la chatoyante teinte verte d'une dragonnelle. Sa queue et son cou étaient longs et souples ; le moindre de ses mouvements captivait AuRon. Il regarda ses ailes élégamment pliées et il se demanda à quoi elles ressembleraient déployées en plein vol sous les chauds rayons du soleil.

—*Ainsi tu as fini ici après tout. Et tu es un reproducteur, rien que ça*, lui dit mentalement Natasatch.

—*Je vais tout t'expliquer. Sortons*, pensa AuRon.

—*À peine quelques bosses sur la crête et déjà il ne perd pas de temps*, lança sèchement l'une des dragonnelles.

Natasatch passa l'ergot de son *saa* sous son collier.

—*Je t'écouterai s'ils m'enlèvent ceci.*

AuRon se hâta vers le garde-dragons. Il pourrait enfin avoir quelqu'un à qui se confier, avec qui il pourrait maudire ce système délirant.

—Je voudrais emmener celle-ci, tout au bout de la caverne. Natasatch. Pourrais-tu la détacher ?

Le garde ricana derrière sa visière.

—Hé ! hé ! Elle voit un nouveau dragon et elle essaie ses vieux tours. Elle oublie que les hommes la connaissent. Non. Tu veux t'accoupler, tu fais ça là-dedans. Faudra t'y faire. Et elle, c'est pas une bonne idée. Trop d'ennuis.

—J'en référerai à maître Wyrm.

— Ce sont ses règles.

AuRon fit volte-face. Il mit autant de mépris qu'il le put dans ce mouvement et revint dans la caverne des dragonnelles. Il marcha jusqu'à Natasatch et ignora les commentaires égrillards des autres femelles. Quelques dragonnelles balayèrent leurs déjections de leur perchoir pour le provoquer. Il se concentra sur le bruit de l'eau qui s'écoulait pour les tenir à l'écart de son esprit.

— *Tu as déjà essayé cela auparavant*, pensa AuRon.

— *Moi, et d'autres*, répondit Natasatch.

AuRon sauta sur la plateforme à côté d'elle. Elle tenta de le mordre mais ne parvint qu'à lui donner un coup de muselière sur la crête. Elle lui lança un regard furieux.

La saillie de Natasatch était suffisamment large pour qu'elle puisse s'y allonger ; un renfoncement était creusé dans la paroi dans lequel elle pouvait dormir si elle souhaitait se rouler en boule. Sa chaîne était attachée au-dessus de cette demi-grotte. Elle s'y réfugia à reculons. Elle tentait toujours de l'intimider du regard.

— Il faut que je te parle, chuchota AuRon.

Il parvenait à peine à s'entendre avec le bruit de l'eau qui s'écoulait sur le sol. Parler était plus sûr que d'employer son esprit pour communiquer : il ne savait pas s'il pouvait faire confiance à toutes les dragonnelles.

— Je ne suis pas là pour ça, je ne vais pas m'accoupler dans cet endroit immonde épié par une bande de dragonnelles, dit-il.

— Au…

— Je t'en prie, n'emploie plus mon nom. Ici, on m'appelle NooShoahk, fais pareil. Dis aux autres que tu t'es trompée à mon sujet. Mais sache que je ne suis pas ici pour donner des dragonnets à ce sorcier.

— Alors que fais-tu ?

— Je te le dirai dès que je le saurai. Je cherche, j'observe. (Il baissa la voix qui ne devint guère plus qu'un souffle.)

Les dragons qu'il commande ont tué des amis à moi ainsi que beaucoup, beaucoup d'autres. Maître Wyrm se considère comme une sorte de prophète. Il a pour objectif de nettoyer la terre pour les humains. En employant des dragons.

— Des rumeurs circulent au sujet de batailles. Des dragons disparaissent parfois.

— J'ai vu ce que font ces hommes avec l'aide des nôtres, c'est horrible.

— Ce qui se passe ici l'est tout autant, Au... NooShoahk, répondit Natasatch dans un murmure aussi ténu que le sien. Ils prennent nos œufs dès que nous les avons pondus. Nous avons entendu dire qu'ils conçoivent une nouvelle espèce de dragon. Des dragons qui serviront l'homme.

— Ce n'est pas très loin de la vérité. Ils ne conçoivent pas vraiment des dragons, ils les façonnent plutôt. Ces hommes pervertissent leurs instincts naturels, changent la façon dont ils réagissent avec leurs semblables, avec les humains. J'ai l'impression d'avoir atterri sur une île où les cerfs volent, où les loups se perchent dans les arbres pour dormir et où tous sont dirigés par des rats des champs. Mais j'ignore encore quoi faire. Je ne vois pas comment mettre mes griffes dans tout ceci.

— Va chercher de l'aide. Si les dragons hors de l'île savaient ce que nous sommes forcés de...

— D'autres dragons ? Mais combien sont-ils ? demanda AuRon. Il m'a fallu au moins un an pour en trouver un seul, et je savais où chercher. Il faudra ensuite réussir à convaincre un mâle, qui pensera que je suis venu prendre son territoire, d'abandonner ses terres pendant une semaine de... Non. Aller chercher d'autres dragons ne serait pas la solution. Si nous pouvions amener des nains sur l'île, ils pourraient creuser dans tout ceci, et ils sont faits pour le combat dans les mines. Malheureusement, les nains que je connais ont déjà leurs problèmes, et je me demande s'ils seraient assez nombreux pour lutter contre les dragons qui se trouvent déjà ici.

—Les garnes peuvent creuser des tunnels. J'ai entendu dire qu'un groupe vivait de l'autre côté de l'île.

—Les garnes travaillent déjà pour eux. Mais cela ne nous coûterait rien de leur parler.

—Fais attention aux gardes-dragons. Leur capitaine ne vit que pour nous tuer tous, mâles, femelles ou dragonnets. Un dragon l'a blessé quand il était enfant.

—J'imaginais une histoire semblable. J'ai fait jadis la connaissance de son père. J'ai assez mal quand je prends une grande inspiration pour m'en souvenir. J'ignore ce qu'il est devenu, mais je sais que cet Eliam a hérité de son épée. Et de la rancune dont tu parlais.

—Je vis dans ce trou depuis si longtemps que j'ai oublié à quoi ressemble le soleil. Au départ je dormais, comme toutes les autres, mais j'ai commencé à devenir folle. J'ai eu des visions. J'ai besoin d'air, de lumière et d'espace.

AuRon tenta de se donner de l'espoir pour deux.

—Natasatch, je ferai tout mon possible. Peut-être puis-je demander à maître Wyrm de t'emmener voler avec moi. Je lui dirai que je ne peux pas m'accoupler sous terre.

—Il te répondra d'apprendre si tu ne veux pas perdre tes privilèges. C'est ce que font les autres mâles. Nous n'avons pas le choix. Et ensuite, ils prennent nos œufs.

AuRon soupira.

—Je pensais qu'il me suffirait de trouver ce sorcier, de le tuer et de rentrer, mais il semble que tous les hommes ici font partie de sa vision pour accomplir la destinée de l'homme. S'il mourrait, ils pourraient encore élever et entraîner des dragons. Il n'y a rien de magique, c'est une question de savoir-faire et d'expérience. Cela ne s'arrêtera pas avec la mort d'un seul homme.

—Nous refusons de coopérer. Il y a une raison pour qu'autant de plateformes soient vides, Gris. Certaines d'entre nous ont commencé à écraser leurs œufs et ce matin, Nereeza a pondu.

— Natasatch, laisse-moi quelques jours pour réfléchir. Nous allons sortir d'ici d'une façon ou d'une autre. Tu verras le soleil, sentiras le ciel et voleras…

— Voler ? Je n'ai jamais volé, AuRon. J'ai ce collier autour du cou depuis qu'ils m'ont débarquée de ce bateau, et je suis dans cette caverne depuis que mes ailes sont sorties.

AuRon cligna des yeux, abasourdi. Tant de saisons étaient passées depuis le jour où il avait volé pour la première fois. Il essaya d'imaginer les années que Natasatch avait passées dans cette prison humide. L'empêcher de voler lui sembla un crime aussi grand que de s'emparer des œufs.

— Tu voleras. Je le jure sur le chant de mes ancêtres. Nous survolerons les montagnes et les nuages, ensemble.

— Ensemble ? Comme pour un vol nuptial ? demanda Natasatch.

Elle pencha la tête et arrangea ses ailes.

— Eh bien, je voulais dire que…

— Je suis désolée. Je ne devrais pas plaisanter, mais c'est ce qui me permet de tenir bon.

— Je te reverrai bientôt, dit AuRon en sautant de la plateforme. Ne perds pas espoir.

— J'attendrai. Après tout, je ne fais que ça.

AuRon s'éveilla quand il entendit un chariot passer. Ce n'était pas celui à deux roues tiré par un poney et qui transportait la nourriture mais un véhicule plus bas, à quatre roues, aux parois hautes et rembourré d'épaisses nattes de paille. Une femme – elles étaient rares au milieu des dragons – le poussait tandis qu'une autre tirait grâce à une lanière de cuir passée autour de sa taille. Quatre gardes-dragons ouvraient la marche. Ils étaient armés des mêmes lances à double pointe qu'AuRon avait vues lors de sa capture. Il frémit et leva la tête quand il vit Eliam qui suivait le cortège avec quatre autres gardes-dragons. Deux assistants de maître Wyrm vêtus de vert fermaient la marche.

—Tant d'efforts pour drainer une canalisation? demanda AuRon.

—Il est temps de collecter les œufs, gris. Nous pensons que l'une d'elles a pondu. Nous avons parfois des problèmes.

—Avec les œufs?

Eliam quitta le cortège et s'approcha de lui.

—Tu sais de quoi je parle. Viens avec nous, tu apprendras quelque chose au sujet de ta place dans ce monde.

Ce que souhaitait justement AuRon. Il franchit les deux portes à la suite des hommes.

Les dragonnelles sifflèrent et crachèrent au travers de leurs muselières quand le chariot entra dans la caverne; les gardes qui menaient le cortège baissèrent leur lance et se tinrent prêts à frapper. Les hommes s'avancèrent lentement et leurs armures d'écaille cliquetèrent. AuRon se demanda ce qu'il adviendrait des femmes si l'une des dragonnelles parvenaient à cracher ses flammes. Les assistants vêtus de vert inspectèrent chaque plateforme – elles étaient à la hauteur de leurs épaules – à la recherche d'œufs.

Les gardes-dragons donnèrent des coups des sifflets installés derrière leurs visières quand ils arrivèrent à une plateforme située au milieu de la caverne.

—Quatre… Très bien, Nereeza, maintenant sors de cette niche, dit l'un des assistants.

—Mes œufs, mon devoir, répondit Nereeza. Je vous en supplie, laissez-moi les voir éclore.

—Tu sais que nous nous en occuperons bien.

—Mes œufs, mon devoir, insista Nereeza.

Eliam abaissa sa visière et donna un coup de sifflet

strident. Deux des gardes-dragons s'avancèrent et se placèrent de chaque côté de la dragonnelle. Eliam tira son épée et bondit sur le chariot pour avoir un meilleur point de vue. Nereeza s'écarta de l'un des hommes et entoura les œufs avec sa queue. L'autre garde en profita pour attraper son cou dans le creux de sa lance. AuRon remarqua que l'arme, un attrape-wyrm, était dotée de poignées perpendiculaires à sa hampe et d'une plaque à l'extrémité que le garde pouvait appuyer contre son épaule.

La femme qui tirait le chariot se détacha et s'écarta en émettant des bruits rassurants.

Eliam siffla, puis siffla encore, plus fort cette fois. Les autres gardes-dragons bondirent soudain sur Nereeza pour l'immobiliser. L'un d'eux utilisa son attrape-wyrm pour maintenir son museau levé. Les assistants montèrent sur la plateforme. Du feu liquide coula de la gueule de Nereeza. AuRon entendit un grésillement quand il éclaboussa les lèvres et les narines de la dragonnelle.

AuRon serra les mâchoires ; il imaginait sa douleur.

—Mes… œufs… mon… devoir, parvint à haleter Nereeza, les lèvres en feu. Elle souleva une patte. Eliam poussa trois sifflements stridents et exécuta un saut incroyable du chariot vers la plateforme. Il balança son épée vers le haut tandis que Nereeza abattait sa patte, mais il ne fut pas assez rapide. Sa lame ouvrit le cou de la dragonnelle en un torrent de sang et de feu ; la patte de cette dernière écrasa les œufs avec un craquement humide. Un garde enfonça sa lance dans la patte de Nereeza et l'écarta des débris de coquille visqueux. Nereeza laissa échapper un gargouillement quand sa trachée se remplit de sang. Eliam appuya son épée contre son épaule et frappa encore. AuRon entendit le craquement des vertèbres. Le dragon avait déjà entendu de terribles légendes sur les épées tueuses de dragons ; il en voyait une en action. Sur une femelle dont le cou était immobilisé pour exposer sa gorge fragile.

Il restait un œuf intact et l'un des assistants le ramassa comme s'il s'agissait d'un bébé humain. Il l'éloigna du corps agité de soubresauts et le déposa dans le chariot. Le cortège avança jusqu'à l'extrémité de la caverne puis revint. Les hommes ne trouvèrent pas d'autres œufs.

— Un mauvais choix. Les reproducteurs ne sont peut-être pas à la hauteur, dit l'un des assistants tandis qu'ils suivaient le chariot.

— Ce gris me semble enthousiaste. On dit qu'il a été loin des siens pendant longtemps. Il fera mieux.

Quatre des gardes-dragons s'écartèrent de la procession, tirèrent des armes mi-haches, mi-épées et se dirigèrent vers la plateforme de Nereeza. Ils commencèrent à découper une patte avant et la détachèrent de son tronc. Le corps de Nereeza était secoué d'horribles soubresauts pendant qu'ils s'activaient.

— Une dragonnelle morte est trop grosse pour qu'ils la sortent en une seule pièce, souffla l'une des femelles à l'oreille d'AuRon. Il leur faut nous évacuer en morceaux.

Eliam se plaça à côté de la tête de Nereeza et sortit une petite dague. Il trancha ses oreilles et les glissa sous sa ceinture. Il marcha ensuite vers AuRon en nettoyant sa lame avec un chiffon graisseux. Il souleva sa visière et adressa au dragon un large sourire du fond de son armure.

— J'espère que tu as appris quelque chose sur le monde que nous bâtissons, Gris. C'est un monde d'alliances. Ceux qui nous aident seront récompensés. Ceux qui nous gênent… (Il désigna du menton la boucherie dans son dos.) J'ai près d'une centaine – *une centaine !* – de paires semblables, prises sur des dragonnets, des draques et des dragons. Tiens-toi bien ou tu finiras dans ma collection.

— Eliam ! l'appela l'un des assistants.

AuRon abaissa la tête au niveau d'Eliam en agitant les oreilles.

— Oui, j'ai appris quelque chose. Si tu viens pour moi, il te faudra plus de huit hommes.

Chapitre 25

Trois jours plus tard AuRon fut de nouveau convoqué dans la halle de maître Wyrm. Il s'y rendit en volant et observa sur le trajet deux bateaux qui prenaient le vent dans le fjord. Plus loin, à l'endroit où la baie s'élargissait et rencontrait la mer, quatre jeunes dragons s'entraînaient avec des cavaliers sur le dos. AuRon les regarda voler en ligne comme des pélicans ; leurs ailes se touchaient presque.

Maître Wyrm observait les bateaux qui se dirigeaient vers la mer. Le matin était froid : il serrait sa cape autour de lui et portait un bonnet de laine. AuRon atterrit et l'homme se tourna vers lui avec un sourire amical.

— Mes alliés au sein des nations humaines s'en vont. Ce sont tous des hommes bons et loyaux, à l'exception de Svak Brasdetonnerre. Il a pris part à la guerre contre les nains de la Roue de Feu mais il refuse d'envoyer ses hommes plus au sud car il dit que son peuple n'y a pas d'ennemis. Cet homme semble n'avoir tenu aucun compte de ce qui a été dit au cours de cette assemblée.

AuRon devina la suite.

— Les hommes oublient ceux qui leur ont fait des faveurs, dit-il. Peut-être que certains, parmi son peuple, sont plus clairvoyants que lui.

— Je le sais. C'est pour cela que je t'ai mandé, NooShoahk. Es-tu assez reposé pour un long voyage ? J'ai entendu dire que tu as dormi avec les dragonnelles.

— J'ai vécu loin de mes semblables pendant longtemps, tout particulièrement des femelles. Il y en avait tant pour moi seul… J'ai voulu profiter au mieux de ma semaine.

— Je comprends. Les étoiles m'en soient témoins, j'approuve même, mon jeune gris aux nouvelles cornes. J'ai des messages à transmettre à Gettel, dans la tour des dragons de Juutfod. J'aimerais ensuite que tu te rendes chez Brasdetonnerre, à Maganar. Il y a là-bas des hommes qui accueilleraient avec joie un changement de souverain. Quand tu auras délivré tes messages et reçu des réponses, tu reviendras ici pour un moment. Avec de la chance, je te renverrai vers le sud avec d'autres missives, et tu éviteras ainsi une partie de l'hiver.

— Il faut que je consulte une carte pour trouver ces endroits. Je n'y suis jamais allé.

— Suis-moi dans la salle des cartes – ou plutôt, que ta tête me suive, les escaliers sont trop étroits pour toi – et je te montrerai.

Il retourna dans sa bâtisse et AuRon attendit ; l'homme ouvrit les volets d'une des pièces à l'étage. En se levant sur ses pattes arrière, le dragon pouvait passer la tête à l'intérieur et regarder. Une carte de l'île de Glace recouvrait l'un des murs ; une autre plus petite y était attachée et représentait l'archipel. Une table énorme jonchée de schémas et de notes trônait au milieu de la pièce, et une armoire occupait le mur opposé. Maître Wyrm la déverrouilla puis l'ouvrit, dévoilant une carte des terres qui entouraient l'océan Intérieur. Des épingles sur lesquelles étaient accrochés des rubans étaient plantées en divers endroits, donnant à la représentation l'aspect d'un hérisson qui aurait traîné des fougères derrière lui.

— Que représentent ces épingles ? demanda AuRon.

— Tu es plus vif que certains de mes capitaines, NooShoahk, répondit maître Wrym. Elles me permettent de savoir qui sont mes amis et ennemis et où ils se trouvent. Avec ton aide, cette carte sera plus à jour. La plus grande partie de ces informations remonte à des mois, voire un an. J'aimerais avoir davantage de dragons messagers, mais il nous a fallu remplacer des pertes. J'ai au départ envoyé trop de dragons sans entraînement et ils ont réagi de manière imprévisible au cours des combats. Désormais, seuls quelques-uns sont autorisés à se battre sans hommes pour refréner leur furie naturelle. Les rubans de soie blanche représentent les membres du Cercle des Hommes. La soie rouge indique les lieux où sont basés mes dragons. En bleu, ce sont les garnes qui se sont ralliés à notre cause – ils seront la main-d'œuvre qui construira notre nouveau monde – en vert, les elfes et en doré, les nains. Cet été, j'ai ôté une épingle dorée et deux vertes. Ce fut une bonne année.

AuRon chercha les sources du Falnges. Les terres de Naf étaient marquées d'une épingle noire. Elles étaient rares sur la carte, et les autres étaient principalement regroupées autour du vieil Empire hypathien.

— Que signifient les épingles noires, Votre Suprématie ? demanda AuRon.

— Ce sont les plus tristes de toutes. Ces terres sont régies par des hommes, mais ils ont succombé aux complots des elfes ou à l'or des nains, et devront donc être traités comme les lignées faibles. L'hygiène humaine requiert leur extermination.

— Étoile revient ! Étoile revient !

La caverne dans laquelle les hommes sellaient les dragons était en pleine effervescence. AuRon quitta des yeux la bandoulière que Varl lui attachait autour du cou et vit un dragon argenté arriver en planant dans la grotte. Il était plutôt chétif : même AuRon, pourtant exceptionnellement mince, pesait probablement plus lourd que lui. Il volait cependant avec grâce.

— C'est le dragon de tête, Nooshoahk, dit Varl. Il était le plus rapide avant tes épreuves. Maître Wyrm dit qu'il s'agit d'un exemple à suivre pour les autres dragons. Étoile aime le maître plus que sa propre vie. Il est l'un des plus vieux de la nouvelle génération.

— Plus vieux ? Il est plus petit que moi !

— On raconte que jeune, il était malade. Mais ne t'y trompe pas : il a tué des dragons plus gros que toi lors des épreuves.

— Comment ?

— C'est un venimeux.

— Un quoi ?

— Tu n'as jamais entendu parler des dragons venimeux ?

— Non.

— Ses morsures sont empoisonnées. Quelques gouttes suffisent à donner une telle attaque à un cheval qu'il se brisera la nuque. (Varl baissa la voix.) Les gardes-dragons ont des dagues spéciales. Elles sont creuses : il leur suffit de les enfoncer profondément et de tordre la lame d'un coup ; ils brisent ainsi une ampoule et permettent au poison de s'infiltrer. Ils en prélèvent sur Étoile de temps en temps. J'ai entendu dire que la plupart de ceux qui montent des dragons possèdent eux aussi ces dagues dans l'éventualité où leur bête s'emballerait.

— Pourquoi me dis-tu cela ?

AuRon observa l'argenté toiser impérieusement les dragons qui hochaient la tête en signe de bienvenue.

— Le premier dragon que j'ai entraîné était un superbe bleu. Je lui avais même donné un nom : Lacdeglace. Il était fort, rapide, intelligent. Nous suivions les sternes qui volaient vers les îlots et pêchions. Nous n'avions pas de bois mais il utilisait ses flammes, et nous mangions des morues cuites au feu de dragon. Il vola plus vite qu'Étoile au cours de ses épreuves et devint reproducteur. Quelques jours plus tard nous l'avons retrouvé mort. Étoile n'aime pas être surpassé. Quelqu'un finira par lui dire que tu es si rapide que tu pourrais voler en cercle autour de lui. Je ne veux pas te retrouver comme Lacdeglace, raide et le cou brisé.

AuRon dépassa les autres dragons et se dirigea vers l'entrée de la caverne. Étoile leva la tête. Au lieu de baisser la sienne, AuRon se dressa jusqu'au toit de la grotte et déploya ses collerettes. Étoile siffla et battit l'air de sa queue. Des gardiens accoururent, alarmés.

— Pour qui te prends-tu, Gris ? aboya Étoile.

— Je sais qui je suis et quel est mon peuple. Est-ce ton cas ? demanda AuRon.

Sans attendre une réponse, il quitta la caverne et vola vers le sud, quatre cylindres de cuivre accrochés autour du cou. Trois d'entre eux étaient destinés au serviteur de maître Wyrm qui se trouvait à Juutfod et seraient ensuite distribués. AuRon devait ensuite apporter le dernier dans les montagnes, à Maganar.

Dès que l'île disparut derrière lui sur l'horizon brumeux, il fut tenté de changer de route et de retourner dans le Dairuss. Être libéré du monde malade de maître Wyrm, des regards menaçants d'Eliam et de ses gardes-dragons, de cette existence stricte dans laquelle l'accouplement était une question de temps et non de choix, lui faisait apprécier le ciel et l'air. Il n'avait aucune envie de retourner dans cet endroit où il serait tué s'il désobéissait et castré si un autre dragon était plus fort que lui. La perspective de vivre avec les oreilles percées pour qu'on y passe des rênes ne le tentait pas non plus.

La seule chose qui le rappelait là-bas était la souffrance des dragonnelles. Il n'avait qu'un mépris teinté de pitié pour les mâles, mais le supplice des vertes lui faisait oublier son désir de venger Djer. Il revit les plaques calleuses sur le museau de Natasatch aux endroits où frottaient la muselière et la chaîne qui empêchaient la dragonnelle de connaître le ciel et le soleil.

Il trouva facilement Juutfod : il y arriva à minuit. La ville était construite sur une longue langue de terre bordée au sud de criques sablonneuses qui s'avançait dans l'océan puis se transformait en une série d'îlots. C'était la ville des Varvares, les commandants des navires transporteurs de dragons qui parcouraient la côte est de l'océan Intérieur.

La tour des dragons se dressait au-dessus de la ville, perchée sur une montagne escarpée de cette partie de la côte. Si l'on se fiait à la grande vision de maître Wyrm, nombre de ces tours seraient construites dans les royaumes humains et serviraient de balises au réseau de communication des dragons. Pour l'instant, seule celle-ci existait pour servir de modèle. La bâtisse était imposante, peut-être trop sophistiquée pour les autres tribus barbares. Son sommet était large et à l'intérieur étaient construites des niches dans lesquelles des dragons pouvaient se reposer en sécurité. En dessous se trouvaient des chambres et des entrepôts pour les hommes et les dragons. Une flamme brûlait en permanence au sommet de la tour. Sa lumière était amplifiée par un bol d'agent poli qui tournait autour grâce à un pivot entraîné par une éolienne.

AuRon se posa. Il inspectait le fanal quand un garde-dragons sortit de sa guérite.

— Quoi, pas de cavalier ? demanda l'homme. Un accident a eu lieu ?

AuRon s'étira comme un chat.

— Je ne porte pas d'homme afin de voler plus vite. J'ai avec moi trois messages pour cette tour. Réveille ton maître pour que je les délivre en main propre.

— Ma maîtresse. Descends et trouve une couchette. Nous n'avons pas d'autres dragons pour le moment. Nous ferons monter de la nourriture et nos citernes d'eau de pluie sont pleines.

— Je ne reste que cette nuit. Je dois délivrer mon dernier message dans les terres.

AuRon descendit pour chercher une niche. Sur les parois à l'intérieur de l'imposante tour s'alignaient plateaux et renfoncements. Des cordages étaient suspendus à un bras métallique au sommet du bâtiment et pendaient jusqu'au sol de la cavité. Dans chaque niche se trouvait une étroite fenêtre surmontée d'un carré de fourrure que les dragons pouvaient baisser d'un coup de museau comme un rideau. AuRon se roula en boule dans l'une des loges près du sommet et regarda les reflets du fanal se déplacer sur les pierres à l'intérieur de la tour.

Il entendit un craquement au-dessus de lui et il passa la tête par-dessus le bord de sa niche. Il vit une plateforme qui montait vers lui. Un jeu de cordes la soulevait tandis qu'un autre la manœuvrait pour la placer en face de n'importe quelle saillie. Elle transportait une humaine.

— Plus haut, plus haut, cria-t-elle. Un peu plus au nord… Non ! Au nord ! C'est mieux. Plus haut, plus haut…

La plateforme arriva à la hauteur d'AuRon et l'humaine en descendit. Elle était grande, à l'instar des habitants de ces côtes, et sa chevelure rouge nouée en une large tresse lui rappela Hischhein. Elle portait un gilet de cuir garni de poches et un large pantalon de paysan glissé dans des bottes souples.

— Bienvenue, roi des cieux, dit-elle. (Elle passa des chaînes autour de crochets de fer pour que la plateforme rejoigne la niche.) Je suis Gettel, l'intendante de Sa Suprématie à Juutfod, et ton hôte. Nous avons des tonneaux de porc et du mouton frais.

— Je me nomme NooShoahk. Je goûterai volontiers un peu des deux, mais guère plus. Je dois être dans les airs demain.

— NooShoahk… mmm… C'est un nom de dragon, Gris.

— Je n'ai pas grandi sur l'île, je n'y suis arrivé que récemment.

Elle ouvrit un tonneau de porc à l'aide d'une barre de fer.

— Voilà le porc, dit-elle en soulevant le tonneau avec un grognement pour le poser sur sa plateforme. Elle lança dessus un morceau de mouton.

— Et voici les messages, dit AuRon.

Il lui tendit trois des cylindres. Elle lut les noms inscrits dessus.

— Ils sont corrects. Je sais lire le parl, dit-il.

— Je vois. Bienvenue dans ma tour.

— Elle est extraordinaire.

Il avait remarqué l'emphase sur le mot « ma ». Chez les humains, la manière de prononcer un mot était parfois aussi importante que le mot lui-même.

— Sais-tu combien de temps il a fallu pour la construire ?

— Si je le sais ? Une douzaine d'années de labeur, et seulement une fois que tous les matériaux furent rassemblés. J'en ai dessiné moi-même les plans. Elle n'est pas encore achevée : nous travaillons en ce moment sur les catacombes. J'ai choisi cet emplacement à cause des cavernes toutes proches.

— Maître Wyrm est bien avisé de t'avoir à ses côtés.

— Il donne des occasions à ceux qui ne pourraient en avoir autrement. Sur cette côte, on ne voit pas d'un très bon œil une femme qui veut faire autre chose que des enfants. Quand j'étais plus jeune, j'ai conçu une étable circulaire pour mon père avec un treuil au milieu, un modèle réduit de cette tour. Elle devint une véritable curiosité, tous les gens des alentours venaient la voir et donnaient de grandes tapes dans le dos à mes frères en les félicitant pour ce bel ouvrage. Je me suis rendue à Juutfod dans l'une des assemblées que le maître et Praskall organisaient. Ils bâtissaient un nouveau monde pour les hommes et je les ai rejoints pour m'assurer qu'ils n'oublieraient pas les femmes.

Le lendemain matin, AuRon poursuivit son voyage vers l'est en suivant la rivière. Sur cette partie de la côte s'étendait un réseau de cours d'eau et de lacs ; les pluies ininterrompues et l'eau venue des glaciers alimentaient d'innombrables torrents et tout le reste n'était que marécages. Cette contrée semblait bien pauvre pour qui ne pêchait pas ou ne chassait pas les oiseaux aquatiques. AuRon se demanda si quelque part au-dessous de lui les loups hurlaient encore la légende de Fortnoir et Longfeu.

La rivière indiquait son itinéraire au milieu des montagnes. Il suivit la branche nord (celle du sud menait aux anciennes galeries des nains de la Roue de Feu) et parvint à une ville construite sur la berge. Maganar était un bourg étrange : il s'agissait davantage d'un ensemble de colonies disposées des deux côtés de la rivière avec de petites fermes sur chaque colline. L'hiver approchait et les champs étaient vides, même s'il y aperçut des garçons armés de lance-pierres chassant les oiseaux migrateurs qui se posaient pour manger. Les fermiers rapprochaient le bois coupé de leur foyer et réparaient leur toit en prévision de l'hiver.

AuRon devait chercher près de la rive un champ avec six énormes poteaux dans lequel était dressée une tente pour les festivités et rassemblements. Il aperçut la clairière, les mâts gros comme des troncs d'arbre et se posa.

Les enfants coururent prévenir leurs parents, plus excités qu'apeurés. AuRon attendit et tira le dernier cylindre de sa bandoulière. Un bateau traversa la rivière et un groupe d'hommes en descendit. Ils étaient vêtus de cuir de renne et plusieurs d'entre eux portaient une coiffe de fourrure noire dont les rabats pendaient sur les côtés. D'autres hommes sortirent des bâtiments situés du côté de la clairière. Seuls quelques-uns étaient armés.

Ces humains rappelaient au dragon des oiseaux : ils se rassemblaient encore et encore avant d'avoir tous décidé quoi faire. Quand les hommes se considérèrent assez nombreux, l'un d'eux s'écarta de la foule bruyante et approcha. Il portait une barbe blonde et tressée.

— Dragon, si tu cherches Brasdetonnerre, sache qu'il est aux côtés de ton maître, et son fils n'est pas assez âgé pour parler en son nom.

— Je m'appelle NooShoahk. S'il n'est pas encore revenu, je suis chargé de remettre ce message à un certain Urlan le Ferronnier.

— C'est moi, dragon gris, dit un homme en avançant d'un pas.

Son bras gauche était tordu : il avait été brisé et s'était mal ressoudé. L'homme prit le cylindre dans sa bonne main et l'ouvrit.

— Où est la Bougie ? demanda-t-il. J'ai besoin qu'il me lise ceci.

Un homme maigre marcha lentement vers le devant de la foule en s'appuyant sur une canne. Son allure d'épouvantail semblait saugrenue parmi ces solides Barbares. AuRon comprit soudain. Il regardait l'homme qu'il avait connu autrefois sous le nom de Hross. Hross louchait sur sa queue raccourcie.

Les habitants de Maganar étaient hospitaliers. Ils abattirent une vieille vache laitière pour lui et rajoutèrent quelques poulets. Malgré son premier regard Hross ne semblait pas l'avoir reconnu ; il emporta le cylindre dans sa maison près de la rive pour lire son contenu à l'homme au bras estropié.

AuRon regarda les habitants de la ville fermer leurs volets pour la nuit. Il était habitué à voir les jeunes de l'île de Glace parler, chanter et se faire la cour quand les aînés étaient rentrés se coucher. Ici de jeunes femmes rentraient les troupeaux dans leurs étables ou tiraient de l'eau des puits, mais il ne vit pas beaucoup de jeunes hommes.

— Est-ce qu'on te monte pendant les batailles ? lui demanda un garçon.

Il s'exprimait en parl avec un fort accent et prononçait lentement chaque mot, mais AuRon le comprenait bien.

— Pas encore.

— Je m'entraîne sur un tudmogue, mais il a une coquille solide, pas comme toi. Et puis son cou est plus court.

— Je crois qu'un poney serait plus réaliste. Tu veux être chevalier-dragon plus tard ?

— Oui, ce sont les plus forts. Ils sont les seuls à être revenus de la bataille contre les nains. J'avais deux frères mais ils n'étaient que des soldats avec des haches. Mon père dit que les nains les ont tués, et il a perdu une main. Quand je serai grand, j'irai réclamer notre *wergild* aux nains. J'ai hâte.

— Comment un seul garçon peut-il prendre la place de deux ?

— Je me battrai deux fois plus.

— Écoute les conseils d'un dragon, mon garçon. Reste chez toi, trouve-toi une femme et élève deux garçons, cela reviendra au même. Un nain viendra peut-être un jour dans ce village réclamer un *wergild* pour son propre frère et si cela arrive, ils auront besoin de toi ici.

Le lendemain matin Urlan le Ferronnier et les autres hommes revinrent avec le cylindre de cuivre.

— Ne donne ceci qu'à maître Wyrm, annonça Urlan. Dis-lui que nous approuvons tous les mots de la Bougie. Nous y serons fidèles.

— Vous approuvez les mots de la Bougie et vous y serez fidèles. Je le lui dirai moi-même.

AuRon ouvrit ses ailes et les hommes reculèrent. Il bondit et s'éleva dans les airs, mais s'interrogeait déjà sur le contenu du tube. Si sa mémoire ne lui jouait pas des tours, il s'était trouvé très proche d'un homme qui savait que le dragon avait voyagé avec des nains. AuRon était plus jeune alors, mais Hross avait regardé sa queue, cela ne faisait aucun doute. Quel était donc le message qu'il portait autour du cou ?

Le tube était scellé et AuRon n'osa pas l'ouvrir. Le perdre était hors de question – le harnais était solide et il lui avait été bien spécifié de rapporter la réponse. Rapportait-il sa propre condamnation à mort à maître Wyrm ?

Trouver un moyen d'échapper à cette situation le préoccupait tant qu'il en oublia presque qu'il devait retourner à la tour de Juutfod. Il devait rapporter un autre message sur l'île de Glace, et il eut bientôt un autre tube dans sa bandoulière. Il quittait Juutfod et se dirigeait vers la mer quand il s'interrompit et vola en rond. Il serait plus sûr de voler vers le sud, de raconter à Naf tout ce qu'il savait et d'aider ses amis à se préparer pour la tempête qui gonflait peu à peu, épingle après épingle sur la carte du maître. Mais il laisserait alors Natasatch et tous les œufs entre les mains d'un meurtrier dément. Il hésita, pencha ses ailes vers le sud, puis le nord-ouest. Sud, nord-ouest… Sud, nord-ouest… Naf, Natasatch.

Il choisit Natasatch.

Il décida de remettre ses messages immédiatement après avoir atterri puis d'attendre que maître Wyrm les lise pour agir. Peut-être Hross avait-il pensé qu'au cours des années AuRon était devenu l'allié de maître Wyrm et avait oublié leur vieille querelle.

AuRon se posa au cours de l'un des derniers après-midi agréables de l'automne près de la bâtisse du maître, épuisé autant par le voyage que par l'inquiétude. Quelques hommes se prélassaient aux alentours et profitaient des rayons du soleil. Ils s'approchèrent pour savoir quelles nouvelles AuRon apportait.

Maître Wyrm détacha la bandoulière du dragon avec sa désarmante bonne humeur.

— Un voyage rapide, mon bon ami. Cela aurait pris des semaines en bateau et encore, par beau temps.

— C'est à mon tour d'être reproducteur, je ne voulais pas manquer ça, répliqua AuRon.

Une hilarité générale s'ensuivit. Même Eliam s'esclaffa.

Maître Wyrm examina les tubes et observa les sceaux pour connaître les expéditeurs. Il lut tout d'abord le message venu de Juutfod.

— Ils ont brûlé une autre flotte de bateaux de pêche dans les îles Rerok, annonça-t-il. Hypat souffrira de la famine cet hiver si le poisson fumé n'est pas acheminé sur le Falnges.

Il ouvrit le second cylindre et lut le message. Il pinça les lèvres et le lut encore.

— Les hommes de Maganar sont-ils avec nous ou ce rustre ingrat a-t-il plus d'amis que nous le pensions ? demanda Eliam.

Maître Wyrm tendit le message au Dragonneur.

— Tu peux aller te reposer, AuRon, dit-il.

AuRon se balança d'une patte sur l'autre, puis se reprit.

— Vous voulez dire NooShoahk, votre Suprématie.

— Ton nom n'est pas AuRon ? Ne l'a jamais été ?

— J'ai entendu ce nom, oui, mais je ne l'ai jamais utilisé. Pourquoi le ferais-je ? Je suis fier de NooMoakh. Il a combattu aux côtés des humains comme je m'apprête à le faire. Non, je ne m'appelle pas AuRon.

— Cet homme écrit que tu es un dragon gris nommé AuRon et que tu es un ami des nains.

— Quel homme ? À Juutfod j'ai parlé à une femme… et à un garde, mais seulement brièvement, en pleine nuit.

— À Maganar. Il a écrit une note me demandant si je connais ton histoire. Maintenant que j'y pense, je ne sais pas grand-chose de tes origines.

Les gardes-dragons se rassemblèrent et Eliam vint se placer devant maître Wyrm, la main sur la poignée de son épée. AuRon s'efforça de garder la queue immobile.

— Quelqu'un à Maganar a dit cela ? Ce ne serait pas cet elfe qui se fait appeler « la Bougie », par hasard ? Grand, maigre, une allure d'araignée ?

— Un elfe à Maganar ? demanda maître Wyrm.

— Peut-être seulement un demi-elfe, mais il en avait l'allure et l'odeur. J'ai trouvé cela étrange, mais comme je suis nouveau…

Maître Wyrm rassembla ses hommes.

— Qui a pris part à la bataille contre la Roue de Feu ?

— Moi, sire ! s'écria un garde-dragons.

— Y avait-il un homme étrange avec Brasdetonnerre, grand et maigre ?

— Oui, sire. Il était brun alors que tous les autres avaient les cheveux blonds. Un type plutôt étrange. Il ne se battait pas, mais il était plus vieux et ça ne semblait pas déranger les hommes des bois ; alors nous nous sommes dit que c'était normal. Il s'appelait Bougeur, quelque chose comme ça.

— La Bougie ?

— Oui, sire. Je crois que c'est ça.

Maître Wyrm s'empourpra.

— Par toutes les tempêtes, Brasdetonnerre presse une vipère contre son cœur. Je ne m'étonne plus qu'il se soit monté contre moi. Cet elfe l'avait sous son emprise longtemps avant que le dragon lui rende visite. C'est *ainsi* qu'agissent les elfes, mes braves, et ce depuis que le premier homme a planté un champ et voulu construire une hutte dans leurs bois. Ils complotent, ils s'infiltrent, ils trompent avec des mots mielleux qui maquillent le goût de la ciguë ! Celui-ci m'a fait douter de mon propre messager, ce dragon qui a perdu une vingtaine de livres pour porter mes messages aussi vite que le vent. Quelqu'un sera tenu responsable de tout cela !

—Je suis désolé de ne pas vous avoir fait de rapport sur cet individu, sire, dit le garde-dragons, visiblement préoccupé. Maintenant que j'y pense, il prenait beaucoup de bains. Et il avait des livres.

—Ce sont des imposteurs de génie, et d'honnêtes hommes comme vous ne s'attendent à trouver que vérité parmi leurs compagnons. Mais ne vous inquiétez pas, les cœurs bons auront leur récompense, ici et dans l'au-delà. Nous réclamerons ce qui nous revient de droit, et les escrocs auront ce qu'ils méritent. Des livres! Des bains, sans nul doute dans une eau parfumée à la lavande! Un efféminé, un corrupteur dans nos rangs! Rien d'étonnant à ce que la bataille ait été si dure. Les nains avaient sûrement été prévenus, voir davantage. (De la bave commença à couler des commissures de ses lèvres tandis qu'il poursuivait:) Quelles graines malades ont été plantées dans l'honnête Maganar? Je peux le prédire car j'ai déjà vu de telles situations, encore et encore. Le défaitisme. De l'affection pour le peuple nain. Des berceaux vides, oui, car les elfes volent parfois des nouveau-nés et les élèvent pour servir leurs maléfiques desseins! Leurs crimes sont bien connus! Il est de notre devoir de veiller à ce que la vérité soit révélée.

—Renvoyez-moi avec quelques dragonniers, Votre Suprématie, dit AuRon. Donnez-moi une journée pour récupérer et laissez-moi partir avec vos hommes les plus fidèles. Nous prendrons l'espion avant qu'il sache que son complot a été découvert. Vos hommes regarderont ses oreilles de près puis, une fois cette preuve acquise, ils l'éventreront pour observer la forme de son cœur. Écoutez cependant mon conseil: ne faites plus confiance aux hommes de Maganar. Laissez-les en paix pendant quelques générations afin que leurs esprits alors sains soient prêts pour la vérité.

—Non, jeune dragon, tu ne vas pas repartir tout de

suite. Profite d'un peu de repos et d'une récompense méritée pour un travail bien fait. Tu m'as non seulement apporté de bonnes nouvelles en un temps record, mais tu as aussi démasqué un traître, trahi par ses propres machinations. Mange et dors, mon honnête et fidèle serviteur.

AuRon s'inclina et sortit de la halle à reculons. Il croisa le regard d'Eliam. Son œil contenait assez de haine pour deux.

Chapitre 26

AuRon dormait avec un œil ouvert. Il n'y était jamais arrivé quand il était plus jeune, mais maintenant qu'il se reposait dans une grotte, sans défense, au bout d'un tunnel ouvert à tous, il lui avait fallu apprendre. Craindre pour sa vie décuplait les capacités de concentration.

Les gardes-dragons le surveillaient. Eliam le Dragonneur avait sans doute passé le mot à ses hommes car AuRon sentait leurs regards sur lui, même quand ils portaient leur visière baissée. Il entendait des bruits de pas derrière lui quand il sortait, ou qui résonnaient dans les tunnels et cessaient soudainement quand il s'arrêtait. Quand les dragons étaient nourris, des gardes supplémentaires lui tournaient autour.

— Fais attention à toi, NooShoahk, lui murmura Varl alors qu'AuRon nettoyait les os de son repas.

La nourriture était si riche et abondante qu'AuRon ne mangeait maintenant plus que les os les plus gorgés de moelle.

— On ne m'a rien annoncé directement, poursuivit l'homme, mais j'ai entendu dire que Son Excellence Eliam espère que tu leur feras des ennuis. Les gardes-dragons ont pour ordre de t'attaquer sous le moindre prétexte.

— Étrange. Cela pourrait être en raison des accusations contre moi venues de Maganar.

— Ou l'œuvre d'Étoile. Je te l'ai dit, il n'aime pas les

rivaux. Nous devons avoir ceci avec nous quand nous t'approchons.

Varl montra à AuRon l'une des dagues empoisonnées des gardes-dragons glissée dans un étui, sous son gilet.

— Je te suis redevable, dit AuRon.

— J'ai été avec les tiens depuis assez longtemps pour reconnaître les bons des mauvais. Tu es l'un des bons, NooShoahk.

— Je pourrais dire la même chose à ton sujet.

La mise en garde de Varl ne quitta plus l'esprit d'AuRon. Il aurait voulu être chargé d'une nouvelle mission pour voler librement, loin des regards inquisiteurs et des bruits de pas furtifs. Il avait connu bien des périls au cours de sa vie mais, sa capture par les elfes exceptés, il avait toujours été libre. Il n'aurait jamais pensé perdre sa liberté sans qu'on lui ait passé un collier autour du cou et posé une muselière, mais c'était pourtant ce qu'il ressentait dans les cavernes de maître Wyrm. Il plaignait ces dragons qui n'avaient jamais parcouru le ciel sans un homme sur le dos.

Il n'avait pas que les gardes-dragons en tête. Il pensait à Natasatch, sa rutilante robe verte et son allure élégante. L'idée que d'autres dragons se frottaient contre ses flancs et ignoraient, tout à leur désir, les rituels d'accouplement ancestraux faisait bouillir sa poche à feu. Par l'œuf qui l'avait protégé, le prochain reproducteur qu'il affronterait se souviendrait de lui ! Il voulait tant la voir, la sentir, lui parler que dormir avec un œil fermé devint impossible. En questionnant discrètement Varl, il apprit qu'il n'y avait pas d'entrée secondaire dans la caverne des dragonnelles – ou en tout cas aucun passage qui permettrait à autre chose qu'un dragonnet nouveau-né d'y pénétrer.

Il connut un peu de réconfort lors d'une nuit qu'il avait jusque-là passée à se retourner sans cesse, incapable de trouver une position confortable. Il imagina que la dragonnelle lui parlait de sa voix au rythme apaisant afin de se calmer.

— *AuRon, AuRon, si seulement tu pouvais être à mes côtés. C'est tout ce que je souhaite, plus que l'air, le soleil ou un ventre rempli d'œufs. Toi seulement, AuRon.*

Quel rêve plaisant !

— *Je serais là si je le pouvais,* s'imagina-t-il répondre pour la réconforter dans l'humidité de sa caverne. *Je t'emporterais dans les cieux et tu entendrais mon chant. Tes écailles scintilleraient sous les rayons du soleil tels des joyaux elfes.*

— *AuRon, c'est toi ?*

Curieuse façon de parler pour un rêve. Ne le voyait-elle pas à côté d'elle ? Ne sentait-elle pas sa queue enroulée autour de la sienne ? AuRon se rendit alors compte qu'il percevait d'autres pensées, d'autres émotions derrière les mots.

— *Tu es toujours dans la caverne des dragonnelles ?* demanda-t-il.

— *Oui, bien sûr.*

— *Alors nous arrivons à communiquer à travers plusieurs longueurs de dragons de pierre. J'ignorais que c'était possible. Je n'entends personne d'autre.*

— *Nos esprits se sont sans doute trouvés.*

— *Tout va bien ?*

— *Aussi bien que d'habitude. Il y a une nouvelle dragonnelle. Ombre ne s'occupe que d'elle. Pauvre petite, c'est presque une draque.*

— *Mon tour ne viendra qu'après celui d'Étoile,* dit AuRon. *J'ai hâte de te voir.*

— *J'ai hâte aussi,* répondit-elle.

AuRon entendit des bruits de pas.

— *Quelqu'un approche,* dit-il. *À quoi Ombre ressemble-t-il ?*

— *Bouffi. Bruyant. C'est un dragon noir, un peu épais.*

— *Ses écailles ou son esprit ?* demanda AuRon.

Une idée commençait à germer dans son cerveau.

— *Les deux.*

Un homme se tenait à l'entrée de sa niche mais AuRon fit mine de dormir.

— *Nous allons avoir des ennuis demain ou après-demain. Je le sens. Epinonia, Alhala et Ouistrela sont sur le point de pondre. C'est l'œuvre d'Étoile, j'imagine. Ouistrela a repoussé les autres mais elle craint les morsures d'Étoile. Elle s'est soumise.*

— *Je dois y aller...*, dit AuRon.

Il rompit le contact et scruta l'obscurité de son œil vigilant.

Eliam le Dragonneur se tenait dans le tunnel et curait l'un de ses ongles avec une dague. La lame de l'arme était dentelée et s'affinait près du manche. Elle ressemblait à celle que Varl lui avait montrée. Deux gardes-dragons se tenaient derrière lui.

— Je suis désolé de te réveiller mais j'ai des nouvelles à t'annoncer.

Ce qui aurait été un sourire chez un autre humain rampa sur son visage comme un insecte.

— Nous faisons tous ce que nous pouvons, dit AuRon. Ceux qui ne sont pas au cœur de l'action ont toujours la possibilité d'en faire le compte-rendu. Que se passe-t-il, une victoire a eu lieu de l'autre côté de l'océan pendant que tu restais ici à trancher la gorge de dragonnelles enchaînées ?

— Deux nouvelles, répondit Eliam sans tenir compte de la provocation. Trois dragonniers sont partis pour Maganar pour découvrir la vérité sur cette tromperie. Ils seront de retour dans la semaine, NooShoahk.

Il accentua très légèrement ce nom.

— Sa Suprématie est sage d'agir aussi vite, répondit AuRon.

— La trahison est un mal que notre peuple traite promptement. Nous saurons bientôt qui est l'imposteur.

— Je suis heureux de l'entendre. Et l'autre nouvelle ?

— Trois draques ont commencé à voler. De nouvelles

épreuves vont bientôt avoir lieu. Étoile lui-même y prendra part cette fois – et toi aussi.

— Pourquoi pas Ombre ?

— C'est à son tour de profiter de la caverne des dragonnelles.

— Soit. J'ai hâte de voler face à Étoile.

— Et lui de se battre contre toi.

Eliam lança sa dague en l'air. Elle tournoyait à toute vitesse, mais il attrapa son manche comme par magie.

— Comment peut-il être si sûr de m'affronter ? L'idée n'est-elle pas de rencontrer les dragons les plus jeunes pour leur donner une chance de faire leurs preuves ?

— Vous êtes les plus rapides. Vous pouvez être sûrs d'être l'un contre l'autre à la fin des épreuves.

— Qu'il en soit ainsi. Tu manies bien cette dague. As-tu déjà affronté un dragon en combat singulier, comme le fit ton père ?

— Bien des fois. J'ai leurs oreilles pour le prouver. J'ai tué quatre fois plus de dragons que mon père dans toute sa vie, et je n'ai que la moitié de l'âge qu'il avait à sa mort.

— Je suis très impressionné.

Eliam lança encore sa dague mais manqua le manche quand elle retomba. L'arme rebondit en direction d'AuRon. Le Dragonneur se précipita et la ramassa, la lame pointée vers le dragon. Du même geste, Eliam s'élança vers AuRon.

Le dragon parvint malgré la tension à ne pas plonger lui aussi. Il resta immobile, tremblant de tout son corps. La lame s'arrêta à une griffe de sa cage thoracique.

— Tu n'as pas réagi, dit Eliam. Est-ce par sagesse ou par peur, je l'ignore. Messieurs, qu'en pensez…

— NooShoahk, NooShoahk ! appela Varl.

Le gardien apparut au coin de la caverne. Ses cheveux en désordre flottaient derrière lui. Il s'arrêta.

— Que se passe-t-il ici ?

— Rien d'important, répondit Eliam en rengainant sa dague. Et toi, pourquoi es-tu là ?

— Un bateau de pêche vient d'arriver. Sa coque est paraît-il remplie de thons gros comme des dauphins. Je me demandais si NooShoahk aimerait un peu de poisson frais pour changer, avant que les thons soient hachés menu pour servir de repas aux dragonnets.

Eliam haussa les épaules. Les écailles noires qui recouvraient ses épaules bougèrent et étincelèrent à la lumière des bougies.

— Je n'ai plus rien à faire ici. Profite bien de ton poisson, NooShoahk. (Il éclata de rire.) Tu as bien besoin d'un bon repas avant les épreuves.

Le Dragonneur et ses ombres en armure s'en allèrent.

— Je me demandais ce qu'il mijotait, dit Varl.

— Je dirais qu'il venait braver un dragon dans son antre. Je suis heureux que tu sois arrivé à cet instant précis. On dit que le poisson est bon pour l'esprit, et j'ai besoin de faire marcher le mien comme jamais auparavant. Allons festoyer.

Varl festoya, mais AuRon se contenta de grignoter. Les avertissements de mère sur les conséquences de la gourmandise hantaient son esprit. L'homme n'avait pas exagéré : les thons étaient énormes.

— As-tu entendu parler des nouvelles épreuves ? demanda AuRon tandis qu'ils regardaient les habitants de l'île griller puis manger le poisson.

AuRon sentit l'odeur du poivre et de l'huile de cuisine.

— Oui. Rappelle-toi ce que je t'ai dit au sujet d'Étoile.

— Opposer les nouveaux dragons aux plus vieux me semble être une façon injuste de les mettre à l'épreuve.

— Maître Wyrm veut que seuls les meilleurs aient une chance de se reproduire. Mais quand c'est au tour d'Étoile, il se retrouve en fin de compte avec les pires.

— Maître Wyrm essaie d'élever des dragons venimeux ?

— Non, il les emmène. Ils sont trop difficiles à gérer au milieu des autres. Trop dangereux.

— Emmenés où ?

— Pour les tuer.

— Tu as vu leurs corps ?

— Mmm… Non. Je ne crois pas.

AuRon posa une question qui lui semblait creuser son esprit comme un mineur nain.

— Que penses-tu des guerres qui font rage dans le Sud ? Pour la destinée de l'homme ?

— Rien. J'ai combattu pour tout ça il y a des années, et j'en ai eu assez.

— Ton roi vous a-t-il menés en guerre ?

— Il se nommait le Tarne, et mon peuple ne lui prêtait pas vraiment attention. Mon village n'avait pas vraiment de nom, en parl cela donnerait « la clairière de Bder ». Un jour deux hommes sont arrivés sur un dragon. L'un d'eux parlait notre langue, et l'autre ne faisait que mener la bête. Ce dragon, c'était quelque chose ! Tout en muscles fins et écailles luisantes. Celui qui parlait nous a raconté à quel point nous étions dupés, tenus éloignés de la côte par les elfes des mers – c'était la première fois que j'entendais dire qu'on nous trompait, mais quand j'ai posé la question à mon père, il a dit que c'était la vérité – et que les hommes étaient en train de se rassembler pour réclamer leur héritage. Les hommes et les dragons. Ils avaient des épées brillantes, des capes et l'étendard avec cet homme dans un cercle doré. Je ne voulais qu'une chose, m'asseoir sur le dragon.

» Je les ai rejoints et nous avons marché avec quelques autres. Le chevalier-dragon est parti mais l'autre est resté avec nous. Nous devions l'appeler le « thane à l'épée », ou simplement le « thane ». Nous nous sommes retrouvés dans cette petite ville sur la côte. C'était une ville d'elfes des mers qui avait été brûlée. Le site de la première victoire des idées de maître Wyrm. Nous avons dû nous rendre à l'endroit où les premières gouttes de sang ont été versées et prêter serment. J'ai vu des hommes s'installer confortablement dans des maisons construites par d'autres, et je me suis demandé ce qui était arrivé à ceux qui les avaient bâties.

» Ils organisaient aussi des épreuves pour les hommes, et ils m'ont jugé apte à porter un bouclier et jeter des haches. J'ai connu trois batailles ; tué un nain, quatre elfes et deux hommes. J'ai été blessé. Ils savaient que j'aimais être avec les dragons et en remerciements de mes services, ils ont fait de moi un gardien.

» Mon cœur se met à battre chaque fois que je vois un dragon voler, alors je suis plutôt heureux. J'ai toujours hâte de parler avec toi. Tu es différent des autres. Les méthodes de maître Wyrm créent des dragons dociles mais je me demande si cela ne leur enlève pas quelque chose en même temps.

— Cette pensée m'a traversé l'esprit, dit AuRon. Mon père admirait les humains à sa façon, mais il les considérait en même temps comme des ennemis. Je ne partage pas son avis même si, pour être franc, j'imaginais que la façon dont dragons et humains coopéraient sur cette île était différente.

Varl montra par un sourire qu'il comprenait.

— Ce poisson m'a ouvert l'appétit, ajouta AuRon. Rassemble tes affaires et selle-moi. Nous irons demain sur l'une de ces îles où toi et Lacdeglace pêchiez autrefois.

— Même si j'ai le ventre plein, je peux déjà sentir le goût de la morue cuite au feu de dragon.

Ils convinrent de se retrouver le lendemain matin. AuRon ne parvint pas à dormir : il ne cessait de percevoir des visions des rêves discordants de Natasatch. Elles gênaient sa concentration.

Ils volèrent avant l'aube vers une île, suffisamment proche de l'île de Glace pour qu'on l'aperçoive par beau temps. Vue d'en haut, elle ressemblait à un cochon sur le dos dont les pattes et le groin dépasseraient de l'eau. La partie plate de l'île était parsemée de ronces et d'herbes drues.

— Les pêcheurs de homards viennent parfois ici sur leurs petits bateaux, mais les récifs sont redoutables ! cria Varl pour couvrir le hurlement du vent d'automne.

Ils atterrirent et établirent leur campement au milieu des cercles de pierre et des rondins de bois utilisés par les pêcheurs. Pêcher demandait de la patience, une vertu dont AuRon était alors totalement dépourvu. Quand le soleil fut au-dessus de l'horizon, AuRon abandonna et chassa à la manière des pélicans : il plongea en une terrible explosion liquide et remplit sa gueule de poissons à moitié assommés. Il nagea vers le rivage et leva ses paupières transparentes ; les poissons frétillaient entre ses mâchoires. Varl courut vers lui en portant des branches qu'il avait taillées pour faire des broches. AuRon lâcha ses prises sur les rochers.

— Combien de fois dois-tu faire ça pour te remplir le ventre ? demanda Varl en éclatant de rire.

— Je n'ai pas le temps de recommencer, mon ami.

— Mais nous avons tout le…

— Je retourne sur l'île. Je reviendrai si cela m'est possible. Si tu ne me revois pas, cela signifie que je suis mort. Fais ce que tu estimes le plus juste.

— NooShoahk, que se passe-t-il ?

— Je suis désolé, mon ami. Tout ceci n'était qu'un prétexte pour t'éloigner de l'île. Je ne voulais pas que tu sois mêlé à ce qui va se produire. Je t'ai menti, pour des choses sans importance. Pour tout le reste, j'ai été honnête, et le serai toujours. Merci pour ce que tu as fait.

AuRon ouvrit ses ailes ; en un saut et un puissant battement, il fut dans les airs.

— Tu es fou ? hurla Varl.

AuRon décrivit une boucle au-dessus du Barbare perplexe et il sentit la *dwarscie* glissée derrière son oreille.

— Oui. Mais la vraie question est : le suis-je assez ?

Chapitre 27

AuRon vola plus vite qu'il ne l'avait jamais fait lors des épreuves. Il voulait être de retour avant qu'Ombre se réveille.

Il se posa dans la caverne et ne s'arrêta pas pour parler aux gardiens ; il se rendit directement vers les grottes des reproducteurs. Une fois devant le passage qui y menait, il se concentra afin de répéter le tour qu'il avait mis au point la nuit précédente. Il observa sa peau passer du gris à un noir terne, la même couleur que les rayures qui couraient le long de son dos.

Il entendit des voix à l'intérieur de sa propre niche.

— A-t-il dit quand il reviendrait ? croassa Eliam.

— Je sais seulement qu'il est parti pêcher avec Varl, lui répondit une voix d'homme – probablement Rand, le garde-dragons, qui était de faction quand AuRon s'était levé.

— Il nous joue un tour, dit une voix de dragon claquant comme un piège.

Étoile !

Il y eut un instant de silence, puis Eliam le Dragonneur parla :

— Nous allons attendre qu'il revienne. Si nous nous lançons à sa poursuite à l'extérieur, à moins d'être chanceux, il nous distancera. Oui, il est si rapide que ça.

AuRon décida de ne pas faire attention à eux et se gonfla autant que possible ; il remplit ses longs poumons d'air pour paraître plus gros et se glissa dans le tunnel d'Ombre.

Le dragon dormait dans sa niche. Il était plus jeune qu'AuRon mais les riches repas de maître Wyrm l'avaient rendu imposant. AuRon avança à pas de loup, sans même respirer. L'odeur d'un autre mâle, si proche, lui donnait l'impression que du feu coulait dans ses veines, dans sa poitrine ; exactement ce dont il avait besoin. Il s'approcha de la porte qui fermait l'entrée de la caverne des dragonnelles. Les narines d'Ombre frémirent et il retroussa les babines dans son sommeil, dévoilant des dents acérées et jaunies.

Un garde-dragons qui dormait se réveilla et se leva quand AuRon s'approcha de la porte. AuRon trébucha et délogea la chandelle du mur d'un coup d'aile. La porte n'était plus éclairée que par une seule bougie, plus loin dans la caverne. AuRon poussa un grondement.

— Pas de problème, je vais la rallumer, dit le garde.

AuRon se faufila dans les ténèbres. Il se demanda de combien de temps il disposait avant que sa ruse soit découverte.

Il entra dans la caverne des dragonnelles. Une jeune dont les ailes venaient à peine de sortir était allongée sur la plateforme de Nereeza. À ceci près, rien n'avait changé. Deux dragonnelles étaient enroulées autour d'œufs tout récemment pondus et une troisième, Alhala, haletait, gonflée et prête à libérer les siens.

— *Tout ceci s'achève aujourd'hui*, dit-il mentalement.

— *Dépêche-toi, AuRon!* pensa Natasatch. *Ils seront bientôt là pour prendre les œufs.*

Les dragonnelles s'agitèrent. Il perçut leur confusion.

— Je ne veux pas finir comme Nereeza! gronda Ouistrela en employant sa voix plutôt que son esprit.

— *Pourquoi l'appelles-tu AuRon? C'est NooShoahk, n'est-ce pas?* pensa celle qui l'avait taquiné auparavant. *Mais c'est le tunnel d'Ombre! Qu'est-ce que...*

— *Pas le temps de vous expliquer!* lança AuRon en se dirigeant vers la plateforme de Ouistrela. *On ne vous prendra plus jamais vos œufs.*

AuRon n'avait qu'une seule *dwarscie* et il dut faire le travail avec précaution. Il ne s'était occupé que de six dragonnelles quand il entendit des voix près de la porte. Il escalada jusqu'au plafond et resta suspendu dans l'obscurité, la tête en bas, comme le faisait père quand il montait la garde. Sa peau se colora d'un gris marbré pour se confondre avec le plafond voûté de la caverne.

— Oui, deux ont pondu pendant la nuit. Il y a peut-être trois pontes à l'heure qu'il est, dit le garde. Ombre est là.

— Tu as dormi pendant ton service, Rov, répondit un homme en riant. Ombre est encore en train de cuver son vin dans sa chambre.

— Impossible! Il vient de…

— Ou alors…, commença la voix d'Eliam. Ijon, va chercher les gardes de faction. Nous avons peut-être un problème dans la caverne des œufs. Les autres, venez avec moi.

AuRon entendit le bruit d'une épée tirée de son fourreau.

Les gardiens et les gardes-dragons avancèrent prudemment dans la caverne, leur attrape-wyrm brandi. Ils se détendirent quand ils virent toutes les dragonnelles couchées sur leurs plateformes. Eliam inspecta la grotte en la balayant avec le rayon d'une lanterne. Il observa le plafond – le faisceau s'attarda un instant sur l'arrière-train d'AuRon avant de poursuivre sa route – et regarda attentivement chaque dragonnelle. Elles étaient toutes enchaînées au mur et portaient leur muselière.

— Rov perdra sa cape pour ceci et ce misérable paresseux l'aura bien mérité, dit le Dragonneur. Deux pontes, et nous en aurons une autre avant le coucher du soleil. Un bon mois.

— Et les gardes de faction ?

— Avoir des hommes en plus ne nous fera pas de mal. Ouistrela a une lueur dans le regard que je n'aime pas. Je crois qu'elle a envie de nous créer des problèmes, dit Eliam. (Il éleva la voix pour être entendu jusqu'au bout de la caverne :) OUISTRELA, SOIS RAISONNABLE. TU NE NOUS DONNES DÉJÀ PAS BEAUCOUP D'ŒUFS, TU NE VAS PAS ME METTRE EN COLÈRE EN PLUS ? JE TE FERAI TRAÎNER HORS DE CETTE CAVERNE. EN PETITS MORCEAUX. N'OUBLIE PAS CE QUI EST ARRIVÉ À NEREEZA.

AuRon retint son souffle. Il pria pour qu'Ouistrela reste à sa place. Dans tous les sens du terme.

— Je n'ai pas oublié Nereeza, sire. Elle a été stupide.

— Et toi ? Tu ne vas pas être stupide, n'est-ce pas ?

— Non, sire.

— Bien.

Un cliquetis interrompit la conversation. Les gardes en armure accouraient. Une file d'hommes en écailles de dragon fit irruption dans la caverne, les lances prêtes à frapper. AuRon en compta vingt, tous bien armés, et commença à désespérer. Que faire s'il devait tous les affronter en même temps ?

— Tu as fait vite, Pskor, mais c'était une fausse alerte, dit Eliam en levant la main. Vous autres, prenez tous un attrape-wyrm. Durar, prends ton équipe et aide-les pour le transport. Nous avons deux pontes à emporter. Baissez les visières, levez les yeux !

Les hommes fermèrent leur heaume et commencèrent leurs manœuvres au son de leurs sifflets. Ils s'approchèrent de la plateforme d'Ouistrela et se déployèrent, attrape-wyrm dressé.

— Souviens-toi de ta promesse, Ouistrela, dit Eliam derrière sa visière.

— Je me souviens de ma promesse. De ma promesse faite à Nereeza.

Elle se pencha en avant et la chaîne glissa le long de son collier ; elle tomba en cliquetant. Ouistrela enleva sa muselière d'un coup de tête sur le côté comme un guerrier qui jetterait son fourreau après avoir tiré son épée pour un combat à mort. Jusque-là, elle avait maintenu avec ses oreilles la muselière tranchée par la *dwarscie*.

— Je ne pensais pas avoir l'occasion de la tenir aussi vite, ajouta-t-elle.

Un cri perçant s'échappa du casque d'Eliam tandis que celui-ci reculait. AuRon lâcha sa prise et se retourna dans les airs, comme un chat, en tombant. Il ne perdait pas une miette du spectacle.

AuRon avait déjà vu un petit oiseau surgir de son nid pour éloigner un adversaire bien plus gros et dangereux que lui, compensant sa petite taille par sa furie. Cette fois, le courage désespéré d'un petit oiseau habitait un corps cuirassé de plusieurs tonnes. Chacune des pattes d'Ouistrela avait la force d'un tigre, sa queue était devenue un bélier et sa mâchoire une avalanche de dents acérées. Elle bondit sur les gardes-dragons. Le premier homme qu'elle frappa d'un coup de patte arrière explosa en fragments d'armure qui volèrent dans toutes les directions.

— Maintenant ! s'écria Natasatch.

Elle trancha sa propre muselière avec la *dwarscie* qu'AuRon avait laissée dans son *sii*.

Des gouttes enflammées plurent sur les hommes et les femmes du convoi. Epinonia dressa un mur de feu derrière le chaos sanglant créé par Ouistrela et Alhala, malgré son ventre chargé d'œufs. La plupart des humains moururent sur le coup. Les armures des gardes-dragons les protégèrent du plus gros des flammes, mais ils furent asphyxiés par la chaleur. Ceux qui étaient à l'écart du feu furent écrasés par les dragonnelles qui bondirent de leur perchoir. Celles qui étaient encore muselées encourageaient les autres avec des rugissements féroces.

— Derrière toi, Ouisa, il a une lance !

— Epinonia ! Il a rampé sous ta plateforme ! Attention !

Une silhouette qui se découpait sur les flammes courut vers AuRon. Elle portait une épée dans une main et une dague empoisonnée dans l'autre. Eliam le Dragonneur s'éloignait en courant de ses hommes. Quand il passa à côté de l'une des dragonnelles encore attachées, la jeune qui avait pris la place de Nereeza, il donna un grand coup d'épée en direction de sa gorge. Elle esquiva mais le Dragonneur enfonça sa dague dans la queue de la dragonnelle. Il ne prêta pas attention aux cris enragés de ses sœurs – ni à AuRon qui avançait le long de la caverne, sa vue teintée d'un voile rouge.

Il arrivait trop tard.

La jeune dragonnelle renifla sa blessure, les yeux écarquillés par la perplexité et la douleur. Elle fut soudain prise d'un spasme d'agonie. Eliam la regarda quelques secondes puis lui trancha la tête.

— Tu n'es bon qu'à ça, lança AuRon en plantant une patte dans le sol pour bloquer à l'homme le chemin de la sortie. Tu es un bourreau, pas un guerrier. Je ne crois pas que Drakossozh soit ton père après tout. Je pense qu'un garne est passé avant lui.

Eliam le Dragonneur jeta la dague à la lame brisée et en tira une autre du brassard de son armure.

— Ce n'est pas la première fois qu'un dragon acculé tente de m'insulter, Gris. J'ai encore assez de venin pour toi.

Il évita le coup de queue d'une dragonnelle enchaînée et s'approcha d'AuRon avec Dunherr, l'épée tueuse de dragons, et sa dague. Il feinta des deux armes et AuRon recula, sur ses gardes.

— Je crois que je vais mettre ta tête tout entière sur mon

mur. Je laisserai tes orbites vides pour me rappeler que tu étais aveugle, que tu ne voyais pas ta propre impuissance. Cette petite embuscade ne va rien changer. Quand vous serez tous morts, nous recommencerons.

AuRon se demanda ce que père aurait fait en combat singulier contre un terrible guerrier. Derrière le Dragonneur, il vit Natasatch qui libérait les autres dragonnelles avec la *dwarscie*.

Eliam fit tourner la dague dans son gantelet, prêt à la plonger dans la chair sans cuirasse du dragon.

AuRon agit comme père l'aurait fait. Il prit une grande inspiration, se contracta et…

… *rugit*. C'était un rugissement tel qu'AuRon n'en avait jamais poussé auparavant, et n'en pousserait peut-être jamais plus. Même NooMoakh dans la force de l'âge n'aurait pas réussi, faute d'avoir le corps preste d'AuRon. Le dragon mit toute sa puissance dans ce cri, le projeta le long de son long cou puis par sa gueule ouverte en une explosion sonore qui fit trembler les parois de la caverne. Les dragonnelles se figèrent ; Ouistrela cessa même de broyer sous ses pattes les corps calcinés et sanglants des gardes-dragons. Il réveilla les terminaisons nerveuses de la dragonnelle décapitée et son corps convulsa sur son perchoir.

Le Dragonneur se dressait à l'épicentre du rugissement, mais pas pour longtemps. Il laissa tomber ses armes et porta les mains à son casque, au niveau de ses oreilles. Il tomba à genoux et AuRon vit du sang couler de son heaume. Eliam se renversa et mourut, agité de convulsions.

AuRon releva la visière du Dragonneur le visage balafré était recouvert de sang qui s'écoulait par les yeux, les oreilles, le nez et la bouche. AuRon avait l'impression de nager sous l'eau.

— Libérez les autres ! lança-t-il par-dessus son épaule en fonçant dans le couloir, vers la porte.

Rov s'était enfui sans même la fermer. AuRon retourna dans la caverne des dragonnelles.

— Natasatch, reste ici avec Ouistrela, Epinonia et Alhala. Les autres, suivez-moi. Nous allons dans la grotte d'où s'envolent les dragons.

— Non, AuRon, je viens. Saima restera ici pour monter la garde.

— Nous n'avons pas besoin de protectrice, dit Ouistrela. S'ils sont assez braves pour descendre ici, j'ai encore des dragonnelles à venger. Comme cette pauvre Ktarata.

Ainsi sept d'entre elles suivirent AuRon dans le tunnel. Ils atteignirent la niche d'Ombre.

— Que se passe-t-il ? demanda le dragon noir. J'ai entendu des bruits de lutte et… Que fais-tu là, Gris ?

Il déploya ses *griffs* et racla sa crête avec.

AuRon se planta devant lui et agita furieusement la queue.

— Je vais te montrer…

Natasatch s'interposa de tout son long entre les deux mâles.

— Arrêtez tous les deux. Ombre, nous en avons eu assez de voir nos œufs emportés et nos dragonnets castrés. Tu es devenu si gros, je pense que tu n'échapperas pas longtemps au couteau, toi non plus. Ce gris, c'est AuRon. Il a tué le Dragonneur et il nous emmène au soleil.

— Ne nous gêne pas, ajouta une dragonnelle. Ouistrela t'a déjà arraché une oreille et je prendrai l'autre s'il le faut. Tu peux rester ici à moisir ou devenir un dragon libre, avec un vrai nom.

— Cette chose a tué le Dragonneur ? demanda Ombre, les yeux écarquillés sous ses épaisses arcades.

— Sans même le toucher. Je crois qu'il est mort de peur, répondit Natasatch.

— Viens avec nous, dit AuRon. Reprends ton nom et commence ton propre chant avec les grands exploits que tu accompliras à partir de ce jour. Tu es un dragon noir, et j'ai connu le vénérable NooMoakh. Si un peu de son sang coule dans tes veines, tu seras un jour un dragon dont on chantera le nom.

— Par le sang, par les flammes, je vous suis. Je vais leur montrer qu'on ne mate pas les dragons comme des chevaux.

— Voilà qui est parlé comme un vrai dragon, dit Natasatch. Tous à l'entrée !

Cette dernière explosa comme si un volcan venait de se réveiller au cœur de la falaise. AuRon le gris, Ombre le noir et les dragonnelles de l'île de Glace surgirent dans une furie de flammes. Des batailleurs sans cavalier bondirent de la caverne, effrayés. AuRon, Natasatch et Ombre balayèrent les gardes-dragons, les chevaliers-dragons et les quelques gardiens qui prirent des armes. Le dragon noir accula les survivants dans un tunnel où était suspendue la sellerie. Il les menaça en rugissant et ne les laissa sortir que lorsqu'ils eurent déposé leurs armes. Quand un garde-dragons tira sa dague empoisonnée pour le frapper, les autres humains retinrent son bras.

— Imbécile, il nous brûlera avec toi ! lui lancèrent-ils.

Les dragonnelles entendirent même à cette distance les cris inquiets des dragonnets et se précipitèrent dans les caves comme une marée verte. Des jeunes draques virent des hommes et des dragons s'affronter et choisirent le camp de leurs semblables. Les dragonnelles parcoururent les décombres jusqu'à ce que tous les petits soient sous leurs ailes. AuRon put alors enfin les calmer et mettre un terme à la tuerie.

— Prenez vos bateaux et partez, ordonna-t-il aux prisonniers. Emportez vos guerres et vos haines. Cette île appartient aux dragons que vous avez maltraités.

AuRon ressentit un inexprimable soulagement. Il y

avait encore tant à faire. Des draques et des batailleurs désorientés se cachaient toujours dans leurs grottes et attendaient les ordres qu'ils avaient été dressés à recevoir. Il faudrait les prendre en main et leur apprendre à être des dragons. Il y aurait ceux qui ne pourraient survivre seuls. Il en confierait certains à Naf et d'autres aux nains. Ils pourraient être utiles en cas d'attaque par les autres tribus sous l'emprise de maître Wyrm.

Mais ce serait pour les mois à venir. Il devait bien des choses à Natasatch. Une chanson, pour commencer.

— Es-tu prête à voler ? lui demanda-t-il alors que tous les deux se trouvaient sous la tour de guet en ruine.

La bâtisse de maître Wyrm brûlait au loin alors qu'Ombre et un groupe de batailleurs parcouraient l'île à la recherche d'autres gardes-dragons.

Natasatch regardait le Soleil, heureuse.

— J'avais oublié à quel point Il est chaud. Avec lui, je me sens propre.

— Profites-en. Il ne visite cette île que de temps à autre. La pluie et la brume semblent régner sur ces lieux.

— Et la neige. Mais il ne fait jamais ni très froid ni très chaud. À cause de la mer, vois-tu.

— Le climat n'a aucune importance. Nous serons loin, très, très loin sous terre – pour veiller sur nos œufs.

— Seulement si tu chantes pour moi, dit-elle.

Elle déploya ses ailes, son envergure lui sembla aussi large qu'un nuage, et bondit dans le ciel. Elle vola maladroitement puis trouva son équilibre.

« Le sang d'AuNor, un bien vaillant dragon
A traversé tant de générations,
Et ma lignée depuis la nuit des temps
A engendré d'illustres représentants.
Que Terre, Eau, Air, Feu soient les témoins
De la noblesse du nom qui est le mien.

EmLac le Gris en un torrent de flammes
Libéra Urlant des hordes de garnes
Nul n'échappa à sa terrible vengeance
Et une arche d'or fut sa récompense
Père de ma mère c'était un grand guerrier
Sous ses griffes deux cents villages sont tombés

Quand AuRye le Rouge fendait les cieux
Les flèches elfes ne le suivaient qu'au mieux
Il brisait les rangs des hommes à l'envi
Brûlait les nains au fin fond de leurs mines.
Mon rouge aïeul du côté de mon père,
Un torrent de force abreuvait ses chairs.

C'est Irelia qui me donna la vie
Et sa sagesse du même geste me transmit.
Mère s'acquitta avant mon éclosion
Du dur labeur des parents dragons.
Pour moi, son fils, elle sacrifia sa vie
Quand les nains brandirent leurs lames noircies.

Évoquons mon père, le Bronze AuRel
Chasseur de renom dans les bois et plaines.
Il nous donna à tous une chance de survie
En veillant sur nous jour et jour, nuit et nuit.
Père m'apprit quand me battre mais aussi quand fuir
Pour qu'aujourd'hui ce chant je puisse te l'offrir.

Wistala, sœur aux brillantes écailles,
Fuit avec moi les nains et leur ferraille.
Nous chassâmes ensemble et ensemble tuâmes
Puis boire l'eau de pluie apaisa nos âmes.
Quand elfes et nains se lancèrent à notre suite
Je criai : "Fuis!" et ainsi la perdit.

Libéré de mes chaînes par Œilnoisette,
Sauvé par les dauphins quand ma mort était prête,
Je me cachai des hommes et de leurs bateaux
Dans les algues et le sable d'un opportun îlot.
Je devins un draque et crachai mes flammes
Quand le meurtre des dauphins souleva mon âme.

Je courus avec la meute de Fortnoir
Tuai trois chasseurs et quelques chiens geignards.
Les hommes du Dragonneur en voulaient à ma peau
Mais ce fut l'Événement qui eut le dernier mot :
Une vague de crocs, mieux, un raz-de-marée.
Puis Djer le jeune nain trancha mon collier.

Avec les nains marchands je traversai le désert,
Sur les rives du Vhydic décimai les Pieds de Fer.
Je partis en quête de NooMoakh l'Ancien
Puis ramenai Hieba ma fille auprès des siens.
Bientôt pour la première fois je volai
Et dignement NooMoakh j'enterrai.

Quand la guerre s'en prit à de vieux amis
Je choisis ma voie, affermis mon esprit.
Je cherchai la source de cette haine enragée
Pour trouver sur cette île ma destinée.
Natasatch au fin fond d'une grotte sordide,
J'avais une promesse de plus à tenir.

À ma compagne, pour demander
De partager ma destinée,
Un serment que je ne peux trahir
À celle qui me verra grandir.
Dans cette vie, sois mon aimée
Et mêle ton sang à ma lignée. »

Ils volèrent haut en se tournant autour. Natasatch haletait à cause de l'effort fourni, mais monta encore et toujours, plus haut même que la montagne au fanal. AuRon volait autour d'elle et lui criait des conseils inquiets :

— Vas-tu faire attention ? Si tu n'es pas habituée à l'altitude, tu vas avoir le vertige.

— Allons toucher le Soleil, AuRon ! Il nous appelle !

— Impossible.

— Les dragons prennent tout au pied de la lettre, dit-elle.

Elle se retourna et passa sous lui.

Ils s'enlacèrent. Leurs cous s'enroulèrent l'un autour de l'autre et leurs ailes se touchèrent. Ils commencèrent une longue chute vers le monde. Ils tombèrent une minute ou davantage, avant de se séparer, les cœurs battants.

— Cela doit se passer ainsi, dit Natasatch en décrivant de lents cercles. Dans les nuages.

AuRon virevoltait autour d'elle et la touchait amoureusement du bout des ailes, de la queue.

Le corps d'AuRon changea de couleur, tout d'abord rouge, puis orange. Il parcourut tout le spectre une fois, puis deux avec délices.

— Remonte, ma douce, implora-t-il.

— Mes cœurs ont presque explosé, mon seigneur. Trouvons un lac de glace fondue. Nous boirons et je reprendrai mon souffle. Ensuite, nous essaierons d'aller encore plus haut.

Ils survolèrent un glacier et furent éblouis par sa blancheur sous les rayons du soleil. Étoile en profita pour les surprendre.

— AuRon ! Derrière toi ! cria Natasatch quand elle aperçut le reflet d'une écaille.

AuRon roula sur lui-même et plia tant sa colonne

vertébrale qu'il crut la briser. Le dragon argenté manqua sa cible, ses mâchoires se refermèrent dans le vide, là où se trouvait l'épaule d'AuRon une seconde plus tôt.

— Que fais-tu, Étoile ? Le combat est fini ! cria Natasatch.

— Crétins ! Crétins inconscients ! rugit Étoile en virant sur l'aile.

Il fit du surplace, un exploit que peu de dragons pouvaient accomplir. Son corps était petit, mais il avait l'envergure d'un grand mâle.

— Par les œufs qui nous ont abrités, ces humains étaient la dernière chance de la race des dragons ! Ils croyaient nous entraîner, mais je me servais de ces imbéciles pour débarrasser le monde des hominidés ! Vous nous avez renvoyés des générations en arrière ! Des générations !

Il replia les ailes et plongea vers Natasatch ; AuRon fit un écart et la poussa. Les ailes des deux mâles se frottèrent violemment.

— Personne ne se sert de personne, Étoile ! s'écria AuRon.

— Je me souviens de toi, sur le bateau. Je venais de perdre ma corne, j'ai vu que tu avais encore la tienne et je ne t'ai pas oublié. Cette elfe t'a laissé partir. C'est encore un de leurs complots, n'est-ce pas ? Afin que les dragons se battent pour les elfes ?

— Si les hominidés veulent s'entre-tuer, c'est leur affaire. Je ne veux pas que les dragons y soient mêlés, dit AuRon.

— Le vainqueur de cette guerre en sortira plus fort, répondit Étoile. Et il nous éliminera.

Les dragons volaient en cercles concentriques : Natasatch au centre, AuRon qui la protégeait d'une autre attaque et Étoile autour du couple.

— Nous verrons, dit AuRon. Étoile, pense à ceci : quand le peuple de maître Wyrm en aura fini avec les nains, les elfes et probablement les garnes, à quoi lui servirons-nous ? Les dragons sous son contrôle seront massacrés comme de vieux chevaux pour leur chair et leurs écailles.

— Je serai parti depuis longtemps, répondit Étoile.

— Tu es trop lent. Plus lent que moi, dit AuRon.

Il se demanda s'il avait encore assez de forces.

— Ha !

AuRon fonça sur Étoile la gueule ouverte et les griffes en avant. Le dragon argenté s'écarta mais AuRon parvint à refermer ses mâchoires sur son aile. Il arracha un morceau de la fine membrane et vira de l'aile en montant pour s'assurer qu'Étoile n'attaquerait pas Natasatch.

Étoile poussa un hurlement furieux et cracha un jet de flammes. Il fit claquer ses ailes démesurées et se lança à sa poursuite. Étoile montait vite. AuRon employa les forces qui lui restaient pour continuer mais il lui semblait, quand il regardait en arrière, que les dents d'Étoile se rapprochaient de plus en plus. Le dragon argenté était petit mais fort et il savait se servir de ses ailes.

Ils grimpèrent encore ; l'air était toujours plus rare. La vieille blessure dans son poumon le lançait. À chaque expiration AuRon sentait le goût du sang et Étoile était tout proche. AuRon vira. Il espérait que sa souplesse lui permettrait de prendre des virages plus serrés que son poursuivant.

Il avait tort.

Les mâchoires d'Étoile se refermèrent sur sa queue. AuRon eut l'impression qu'un feu liquide coulait dans ses veines. Il enfonça les griffes de ses pattes arrière dans sa propre queue pour combattre la douleur par la douleur. Il riposta et prit dans sa gueule l'articulation de l'aile d'Étoile. Chacun des deux dragons serrait l'autre en une étreinte mortelle. Ils chutèrent.

AuRon donna de grands coups de pattes arrière et arracha sa queue au niveau de l'arrière-train. Les chairs se déchirèrent en un flot de sang. Sous le coup de la douleur il tendit le cou et emporta en même temps l'articulation d'Étoile.

Il s'écarta du dragon argenté.

—Meurs! Meurs! hurla Étoile en lâchant la queue arrachée. AuRon avait déchiqueté le bout d'une de ses ailes et détruit l'autre. Étoile tournait rapidement sur lui-même en battant de son unique aile, incapable de se rétablir. AuRon se laissa flotter et regarda Étoile s'écraser contre une montagne puis dégringoler le long de la pente avec les rochers qu'il avait délogés dans sa chute.

—Je suis désolé, mon frère, dit-il.

AuRon était malade de douleur et de fatigue mais ses pattes bougeaient encore. Le poison n'avait pas eu le temps de s'immiscer dans son corps avant que sa queue soit arrachée. Il craignait cependant pour sa vie: il n'avait guère plus de stabilité qu'Étoile et il commença à piquer.

Natasatch fut en un éclair à ses côtés.

—Accroche-toi à ma queue! Je vais te traîner.

Il serra les mâchoires autour de la queue de la dragonnelle et ils volèrent comme deux libellules. AuRon essaya de tordre ses ailes pour voler sans le contrepoids de sa queue. Ils se posèrent près d'un lac de glace fondue et burent.

—J'ai vu Étoile tomber. Qu'est-il arrivé à ta queue? demanda Natasatch en reniflant le moignon.

Il n'était pas plus long que les pattes avant d'AuRon.

—On dirait que je suis destiné à vivre sans elle. C'est toujours mieux que mon cou, j'imagine. Ça n'aurait pas aussi bien fonctionné si je m'étais arraché la tête.

Natasatch lécha la boue qui recouvrait la blessure et émit un long *prrum* pour réconforter son compagnon blessé.

—Pauvre Étoile. J'ai essayé d'être son amie mais ils l'avaient pris avant qu'il sorte de l'œuf. Les brutes qui l'ont élevé ont fait de lui un garne, ou pire encore. Maître

Wyrm a réussi à canaliser son agressivité sans jamais pouvoir la réprimer.

AuRon cracha du sang et des mucosités.

— Nous avons besoin de nourriture et de repos, mais je dois voir quelque chose auparavant.

Ils volèrent – maladroitement, en ce qui concernait AuRon – vers les ruines de la halle de maître Wyrm. Les pierres des fondations se dressaient encore mais les deux étages et une partie du toit avaient disparu. La halle s'était effondrée sur elle-même. Même haut dans le ciel il sentait la fumée.

Quelques draques erraient dans les bois et observaient l'incendie. Ils partirent se cacher quand AuRon et Natasatch tournèrent au-dessus des ruines : le spectacle d'un dragon sans queue après cette folle journée les terrifiait. AuRon aperçut maître Wyrm assis dans son fauteuil de bois ; il contemplait le fjord. Un navire rempli d'hommes et de biens s'éloignait de l'île tandis qu'un dragon le survolait.

— On m'a dit que tu étais la cause de tout ceci, dit maître Wyrm quand AuRon se posa.

Natasatch décrivit un cercle de plus puis se posa à côté de lui.

— Pas la cause. La fin.

Une grotte semblait s'être effondrée à l'intérieur de maître Wyrm. Le vent décoiffait ses cheveux et son visage aux traits épais ressemblait encore plus à un masque. Il regardait AuRon du coin de l'œil.

— Je t'aimais bien. Je t'ai aimé tout de suite. Tu étais un dragon de qualité. Je t'ai parlé quand les autres me mettaient en garde contre toi. J'aurais dû comprendre que les elfes t'avaient envoyé. Je me demande quelle récompense les nains te donneront.

— Vous avez raison sur un point, c'est une elfe qui m'a demandé de venir ici. Pour tout le reste, vous avez tort.

— Si les elfes et les nains le pouvaient, ils extermineraient ton espèce. Vous dépérirez et mourrez les uns après les autres. Une alliance avec les hommes était votre dernière chance.

— Les créatures que vous éleviez n'étaient pas de vrais dragons. Ce n'était pas une solution au dilemme, seulement un problème de plus. Si les dragons s'éteignent malgré tous leurs dons, ce sera leur faute, pas celle de leurs assassins.

— Quand tu seras plus vieux et que tu auras tes propres œufs, tu penseras peut-être différemment. L'une des illusions de la jeunesse est que l'on se croit capable de changer le cours des événements. C'est tout le contraire, et cela a toujours été ainsi. Maintenant, AuRon qui sait tout, AuRon-le-tout-puissant, AuRon l'ambitieux, tu vas refermer le livre de ma vie. Une créature aussi puissante que toi complète sa victoire en tuant un vieil homme tremblant sur son siège.

— J'espérais…

— Eh bien, je ne t'en laisserai pas l'occasion.

L'homme prit une dague entre ses jambes, une de celles utilisées par les gardes-dragons. Il la plongea dans son ventre et brisa la lame en poussant un cri. Maître Wyrm laissa échapper un râle étranglé. Son corps s'agita sur le siège puis son regard vide resta tourné vers le soleil.

Natasatch fit une grimace.

— Les hommes sont vraiment des imbéciles.

— C'était un grand homme. Il a seulement déversé sa grandeur dans le mauvais fleuve. Finissons-en.

Natasatch cracha son *foua*. Le siège en bois et le corps s'enflammèrent. Leurs cendres se mêlèrent en s'envolant dans le ciel d'un bleu écrasant. L'île de Glace appartenait désormais aux dragons.

Épilogue

Malgré sa taille, l'île de Glace et l'archipel qui l'entourait ne pouvaient accueillir tous les dragons qui se trouvaient sur place une fois les hommes partis. AuRon et Natasatch restèrent, ainsi que les trois dragonnelles qui avaient pondu et celles qui avaient pris sous leur aile des dragonnets.

Certains avaient, comme Ombre, leurs propres aspirations et partirent avec joie. Le noir se dirigea lentement vers le sud et il joua un rôle non négligeable dans les guerres contre les hommes du Cercle d'or et leurs dragons.

Quelques batailleurs restèrent. Ils ne pouvaient pas avoir de descendance mais Epinonia et Alhala en prirent chacune un pour compagnon et ils apprirent à leurs dragonnets à cracher leurs premières flammes comme s'ils étaient leur père. D'autres vécurent sur les plus petites îles de l'archipel riche en poissons et en pépites de minerai si chères à l'estomac des dragons.

AuRon et Natasatch choisirent comme antre une caverne agréable, creusée dans une falaise de l'île – ou plutôt Natasatch la trouva avant qu'AuRon l'explore et la déclare idéale. Elle était assez près de la mer pour qu'AuRon puisse espérer pêcher abondamment dans l'océan Intérieur. Quelques garnes vivaient même à proximité pour lui rappeler les jours passés dans la caverne de NooMoakh et apporter quelques améliorations à la caverne. Il y déplacerait une partie de sa bibliothèque, celle qui ne serait pas partagée entre les archivistes d'Hypat et les longues halles du Dôme doré du Dairuss.

Mais au cours de leur première année ensemble, ils « brisèrent la pierre », comme le disait l'adage populaire, et échangèrent des mots d'amour et de réconfort la nuit où Natasatch pondit leurs premiers œufs – cinq posés sur une saillie qu'elle avait choisie. AuRon lui apporta force bœufs, chèvres et poissons avant qu'elle le supplie d'arrêter par crainte de devenir trop énorme et de ne plus pouvoir sortir de la caverne.

Il pensa pour eux, forma des images dans son esprit tandis qu'il surveillait les œufs. Ses propres parents dans leur caverne, Wistala qui goûtait l'eau de pluie, un loup qui hurlait à la lune, un nain qui faisait frire des saucisses, une petite fille au visage souillé par les baies, un dragon noir gigantesque et émacié, une montagne de l'île de Glace au sommet de laquelle brûlait une flamme.

Un mois plus tard les œufs commencèrent à remuer.

— Tu as entendu quelque chose ? demanda AuRon, tiré de son sommeil.

Ils parlaient à voix haute ou par la pensée. Cela ne faisait aucune différence.

— Je les ai écoutés toute la nuit, mon amour, dit Natasatch.

Elle était rarement complètement endormie, et jamais quand AuRon sortait chasser.

— On dirait la fête de l'Été des garnes. Ils font tellement de bruit ! dit-elle

— Quand vont-ils sortir ?

— Oh, pas avant des heures ! Reste calme.

— Je suis calme, mais je n'en peux plus d'attendre. Mes parents en ont eu cinq. Trois mâles et deux femelles.

— Nous aurons cette chance.

— Si c'est le cas, je vais avoir besoin de ton aide.

— Tu sais bien que tu l'as. À quoi penses-tu ?

— Je veux tenir les mâles à l'écart les uns des autres. Le temps que nous leur apprenions à ne pas s'entre-tuer.

— Mais les dragons ont toujours agi de cette façon, AuRon.

— Est-ce une raison pour qu'il en soit ainsi à jamais ? Maître Wyrm se trompait sur bien des points, mais il avait raison de garder tous les mâles en vie. Si davantage de mâles survivaient à la première heure de leur vie, il y aurait moins de femelles sans compagnon.

— Et que veux-tu leur enseigner ?

— J'apprendrai au plus fort à protéger le plus faible. Au plus faible à se montrer plus malin que le plus fort. Et les dragonnelles les aideront à coopérer.

— Est-ce que les dragons peuvent changer l'héritage que leur nature leur a transmis ?

— Ils le doivent. S'ils veulent – si nous voulons – survivre, ils le doivent.

— Mon seigneur, mon amour, mon AuRon... Tu attends tellement des dragons.

L'un des œufs remua alors que le dragonnet à l'intérieur changeait de position. Les deux dragons se tournèrent vers leurs œufs. Natasatch approcha sa tête de l'un d'eux et commença à chanter :

« Approche donc et découvre, petit dragonnet,
Les sept ennemis que tu dois redouter. »

AuRon passa la langue sur leurs œufs sans défense. Il goûta leur première couvée. Comparés à la moiteur de la caverne, les œufs lui semblèrent froids et secs. Leur étrangeté le laissa tout tremblant.

Glossaire

Quelques mots de draquine :

Foua : produit sécrété par la poche à feu. Quand il est mêlé aux graisses liquides qui la remplissent et exposé à l'oxygène, il prend feu.

Griffs : collerettes qui s'abaissent de la crête d'un mâle pour recouvrir ses oreilles et les points faibles de sa gorge au cours d'un combat.

Prrum : vrombissement qu'un dragon émet pour exprimer sa satisfaction.

Sii : pattes avant d'un dragon. Les griffes sont plus courtes et l'ergot est, contrairement aux pattes arrière, plus proches des autres doigts et opposable. Les doigts permettent aux dragons de manipuler des objets.

Saa : pattes arrière d'un dragon. Les trois doigts peuvent permettre au dragon de se cramponner mais l'ergot n'est guère plus qu'un ornement.

Achevé d'imprimer en août 2008
Par Brodard & Taupin - La Flèche (France)
N° d'impression : 48636
Dépôt légal : septembre 2008
Imprimé en France
81120023-1